FANTASY

Raymond Feist

Gefährten des Blutes

Die Midkemia-Saga 5

Aus dem Amerikanischen
von Andreas Helweg

BLANVALET

Die amerikanische Orginalausgabe erschien unter dem Titel
»Prince of the Blood« bei Doubleyday, New York

Umwelthinweis:
Alle bedruckten Materialien dieses Taschenbuches
sind chlorfrei und umweltschonend.
Das Papier enthält Recycling-Anteile.

Blanvalet Taschenbücher erscheinen im Goldmann Verlag,einem
Unternehmen der Verlagsgruppe Bertelsmann GmbH.

Umschlaggestaltung: Design Team München
Umschlagillustration: Ferenc Regös, Oderding
Satz: dtf, Berlin
Druck: Elsnerdruck, Berlin
Verlagsnummer: 24650
VB · Herstellung: Peter Papenbrok
Made in Germany
ISBN 3-442-24650-4
www.blanvalet-verlag.de

5 7 9 10 8 6

Dieses Buch widmete ich in Liebe meiner
Frau
Kathlyn Starbuck,
die allem den rechten Sinn gegeben hat.

Strasse der Finsternis
Queg
Li Meth
Durbin
Ranom
1 Grosser Sternensee
2 Landreth
3 Shimata
4 Stardock
5 Elarial
5
Trollheimgebirge
Caralyan
Regenschattengebirge
Adlerhorstgebirge
Draconi
Das Kaiserreich Gross-Kesh
Zwanzig Jahre nach dem Spaltkrieg
Drachen-
meer
Taroom
Toowomba
Injune
Loranough
Jandowae

KRONDOR
DIE GRAUEN BERGE
BAS-TYRA
SALADOR
RILLANON
TIMONS
SEE DES KÖNIGREICHS
1
2
3
4
NIEDERHOHNHEIM
GIPFEL DER RUHE
MALVENHAFEN
HÜHNERHUNDKOPF
DIE GRÜNEN WELTEN
WÜSTE VON JAL-PUR
KAMPARI
NAR AYAB
ISHLANA
GIPFEL DES LICHTS
MUTTER DES WASSERS
ZACARA
CARALIÉN
KHATTARA
DUNKLER HORT
KESH
SUNNOM
HARTSTEINGEBIRGE
OVERNSEE
QUEREL
FARÁFRA
TÚPA
KIMRI
JALOMÉ
GROSSES MEER
DIE WÄCHTER
AHAR
HANSULÉ
DER RING VON KESH
ASHUNTA
BRIJANÉ
SHING LAI
TELÉMAN
DER GÜRTEL
DIE KLAMMER
DONG TAI
TAO ZI
NIEDERKESCH
(KESHIANISCHE KONFÖDERATION)

Danksagung

Wie das nun mal bei einem Projekt wie *Gefährten des Blutes* so ist, bin ich vielen Leuten für die Hilfe daran zu Dank verpflichtet. Deshalb möchte ich mich auf diesem Wege in aller Öffentlichkeit bedanken, und zwar

bei April Abrams, die mir alles gegeben hat, was sie über Kesh hatte, und mich dieses Material in eine erkennbare Form bringen ließ,

bei Pat LoBrutto, meiner Lektorin, die eine Verrücktheit nach der anderen zurechtgebogen hat,

bei Janny Wurts, die mich immer erst ein Problem lösen ließ, bevor sie mich vor das nächste stellte, und dafür, daß sie so wunderbar nach unserem Pferd gesehen hat,

bei Stephen Abrams und Jon Everson, weil sie das ganze Durcheinander als erste in geordnete Bahnen gelenkt haben,

bei den anderen »Vätern und Müttern« von Midkemia, die mich abermals in ihrer Welt haben mitspielen lassen,

bei Peter Schneider für seine »gewohnte« Arbeit,

bei all den netten Leuten von Bantam Doubleday Dell, die sich so viel Mühe gegeben haben, damit die Dinge ins Rollen kommen,

bei Jonathan Matson, meinem Agenten und Freund, der meine Aufmerksamkeit immer wieder in den Norden lenkte und der mich immer dann Amok laufen ließ, wenn ich das brauchte,

und am meisten von allen bei Kathy, meiner Frau – die auch an anderer Stelle erwähnt ist –, weil sie alles um mich herum organisiert hat.

Ohne den guten Willen und die liebevolle Sorge der obengenannten Leute wäre nichts von all diesem möglich gewesen.

Heimkehr

Im Wirtshaus war es still.

Jahrelang hatte Ruß die Wände gedunkelt, die jetzt das Licht der Laternen nur schwach zurückwarfen. Das niedergebrannte Feuer im Kamin spendete eine kärgliche Wärme und, aus der Haltung derjenigen zu schließen, die sich ihren Platz genau davor gewählt hatten, noch weniger Trost. Im Gegensatz zu den meisten Wirtshäusern sonst war die Stimmung hier fast trübsinnig. In dunklen Ecken unterhielten sich Männer mit gedämpften Stimmen und besprachen Dinge, die nur für eingeweihte Ohren bestimmt waren. Unterbrochen wurde diese Stille nur durch das gelegentliche zustimmende Grunzen auf einen geflüsterten Vorschlag oder durch das schrille Gelächter einer Frau von käuflicher Tugend. Die Mehrheit der Stammgäste des »Schlafenden Schauermanns« sah allerdings gebannt dem Spiel zu.

Das Spiel hieß *Pokiir*, war im Kaiserreich Gro-Kesh weit verbreitet und fand mittlerweile auch bei den Spielern in den Gasthäusern und Schenken im westlichen Teil des Königreiches mehr Anklang als *Lin-Lan* und *Pashawa*. Einer der Spieler hielt seine fünf Karten vor sich und hatte die Augen vor Aufmerksamkeit zusammengekniffen. Als Soldat außer Dienst achtete er wachsam auf jedes Anzeichen von Ärger, und Ärger würde es bald geben. Der Soldat schien eingehend seine Karten zu betrachten, während er sich jedoch insgeheim die fünf Männer genau ansah, mit denen er spielte.

Die beiden zu seiner Linken waren rauhe Kerle. Beide waren sonnengebräunt, ihre Hände waren schwielig, und über ihre hageren, doch muskulösen Körper hingen lockere, verschlossene Leinenhemden und Baumwollhosen. Keiner von ihnen trug Stiefel oder auch nur Sandalen, und mit Sicherheit waren sie Seeleute, die auf die nächste Heuer warteten. Gewöhnlich verspielten solche Männer ihr Geld sehr rasch und mußten wieder zur See fahren, doch so, wie sie ihre Einsätze gemacht hatten, arbeiteten diese beiden für den Mann an seiner Rechten, da war sich der Soldat sicher.

Dieser Mann saß geduldig da und wartete, ob der Soldat mitgehen oder die Karten hinschmeißen würde und damit die Chance verspielte, sich drei neue Karten zu kaufen. Der Soldat hatte diesen Typ Mann schon viele Male gesehen: der Sohn eines reichen Kaufmanns oder einer der jüngeren Söhne eines niedrigen Adligen, der zuviel Zeit und zuwenig Verstand hatte. Er war nach dem letzten Schrei der Mode in Krondor gekleidet und trug wie die meisten anderen jungen Männer der Stadt eine kurze, hochgekrempelte Kniebundhose, deren Hosenbein verschnürt war und sich über der Wade aufblähte. Sein einfaches weißes Hemd war mit Perlen und Halbedelsteinen bestickt, und seine Jacke war nach dem neuesten Schnitt aus grellem gelbem Stoff geschneidert und an Manschetten und Kragen mit silbernem Brokat besetzt. Ein typischer Dandy also. Und der rodesischen Slamanca nach, die locker von seinem Gehenk hing, ein gefährlicher Mann dazu. Dieses Schwert wurde nur von Meistern benutzt, oder von Leuten, die einen raschen Tod suchten. In den Händen eines Könners war die Slamanca jedenfalls eine zu fürchtende Waffe, in den Händen eines Unerfahrenen grenzte ihr Gebrauch an Selbstmord.

Der Mann hatte wahrscheinlich große Summen verloren und versuchte sie nun durch Falschspielerei wiederzugewinnen. Der eine oder andere der Seeleute gewann gelegentlich das eine oder andere Spiel, doch der Soldat war sich sicher, dies geschah lediglich, um jeden Verdacht auszuräumen, der auf den jungen Dandy fallen könnte. Der Soldat seufzte, als könnte er sich nicht entscheiden. Die anderen beiden Spieler warteten geduldig, bis er sein Spiel machte.

Sie waren Zwillingsbrüder, groß – gute ein Meter neunzig,

schätzte er – und einander in der Erscheinung sehr ähnlich. Beide trugen Rapiere, für die das gleiche galt wie für Slamancas: entweder war man ein Könner oder ein Narr. Seit Prinz Arutha vor zwanzig Jahren den Thron bestiegen hatte, wählten meist jene Männer ein Rapier, denen es eher um die Mode als ums Überleben ging. Doch diese beiden wirkten nicht so, als betrachteten sie ihre Waffen als Spielzeuge, mit denen man protzen konnte. Sie waren wie gewöhnliche Söldner gekleidet, und so wie sie aussahen, gerade von einer Reise als Karawanenwächter zurückgekehrt. In ihren Röcken und Lederwesten hing noch immer der Staub, und ihre Haare waren ein wenig verfilzt. Beide hatten eine Rasur nötig. Doch während ihre Kleidung gewöhnlich und schmutzig war, hatten sie ihre Rüstung und Waffen nicht vernachlässigt; auch nach einer wochenlangen Reise würden sie keine Zeit im Bad verschwenden, jedoch stundenlang das Leder einfetten und den Stahl polieren. Auf ihre Weise wirkten sie aufrichtig, nur irgendwie kamen sie dem Soldaten seltsam bekannt vor, was ihm ein gewisses Unbehagen bereitete. Beide sprachen nicht in dem rauhen Tonfall, der bei Söldnern üblich war, sondern mit gewählten Worten, als verbrächten sie ihre Tage am Hofe und nicht im Kampf mit Banditen. Und sie waren jung, kaum dem Knabenalter entwachsen.

Die Brüder waren das Spiel ausgelassen angegangen, hatten sich Humpen auf Humpen Bier bestellt, waren von Gewinn und Verlust gleichermaßen belustigt gewesen, aber jetzt kletterten die Einsätze in die Höhe, und ihre Mienen waren düsterer geworden. Von Zeit zu Zeit warfen sie sich Blicke zu, und der Soldat war sicher, auf diese Art teilten sie jenes Einverständnis, wie man es so oft bei Zwillingen fand.

Der Soldat schüttelte den Kopf. »Ich nicht.« Er warf seine Karten hin, wobei sich eine von ihnen überschlug, bevor sie verdeckt auf dem Tisch landete. »In einer Stunde habe ich Dienst; ich mach' mich wohl am besten mal auf den Weg zur Kaserne.«

Was ihn eigentlich trieb, war das Gefühl bevorstehenden Ärgers, und falls er noch immer hier wäre, wenn der losginge, würde er nicht pünktlich zum Dienst antreten können. Und sein Feldwebel war ein Mann, der Ausreden nicht gerade allzu freundlich aufnahm.

Jetzt richtete der Dandy den Blick auf den ersten der beiden Brüder. »Geht Ihr mit?«

Als der Soldat die Tür erreichte, bemerkte er zwei Männer, die dort schweigend in der Ecke standen. Sie trugen weite Umhänge, und ihre Gesichter waren im Schatten der Kapuzen fast unkenntlich. Eigentlich war die Nacht zu warm für solche Kleidung. Die beiden schienen still das Spiel zu verfolgen, doch gleichzeitig beobachteten sie auch genau die Lage im Wirtshaus. Sie kamen dem Soldaten ebenfalls bekannt vor, doch wie bei den Brüdern konnte er sich nicht erinnern, woher. Und da war irgend etwas in ihrer Haltung, das ihn bestärkte, früher in die Kaserne zurückzukehren, als er eigentlich mußte. Er machte die Tür auf, schritt hindurch und schloß sie hinter sich.

Der Mann, der der Tür am nächsten stand, wandte sich seinem Gefährten zu, wobei sein Gesicht teilweise von der Lampe unter der Decke beleuchtet wurde. »Du wartest besser draußen. Hier geht es gleich los.«

Sein Gefährte nickte. In den zwanzig Jahren ihrer Freundschaft hatte er eines begriffen: Das Gespür des anderen dafür, wann es Ärger in der Stadt geben würde, trog nie. Er trat gleich hinter dem Soldaten nach draußen.

Am Spieltisch war noch immer der erste der beiden Brüder am Spiel. Er machte ein Gesicht, als hätte ihn etwas verwirrt. Der Dandy fragte: »Geht Ihr mit oder nicht?«

»Nun«, erwiderte der junge Mann, »das ist mir ein Rätsel.« Er sah seinen Bruder an. »Erland, ich könnte bei Astalon dem Richter schwören, ich hätte eine schwarze Dame gesehen, als dieser Soldat seine Karten hingeworfen hat.«

»Wieso«, fragte sein Zwillingsbruder mit schiefem Lächeln, »stellt dich das vor ein Rätsel, Borric?«

»Weil ich auch noch eine schwarze Dame auf der Hand habe.«

Die Männer um sie herum wichen von dem Tisch zurück, als der Gesprächston schärfer wurde. Man redete nicht darüber, welche Karten man auf der Hand hatte. »Ich weiß immer noch nicht, was du willst«, bemerkte Erland, »schließlich sind doch zwei schwarze Damen im Spiel.«

Borric grinste gehässig und meinte: »Aber weißt du, unser Freund da drüben« – er zeigte auf den Dandy – »hat sich gerade eine schwarze Dame in den Ärmel geschoben, nur leider nicht weit genug.«

Augenblicklich geriet alles im Wirtshaus in Bewegung, und jeder suchte so viel Abstand wie möglich zwischen sich und die Kampfhähne zu bringen. Borric sprang von seinem Stuhl auf, packte die Kante des Tisches und warf ihn um, womit er den Dandy und seine beiden Handlanger zurücktrieb. Erland zog sein Rapier und einen langen Dolch, während der Dandy zu seiner Slamanca griff.

Einer der Seeleute stolperte und fiel vorwärts. Als er sich wieder aufraffen wollte, machte sein Kinn mit Borrics Stiefelspitze Bekanntschaft. Er brach zusammen und blieb zu Füßen des jungen Söldners liegen. Der Dandy machte einen Satz nach vorn und versuchte einen tückischen Schlag nach Erlands Kopf. Erland parierte geschickt mit dem Dolch und schlug ebenso heimtückisch zurück; sein Gegner konnte nur knapp ausweichen.

Beide Männer waren sich bewußt, hier hatten sie es mit einem Gegner zu tun, den man nicht aus den Augen lassen durfte. Der Wirt lief mit einem riesigen Knüppel herum und drohte damit jedem, der danach trachtete, in den Kampf einzugreifen. Als er sich der Tür näherte, machte der Mann mit der Kapuze einen Schritt auf ihn zu und ergriff ihn am Handgelenk. Er sagte etwas, und aus dem Gesicht des Wirts wich jegliche Farbe. Der Wirt nickte energisch und schlüpfte rasch durch die Tür hinaus.

Borric entledigte sich schnell und ohne großes Aufhebens des zweiten Seemannes, wandte sich um und sah, wie Erland heftig mit dem Dandy kämpfte. »Erland! Soll ich dir vielleicht helfen?«

Erland rief: »Glaube nicht! Außerdem meinst du immer, ich bräuchte mehr Übung.«

»Stimmt«, erwiderte der Bruder grinsend. »Aber laß dich nicht von ihm umbringen. Sonst muß ich dich noch rächen.«

Der Dandy versuchte es mit einer neuen Attacke, oben, unten, dann wieder eine Reihe Hiebe von oben, und Erland mußte zurückweichen. Draußen hallten Pfeifen durch die Nacht.

»Erland«, sagte Borric.

Der bedrängte jüngere Zwilling fragte: »Was?«, derweil er den nächsten meisterhaften Angriff parierte.

»Die Wache kommt. Du solltest ihn besser schnell umbringen.«

»Ich geb mir ja Mühe«, antwortete Erland, »aber dieser Kerl erweist sich nicht eben als hilfsbereit.« In diesem Augenblick trat er mit der Hacke in eine Bierlache und rutschte aus. Er fiel rückwärts hin, und seine Verteidigung war offen.

Borric hatte sich bereits in Bewegung gesetzt, als der Dandy nach seinem Bruder schlug. Erland wand sich auf dem Boden, doch das Schwert des Dandys erwischte ihn an der Seite. Über Erlands Rippen zuckte ein heftiger Schmerz. Aber im selben Moment hatte der Dandy seine linke Seite entblößt, und, auf dem Boden sitzend, konnte Erland mit seinem Rapier zustechen und traf den anderen im Magen. Der Dandy erstarrte und keuchte, während sich auf seinem gelben Rock ein roter Fleck ausbreitete. Dann schlug Borric von hinten mit dem Heft seines Schwertes zu, und der Mann wurde bewußtlos.

Draußen konnte man Männer herbeilaufen hören, und Borric sagte: »Wir sollten uns schnellstens davonmachen« – er reichte seinem Bruder die Hand und zog ihn auf die Beine –, »Vater wird sowieso schon verärgert genug sein, auch ohne einen Streit im Wirtshaus –«

Erland zuckte wegen seiner Verletzung zusammen und unterbrach seinen Bruder: »Du hättest ihn nicht niederzuschlagen brauchen. Ich denke, ich hätte ihn im nächsten Augenblick erledigt.«

»Oder er dich. Und ich wäre Vater nicht gern unter die Augen getreten, wenn ich das zugelassen hätte. Außerdem hättest du ihn bestimmt nicht getötet; dazu fehlt dir der rechte Trieb. Vielleicht hättest du ihn entwaffnet, auf deine edle Art«, bemerkte Borric und hielt den Atem an, »... die man auch dumm nennen könnte. Also, laß uns hier lieber mal verschwinden.«

Erland drückte die Hand auf seine verwundete Seite, und sie liefen zur Tür. Einige der harten Kerle sahen das Blut und traten den Zwillingen in den Weg. Borric und Erland richteten die Schwerter auf den Haufen. Borric sagte: »Paß mal einen Moment auf sie auf.« Er nahm sich einen Stuhl und schmiß ihn durch das große Erkerfenster, das auf die Straße hinausging. Scherben und Teile der Verbleiung regneten auf das Pflaster, und noch bevor das Geklirre aufgehört hatte, sprangen beide Brüder durch die Reste des Fensters hinaus. Erland stolperte, und Borric mußte ihn am Arm packen, damit er nicht hinfiel.

Sie richteten sich auf und sahen sich von Pferden umringt. Zwei der mutigeren Schläger waren den Zwillingen durch das Fenster gefolgt, und Borric schlug dem einen das Heft seines Schwertes an den Kopf, derweil der andere sofort stehenblieb, als er drei Armbrüste auf sich gerichtet sah. Vor ihnen standen zehn stämmige und bis an die Zähne bewaffnete Männer der Stadtwache, die allgemein als Krawalltruppe bekannt war. Doch was das halbe Dutzend Gäste des »Schlafenden Schauermanns« erst richtig in Verwunderung versetzte, war der Anblick der dreißig Reiter hinter der Krawalltruppe. Die trugen die Wappenröcke von Krondor und das Abzeichen der fürstlichen Palastwache. Einer der Kerle im Wirtshaus war seiner Verblüffung Herr geworden und rief: »Fürstliche Wachen!« Die gaffenden Gesichter an den Fenstern verschwanden, und ein allgemeiner Aufbruch durch die Hintertür setzte ein.

Die beiden Brüder betrachteten die berittenen Männer, die alle bewaffnet und auf Ärger gefaßt waren. An ihrer Spitze ritt jemand, den die beiden Söldner nur zu gut kannten.

»Ähm ... guten Abend, mein Lord«, sagte Borric, und auf seinem Gesicht machte sich langsam ein Lächeln breit. Der Anführer der Krawalltruppe, der sonst weit und breit niemanden mehr sah, wollte die beiden jungen Männer in Haft nehmen.

Doch der Anführer der fürstlichen Palastwache gebot ihm mit einem Wink Einhalt. »Das hier geht Euch jetzt nichts mehr an, Wache. Ihr könnt mit Euren Leuten abziehen.« Der Kommandant der Wache verbeugte sich leicht und führte seine Männer zurück in ihre Kaserne, die sich mitten im Armenviertel befand.

Erland zuckte leicht zusammen und sagte: »Baron Locklear, was für ein Vergnügen.«

Baron Locklear, der Feldmarschall von Krondor, lächelte wenig belustigt. »Da bin ich mir sicher.« Trotz seines Ranges wirkte er kaum ein oder zwei Jahre älter als die beiden jungen Männer, obwohl ihn fast sechzehn Jahre von den Zwillingen trennten. Er hatte lockiges langes Haar und große blaue Augen, die er im Moment zusammenkniff, derweil er die Zwillinge mit offensichtlicher Mißbilligung musterte.

Borric meinte: »Dann wird wohl Baron James –«

Locklear ließ ihn nicht ausreden. »Er steht hinter euch.«

Beide Brüder wandten sich um und entdeckten den Mann mit dem weiten Umhang in der Tür. Er zog die Kapuze zurück und enthüllte ein trotz seiner siebenunddreißig Jahre immer noch jugendlich wirkendes Gesicht. In die braunen Locken mischten sich die ersten grauen Strähnen. Dieses Gesicht kannten die Brüder besser als jedes andere, denn Baron James war seit ihrer Kindheit einer ihrer Lehrer und darüber hinaus einer ihrer engsten Freunde. Er betrachtete die beiden mit schlechtverhohlener Mißbilligung und sagte: »Euer Vater wünscht euch sofort zu Hause zu sehen. Ich habe mir regelmäßig Bericht erstatten lassen, von dem Moment an, seit ihr in Hohe Burg aufgebrochen seid bis zu dem, als ihr die Stadt betreten habt ... vor zwei Tagen!«

Die Zwillinge hatten vor zwei Tagen die fürstliche Eskorte abgeschüttelt, und es gelang ihnen nun kaum, ihr Vergnügen über diesen Streich zu verbergen. »Vergessen wir einmal für einen Augenblick, daß euer Vater und eure Mutter einen Empfang zu eurer Begrüßung vorbereitet hatten. Vergessen wir ebenfalls, daß sie drei Stunden auf euch gewartet haben. Und lassen wir einmal aus dem Spiel, daß Baron Locklear und ich die gesamte Stadt zwei Tage nach euch durchkämmt haben.« Er sah den beiden jungen Männern tief in die Augen. »Aber ich kann euch versichern, diese Kleinigkeiten werden euch gut im Gedächtnis bleiben, wenn sich euer Vater nach dem morgigen Empfang mit euch unterhalten hat.«

Zwei Pferde wurden gebracht, und ein Soldat hielt den beiden Brüdern die Zügel hin. Ein Leutnant der Palastwache bemerkte das Blut an Erlands Seite, lenkte sein Pferd zu dem Jungen und fragte gleichermaßen spöttisch wie mitleidig: »Brauchen Euer Hoheit vielleicht Hilfe?«

Erland setzte den Fuß in den Steigbügel und hievte sich ohne Hilfe in den Sattel. Verärgert erwiderte er: »Erst, wenn ich meinem Vater begegne, Cousin Willy, und ich glaube, viel kannst du dann trotzdem nicht für mich tun.«

Leutnant William nickte, und ohne Mitgefühl zischte er: »Er hat gesagt, ihr solltet sofort nach Hause kommen, Erland.«

Erland nickte niedergeschlagen. »Wir wollten uns doch nur einen oder zwei Tage ausruhen, ehe wir –«

William konnte angesichts der mißlichen Lage seiner Cousins das Lachen nicht zurückhalten. Er hatte oft miterlebt, wie sie das eine oder andere Donnerwetter auf sich gezogen hatten, und er hatte nie verstanden, was sie an diesen Strafen so reizte. Er sagte: »Vielleicht solltet ihr euch zur Grenze verdrücken. Ich könnte mich bei der Verfolgung ziemlich dumm anstellen.«

Erland schüttelte den Kopf. »Morgen nach dem Empfang bei Hofe werde ich mir wahrscheinlich wünschen, ich hätte dein Angebot angenommen.«

William lachte abermals. »Kommt jetzt, diese Standpauke wird nicht schlimmer werden als das Dutzend, das ihr schon über euch ergehen lassen mußtet.«

Baron James, der Kanzler von Krondor und Oberster Ratgeber des Herzogs von Krondor, stieg rasch auf sein Pferd. »Zum Palast«, befahl er, und die Kompanie wendete, um die Zwillinge, die Prinzen Erland und Borric, zu eskortieren.

Arutha, Prinz von Krondor, Feldmarschall des westlichen Reiches und Erbe des Throns des Königreichs der Inseln, hielt Hof, saß in stiller Aufmerksamkeit da und folgte den Geschäften, die ihm vorgetragen wurden. Als junger Mann war er schlank gewesen, und auch jetzt hatte er keineswegs an Umfang zugenommen, wie man es gemeinhin von Menschen mittleren Alters erwartete. Eher waren seine Züge noch härter geworden, kantiger, hatten jene Weichheit verloren, die die Jugend seiner hochaufgeschossenen Erscheinung verliehen hatte. Sein Haar war immer noch dunkel, nach zwanzig Jahren der Herrschaft über Krondor und den Westen war es jedoch schon ein wenig grau meliert. Seine Reflexe waren im Laufe der Zeit nur wenig langsamer geworden, und er galt weiterhin als einer der besten Fechter im Königreich, obwohl er selten einen Anlaß erhielt, seine Fähigkeiten mit dem Rapier unter Beweis zu stellen. Er hatte die dunkelbraunen Augen zusammengekniffen, und diesem Blick schien – so glaubten jedenfalls viele der Untergebenen des Prinzen – nichts zu entgehen. Nachdenklich, manchmal gar grüblerisch, war er ein brillanter militärischer Führer. Diesen Ruf hatte er sich während des neun Jahre dauernden Spaltkrieges erworben, der ein Jahr vor der Geburt der Zwillinge beendet worden war. Damals hatte er, selbst kaum älter als seine Söhne heute, den Befehl über die Garnison von Crydee übernommen, die Burg seiner Familie.

Er wurde als harter, aber gerechter Herrscher betrachtet, der, ohne zu zögern, strenge Urteile erließ, wenn ein Verbrechen nachgewiesen worden war, und dennoch oft den Bitten seiner

Frau, Prinzessin Anita, nachgab und Milde walten ließ. Und dieses Vorgehen war für die Verwaltung des westlichen Reiches kennzeichnender als alles andere: harte, strenge, unparteiische Gerechtigkeit, die von Gnade gemäßigt wurde. Derweil man Arutha selten ein offenes Loblied darbrachte, wurde er doch geachtet und geehrt, und seine Gemahlin wurde von ihren Untertanen aufs Innigste geliebt.

Anita saß schweigend auf ihrem Thron, und ihre grünen Augen blickten ins Leere. Ihr fürstliches Auftreten verbarg die Sorge um ihre Söhne vor den Leuten, abgesehen von denen, die sie besser kannten. Ihr Gemahl hatte angeordnet, die Jungen am Morgen in den großen Saal zu bringen, wenn er dort Hof hielt, anstatt sie noch in der vergangenen Nacht in die privaten Gemächer ihrer Eltern kommen zu lassen, und diese Anordnung verriet sein äußerstes Mißfallen. Anita zwang sich, der Rede zu folgen, die eines der Mitglieder der Webergilde an sie richtete; es gehörte zu ihren Pflichten, den Bitten und Eingaben bei Audienzen ihr Gehör zu schenken. Die anderen Mitglieder der fürstlichen Familie waren für gewöhnlich morgens nicht anwesend, wenn Hof gehalten wurde, aber weil die Zwillinge von ihrem Dienst an der Grenze bei Hohe Burg zurückgekehrt waren, war daraus heute eine Art Familientreffen geworden.

Prinzessin Elena stand neben ihrer Mutter. Sie sah wie eine gelungene Mischung zwischen ihren Eltern aus, besaß das rotbraune Haar und die helle Haut ihrer Mutter und die dunklen, klugen Augen ihres Vaters. Während Borric und Erland von den Verwandten der fürstlichen Familie oft eine große Ähnlichkeit mit ihrem Onkel, dem König, nachgesagt wurde, verglich man Elena häufig mit ihrer Tante, der Baronin Carline von Salador. Und Arutha hatte selbst ein ums andere Mal festgestellt, wie sehr sie Carline in ihrer Art ähnelte.

Prinz Nicholas, der jüngste Sohn von Arutha und Anita, hatte es vermieden, sich neben seine Schwester zu stellen, wo er sich im Blickfeld seines Vaters befand. Statt dessen stand er hinter dem

Thron seiner Mutter, wo ihn sein Vater nicht im Auge hatte. Die Tür zu den fürstlichen Gemächern war vor den Anwesenden verborgen; um zu ihr zu gelangen, mußte man drei Stufen hinuntersteigen. Dort hatten die vier Kinder früher immer auf der untersten Stufe gehockt und das atemberaubende Gefühl genossen, den Vater beim Hofhalten zu belauschen. Nicky wartete auf die Ankunft seiner Brüder.

Anita sah sich um, weil sie plötzlich spürte, daß sich ihr Kind an einem Ort befand, an dem es sich nicht aufhalten sollte. Sie entdeckte Nicholas, der unten an der Tür wartete, und bedeutete ihm mit einem Wink, er solle näher zu ihr kommen. Nicky hatte Borric und Erland immer hoch verehrt, auch wenn sie nie besonders viel Zeit für den Jungen übrig gehabt und ihn andauernd geärgert hatten. Sie konnten einfach nichts mit ihrem kleinen Bruder anfangen, der schließlich zwölf Jahre jünger war als sie.

Prinz Nicholas hinkte die drei breiten Stufen hinauf und stellte sich neben seine Mutter. Anita wurde das Herz schwer, so wie an jedem Tag seit seiner Geburt. Der Junge hatte einen verkrüppelten Fuß, und weder die Behandlungen der Ärzte noch die Zaubersprüche der Priester hatten irgendeine großartige Wirkung gezeigt, aber wenigstens gehen konnte der Junge jetzt. Nicht bereit, das Kind den prüfenden Blicken der Öffentlichkeit auszusetzen, hatte Arutha sich über einen alten Brauch hinweggesetzt und den verkrüppelten Säugling nicht bei der Präsentation dem Volke vorgestellt, jenem Feiertag, mit dem der erste öffentliche Auftritt eines Kindes der fürstlichen Familie begangen wurde. So war mit Nicholas' Geburt vielleicht eine lange Tradition beendet worden.

Nicky wandte den Kopf, als er hörte, wie die Tür geöffnet wurde, und er sah Erland hindurchspähen. Der jüngste Prinz grinste seine Brüder an, die vorsichtig durch die Tür schlüpften. Nicky humpelte die Stufen hinunter, fing die beiden dort unten ab und drückte jeden. Erland zuckte deutlich zusammen und erwiderte die Geste mit einem abwesenden Schulterklopfen.

Nicky folgte den Zwillingen, die langsam die Stufen hinter dem Thron hinaufstiegen und sich zu ihrer Schwester stellten. Sie sah über die Schulter, gerade lange genug, um ihnen die Zunge rauszustrecken und die Augen zu einem Schielen zu verdrehen, woraufhin sich alle drei Brüder zusammenreißen mußten, um nicht lauthals loszuprusten. Sie wußten, niemand sonst im Saal hatte die kurze Pantomime sehen können. Die Zwillinge hatten ihre Schwester oft und ausgiebig geärgert, und sie hatte ihnen soviel wie möglich in gleicher Münze heimgezahlt. Sie würde nicht zögern, die Jungen selbst vor dem Hof des Königs bloßzustellen.

Arutha, der das Gerangel zwischen seinen Kindern spürte, sah zu ihnen hinüber und bedachte seinen Nachwuchs mit einem Stirnrunzeln, womit er jeden möglichen Streich von vornherein unterband. Seine Augen ruhten kurz auf seinen beiden älteren Söhnen und verkündeten ihnen, wie maßlos er über sie erzürnt war, obwohl das sonst kaum jemand aus diesem Blick hätte lesen können. Dann richtete er seine Aufmerksamkeit wieder auf die Amtsgeschäfte. Ein niedriger Adliger sollte in ein neues Amt eingesetzt werden, und während die vier Kinder das nicht für viel Aufhebens würdig fanden, erlebte dieser Mann einen der wichtigsten Momente seines Lebens. Arutha hatte immer versucht, ihnen ein wenig Achtung vor solchen Anlässen zu vermitteln, doch das war ihm offensichtlich nicht gelungen.

Den Vorsitz bei der Audienz des Prinzen hatte Lord Gardan, der Herzog von Krondor, inne. Der alte Soldat hatte, wie schon sein Vater vor ihm, den conDoins mehr als dreißig Jahre gedient. Seine dunkle Haut bildete einen starken Gegensatz zu seinem fast weißen Bart, doch seine Augen zeigten immer noch den Ausdruck jener Wachsamkeit, die auf einen scharfen Verstand schließen läßt. Für die fürstlichen Kinder hatte er derzeit ein Lächeln übrig. Als Nichtadliger geboren, hatte Gardan seinen Aufstieg allein seinen Fähigkeiten zu verdanken, doch hatte er schon oft den Wunsch nach dem Rücktritt von seinen Ämtern geäußert, damit er sich endlich in seine Heimat, das ferne Crydee, zurückziehen könnte. Dennoch war er immer in Aruthas Diensten geblieben, hatte als Leutnant in der Garnison von Crydee angefangen, war dann Hauptmann der fürstlichen Palastwache geworden und schließlich zum Feldmarschall von Krondor aufgestiegen. Als der vorherige Herzog von Krondor, Lord Volney, unerwartet nach sieben Jahren treuer Dienste verstorben war, hatte Arutha Gardan in dieses Amt berufen. Allen Protesten des alten Soldaten zum Trotz war Gardan in den Adelsstand erhoben worden und hatte sich als ebenso fähiger Verwalter wie Feldmarschall erwiesen.

Gardan beendete die Verkündigung des neuen Ranges und der neuen Privilegien des Mannes, und Arutha überreichte ihm eine mit Bändern und Siegeln versehene, übergroße Urkunde. Der Mann nahm die Auszeichnung an und zog sich zurück in die Menge, wo er die geflüsterten Glückwünsche der anderen Anwesenden in Empfang nahm.

Gardan nickte Jerome, dem Zeremonienmeister, zu, und der dünne Mann richtete sich zu seiner vollen Größe auf. Als Jungen waren er und Baron James die ärgsten Rivalen gewesen, und heute kam das Amt des Zeremonienmeisters seiner Aufgeblasenheit entgegen. Nach allem, was man so hörte, war er ein ausgesprochener Langweiler, und vor allem seine Vorliebe für Nebensächlichkeiten ließ ihn für diesen Posten außergewöhnlich geeignet erscheinen. Diese Liebe zum Detail äußerte sich in den erlesenen Stickereien seiner Amtsrobe und dem Spitzbart, an dem er stundenlang herumschnippeln konnte. Mit wichtigtuerischer Stimme verkündete er: »Wenn es Euer Hoheit genehm ist, Lord Toren Sie, Gesandter des Kaiserlichen Hofes von Groß-Kesh.«

Der Gesandte, der an der Seite gestanden und sich mit seinen Beratern unterhalten hatte, näherte sich dem Podest und verbeugte sich. Seinem Äußeren nach war er ein reinblütiger Keshianer, denn sein Kopf war kahlrasiert. Sein scharlachroter kurzer Rock enthüllte gelbe Pantalons und weiße Pantoffeln. Die Brust war, ganz keshianischer Sitte entsprechend, bloß, und um seinen

Hals trug er einen sein Amt symbolisierenden goldenen Halsring. Jedes Teil seiner Kleidung war feinste Näharbeit und am Saum mit kleinen Edelsteinen und Perlen besetzt. Wenn er sich bewegte, wirkte es, als hätte er in schimmernden Funken gebadet. Er war mit Sicherheit der auserlesenst gekleidete Mann am Hofe.

»Hoheit«, sagte er mit einem leichten, eintönigen Akzent. »Unsere Gebieterin, Lakeisha, die, Die Kesh Ist, läßt fragen, wie es um die Gesundheit Eurer Hoheiten steht.«

»Richtet der Kaiserin unsere wärmsten Empfehlungen aus«, erwiderte Arutha, »und sagt ihr, wir wären wohlauf.«

»Mit Vergnügen«, antwortete der Gesandte. »Nun, ich muß Seine Hoheit um eine Erwiderung auf die Einladung meiner Gebieterin bitten. Die fünfundsiebzigste Wiederkehr des Geburtstages Ihrer Erhabenen ist ein Anlaß unübertroffener Freude für das Kaiserreich. Wir werden ein Fest geben, welches zwei Monate lang gefeiert werden wird. Haben Euer Hoheit die Absicht, sich uns anzuschließen?«

Der König hatte bereits ein Entschuldigungsschreiben abgesandt, und das gleiche hatten die Herrscher aller Nachbarländer von Queg bis hin zu den östlichen Königreichen getan. Obwohl es zwischen dem Königreich und seinen Nachbarn seit ungewöhnlich langer Zeit Frieden gab – die letzten größeren Grenzstreitigkeiten lagen elf Jahre zurück –, war kein Herrscher so dumm und begab sich in die Höhle des Löwen, die in diesem Fall das meistgefürchtete Volk auf Midkemia darstellte. Diese Absagen waren wohlüberlegt erfolgt. Doch mit der Einladung an den Prinzen und die Prinzessin von Krondor hatte es etwas Besonderes auf sich.

Der westliche Teil des Königreiches der Inseln war fast ein Reich für sich, und die Verantwortung für die Herrschaft lag einzig beim Prinzen von Krondor. Nur die gröbsten Vorgaben für die Politik kamen vom Königshof in Rillanon. Und es war Arutha gewesen, der seinerzeit mit den Gesandten von Kesh verhandelt hatte, denn die meisten Streitpunkte zwischen Kesh und dem Königreich hatten an der Südgrenze des westlichen Reiches gelegen.

Arutha sah seine Gemahlin an und dann den Gesandten. »Wir bedauern sehr, doch unsere Amtspflichten erlauben uns nicht, eine so lange Reise zu unternehmen, Euer Exzellenz.«

Die Miene des Gesandten blieb unverändert, aber der Mann nahm die Absage fast wie eine Beleidigung auf, wie ein leichtes Zucken mit den Wimpern verriet. »Das ist wirklich höchst bedauernswert, Hoheit. Meine Gebieterin mißt Eurer Anwesenheit bei den Feierlichkeiten eine außerordentliche Bedeutung zu – vielleicht sollte ich es besser so ausdrücken: Sie sieht darin eine Geste der Freundschaft und des guten Willens.«

Die Absicht dieser eigentümlichen Bemerkung entging Arutha nicht. Er nickte. »Wir würden es sicherlich als Vernachlässigung der Freundschaft mit unserem Nachbarn im Süden ansehen, wenn wir nicht einen Vertreter der fürstlichen Familie entsenden würden.« Die Augen des Gesandten richteten sich auf die Zwillinge. »Prinz Borric, mutmaßlicher Erbe des Hauses der Inseln, soll unser Vertreter bei der Feier der Kaiserin sein, mein Lord.« Borric, der plötzlich im Mittelpunkt des Interesses stand, richtete sich unwillkürlich auf und hatte den seltenen Drang, sich den Rock glattzustreichen. »Und sein Bruder, Prinz Erland, wird ihn begleiten.«

Borric und Erland wechselten entsetzte Blicke. »Kesh!« flüsterte Erland und konnte seine Überraschung kaum verbergen.

Der keshianische Gesandte verneigte sich einen Moment lang anerkennend vor den Prinzen. »Das ist ohne Frage eine passende Geste des Respektes und der Freundschaft, Hoheit. Meine Gebieterin wird erfreut sein.«

Aruthas Blick schweifte durch den Saal und ruhte für einen Augenblick auf einem Mann im hinteren Teil. Als sich der keshianische Gesandte zurückzog, erhob sich Arutha von seinem Thron und sagte: »Wir müssen uns heute noch verschiedenen

Pflichten unseres Amtes widmen, und aus diesem Grund werden wir erst morgen, zur zehnten Stunde, wieder hofhalten.« Er bot seiner Gemahlin die Hand, und Anita nahm sie und erhob sich. Während er die Prinzessin von dem Podest führte, flüsterte er Borric zu: »Ihr zwei seid in fünf Minuten in meinem Zimmer.« Die vier Kinder der fürstlichen Familie verbeugten sich förmlich, als ihre Eltern vorbeigingen, und folgten ihnen dann.

Borric sah Erland an, und in dessen Gesicht spiegelte sich seine eigene Neugier. Die Zwillinge warteten, bis sie den Saal verlassen hatten, dann drehte sich Erland zu Elena um und umarmte sie stürmisch. Borric gab ihr einen deftigen Klaps auf den Allerwertesten, der jedoch durch die Falten ihres Kleides gedämpft wurde. »Mistkerle!« rief sie. Dann drückte sie beide nacheinander. »Ich sag das nicht gern, aber ich freu mich. Endlich seid ihr zurück. Es war schrecklich, als ihr nicht da wart.«

Borric grinste. »Da hab ich aber andere Dinge gehört, Schwesterchen.«

Erland legte seinem Bruder den Arm auf die Schulter und flüsterte ihm heimlichtuerisch und spöttisch zu: »Mir ist zu Ohren gekommen, daß zwei Junker des Prinzen vor einem Monat dabei erwischt wurden, wie sie sich prügelten, und ihr Streit drehte sich darum, wer unser Schwesterchen zur Feier des Banapisfests begleiten darf.«

Elena kniff die Augen zusammen. »Mit diesen prügelnden Dummköpfen habe ich nichts zu tun.« Ihre Miene hellte sich wieder auf. »Und außerdem verbringe ich den Tag mit Baron Lowerys Sohn, Thom.«

Beide Brüder lachten. »Genau das habe ich auch gehört«, meinte Borric. »Dein Ruf reicht schon bis an die Grenzen, Schwesterchen! Und du bist noch nicht einmal sechzehn!«

Elena raffte ihre Röcke und fegte an ihren Brüdern vorbei. »Eben! Ich bin schon fast so alt wie Mutter, als sie Vater zum ersten Mal begegnet ist, und wo wir gerade bei Vater sind, wenn ihr nicht bald in seinem Arbeitszimmer erscheint, wird er euch ungekocht zum Frühstück verspeisen.« Sie blieb ein Dutzend Schritte vor ihnen stehen und wirbelte herum; ihr seidenes Kleid bauschte sich auf, und sie streckte ihren Brüdern erneut die Zunge heraus.

Beide lachten. Erland bemerkte Nicky, der in der Nähe herumstand. »Na, wen haben wir denn da?«

Borric tat so, als könnte er ihren kleineren Bruder nicht sehen und blickte über Nickys Kopf hinweg. »Was meinst du? Ich sehe niemanden.«

Nicky zog ein elendes Gesicht. »Borric!« sagte er und fing fast an zu heulen.

Borric sah zu ihm hinunter. »Warum, es ist ...« Er wandte sich an seinen Bruder. »Was ist denn das?«

Erland ging langsam um Nicky herum. »Ich bin mir nicht ganz sicher. Es ist zu klein für einen Gnom, aber zu groß für einen Affen – außer, es wäre ein besonders großer Affe.«

»Für einen Zwerg ist es jedenfalls in den Schultern nicht breit genug, und für einen Betteljungen ist er zu fein angezogen –«

Nicky machte eine betrübte Miene. In seinen Augen sammelten sich Tränen. »Ihr habt es versprochen!« sagte er, wobei seine Stimme stockte. Er sah zu seinen Brüdern auf, die dastanden und ihn angrinsten, und während ihm die Tränen über die Wangen liefen, trat er Borric gegen das Schienbein, drehte sich um und lief davon. Trotz seines hinkenden, wackeligen Gangs stürzte er, begleitet von seinen eigenen Schluchzern, den Gang hinunter.

Borric rieb sich das Schienbein. »Oh, der Junge kann ja richtig zutreten.« Er sah Erland an. »Versprochen?«

Erland verdrehte die Augen himmelwärts. »Wir sollten ihn nicht mehr ärgern.« Er seufzte. »Das gibt die nächste Strafpredigt. Er rennt bestimmt zu Mutter, und die redet mit Vater, und ...«

Borric zuckte zusammen. »Und es gibt die nächste Strafpredigt.«

Und dann sagten beide wie aus einem Mund: »Vater!« Sie liefen zu Aruthas Arbeitszimmer. Die Wache davor sah sie kommen und öffnete ihnen die Tür.

Drinnen saß ihr Vater auf seinem Lieblingsstuhl, einem alten Ding aus Leder und Holz, dem er den Vorzug vor dem anderen Dutzend Stühle in dem großen Ratszimmer gab. Links neben ihm standen Baron James und Baron Locklear. Arutha sagte: »Kommt ruhig herein, ihr zwei.«

Die Zwillinge stellten sich vor ihren Vater, und Erland bewegte sich ein wenig unbeholfen, da seine verwundete Seite über Nacht steif geworden war. »Irgend etwas nicht in Ordnung?« fragte Arutha.

Beide Söhne versuchten ein Lächeln. Ihrem Vater entging selten etwas. Borric sagte: »Er hat eine Konterattacke gestartet, als er besser noch pariert hätte. Der Kerl hat seine Deckung durchbrochen.«

Arutha sagte mit kalter Stimme: »Ihr habt euch also wieder geschlagen. Ich hätte das erwarten sollen, so wie es Baron James offensichtlich getan hat.« James fragte er: »Ist jemand getötet worden?«

James erwiderte: »Nein, doch einen der Söhne von einem der einflußreichsten Reeder der Stadt hätte es beinahe erwischt.«

Arutha erhob sich langsam, und sein Zorn war jetzt nicht mehr zu übersehen. Dieser Anblick war selten, denn Arutha gehörte zu den Männern, die ihre Gefühle immer im Griff haben, und daher war das nicht gerade ein willkommener Anblick. Er baute sich vor den Zwillingen auf, und einen Moment lang schien es, als wollte er sie schlagen. Er blickte ihnen fest in die Augen und sagte schließlich – wobei er jedes Wort betonte, als könnte er damit seine Wut beherrschen: »Was habt ihr euch bloß dabei gedacht?«

Erland antwortete: »Es war Notwehr, Vater. Der Mann wollte mich aufspießen.«

Borric mischte sich ein: »Er war ein Falschspieler. Er hatte eine zusätzliche schwarze Dame im Ärmel.«

Arutha spuckte die Worte fast aus: »Und mir wäre es egal, selbst wenn er ein ganzes Spiel im Ärmel gehabt hätte. Ihr seid keine einfachen Soldaten, zum Teufel! Ihr seid meine Söhne!«

Arutha ging um sie herum, als inspizierte er Pferde oder nähme seinen Soldaten eine Parade ab. Beide Jungen ließen es über sich ergehen, weil sie wußten, in dieser Laune würde ihr Vater keine Unverschämtheiten dulden.

Endlich warf er niedergeschlagen die Arme in die Luft und sagte: »Das können doch nicht meine Söhne sein.« Er ging an den Zwillingen vorbei und stellte sich neben die beiden Barone. »Die müssen von Lyam sein«, sagte er. Aruthas Bruder war in seiner Jugend für sein Temperament und seine vielen Prügeleien bekannt gewesen. »Anita hat zwar mich geheiratet, aber die rüpelhaften Bälger des Königs zur Welt gebracht.« James nickte zustimmend. »Das muß irgendein göttlicher Plan sein, den ich nicht verstehe.«

Er wandte seine Aufmerksamkeit wieder den Jungen zu und meinte: »Wenn euer Großvater noch lebte, würde er euch über ein Faß legen und seinen Ledergürtel abschnallen, egal, wie groß oder alt ihr seid. Ihr habt euch wieder einmal wie Kinder benommen, und man sollte euch auch wie Kinder behandeln.«

Er hob die Stimme, als er wieder auf sie zutrat. »Ich habe euch beiden den Befehl geschickt, ihr solltet sofort zurück nach Hause kommen! Und habt ihr gehorcht? Nein! Ihr kommt keineswegs gleich zum Palast, statt dessen verschwindet ihr im Armenviertel. Und zwei Tage später entdeckt euch Baron James bei einer Schlägerei in einem Wirtshaus.« Er machte eine Pause, und als er weiterredete, schrie er fast: »Ihr hättet dabei zu Tode kommen können!«

Borric versuchte zu witzeln: »Also, wenn diese Parade –«

»Genug!« brüllte Arutha und konnte seinen Zorn jetzt kaum mehr im Zaum halten. Er packte Borric am Rockaufschlag und zog seinen Sohn zu sich heran. »Du willst doch jetzt nicht auch noch mit mir scherzen! Ihr habt euch zum letzten Mal über meine

Anordnungen hinweggesetzt.« Er stieß seinem Sohn den Finger heftig gegen die Brust, und Borric wäre fast gegen seinen Bruder getaumelt. Arutha hatte offensichtlich keine Geduld mehr für die Schnoddrigkeiten, die er normalerweise überhörte. »Ich habe euch nicht zurückgerufen, weil wir hier am Hof das Durcheinander vermissen, das ihr gewöhnlich anrichtet. Vielleicht hätten ein oder zwei weitere Jahre an der Grenze eurem Benehmen recht gutgetan, aber ich hatte keine Wahl. Ihr habt als Prinzen Verpflichtungen, und ihr werdet jetzt gebraucht!«

Borric und Erland wechselten einen Blick. Aruthas Wutausbrüche hatten sie schon zur Genüge erlebt und durchgestanden – auch wenn sie meistens ihre Berechtigung hatten –, doch diesmal schien die Sache wirklich ernst zu werden. Borric sagte: »Es tut uns leid, Vater. Wir haben nicht gewußt, daß wir wegen unserer Pflichten nach Hause gerufen wurden.«

»Es wird auch überhaupt nicht von euch erwartet, etwas zu wissen. Ihr sollt gehorchen!« schoß ihr Vater zurück. Da er jetzt ohne Frage die Geduld für diese Auseinandersetzung verloren hatte, sagte er einfach: »Ich bin für den Moment erst einmal mit euch fertig. Ich muß mich langsam beruhigen, damit ich heute nachmittag die Verhandlungen mit dem keshianischen Gesandten führen kann. Baron James wird dieses Gespräch in meinem Sinne fortsetzen.« Schon in der Tür blieb er noch einmal stehen und sagte zu James: »Was auch immer du für richtig hältst, tue es! Aber ich möchte diese Schurken von der Bedenklichkeit der Angelegenheit beeindruckt sehen, wenn ich mich heute nachmittag weiter mit ihnen unterhalte.« Er schloß die Tür, ohne eine Antwort abzuwarten.

James und Locklear stellten sich jeweils zu einer Seite der beiden jungen Prinzen auf, und James sagte: »Wenn Ihre Hoheiten jetzt so freundlich wären und uns folgten.«

Borric und Erland sahen zuerst ihre Lehrer und »Onkel« und dann sich gegenseitig an. Beide hatten eine dunkle Ahnung von dem, was jetzt kommen würde. Ihr Vater hatte niemals den Riemen oder die Hände zur Erziehung seiner Kinder benutzt, ganz zur Erleichterung seiner Gemahlin, doch das schützte sie nicht vor ihren »Übungsstunden«, wenn sich die Jungen mal wieder nicht so benahmen, wie sie sollten, was leider allzuoft der Fall war.

Der draußen vor der Tür wartende Leutnant William gesellte sich zu den Zwillingen und den Baronen, als sie den Gang entlanggingen. Er eilte voraus, um ihnen die Tür aufzuhalten, die zu Prinz Aruthas Fechtsaal führte, wo die fürstliche Familie ihre Fähigkeiten mit dem Schwert, dem Dolch oder im Faustkampf einübte und erhielt. Obwohl William ein Cousin zweiten Grades zu den Zwillingen war, hatte er dennoch nur den Rang eines Soldaten in der Kompanie der Adligen. Borric betrat den Fechtsaal als erster, ihm folgten Erland, James und Locklear und schließlich William.

Im Fechtsaal drehte sich Borric rasch um, nahm die Haltung eines Faustkämpfers ein und bewegte sich nur noch rückwärts. »Wir sind älter und größer geworden, Onkel James. Und du wirst mich nicht noch einmal so leicht hinterm Ohr erwischen wie beim letzten Mal.«

Erland beugte den Oberkörper nach links, drückte die Hand mit übertriebener Geste auf die Seite und begann plötzlich zu humpeln. »Und schneller sind wir auch geworden, Onkel Locky.« Ohne Warnung stieß er mit dem Ellbogen nach Locklears Kopf. Der Baron, der fast zwanzig Jahre Erfahrungen als Soldat gesammelt hatte, wich zur Seite aus, und Erland verlor das Gleichgewicht. Locklear zog an Erlands Arm, und der Junge drehte sich im Kreis, woraufhin Locklear ihn in die Mitte des Fechtsaals zerrte.

Die beiden Barone traten zur Seite, während die Brüder die Fäuste hoben und Kampfhaltung annahmen. Mit trockenem Grinsen streckte James ihnen die Hände entgegen und sagte: »Also, ihr seid zu jung und zu schnell für uns, gut.« Die Jungen verstanden seine ironische Anspielung sehr wohl. »Und da wir beide in den nächsten Tagen einen klaren Kopf brauchen, dachten wir, wir sehen einfach lieber einmal nur zu, welche Fortschritte ihr in den letzten zwei Jahren gemacht habt.« Er deutete mit dem Daumen in die Ecken hinter sich. »Und das sind eure Gegner.«

In jeder Ecke stand ein Soldat, bis auf die Kniebundhose nackt. Die beiden hatten die Arme vor der jeweils beeindruckend muskulösen Brust verschränkt. Baron James winkte sie nach vorn. Als sie nähertraten, wechselten die Jungen einen Blick.

Die beiden Männer bewegten sich mit der Geschmeidigkeit reinrassiger Schlachtpferde und mit ebensolcher Kraft. Sie sahen aus, als wären sie aus Stein gehauen, und Borric zischte seinem Bruder zu: »Das sind doch keine Menschen.« Erland grinste, denn beide hatten ein großes Kinn, das unweigerlich an die vorstehenden Kieferknochen von Trollen erinnerte.

»Diese Gentlemen sind aus Onkel Lyams Garnison«, erklärte Locklear. »Letzte Woche gab es hier einen Schaukampf der königlichen Faustkämpfer, und wir haben sie eingeladen, noch ein paar Tage länger bei uns zu bleiben.« Die beiden Männer trennten sich voneinander und umkreisten die Jungen in entgegengesetzter Richtung.

Jimmy meinte: »Der Blonde ist Feldwebel Obregon, aus der Garnison von Rodez –«

Locklear unterbrach ihn: »Er ist der Meister aller Kämpfer unter zweihundert Pfund – ach, Ihr solltet Euch vielleicht um Erland kümmern, Obregon; er ist an der Seite verwundet. Geht vorsichtig mit ihm um.«

Borric kniff die Augen zusammen und studierte den anderen Soldaten. »Laß mich raten, Onkel Locky: Er ist der Meister aller Kämpfer über zweihundert Pfund.«

»Genau«, meinte Baron James und grinste breit.

Und noch im selben Augenblick tauchte vor Borrics Nase eine riesige Faust auf. Er versuchte, sich zur Seite zu drehen, doch im selben Moment spürte er, wie eine weitere Faust an seine Schläfe schlug. Dann fand er sich auf dem Boden wieder und überlegte, wer wohl die Fresken an der Decke des Saales gemalt hatte, aus dem sein Vater einen Fechtsaal gemacht hatte. Bei Gelegenheit mußte er einmal danach fragen.

Er schüttelte den Kopf, setzte sich auf und hörte, wie James sagte: »Euer Vater meinte, wir sollten euch sehr eindrücklich klarmachen, von welcher Wichtigkeit die Sache ist, die morgen auf euch zukommt.«

»Und was könnte das sein?« fragte Borric und ließ sich von Feldwebel Palmer auf die Beine ziehen. Doch der gab Borrics rechte Hand nicht frei, sondern hielt sie fest, während er mit seiner eigenen Rechten einen Treffer in Borrics Magen landete. Leutnant William zuckte sichtlich zusammen, derweil Borric sämtliche Luft aus seinen Lungen ausstieß, die Augen verdrehte und abermals zu Boden sank. Erland war gewarnt und versuchte sich zu verdrücken, doch der andere Faustkämpfer schlich weiter um ihn herum.

»Falls es euch entgangen ist: Euer Onkel, der König, hat seit dem Tod des jungen Prinzen Randolph nur Töchter gezeugt.«

Borric winkte ab, als ihm Feldwebel Palmer erneut die Hand anbot. »Danke, ich stehe lieber allein auf.« Während er sich auf das eine Knie stützte, sagte er: »Ich denke zwar nicht gerade laufend darüber nach, doch ich weiß wohl Bescheid.« Er erhob sich, und aus dieser Bewegung ließ er seine Faust mit Wucht in Feldwebel Palmers Magen schießen.

Der ältere harte Kämpfer stand wie versteinert da, holte einmal tief Luft, lächelte schließlich erfreut und meinte: »Das war gar nicht so schlecht, Hoheit.«

Borric verdrehte die Augen gen Himmel. »Danke.« Wieder tauchte eine Faust vor seiner Nase auf, und wieder konnte er die kunstvolle Handwerksarbeit an der Decke bewundern. Warum habe ich die eigentlich vorher noch nie gesehen? grübelte er.

Erland versuchte weiterhin, zwischen sich und Feldwebel Obregon einen ausreichenden Sicherheitsabstand zu wahren. Plötzlich wich der junge Mann nicht mehr zurück, sondern schlug wie wild geworden auf den anderen ein. Der Feldwebel blieb stehen und hob nur die Arme schützend vors Gesicht, derweil sich der jüngere Mann an seinen Schultern und Armen austobte. »Unser Onkel hat keinen Erben, das ist uns natürlich auch nicht entgangen, Onkel Jimmy«, merkte Erland an. Seine Arme wurden müde, doch er prügelte weiter auf den muskulösen Feldwebel ein. Urplötzlich trat der Soldat an Erland heran und landete einen Treffer in der Flanke des Jungen. Erlands Gesicht wurde blaß, und seine Augen begannen zu schielen.

Als er sah, was er angerichtet hatte, sagte Feldwebel Obregon: »Entschuldigt, Hoheit, ich wollte die Seite treffen, die nicht verwundet ist.«

Erlands Stimme kam kaum über ein heiseres Flüstern hinaus. Er schnappte nach Luft. »Wie freundlich von Euch.«

Borric schüttelte den Kopf, damit er wieder klar wurde, und machte eine Rolle rückwärts, um auf die Beine zu kommen. Er war wieder bereit. »Willst du mir vielleicht irgend etwas Bestimmtes mitteilen, mit diesem Hinweis auf das Fehlen eines königlichen Prinzen?«

»Genau das hatte ich vor«, bejahte James. »Da Lyam keine männlichen Nachkommen hat, ist der Prinz von Krondor immer noch der Erbe des königlichen Throns.«

»Und euer Vater ist der Prinz von Krondor«, warf Locklear ein.

Borric täuschte geschickt mit der Linken an, drosch mit der Rechten auf das Kinn des Feldwebels, und der schwankte einen Moment lang. Ein weiterer Schlag traf den Körper, und der Faustkämpfer trat einen Schritt zurück. Borric wurde selbstsicherer und machte einen Schritt auf den anderen zu, um ihn mit einem letzten Schlag niederzuschlagen, doch plötzlich drehte sich die Welt um ihn herum.

Borric wurde erst gelb vor Augen, dann rot, dann fiel er lange Zeit, und als sein Kopf auf dem Boden aufprallte, wurde schließlich alles um ihn herum schwarz. Er schlug die Augen auf und sah Gesichter über sich, die ihn anstarrten. Sie wirkten irgendwie freundlich, und er dachte, er müsse sie eigentlich kennen, aber so wichtig erschien ihm das alles nun auch wieder nicht. Er starrte an den Gesichtern vorbei und fragte sich, ob wohl einer von ihnen wisse, welcher Künstler die wunderschönen Fresken an der Decke gemalt hatte.

Als sich das Weiße in seinen Augen zeigte, schüttete William einen Eimer Wasser über sein Gesicht. Borric kam wieder zu Bewußtsein und prustete.

Baron James kniete neben ihm nieder und half dem Prinzen, sich aufzurichten. »Bist du wieder bei uns?«

Borric schüttelte sich, und sein Blick wurde wieder klar. »Ich glaube schon«, japste er.

»Gut. Wenn dein Vater also noch der Erbe des Thrones ist, dann stehst du also ebenfalls in der Thronfolge des Königs«, fuhr er fort. Bei den folgenden Worten klopfte er Borric leicht auf den Hinterkopf: »Und damit bist du ein mutmaßlicher Erbe.«

Borric wandte sich James zu und betrachtete ihn eingehend. Er hatte immer noch nicht so ganz verstanden, worauf der Baron hinauswollte. »Und?«

»Und, Dummkopf, da unser guter König, dein Onkel, aller Wahrscheinlichkeit nach und in Anbetracht des Alters der Königin keine Söhne mehr bekommen wird, wird Arutha, so er Lyam überlebt, König werden.« Er streckte die Hand aus, half Borric auf die Füße und fügte hinzu. »Und so die Göttin des Schicksals es zuläßt« – er tätschelte Borric höhnisch die Wange –, »wirst du vermutlich deinen Vater überleben und damit eines Tages König sein.«

»Mag der Himmel uns davor bewahren«, warf Locklear dazwischen.

Borric sah sich im Saal um. Die beiden Feldwebel waren zurückgetreten, da die vorgebliche Übungsstunde offensichtlich beendet war. »König?«

»Ja, du holzköpfiger Dummbartel«, meinte Locklear. »Wenn du dann noch am Leben bist, müssen wir uns vor dir verbeugen und so tun, als hättest du eine Ahnung von dem, was du machst.«

»Also«, fuhr James fort, »hat dein Vater beschlossen, es sei an der Zeit, deinem unflätigen Benehmen, welches kaum besser ist als das des verzogenen Sohns eines reichen Viehhändlers, einen Riegel vorzuschieben. Statt dessen solltest du dich lieber wie ein zukünftiger König der Inseln benehmen.«

Erland stellte sich neben seinen Bruder und lehnte sich an ihn an. »Warum sagt Ihr uns nicht einfach« – er zuckte zusammen, weil er eine falsche Bewegung gemacht und seine verwundete Seite zu sehr angespannt hatte –, »was eigentlich los ist?«

James sagte: »Diese Lektion sollte ein wenig ... nun, nachdrücklich werden. Davon habe ich auch euren Vater überzeugt.« Er betrachtete die beiden Prinzen. »Ihr seid gebildet: Euch haben die besten Lehrer unterrichtet, die euer Vater bekommen konnte. Ihr sprecht ... wartet ... sechs, oder sieben Sprachen? Ihr könnt rechnen wie Mineure bei einer Belagerung. Ihr kennt euch bestens in Ahnenkunde aus. Auch für Musik und Kunst habt ihr eine Gabe, und ihr kennt die Etikette des Hofes. Fechten könnt ihr wie die Teufel, und« – er sah zu den beiden Faustkämpfern hinüber – »ihr könnt euch auch mit den Fäusten zur Wehr setzen.« Er machte einen Schritt zur Seite. »Doch in den neunzehn Jahren eures bisherigen Lebens habt ihr euch stets wie flegelhafte Jungen benommen. Und nicht wie Prinzen des Königreiches!« Er hob die Stimme, und seine Verärgerung war nicht zu überhören. »Und wenn wir mit euch fertig sind, werdet ihr euch nicht mehr wie verwöhnte Bälger benehmen.«

Borric stand wie ein begossener Pudel da. »Verwöhnte Bälger?«

Erland grinste, als er das Unbehagen seines Bruders bemerkte. »Das wäre es dann also, nicht? Borric wird sich von nun an wie ein Prinz benehmen, und Vater wird über alle Maßen glücklich sein –«

James schenkte Erland ein hinterhältiges Lächeln. »Und du auch, mein Lieber! Denn falls dieses starrsinnige Kind nach Kesh geht und sich dort vom gehörnten Gemahl einer Hofdame die Kehle durchschneiden läßt, dann wird man eines Tages in Rillanon dir die Krone der conDoins auf den Kopf setzen. Und sollte das nicht eintreffen, dann wärest du immer noch nach deinem Bruder der Erbe des Thrones, es sei denn, dieser würde, was überaus unwahrscheinlich ist, Nachkommen zeugen, noch dazu männliche. Und selbst in diesem Fall wirst du irgendwo ein Amt als Herzog übernehmen müssen.« Seine Stimme klang wieder etwas netter, als er abschließend sagte: »Und jetzt werdet ihr beide für euer Amt vorbereitet.«

Borric erwiderte: »Ja, ja. Damit können wir morgen anfangen. Erst mal brauchen wir ein bißchen Ruhe –« Borric starrte erstaunt auf die Hand, die auf seiner Brust lag und ihn daran hinderte, wegzugehen.

»Nicht ganz so schnell«, meinte James. »Eure Übungsstunde ist noch nicht vorbei.«

»Ach, Onkel James –«, setzte Erland an.

»Ihr habt uns doch erzählt –«, meinte Borric, in dessen Stimme Ärger mitschwang.

»Ich glaube nicht«, entgegnete der Baron. »Ihr seid zwei ganz und gar unverschämte Kerle.« Er wandte sich an die beiden Feldwebel. »Wenn Ihr bitte fortfahren würdet.«

Baron James gab Locklear einen Wink, ihn zu begleiten. Sie überließen die beiden Prinzen der gekonnt verabreichten Tracht Prügel, die sie erwartete. Auf dem Weg aus dem Fechtsaal winkte James William heran. »Wenn sie genug haben, bring sie auf ihre Zimmer. Laß sie ein wenig ausruhen und sorg für Speisen. Am späten Nachmittag sollen sie zu seiner Hoheit gebracht werden.«

William salutierte und wandte sich genau in dem Moment wieder dem Kampf zu, als die beiden Prinzen erneut auf die Matten gingen. Er schüttelte den Kopf. Das würde kein schöner Anblick werden.

Anschlag

Der Junge schrie.

Borric und Erland sahen von den Fenstern der Gemächer ihrer Eltern aus zu, wie Schwertmeister Sheldon seine Attacke gegen Nicholas startete. Der Junge schrie noch einmal aufgeregt auf, begegnete dem Angriff mit einer Parade und ging dann zum Gegenangriff über. Der Schwertmeister wich zurück.

Borric kratzte sich an der Wange, während er das Schauspiel beobachtete. »Der Junge kann ganz schön herumhüpfen, ohne Frage.« Die Prellungen, die von der Übungsstunde heute morgen herrührten, wurden immer dunkler.

Erland stimmte zu. »Er hat Vaters Fertigkeiten mit der Klinge geerbt. Und er kommt trotz seines schlimmen Beins damit zurecht.«

Beide drehten sich um, als die Tür hinter ihnen geöffnet wurde und ihre Mutter hereintrat. Anita bedeutete ihren Hofdamen, sie sollten in der gegenüberliegenden Ecke warten, wo sie sich weiter über den neuesten Klatsch unterhielten, der in Krondor die Runde machte. Die Prinzessin von Krondor stellte sich neben ihre Söhne und spähte durch das Fenster hinaus, wo Nicholas freudig einen zu weiten Ausfallschritt machte und sich plötzlich entwaffnet sah.

»Nein, Nicky! Das hast du doch kommen sehen müssen«, schrie Erland, obwohl sein kleinerer Bruder das durch die Glasscheiben wohl kaum hörten konnte.

Anita lachte: »Er gibt sich solche Mühe.«

Borric zuckte mit den Schultern, und sie wandten sich vom Fenster ab. »Für einen Jungen ist er nicht schlecht. Nicht schlechter jedenfalls, als wir in seinem Alter waren.«

Erland stimmte zu. »Der Affe.«

Plötzlich fuhr seine Mutter zu ihm herum und schlug ihm fest ins Gesicht. Sofort verstummte das Geflüster in der anderen Ecke des Zimmers, und die Frauen starrten mit aufgerissenen Augen staunend die Prinzessin an. Borric sah seinen Zwillingsbruder an, und der wirkte genauso verblüfft wie er selbst. In den ganzen neunzehn Jahren ihres Lebens hatte ihre Mutter nicht ein einziges Mal die Hand gegen einen der Jungen erhoben. Erland war mehr über die Tatsache an sich erstaunt, als daß ihm die Wange weh tat. An Anitas grünen Augen konnte man eine Mischung aus Wut und Entschuldigung ablesen. »Redet nie wieder so über euren Bruder.« Ihr Tonfall ließ keinen Widerspruch zu. »Ihr habt ihn immer nur verspottet und ihm so mehr weh getan als das ganze unhöfliche Geraune der Adligen zusammen. Er ist ein guter Junge, und er liebt euch, und ihr macht euch ständig nur über ihn lustig und quält ihn. Ihr seid erst einen Tag wieder im Palast, und er hat euch nur fünf Minuten gesehen, und schon stehen ihm wieder die Tränen in den Augen.

Arutha hat recht. Ich habe euch viel zu lange euer flegelhaftes Benehmen ungestraft durchgehen lassen.« Sie kehrte ihnen den Rücken zu, als wollte sie fortgehen.

Borric, der sich und seinen Bruder aus der peinlichen Situation befreien wollte, sagte: »Ach, Mutter. Du hast uns rufen lassen? Wolltest du vielleicht etwas mit uns besprechen?«

Anita sagte: »Ich habe euch nicht rufen lassen.«

»Ich war das.«

Die Jungen drehten sich um und entdeckten ihren Vater, der in der kleinen Tür stand, die sein Arbeitszimmer mit dem Wohnzimmer der Familie verband, wie Anita diesen Teil der fürstlichen Wohnung nannte. Die beiden Brüder sahen sich an und wußten, ihr Vater würde lange genug zugeschaut und die ganze Auseinandersetzung zwischen ihnen und ihrer Mutter beobachtet haben.

Nachdem er eine Weile lang schweigend dagestanden hatte, sagte Arutha: »Wenn du uns bitte entschuldigen würdest, ich hätte mit meinen Söhnen gern etwas unter vier Augen besprochen.«

Anita nickte und bedeutete ihren Hofdamen, sie sollten ihr folgen. Rasch leerte sich das Zimmer, und Arutha blieb mit seinen Söhnen allein zurück. Als die Tür zugefallen war, fragte Arutha: »Und wie geht es euch?«

Erland antwortete: »Nun, Vater, wenn man von der ›Übungsstunde‹ heute morgen einmal absieht, den Umständen entsprechend gut.« Er deutete auf seine verletzte Seite, die recht gut verheilte.

Arutha runzelte die Stirn und schüttelte sachte den Kopf. »James sollte mir nicht sagen, was er sich für euch ausgedacht hatte.« Er lächelte schief. »Ich habe ihn nur gebeten, er solle euch irgendwie sehr eindrücklich beibringen, welche Folgen es hat, wenn ihr nicht das tut, was von euch verlangt wird.«

Erland nickte. Borric sagte: »Nun, das kam nicht so ganz unerwartet. Du hast angeordnet, wir sollten auf schnellstem Wege nach Hause kommen, und wir haben uns ein bißchen herumgetrieben, bevor wir uns zum Palast aufgemacht haben.«

»Herumgetrieben ...«, meinte Arutha und sah seinem Ältesten in die Augen, »... nun, ich fürchte, in Zukunft werdet ihr wenig Zeit haben, euch herumzutreiben.«

Er winkte die Jungen näher zu sich heran, und sie kamen zu ihm. Er ging wieder in sein Arbeitszimmer, und die beiden folgten ihm. Arutha setzte sich an seinen riesigen Schreibtisch. Hinter dem Schreibtisch gab es eine kleine versteckte Nische, die von einem Stein verborgen wurde, den er jetzt entfernte. Er holte ein Pergament mit dem Wappen der königlichen Familie hervor und reichte es Borric. »Lies den dritten Absatz.«

Borric las, und seine Augen wurden immer größer. »Das ist wirklich eine traurige Nachricht.«

Erland fragte: »Was ist es denn?«

»Eine Botschaft von Lyam«, erwiderte Arutha.

Borric gab das Pergament an seinen Bruder weiter. »Die königlichen Leibärzte und Priester sind überzeugt, daß die Königin keine weiteren Kinder mehr bekommen wird. Und somit wird es in Rillanon keinen Erben für den Königsthron geben.«

Arutha ging zu einer Tür im Hintergrund des Arbeitszimmers und sagte: »Kommt mit!«

Er öffnete die Tür und betrat ein Treppenhaus. Seine Söhne folgten ihm rasch, und bald standen sie auf der Spitze eines alten Turms, der sich fast in der Mitte des Palastes befand und über die Stadt Krondor erhob. Arutha begann zu sprechen, ohne sich zu vergewissern, ob seine Söhne ihm gefolgt waren.

»Als ich in eurem Alter war, habe ich in der Burg meines Vaters oft an der Brustwehr des Außenwerks gestanden. Ich habe hinunter auf die Stadt geschaut, Crydee, und auf den Hafen dahinter. Es ist ein kleiner Ort, doch in meinen Erinnerungen ist er sehr groß.«

Er sah Borric und Erland an. »Euer Großvater hat das gleiche getan, als er ein Junge war, das hat mir unser alter Schwertmeister Fannon einmal erzählt.« Einen Moment lang hing Arutha seinen Erinnerungen nach. »Ich war ungefähr in eurem Alter, als man mir den Befehl über die Garnison übertrug.« Beide Söhne hatten schon häufig Geschichten über den Spaltkrieg und die Rolle ihres Vaters darin gehört, doch diese Geschichte war anders als die, die ihr Vater, Laurie oder Admiral Trask beim Abendessen zu erzählen pflegten.

Arutha drehte sich um und setzte sich in eine der Zinnenlücken. »Ich wollte nie Prinz von Krondor werden, Borric.« Erland setzte sich in die nächste Mauerzinne; offensichtlich waren die Worte mehr für seinen älteren Bruder als für ihn bestimmt. Sie hatten es beide oft genug gehört. Ihr Vater hatte eigentlich nie den Wunsch gehegt, regieren zu müssen. »Als ich ein Junge war«, fuhr Arutha fort, »hatte ich keinen größeren Wunsch, als Soldat zu werden, vielleicht sogar bei den Grenzbaronen.

Erst als ich den alten Baron von Hohe Burg traf, wurde mir klar, wie sehr mich die Kindheitsträume auch als Erwachsener immer noch verfolgten. Man wird sie einfach nicht so leicht los, und trotzdem muß man, wenn man die Dinge so sehen will, wie sie sind, den Standpunkt eines Kindes aufgeben.«

Sein Blick schweifte zum Horizont. Ihr Vater war stets ein offener Mann gewesen, der die Dinge aussprach, wie sie waren, und nie Schwierigkeiten damit gehabt hatte, seine Gefühle auszudrücken. Doch nun hatte er offenbar Schwierigkeiten mit dem, was er auf dem Herzen hatte. »Borric, als du noch klein warst, wie, hast du geglaubt, würde dein Leben heute aussehen?«

Borric sah hinüber zu Erland und dann wieder zu seinem Vater. Ein leichter Wind erhob sich und wehte ihm die dichte, schlechtgeschnittene rötlichbraune Mähne ins Gesicht. »Ich habe eigentlich nie so richtig darüber nachgedacht, Vater.«

Arutha seufzte. »Ich glaube, bei eurer Erziehung haben wir einige schwere Fehler gemacht. Als ihr beide noch kleine Jungen wart, habt ihr euch oft sehr bösartig benommen, und bei einer Gelegenheit habe ich mich sehr aufgeregt. Es war eine kleine Sache, ihr hattet ein Tintenfaß umgestoßen, allerdings dabei eine Urkunde besudelt und das Tagewerk eines Schreibers zerstört. Ich gab dir ein paar auf den Hosenboden, Borric.« Der ältere Bruder grinste bei der Erinnerung daran. Arutha erwiderte das Grinsen nicht. »Anita nahm mir noch am selben Tag das Versprechen ab, ich sollte euch nie wieder anfassen, wenn ich zornig auf euch wäre. Aber dadurch habe ich euch nur verhätschelt und euch nicht richtig auf euer späteres Leben vorbereitet.«

Erland fühlte sich peinlich berührt. Sie waren oft genug gescholten, doch selten ernsthaft bestraft worden, und – vor heute morgen – niemals körperlich.

Arutha nickte. »Ihr und ich, wir sind auf ganz verschiedene Weise erzogen worden. Euer Onkel, der König, hat den Gürtel bei mehr als einer Gelegenheit zu spüren bekommen. Ich habe nur ein einziges Mal Prügel bezogen. Eins habe ich daraufhin schnell begriffen: Wenn Vater etwas befahl, dann hatte man zu gehorchen, und zwar ohne Fragen zu stellen.« Arutha seufzte, und in diesem Seufzer lag eine Unsicherheit, die die beiden Jungen zum ersten Mal in ihrem Leben bei ihrem Vater spürten. »Wir sind alle davon ausgegangen, Prinz Randolph würde eines Tages König werden. Als er ertrunken ist, waren wir sicher, Lyam würde einen weiteren Sohn bekommen. Selbst als die Königin nur Töchter zur Welt brachte und die Hoffnungen auf einen Erben des Throns in Rillanon mehr und mehr schrumpften, haben wir nicht darüber nachgedacht, daß eines Tages du« – er stieß Borric mit dem Finger vor die Brust – »der Herrscher über dieses Volk sein würdest.«

Er sah seinen anderen Sohn an, und mit einer für ihn ungewohnten Geste langte er hinüber und legte seine Hand auf die Erlands. »Mir ist es nicht gegeben, über tiefe Gefühle zu reden, doch ihr seid meine Söhne, und ich liebe euch beide, obwohl ihr meine Geduld immer wieder auf eine harte Probe stellt.«

Beide Söhne führten sich bei dieser ungewöhnlichen Enthüllung seltsam unbehaglich. Sie liebten ihren Vater, doch genauso wie er drückten auch sie ihre Gefühle ungern so offen aus. »Wir verstehen schon«, brachte Borric als einzige Antwort hervor.

Arutha sah Borric in die Augen und fragte: »Wirklich? Versteht ihr wirklich? Dann solltet ihr wissen, von heute an seid ihr nicht mehr nur meine eigenen Söhne, Borric. Ihr seid jetzt die Söhne des Königreiches. Jeder von euch ist ein Prinz von königlichem Blut. Du sollst eines Tages König werden, Borric. Darauf mußt du dich einstellen, denn es ist so, und keine Macht der Welt kann das ändern. Und von heute an wird euch meine Vaterliebe nicht mehr vor der Unbill des wirklichen Lebens beschützen. Wenn man König ist, hält man die Fäden in der Hand, entscheidet über Leben und Tod von Menschen. Eine einzige gedankenlose Geste kann diesen Menschen den Tod bringen, als hättet ihr die Fäden einer Marionette abgerissen.«

Zu Erland sagte er: »Zwillinge in der Thronfolge bringen oft großes Unheil mit sich und bedrohen den Frieden im Königreich. Falls es zwischen euch einmal zu Zwistigkeiten kommen sollte, wirst du vielleicht behaupten, die Geburtsfolge wäre vertauscht worden, und viele werden sich einer solchen Forderung nach dem Thron anschließen, um ihre eigenen alten Fehden wieder aufzunehmen.

Ihr kennt beide die Geschichte von Borric dem Ersten und wie er gezwungen war, seinen Bruder, Jon den Heuchler, niederzuringen. Und ihr habt auch davon gehört, und zwar bestimmt häufig genug, wie ich mit dem König und unserem Bruder Martin in der Gruft unserer Ahnen stand, bevor die Versammlung der Lords einberufen wurde, in der jeder von beiden berechtigte Ansprüche auf den Thron hätte erheben können. Wenn Lyam heute die Krone trägt, so hat er das Martins edler Geste zu verdanken.« Er hielt Daumen und Zeigefinger einen Zoll auseinander. »Trotzdem sind wir in jenen Tagen nur knapp von einem Bruderkrieg verschont geblieben.«

Borric fragte: »Vater, warum erzählst du uns das?«

Arutha erhob sich, seufzte und legte seinem ältesten Sohn die Hand auf die Schulter. »Weil deine Kindheit zu Ende ist, Borric. Du bist nicht mehr länger der Sohn des Prinzen von Krondor. Denn ich werde, sollte ich meinen Bruder überleben, zu deinen Gunsten auf den Thron verzichten.« Borric wollte protestieren, doch Arutha ließ ihn nicht zu Wort kommen. »Lyam ist ein kräftiger Mann. Vielleicht werde ich schon alt sein, wenn er stirbt, wenn ich nicht sogar vor ihm an der Reihe bin. Jedenfalls würde eine kurze Herrschaft zwischen Lyams und deiner nicht von Vorteil sein. Du wirst der nächste König der Inseln sein.«

Er wandte sich Erland zu und sagte: »Und du wirst immer im Schatten deines Bruders stehen. Für alle Zeiten wirst du einen Schritt vom Thron entfernt sein, doch niemals darauf sitzen dürfen. Man wird dich stets um Gefallen und um Stellungen bitten, doch du wirst nie selbst welche vergeben können; alle werden dich nur als Sprungbrett zu deinem Bruder ansehen. Wirst du mit diesem Schicksal fertigwerden?«

Erland zuckte mit den Schultern. »Das scheint mir gar nicht

so ein schlechtes Schicksal zu sein, Vater. Ich werde Ländereien und Titel besitzen und ausreichend Verantwortung zu tragen haben, da bin ich mir sicher.«

»Noch mehr. Du wirst Borric in allen Dingen zur Seite stehen müssen, auch dann, wenn du mit seinen Entscheidungen vielleicht nicht einverstanden sein wirst. Du wirst nie öffentlich deine eigene Meinung kundtun dürfen. Das muß so sein. Und das kann ich gar nicht genug betonen. Zukünftig darfst du niemals, wirklich niemals, dem Willen des Königs in der Öffentlichkeit entgegentreten.« Er trat ein Stück zur Seite und sah sie beide abwechselnd an. »Ihr habt in eurem Leben nur Frieden kennengelernt. Die Streitigkeiten an der Grenze sind schließlich nur Kleinigkeiten.«

Erland sagte: »Für diejenigen von uns, die dort die Kämpfe gefochten haben, aber nicht! Menschen sind dabei zu Tode gekommen, Vater.«

Arutha sagte: »Ich rede von Völkern, von Dynastien, vom Schicksal ganzer Generationen. Ja, bei den Grenzstreitigkeiten sind Menschen ums Leben gekommen, damit dieses Land und sein Volk in Frieden leben können.

Doch es gab eine Zeit, als der Krieg allgegenwärtig war, als die Grenzgefechte mit Kesh jeden Monat neu aufflammten und als die queganischen Galeeren unsere Schiffe nach Belieben kapern, als die Eindringlinge aus der Welt der Tsurani große Teile vom Lande eures Großvaters besetzt hielten – und das neun Jahre lang.

Ihr werdet viele Dinge aufgeben müssen, meine Söhne. Ihr werdet wahrscheinlich Frauen heiraten müssen, die euch wie Fremde erscheinen. Ihr werdet viele der Rechte aufgeben müssen, die für einfache Leute so selbstverständlich sind: das Recht, eine Taverne zu betreten und mit den Leuten zu trinken, das Recht, einfach aufzubrechen und in eine andere Stadt zu reisen, das Recht, aus Liebe zu heiraten und in Ruhe dabei zuzusehen, wie eure Kinder aufwachsen, ohne die Angst zu haben, sie für irgendwelche Pläne mißbrauchen zu lassen.« Er ließ seinen Blick über die Stadt schweifen und fügte hinzu: »Ihr werdet nicht das Recht haben, am Ende eines Tages mit eurer Frau zusammenzusitzen, die kleinen Dinge des Lebens zu besprechen und euch einfach wohl zu fühlen.«

Borric sagte mit belegter Stimme: »Ich glaube, ich verstehe.«

Erland nickte nur.

Arutha sagte: »Gut, denn in einer Woche brecht ihr nach Groß-Kesh auf, und von dem Moment an seid ihr die Zukunft des Königreichs.« Er machte sich zu der Treppe auf, die hinunter in den Palast führte, und blieb noch einmal stehen. »Ich wünschte, ich könnte euch das alles ersparen, doch das kann ich nicht.« Dann ging er davon.

Beide Jungen saßen eine Weile schweigend da, bis sie sich wie ein Mann umdrehten und auf den Hafen hinaussahen. Die Nachmittagssonne strahlte heiß auf sie herab, und nur die Brise vom Bitteren Meer verschaffte ihnen ein wenig Abkühlung. Im Hafen unter ihnen fuhren Boote, Last- und Stakkähne zwischen den Anlegestellen und den riesigen Segelschiffen, die in der Bucht vor Anker lagen, hin und her und beförderten Lasten und Passagiere. In der Ferne tauchten weiße Punkte auf, Handelsschiffe von der Fernen Küste, dem Königreich Queg, den Freien Städten von Yabon oder dem Kaiserreich Groß-Kesh.

Endlich löste sich die Anspannung auf Borrics Gesicht, und er grinste breit. »Kesh!«

Erland lachte. »Ja, auf ins Herz von Groß-Kesh!«

Beide lachten bei der Aussicht auf fremde Städte und Menschen, bei der Aussicht auf eine Reise in ein Land, welches als fremdartig und geheimnisvoll galt. Und die Worte ihres Vaters wurden mit dem Wind nach Osten verweht.

Manche Bräuche überdauern Jahrhunderte, andere sind schon bald wieder verschwunden. Manche bürgern sich still und heimlich ein, und andere treten mit Fanfarenstößen auf. In den vergangenen Jahren war es zu einem allgemeinen Brauch geworden, den Lehrjungen und anderen Dienern den Nachmittag und Abend des sechsten Tages der Woche freizugeben. Und dieser Brauch hatte sich noch weiter entwickelt: Nun wurden üblicherweise die Geschäfte am Sechstag schon mittags geschlossen, und der Siebentag galt ohnehin als Tag der Muße und der Gottesdienste.

In den letzten Jahren hatte sich allerdings noch eine weitere Sitte verbreitet. Vom ersten Sechstag an, der der Frühjahrs-Tagundnachtgleiche folgte, begannen Jungen und heranwachsende Männer, Lehrjungen und Dienstboten, Gemeine und Adlige mit den Vorbereitungen. Denn nach sechs weiteren Wochen, nach dem Feiertag der Ersten Schneeschmelze, begann die Zeit des Fußballs, oftmals trotz unfreundlichen Wetters.

Das Spiel, das man einst als Faßball bezeichnet hatte, wurde schon so lange gespielt, wie Jungen aus Flicken genähte Bälle in Fässer traten. Vor zwanzig Jahren hatte der junge Prinz Arutha seinem damaligen Zeremonienmeister aufgetragen, ein Regelwerk für dieses Spiel zu entwerfen, was hauptsächlich aus Sorge um die Junker und die Lehrjungen geschehen war, denn das Spiel war bis zum äußersten rauh. Jetzt hatte der Fußball seinen festen Platz im Leben der Menschen erobert; wenn das Frühjahr nahte, begann die Zeit des Fußballs.

Das Spiel war in allen Schichten gleichermaßen beliebt: von kleinen Jungen, die auf freien Plätzen spielten, bis hin zu einer Stadtliga, in der nach Gildenzugehörigkeit oder von reichen Adligen aufgestellte Mannschaften gegeneinander antraten. Überall sah man Spieler, die hin und her rannten und versuchten, einen Ball ins Netz zu treten.

Die Menge tobte vor Begeisterung, als sich der schnellste Stürmer der Blauen aus dem Gewühl löste und mit dem Ball auf das Tor der anderen Mannschaft zulief. Der Torwart der Roten duckte sich, bereit, nach dem Ball zu springen. Mit einer Körpertäuschung brachte der blaue Spieler den Roten aus dem

Gleichgewicht und schoß dann an seiner anderen Seite vorbei. Der Torwart stand mit den Händen in der Hüfte da und verfluchte sich selbst, während die blauen Spieler ihren Torschützen umringten.

»Ach, das hätte er doch kommen sehen müssen«, bemerkte Locklear. »Das war so offensichtlich. Ich hab es ja selbst von hier oben gesehen.«

James lachte. »Und warum gehst du dann nicht runter und spielst für ihn?«

Borric und Erland fielen in James' Gelächter ein. »Klar, Onkel Locky. Wir haben schließlich hundertmal gehört, wie du und Onkel Jimmy das Spiel zu dem gemacht habt, was es jetzt ist.«

Locklear schüttelte den Kopf. »Das war doch eine ganz andere Sache.« Er betrachtete die Tribünen um das Spielfeld herum, die ein gewiefter Händler aufgestellt und dann mehr und mehr erweitert hatte, bis sich viertausend Bürger hier versammeln und dem Spiel zusehen konnten. »Bei uns gab es damals noch Fässer, und da durfte man nicht einfach davorstehen. Diese Tore mit ihren Netzen und diese Torwarte und all diese anderen Regeln, die euer Vater angeordnet hat ...«

Borric und Erland beendeten den Satz wie aus einem Mund: »... das macht doch keinen Spaß mehr.«

Locklear sagte: »Das stimmt doch auch –«

Erland unterbrach ihn: »Nicht genug Blutvergießen!«

»Keine gebrochenen Arme! Keine ausgestochenen Augen!« fügte Borric lachend hinzu.

James meinte: »Eigentlich ist das besser. Es gab eine Zeit –«

Die beiden Brüder schnitten eine Grimasse. Sie wußten, jetzt würden sie die Geschichte hören, wie Locklear von einem Hufeisen getroffen worden war, das ein Lehrjunge unter seinem Hemd verborgen und dann nach ihm geworfen hatte. Und danach würden sich die beiden Barone ihre Meinung darüber sagen, welchen allgemeinen Wert diese Regeländerungen hatten und welche Regeln das Spiel besser machten und welche es behinderten.

Als Borric jedoch keine weitere Bemerkung von James hörte, drehte er sich zu ihm um. James sah gar nicht mehr dem Spiel zu, das gleich zu Ende sein würde, sondern er hatte seine Augen auf einen Mann gerichtet, der fast am Ende der Reihe über den Baronen saß. Durch ihren Rang und ein wenig an der richtigen Stelle eingesetztes Geld hatten die Söhne des Prinzen von Krondor zwei der besten Plätze für dieses Spiel bekommen, genau an der Mittelfeldlinie und auf halber Höhe der Tribüne.

James sagte: »Locky, sag mal, ist es kalt?«

Locklear wischte sich den Schweiß von der Stirn und erwiderte: »Du machst wohl Witze, was? Es ist einen Monat nach Mittsommer, und ich fühle mich wie geröstet.«

James deutete mit dem Daumen auf das Ende der Reihe und fragte: »Und wieso hält es unser Freund dahinten dann für notwendig, einen so schweren Mantel zu tragen?«

Locklear sah an seinem Freund vorbei und bemerkte am Ende der Reihe einen Mann, der sich in einen großen Umhang gehüllt hatte. »Vielleicht ein Priester?«

»Ich kenne keinen Orden, dessen Mitglieder irgendeinen Gefallen am Fußball finden.« James sah zur Seite, als sich der Mann ihm zuwandte. »Beobachte ihn unauffällig über meine Schulter, so, als würdest du mir zuhören. Was macht er jetzt?«

»Im Moment nichts.« Ein Trompetenstoß verkündete das Ende des Spiels. Die Blauen, eine Mannschaft, die von der Müllergilde und der ehrenwerten Vereinigung der Eisenwarenhändler unterstützt wurde, hatten die Roten geschlagen, deren Mannschaft von einer Gruppe Adliger unterstützt wurde. Und da diese Schirmherrschaften dem Publikum bekannt waren, wurde das Ergebnis des Spiels mit allgemeiner Begeisterung aufgenommen.

Die Zuschauer verließen die Tribüne, und der Mann im Mantel stand auf. Locklear riß die Augen auf und sagte: »Er nimmt etwas aus seinem Ärmel.«

James fuhr gerade noch rechtzeitig herum, um zu erkennen, wie der Mann ein Rohr an seine Lippen hob und in die Richtung der Prinzen zielte. Ohne zu zögern stieß James die beiden heftig vorwärts, und sie stolperten eine Reihe nach unten. Der Mann, der vor ihnen gestanden hatte, keuchte würgend und wollte sich an den Hals fassen. Doch er brachte diese Bewegung nie zu Ende, denn als sich seine Hand dem Pfeil näherte, der aus seinem Hals ragte, brach er zusammen.

Locklear reagierte nur einen Augenblick später als James. Während sich James und die Zwillinge ausgestreckt auf den Boden warfen und dabei einige der Zuschauer umstießen, die sie daraufhin wütend beschimpften, zog Locklear das Schwert und rannte hinter der Gestalt in Mantel und Kapuze her. »Wachen!« rief er, denn vor den Tribünen war eine Ehrenwache postiert.

Als Antwort auf seinen Ruf hörte er Stiefeltritte auf den Holzstufen, da die Soldaten des Prinzen sofort losgelaufen waren, um die fliehende Gestalt abzufangen. Ohne sich viele Gedanken über die blauen Flecke zu machen, die sie womöglich verursachten, schoben die Wachen die unschuldigen Zuschauer grob aus dem Weg. Und die Menge begriff es stillschweigend sofort: Irgend etwas auf der Tribüne stimmte nicht. Während die Umstehenden zur Seite hasteten, wollten die weiter Entfernten die Gründe für die Unruhe wissen.

Der Mann im Mantel sah die Wachen, die bis auf einige Meter herangekommen waren. Zwischen ihm und den Soldaten befanden sich nur noch wenige Menschen. Er legte die Hand auf das Treppengeländer, schwang sich seitlich hinüber und fiel etwa drei Meter tief. Locklear, der nun das Geländer erreichte, hörte einen lauten Plumps und einen Schmerzensschrei.

Zu Boden geworfen, betrachteten zwei Bürger die leblose Gestalt, die neben ihnen lag. Einer der beiden Männer schob sich, ohne aufzustehen, rückwärts davon, der andere krabbelte hektisch zur Seite. Locklear schwang sich über das Geländer, landete auf den Füßen und richtete die Schwertspitze auf den am Boden liegenden Mann. Die Gestalt im Mantel bewegte sich überraschend und sprang auf den jungen Baron zu.

Dem Kerl gelang es, den völlig überraschten Locklear zu überwältigen. Er faßte den Baron um den Bauch und drückte ihn mit Wucht gegen eine Stütze der Tribüne.

Locklear blieb die Luft weg, als er gegen den schweren Holzbalken gestoßen wurde, doch es gelang ihm, den Kerl mit dem Heft seines Schwertes hinter das Ohr zu schlagen. Der Mann stolperte zur Seite und wollte offensichtlich lieber fliehen als weiter kämpfen, doch den lauter werdenden Rufen nach näherten sich die Wachen. Er wandte sich um, schlug nach Locklear, welcher versuchte, wieder zu Atem zu kommen, und traf den Baron mit der Faust am Ohr.

Schmerz und Verwirrung überwältigten Locklear, während sein Gegner in der Dunkelheit unter den Tribünen verschwand. Der Baron schüttelte den Kopf, damit er wieder zu Sinnen kam, dann wandte er sich um und eilte dem Mann hinterher.

In der plötzlichen Dunkelheit unter der Tribüne konnte sich der Mann überall versteckt halten. »Hier drin!« schrie Locklear als Antwort auf die fragenden Rufe von draußen, und binnen weniger Augenblicke stand ein halbes Dutzend Wachen bei ihm. »Verteilt euch und seid vorsichtig.«

Die Männer taten wie befohlen und schlichen langsam unter der Tribüne voran. Die Männer im vorderen Teil der Tribüne mußten gebeugt gehen, da der unterste Absatz nicht höher als eineinhalb Meter war. Einer der Soldaten ging voran und stach mit dem Schwert in die Dunkelheit, falls sich der Flüchtige dort ganz vorn unter der Tribüne verkrochen hatte. Über ihnen verließen die Bürger weiterhin die Zuschauerränge, und ihre Sandalen und Stiefel polterten laut über das Holz. Doch nach wenigen Minuten war der Lärm verstummt.

Dann hörten sie plötzlich vor sich Kampfgeräusche, und Locklear und seine Männer hasteten vorwärts. In der Dunkelheit hielten zwei Gestalten eine dritte fest. Ohne zu erkennen, wer nun wer war, rammte Locklear mit der Schulter den nächststehenden und warf so alle drei zu Boden. Weitere Wachen warfen sich auf die Raufenden, bis der Kampf allein durch ihr erdrückendes Gewicht beendet war. Dann erhoben sich die Wachen rasch, und die Kämpfenden wurden auf die Beine gezerrt. Locklear grinste; der eine von ihnen war James, der andere Borric. Er betrachtete die leblose Gestalt des Mannes im Mantel. »Zieht ihn hinaus ins Licht«, befahl er den Wachen. Und daraufhin fragte er James: »Ist er tot?«

»Nun, womöglich habt ihr ihm das Genick gebrochen, als ihr alle auf ihn draufgesprungen seid. Meins hätte auch beinahe dran glauben müssen.«

»Wo ist Erland?« frage Locklear.

»Hier«, hörte er die Antwort aus der Dunkelheit. »Ich hab mich an der Seite gehalten, falls der Kerl an diesen beiden vorbeikommt«, meinte er und zeigte auf James und Borric.

»Du meinst, du wolltest deine verletzte Seite schonen«, entgegnete Borric grinsend.

Erland zuckte mit den Schultern. »Kann schon sein.«

Sie folgten den Wachen, die die leblose Gestalt trugen, und traten wieder in die Nachmittagssonne. Weitere Wachen hatten den Eingang zu dem Raum unter den Tribünen abgeriegelt.

Locklear beugte sich vor. »Wollen wir mal sehen, wen wir hier haben.« Er zog die Kapuze zurück, und ein Augenpaar starrte leer in den Himmel. »Er ist tot.«

James kniete sich sofort neben den Mann und drückte dessen Mund auf. Er roch daran und sagte: »Hat sich vergiftet.«

»Wer ist das? Und wieso wollte er dich töten?« fragte Erland.

»Doch nicht mich, du Dummkopf«, brauste James auf. Er zeigte auf Borric. »Er wollte deinen Bruder umbringen.«

Eine Wache trat neben ihn. »Mein Lord, der Mann, den der Pfeil getroffen hat, ist tot. Er starb wenige Augenblicke, nachdem er verwundet wurde.«

Borric wurde plötzlich nervös, zwang sich aber zum Lächeln. »Aber wieso sollte mich jemand umbringen wollen?«

Erland erwiderte angestrengt lustig: »Vielleicht ein eifersüchtiger Ehemann?«

James meinte: »Nicht dich, Borric conDoin.« Er betrachtete die Zuschauermenge, als suche er nach weiteren Meuchelmördern. »Jemand wollte den zukünftigen König der Inseln töten.«

Locklear schlug den Mantel des Mannes zurück und enthüllte einen schwarzen Rock. Die Haut des Meuchlers war dunkel, sogar dunkler als die von Gardan, und somit handelte es sich um einen Mann von keshianischer Abstammung, was in diesem Teil des Königreiches durchaus nichts Außergewöhnliches war. In jeder Schicht der Gesellschaft von Krondor gab es braun- oder schwarzhäutige Menschen. Doch dieser Mann trug eigenartige Kleider: einen Rock aus teurer schwarzer Seide und weiche Pantoffeln, wie sie die Prinzen noch nie zuvor gesehen hatten.

James betrachtete die Hände des Toten und bemerkte einen Ring mit einem dunklen Stein, dann suchte er nach einer Halskette, fand jedoch keine. »Was machst du da?«

»Alte Angewohnheit«, war alles, was aus Jimmy herauszukriegen war. »Jedenfalls ist er kein Nachtgreifer«, meinte er. Die Nachtgreifer gehörten zur legendären Gilde der Assassinen. »Aber womöglich steckt noch etwas Schlimmeres dahinter.«

»Was?« fragte Locklear, der sich noch allzugut daran erinnern konnte, wie die Nachtgreifer vor zwanzig Jahren Arutha hatten umbringen wollen.

»Er ist aus Kesh.«

Locklear beugte sich vor und sah sich den Ring genau an. Mit aschfahlem Gesicht erhob er sich wieder. »Noch schlimmer. Er ist ein Mitglied des Kaiserlichen Hauses von Kesh.«

Alle im Zimmer schwiegen. Diejenigen, die auf den im Kreis angeordneten Stühlen saßen, bewegten sich behutsam, als würde sich das Unbehagen über den Attentatsversuch auf Borric im Knarren des Leders und des Holzes, im Rascheln der Kleiderstoffe und im Klimpern der Juwelen ausdrücken.

Herzog Gardan rieb sich mit Daumen und Zeigefinger die Nasenwurzel. »Es ist widersinnig. Was würde Kesh gewinnen, wenn sie ein Mitglied Eurer Familie ermorden würden? Wünscht sich die Kaiserin den Krieg?«

Erland pflichtete ihm bei. »Sie hat so hart wie jeder andere gearbeitet, um den Frieden zu erhalten, zumindest wenn man den ganzen Berichten Glauben schenken will. Warum sollte sie Borrics Tod wünschen? Wer –«

Borric unterbrach seinen Bruder. »Derjenige – wer auch immer –, der Krieg zwischen dem Königreich und dem Kaiserreich wünscht!«

Locklear nickte. »Die Lage ist doch eindeutig. Der Mordversuch war so durchsichtig, man hält es kaum für möglich.«

»Dennoch …«, dachte Arutha laut nach, »was wäre, wenn dieser Meuchelmörder gar keinen Erfolg haben sollte? Ein Täuschungsmanöver. Was, wenn man mich dazu bringen wollte, meine Gesandten nicht nach Kesh zu schicken und meine Söhne hier zu Hause zu behalten?«

Gardan nickte. »Und dadurch würdet Ihr das Kaiserliche Haus von Kesh beleidigen.«

James, der sich hinter Arutha an die Wand gelehnt hatte, meinte: »Wir haben schon einiges in dieser Richtung getan, indem wir ein Mitglied des Kaiserlichen Hauses ins Jenseits befördert haben. Er war vielleicht nur ein sehr entfernter Cousin, doch nichtsdestotrotz ein Cousin.«

Gardan rieb sich erneut die Nasenwurzel, eine Geste, die eher seine Niedergeschlagenheit als seine Erschöpfung ausdrückte. »Und was soll ich nun dem keshianischen Gesandten mitteilen? ›Ach, wißt Ihr, wir haben da diesen jungen Kerl gefunden, ein Mitglied Eures Kaiserlichen Hauses. Er hat sich in Krondor aufgehalten, aber davon hatten wir leider keine Ahnung. Ach, und wir sind zutiefst betrübt: Unglücklicherweise kam er ums Leben. Ach, dabei fällt mir ein, er wollte doch tatsächlich Prinz Borric ermorden.‹«

Arutha lehnte sich in seinem Stuhl zurück, legte beide Daumen unter das Kinn, drückte beide Zeigefinger an die Stirn und formte so ein Zelt über der Nase. Er starrte abwesend vor sich hin, eine Geste, die alle Anwesenden seit Jahren kannten. Schließlich sah er James an.

»Wir können die Leiche einfach verschwinden lassen«, schlug der junge Baron vor.

Gardan fragte: »Wie bitte?«

James richtete sich auf. »Wir schaffen die Leiche runter in die Bucht und werfen sie ins Wasser.«

Erland grinste. »Ziemlich rauhe Behandlung für ein Mitglied des Kaiserlichen Hauses von Kesh, würde ich sagen.«

Arutha fragte: »Warum?«

James setzte sich auf die Kante von Aruthas Schreibtisch. Er konnte es sich leisten, denn diese Besprechungen mit Mitgliedern der Familie und sehr nahestehenden Beratern waren im Laufe der Jahre immer zwangloser geworden. »Er war kein offizieller Gast der Stadt. Er war hier, gut, aber woher sollten wir das wissen? Niemand konnte das wissen. Und wenn es hier Keshianer gibt, die von seiner Gegenwart wußten, dann kannten sie auch den Grund seiner Anwesenheit. Und deshalb bezweifle ich, ob sich jemand nach seinem Wohlergehen erkundigen wird. Er ist jetzt ein vergessener Mann, solange wir die Aufmerksamkeit nicht auf seinen Verbleib lenken.«

Trocken fügte Borric hinzu: »Und auf seinen Zustand.«

»Wir könnten natürlich behaupten, er hätte Borric ermorden wollen«, räumte James ein, »doch alles, was wir haben, ist eine keshianische Leiche, ein Blasrohr und ein paar vergiftete Pfeile.«

»Und einen toten Händler.«

»Tote Händler kann man an jedem beliebigen Tag im westlichen Königreich finden, mein lieber Herzog«, bemerkte James. »Ich würde vorschlagen, wir nehmen ihm seinen Ring ab und werfen ihn in die Bucht. Sollen die Keshianer, die ihn geschickt haben, doch eine Weile über seinen Verbleib im unklaren bleiben.«

Arutha sagte eine Zeitlang gar nichts, doch endlich nickte er zustimmend. James machte Locklear mit dem Kopf ein Zeichen, und der wußte Bescheid: Er sollte für diese Aufgabe Männer der Fürstlichen Palastwache auswählen. Der jüngere Baron schlüpfte durch die Tür hinaus. Er besprach sich draußen kurz mit Leutnant William und kehrte anschließend wieder auf seinen Platz zurück.

Arutha seufzte. Er sah James an und sagte: »Kesh. Was gibt es sonst noch?«

James zuckte mit den Schultern. »Hinweise. Gerüchte. Der neue Gesandte ist ... eine seltsame Wahl. Er ist ›reinblütig‹, doch er ist kein Mitglied des Kaiserlichen Hauses – der Meuchelmörder wäre eine wesentlich einleuchtendere Wahl gewesen. Der Gesandte ist aus rein politischen Gründen ernannt worden. Gerüchten zufolge hat er offensichtlich am Hof von Kesh mehr Einfluß als mancher von kaiserlichem Blute. Mir ist irgendwie schleierhaft, wie er zu dieser großen Ehre gekommen ist – außer, um vielleicht eine Gruppe am Hofe damit zu beschwichtigen.«

Arutha nickte. »Da das alles keinen richtigen Sinn ergibt, müssen wir das Spiel seinen Regeln gemäß mitspielen.« Er schwieg einen Moment lang, und niemand sagte etwas, während der Prinz nachdachte. »Schickt unseren Leuten in Kesh eine Nachricht. Die Spione sollen die Lage klären, bevor meine Söhne ankommen. Wenn uns in Kesh jemand in einen Krieg hineinziehen will, dann wäre ein Anschlag auf die Neffen des Königs ein einleuchtendes Mittel. Ihr werdet die Prinzen nach Kesh begleiten. Ich glaube, niemand findet sich in einem solchen Sumpf besser zurecht als du.«

Baron Locklear fragte: »Hoheit?«

Arutha sah den anderen jungen Baron an und sagte: »Du wirst Baron James begleiten, und zwar als Zeremonienmeister und Protokollchef, und was es sonst noch für dumme Aufgaben gibt. Wir werden schon etwas finden, wo Locklear seinen berüchtigten Charme einsetzen kann. Setzt Hauptmann Valdis in Kenntnis: Er soll deine Aufgaben als Feldmarschall übernehmen. Und Cousin William wird die Führung der Palastwache übernehmen.« Arutha trommelte mit den Fingern auf den Tisch. »Für diese Reise wirst du deine Ämter und Würden niederlegen«, sagte er an James gerichtet. »Du wirst lediglich als Lehrer mitreisen. So hast du alle Freiheiten und kannst kommen und gehen, wie du willst.«

James konnte Aruthas Launen besser deuten als jeder andere, der nicht zur Familie gehörte. Die Denkvorgänge des Prinzen waren so vielschichtig und tiefgehend wie die eines Schachgroßmeisters; Arutha plante alle denkbaren Folgen so viele Züge wie möglich im voraus.

James bedeutete den Jungen und Locklear mit einer Geste, mit ihm nach draußen zu kommen, und als alle vier auf dem Gang standen, sagte er: »Wir brechen früh am Morgen auf.«

Borric entgegnete: »Es gibt keinen Grund, warum wir nicht erst in drei Tagen aufbrechen sollten.«

James erwiderte: »Offiziell schon. Doch falls dein keshianischer Freund hier noch irgendwelche Helfershelfer hat, würde ich es vorziehen, wenn sie unsere Pläne nicht kennen würden.« Er blickte Locklear an. »Ein kleiner berittener Trupp, zwanzig Wachen in Söldnerkleidung. Schnelle Pferde. Und schick eine Nachricht nach Shamata, denn wir werden frische Tiere und Vorräte für zweihundert Reiter brauchen.«

Locklear wandte ein: »Wir werden zur selben Zeit wie die Nachricht in Shamata eintreffen, und zweihundert –«

James schnitt ihm das Wort ab. »Wir reiten nicht nach Shamata. Aber sie sollen glauben, wir würden dorthin reisen. Wir reiten allerdings nach Stardock.«

Stardock

Staub wirbelte auf.

Vierundzwanzig Reiter zogen in gleichmäßiger Geschwindigkeit am Ufer des Großen Sternensees entlang. Eineinhalb Wochen scharfer Ritt hatten sie von Krondor über Landreth bis zur nördlichen Küste des Meeres der Träume gebracht. Von dort aus waren sie dem Sternenfluß von der Mündung aufwärts in Richtung Süden gefolgt, hatten die ganze Zeit die zerklüfteten Grauen Berge sehen können, bis sie schließlich in das üppig bewachsene Tal der Träume gekommen waren. In den Jahren der Grenzkriege hatte dieses fruchtbare Land immer wieder den Besitzer gewechselt. Die Bewohner dieses Landstriches beherrschten die Sprache des südlichen Königreiches genausogut wie die des nördlichen Kaiserreiches. Und der Anblick von vierundzwanzig bewaffneten Söldnern erregte hier keine Aufmerksamkeit. Durch dieses Tal zogen ständig bewaffnete Gruppen.

Als sie die Hälfte des Flusses hinter sich gebracht hatten, durchwateten sie den Strom in der Nähe eines kleinen Wasserfalls und kamen ans südliche Ufer. Als sie den Quellsee des Sternenflusses erreicht hatten, wandten sie sich nach Süden und folgten dem Ufer des Großen Sternensees, bis sie die Stelle erreicht haben würden, die Stardock, der Insel, welche in der Mitte des Sees aufragte, am nächsten war. Dort würden sie die Fähre finden, mit der man zu der Insel übersetzen konnte.

Entlang der Küste kamen sie durch winzige Fischer- und Bauerndörfer, die aus kleinen Gruppen von Hütten und Häusern bestanden, doch alle sahen gepflegt aus, als sei die Gegend sehr wohlhabend. Die Gemeinschaft der Zauberer auf Stardock war über die Jahre immer weiter angewachsen, und die Dörfer am Ufer erzeugten die Güter, die die Menschen auf der Insel brauchten.

Borric trieb sein Pferd voran, denn sie umrundeten eine kleine Landzunge, hinter der man das große Gebäude auf der Insel zum ersten Mal deutlich erkennen konnte. Es strahlte im orangefarbenen Licht des Sonnenuntergangs, während die hereinbrechende Nacht den Himmel schon violett und grau färbte. »Götter und Dämonen, Onkel Jimmy, sieh dir bloß an, wie groß dieser Ort ist!«

James nickte. »Ich habe gehört, sie hätten ein riesiges Unterrichtsgebäude errichtet, doch alle Schilderungen werden der Wirklichkeit nicht gerecht.«

Locklear meinte: »Herzog Gardan hat ihnen vor vielen Jahren einmal einen Besuch abgestattet. Er hat mir erzählt, welch ein riesiges Fundament sie für dieses Bauwerk gelegt haben ... aber das ist größer als alles, was ich je gesehen habe.«

James warf einen Blick auf den dämmrigen Himmel und sagte: »Wenn wir uns beeilen, sind wir in zwei Stunden auf der Insel. Mir wäre ein warmes Mahl und ein sauberes Bett lieber als eine weitere Nacht im Freien.« Er gab seinem Pferd die Sporen und ritt weiter.

Unter einem Baldachin funkelnder Sterne, in einer jener seltenen Nächte, in der noch keiner der drei Monde aufgegangen war, ritten sie durch das Tal zwischen kleinen Hügeln und kamen in eine wohlhabend aussehende Stadt. Vor jedem Laden brannte eine Fackel oder eine Laterne – ein Luxus, den man sich nur in den reichsten Städten und Ortschaften leisten konnte –, und in dem allgemeinen Durcheinander rannten Kinder schreiend und lachend hinter ihnen her. Bettler baten um Gefälligkeiten, Huren boten sich an, und verruchte Wirtshäuser luden den müden Wanderer zu kühlen Getränken, warmem Essen und herzlicher Gesellschaft ein.

Locklear schrie durch den Lärm: »Hier wächst ja eine ziemlich wohlhabende kleine Stadt heran.«

James betrachtete den Dreck und Schmutz um sich herum. »Ziemlich. Die Segnungen der Zivilisation«, erwiderte er.

Borric meinte: »Vielleicht sollten wir uns mal eine dieser Tavernen näher ansehen.«

»Nein«, entgegnete James. »Wir werden sicherlich in der Akademie Erfrischungen bekommen.«

Erland lächelte kläglich. »Einen süßen und wahrscheinlich leichten Wein, ohne Zweifel. Was sonst kann man schon von einer Versammlung alter Gelehrter erwarten, die in staubigen Handschriften herumstöbern.«

James schüttelte den Kopf. Sie erreichten eine Kreuzung, wo offensichtlich die beiden Hauptstraßen der Stadt aufeinandertrafen, und bogen in Richtung See ab. Wie James erwartet hatte, gab es unten am Wasser eine große Anlegestelle, an der mehrere Fähren verschiedener Größe für Güter und Menschen bereitlagen, die zur Insel befördert werden sollten. Trotz der späten Stunde stapelten Hafenarbeiter immer noch Getreidesäcke, die am nächsten Morgen hinübergebracht werden sollten.

James brachte sein Pferd zum Stehen und rief den ersten Fährmann an. »Guten Abend. Wir wollen nach Stardock übersetzen.«

Der angesprochene Mann wandte ihnen über die Schulter ein von einer Habichtsnase beherrschtes Gesicht zu, dessen Augen von dem langen, schlechtgeschnittenen Pony fast verdeckt wurden. »Ich könnte Euch schnell hinüberbringen, Sir. Fünf Kupferstücke je Mann, doch Eure Pferde müßt Ihr hier im Stall einstellen.«

Jimmy lächelte. »Wie wäre es mit zehn Goldstücken für alle von uns, einschließlich der Pferde?«

Der Mann wandte sich wieder seiner Arbeit zu. »Ich feilsche nicht, Sir.«

Borric klapperte ein wenig mit dem Schwert und meinte halb im Scherz: »Was, du kehrst uns den Rücken zu?«

Der Mann drehte sich wieder um. Er faßte sich an den Kopf und sagte in leicht ironischem Tonfall: »Tut mir leid, junger Sir, aber ich wollte nicht unhöflich erscheinen.«

Borric wollte gerade antworten, doch James legte ihm die behandschuhte Hand auf den Arm und deutete in die Dunkelheit. Gerade außerhalb des Scheins einer flackernden Fackel saß ein junger Mann in einem schlichten Umhang auf dem Kai und beobachtete in aller Ruhe den Zwischenfall.

Borric fragte: »Was ist?«

»Der hiesige Wachtmeister, nehme ich an.«

»Der?« fragte Borric. »Der sieht eher aus wie ein Bettler oder ein Mönch und kaum wie ein Mann, der kämpfen kann.«

Der Fährmann nickte. »Ihr habt recht, Sir. Er sorgt tatsächlich dafür, daß hier alles friedlich zugeht.« Er grinste zu James hoch. »Das ist einer der Magier von der Insel. Der Rat dort drüben mag es, wenn es hier in der Stadt Stardock friedlich zugeht, und deshalb stellen sie uns die entsprechenden Mittel dafür zur Verfügung. Er hat kein Schwert, junger Sir«, sagte er an Borric gewandt, »aber mit einer einzigen Geste seiner Hand kann er Euch übler niederschmettern als mit einer Streitaxt. Glaubt mir, Sir, ich habe das am eigenen Leib erfahren.« Seine Stimme wurde leiser, und fast murmelnd fügte er hinzu: »Oder er benutzt einen Zauberspruch, der es Euch am ganzen Körper jucken läßt; dann würdet Ihr lieber sterben als ...« Er kehrte wieder zu ihrem ursprünglichen Gesprächsthema zurück und hob die Stimme: »Und was das Feilschen betrifft, da würde ich mich auch gern ins Zeug legen und Euch ein bißchen was über meine armen kleinen hungernden Kinder vorheulen. Die Sache ist bloß, die Preise werden von der Akademie festgesetzt.« Er kratzte sich am Kinn. »Da könntet Ihr eigentlich mit diesem jungen Zauberwirker feilschen, aber ich fürchte, der wird Euch das gleiche erzählen. Und außerdem, bei dem Verkehr hier hin und zurück, sind die Preise sogar noch gerechtfertigt.«

»Wo ist der Mietstall?« erkundigte sich James, doch genau in diesem Augenblick traten aus der Menschenmenge ein paar kleine Burschen und boten ihnen an, die Pferde zu übernehmen.

»Die Jungs werden Eure Pferde in einem sauberen Stall unterbringen.« James nickte und stieg ab. Die anderen Reiter folgten seinem Beispiel. Kleine Hände nahmen James die Zügel ab, und andere Kinder machten das gleiche bei den übrigen Reitern. »Sehr gut«, meinte James, »doch die Pferde sollen saubere Ställe und frisches Heu und frischen Hafer bekommen. Und ein Schmied soll sich mal die Hufeisen ansehen.«

James hielt in seinen Anweisungen inne, als ihm plötzlich aus den Augenwinkeln etwas auffiel. Er wandte sich um, streckte die Arme aus und riß einen kleinen Jungen von Borrics Pferd weg. James hob den Jungen hoch und sah ihm streng in die Augen. »Gib es zurück«, sagte er, wobei in seiner ruhigen Stimme eine deutliche Drohung mitschwang. Der Junge wollte protestieren, doch als James ihn schüttelte, um seine Forderung zu unterstützen, überlegte er es sich anders und hielt Borric einen kleinen Geldbeutel entgegen. Borric fiel die Kinnlade herunter, er klopfte seine Rocktaschen ab und nahm den Geldbeutel dann entgegen.

James setzte den Jungen ab, hielt ihn jedoch noch vorn am Kragen und beugte sich zu dem Möchtegerntaschendieb hinunter, bis er ihn Auge in Auge ansehen konnte. »Junge, als ich halb so groß war wie du, wußte ich schon mehr als doppelt soviel über Taschendiebstahl, als du in deinem ganzen Leben lernen wirst. Glaubst du mir?« Dem Jungen blieb gar nichts anderes übrig, als zu nicken, solche Angst hatte er. »Dann hör mir mal gut zu. Du hast den Dreh nicht raus. Du wirst mit einer Hanfseilschlaufe um deinen Hals enden, ehe du auch nur zwölf Jahre alt geworden bist, wenn du in diesem Geschäft weitermachst. Arbeite lieber etwas Anständiges. Und falls wir, wenn wir wieder abreisen, irgend etwas vermissen, wissen wir ja, an wen wir uns halten müssen, nicht wahr?« Der Junge nickte abermals.

James warf ihm noch einen bösen Blick zu und wandte sich an den Fährmann. »Das wären also vierundzwanzig Leute, die zur Insel wollen.«

In diesem Moment erhob sich der junge Magier und sagte: »Bewaffnete Soldaten kommen nicht allzuoft zur Akademie. Dürfte ich fragen, aus welchem Grund Ihr hier seid?«

»Du darfst fragen«, erwiderte James. »Doch die Antwort werden wir jemand anderem geben. Falls wir Eure Erlaubnis brauchen, teilt dem Zauberer Pug mit, hier wären alte Freunde, die ihn besuchen wollen.«

Der junge Magier runzelte die Stirn. »Und wen soll ich ihm melden?«

James lächelte. »Meldet ihm ... Baron James von Krondor und« – er deutete auf die Zwillinge – »einige seiner eigenen Verwandten.«

Eine kleine Gruppe begrüßte die Gesellschaft, als die Fähre mit einem Ruck zum Stehen kam. Nur ein einziger Kai deutete auf den Eingang zu einem der seltsamsten Orte auf Midkemia hin, der Akademie der Magier. Arbeiter halfen den Soldaten, als sie vom Schiff auf die Anlegestelle traten. Manche der Soldaten waren ein wenig wacklig auf den Beinen, weil sie zum ersten Mal mit einem Schiff gefahren waren. An den Pfeilern des Kais hingen Laternen, die das Begrüßungskomitee beleuchteten.

Ein kleiner Mann mittleren Alters, der eine schwarze Robe und Sandalen trug, bildete den Mittelpunkt der Gruppe. Zu seiner Rechten stand eine bemerkenswerte, dunkelhäutige Frau mit stahlgrauem Haar. Zu seiner Linken wartete ein alter Mann in einer Robe, hinter dem ein Jäger in ledernem Rock und ledernen Hosen stand. Dahinter warteten geduldig zwei jüngere Männer in Roben.

Als James, Locklear und die Zwillinge an Land gingen, kam der kleine Mann auf sie zu und verbeugte sich leicht. »Eure Hoheiten erweisen uns eine große Ehre.« Und daraufhin fügte er hinzu: »Willkommen in Stardock.«

Borric und Erland traten vor und streckten dem Mann die Hand entgegen, um ihm einen weniger förmlichen Gruß anzubieten. Zwar waren sie als Prinzen geboren worden und deshalb Hochachtung und Respekt vor ihrem Rang gewohnt, doch hier stand ein Mann vor ihnen, um den sich die wildesten Legenden und Geschichten rankten. »Cousin Pug«, meinte Borric, »wie schön, daß du uns selbst begrüßt.«

Der Zauberer lächelte, und alle anderen atmeten auf. Obwohl er schon achtundvierzig Jahre alt war, wirkte er doch wie ein Mann in den frühen Dreißigern. Seine braunen Augen strahlten Wärme aus, und der dunkle Bart konnte kaum darüber hinwegtäuschen, wie jugendlich die Gesichtszüge dahinter waren. Dieses junge Gesicht konnte kaum zu dem Mann gehören, der als der mächtigste Mensch der Welt galt, was seine persönlichen Fähigkeiten betraf.

Erland und Pug begrüßten sich ebenfalls, und dann trat James vor. »Lord Pug ...«, setzte James an.

»Sag doch einfach Pug, James.« Er lächelte. »Hier in unserer Gemeinschaft lassen wir die förmlichen Titel meist beiseite. Auch wenn König Lyam in seiner Großzügigkeit Stardock zu einem Herzogtum gemacht und mir den Titel ›Lord‹ verliehen hat, bedeuten uns diese Dinge nur wenig.« Er nahm James am Arm. »Komm. Ich darf dir doch meine Frau vorstellen?«

James und seine Gefährten verbeugten sich leicht und drückten der Frau die schlanke Hand. Nachdem er sie aus der Nähe betrachtet hatte, war James überrascht, wie zerbrechlich sie wirkte. Er hatte sie seit über sieben Jahren nicht mehr gesehen, und damals war sie eine stattliche, gesunde Frau in den frühen Vierzigern gewesen, mit sonnengebräunten Wangen und rabenschwarzem Haar. Jetzt sah sie zehn Jahre älter aus als ihr Ehemann. »Meine Dame«, sagte James und neigte sich über ihre Hand.

Die Frau lächelte, und das Alter schien mit einem Mal verschwunden zu sein. »Einfach nur Katala, James. Wie geht es unserem Sohn?«

James mußte grinsen. »William ist sehr glücklich. Im Moment ist er stellvertretender Kommandant von Aruthas Palastwache. Er wird mit Wohlwollen betrachtet, und ich glaube, wenn Valdis zurücktritt, wird er der nächste Kommandant. Und er macht immer wieder den reizenden Damen aus Anitas Gefolge den Hof. Er ist ein guter Offizier und wird es noch weit bringen.«

Pug meinte: »Er sollte besser hier sein …« Er bemerkte, wie sich die Miene seiner Frau verfinsterte. »Ich weiß, Liebste, wir wollten darüber nicht mehr reden. Also«, wandte er sich an die Prinzen, »darf ich euch die anderen vorstellen?«

Als Borric nickte, sagte Pug: »Ich denke, ihr Jungs werdet euch noch an Kulgan, meinen alten Lehrer, erinnern. Und Meecham betreut hier in Stardock die Lebensmittellager und erledigt tausend andere Aufgaben.« Die beiden Genannten verneigten sich, und Borric und Erland schüttelten ihnen nacheinander die Hände. Der alte Magier, der einst Pugs Lehrer gewesen war, bewegte sich etwas wackelig auf den Beinen und nur mit Hilfe eines Stocks und des anderen Mannes. Meecham, ein kräftig wirkender Mann fortgeschrittenen Alters, schalt den alten Zauberer wie ein nörgelndes Eheweib. »Du hättest eben doch in deinem Zimmer bleiben sollen …«

Kulgan schüttelte die Hand ab, mit der Meecham ihn stützte, als Erland vor ihn trat. »Ich bin zwar alt, Meecham, aber noch liege ich nicht im Sterben.« Sein Haar war weiß wie der erste Schnee, und seine Haut war faltig und gegerbt wie altes Leder. Doch die blauen Augen glänzten immer noch wach und aufmerksam. »Euer Hoheit«, sagte er zu Erland.

Der Prinz lächelte ihn an. Als Jungen hatten sie Kulgans Besuche stets genossen, weil der alte Magier sie ständig mit Geschichten unterhalten hatte, an deren Höhepunkten er kleine magische Tricks einsetzte. »Also, wir sind nicht offiziell hier, Onkel Kulgan. Schön, dich mal wieder zu sehen. Ist schon so lange her, seit dem letzten Mal.«

Die beiden jungen Männer im Hintergrund waren James unbekannt. Pug sagte: »Dies sind die Anführer unseres kleinen Dorfes hier, und sie gehörten zu den ersten, die nach Stardock gekommen sind, um die Große Magie zu lernen. Heute sind sie die Lehrer der anderen. Das ist Körsh.« Der erste Mann, ein hochgewachsener und glatzköpfiger Kerl, verneigte sich vor den Prinzen. Seine Augen strahlten und boten einen starken Kontrast zu der dunklen Haut, und seine Ohrringe hingen bis auf die Schultern.

Der zweite Mann sah fast wie ein Zwillingsbruder des ersten aus, abgesehen von dem schwarzen Vollbart, dessen gewichste Löckchen locker von seinen Wangen hingen. »Und sein Bruder Watume.«

Pug sagte: »Ihr müßt von der Reise müde sein.« Er sah sich um. »Ich hatte erwartet, unsere Tochter Gamina würde ebenfalls zu uns stoßen, doch sie hat wahrscheinlich geholfen, die Kinder zu füttern, und wurde, nehme ich an, dabei aufgehalten. Ihr werdet sie noch früh genug kennenlernen.

Und jetzt zu euren Unterkünften. In der Akademie haben wir Zimmer für euch. Ihr habt das Abendessen zwar verpaßt, doch ich werde noch etwas Warmes auf die Zimmer bringen lassen. Morgen früh können wir uns dann alles ansehen.«

Die kleine Gesellschaft ging am Ufer entlang, bis man das riesige Bauwerk sehen konnte, welches die Insel überragte. Es war vielleicht vierzig Stockwerke hoch, und in der Mitte erhob sich ein erhabener Turm noch einmal hundert Fuß höher. Der Turm war lediglich eine Treppe ohne Geländer, die sich um eine Säule wendelte, an deren Ende sich eine kleine Plattform befand. Das Bauwerk wurde von unten mit einem seltsamen blauen Licht beleuchtet, und dies schuf den Eindruck, als flösse der Turm in den Himmel, anstatt aus Stein und Mörtel zu bestehen.

»Der Anblick des Turms der Prüfung überwältigt jeden«, merkte Pug an. »Dort oben erlangen die Schüler des Erhabenen Pfades ihre Meisterschaft und lassen ihre Lehrzeit hinter sich.«

Die beiden dunkelhäutigen Brüder räusperten sich bedeutsam, und Pug lächelte. »Einige von uns haben eine etwas strengere Meinung darüber, wieviel Außenstehende erfahren sollten.«

Sie gingen weiter am Ufer entlang, bis sie eine lebendige kleine Ortschaft auf der anderen Seite des Gebäudes erreichten. Sie war sauberer als die Zwillingsstadt an der Küste, aber hier herrschte das gleiche rege Treiben. Trotz der späten Stunde waren viele Leute auf der Straße und erledigten die eine oder andere Besorgung. »Die Stadt Stardock«, erklärte Katala mit hörbarem Stolz in der Stimme.

Locklear sagte: »Ich dachte, die Stadt am anderen Ufer wäre Stardock.«

Pug meinte: »Diejenigen, die dort leben, nennen sie so. Aber dies hier ist die eigentliche Stadt Stardock, auf der Insel Stardock. Hier leben viele unserer Brüder und Schwestern, die sich mit Magie befassen. Hier haben auch unsere Familien ihre Bleibe. Hier haben wir einen Zufluchtsort für alle diejenigen geschaffen, die aus Angst und Haß aus ihren Dörfern und Städten vertrieben wurden.« Pug zeigte seinen Gästen, wo sie das Hauptgebäude der Akademie durch eine zweiflügelige Tür betreten sollten, und geleitete sie hinein. An einer Gangkreuzung verabschiedete sich der größte Teil des Begrüßungskomitees, während Pug die Reisenden weiterführte, bis sie zu einer Reihe von Türen auf beiden Seiten des Ganges kamen. »Wir haben leider keine fürstlichen Unterkünfte hier, fürchte ich«, sagte er, »doch diese Gästezellen sind warm, trocken und recht bequem. Ihr werdet ein Waschbecken finden, und wenn ihr eure schmutzige Reisekleidung auf dem Gang laßt, wird sich jemand darum kümmern und sie reinigen. Die Garderobe ist am hinteren Ende des Ganges. So, jetzt schlaft gut; wir werden uns morgen früh weiter unterhalten.«

Pug wünschte ihnen eine gute Nacht, und die Zwillinge entdeckten sofort das Essen, welches man für sie in den Zellen bereitgestellt hatte. Überall auf dem Gang hörte man den Lärm der Soldaten, die ihre Rüstungen ablegten, mit Wasser planschten und sich mit ihren Messern von den Speisetabletts bedienten. Bald waren jedoch alle verschwunden; allein der verwirrt dreinschauende Locklear stand noch neben James. »Was fehlt dir?«

James zuckte mit den Schultern. »Nichts, glaube ich. Ich bin müde, oder ...« Er dachte an Kulgans Alter und daran, wie kränklich Katala aussah. »Irgendwie sind die Jahre nicht spurlos an einigen Leuten vorübergegangen, die ich sehr mag.« Dann hellte sich sein Gesicht wieder auf. »Oder vielleicht holen mich auch nur meine jugendlichen Untaten ein. Bei dem Gedanken, die Nacht in einer ›Zelle‹ zu verbringen, ist mir überhaupt nicht wohl zumute.«

Mit einem trockenen Lächeln nickte Locklear zustimmend und wünschte seinem Gefährten eine gute Nacht. Einen Augenblick später stand James allein in dem langen, leeren Gang. Irgend etwas stimmte nicht. Doch die Aufklärung dieses vagen Gefühls hatte Zeit bis zum Morgen. Jetzt wollte er sich erst einmal waschen und dann etwas essen.

Das Vogelgezwitscher vor seinem Fenster weckte James. Ganz wie gewohnt stand der junge Baron vom Hofe des Prinzen vor Sonnenaufgang auf. Zu seiner Überraschung fand er seine Kleider in seiner Zelle, gewaschen und ordentlich zusammengelegt. Da er von Natur aus einen leichten Schlaf hatte und durch Übung sofort hellwach sein konnte, behagte ihm der Gedanke nicht, daß jemand die Tür geöffnet und ihn dabei nicht aus dem Schlaf gerissen hatte. James zog sich den sauberen Rock und die Hose an, ließ die schweren Wanderstiefel jedoch stehen. Seit seiner Kindheit war er immer lieber barfuß gegangen, und im Palast machte die ganze Dienerschaft Witze über diese Angewohnheit; denn wenn man überraschend in Baron James' Arbeitszimmer trat, fand man seine Schuhe meist ausgezogen unter seinem Schreibtisch vor.

Er ging hinaus und schlich lautlos den Gang hinunter. Natürlich schliefen alle noch, dessen konnte er sich sicher sein, doch seine Verstohlenheit war keine Absicht, sondern Gewohnheit. Als Junge hatte sich James seinen Lebensunterhalt als Dieb im Armenviertel verdient, und dabei war es zu seiner zweiten Natur geworden, sich lautlos zu bewegen.

Er erreichte die Haustür, schlüpfte hindurch und schloß sie

leise hinter sich. Der Himmel war schon grau, und im Osten zeigte sich die blasse Röte des nahenden Sonnenaufgangs. Die einzigen Geräusche waren das Vogelgezwitscher und die Schläge einer einsamen Axt, mit der jemand Holz für das morgendliche Feuer hackte. James entfernte sich ein wenig von dem riesigen Gebäude der Akademie und wählte dann den Weg, der zum Dorf führte.

Das Geräusch des Holzhackens verstummte; wahrscheinlich war die unbekannte Frau eines Fischers oder Bauern mit ihrer Aufgabe fertig. Nach vielleicht hundert Metern gabelte sich der Weg; der eine ging weiter zum Dorf, während ein schmaler Pfad zum Seeufer führte. James fühlte sich nicht in der Stimmung für einen Morgenschwatz mit den Bewohnern der Stadt, also wählte er den Weg zum Wasser.

In der Dunkelheit entdeckte er die Gestalt in der schwarzen Robe erst, als sie fast direkt vor ihm stand. Pug lächelte ihn an. Er zeigte nach Osten. »Diese Zeit ist mir die liebste des ganzen Tages.«

James nickte. »Und ich hab gedacht, ich wäre als erster auf.«

Pug hielt den Blick weiter auf den Horizont gerichtet. »Nein, ich schlafe immer nur sehr wenig.«

»Das sieht man dir gar nicht an. Ich finde, du wirkst kaum einen Tages älter als vor sieben Jahren, als wir uns das letzte Mal gesehen haben.«

Pug nickte. »In mir stecken Dinge, die ich selbst erst gerade zu entdecken beginne, James. Als ich die Robe des Zauberers angelegt habe …« Seine Stimme versagte. »Wir haben darüber nie gesprochen, nicht?«

James schüttelte den Kopf. »Nicht sehr tiefgehend jedenfalls, wenn du das meinst. Nun ja, wir laufen uns ja auch nicht besonders oft über den Weg. Zum ersten Mal sind wir uns bei Aruthas und Anitas Hochzeit begegnet« – er zählte die Male an den Fingern ab – »und dann noch einmal nach der Schlacht bei Sethanon.« Beide Männer sahen sich an, und beide brauchten über die

Schlacht kein Wort zu verlieren. »Und dann zweimal in Krondor.«

Pug wandte seinen Blick wieder dem Himmel im Osten zu, wo die ersten Sonnenstrahlen die Wolken in Orange und Violett zum Leuchten brachten. »In meiner Kindheit habe ich in Crydee gelebt. Ich war der reinste Bauernlümmel von der Fernen Küste. Ich hab bei meinen Stiefeltern in der Küche gearbeitet und davon geträumt, Soldat zu werden.« Er verstummte.

James wartete. Er hatte wenig Lust, über seine eigene Vergangenheit zu reden, obwohl sie jedermann in Krondor und auch im Palast wohlbekannt war. »Ich war ein Dieb.«

»Jimmy die Hand«, sagte Pug. »Ja, aber was für ein Junge warst du?«

James dachte einen Moment lang über die Frage nach, dann erwiderte er: »Frech. Das Wort fällt mir dazu als erstes ein.« Er sah zu, wie die Dämmerung heraufzog. Keiner der Männer sagte in den folgenden Minuten etwas, sie betrachteten einfach das Sonnenlicht, welches die tiefhängenden Wolken im Osten anstrahlte. Der glühende Rand der Sonnenscheibe schob sich langsam über den Horizont. James sagte: »Ich … Manchmal war ich auch einfach töricht. Ich hatte keine Ahnung, wo die Grenzen dessen lagen, was ich tun konnte. Wenn ich dieses Leben so weitergeführt hätte, wäre ich, daran zweifle ich nicht im geringsten, irgendwann einen Schritt zu weit gegangen. Höchstwahrscheinlich wäre ich heute längst tot.«

»Frech«, wiederholte Pug, »und manchmal töricht.« Er deutete mit dem Kopf auf die Akademie. »Kaum anders als die beiden fürstlichen Zwillinge.«

James lächelte. »Kaum anders als die Prinzen.«

»Und was noch?«

James dachte nach. Und sagte dann ohne falsche Bescheidenheit: »Außergewöhnlich und herausragend, könnte man, glaube ich, sagen, oder zumindest begabt. Dinge, die die Menschen um mich herum verwirrten, erschienen mir immer durchsichtig.

Vielleicht war die Welt damals auch durchsichtiger. Allerdings bin ich mir nicht sicher, ob ich als Junge nicht schon genauso schlau war, wie ich jetzt als erwachsener Mann bin.«

Pug bedeutete James mit einer Geste, er solle mit ihm kommen, und begann langsamen Schrittes zum Wasser hinunterzugehen. »Als Junge erschienen mir meine bescheidenen Träume wie die großartigsten Dinge. Heute …«

»Du wirkst besorgt«, versuchte es James.

»Nicht in dem Sinne, wie du es vielleicht verstehst«, antwortete Pug. James wandte sich Pug zu und betrachtete den rätselhaften Ausdruck auf dessen Gesicht. »Erzähl mir von dem Mordversuch an Borric. Du warst schließlich dabei.«

James meinte: »Die Nachricht hat sich aber schnell verbreitet.«

»Das haben schlechte Nachrichten so an sich. Und wenn es zwischen dem Königreich und dem Kaiserreich wieder zu einer Auseinandersetzung käme, würde das auch uns hier betreffen.«

»In Anbetracht eurer Lage kann ich das verstehen. Ihr seid ein Fenster zum Kaiserreich.« Er zeigte nach Süden, in Richtung der nicht allzuweit entfernten Grenzen. James erzählte Pug, was er über den Mordversuch wußte, und schloß seinen Bericht mit den Worten: »Ohne Zweifel war der Meuchler aus Kesh, doch die Hinweise, die auf das Kaiserliche Haus deuten, als wäre der Anschlag dort ausgeheckt worden … es ist zu offensichtlich. Ich glaube, jemand möchte uns auf die falsche Fährte locken.« Er drehte sich um, als sie außer Sichtweite der Ortschaft kamen, und betrachtete die oberen Stockwerke der Akademie. »Habt ihr hier viele Menschen aus Kesh?«

Pug nickte. »Und aus Rolden, Queg, von den Gipfeln der Quor und anderen Orten. Wir geben hier wenig darauf, von welchem Volk jemand stammt. Wir beschäftigen uns mit anderen Dingen.«

James sagte: »Die beiden, die gestern abend bei dir waren …«

»Watume und Körsh, ja. Sie sind aus Kesh. Sogar aus der Stadt Kesh.« Ehe James etwas sagen konnte, fuhr Pug fort: »Sie sind keine Spione des Kaiserreiches. Das würde ich wissen. Vertraue mir. Sie schenken der Politik keine Beachtung. Und sie sind viel zu erpicht darauf, uns weiterhin vom Rest der Welt abgeschirmt zu halten.«

James drehte sich noch einmal um und faßte das gewaltige Bauwerk, welches die Akademie darstellte, ins Auge. »Das hier ist ein Herzogtum des Königreichs, zumindest dem Namen nach. Aber es haben sich schon viele gefragt, was ihr hier eigentlich gebaut habt. Viele am Hof halten diesen Ort für ausgesprochen merkwürdig.«

»Und gefährlich«, setzte Pug hinzu. James sah dem Magier in die Augen. »Aus diesem Grunde darf die Akademie in den Auseinandersetzungen zwischen den Völkern niemals Partei ergreifen, und zwar für keine Seite. Darauf achte ich sehr streng.«

James dachte über diese Worte nach. »Es gibt nur wenige Adlige, die sich mit dem Gedanken an Magie so gut anfreunden können wie der König und sein Bruder. Wenn man wie sie mit Kulgan aufgewachsen ist, denkt man sich einfach nichts dabei. Doch andere …«

»… würden uns lieber aus den Städten und Dörfern vertrieben sehen oder auf dem Scheiterhaufen oder am Galgen. Ich weiß«, sagte Pug. »In den zwanzig Jahren, seit wir hier arbeiten, hat sich vieles verändert … und doch noch so wenig.«

Schließlich sagte James: »Pug, ich spüre etwas Seltsames in dir. Ich habe es schon gestern abend entdeckt. Was ist das?«

Pug kniff die Augen zusammen und betrachtete James eingehend. »Seltsam, ausgerechnet dir fällt es auf, während es diejenigen, die immer um mich herum sind, nicht bemerken.« Sie erreichten das Ufer und blieben stehen. Mit ausgestrecktem Arm zeigte Pug auf eine Reiherfamilie. An einer seichten Stelle des Sees standen sie, putzten sich und kreischten herum. »Schön, findest du nicht?«

James konnte nur zustimmen; er saugte die Umgebung förmlich in sich auf. »Dieser Ort ist wunderschön.«

»Es war ganz und gar nicht so, als ich zum ersten Mal hierherkam«, erwiderte Pug. »Der Legende nach wurde der See von einem heruntergefallenen Stern geschaffen, daher auch der Name. Doch die Insel ist keinesfalls die Spitze des abgekühlten Sternes, obwohl ich schätze, er hat ungefähr diese Größe gehabt. Ich glaube, der Stern ist in die Erdkruste eingeschlagen, und dann ist Lava aufgestiegen und hat diese Insel gebildet. Als ich hier ankam, war sie felsig und unfruchtbar, nur am Wasser wuchs ein wenig zähes Gras, und hier und da standen ein paar vertrocknete Büsche. Ich hab alles hergebracht, was du hier siehst, das Gras, die Bäume, die Tiere.« Er grinste und wirkte plötzlich um Jahre jünger. »Die Vögel haben den Weg selbst gefunden.«

James betrachtete nachdenklich die kleinen Wäldchen und die saftigen Wiesen. »Eine ziemliche Leistung.«

Pug wischte das Lob mit einer Handbewegung beiseite, als wäre diese Leistung von jedem Geisterbeschwörer zu bewältigen. »Wird es Krieg geben?«

James seufzte vernehmlich. Er wirkte ein wenig entmutigt. »Das ist die Frage, nicht wahr?« erwiderte er, obwohl er die Antwort kannte. »Nein, das ist nicht die Frage. Es gibt immer Krieg. Die Frage ist, wann und zwischen welchen Völkern. Wenn ich irgend etwas zu sagen hätte, würde es, solange ich lebe, zwischen dem Königreich und Kesh keinen Krieg mehr geben. Aber leider habe ich dazu nicht allzuviel zu sagen.«

»Du hast einen gefährlichen Kurs eingeschlagen.«

»Nicht zum ersten Mal. Ich wünschte, die Umstände hätten den Prinzen diese Reise erspart.«

»Sie sind wie ihr Vater«, bemerkte Pug. »Sie müssen dorthin gehen, wohin die Pflicht sie ruft. Auch wenn man dabei viel aufs Spiel setzen muß, um wenig zu gewinnen.«

Pug setzte seinen Spaziergang am Ufer entlang fort, und James begleitete ihn.

James meinte: »Das ist eben die Bürde, die ihnen ihre hohe Geburt auferlegt hat.«

»Nun«, erwiderte Pug, »es gibt hier überall kleine Tümpel. Warum gehst du da nicht einmal hin.« Er zeigte auf eine Gruppe von Weiden, die quer zum Ufer vor ihnen einen Tümpel abschirmten. »Hinter den Bäumen gibt es einen kleinen Felstümpel, der von heißen Quellen gespeist wird. Es ist ungeheuer kräftigend, wenn man erst in das heiße Wasser steigt und dann in den See springt. Danach bist du richtig wach, und du würdest es auch noch rechtzeitig bis zum Frühstück zurück schaffen.«

James lächelte. »Danke, das hört sich sehr gut an. Normalerweise arbeite ich schon vor dem Frühstück. Aber das ist bestimmt eine angenehme Art, die Stunde bis zum Essen zu überbrücken.«

Pug drehte sich um und ging wieder in Richtung der Ortschaft. »Ach, und paß auf, wenn du im Schilf schwimmst. Man kann dort leicht die Orientierung verlieren. Der Wind biegt das Schilf jedoch immer zur Insel hin, falls dir das also passiert, schwimm einfach in diese Richtung, bis du wieder Grund unter den Füßen hast.«

»Danke. Ich werde schon aufpassen. Ich wünsche dir einen angenehmen Morgen.«

»Ich dir auch, James. Wir sehen uns beim Frühstück.«

Während Pug zur Akademie zurückkehrte, machte sich James zu den Weiden auf, die ihm der Magier gezeigt hatte.

Er ging zwischen den großen Stämmen hindurch, schob das Laubwerk, das wie eine grüne Gardine herunterhing, zur Seite und entdeckte einen schmalen, ausgetretenen Pfad, der in einem tiefen Graben zum See hinunterführte. In der Nähe des Wassers konnte er Dampf in der kühlen Luft des Morgens aufsteigen sehen. Der kleine Tümpel wurde offensichtlich unterirdisch gespeist, da nur von hier Dampf aufstieg. Ein kleines Rinnsal schwappte über den Rand und floß zum See. Der war nicht mehr als zwanzig Meter von dem kleinen Tümpel entfernt. James sah sich um. Der Tümpel und der Uferstreifen wurden an dieser Stelle von drei Seiten durch die Bäume abgeschirmt und boten eine angenehme Ungestörtheit. James zog sich aus und setzte einen Fuß in den Tümpel. Er war fast heißer als sein Badewasser zu Hause! Er ließ sich hineingleiten und spürte, wie ihn die Wärme einhüllte, seine Muskeln entspannte …

Seine Muskeln entspannte? Er wunderte sich. Er war gerade erst aufgestanden. Wieso sollten seine Muskeln verspannt sein? Etwas in seinem Innern antwortete: *Weil es so gefährlich ist, zwei Jungen an den Hof von Kesh zu schicken, wo sie das Spiel der Politik spielen sollen, das älter ist als ihre eigene Familie, das Haus conDoin.* Er seufzte. Pug war schon ein eigentümlicher Kerl, allerdings ein weiser und mächtiger; er war durch Adoption in die Familie des Königs und des Herzogs aufgenommen worden. Vielleicht sollte James Pug nach seiner Meinung fragen. Dann überlegte er es sich doch anders. Auch wenn Pug den Ruf hatte, der Retter des Königreichs zu sein, irgend etwas war ausgesprochen eigentümlich an Stardock und daran, wie es regiert wurde. James entschied sich, er müsse noch mehr darüber herausfinden, was hier vor sich ging, bevor er den Magier ins Vertrauen ziehen könnte.

Götter, wie ich es hasse, müde aufzuwachen, dachte er. Er lehnte sich so bequem wie möglich zurück und wollte über die ganzen Schwierigkeiten nachdenken. Die lindernde Wärme des Wassers schien seine müden Knochen zu durchfluten, und nach ein paar Minuten flossen seine Gedanken einfach so dahin. Er rannte eine Straße entlang, und eine Hand ergriff ihn am Arm. Er schloß die Augen. Seine erste Erinnerung. Er konnte nicht älter als drei Jahre gewesen sein. Er sah seine Mutter, wie sie ihn in ihr Hurenhaus zerrte, um ihn vor den Sklavenhändlern zu verstecken, die durch die Straßen streiften. Er erinnerte sich, wie sie ihn umklammerte, während sie ihm mit der anderen Hand den Mund zuhielt. Später war sie dann verschwunden. Als er älter wurde, begriff er, daß sie tot war, doch von dieser Nacht konnte er sich nur noch an die laute Stimme des Mannes erinnern, der seine Mutter anschrie und sie schlug, und an das ganze Rot überall. Jimmy verdrängte die häßliche Erinnerung, als ihm die Wärme des Wassers wieder bewußt wurde. Bald war er eingedöst.

Er wachte auf, ohne sich zu bewegen. Dem Stand der Sonne nach konnte er nicht länger als ein paar Minuten gedöst haben, höchstens eine halbe Stunde. Um ihn herum war es ruhig, doch irgend etwas hatte ihn gestört. Er hatte sich von den Gewohnheiten seiner Kindheit getrennt – damals war er immer mit einem Dolch in der Hand aufgewacht, und ein solches Verhalten war heute den Dienern im Palast gegenüber nicht angebracht –, aber er hatte immer noch stets einen Dolch in der Nähe. Er schlug die Augen auf und bewegte sich nicht, doch in seinem Blickfeld war nichts zu sehen. Er drehte den Kopf, konnte aber wegen des etwas erhöhten Tümpelrandes immer noch nichts sehen. Er stützte sich auf die Ellbogen und richtete sich langsam auf; er kam sich dumm vor, als er wieder richtig wach wurde – wer sollte hier auf Stardock schon eine Bedrohung für ihn darstellen?

James spähte über den Rand des Tümpels und entdeckte nichts. An diesem Ort war etwas seltsam, aber er konnte irgendwie nicht herausfinden, was. Es war, als hätte er einen Raum betreten, den kurz zuvor jemand durch eine andere Tür verlassen hatte; ohne zu wissen warum, wußte er dennoch, hier war vor kurzem jemand gewesen.

Instinkte, die im gefährlichen Leben in der Stadt gewachsen waren, lösten eine Alarmglocke in seinem Kopf aus, eine Alarmglocke, die ihn zu oft vor einer Gefahr gewarnt hatte, um sie zu mißachten. Diesmal allerdings war es weniger Gefahr, sondern eher Aufregung. Vor vielen Jahren hatte Jimmy gelernt, wie man regungslos dasitzen konnte, wie man seine Gedanken von den augenblicklichen Bedürfnissen ablenken konnte, damit man sich nicht mit einer plötzlichen Bewegung verriet. Er atmete ruhig und blieb still. Nochmals sah er über den Rand des Tümpels, doch das Gefühl, jemand anderes sei vor kurzem hiergewesen, war verflogen. Die kleine Bucht war wieder wie zuvor.

Er lehnte sich zurück und versuchte, in der Wärme die Ruhe

wiederzufinden, die ihn noch kurz zuvor erfüllt hatte, aber er konnte seinen Kopf nicht mehr frei bekommen. Eine seltsame Aufregung machte sich in James breit, als näherte sich etwas Prachtvolles, und gleichzeitig spürte er eine Traurigkeit, als wäre etwas Wunderbares an ihm vorbeigezogen und hätte ihn zurückgelassen. Eigentümliche Gefühle, schwindelerregende Entzükkung und kindliche Tränen trafen in ihm aufeinander.

Da er keine befriedigende Erklärung dafür fand, zog er sich aus dem Tümpel und rannte zum See, wobei er wie ein Junge seine Niedergeschlagenheit laut herausschrie. Er sprang kopfüber hinein, tauchte wieder auf und spuckte Wasser. Ein erleichterter Seufzer entfuhr ihm; der kalte See hatte ihn schockartig wach gemacht.

Ihm lag nicht viel am Schwimmen, doch von Zeit zu Zeit genoß er es. Wie die meisten Kinder aus dem Armenviertel von Krondor war er früher, wenn die heißen Winde des Sommers wehten, von den Anlegestellen im Hafen in das salzige, schmutzige Wasser gesprungen, um sich abzukühlen. Das Gefühl solch sauberen Wassers wie hier auf seinem Körper hatte er erst im Alter von dreizehn Jahren kennengelernt.

James merkte, wie er gemächlich auf die gegenüberliegende Seite der Bucht zuschwamm. Die Bäume und das Schilf standen bis weit in den See, und man mußte durch enge Kanäle schwimmen, wollte man die andere Seite erreichen. Halb schwamm, halb paddelte er, bis er zu einem breiten Schilfgebüsch kam. Das Schilf stand weit auseinander, und man hatte einen guten Blick auf das Ufer. Er drehte sich auf den Rücken und planschte mit den Füßen. Über ihm strahlte der morgendliche Himmel, da die Sonne nun höher am Horizont stand. Bauschige weiße Wolken zogen dahin. Dann war er zwischen das Schilf und das Gras geraten, die Stengel erhoben sich weit über über seinem Kopf, und er spürte ihr kitzelndes Streicheln, während er schwamm. Nachdem er einige Minuten in diese Richtung weitergetrieben war, richtete er sich auf und blickte sich um.

Plötzlich sah alles ganz anders aus, und er konnte den Rückweg nicht mehr finden. Von Natur aus gelassen, fand er die Tatsache, zwischen dem Schilf im Kreis geschwommen zu sein, zwar nicht gerade anziehend, dennoch ängstigte sie ihn auch nicht gerade. Er erinnerte sich an das, was Pug ihm gesagt hatte, und bemerkte, wie sich das Schilf nach links bog. Er würde einfach in diese Richtung weiterschwimmen, bis er Grund unter den Füßen hätte.

Und schon nach einer Minute konnte er wieder stehen. Er ging zwischen dicken Schilfstengeln und hohem Gras hindurch auf eine Reihe von Bäumen zu, die sich bis zum Rand des Wassers zog. Die herabhängenden Äste und das dichte Grün tauchten ihn in Schatten, während er immer noch bis zur Brust im Wasser stand. In jede Richtung konnte er nur ein paar Meter weit sehen, denn das Licht des Morgens ließ zwar den Himmel blendend blau-weiß erstrahlen, doch unter den Bäumen war es düster. James folgte dem langsamen Anstieg des Bodens, bis ihm das Wasser nur noch bis zum Bauch ging. Er kam sich albern vor, weil er hier so nackt herumlief, aber es war ja niemand da, und der Tümpel, an dem er seine Kleidung zurückgelassen hatte, war nicht weit entfernt.

James ging weiter und trat plötzlich in tiefes Wasser. Ein kleiner Bach hatte hier eine mehr als zwei Meter tiefe Rinne ausgewaschen, und James tauchte spuckend und blind wieder auf. Er schwamm zur anderen Seite hinüber und spürte erneut Grund unter den Füßen.

Ein Vogel schrie, und er fragte sich, ob sich das Tier über seine tolpatschige Art der Fortbewegung lustig machte. Seufzend arbeitete er sich weiter auf das Ufer zu, das er zwischen den Bäumen zu erkennen glaubte. Dann, als ihm das Wasser schon nur noch bis zu den Knien ging, stand er vor einer unüberwindlichen Barriere aus Bäumen und Schilf. Er watete nach rechts weiter, wo er den Ausgang aus dem Dickicht vermutete, in dem er sich fast verirrt hatte, und wieder fiel der Grund ab. Bis zur Brust im Wasser schob er sich durch einen dichten Vorhang aus Schilf. Es ging nur langsam voran. Er kam sich ausgesprochen dumm vor, weil er sich an einem Ort befand, der so weit von dem entfernt war, zu dem er hinwollte. Wirklich schön, vor dem Frühstück ein bißchen schwimmen zu gehen.

Seine Knie stießen gegen Grund, der Kanal, durch den er watete, war also offensichtlich zu Ende. Er drückte das Schilf vor sich auseinander – und war verblüfft von dem Anblick, der sich ihm bot. Helle Haut, so weiß wie die eines Neugeborenen, schimmerte kaum einen Meter vor ihm. Da er selbst etwas niedriger stand, starrte er genau auf das nackte Hinterteil einer jungen Frau. Ihr fast weißblondes Haar hing ihr naß vom Kopf, und sie wrang gerade das Wasser heraus, eine Pose, die den schmeichelhaften Anblick ihrer Hüften und ihres Pos noch mehr zur Geltung brachte.

James hielt die Luft an. Die gleiche Mischung aus Alarm und Aufregung wie vorhin in dem warmen Tümpel traf ihn wie ein Hammerschlag. Es war ihm peinlich, sie hier zu stören, genauso, wie es ihm peinlich gewesen wäre, wenn sie an seinen Tümpel gekommen wäre. In ihm stritten die verschiedenen Möglichkeiten, was er nun tun sollte, miteinander: regungslos stehenbleiben, zurückgehen, etwas sagen, nicht entdeckt werden; und das alles zusammen ließ ihn einfach wie gelähmt dastehen.

Wieder siegten die sooft geübten Gewohnheiten seiner Kindheit über sein Bewußtsein, und er blieb wie erstarrt stehen. Dann kam ihm ein anderer Gedanke, und er spürte plötzlich ein merkwürdiges Gefühl im Magen und in der Leistengegend. Fast hätte er laut gesagt: *Das ist der schönste Po, den ich je gesehen habe.*

In diesem Augenblick drehte die junge Frau sich um und legte die Hand vor den Mund, als hätte ein Geräusch sie erschreckt. Und in diesem einen Augenblick bekam James den Rest von ihr zu sehen. Sie hatte eine schlanke Figur, wie eine Tänzerin, ihre Arme waren lang und anmutig, ihr Bauch flach, ihre Brüste nicht groß, jedoch voll und rund. Er sah ihre hohe Stirn, die feinen

Wangenknochen und blasse, leicht rosafarbene Lippen. Ihre Augen, die sie vor Überraschung aufgerissen hatte, waren so blau wie das Eis im Winter. Diese Einzelheiten prägten sich innerhalb eines Momentes in sein Gedächtnis ein. Tausende ähnliche Bilder zogen vor seinen Augen dahin, doch bei jedem wußte er, diese junge Frau vor ihm war der schönste und berauschendste Anblick, den er je genossen hatte. Dann kniff sie die schönen, blaßblauen Augen zusammen, und plötzlich spürte James einen dumpfen Schmerz in seinem Kopf.

Er fiel um, wie von einer Waffe getroffen, und seine Stimme klang hohl in seinen Ohren wider, während er unter der Oberfläche versank. Er schluckte Wasser, und Todesangst ergriff ihn. Dann verlor er das Bewußtsein und sank in das trübe Dunkel des Sees.

An einem Ort – und es war nicht der Ort, an dem James schwamm – ertrank er förmlich in Erinnerungen: wie er auf dem Straßenpflaster gespielt und nie einen Augenblick ohne Angst gelebt hatte. Fremde bedeuteten Gefahr, und jeder Tag brachte neue Fremde in das Haus seiner Mutter. Und jeden Tag sah er Männer, die sich laut und einschüchternd benahmen, die ihn nicht beachteten, oder andere, die sich kurz mit ihm beschäftigten, ihm durch die Haare wuschelten oder ihm etwas Eigenartiges sagten.

Dann war da die Nacht, als sie starb, und niemand kam: Der Mann mit dem schiefen Lächeln hatte ihn weinen gehört und war geflohen. Jimmy hatte schließlich den Weg aus dem Haus gefunden und war mit seinen kleinen Kinderfüßen durch das Blut gestapft.

Dann die Kämpfe mit den anderen Jungen, um Knochen und Brotkanten, die es an den Hintertüren der Kneipen und Gasthäuser gab; er hatte Weizen und Mais gegessen, der aus den Getreidesäcken im Hafen rieselte. Und die Tropfen sauren Weins aus fast leeren Flaschen. Gelegentlich einmal eine Münze von einem wohltätigen Mitmenschen, eine heiße Pastete. Der Hunger war allgegenwärtig.

Eine Stimme ohne Gesicht fragte ihn aus der Dunkelheit, ob er schlau sei. Er war schlau gewesen. Sehr schlau. Und er hatte bei den Spöttern angefangen.

Gefahr um ihn herum, immer. Keine Freunde, keine Verbündeten – allein die Regeln der Gilde schützten Jimmy die Hand. Doch er war begabt; der Aufrechte vergab ihm seine kleinen Fehltritte, weil er für einen so jungen Kerl schon so viel einbrachte.

Dann erschien wieder der Mann mit dem schiefen Lächeln. Jimmy war zwölf gewesen. Es hatte nichts mit Stolz, Ehre oder wilder Rache zu tun gehabt. Ein junger Dieb hatte sich herangeschlichen und Gift – welches er von einem Mann gekauft hatte, der damit handelte – in den Wein getan. Der Mann mit dem schiefen Lächeln starb, ohne zu wissen, welche Gründe seinen Mörder getrieben hatten; sein Gesicht wurde schwarz, seine Zunge quoll zwischen den geschwollenen Lippen heraus, und seine Augen traten hervor, während der Sohn einer ermordeten Hure das Ganze durch einen Spalt in der Decke beobachtete. Jimmy hatte keinen Triumph verspürt, doch er hoffte, seine Mutter möge nun in Frieden ruhen. Er hatte nie den Namen seiner Mutter erfahren. Er wollte weinen, er wußte nur nicht, wie. Er hatte nur zweimal geweint … nein, in Wirklichkeit dreimal. Als Anita vergiftet darniederlag, und als er geglaubt hatte, Arutha sei tot. Es war einfach nur Trauer gewesen, und er hatte sich dabei nicht schwach gefühlt und nicht geschämt. Doch er hatte auch geweint, als er in der Höhle mit dem Schlangenmenschen gewesen war, ehe Herzog Martin ihn gerettet hatte. Diese Angst hatte er niemals zugeben können.

Andere Bilder: seine unglaublichen, fast unmenschlichen Fähigkeiten in seinem Beruf. Die Entdeckung, wie sehr sein Schicksal mit großen Dingen verbunden war, als er half, den Prinz und die Prinzessin von Krondor vor ihren Häschern zu verbergen, damals, zu Zeiten des wahnsinnigen Königs Rodric. Sein Kampf auf

Leben und Tod mit einem Nachtgreifer über den Dächern der Stadt, wobei er Arutha das Leben rettete, was er allerdings zu diesem Zeitpunkt noch nicht gewußt hatte. Seine beiden Reisen in die Nordlande, die großen Schlachten bei Armengar und bei Sethanon, der Friede, der nach der Schlacht folgte, in der sie die Rückkehr des Drachenheeres verhindert hatten.

Und nun hieß er James.

Sein Dienst für Arutha, sein Aufstieg am Hofe, sein Titel, später noch ein Titel, der Kanzler von Krondor, der ranghöchste Adlige am Hofe nach Herzog Gardan, das alles vermischte sich zu einem Dunst angenehmer Gedanken, den einzigen angenehmen Gedanken seines Lebens. Gesichter huschten vorbei, manche mit Namen, andere ohne. Diebe, Meuchelmörder, Adlige, Bauern, Frauen. Er erinnerte sich an viele, denn sie hatten ihn schon seit frühester Jugend angezogen, und als junger Adliger hatte er sich seine Begleiterinnen aussuchen können. Doch irgend etwas hatte immer gefehlt. Irgend etwas Wichtiges. Und dann stand da plötzlich eine nackte Gestalt im Schilf und drückte sich das Wasser aus den Haaren. Das eindrucksvollste Bild, das ihm geblieben war.

Ein Gesicht mit blaßblauen Augen und Lippen, die die Farbe von rosaroten Rosen hatten. Ein besorgtes Gesicht, das nachsah, wie es James ging. Etwas Magisches und Schönes breitete sich in James aus, und abermals wollte er weinen. Traurigkeit erfüllte ihn mit erschreckender Lust, und er duckte sich vor diesen klaren Augen. Sie blickten in ihn hinein, und sie entdeckten alles; er hatte keine Geheimnisse mehr. Nein, er hatte keine Geheimnisse mehr! *Ich bin verloren!* schrie er, und ein Kind jammerte um den Tod seiner Mutter, und ein Junge weinte, als vor ihm eine junge Frau im Sterben lag, die von einem Bolzen aus der Armbrust eines Assassinen getroffen worden war, und ein Jugendlicher weinte, als der einzige Mann, dem er vertraute, tot vor ihm in seinem Gemach aufgebahrt lag, und ein Mann weinte: wegen des ganzen alten Schmerzes, der ganzen alten Qual, der ganzen alten Angst und der ganzen alten Einsamkeit, die er seit dem Tag seiner Geburt in seiner Brust beherbergt hatte.

James wachte am Ufer auf und hatte einen Schrei auf den Lippen, gleichermaßen vor Schmerz und vor Angst. Er fuhr in die Höhe, hielt den Arm über den Kopf, wie ein Kind, das Schlägen ausweichen will. Er war noch immer naß und nackt. Eine Stimme sagte: »Der Schmerz wird vergehen.«

James wandte sich um, und als er das tat, verschwand der Schmerz. Er sah die junge Frau, die nur einen Meter von ihm entfernt am Ufer saß. Sie hatte die Knie vor die Brust gezogen und die Arme darum geschlossen – immer noch ohne Kleider.

James hatte sich in seinem ganzen Leben nie so sehr wie jetzt danach gesehnt, einfach wegzulaufen. Nichts hatte ihn je so sehr geängstigt wie diese junge Frau, die da nackt vor ihm saß. Tränen stiegen ihm ungewollt in die Augen. »Wer bist du?« fragte er flüsternd. Und obwohl er sich danach sehnte, wegzulaufen, wollte er doch lieber noch ganz nah bei dieser Frau sein.

Sie erhob sich langsam, sich ihrer Nacktheit nicht bewußt, und trat zu ihm. Sie kniete sich vor ihm hin, brachte ihr Gesicht vor das seine. Und in seinem Kopf ertönte eine Stimme: *Ich bin Gamina, James.*

Wieder kroch die Angst in James hoch, und er konnte sich nicht rühren. Er sagte: »Du hast in meinem Kopf gesprochen.«

»Ja«, sagte sie laut. »Du mußt verstehen, ich kann deine Gedanken lesen, ich kann sie hören« – sie schien nach dem richtigen Wort zu suchen –, »diese Wörter sind nicht richtig. Aber ich weiß, was du denkst, solange du nicht versuchst, es vor mir zu verbergen.«

Er versuchte, seine Gedanken zu sammeln, während er den stechenden Schmerz in seinem Kopf bekämpfte. »Was ist passiert? Dort drüben ...« Er zeigte zu dem Schilf im See.

»Deine Gedanken haben mich erschreckt, und ich habe ohne nachzudenken reagiert. Ich kann mich ganz gut verteidigen, wie du gemerkt hast.«

James legte die Hand an die Stirn und spürte den Schmerz abermals. »Ja.« Mehr brachte er nicht heraus.

Sie streckte die Hand aus und berührte sanft seine Wange. »Es tut mir leid. Ich habe das nicht absichtlich getan. Ich kann anderen Menschen mit meinen Gedanken großen Schaden zufügen. Auf diese Weise könnte ich meine Fähigkeiten mißbrauchen.«

James empfand die Berührung ihrer Hand gleichermaßen ermutigend wie abschreckend. Ein Schauder lief ihm von der Brust bis in die Leistengegend. Leise fragte er: »Wer bist du?«

Sie lächelte, und aller Schmerz und alle Angst waren vergessen. »Ich bin Gamina. Ich bin die Tochter von Pug und Katala.« Sie beugte sich vor und küßte ihn sanft auf die Lippen. »Und wer bist du?«

James spürte ein heftiges Verlangen in sich aufsteigen, doch im selben Moment war da eine schwindelerregende Furcht. Obwohl ihm die Umarmungen von Frauen keinesfalls neu waren, fühlte er sich plötzlich wie ein kleines Kind, das die erste Liebe empfing. Worte, von denen er nie geglaubt hätte, daß er sie jemals äußern würde, drängten ungewollt aus ihm hervor. »Ich habe Angst«, flüsterte er.

»Brauchst du nicht«, erwiderte sie, ebenfalls flüsternd.

Sie drückte ihn an sich und sagte in Gedanken: *Als ich dich überwältigt habe, bist du ins Wasser gefallen. Wenn ich dich nicht herausgezogen hätte, wärst du ertrunken. Dann habe ich dich wiederbelebt, und deine Gedanken lagen offen vor mir und meine Gedanken offen vor dir. Hättest du die gleiche Fähigkeit wie ich, würdest du mich jetzt genausogut kennen wie ich dich, mein Jimmy.*

James' eigene Stimme klang leise und verletzlich in seinen Ohren, als er sagte: »Wie kann es …?«

»Es ist«, antwortete sie. Daraufhin lehnte sie sich etwas zurück und wischte die salzigen Tränen von seinem Gesicht. »Komm, ich zeig es dir.« Wie ein Kleinkind ließ er sich von ihr an die Brust drücken, und während ihre Hände seinen Kopf und seine Schultern streichelten, hörte er ihre Stimme in seinen Gedanken: *Du wirst nie wieder allein sein.*

Borric und Erland saßen nebeneinander und genossen das reichhaltige Frühstück. Neben den Speisen, die sie aus dem Königreich kannten, gab es auch eine Menge Köstlichkeiten aus Kesh. Sowohl Pugs Familie als auch Kulgan und Meecham aßen zusammen mit den Gästen. Zwei Plätze waren leer; einer neben Katala und einer neben Locklear.

Erland nahm einen Schluck Wein und fragte: »Cousin Pug, wie viele Menschen leben hier im Augenblick?«

Pug hatte sich nur wenig auf den Teller geladen, er aß nicht viel. Er lächelte seine Frau an und meinte: »Katala führt die Geschäfte und regiert diese Gemeinschaft.«

Katala sagte: »Wir zählen heute fast tausend Familien, die hier und drüben an der Küste leben. Hier auf der Insel –« Ihr versagte die Stimme. Alle am Tisch drehten sich um und wollten sehen, was ihr die Sprache verschlagen hatte.

Die Tür auf der gegenüberliegenden Seite des Zimmers war aufgegangen, und James trat in Begleitung einer jungen Frau ein, die ein lavendelfarbenes Kleid trug, welches um die Taille von einem regenbogenbunten Gürtel zusammengehalten wurde.

Borric, Erland und Locklear erhoben sich, während das Mädchen zu Pug lief und ihn auf die Wangen küßte. Dann sah sie Katala einen Moment lang in die Augen, als würde sie ihr etwas mitteilen, doch die beiden wechselten kein Wort. Die Augen der älteren Frau füllten sich mit Tränen, und auf ihrem Gesicht breitete sich ein Lächeln aus.

Pug wandte sich erwartungsvoll James zu.

Locklear sagte: »James –«

James räusperte sich, und mit unsicherer Stimme, wie ein Schüler, der zum Lehrer gerufen wird, sagte er: »Lord Pug, ich ... ich habe die Ehre, Euch um die Erlaubnis zu bitten ... Euch um die Hand Eurer Tochter zu bitten.«

Borric und Erland rissen ungläubig die Augen auf, dann sahen sie beide zu Locklear hinüber. James' bester Freund ließ sich auf seinen Stuhl plumpsen und schaute genauso verblüfft drein wie die Zwillinge. Er schüttelte den Kopf, und alles, was er hervorbringen konnte, war: »Das bringt mich um!«

Sorgen

Borric schüttelte den Kopf.

Erland fragte: »Was hast du?«

»Was?«

»Du hast in den letzten Minuten die ganze Zeit den Kopf geschüttelt und immerzu ›nein‹ gesagt. Dir geht doch irgend etwas im Kopf herum.«

Borric gab ein Geräusch von sich, das irgendwo zwischen einem Seufzen und einem Grunzen lag. »Ich mache mir Gedanken über Onkel Jimmy.«

Erland wandte sich leicht um, fiel in den Schritt seines Bruders ein und betrachtete ihn, während sie gingen. Der Abendhimmel wurde gerade pechschwarz, da der Mittelmond noch nicht aufgegangen war. Doch die milde Abendluft versprach jedem Romantik, wenn er nur dazu bereit war und einen willigen Partner finden konnte. Und genau aus diesem Grund waren die Zwillinge jetzt unterwegs. Sie wollten zur Fähre. Erland sagte: »Normalerweise zerbrichst du dir aber nicht wegen anderer Leute den Kopf, vor allem nicht wegen jemandem, der so selbständig ist wie Onkel Jimmy.«

»Genau deswegen mache ich mir ja Gedanken«, meinte Borric und blieb stehen, um das Gesagte zu betonen. Er stieß Erland mit dem Finger vor die Brust. »›Es gibt nichts Dümmeres als einen Mann mit einer Erektion‹, hat er uns immer eingebleut, nicht?«

Erland lachte und nickte. »Außer Onkel Locky. Der wird dann nur noch gerissener.«

»Aber nur, wenn er einen warmen Ort für sein großes Schwert sucht. Ansonsten ist er genauso dumm wie der Rest von uns.«

»Der Rest, ausgenommen Onkel Jimmy.«

»Genau«, stimmte Borric zu. »Das sehe ich genauso. Er hat seinen Spaß gehabt, das wissen wir beide. Doch er hat die Damen immer von sich ferngehalten und ihnen nie dumme Versprechungen gemacht. Und jetzt trifft er diese Frau und ...« Er verstummte, weil ihm die Worte fehlten.

»Wie mit Magie.«

»Genau!« meinte Borric. »Und an welchem Ort könnte man besser auf Magie treffen als auf dieser Insel der Magier.«

Erland hielt seinen Bruder mit der Hand zurück, als der weitergehen wollte. »Glaubst du, das Ganze ist eine Art Zauber?«

»Ach, ein ziemlich besonderer Zauber«, sagte eine rauhe Stimme aus der Dunkelheit.

Beide Brüder fuhren herum und entdeckten eine kleine Gestalt, die auf einem Baumstumpf keine drei Meter entfernt saß. Weil der Mann bewegungslos dagesessen hatte, hatten sie ihn nicht bemerkt, bis er etwas gesagt hatte. Die beiden Prinzen näherten sich ihm und erkannten den Sprecher als Kulgan, den alten Magier.

»Was meinst du damit?« fragte Borric; sein Verdacht schien sich zu bestätigen.

Kulgan lachte. Er streckte einen Moment lang die Hand aus, dann winkte er ungeduldig ab. »Steht doch nicht einfach nur so da. Könnt ihr nicht einem alten Mann helfen? Meine Knie sind schon älter als die Schöpfung selbst!«

Erland reichte dem alten Magier die Hand, und der zog sich daran hoch und stützte sich gleichzeitig auf seinen großen Holzstab. Der Magier fuhr fort: »Ich geh mit euch zur Anlegestelle der Fähre. Ich nehme an, ihr fahrt hinüber und schaut, ob ihr nicht irgendwo einen draufmachen könnt.«

»Der Zauber?« drängelte Borric.

Der alte Mann lachte. »Wißt ihr, als euer Großvater nur wenig älter war als ihr, war er genauso ungeduldig wie ihr. Wenn er eine Antwort wollte, wollte er sie verdammt noch mal sofort. Euer Vater war der gleiche Flegel, aber er kann das besser verstecken.

Arutha gehörte stets zu denen, die am besten erkannten, wo ihre Grenzen lagen.«

Erland sagte: »Das macht er immer noch, bloß nicht, wenn es um seine Söhne geht.«

Kulgan warf den beiden einen bösen Blick zu. »Grenzen? Ach, vielleicht habt ihr das eine oder andere Mal eure Schwerter gebraucht, aber ob ihr eure Grenzen kennt?« Er sagte einen Moment lang nichts und stützte sich auf seinen Stab. Und während er sich mit dem Zeigefinger an die Stirn tippte, fuhr er fort: »Hier. Euer Verstand. Wenn ihr euren ganzen Verstand auf eine Sache richtet und alle denkbaren Lösungen durchgeht und dann immer noch keine Lösung habt, dann versteht ihr, welche Grenzen ich meine.«

»Vater erzählt ständig, du wärst der Lehrer gewesen, der am meisten von ihm verlangt hat«, meinte Erland grinsend.

»Ha!« schnaubte Kulgan. »Also, der wirklich strenge Lehrmeister war Vater Tully.« Sein Blick schweifte in die Ferne, und er grübelte einen Moment lang, ehe er weiterredete. »Wie schade, daß ihr ihn nicht kennengelernt habt. Ihr wart noch kleine Kinder, als er starb. Was für ein tragischer Verlust. Einer der besten Denker, die ich kennengelernt habe … auch wenn er ein Priester war«, fügte er hinzu; diesen Seitenhieb auf den Mann konnte er sich nicht verkneifen, auch wenn er traurig war, weil der Kerl ihm heute fehlte.

Borric fragte: »Also hast du nur einen Scherz gemacht, was diesen Zauber und Jimmy betrifft?«

Kulgan sagte: »Du bist noch sehr jung, mein Prinz.« Und mit einem ziemlich harten, dennoch spielerischen Tritt gegen Borrics Bein fuhr er fort: »Du kennst noch nicht einmal die Hälfte von allem.«

»Au!« rief Borric und zuckte zurück.

Erland lachte, und Kulgan trat ihm ebenfalls vors Schienbein. »Nur damit die Dinge ausgeglichen bleiben.«

Beide Brüder machten eine große Schau aus den vorgeblichen

Schmerzen, doch Kulgan meinte: »Und jetzt paßt auf. Ich bin alt und habe keine Zeit, mich dauernd zu wiederholen.«

Nachdem die Zwillinge mit dem Herumhüpfen aufgehört hatten, sagte Kulgan: »Die Sorte Zauber, die ich gemeint habe, kann niemand lehren. Es ist nicht diese Art von Magie, die Menschen nach Lust und Laune einsetzen können. Es ist eine Magie, die die Götter nur wenigen glücklichen Männern und Frauen geschenkt haben. Es ist die Magie der Liebe, einer wirklichen und wahrhaftigen Liebe, und nichts kann einen wieder so werden lassen wie zuvor, wenn man sie einmal kennengelernt hat.« Sein Blick schweifte in die Ferne zum Horizont. »Ich bin schon alt, und ich muß mich anstrengen, damit ich mich wenigstens an die Träume der letzten Nacht erinnern kann. Trotzdem habe ich manchmal Bilder aus meiner Kindheit vor Augen, als wäre es erst gestern gewesen.« Er sah Borric an und schien nach etwas Vertrautem in seinem Gesicht zu suchen. Nach einem Moment des Schweigens sagte er: »Euer Großvater war ein leidenschaftlicher Mann, und das gleiche gilt für euren Onkel. Und auch für euren Vater, selbst wenn ihr ihm das wohl kaum von den Augen ablesen könnt – er war eurer Mutter von dem Augenblick an verfallen, in dem er sie zum ersten Mal sah, obwohl er zu dumm war, um das zu merken. Eure Tante Carline wollte euren Onkel Laurie schon heiraten, nachdem sie sich erst einige Tage kannten.

Die Sache ist die, wenn man älter wird, hat man plötzlich andere Bedürfnisse, als ständig durch die Wirtshäuser zu ziehen, und es ist auf einmal nicht mehr befriedigend, sich mit der Tochter des Netzflickers herumzutreiben, egal, wie rosig ihre Wangen sind, wie süß sie lacht und wie herzlich ihre Umarmungen sind. Und die Seidenlaken der edlen Töchter verlieren auch irgendwann ihren Reiz.«

Borric und Erland wechselten einen Blick, und Erland sagte: »Aber bis dahin vergeht für uns noch einige Zeit, glaube ich.«

Kulgan brachte ihn mit einem weiteren Tritt gegen das Schienbein zum Schweigen. »Unterbrich mich nicht. Es macht mir gar nichts aus, ob du ein Prinz bist oder nicht. Ich habe schon bessere Männer als dich geschlagen, und auch welche von höherem Rang. Dein Onkel, der König, war ein schlechter Schüler, und er hat meine Hand mehr als einmal zu spüren bekommen.« Er seufzte. »Nun, wo war ich stehengeblieben? Ach ja, wahre Liebe. Wenn ihr erst älter seid, wird auch in euch die Leidenschaft wachsen und das Bedürfnis nach einer treuen Gefährtin stärker werden. Euer Vater hat sie gefunden, und euer Onkel Martin hat sie gefunden. Der König nicht.«

Borric sagte: »Aber er liebt die Königin, da bin ich mir sicher.«

»Ach, auf seine Art, gewiß. Sie ist eine gute Frau, und keiner dürfte etwas anderes behaupten, aber es gibt eben Liebe, und es gibt das, was euer junger Baron James gerade entdeckt hat. Er ist vollkommen verwandelt, daran gibt es keinen Zweifel. Seht es euch an, und ihr werdet daraus lernen. Wenn ihr Glück habt, werdet ihr etwas sehen, was ihr vielleicht niemals am eigenen Leibe erfahren werdet.«

Borric seufzte: »Weil ich einmal König werde?«

Kulgan nickte. »Genau. Du bist offenbar doch nicht so dumm, wie ich geglaubt habe. Du wirst nur um des Wohles deines Volkes willen heiraten. Oh, du wirst viel Gelegenheit haben, deinen Trieb mit willigen Damen jeden Ranges zu befriedigen, kein Zweifel. Euer Onkel zum Beispiel hat wenigstens ein halbes Dutzend Cousins gezeugt, nur leider in den falschen Betten. Einige von ihnen werden ohne Zweifel in den Rang von Adligen aufsteigen. Aber das ist nicht das gleiche.

James hat den Menschen gefunden, den die Götter hierhergesandt haben, um sein Leben vollständig zu machen. Daran braucht ihr nicht zu zweifeln, es war sicherlich das Schicksal, und glaubt nicht, es habe ihn versehentlich erwischt. Was euch also wie eine übereilte Gedankenlosigkeit vorkommt, ist in Wirklichkeit das Verständnis von etwas so Gewaltigem, das nur derjenige versteht, der es kennengelernt hat. Also, habt ihr das begriffen?«

»Wir sollen ihn demnach in Ruhe lassen?« meinte Erland.

»Genau«, sagte Kulgan, mit sich zufrieden. Er betrachtete die Prinzen einen Moment lang und lächelte. »Wißt ihr, ihr zwei seid nicht wie das Pack auf der Straße, auch wenn ihr euch so anzieht und genauso aussieht. Das Blut, das in euch fließt, wird sich durchsetzen, glaube ich. Nun, ihr werdet wahrscheinlich alles, was ich euch erzählt habe, in fünf Minuten vergessen haben, sobald ihr ein Wirtshaus gefunden habt, in dem Karten gespielt werden und in dem ein paar vollbusige und freizügige Serviermädchen auf ein anständiges Geschenk von einem Adligen aus sind.

Aber mit etwas Glück wird eine Zeit in eurem Leben kommen, in der ihr euch daran erinnert, was ich euch erzählt habe. Und es wird euch beiden dabei helfen, die richtige Entscheidung zum Wohl eures Volkes zu treffen.«

Borric zuckte mit den Schultern. »Jedenfalls scheint uns in den letzten Wochen jedermann dauernd an unsere Pflichten erinnern zu wollen.«

»So sollte es auch sein.« Kulgan sah die Jungen eindringlich an. »Du bist auf einen hohen Stuhl gesetzt worden, Borric, und Erland, du sitzt gleich darunter. Und die Macht, die mit eurem Rang einhergeht, bekommt ihr nicht, damit ihr euch mit einfachen Vergnügungen die Zeit vertreibt. Ihr werdet dafür mit harten Opfern bezahlen müssen. Das mußte euer Großvater, und euer Vater mußte es auch. Die Geister der vielen Toten, die unter seinem Kommando gefallen sind, jagen ihn des Nachts im Schlaf. Auch wenn diese Männer freiwillig im Kampf für ihren König und ihren Prinzen gestorben sind, lastet ihr Tod doch schwer auf Arutha. So ein Mann ist euer Vater eben. Ihr werdet ihn besser verstehen, wenn ihr älter seid.«

Beide Brüder sagten kein Wort. Endlich drehte sich Kulgan zu dem beeindruckenden Gebäude der Akademie um. »Es wird kalt. Ich werde mich irgendwo an ein warmes Feuerchen setzen. Und ihr werdet losgehen und sehen, ob ihr nicht irgendwo einen draufmachen könnt.« Nach ein paar Schritten blieb Kulgan noch einmal stehen, wandte sich um und sagte: »Und seid mit diesen Fischerkerlen vorsichtig. Wenn ihr mit ihren Frauen anbändelt, haben sie ihre Messer raus, ehe sie sich an eure fürstliche Abstammung erinnern.« Er betrachtete die Gesichter der Zwillinge eine Weile und setzte dann hinzu: »Paßt auf euch auf, Jungs.«

Borric und Erland sahen zu, wie sich der alte Magier zum Eingang des Hauptgebäudes der Akademie aufmachte, dann gingen sie weiter zur Fähre. Als sie am Strand ankamen, fragte Erland: »Was hältst du davon?«

Borric sagte: »Von dem, was er gesagt hat? Ich glaube, er ist ein alter Mann, und er hat komische Sachen im Kopf.«

Erland nickte zustimmend; sie gaben dem Fährmann ein Zeichen, er solle sie hinüber zu den lockenden Lichtern der fernen Stadt bringen.

Der Wind wehte leise; Gamina und James spazierten am Ufer entlang und verbrachten schweigend die Zeit miteinander. James fühlte sich sowohl erschöpft wie belebt. In den siebenunddreißig Jahren seines Lebens hatte er nur wenig von sich anderen Menschen preisgegeben. Wirkliche Vertrautheit war ihm immer unmöglich erschienen, doch in Gamina hatte er jemanden gefunden, der die standhaften Mauern seiner Seele einreißen konnte. Nein, so war es nicht, verbesserte er sich. Sie hatte nichts eingerissen. Sie hatte einfach eine Tür gefunden, durch die sie eintreten konnte.

Eine leichte Brise wehte von Süden her und brachte den Duft von fernen Orchideen und blühenden Wiesen im Tal der Träume mit sich. Im Osten ging der Mittelmond wie eine kupferne Scheibe in der sich senkenden Dunkelheit auf. James wandte sich zu einer Braut um. Er bewunderte den Schwung ihres Halses, das weiche bleiche Haar, welches ihr Gesicht umspielte und auf die Schultern zu fließen schien wie ein weißer Heiligenschein, der im Zwielicht rauchgrau schimmerte. Sie sah ihn mit ihren blassen

Augen an, lächelte, und sein Herz hüpfte vor Freude. »Ich liebe dich«, sagte sie.

»Ich liebe dich auch«, erwiderte er und konnte kaum glauben, welches Vergnügen ihm diese Worte bereiteten. »Und ich muß dich verlassen.«

Sie betrachtete eine Zeitlang den Mond, bis James ihre Gedanken vernahm. *Nein, mein Liebster. Meine Zeit hier ist um. Ich werde mit dir nach Kesh kommen.*

James schloß sie in die Arme. »Es ist gefährlich. Selbst für jemanden mit deinen Fähigkeiten ist es ein Wagnis.« Er küßte ihren Hals und spürte, wie sie dabei erbebte. »Ich wäre glücklicher, wenn du hier in Sicherheit bleiben würdest.«

Wirklich? fragte sie. *Ich frage mich* ... Sie lehnte sich etwas zurück und betrachtete sein Gesicht im schwindenden Licht. »Ich fürchte, du würdest dich wieder in dich zurückziehen, Jimmy, und nach einer Weile wärst du vielleicht überzeugt, wir hätten uns nur etwas vorgemacht; und dann würdest du deine Mauern gegen die Liebe und den Schmerz wieder aufrichten, noch stärker, noch höher und noch fester als jemals zuvor. Du würdest einen Grund finden, weshalb du auf einem anderen Weg nach Krondor zurückreisen könntest, und du würdest immer wieder Gründe finden, aus denen du deine Rückkehr nach Stardock aufschieben könntest. Eine Zeitlang würdest du noch glauben, du wolltest wirklich so schnell wie möglich zurückkehren, aber erst aus dem einen Grunde und dann aus dem nächsten würdest du dich immer länger fernhalten. Und genauso würdest du Gründe finden, warum ich nicht kommen sollte. Nach einer Weile hättest du alles aus deinem Herzen verbannt und vergessen.«

James wirkte wie betäubt. Neuentdeckte Gefühle wallten in ihm auf, und von der entspannten Zufriedenheit, die er gewöhnlich nach außen hin zeigte, war nichts mehr übrig. Er sah so aus wie der Junge, der er in Wahrheit war, verwirrt und aufgeschreckt von der Aufmerksamkeit einer liebenden Frau. »Traust du mir so wenig zu?«

Sie berührte seine Wange, lächelte, und die Wärme ihres Blicks verscheuchte erneut die Angst, so wie sie es schon ein dutzendmal an diesem Tag getan hatte. Gamina hatte in James' Herz und Seele gelesen, als sie ihn am Ufer des Sees wiederbelebt hatte, und sie hatte sich mit ihm vereinigt, sowohl was den Körper als auch was das Herz anging. Trotzdem wurde James nur widerwillig Vertrauen geschenkt, selbst von der Frau, die ihm so nahegekommen war wie keine andere zuvor. »Nein, Liebster, ich schätze dich nicht falsch ein. Aber ich schätze deine Ängste auch nicht falsch ein. Meine Fähigkeiten bestehen nicht nur aus Magie, wie sie die anderen hier auf der Insel kennen. Ich kann auch die Seele und das Herz heilen. Ich kann Menschen helfen, deren Geist schwach und deren Verstand krank ist. Ich kann deinen Träumen zuhören. Und ich habe gesehen, was Ängste anrichten können. Du fürchtest dich davor, wieder – wie von deiner Mutter – verlassen zu werden.«

James wußte, sie hatte recht. Noch während sie sprach, kehrten die Erinnerungen an jene schreckliche Nacht zurück, in der er sich als Kind von sechs oder sieben Jahren aus dem Haus seiner Mutter gestohlen hatte, durch ihr klebriges Blut auf dem Boden geschlichen war mit dem schrecklichen Wissen, allem preisgegeben zu sein. Seine Augen füllten sich mit Tränen. Gamina nahm ihn in die Arme und ließ ihn seinen Schmerz ausweinen. *Du wirst nie wieder allein sein,* hörte er ihre Gedanken in seinem Kopf.

Er stand regungslos da und hielt sie fest, als wäre sie seine einzige Verbindung zum Leben. Und wie schon am Morgen verschwand der Schmerz und ließ ein Gefühl der Erschöpfung, der Wärme und der Erleichterung zurück. Ein Geschwür der Wut, das jahrelang in ihm geschwärt hatte, brach auf, und die giftige Angst und Einsamkeit flossen heraus. Die Wunde würde nicht an einem Tage heilen, vielleicht auch nicht in vielen, doch irgendwann wäre es soweit, und James von Krondor würde ein besserer Mann sein. Er hörte ihre Stimme in seinem Kopf: *Und es ist ebenfalls meine Angst, die spricht. Der Zweifel kann uns beide sehr verletzlich machen.*

»Ich habe keinen Zweifel«, antwortete er einfach. Sie lächelte und nahm ihn abermals fest in die Arme.

Schritte und ein deutlich vernehmbares Räuspern kündigten Locklears Näherkommen an. »Tut mir leid, wenn ich euch störe, aber Pug würde dich gern sehen, James.« Er lächelte entschuldigend. »Und deine Mutter hätte dich gern in der Küche bei sich, Gamina.«

»Danke«, erwiderte Gamina. Sie schenkte Locklear ein warmes Lächeln und küßte James auf die Wange. »Wir sehen uns beim Essen.«

Er küßte sie seinerseits, und sie machte sich zur Küche auf. James und Locklear begaben sich zu Pugs Arbeitszimmer. Locklear räusperte sich übertrieben theatralisch.

James sagte: »Du willst mir doch irgend etwas mitteilen. Also los, raus damit.«

Locklear sprudelte heraus: »Sieh mal, wir kennen uns jetzt schon seit ... sagen wir zwanzig Jahren. Und in der ganzen Zeit hast du dich nie für Frauen interessiert –« James sah ihn fragend an, und Locklear verbesserte sich: »Ich meine, fürs Heiraten interessiert. Und nun, wie aus heiterem Himmel, kommst du plötzlich durch die Tür und verkündest, du wolltest heiraten! Ich meine, natürlich ist sie eine Schönheit, mit dem fast weißen Haar, und überhaupt, aber du hast schon viele kennengelernt –«

»Ich habe noch keine kenngelernt, die wie Gamina ist, keine«, unterbrach ihn Jimmy. Er legte seinem Gefährten die Hand auf die Brust, und sie blieben stehen. »Ich weiß nicht, ob jemand wie du mich verstehen kann, aber sie hat in mich hineingesehen. Sie hat alles gesehen, was es zu sehen gibt, die schlechten Dinge, die Dinge, die ich dir immer nur angedeutet habe, und sie liebt mich trotz dieser Dinge. Sie liebt mich einfach!« Er holte tief Luft. »Du wirst nie begreifen, was das bedeutet.«

Er ging weiter, und Locklear mußte einige schnelle Schritte

machen, um ihn wieder einzuholen. »Was meinst du mit ›jemand wie du‹?«

James blieb erneut stehen. »Sieh mal, du bist der beste Freund – vielleicht der einzige richtige Freund –, den ich jemals gehabt habe, doch wenn es um Frauen geht … nimmst du keine … Rücksicht. Du bist charmant, aufmerksam, du bist beharrlich, aber wenn die entsprechende Dame in deinem Bett aufwacht, bist du schon verschwunden. Ich frage mich manchmal, warum dich der Bruder oder Vater einer Frau noch nicht mit dem Schwert durchbohrt hat … Was dich und die Frauen betrifft, kann man sich einfach nicht besonders auf dich verlassen.«

»Aber auf dich?«

»Jetzt schon«, erwiderte James. »So sehr, wie man sich darauf verlassen kann, daß das Wasser den Berg hinunterläuft.«

Locklear sagte: »Mal sehen, was Arutha davon hält, wenn du dich kopfüber in eine Ehe stürzt. Wir Barone vom Hof müssen die Erlaubnis zum Heiraten einholen, weißt du noch?«

»Ich weiß.«

»Nun, jetzt geh erst mal zu deiner Verabredung mit dem Zauberwirker«, meinte Locklear, als sie die Tür der Akademie erreicht hatten. »Ich schätze, er hat dir auch ein oder zwei Sätze dazu zu sagen, daß du ihm die Tochter wegnimmst.« Locklear ließ James allein vor dem Eingang stehen.

James betrat das Gebäude und ging einen langen Gang entlang, bis zum Fundament des Turms, in dem sich Pugs Arbeitszimmer befand. Er stieg eine Wendeltreppe hinauf, bis er die Tür des Zimmers erreichte. Als er seine Hand hob und anklopfen wollte, öffnete sich die Tür. Er trat ein; Pug war allein in seinem Arbeitszimmer, doch das verwunderte ihn nicht weiter. Nachdem James eingetreten war, schloß sich die Tür hinter ihm.

»Wir müssen uns unterhalten«, meinte Pug, erhob sich und winkte James zu einem großen Fenster. Der Zauberer sah hinaus und zeigte auf die kleinen Lichter, die als Punkte an der Küste des Festlands zu sehen waren. »Menschen«, sagte er.

James zuckte mit den Schultern. Er wußte, der Zauberer hatte ihn nicht gerufen, um mit ihm über das Offensichtliche zu reden.

»Als wir vor über zwanzig Jahren nach Stardock kamen, war das hier ein kahler Flecken Erde inmitten eines verlassenen Sees. Die Küste war ein wenig gastfreundlicher, doch das Tal war dauernd Schauplatz der Auseinandersetzungen zwischen Königreich und Kaiserreich, zwischen den sich gegenseitig bekämpfenden Grenzbaronen und zwischen Banden von Abtrünnigen. Hier jagten Sklavenhändler aus Durbin, und Banditen waren genauso eine Plage wie die Heuschrecken.« Er seufzte, als er daran zurückdachte. »Heute können die Menschen ein ziemlich friedliches Leben führen. Oh, es gibt schon gelegentlich noch ein Problem, doch im großen und ganzen ist es um den Großen Sternensee herum ruhig.

Und wie ist dieser Wandel zustande gekommen?« wollte er von James wissen.

James sagte: »Man muß kein Genie sein, um zu folgern, daß deine Anwesenheit diesen Wandel bewirkt hat, Pug.«

Pug wandte sich von dem Anblick, den die Küste bot, ab und sagte: »Jimmy, als wir uns kennengelernt haben, war ich ein junger Mann, und du warst noch ein Junge. Doch in der Zwischenzeit sind mir mehr Dinge begegnet, als die meisten Männer sich für ein ganzes Dutzend Leben vorstellen könnten.« Mit einer einfachen Geste erzeugte er in der Mitte des Zimmers eine Wolke, die vielleicht einen Durchmesser von einem halben Meter hatte. Sie schimmerte, und dann entstand ein Loch in der Luft, durch das James einen eigentümlichen Gang sehen konnte. Dieser Gang hing in der Mitte eines grauen Nichts, und an diesem Gang befand sich vielleicht jedes Dutzend Meter eine Tür. Das graue Nichts zwischen den Türen war unheimlich dicht, im Vergleich dazu war die Dunkelheit der Nacht ein buntes Bild des Lebens. »Der Gang zwischen den Welten«, sagte Pug. »Auf diesem Weg bin ich zu Welten gekommen, die noch kein Mensch gesehen hat und die auch nie jemand erblicken wird. Ich habe die Ruinen alter Kulturen entdeckt und gesehen, wie neue Arten geboren wurden. Ich habe Sterne gezählt, und ich habe Sandkörner gezählt, und dabei habe ich herausgefunden, wie riesig das Universum ist; vielleicht könnte selbst ein Gott diese Größe nicht verstehen.«

Pug machte eine Geste mit der Hand, und das Bild verschwand. »Es wäre leicht, die Sorgen der Bewohner eines so winzigen Tales als unbedeutend abzutun.«

James verschränkte die Arme vor der Brust und meinte: »Im Vergleich dazu sind sie unbedeutend.«

Pug schüttelte den Kopf. »Nicht für die, die hier leben.«

James setzte sich ohne Pugs Einladung und meinte: »Da ist natürlich etwas dran, Pug.«

Pug kehrte zu seinem Stuhl hinter seinem Arbeitstisch zurück und erwiderte: »Ja, so ist es. Katala liegt im Sterben.«

Diese unerwartete und schockierende Nachricht überraschte James. »Nun, sie hat nicht so gesund ausgesehen – aber daß sie stirbt ...«

»Wir können hier viel tun, James, aber wir haben auch unsere Grenzen. Kein Zauber, kein Trank, keine Beschwörung und kein Gebet können noch etwas für meine Frau ausrichten. Sie wird bald durch einen Spalt in ihre Heimat zurückkehren, in die Hochländer von Thuril auf Kelewan. Seit dreißig Jahren hat sie ihre Verwandten nicht mehr gesehen. Jetzt möchte sie zum Sterben nach Hause gehen.«

James schüttelte den Kopf und wußte nicht, was er sagen sollte. Schließlich fragte er: »Und Gamina?«

»Ich habe gesehen, wie meine Frau vor ihrer Zeit alt wurde, James; auch wenn diese Krankheit das nicht beschleunigt hätte, ich hätte diese Last trotzdem irgendwann tragen müssen. Ich bin kaum sichtlich gealtert, wie du wohl bemerkt hast. Und das wirst du auch nicht mehr erleben. Ich bin zwar nicht unsterblich, aber meine Kräfte schenken mir ein sehr, sehr langes Leben. Und ich möchte nicht auch noch meinen Kindern und Enkeln dabei zusehen, wie sie alt und zittrig werden, derweil ich so bleibe, wie ich bin.

Wenn Katala abgereist ist, werde ich Stardock innerhalb von Stunden verlassen. William hat seinen Weg als Soldat vor sich, da er seine Begabung als Magier aufgegeben hat. Ich wünschte, es wäre anders, doch wie die meisten Väter habe ich andere Träume für das Leben meiner Kinder als sie selbst. Gamina ist ebenfalls sehr begabt, nicht eigentlich in Hinsicht auf Magie, sondern eher durch ihre eigentümliche Veranlagung. Ihre Gedankensprache ist sowohl magisch als auch natürlich, doch ihre Empfindsamkeit, ihr Einfühlungsvermögen und ihre Fürsorge sind besondere Gaben.«

James sagte: »Das kann ich nicht bestreiten. Sie ist … ein Wunder.«

Pug sagte: »Da stimme ich dir wohl zu. Ich habe die Begabung meiner Tochter eingehender studiert als die jedes anderen Menschen auf dieser Welt, und ich weiß besser als sie selbst, wie groß ihre Begabung ist … und wo ihre Grenzen liegen. Sie wäre vielleicht gern hiergeblieben, wenn sie dich nicht kennengelernt hätte, und hätte die Aufgaben übernommen, die ihre Mutter zurückläßt – Katala war während der meisten Zeit hier draußen immer die eigentliche Anführerin dieser Gemeinschaft. Ich möchte Gamina das ersparen. Sie mußte als Kind die Last großer Traurigkeit und großen Schmerzes tragen, und zwar schon in jungen Jahren – ganz ähnlich wie du, vermute ich.«

James nickte leicht. »Wir haben viel gemeinsam …«

»Ohne Zweifel«, sagte Pug und lächelte trocken. »Doch so sollte es zwischen Liebenden auch sein, zwischen Ehemännern und Ehefrauen. Ich werde viel verlieren, wenn Katala geht, mehr, als sie selbst wahrscheinlich vermutet.« Einen Moment lang lag Pugs Seele wie ein offenes Buch vor James, und der junge Baron erkannte einen Mann, der wegen seiner unermeßlichen Verantwortung von anderen getrennt war; und eine der wenigen, die ihm diese Last leichter gemacht hatten, eine, die ihm die seltenen Augenblicke der Wärme und der Geborgenheit geschenkt hatte, würde ihn bald verlassen. Nur diesen einen Moment lang enthüllte sich Pug mit der ganzen Tiefe seines Schmerzes vor ihm, dann war sein Gesicht wieder undurchdringlich. »Denn wenn sie gegangen ist, werde ich mich um diese großen Aufgaben kümmern, in die ich dir gerade einen kleinen Einblick gewährt habe, und die ›unbedeutenden‹ von Stardock, dem Tal und dem ganzen Königreich hinter mir zurücklassen.

Aber ich wünsche meinen Lieben, was sich jeder Mann für sie wünscht: ein sicheres Heim und brave Kinder, ein Leben, welches von Aufruhr und Kampf verschont bleibt. Kurz, ich wünsche ihnen soviel Glück wie möglich. Und Gamina hat mir gezeigt, was sie in ihrem Herzen trägt, und das bist du. Ich möchte dir meinen Segen geben.«

James seufzte erleichtert auf. »Ich hoffe, Arutha ist genauso verständnisvoll. Ich brauche seine Erlaubnis zum Heiraten.«

»Das ist kein Problem.« Pug machte eine Geste und erzeugte abermals eine kleine Wolke. In ihr formte sich eine Gestalt, und dann stand James plötzlich Arutha in seinem Arbeitszimmer in Krondor gegenüber, so als gäbe es zwischen den beiden Räumen ein Fenster. Arutha sah auf, als wäre er bei ihnen, und mit einem bei ihm ungewohnten Ausdruck der Überraschung erhob er sich halb von seinem Stuhl und fragte: »Pug?«

Pug sagte: »Ja, Euer Hoheit. Es tut mir leid, wenn ich störe, doch ich muß dich um einen Gefallen bitten.«

Arutha ließ sich erleichtert wieder auf seinen Stuhl sinken, da es anscheinend einen verständlichen und freundschaftlichen Grund für die Erscheinung in seinem Arbeitszimmer gab. Er legte die Feder zur Seite, mit der er gerade geschrieben hatte, und fragte: »Was kann ich für dich tun?«

»Kannst du dich noch an meine Tochter Gamina erinnern?«

Arutha erwiderte. »Ja, sehr gut.«

»Ich möchte sie verheiraten ... und zwar mit einem Mann von hohem Rang. Es ist einer der Barone vom Hof.«

Arutha sah an Pug vorbei und entdeckte James, lächelte, und seine Augen verrieten eine gewisse Belustigung. »Ich vermute, wir könnten wohl eine Staatshochzeit mit einem unserer guten jungen Männer arrangieren, Pug. Hast du schon jemanden im Auge?«

»Baron James wäre sicherlich ein vielversprechender Kandidat dafür.«

Aruthas Lächeln wurde breiter, und James hätte schwören können, es verzog sich zu einem Grinsen – einem Grinsen, wie er es noch nie auf Aruthas Gesicht gesehen hatte. »Sehr vielversprechend«, betonte der Prinz spöttisch ernsthaft und wandte seine Aufmerksamkeit wieder Pug zu. »Er wird vermutlich eines Tages den Rang eines Herzogs einnehmen, falls er nicht bei seinem wilden Temperament vorher irgendwo getötet oder von einem wütenden Monarchen zu den Salzsumpfinseln verbannt wird. Eine Frau würde ihm vielleicht einiges von seiner Unbekümmertheit abgewöhnen. Ich hatte die Hoffnung allerdings schon aufgegeben, daß er jemals Gefallen am Gedanken einer Familiengründung finden würde. Aber glücklicherweise habe ich mich offensichtlich geirrt. Und ich freue mich über diesen Irrtum. In seinem Alter war ich schon zehn Jahre lang verheiratet.« Arutha saß einen Moment lang da und hing seinen Gedanken nach, während er sich an die jugendlichen Gefühle für seine Frau erinnerte, dann sah er an Pug vorbei zu James, und auf seinem Gesicht zeigte sich ein Ausdruck tiefer Freude. Schließlich setzte er wieder die vertraute unnahbare Miene auf. »Nun, wenn er zustimmt, soll es an meiner Erlaubnis nicht scheitern.«

Pug lächelte: »Er hat zugestimmt, darum brauchst du dich nicht zu sorgen. Er und meine Tochter sind sich in dieser Hinsicht sehr einig.«

Arutha lehnte sich zurück und lächelte schwach. »Ich verstehe. Ich erinnere mich noch gut an die Gefühle, die ich für Anita hegte, als wir uns kennengelernt haben. Manchmal passiert so etwas über Nacht. Sehr gut, dann werden wir die Staatshochzeit feiern, sobald er aus Kesh zurück ist.«

»Eigentlich habe ich an einen etwas früheren Zeitpunkt gedacht. Gamina möchte ihn nach Kesh begleiten.«

Aruthas Miene verfinsterte sich. »Dem möchte ich nicht zustimmen. James wird dir von den Gefahren erzählt haben –«

»Ich habe eine klare Vorstellung von den Gefahren, Arutha«, unterbrach Pug den Prinzen. »Doch ich glaube, du hast keine Ahnung, welche Begabung meine Tochter besitzt. Ich weiß viel darüber, was aus Kesh durchsickert. Meine Tochter wird deinen Söhnen helfen können, falls es Ärger gibt.«

Arutha dachte einen Moment lang darüber nach und nickte schließlich. »Da du der Vater des Mädchens bist, kann ich mir vorstellen, welche Fähigkeiten sie hat, um sich auch dann zu behaupten, wenn sich die Dinge als schwierig erweisen.

Also gut, machen wir demnach folgendes: Vermähl die beiden so schnell, wie du es für richtig erachtest, und wenn sie zurückkehren, werden wir die Staatshochzeit zu ihren Ehren hier noch einmal feiern. Meine Frau und meine Tochter würden mir nie verzeihen, falls ich ihnen die Gelegenheit versage, sich neue Kleider machen zu lassen. Wir werden also zweimal feiern.«

James wirkte überrascht. »Staatshochzeit?«

Arutha nickte nachdrücklich. »Gamina ist durch Adoption eine Cousine von mir – falls du das vergessen hast –, genauso wie Pugs ganze Familie. Unser Cousin Willy wird einmal Herzog von Stardock werden. Und du heiratest in diese Familie ein.« Er seufzte spöttisch zweifelnd und fuhr fort: »Obwohl mir dieser Gedanke eigentlich nicht sonderlich behagt.«

»Danke, Arutha«, sagte Pug neckisch.

»Du bist immer willkommen, Pug. Und … Jimmy«, sagte er, abermals lächelnd.

»Ja, Arutha?« erwiderte James und lächelte ebenfalls.

»Magst du in deiner Ehe so glücklich werden wie ich in meiner.«

James nickte. Auch wenn Arutha seine Gefühle nie nach außen hin zeigte, konnte sich James noch sehr gut an die Zeit erinnern, als Anita nach der Verwundung durch den Assassinen im Sterben lag; der Kummer, den Arutha damals erlitten hatte, war ihm noch immer allzu gegenwärtig. Nur wenige Menschen außer James wußten, wie sehr der Prinz von Krondor seine Gemahlin liebte. »Ich schätze, das werden wir schon werden.«

»Dann habe ich noch ein Geschenk für dich, ein etwas verfrühtes Hochzeitsgeschenk.« Er öffnete eine kleine Truhe auf seinem Schreibtisch und holte eine Schriftrolle heraus. »Ich werde es dir überreichen, wenn ihr zurück seid, für den Moment –«

Pug unterbrach ihn. »Ich kann es ihm jetzt übergeben, falls du wünschst, Arutha.«

Wenn den Prinzen dieses Angebot überraschte, so zeigte er es jedenfalls nicht. Er sagte lediglich: »Das wäre zu freundlich.«

Pug machte eine Geste mit der Hand, schloß die Augen für einen Moment, und das Schriftstück verschwand aus Aruthas Hand und erschien in seiner eigenen. Arutha zwinkerte nur kurz mit den Augen, das war seine einzige Reaktion darauf, wie der Zauberer das Pergament innerhalb eines Lidschlags über so eine große Entfernung befördert hatte.

Pug reichte es James. »Für dich.«

James öffnete die Rolle und las. Seine Augen wurden größer und größer. »Es ist eine Titelurkunde. Graf am Hofe des Prinzen. Und Minister des Königs.«

»Ich hätte dir das sowieso gegeben, sobald ihr wieder hiergewesen wärt. Du hast dir dieses Amt verdient, James. Über deine Besitztümer und Einkünfte werden wir uns dann in Krondor unterhalten. Du wirst auch das Kanzleramt des Westlichen Reiches übernehmen, wenn Gardan sich zurückzieht.«

James grinste, und sowohl Pug als auch Arutha mußten an den jungen Dieb denken, der James gewesen war, als sie ihn vor langen Jahren kennengelernt hatten. »Ich danke Seiner Hoheit.«

»So, und nun will ich mich wieder an meine Arbeit begeben«, sagte Arutha.

Pug sagte: »Ich wünsche dir einen guten Abend, Hoheit.«

»Und auch euch einen guten Abend, meine Herren Herzog und Graf.«

Pug machte eine Geste mit der Hand, und das Bild des Prinzen verschwand. »Erstaunlich«, sagte James. »Was für ein Trick« – er betrachtete das Schriftstück, das er in den Händen hielt – »und dies ... Armeen –«

»Genau aus diesem Grund müssen wir uns noch über andere Dinge als nur eure Hochzeit unterhalten, James.« Pug ging zu einem kleinen Tisch und deutete auf eine Karaffe mit Wein. James goß zwei Kelche des roten Dessertweins ein. Während er daran nippte, setzte sich Pug und bedeutete James, das gleiche zu tun. »Stardock darf niemals das Werkzeug eines einzigen Volkes werden. Ich habe Pläne gemacht, womit ich das zu verhindern hoffe.

Mein Sohn wird den Titel Herzog von Stardock nicht annehmen. Ich glaube, er bevorzugt das Soldatenleben. Nein, die beiden Männer, die du an der Fähre kennengelernt hast, Watume und Körsh, sollen die Macht über die Insel der Magier übernehmen, wenn ich gegangen bin, und dazu muß noch ein dritter ausgewählt werden, damit sie als Triumvirat über das Wohl der Menschen hier wachen. Vielleicht werden sie diesen Rat vergrößern, wenn es die Dinge erfordern. Doch Lyam wird nicht immer auf dem Thron der Inseln sitzen, und ich würde diese Macht niemals an einen Wahnsinnigen wie König Rodric geben. Ich habe ihn kennengelernt, und wenn er zu seiner Zeit solche Magier, wie wir sie hier haben, in seinen Diensten versammelt gehabt hätte, wäre die Welt erbebt. Ich kann mich auch noch an die Verwüstungen erinnern, die die Magier angerichtet haben, die im Spaltkrieg für den Kriegsherrn von Kelewan gearbeitet haben.

Nein, in Stardock darf die Politik niemals eine Rolle spielen. Niemals.«

James stand auf und sagte: »Als Adliger des Königreichs

fürchte ich, du bewegst dich am Rande des Verrats.« Er ging ein paar Schritte bis zu einem offenstehenden Fenster und sah hinaus in die Nacht. Dann lächelte er. »Als Mann, der schon in frühester Jugend gelernt hat zu denken, kann ich deiner Weisheit nur Beifall leisten.«

»Somit wirst du auch verstehen, warum ich dir vertraue, denn du wirst immer eine Stimme der Vernunft in der Versammlung der Lords sein.«

James sagte: »Eine leise Stimme, aber eine, die immer im Sinne deiner Hoffnungen sprechen wird.« Und er fügte hinzu: »Ich werde versuchen, es den anderen begreiflich zu machen. Doch du mußt eins einsehen: Viele denken, wer nicht deutlich und treu zum Königreich steht, muß demzufolge ein Feind sein.«

Pug nickte nur. »So, und nun zu der anderen Angelegenheit. Wir werden einen Priester vom Dorf an der Küste herüberkommen lassen – auf der Insel selbst gibt es keinen Tempel, und wir verstehen uns auch nicht allzugut mit denen, die geistliche Magie ausüben.«

James lächelte. »Ihr wildert ja auch in ihrem Revier.«

Pug seufzte. »Das denken viele. Auf jeden Fall sind die einzigen Geistlichen, die ich für vernünftige Männer hielt, entweder tot oder weit entfernt. Ich fürchte, in dem Maße, wie unsere Macht hier wächst, wächst ebenfalls das Mißtrauen der großen Tempel in Rillanon und Kesh.« Seine Miene hellte sich wieder auf. »Aber Vater Marias, der auf dem Festland den kleinen Tempel von Killian leitet, ist ein sehr ehrbarer Mann. Er wird die Hochzeitszeremonie sicherlich gern durchführen.« Auf Pugs Gesicht machte sich ein Lächeln breit. »Und noch lieber wird er sich der damit verbundenen Feier anschließen.«

James lachte laut, und während er an die bevorstehende Hochzeit mit Gamina dachte, war er von dem Gefühl, welches er für seine zukünftige Frau hegte, gleichermaßen eingeschüchtert wie entzückt. Dann sagte Pug: »Du wirst nicht verstehen, was ich dir jetzt sage. Aber solltest du eines Tages für mich eintreten müssen, dann sage folgendes: ›Die letzte Wahrheit ist, daß es keine Magie gibt.‹«

James erwiderte: »Das verstehe ich nicht.«

»Das erwarte ich auch nicht von dir. Wenn du das verstehen würdest, ließe ich dich auch nicht nach Kesh reisen; ich würde Arutha überreden und dich hierbehalten. Du darfst den Satz nur nicht vergessen!« Pug sah seinem zukünftigen Schwiegersohn tief in die Augen und meinte: «Jetzt geh und such lieber meine Tochter; sag ihr, die Zeremonie wird übermorgen stattfinden. Wir haben keinen Grund, die vier Tage bis zum nächsten Sechstag abzuwarten – wir setzen uns sowieso schon über alle üblichen Bräuche hinweg.«

Lächelnd stellte James seinen halbvollen Kelch auf dem Tisch ab und verließ das Zimmer. Während seine eiligen Schritte über die Stufen des Turms der Zauberer hallten, ging Pug zum Fenster und sah hinaus. Leise sagte er zu sich selbst: »Wir können alle eine schöne Feier gebrauchen. Zu viele düstere Tage liegen vor uns.«

Die gesamte Stadt Stardock sowie ein großer Teil der Leute von der Küste standen in einem großen Kreis um den wohlbeleibten Priester herum. Vater Marias lächelte und winkte James und Gamina zu sich. Er war ein rotwangiger Mann, ein kleines Kind, das niemals erwachsen geworden war, doch sein Haar wurde schon lichter und hatte einen silbergrauen Ton angenommen. Seine grüne Robe und sein goldener Wappenrock waren abgetragen und viele Male gewaschen, doch er trug sie mit der Würde eines Lords. Marias' Augen leuchteten fast vor Freude über diese Hochzeit. Seine Herde bestand überwiegend aus Fischern und Bauern, und allzuoft mußte er einen von ihnen beerdigen. Hochzeiten und Weihen von Säuglingen an die Göttin allen Lebens waren ihm immer eine besondere Freude.

»Kommt her, Kinder«, sagte er, während Gamina und James langsam auf ihn zugingen. James trug die Kleider, mit denen er sich bei der Kaiserin vorstellen wollte, einen hellblauen Rock, eine dunkelblaue enge Hose und schwarze Stiefel. Darüber trug er einen Wappenrock, der mit Goldfäden bestickt war. Auf dem Kopf saß, der Mode entsprechend, eine große flache Mütze, die auf der linken Seite fast bis auf die Schulter herunterhing und mit einem silbernen Abzeichen und einer Eulenfeder verziert war.

Locklear stand neben ihm, ähnlich gekleidet, obwohl seine Kleidung eher in rotgelben und goldenen Tönen gehalten war. Er sah sich um, weil er glaubte, in diesen Sachen nach der neuesten Mode Aufsehen zu erregen, doch niemand schien es zu beachten. Alle Augen hingen an der Braut.

Gamina trug ein schlichtes lavendelfarbenes Kleid, dessen Halsausschnitt mit außergewöhnlichen Perlen abgesetzt war. Das Kleid wurde in der Taille von einem breiten Gürtel gerafft, der mit passenden Perlen besetzt war und eine silberne Schnalle hatte. Ein Blumengewinde zierte ihren Kopf: die traditionelle ›Brautkrone‹.

»Also dann«, sagte Marias, und seine Stimme verriet durch den starken, fast singenden Akzent, daß der Mann an der Südküste der See des Königreichs geboren war, in der Nähe von Hühnerhundkopf. »Da ihr nur vor mir steht, um den Heiligen Bund der Ehe einzugehen, möchte ich euch noch ein paar Worte mit auf den Weg geben.« Er bedeutete James, er solle Gaminas Rechte nehmen, und legte seine eigene dickliche Hand darüber. »Killian, der Gott, dem ich diene, sah auf die Männer und Frauen herunter, als sie von Ishap, dem Einen über allen, erschaffen worden waren, und trennte sie voneinander. Männer und Frauen sahen zum Himmel auf und weinten in ihrer Einsamkeit. Die Göttin der Grünen Stille hörte ihr Klagen, und die Armen dauerten sie, und also sprach sie: ›Ihr sollt nicht mehr voneinander getrennt leben‹. Sodann schuf sie das Sakrament der Ehe als einen Bund, der Mann und Frau zusammenbringen sollte. In diesem Bund verschmelzen die Seelen, die Gedanken und die Herzen. Es ist, als würdet ihr eins werden. Habt ihr verstanden?« Er sah beiden nacheinander in die Augen. Gamina und James nickten.

Marias sagte sodann zu der umstehenden Menge: »James von Krondor, Graf am Hofe des Prinzen, und Gamina, Tochter von Herzog Pug und Herzogin Katala, sind an diesem Ort zusammengekommen, um sich miteinander zu verbinden, und wir haben uns hier versammelt, um diese Verbindung zu bezeugen. Wenn einer von euch einen Grund kennt, der dieser Verbindung im Wege steht, so soll er ihn jetzt vorbringen oder für immer schweigen.« Ohne jedoch abzuwarten, ob wirklich jemand einen Einwand hatte, fuhr er unverzüglich fort: »James und Gamina, so höret nun, von diesem Augenblick an ist jeder von euch ein Teil des anderen. Nichts kann euch mehr trennen.

James, diese Frau will ihr Leben mit dir teilen. Nimmst du sie zu deiner Lebensgefährtin und zu deinem Eheweib, ohne Vorbehalte und in dem Wissen, daß sie von jetzt an zu dir gehört, und wirst du keine andere Frau mehr begehren, von nun an bis zu deinem Tod?«

James nickte und sagte: »Ich will.«

Marias gab Locklear ein Zeichen, er solle James den goldenen Ring reichen. »Nimm diesen Ring und steck ihn deiner Braut an den Finger.« James tat, was von ihm verlangt wurde, und schob Gamina den Ring auf den Ringfinger der linken Hand.

»Gamina, dieser Mann will sein Leben mit dir teilen. Nimmst du ihn zu deinem Lebensgefährten und zu deinem Ehemann, ohne Vorbehalte und in dem Wissen, daß er von jetzt an zu dir gehört, und wirst du keinen anderen Mann mehr begehren, von nun an bis zu deinem Tod?«

Gamina lächelte und antwortete: »Ich will.«

Marias bedeutete Gamina, sie solle James einen Ring anstecken, und das tat sie dann auch.

»Da also James und Gamina hier vor uns und den Göttern verkündet haben, ihr Leben miteinander zu teilen, wollen wir dies bezeugen.«

Die versammelte Gesellschaft wiederholte: »So wollen wir dies bezeugen.«

Grinsend sagte der rotwangige Priester: »Nun, das war es also. Hiermit seid ihr Mann und Frau.«

James sah sich um. »Wie, das war alles?«

Marias lachte. »Hier auf dem Land halten wir diese Dinge einfach, mein Lord. Jetzt küßt Eure Frau und laßt uns mit der Feier beginnen.«

James lachte, umarmte Gamina und küßte sie. Die Menge jubelte, und die Männer warfen ihre Hüte in die Luft.

Am Rande der Menge beobachteten zwei Männer die Zeremonie und jubelten nicht. Ein knochiger dünner Mann mit einem drei Tage alten Bart nahm einen anderen am Ellbogen und führte ihn ein Stück fort. Die Kleidung der beiden konnte man am besten als zerlumpt und zerrissen beschreiben, und jeder, der eine feine Nase hatte, hätte sicherlich einen weiten Bogen um die beiden gemacht. Sie blickten sich um und vergewisserten sich, daß niemand sie hören konnte, dann sagte der erste Mann: »Graf James von Krondor. Baron Locklear. Also sind die beiden rothaarigen Kerle, die wie Söldner aussehen, Aruthas Söhne.«

Der zweite Mann, ein dicker, kurzer, in den Schultern breiter Kerl, war offensichtlich von der Beobachtungsgabe seines Kumpels beeindruckt. Sein pausbäckiges Gesicht wirkte fast unschuldig. »Man sieht nicht viele Prinzen hierzulande, stimmt schon, Lafe.«

»Du bist ein Dummkopf, Reese«, antwortete der andere mit rauher Stimme. »Es gibt Leute, die würden viel zahlen, wenn sie das wüßten. Geh zum »Gasthaus zu den Zwölf Stühlen« am Rand der Wüste – den Weg werden sie sicherlich einschlagen. Du weißt, nach wem du fragen mußt. Sag unserem Freund aus Kesh, die Prinzen von Krondor und ihre Gesellschaft würden von Stardock aus kommen, und sie würden nicht mit allem Prunk unterwegs sein, sondern im Verborgenen. Ihre Zahl ist klein. Und warte dort im Gasthaus auf mich. Wehe, wenn du das ganze Geld versäufst, was er dir gibt, dann schneid ich dir die Leber raus.«

Reese sah seinen Kumpel an, als wäre eine solche Falschheit bei ihm undenkbar.

Lafe fuhrt fort: »Ich werde ihnen folgen, und falls sie einen anderen Weg einschlagen, werde ich dir Bescheid geben. Sie haben sicherlich Gold und Geschenke für die Kaiserin dabei, die hat ja Geburtstag. Und da es nur zwanzig bewaffnete Leute sind, können wir für das ganze Leben genug rausschlagen, wenn die Banditen ihnen die Kehle durchschneiden und uns unseren Teil der Beute zukommen lassen.«

Der Mann namens Reese sah sich am verlassenen Ufer um und fragte: »Wie komme ich denn jetzt nach drüben, Lafe? Der Fährmann ist auf der Hochzeit.«

Der größte Mann zischte verächtlich durch die Zähne: »Dann stiehlst du eben ein Boot, Dummkopf.«

Reeses Augen glänzten vor Freude über diesen Vorschlag, der sich ja eigentlich aufdrängte. »Gut. Ich werd mir noch ein paar Vorräte besorgen und –«

»Du gehst sofort!« befahl sein Kumpel und schob ihn nervös auf das Ufer und die unbewachten Boote zu. »Du kannst dir in der Stadt Vorräte zusammenklauen. Wo jetzt alle hier beim Essen sitzen, dürfte das ja kein Problem sein. Aber ein paar Leute sind noch drüben, also paß auf.« Reese drehte sich um und winkte, dann machte er sich eilig zum Ufer auf, wo er nach einem kleinen Boot suchte, das er allein rudern konnte.

Der Mann namens Lafe schnaubte höhnisch und ging wieder zurück zur Feier. Reeses Einfall, was das Essen betraf, war gar nicht so schlecht gewesen, zumindest meinte das auch Lafes knurrender Magen, doch seine Habgier ließ ihn wachsam jede verdächtige Bewegung auf der Hochzeitsfeier beobachten.

Die beiden Prinzen saßen schweigend an der Hochzeitstafel, und die offensichtliche Freude der Frischvermählten ließ sie kalt.

Beide warteten nur ungeduldig auf den Zeitpunkt des Aufbruchs. Den hatte James ihnen nicht verraten, obwohl Locklear bemerkt hatte, sie würden wohl trotz der unerwarteten Ereignisse der letzten beiden Tage nicht mehr allzulange bleiben.

Wenn die plötzliche Liebe ihres Erziehers die Zwillinge überrascht hatte, waren sie doch gleichermaßen wenig von der raschen Erlaubnis ihres Vaters zu der schnellen Hochzeit beeindruckt. In ihrem Leben hatte es immer nur wenig gegeben, was unverrückbar festgestanden hatte.

Die Zwillinge lebten in einer Welt des Unerwarteten, in der auf die Ruhe des gegenwärtigen Moments sofort die Zeit des Sturms folgen konnte. Krieg, Naturkatastrophen, Hungersnöte und Krankheiten bedrohten ständig das Land, und sie hatten den größten Teil ihres Lebens im Palast verbracht, wo sie ihrem Vater fast jeden Tag bei der Lösung solcher Probleme über die Schulter hatten schauen können. Von den heftigsten Grenzstreitigkeiten mit Kesh bis hin zu der Entscheidung, welche Gilde das eine oder andere Handelsrecht zugesprochen bekommen sollte, hatte sich ihr Vater mit allen diesen Fragen befassen müssen.

Aber mit derselben Gleichgültigkeit, mit der sie ihren Vater beobachtet hatten, verspürten sie auch in diesem Augenblick nicht den leisesten Hauch von Aufregung. Im Gegenteil, sie waren eher gelangweilt.

Borric nahm einen großen Schluck von dem einfachen Bier und sagte: »Ist das das Beste, was sie hier haben?«

Erland nickte. »Ich denke doch. Soweit ich sehe, ist den Menschen hier das Bier ziemlich egal. Laß uns sehen, ob es nicht vielleicht im Ort etwas Besseres gibt.« Die Brüder standen von der Bank auf, verbeugten sich leicht vor dem Grafen und seiner neuen Gräfin, die den Gruß mit einem kurzen Nicken erwiderten, und verließen die Ehrentafel.

Während sie an den anderen Tischen vorbeigingen, die auf dem Platz aufgestellt worden waren, fragte Borric: »Wo willst du hin?«

Erland meinte: »Ich weiß nicht. Irgendwohin. Zwischen diesen ganzen Leuten muß es doch auch eine Fischerstochter geben. Hier und da sieht man manchmal sogar ein hübsches Gesicht. Die können doch schließlich nicht alle verheiratet sein«, fügte er hinzu, wobei er ganz unbesorgt klingen wollte.

Borrics Laune schien sich eher noch zu verschlechtern als zu bessern. »Was ich am liebsten machen würde, wäre, dieses Nest der Zauberer einfach links liegen zu lassen und mich auf den Weg zu machen.«

Erland legte seinem Bruder die Hand auf die Schulter, während sie weitergingen, und stimmte schweigend zu. Bei den ständigen Lektionen, die ihnen über Verantwortungsgefühl erteilt wurden, kamen sie sich wie eingesperrt vor, und beide Prinzen waren auf etwas aus, das Bewegung, Abwechslung und die Möglichkeit eines Abenteuers bereithielt. So war das Leben jedenfalls etwas zu ruhig, als daß es ihnen gefallen hätte.

Südwärts

Die Wachen lachten.

James drehte sich um und wollte nachsehen, wer den Grund für diese Heiterkeit lieferte; es waren die Prinzen, die gerade ankamen. Erland trug ein unmöglich aussehendes langes Kettenhemd, das wenigstens fünfmal soviel wog wie sein üblicher Lederharnisch, und über die Schulter hing ihm ein hellroter, verwegen aussehender Umhang. Doch eigentlich hatte sein Bruder das Gelächter verursacht: Er trug eine Robe, die ihn von Kopf bis Fuß verhüllte. Sie war abstoßend purpurfarben, und der Saum von Kapuze und Ärmeln war in Goldfäden mit geheimnisvollen Symbolen bestickt – kein Zweifel, in seinen besseren Tagen hatte dieses Stück den Mittelpunkt der Garderobe eines Magiers gebildet. An Stelle des Schwerts trug Borric einen seltsamen Holzstab an der Seite, an dessen oberer Spitze eine Kugel aus Milchglas angebracht war. Bei Kulgan oder bei einem der Magier aus Kesh hätte diese Robe angemessen gewirkt; bei Borric wirkte sie einfach nur lächerlich.

Locklear gesellte sich James an die Seite und fiel in das Gelächter ein. »Wofür haben die sich denn herausgeputzt?«

James seufzte. »Ich habe keine Ahnung.« Zu den Prinzen meinte er: »Was hat das denn zu bedeuten?«

Erland grinste. »Wir haben eine Pokiirrunde gefunden – hier nennt man das Spiel übrigens Poker. Und wir hatten ziemlich wechselhaftes Glück.«

James zuckte abwesend mit den Schultern und fragte sich, wie lange Gamina ihn noch warten lassen würde. Seine Braut war in ihren Gemächern und packte die letzten Sachen, die sie nach Kesh mitnehmen würden. Der Rest ihrer Habe würde zum Palast nach Krondor geschickt werden, wohin sie nach der Geburtstagsfeier der Kaiserin reisen würden.

Borric sagte: »Ich habe meinen Mantel an einen Kahnführer verloren und mein Schwert an einen Kerl, der es wahrscheinlich gleich gegen eine Flasche Wein getauscht hat. Aber dann habe ich einen Magier getroffen, der mehr an sein Glück glaubte als an seine Karten. Sieh dir das an.«

James warf einen Blick auf den älteren der Zwillinge und sah, wie er den seltsamen Stab in die Höhe hielt. »Und? Was ist das?«

Borric zog den Stab aus seinem Futteral und reichte ihn James, damit der ihn sich ansehen konnte. »Es ist ein magischer Stab. Der Kristall glüht, wenn es dunkel wird, also braucht man sich nicht um Fackeln oder Laternen zu kümmern. Wir haben es gestern abend schon ausprobiert. Ist gar nicht so schlecht.«

James nickte. »Wie schön. Und was kann man damit sonst noch anfangen?«

»Nichts, aber es ist doch wenigstens ein hübscher Spazierstock, finde ich«, erwiderte Erland. An seinen Bruder gewandt, fügte er hinzu: »Aber ich schätze, wenn dir erst mal jemand mit einem richtig großen Krummschwert gegenübersteht, wirst du dir dein Schwert zurückwünschen.«

»Das schätze ich auch«, stimmte Locklear zu.

»Nun, wir werden ein neues Schwert kaufen, wenn wir wieder in eine zivilisierte Gegend kommen«, sagte Borric.

James seufzte: »Und neue Kleidung. Diese Sachen sehen einfach absurd aus.«

Erland lachte. »Willst du etwas wirklich Absurdes sehen? Zeig ihm deine Stiefel, Borric.«

Grinsend zog Borric den Saum seiner Robe hoch, und James schüttelte erschüttert den Kopf. Borric trug Stiefel aus rotem Leder, die bis zur Mitte der Wade reichten und auf denen ein gelber Adler prangte. »Die habe ich auch gewonnen.«

»Ich glaube, der vorherige Besitzer hat sie absichtlich gesetzt, als er schlechte Karten auf der Hand hatte«, meinte James. »Du siehst aus, als wärest du zu einem Kostümfest unterwegs. Ich bitte dich, versteck sie. Die Farben sind ja unglaublich«, fügte er hinzu und spielte darauf an, wie sehr sich die rot-gelben Stiefel und die purpurne Robe bissen. Zu Erland sagte er: »Und du siehst aus, als wolltest du Kesh im Alleingang erobern. So ein Kettenhemd habe ich seit der Schlacht bei Sethanon nicht mehr gesehen.«

Locklear, der wie James einen einfachen Rock und eine Weste trug, sagte: »Du wirst das Kettenhemd noch lieben lernen, wenn wir erst einmal die Wüste erreicht haben.«

Erland konnte nichts mehr darauf erwidern, weil in diesem Moment Gamina und ihre Eltern erschienen. Pug hielt Katalas Arm, und jetzt war es offensichtlich für James, wie krank sie war. Ob es nun die Anstrengungen der Hochzeitsfeier ihrer Tochter am Tag zuvor, die Tatsache, daß ihre Kinder sie nicht mehr brauchten, oder schlicht die durchbrechende Krankheit war, vermochte er nicht zu sagen. Doch für jedermann augenscheinlich waren Katalas Tage gezählt.

Sie kamen zu James, und Katala sagte mit leiser Stimme zu ihrem Schwiegersohn: »Wir möchten dir Lebewohl sagen, James.«

James konnte nur nicken. Katalas Volk war ein Volk von Kriegern, stolz und immer offen und ehrlich. »Wir werden dich vermissen«, sagte er endlich.

»Und ich werde euch alle auch vermissen.« Sie legte ihm sanft die Hand auf die Brust, und er spürte, wie sie ihm mit schwachen Fingern über das Herz strich. »Man verschwindet einfach nur aus den Augen. Aber man lebt, solange sich jemand an einen erinnert.«

James neigte den Kopf und küßte sie zart auf die Wangen, eine Geste, in der sich sowohl seine Zuneigung als auch sein Respekt ausdrückten. »Wir werden uns immer an dich erinnern«, sagte er.

Sie erwiderte seinen Kuß und wandte sich ab, um sich von ihrer Tochter zu verabschieden.

Pug winkte James ein Stück zur Seite. Als sie außer Hörweite der anderen waren, sagte er: »Katala kehrt heute nacht auf ihre

Heimatwelt zurück, James. Es gibt keinen Grund, das Ganze länger hinauszuschieben, und wenn wir zögern, wird sie vielleicht für die Reise von der Stelle, wo der Spalt auf der anderen Seite endet, bis zur Grenze von Thuril zu schwach sein. Ich habe Freunde, die ihr helfen werden, doch es wird für jemanden in ihrem Zustand trotzdem noch eine anstrengende Reise werden.«

James runzelte überrascht die Stirn. »Du reist nicht mit ihr?«

Pug schüttelte nur den Kopf. »Ich muß mich um andere Dinge kümmern.«

James seufzte. »Werden wir dich ... wiedersehen?« Er hätte fast ›bald‹ gesagt, doch Pugs Miene hatte ihn das Wort vermeiden lassen.

Pug sah über die Schulter zu seiner Frau und seiner Tochter, die dort standen und sich schweigend an den Händen hielten. Pug und James wußten, sie unterhielten sich in Gedanken. »Wahrscheinlich nicht. Ich vermute, falls ich wieder einmal hier auftauche, dann werden das nur wenige Leute begrüßen, weil es sicherlich nur unter sehr bedrohlichen Umständen geschehen wird; vielleicht unter solchen, die den Schrecken nahekommen, denen wir in Sethanon gegenüberstanden.«

James schwieg einen Moment lang. Er war noch ein Junge gewesen, als die Armeen der Moredhel, der Bruderschaft des Dunklen Pfades, unter dem Banner ihres falschen Propheten Murmandamus in das Königreich einmarschiert waren. Doch die Bilder der damaligen Geschehnisse hatten sich tief in sein Gedächtnis eingeprägt. Er konnte sich noch immer in allen Einzelheiten an die Schlachten bei Armengar und bei Sethanon erinnern, und er hatte noch immer deutlich vor Augen, wie die Drachenlords bei ihrer Rückkehr den Himmel aufgerissen hatten und das mit dieser Rückkehr verbundene Ende allen Lebens auf Midkemia ankündigten. Der an ein Wunder grenzende Sieg über sie, den Pug, Tomas aus Elvandar, Macros der Schwarze und Arutha herbeigeführt hatten, gehörte weiterhin zu jenen Dingen, die er nie voll und ganz verstanden hatte. Endlich sagte James: »Trotzdem würden wir dich dann am meisten brauchen.«

Pug zuckte mit den Schultern. »In jedem Fall müssen jetzt andere das Werk fortsetzen, welches hier unter meiner Führung begonnen wurde. Und du mußt dabei helfen.«

»Was kann ich tun?«

Mit einem schwachen Lächeln auf den Lippen sagte Pug: »Zum einen sollte es keinen Streit zwischen uns geben. Liebe meine Tochter und sorge für sie.«

James lächelte. »Mehr, als jeder andere Mann es tun könnte.«

»Und paß ein wenig auf ihren Bruder auf.«

»Willy ist ein fähiger Offizier, Pug. Auf ihn braucht man kaum aufzupassen. Ich schätze, in einigen Jahren wird er der Hauptmann von Aruthas Leibwache sein.«

Pug zuckte abermals mit den Schultern und deutete damit leise an, wie sehr ihn der Weg seines Sohnes, der nicht in seine Fußstapfen getreten war, enttäuschte. Was auch immer es jedoch für Schwierigkeiten zwischen ihm und seinem Sohn gegeben haben mochte, Pug verlor kein Wort darüber. »Zum zweiten brauche ich deine Fürsprache, um die Unabhängigkeit von Stardock zu sichern.«

»Einverstanden.«

»Und denk an das Geheimnis, welches ich dir verraten habe, wenn du in meinem Namen sprichst.«

James versuchte, ein paar Worte zu finden, die den traurigen Abschied etwas fröhlicher machen könnten, doch ihm fiel nur ein: »Wie du wünschst. Ich werde daran denken. Obwohl ich mir irgendwann in Anbetracht dieser Insel, wo Männer jeden Tag an großer Zauberkunst wirken, die Frage stellen werde, an welchen Unsinn ich mich da erinnern soll.«

Pug klopfte ihm auf den Arm, während er sich zu seiner Frau und seiner Tochter aufmachte. »Kein Unsinn. Tritt nie in die Falle zu glauben, was du nicht verstehst, sei Unsinn. Dieser Fehler kann dich vernichten.«

James folgte ihm, und dann brach die Gesellschaft auf. Während sie zu den drei großen Booten gingen, die sie über den See zum Festland bringen sollten, sah James zu den Prinzen hinüber.

Borric und Erland standen da und schwatzten über die bevorstehende Reise, offensichtlich erleichtert, die aus ihrer Sicht unwillkommene Ruhe dieses Ortes zu verlassen; und für einen Moment fragte sich James, ob sie sich nicht schon bald nach solcher Ruhe sehnen würden.

Eine leichte Bö trieb stechend den Sand vor sich her, und die Zwillinge zügelten ihre Pferde. Gamina beobachtete den Horizont und sagte, laut genug, damit es jeder hören konnte: »Ich glaube, es wird kein schlimmer Sturm werden. Danach sieht der Himmel nicht aus. Aber es könnte schon unangenehm werden.« Sie ritten am Rand der Jal-Pur-Wüste entlang, auf der Straße, die nach Nar Ayab führte, der nördlichsten Stadt des Kaiserreichs, die noch einige Bedeutung hatte. Die rauhe Hochebene war fast so trostlos wie die Wüste selbst, es gab nur wenig Bäume und Büsche, und die meisten davon standen an den Ufern der kleinen Wasserläufe, die aus den Vorbergen des Gebirges herunterkamen, welches man in Kesh die Sternenpfeiler nannte.

James deutete auf die Stelle, wo sich die Straße einen entfernten Hügel hinaufzog; von dort bewegte sich eine Kompanie Reiter direkt auf sie zu. »Grenzwachen von Kesh!« schrie er durch den stärker werdenden Wind. »Feldwebel! Es ist Zeit, die Standarte zu zeigen.« Der Feldwebel schickte zwei Männer nach vorn, die eilig Teile von hölzernen Standarten aus ihren Satteltaschen hervorholten. Schnell schraubten sie die Einzelteile zusammen und hoben gerade in dem Augenblick die Standarten in die Höhe, als die Reiter aus Kesh den Hügel angingen, auf dem James und seine Gefährten warteten. Es waren zwei Banner des Hauses von Krondor, die jeweils mit verschiedenen Zeichen – Borrics und Erlands – bemalt waren, und die jetzt den mißtrauischen Anführer der Reiter aus Kesh begrüßten.

Ein dunkelhäutiger Mann mit staubbedecktem Bart brachte seine Kompanie mit einem Handzeichen zum Stillstand. Die Truppe sah ausgesprochen verwegen aus. Jeder Mann hatte einen Bogen und einen metallbezogenen Schild am Sattelknopf hängen, und jeder Reiter trug eine leichte Lanze und am Gürtel einen Scimitar, einen Krummsäbel. Alle trugen schwere Hosen, die in hohen Stiefeln verschwanden, weiße Leinenhemden, Lederwesten und Metallhelme, von denen Leinenstoff auf die Schulter herunterhing. Borric wies Erland darauf hin. »Schlau, nicht wahr? Hält die Sonne vom Nacken ab, und wenn der Wind tückisch bläst, kann man sie sich vors Gesicht binden.«

Erland seufzte nur tief und erwiderte nichts. In seinem schweren Kettenhemd bekam er die Hitze stark zu spüren.

Der Anführer der keshianischen Patrouille trat sein Pferd in die Flanken und ließ es vorantrotten, bis er bei James war. Er musterte die zerlumpte Gesellschaft und war nicht wirklich davon überzeugt, daß es sich bei diesen dreckigen und müde wirkenden Reisenden tatsächlich um eine königliche Karawane von den Inseln handelte. Schließlich salutierte er mit einer knappen Geste, bei der er nur kurz die rechte Hand an den Kopf hob und sie sofort wieder auf den Hals seines Pferdes fallen ließ. »Willkommen, meine Herren ... und meine Dame.«

James ritt vor. »Ich bin James, Graf von Krondor, und ich habe die Ehre, Euch die Fürstlichen Hoheiten Prinz Borric und Prinz Erland vorzustellen.«

Die beiden Prinzen neigten leicht die Köpfe, und der Anführer der Patrouille erwiderte die Geste. »Ich bin Feldwebel Ras-al-Fawi, mein Herr. Was führt Eure so erhabene Gesellschaft an einen so trostlosen Ort?«

»Wir sind auf dem Weg zur Stadt Kesh, zum Geburtstag der Kaiserin.«

Der Feldwebel zuckte mit den Schultern, die Menschen konnten die Götter nicht verstehen, und genauso konnten die einfachen Menschen nicht nachvollziehen, was sich in den Köpfen der

Adligen abspielte. »Ich hätte erwartet, Adlige wie Euch auf eine … standesgemäßere Art und Weise reisen zu sehen.«

Der Wind wurde stärker, die Pferde begannen zu stampfen und zu scheuen. James erhob seine Stimme über das Getöse. »Vielleicht wollten wir uns nur schnell und unbemerkt voranbewegen, Feldwebel. Es kommt ein Sturm auf. Ob wir weiterreiten können?«

Der Feldwebel machte seinen Männern ein Zeichen, sie sollten vorankommen, und sagte: »Natürlich, mein Herr. Meine Männer und ich reiten allerdings ins ›Gasthaus zu den Zwölf Stühlen‹, um dort den Sturm in behaglicherer Umgebung abzuwarten. Ich möchte euch vorschlagen, uns zu begleiten.«

»Wird der Sturm gefährlich?«

Der Feldwebel sah zum Horizont, so wie Gamina das getan hatte, und sagte: »Wer kann das wissen? Sandstürme in der Jal-Pur-Wüste können lange anhalten oder auch nur kurz. Ich würde wetten, dieser wird nur ein wenig unbehaglich. Doch trotzdem ziehe ich die Behaglichkeit eines Hauses vor.«

»Wir werden weiterreiten«, beschloß James. »Wir haben uns bei unserer letzten Rast länger als geplant aufgehalten, und wir wollen schließlich nicht zu spät zum Geburtstag Ihrer Majestät eintreffen.«

Der Feldwebel zuckte mit den Schultern, offensichtlich war es ihm egal, wie sich James entschied. »Man sollte es tunlichst vermeiden, die Kaiserin – sie sei gesegnet – zu beleidigen. Sie ist oft gnädig, aber sie verzeiht selten. Mögen Euch die Götter führen, meine Herren.«

Mit einem Handzeichen befahl er seinen Leuten, der Gesellschaft aus dem Königreich den Weg freizugeben, und James und seine Gefährten setzten ihre Reise fort. Sie ritten über den festgetretenen Sand, der an der nördlichen Grenze die Kaiserstraße darstellte.

Während sie an den schweigenden Keshianern vorbeiritten, nickte Borric Erland zu, der sich ebenso wie er die müden und schmutzigen Soldaten gut angesehen hatte. Die Männer wirkten wie kampferprobte Veteranen, und in der ganzen Kompanie fand sich kein einziges jugendliches Gesicht. Borric sagte zu seinem Bruder: »Sie setzen ihre alten Soldaten an der Grenze zu uns ein.«

Jimmy hatte das gehört und meinte, laut genug, damit es die ganze Gesellschaft mitbekam: »In Kesh müssen sie ihre alten Soldaten schonen. Ein Mann, der seinen Abschied von der Armee nimmt, hat zwanzig und mehr Jahre hinter sich, in denen er Revolten niedergeschlagen und in Bürgerkriegen gekämpft hat. Und sie haben immerhin den zehnten Teil ihrer Armee an der Grenze zu uns stehen.«

Borric fragte: »Aber warum fürchten sie uns?«

James schüttelte den Kopf. »Große Reiche fürchten ihre Nachbarn eben. Das ist nun mal eine Tatsache, genauso wie die drei Monde am Himmel. Wenn dein Nachbar größer ist als du, fürchtest du, von ihm erobert zu werden. Wenn er kleiner ist, fürchtest du seinen Neid, also versuchst du ihn zu erobern. Also gibt es früher oder später immer Krieg.«

Erland lachte: »Na, immer noch besser, als wenn man nichts zu tun hätte.«

James warf Locklear einen Blick zu. Beide hatten mehr als genug vom Krieg gesehen, ehe sie das Alter der Prinzen erreicht hatten. Und beide konnten Erlands Meinung nicht teilen.

»Reiter!«

Die Soldaten zeigten zum Horizont, wo der Wind eine dunkle Wand wirbelnden Sands auftrieb, die auf die Reisenden zujagte. Und innerhalb der Staubwolke näherten sich ihnen Reiter. Dann, als wäre die Warnung des Soldaten ein Signal gewesen, verteilten sich die Reiter und trieben ihre Pferde zum Galopp.

»Gamina! Geh nach hinten!« rief James, während er sein Schwert zog. Die Soldaten gaben im selben Augenblick ihre Lasttiere frei und zogen ebenfalls ihre Waffen.

»Banditen!« schrie einer und begab sich an Borrics Seite. Ohne nachzudenken griff der Prinz nach dem Schwert, fand an seiner Stelle jedoch nur den seltsamen Stab. Er verfluchte das Schicksal, wendete sein Pferd und zog sich nach hinten zu Gamina zurück, die die scheuenden Packpferde in einem Kreis zusammengetrieben hatte, damit sie nicht fortliefen. Offensichtlich waren vier Tiere zuviel für sie, und sie wurde nicht mit ihnen fertig, also sprang Borric vom Pferd und nahm zwei Zügel in die Hand.

Stahl klang auf Stahl; Borric zog die Pferde wieder zurück in den Wind und sah, wie die ersten Banditen von seinen eigenen Soldaten umringt wurden. Er versuchte, Erland in dem Kampfgetümmel auszumachen, doch die herumtrampelnden Pferde und der aufgewirbelte Staub machten das unmöglich.

Ein Pferd wieherte und warf seinen fluchenden Reiter ab. Ein Schwert krachte auf einen Schild, ein angestrengtes Ächzen ertönte, und darauf folgte eine Reihe von Rufen, die im stärker werdenden Pfeifen des Windes fast nicht mehr zu verstehen waren. Die Banditen hatten genau zum richtigen Zeitpunkt angegriffen und sich den Moment ausgesucht, in dem der Überfall die Reisenden am härtesten traf, da sie in dem Sandsturm fast blind waren. In der Zeit, die die Männer von den Inseln dafür gebraucht hatten, sich aufzustellen und ihre Waffen zu ziehen, hatten die Banditen bereits mit Erfolg große Verwirrung unter ihnen gestiftet.

Doch die Männer aus Aruthas Garnison waren erfahrene alte Soldaten, und sie hatten sich schnell wieder in Stellung gebracht. Alle Männer versuchten, sich in Sichtweite von Baron Locklear zu halten, der den am nächsten stehenden Soldaten seine Befehle zuschrie. Dann traf die Kompanie ein fürchterlicher Windstoß, und stehender Sand und Staub fegten über die Soldaten hinweg; es wurde so dunkel, als wäre die Sonne untergegangen.

Im beißenden Wind versuchte Borric, die Pferde festzuhalten, die von den Geräuschen des Windes und des Kampfes und vom Geruch des Blutes vollkommen verschreckt waren. Er konnte gegen ihr kräftiges Ziehen nur sein Körpergewicht einsetzen, und er rief immer wieder: »Brr! Brr!« Zwei der für den Kampf ausgebildeten, reiterlosen Pferde hörten seine Rufe und blieben stehen, nachdem sie ein Stück davongetrottet waren, doch die Packtiere wollten mit aller Macht durchgehen.

Plötzlich kam Borric aus dem Gleichgewicht und ließ die Zügel los. Er schlug auf den Boden, wälzte sich herum und erhob sich wieder. Er dachte an Gamina und fragte sich, ob die davonhetzenden Pferde sie in Gefahr gebracht hatten. Er sah sich um, doch er konnte nur im Kampf verstrickte Reiter erkennen. Er rief ihren Namen. In seinen Gedanken hörte er ihre Antwort: *Mir geht es gut, Borric. Paß auf dich auf. Ich werde versuchen, mit den Packtieren in Sichtweite zu bleiben.*

Er wollte eigentlich in Gedanken antworten, doch er schrie: »Paß auf die Banditen auf! Sie sind hinter den Packpferden her.« Er ließ seinen Blick umherschweifen und hoffte, er würde eine fallen gelassene Waffe finden, aber er hatte kein Glück.

Dann galoppierte ein Reiter auf ihn zu, einer seiner eigenen Soldaten, und rief ihm etwas zu. Borric konnte ihn nicht verstehen, doch er spürte irgend etwas hinter sich. Er wirbelte herum; zwei der Banditen schossen heran, der eine hatte seinen Scimitar auf den Soldaten gerichtet, der andere trieb sein Pferd auf den Prinzen zu.

Während der Soldat mit dem ersten Reiter in einen Kampf verwickelt wurde, sprang Borric auf das Zaumzeug des anderen Pferdes zu, wodurch er das Tier zum Stolpern brachte und es seinen Reiter abwarf. Der Prinz prallte gegen die Brust des Pferdes, er wurde mit Wucht rücklings zu Boden geworfen, wo er mit einem dumpfen Aufschlag landete. Sofort war er wieder auf den Beinen, bereit, dem Angriff zu begegnen, der folgen würde. Der Bandit war ebenfalls wieder auf die Beine gekommen und bereit zum Kampf, allerdings besaß er zu seinem großen Vorteil eine Waffe. Borric zog den glühenden Stab aus seinem Gürtel und versuchte, sich damit zu verteidigen. Der Bandit schlug wild zu, aber Borric wich dem Schlag aus und durchbrach die Verteidigung des

Mannes. Er hämmerte ihm den Kopf des Stabes in die Magengrube, trieb ihm dadurch die Luft aus dem Leibe, und der Bandit ging zu Boden. Borric zerschmetterte den Stab auf dem Kopf des Mannes und ließ den Kerl bewußtlos oder tot liegen. Der Prinz hatte keine Zeit, das zu untersuchen. Er hob das Schwert des Banditen auf, ein schweres Ding mit kurzer Klinge, das weder so scharf wie ein Scimitar – den die meisten anderen Banditen benutzten – noch so spitz wie ein gutes Rapier war.

Borric wandte sich um und versuchte zu erkennen, was vor sich ging, doch er sah nur ein Getümmel von fluchenden Silhouetten in der staubigen Dunkelheit. Dann spürte er – mehr als er hörte – etwas hinter sich. Er duckte sich zur Seite, und in diesem Moment senkte sich ein Schlag auf seinen Kopf, der seinen Schädel hatte spalten sollen, jetzt jedoch an der Seite des Kopfes abprallte. Borric ging hart zu Boden und wollte sich von dem Banditen fortwälzen, der ihn von hinten überrascht hatte. Er erhob sich auf die Knie und stand schon fast wieder, als ihn ein Pferd niederrannte, das von seinem Reiter als Waffe eingesetzt wurde. Wie betäubt lag der Prinz da, und er verstand kaum noch, was er sah, während der Reiter von seinem Tier abstieg und sich vor ihn stellte. Durch den Staub nahm er mit seinen verwirrten Sinnen wahr, wie der Mann mit dem Stiefel ausholte und ihm gegen den Kopf trat.

James wendete sein Pferd und hielt auf einen Banditen zu, der sich gerade zu den Packpferden aufmachte. Zwei Soldaten waren in seiner Nähe, und Locklear hatte sich in einen Zweikampf mit einem Banditen verzettelt. Der Bandit machte sich davon, und für einen Augenblick stand James auf einer Insel der Ruhe inmitten des Gefechts. Er sah sich nach den Prinzen um und entdeckte Erland, der gerade einen Banditen von seinem Pferd schlug. Von Borric war nichts zu sehen.

Durch das Heulen des Sandsturms hörte James Locklears Befehl: »Zu mir! Zu mir!« James gab die Suche nach Borric auf, spornte sein Pferd an und stieb auf die sich sammelnde Gruppe der Männer von den Inseln zu. Rasch wurden Befehle ausgegeben und befolgt, und wo noch Augenblicke zuvor überraschte Wachen vor einer Bande Räuber geflohen waren, brachten sich jetzt die besten Reiter des Königreichs in Aufstellung und erwarteten den nächsten Angriff der Banditen.

Dann waren die Räuber wieder da, und der Kampf ging richtig los. Wütende Rufe und Schmerzensschreie gellten durch das andauernde Heulen des Windes und den stechenden Sand. James überkam eine schwindelerregende Mischung aus Hochgefühl und Furcht, ein Gefühl, welches er seit der Schlacht von Sethanon nicht mehr verspürt hatte. Er schlug nach einem der Banditen und trieb den Mann zurück, derweil die Heftigkeit des Sturms noch zunahm. Alles ging im Getöse und im herumwirbelnden Sand unter. Jeder Mann hatte nun einen toten Winkel, denn es war unmöglich, sich in die Richtung zu wenden, aus der der Sturm kam. Vergeblich versuchten die Männer, ihre Gesichter mit Tüchern und Ärmeln zu schützen, letztlich konnte man sich nur abwenden. Nachdem der Wind einen Augenblick wie wild geheult hatte, schwächte sich der Sturm ab.

Einem überraschten Stöhnen und dem Gurgeln einer nach Luft schnappenden Kehle, die sich mit Blut füllte, folgte nur das Geklirre der Klingen, als die Pferde wieder ihren Reitern gehorchten. Stahl traf auf Stahl, und wieder mühten sich Männer ab, Fremde zu töten.

Dann war plötzlich um alle herum nur noch der Sturm, und der Kampf war vergessen. Die Windstöße waren buchstäblich blendend, und wer sein Gesicht in den Sand vor sich her treibenden Sturm hielt, konnte nichts mehr sehen. James bedeckte sein Gesicht und drehte sich und sein Pferd aus der Windrichtung, und obschon er sich seines nicht gedeckten Rückens bewußt war, konnte er doch dagegen sowieso nichts tun. Wenigstens waren die Banditen genauso blind wie er.

Wieder ließ der Sturm nach, und James wendete abermals sein

Tier, um einem möglichen Angreifer entgegenzutreten. Doch wie Spukbilder in einem Traum waren die Banditen mit dem Sturm verschwunden.

James sah sich um und entdeckte nur noch Männer von den Inseln. Locklear gab Befehle, die Kompanie saß ab, und jeder Mann hielt die Zügel seines Pferdes fest, da die Heftigkeit des Sturms immer wieder zu- und abnahm. Sie wandten die Pferde aus der Windrichtung und warteten auf das scheinbar niemals kommende Ende des heulenden Sandsturms.

Locklear schrie: »Bist du verletzt?«

James verneinte mit einer Geste. »Gamina?« fragte er nach seiner Frau.

Locklear zeigte nach hinten. »Sie war bei den Packtieren. Borric hat sich um sie gekümmert.«

Ihre Stimme erklang plötzlich in James' Kopf. *Ich bin unverletzt, Geliebter. Doch Borric und eine der Wachen sind von den Banditen verschleppt worden.*

James rief: »Gamina sagt, Prinz Borric und eine Wache seien verschleppt worden!«

Locklear fluchte. »Wir können nichts anderes tun als abwarten, bis sich der Sturm gelegt hat.«

James starrte in die dichte Staubwand und konnte gerade drei Meter weit sehen. Ihm und seinen Begleitern blieb tatsächlich nichts anderes übrig, als abzuwarten.

Borric stöhnte, und eine harte Stiefelspitze, die sich in seine Rippen bohrte, brachte ihn wieder zu Bewußtsein. Um ihn herum tobte der Sturm immer noch mit voller Kraft, doch in dem geschützten Graben, in dem sich die Banditen verbargen, war es vergleichsweise ruhig. Er erhob sich auf die Ellbogen und stellte fest, daß seine Hände mit einer Kette seltsamer Machart gefesselt waren.

Neben ihm lag ein bewußtloser Soldat aus seiner eigenen Truppe, der mit einem Seil gebunden war. Der Mann murmelte leise vor sich hin, war jedoch nicht bei Bewußtsein. Mattes Blut, das in seinem Haar angetrocknet war, bezeugte die schwere Wunde, die er erlitten hatte. Eine grobe Hand ergriff Borrics Kinn und riß sein Gesicht herum; der Kerl, der ihn getreten hatte, starrte ihn an. Der Mann kauerte sich vor Borric nieder. Er war dünn und trug seinen Bart sehr kurz – es waren kaum mehr als Stoppeln. Sein Kopf war mit einem Turban bedeckt, der einst gut ausgesehen haben mochte, jetzt aber zerschlissen war und von Läusen bewohnt wurde. Er trug eine einfache Hose und ein einfaches Hemd, dazu hohe Stiefel. Hinter ihm stand ein weiterer Mann, der eine schlichte Lederweste über der nackten Brust trug. Sein Kopf war glattrasiert, bis auf eine einzige Locke in der Mitte, und in seinem Ohr hing ein riesiger goldener Ring. Borric konnte den Mann nach seinem Äußeren als Mitglied der Gilde der Sklavenhändler aus Durbin einordnen.

Der erste Mann nickte Borric zu, dann betrachtete er den Soldaten mit dem blutverschmierten Gesicht und schüttelte den Kopf. Der Sklavenhändler zog Borric wortlos brutal auf die Beine, während der dünne Mann einen Dolch zog, und noch ehe Borric seine Absichten begriffen hatte, schnitt der Kerl dem Soldaten die Kehle durch.

Der Sklavenhändler zischte Borric ins Ohr: »Keine Tricks, Zauberwirker. Diese Ketten werden deine Magie vereiteln, oder Moskatoni der Händler wird meinen Dolch zum Frühstück verspeisen. Wir werden aufbrechen, ehe uns deine Freunde finden können. Wenn du nur ein einziges Wort laut von dir gibst, bringe ich dich um.« Der Mann sprach den Dialekt des nördlichen Kesh.

Borric, der von dem Tritt an den Kopf noch immer benommen war, nickte nur schwach. Der Sklavenhändler zog ihn durch den schmalen Graben bis zu einer Stelle, wo eine Gruppe von Reitern ein Bündel Gepäck durchstöberte. Einer der Männer fluchte leise vor sich hin. Der Kumpan des Sklavenhändlers ging an Borric vorbei und schnappte sich den Mann. »Was hast du gefunden?« fragte er in der Mundart der Wüste, einer Mischung aus der Sprache des Königreichs, der von Kesh und der der Wüstenmenschen von Jal-Pur.

»Frauenkleider, getrocknetes Fleisch und Brot. Wo ist das Gold, das uns versprochen wurde?«

Der dünne Mann, offensichtlich der Anführer, fluchte ebenfalls. »Ich bring diesen Lafe um. Er hat gesagt, es wären Adlige, die Gold zur Kaiserin bringen.«

Der Sklavenhändler schüttelte den Kopf, als hätte er etwas ähnlich Enttäuschendes erwartet. »Ihr solltet nicht so dumm sein und solchen Trotteln trauen.« Er sah nach oben, wo der Wind über ihnen heulte, und meinte: »Der Sturm läßt nach. Wir sind nur ein paar Meter von den Freunden dieses Mannes entfernt.« Er deutete mit dem Kopf auf Borric. »Wir wollen hier doch nicht entdeckt werden, wenn der Sturm gleich vorbei ist.«

Der dünne Mann wandte sich zu seinen Kumpanen um. »Ich führe diese Bande, Kasim.« Er schien kurz vor einem Wutausbruch zu stehen. »Bis jetzt bin immer noch ich derjenige, der sagt, wann wir bleiben und wann wir aufbrechen.«

Der Sklavenhändler zuckte mit den Schultern. »Wenn wir bleiben, werden wir wieder kämpfen müssen, Luten. Und diesmal werden sie vorbereitet sein. Ich sehe jedenfalls keinen Grund, anzunehmen, daß wir irgendwelches Gold oder Juwelen bei denen finden.«

Der Mann namens Luten sah sich mit brennendem Blick im Kreis um. »Das sind bewaffnete Soldaten.« Er schloß seine Augen für einen Moment, als wollte er schreien, dann öffnete er sie wieder und biß die Zähne zusammen. Borric erkannte in ihm einen gewalttätigen Mann, der seine Truppe mehr durch dauernde Einschüchterungen und Drohungen in Schach halten mußte denn durch sein Talent zur Führerschaft. »Ach!« meinte er. Er deutete mit dem Kopf auf Borric und sagte: »Bring ihn um und laßt uns abhauen.«

Kasim schob Borric hinter sich, als wollte er ihn beschützen, und meinte: »Wir haben abgemacht, ich würde die Gefangenen als Sklaven bekommen. Andererseits wären meine Männer nicht zu deinen gestoßen.«

»Bah!« spuckte Luten aus. »Wir brauchten sie nicht. Wir waren genug, um mit diesen Soldaten fertigzuwerden. Dieser Trottel Lafe hat uns beide reingelegt.«

Der Wind legte sich, und Kasim meinte: »Ich weiß nicht, wer dümmer ist, der Narr oder der, der auf den Narren hört – ich werde diesen Mann jedenfalls auf den Markt bringen. In Durbin kann ich einigen Gewinn mit ihm machen. Und meine Gilde wäre nicht sehr erfreut, wenn ich ohne die geringste Beute zurückkehren würde.«

Der Mann namens Luten wandte sich Borric zu und fragte: »He du, wo ist das Gold?«

Borric täuschte Unwissenheit vor und erwiderte: »Welches Gold?«

Luten machte einen Schritt vorwärts und schlug Borric ins Gesicht. »Das Gold, das diese Adligen der Kaiserin zum Geburtstag bringen wollen.«

Borric mußte es aus dem Stegreif versuchen. »Adlige? Wir haben unterwegs eine Gesellschaft von Adligen überholt. Zwei, drei Edle mit ihren Wachen, die zu einem ... Gasthaus wollten. Das »Gasthaus zu den Zwölf Stühlen«, glaube ich. Wir ... hatten es eilig ... weil der Fellhändler seine Felle zum Gerber bringen wollte, ehe sie verrotten.«

Luten drehte sich um und schrie seine Wut in den Wind. Zwei Männer in der Nähe legten vor Schreck die Hände an die Schwerter. »Ruhe«, sagte Kasim.

Luten wirbelte herum, zog den Dolch und richtete ihn auf Kasim. »Wag's nicht, mir Befehle zu erteilen, Sklavenhändler.« Dann richtete er den Dolch auf Borric. »Dieser Kerl lügt, und ich will mehr als diese verdammten Stiefel rausholen, denn schließlich sind drei meiner Männer getötet worden!« Borric sah zu Boden und entdeckte an den Füßen des Anführers jene Stiefel, die er im Spiel gewonnen hatte. Er war während seiner Bewußtlosigkeit durchsucht worden, schien es. Luten schob Kasim zur Seite und faßte Borric ins Auge. »Ich krieg die Wahrheit schon aus ihm raus, so oder so.« Er holte mit dem Dolch aus, als wollte er auf Borric einstechen – und verharrte plötzlich. Ein trauriger, fast entschuldigender Ausdruck trat für einen Augenblick auf sein Gesicht, dann sank er auf die Knie.

Hinter ihm zog Kasim seinen Dolch zurück, den er Luten gerade in den Rücken gestoßen hatte. Daraufhin griff Kasim Luten in den Haarschopf und sagte: »Du sollst mich nicht bedrohen, du Dummkopf.« Er riß Lutens Kopf zurück, schlitzte ihm den Hals auf, und auf der einen Seite spritzte das Blut heraus. »Und dreh mir niemals den Rücken zu.« Lutens Augen verdrehten sich, und Kasim ließ den Kerl Borric vor die Füße fallen. »Hoffentlich ist dir das für dein nächstes Leben eine Lehre.«

Zu den anderen von Lutens Bande sagte er: »Ich bin jetzt der Anführer.« Es wurde kein Widerspruch laut. Kasim sah sich um und zeigte auf eine kleine Mulde in dem Graben, über die ein Felsvorsprung ragte. »Schmeißt ihn dort rein.« Zwei Männer packten Luten und warfen ihn in die Kuhle. »Und den auch.« Der tote Soldat wurde ebenfalls dorthin geschafft und neben Luten geworfen.

Der Sklavenhändler wandte sich Borric zu und meinte: »Mach mir keinen Ärger, und du wirst das Ganze überleben. Aber wenn du nur das kleinste Anzeichen von Ärger machst, bist du eine Leiche. Verstanden?«

Borric nickte. An die anderen gewandt, sagte Kasim: »Macht euch bereit zum Aufbruch.« Dann kletterte er zum Rand des Grabens hinauf, wobei er nicht auf den heulenden Wind achtete. Der kräftige Sklavenhändler drückte mit der Schulter gegen einen der größeren Felsen und schob ihn vorwärts, bis er einen kleinen Erdrutsch verursachte, der die beiden Leichen unter sich begrub. Gewandt sprang er wieder in den Graben hinunter und sah sich um, als erwarte er Schwierigkeiten mit einem von Lutens Männern. Doch keiner von ihnen muckte auch nur im geringsten auf, und der Sklavenhändler baute sich zu seiner vollen Größe auf. »Zur Oase bei den Gebrochenen Palmen.«

»Worin liegen deine besonderen Fähigkeiten?« Der Sklavenhändler stand vor Borric, der langsam wieder richtig zu sich kam. Sie hatten ihn auf ein Pferd gezerrt, und er hatte mit gefesselten Händen reiten müssen. Das Gestampfe des Pferdes hatte die Verwirrung, die er seit seiner Gefangennahme verspürte, noch schlimmer gemacht. Er konnte sich noch vage erinnern, wie der Sturm plötzlich vorbei gewesen war und sie schließlich die eigentümliche Oase erreicht hatten, um die herum drei Baumstümpfe standen, Überreste von Palmen, die bei einem dieser fürchterlichen Stürme vor Jahren abgeknickt worden waren.

Borric schüttelte den Kopf, um wieder klarzuwerden, dann antwortete er in der förmlichen Sprache des Hofes von Kesh: »Was für Fähigkeiten?«

Der Sklavenhändler nahm diese Antwort als Zeichen der Verwirrung durch den Schlag auf den Kopf hin. »Was für Tricks kannst du? Was für Zaubereien?«

Endlich begriff Borric. Der Sklavenhändler hielt ihn für einen Magier aus Stardock, was auch die magischen Ketten erklärte. Einen Augenblick lang war Borric versucht zu sagen, wer er wirklich war, aber dann würde sein Vater hohe Lösegeldforderungen erhalten, und bei dieser Aussicht unterließ er erst einmal eine voreilige Antwort. Er könnte schließlich jederzeit bis zum Sklavenmarkt in Durbin damit herausrücken, und vielleicht würde er inzwischen sogar entkommen können.

Auf einmal holte der Mann aus und schlug dem Prinzen mit der Rückseite der Hand ins Gesicht. »Ich hab keine Zeit, dich höflich zu behandeln, Zauberer. Deine Freunde sind nur ein paar Stunden von hier entfernt und werden ohne Zweifel nach dir suchen. Und selbst wenn sie kein Herz für dich haben, hier sind auch noch jede Menge kaiserliche Patrouillen unterwegs. Wir gedenken schnellstens so weit wie möglich von hier abzuhauen.«

Ein anderer Mann kam dazu. »Kasim, bring ihn doch einfach um und laß ihn hier liegen. Für einen Magier zahlt sowieso niemand einen guten Preis. Der macht viel zuviel Ärger.«

Kasim sah den Mann über die Schulter an. »Ich entscheide, wen wir umbringen und wen wir zum Markt mitnehmen.«

Borric sagte: »Ich bin kein Magier. Ich habe die Sachen bei einer Pokerrunde gewonnen.«

Der zweite Mann fuhr sich mit der Hand durch den dunklen Bart. »Er lügt. Wir sollen ihm nur die Fesseln abnehmen, damit er uns dann mit seiner Magie überwältigen kann. Ich sag dir, bring ihn um –«

»Und ich sage, wenn du nicht sofort das Maul hältst, werden sich die Geier über noch eine Leiche freuen. Die Männer sollen sich fertigmachen. Sobald die Pferde Wasser bekommen und sich ausgeruht haben, will ich so viel Abstand wie nur möglich zwischen uns und diese Soldaten bringen.« Mit einem unverständlichen Grunzen machte sich der Bandit davon und gab den anderen das Zeichen, sie sollten sich zum Aufbruch fertigmachen. An Borric gewandt, fuhr Kasim fort: »Wir haben da ein paar hübsche Spielsachen in deinem Gepäck gefunden, Magier. Die Dame, mit der du unterwegs warst, hat genug Gold, um diese Räuber zu bezahlen. Du wirst mir einigen Gewinn einbringen.«

Borric gelang es, sich aufzusetzen und sich an einen großen Stein zu lehnen. »Ich bin kein Magier.«

»Aber du bist auch kein Kämpfer. Wenn einer am Rande der Jal-Pur-Wüste unbewaffnet rumreitet, muß er entweder eine große Kompanie Wachen dabeihaben, oder er hat das Schicksal auf seiner Seite. Das Schicksal ist allerdings eher die Sache von Priestern. Du siehst nicht aus wie ein Dummkopf, aber ich hab nie viel drauf gegeben, wie einer aussieht.« Er wechselte vom Keshianischen in die Sprache des Königreichs. »Wo kommst du her?«

»Krondor« – in seinem schmerzenden Kopf hatte Borric entschieden, es sei das beste für ihn, wenn er seine wahre Identität nicht preisgab –, »aber ich bin viel herumgekommen.«

Der Sklavenhändler setzte sich auf seine Hacken und legte die Arme auf die Knie. »Du bist noch nicht viel älter als ein Junge. Du sprichst die Sprache von Kesh wie einer vom Hofe und die vom Königreich fast genausogut. Wenn du kein Zauberwirker bist, was dann?«

Aus dem Stegreif antwortete Borric: »Ich ... bin ein Lehrer. Ich kenne mehrere Sprachen. Ich kann lesen, schreiben und mit Zahlen umgehen. Ich kenne mich in Geschichte und mit Karten aus. Ich kann die Geschlechter von Königen und Kaisern aufsagen, die Namen der wichtigsten Adligen und Handelshäuser –«

»Das reicht«, unterbrach ihn Kasim. »Du hast mich überzeugt. Ein Lehrer also, was? Nun, es gibt reiche Männer, welche gebildete Sklaven brauchen, die ihre Kinder unterrichten.« Ohne eine Antwort von Borric abzuwarten, erhob er sich. Während er davonging, sagte er: »Tot bist du mir von geringem Nutzen, Lehrer, aber ich bin nicht gerade ein geduldiger Mann. Wenn du mir keinen Ärger machst, dann bleibst du am Leben. Bei den geringsten Schwierigkeiten bringe ich dich um und spucke auf deine Leiche.« An seine Bande gewandt, meinte er: »Steigt auf! Wir reiten nach Durbin!«

Dilemma

Erland wendete sein Pferd.

»Borric!« schrie er in den immer noch heulenden Wind.

James und die Wachen beobachteten ihn von dem Punkt aus, an dem sie standen und ihre Pferde hielten. Der neuernannte Graf schrie: »Steig vom Pferd, bevor es mit dir durchgeht!«

Das bereits nervöse Tier schnaubte und wieherte bei dem furchterregenden Getöse und den stechenden Böen des Sandsturms, obwohl es gut ausgebildet war und Erland es mit fester Hand führte. Der Prinz beachtete James' Befehl nicht, entfernte sich in Kreisen immer weiter von den anderen und rief den Namen seines Bruders: »Borric!«

Gamina stand neben ihrem Ehemann und sagte: »Bei diesem pfeifenden Wind kann ich meine Aufmerksamkeit nur schlecht auf etwas Bestimmtes richten, doch aus dieser Richtung erreichen mich Gedanken.« Sie bedeckte ihr Gesicht mit dem Unterarm, drehte sich um und zeigte nach Westen.

»Borric?« fragte Locklear, der mit dem Rücken zum beißenden Wind neben James stand.

Gamina hielt den Arm hoch und schützte ihr Gesicht mit dem Ärmel ihres Kleids. »Nein. Tut mir leid. Ich kenne diese Männer nicht, und keines der Gedankenmuster, die ich berührt habe, gehörte zu Borric. Wenn ich versuchen würde, meine Aufmerksamkeit auf die Gedanken zu richten, die er während des Kampfes hatte …«

»Nichts«, beendete James ihren Satz.

»Könnte er nicht bewußtlos sein?« Auf Locklears Gesicht spiegelte sich eine schwache Hoffnung.

Gamina sagte: »Wenn er betäubt oder weiter entfernt wäre, könnte ich ihn nicht spüren. Meine Fähigkeiten werden durch die

Stärke der Gedanken des anderen begrenzt. Ich kann meinen Vater über Hunderte von Meilen erreichen, und er kann zu mir sprechen, selbst wenn die unglaublichsten Entfernungen zwischen uns liegen. Diejenigen, die uns überfallen haben, sind kaum weiter als hundert Fuß von uns entfernt; mich erreichen Bilder und vereinzelte Worte über das Gefecht.« Mit Traurigkeit in der Stimme sagte sie: »Ich kann Borric nirgends erspüren.«

James streckte die Arme nach ihr aus, und sie schmiegte sich trostsuchend an ihn. James' Pferd wieherte, als seine Zügel sich lockerten, und James riß ungeduldig an den Riemen, um das Tier zu beruhigen. Leise, so daß nur Gamina es hören konnte, sagte er. »Hoffentlich haben die Götter ihn am Leben gelassen.«

Eine Stunde lang hatte der Sturm weitergetobt, und Erland war in Kreisen um seine Gefährten herumgeritten – immer an der Grenze der Sichtweite – und hatte den Namen seines Bruders gerufen. Dann hatte sich der Wind beruhigt, und in der anschließenden Stille war sein heiseres Geschrei über einer verwüsteten Landschaft verhallt. »Borric.«

Locklear machte dem Hauptmann seiner Kompanie ein Zeichen, er solle Bericht erstatten. Der Offizier sagte: »Drei Männer sind tot oder werden vermißt, mein Lord. Zwei weitere sind schwer verletzt und sollten so bald wie möglich irgendwo geschützt untergebracht werden. Der Rest ist gesund und marschbereit.«

James dachte über ihre Möglichkeiten nach, dann entschied er sich. »Du bleibst hier bei Erland, und ihr sucht die Gegend ab, aber entfernt euch nicht zu weit. Ich werde mir zwei Männer nehmen und zum ›Gasthaus zu den Zwölf Stühlen‹ reiten, wo ich diese Patrouille aus Kesh fragen werde, ob sie uns helfen, Borric zu finden.« Er warf einen Blick auf die kahle Landschaft und fügte hinzu: »Ich habe leider überhaupt keine Ahnung, wo wir mit der Suche beginnen sollen.«

In den nächsten Stunden, den ganzen frühen Nachmittag lang,

mußte Locklear dauernd auf Erland einreden und ihm manchmal sogar drohen, damit sich der Prinz nicht weiter in die Ödnis hineinwagte, als es dem jungen Baron sicher erschien. Der Prinz war nicht davon abzubringen, die Suche nach seinem Bruder fortzusetzen, denn dieser konnte schließlich bewußtlos in einem Graben oder einer Schlucht liegen und Hilfe brauchen, und noch dazu womöglich nur wenige Meter von ihnen entfernt. Locklear teilte die Männer auf, damit sie die Umgebung absuchten; sie sollten jedoch stets eine Kette bilden, an deren Ende eine der Wachen immer noch in Sichtweite des behelfsmäßig aufgeschlagenen Lagers blieb. Gamina kümmerte sich inzwischen um die Verwundeten und versorgte sie so weit, daß sie, wenn James zurückgekehrt wäre, in den nächstgelegenen Schutz vor dem Sandsturm gebracht werden könnten.

Endlich kam James zurück und wurde von der Patrouille aus Kesh begleitet. Feldwebel Ras-al-Fawi fand die Unterbrechung seiner Rast ganz und gar nicht angenehm, und zwar nicht nur wegen des Wetters. Womöglich würden ihm seine Vorgesetzten auch noch Vorwürfe machen, weil der Überfall in seinem Bereich passiert war. Er hätte sich am liebsten so weit wie nur irgend möglich von diesen verfluchten Leuten von den Inseln ferngehalten, doch die Möglichkeit einer kriegerischen Auseinandersetzung zwischen dem Kaiserreich und seinem größten Nachbarn, die aus seinem Fehlverhalten entstehen könnte, ließ ihn seinen Ärger schlucken und bei der Suche nach dem verschollenen Prinzen helfen.

Erfahrene Kundschafter entdeckten bald den Graben, in dem sich die Banditen versteckt gehalten hatten. Die ganze Kompanie versammelte sich am Rand des Grabens, in dem zwei Kundschafter einen kleinen Erdrutsch untersuchten. Einer stocherte weiter in dem Sand, während der zweite einen einzelnen Stiefel zu den Leuten aus dem Königreich brachte. Jeder Irrtum war ausgeschlossen, was das Scharlachrot und Gelb des Stiefels betraf. Der Mann zeigte auf den Felshaufen und sagte: »Herr, ich habe das gefunden. Der Stiefel steckte etwas tiefer unter den Steinen. Man kann sehen, was noch von dem Fuß übriggeblieben ist, der ihn getragen hat.«

Erland setzte sich schockiert hin, während James fragte: »Können wir ihn ausgraben?«

Der keshianische Kundschafter, der am Fuß des Geröllhaufens stand, schüttelte den Kopf. »Eine Kompanie Mineure würde wenigstens ein oder zwei Tage brauchen, Herr.« Er deutete auf die Stelle, wo der Erdrutsch losgebrochen war. »Allen Anzeichen nach ist es erst vor kurzem passiert. Wohl, um den Besitzer des Stiefels und andere zu verbergen.« Dann zeigte er auf die gegenüberliegende Seite des Grabens. »Und wenn man hier zuviel bewegt, könnte die andere Seite auch noch herunterkommen. Ich fürchte, es würde sehr gefährlich werden.«

Erland sagte: »Ich will ihn ausgegraben haben.«

James sagte: »Ich verstehe –«

Erland unterbrach ihn: »Nein, du verstehst mich nicht. Es könnte sich um jemand anderen als Borric handeln.«

Locklear wollte sich verständnisvoll zeigen. »Ich weiß, wie du dich fühlen mußt –«

»Nein«, fuhr Erland dazwischen, »weißt du nicht.« An James gewandt sagte er: »Wir können nicht wissen, ob es sich wirklich um Borric handelt. Er könnte im Kampf einen Stiefel verloren haben. Er könnte gefangengenommen worden sein. Wir wissen nicht sicher, ob er tatsächlich dort unter den Felsen liegt.«

James fragte: »Gamina, gibt es hier irgendein Zeichen von Borric?«

Gamina schüttelte den Kopf. »Die Gedanken, die mich vorhin erreicht haben, kamen aus diesem Graben. Aber keines der Gedankenmuster war mir vertraut.«

Erland blieb ungerührt. »Das beweist gar nichts.« An James gewandt, sagte er: »Du weißt, wie nahe er und ich uns sind. Wenn er tot wäre, ... würde ich das irgendwie spüren.« Er ließ seinen Blick über die zerklüftete Landschaft des Wüstenplateaus schweifen. »Er ist irgendwo da draußen. Und ich beabsichtige, ihn zu finden.«

»Und wie wollt Ihr das tun, mein Lord?« fragte der Feldwebel aus Kesh. »Wollt Ihr allein auf das Hochplateau hinausreiten, allein und ohne Wasser und Proviant? Es sieht vielleicht nicht so aus, aber es ist genauso eine erbarmungslose Wüste wie die große Sandwüste der Jal-Pur. Jenseits der Bergkämme dahinten beginnt die richtige Sandwüste, und wenn man nicht weiß, wo die Oase der Gebrochenen Palmen liegt, lebt man nicht lange genug, um die Oase der Hungrigen Ziegen noch erreichen zu können. Es gibt vielleicht an die dreißig Stellen dort draußen, wo man Wasser und manchmal auch eßbare Pflanzen findet, doch man kann an manchen nur Meter entfernt vorbeigehen und sie trotzdem nicht entdecken. Ihr würdet zugrunde gehen, mein junger Lord.«

Er wendete sein Pferd in die Richtung, aus der sie gekommen waren, und fuhr fort: »Meine Lords, ich bedaure Euren Verlust, doch die Pflicht gebietet mir, weiterzureiten und andere aufzustöbern, die den Frieden im Kaiserreich brechen wollen. Ich werde einen Bericht verfassen, wenn ich meine Patrouille beendet habe. Falls Ihr wünscht, lasse ich einen meiner Kundschafter bei Euch, damit Ihr Eure Suche fortsetzen könnt. Wenn Ihr nichts weiter mehr tun könnt, begebt Euch wieder zurück auf die Straße.« Er zeigte nach Süden und sagte: »Die Straße führt an den Ausläufern der Sternenpfeiler vorbei bis nach Nar Ayab. Entlang dieser Route unterhalten wir viele Stützpunkte. Zwischen diesen Stützpunkten sind ständig Kuriere unterwegs, die bis in die Mitte des Kaiserreichs reiten. Meldet ihnen Eure Ankunft, und der Gouverneur von Nar Ayab wird Euch einen angemessenen Empfang bereiten. Von dort aus wird er Euch berittene Soldaten zur Seite stellen, die Euch bis zur Stadt Kesh beschützen werden.« Wenn dies von Anfang an geschehen wäre, wären die Leute von den Inseln gar nicht erst von den Banditen überrascht worden; doch der Feldwebel sah keine Veranlassung, dies offen auszusprechen. »Die Kaiserin – sie sei gesegnet – wird Mineure losschicken, um Euren jungen Prinzen auszugraben, und er wird dann zu einer angemessenen Beerdigung in seine Heimat gebracht werden. Bis dahin kann ich Euch nur den Segen der Götter für Eure Reise wünschen.«

Er machte seinen Leuten ein Zeichen und gab seinem Pferd die Sporen, und dann verschwanden der Feldwebel und seine Soldaten. James ging um die Spitze des Erdrutsches herum und sah nach unten, wo der keshianische Kundschafter immer noch stand. »Was seht Ihr?«

Der Kundschafter betrachtete die Spuren einen Moment lang nachdenklich. »Viele Männer; sind viel herumgegangen. Ein Mord, dort.« Er deutete auf einen dunklen Fleck auf dem bereits wieder getrockneten Boden.

»Mord!« sagte Locklear. »Wie könnt Ihr da so sicher sein?«

»Blut, Herr«, erwiderte der Kundschafter. »Was nach einem Kampf nicht ungewöhnlich wäre, doch hier war eine große Lache, und es gibt keine Spuren eines Verwundeten, der sich dieser Stelle genähert hätte. Ich würde schätzen, ihm wurde die Kehle durchgeschnitten.« Er zeigte auf zwei feine Linien, die von dem Blutfleck zu den heruntergerutschten Felsen führten. »Zwei Schleifspuren, als ob jemand von dort zu der Stelle gezerrt wurde, wo die Steine herunterkamen.« Er zeigte auf die Seite des Grabens. »Da ist einer hochgeklettert.« Er sah sich wieder um, dann stieg er nach oben zu seinem Pferd. »Sie reiten nach Süden, zur Oase der Gebrochenen Palmen.«

Locklear fragte: »Woher wißt Ihr das?«

Der Mann lächelte. »Das ist der einzige Ort, zu dem sie gehen können, Herr, denn sie haben sich in die Wüste aufgemacht, und ohne Packpferde können sie nicht genug Wasser mitnehmen, um bis Durbin durchzukommen.«

»Durbin!« Erland spuckte das Wort fast aus. »Dieses Rattennest. Warum sollten sie die Gefahren der Wüste auf sich nehmen und dorthin reiten?«

»Weil«, mischte sich James ein, »es eine sichere Zuflucht für jeden Halsabschneider und Piraten aus jedem Land ist, das an das Bittere Meer grenzt.«

»Und dort gibt es auch den besten Sklavenmarkt im Kaiserreich«, sagte der Kundschafter. »Im Herzen des Kaiserreiches gibt es genug Sklaven, doch dort oben kann man sie nur schlecht bekommen. Nur Kesh und Queg haben freie Sklavenmärkte. In den freien Städten und im Königreich werden sie nicht gern gesehen.«

Erland sagte: »Ich kann nicht ganz folgen.«

James wendete sein Pferd in die Richtung, in die der Kundschafter gezeigt hatte, und meinte: »Wenn nur zwei Soldaten –«, schnell fügte er hinzu: »Oder Borric und ein Soldat überlebt haben, würden sie auf dem Sklavenmarkt von Durbin genug Gewinn abwerfen, damit sich der Überfall gelohnt hätte. Wenn die Banditen sie ins Kaiserreich brächten, würden sie kaum ein Drittel des Geldes bekommen, das sie in Durbin einnehmen könnten; schließlich hat der Anführer eine verärgerte Bande bei sich, und das kann für ihn gefährlich werden.«

Erland fragte: »Aber warum sollte Borric ihnen nicht sagen, wer er ist? Als Geisel ist er doch viel wertvoller denn als Sklave.«

James sah nachdenklich hinaus auf das Ödland, das in der Sonne des späten Nachmittags lag. Dann meinte er: »Wenn er noch lebt, hätte ich eine Nachricht von den Banditen erwartet, etwas, damit wir wissen, daß es ihm gutgeht und daß wir ihnen nicht folgen sollen, und daß wir innerhalb kurzer Zeit eine Lösegeldforderung bekommen. Das hätte ich jedenfalls getan … Schließlich würde ich nicht gern eine Kompanie Soldaten auf den Fersen haben.«

Der keshianische Kundschafter wandte ein: »Diese Banditen sind vielleicht nicht so schlau wie Ihr, Herr. Vielleicht findet es Euer Prinz, so er denn noch lebt, weniger gefährlich, wenn er ihnen nicht erzählt, wer er ist. Sie könnten ihm ja schließlich einfach die Kehle durchschneiden und in die Wüste fliehen. Und womöglich sind da noch andere, Herr.«

Erland sagte: »Dann müssen wir uns beeilen.«

Der Kundschafter erwiderte: »Wir müssen vor allen Dingen vorsichtig sein, damit wir nicht in einen Hinterhalt geraten.« Er zeigte hinaus in die sandige Landschaft. »Wenn irgendwo auf dem Weg Sklavenhändler lauern, dann an den Oasen oder irgendwo in einem Wadi, wo sich eine Sklavenkarawane sammelt. Viele Banditen werden ihren Fang zusammen nach Durbin bringen – und zwar viel mehr, als wir überwältigen könnten. Vielleicht hundert Mann.«

Erland spürte, wie die schwere Last der Verzweiflung von ihm abfiel. »Wir werden ihn finden. Er ist nicht tot.« Doch die Worte klangen selbst in seinen eigenen Ohren leer.

Der Kundschafter sagte: »Wenn wir scharf reiten, Herr, erreichen wir die Oase der Gebrochenen Palmen bei Sonnenuntergang.«

James kommandierte zwei Männer ab, die die beiden Verwundeten zum ›Gasthaus zu den Zwölf Stühlen‹ begleiten sollten, wo sie sich erholen konnten, bis sie in der Lage wären, ins Königreich zu reiten. Er zählte kurz durch; er hatte nur noch ein Dutzend einsatzfähiger Soldaten. Er fühlte sich verwundbar und ein wenig wie ein Narr, als er der kleinen Truppe den Befehl zum Aufbruch in die Wüste erteilte.

Die Sonne berührte bereits den Horizont, als der Kundschafter im Galopp von seinem Erkundungsritt zu den Männern von den Inseln zurückkam. James gab das Zeichen zum Anhalten. Der Kundschafter zügelte sein Pferd und sagte: »Im Wadi al Sáfra sammelt sich eine Karawane – hundert Wächter, vielleicht mehr.«

James fluchte. Erland fragte: »Irgendeine Spur von meinem Bruder?«

»Ich konnte nicht nahe genug herankommen, mein Prinz.«

»Gibt es eine Stelle, an der wir noch näher an das Lager herankommen könnten?«

»An dem Wadi zieht sich eine schmale Schlucht entlang, und

an ihrem Ende wird sie zu einem Graben, der nahe bis an das Lager heranführt. Vier, vielleicht fünf Männer könnten sich unbemerkt nähern, wenn sie sich leise verhalten und sich nicht blicken lassen. Aber es ist gefährlich. Am hinteren Ende ist der Graben niedrig, und ein Mann könnte stehend ins Lager sehen, doch der Mann könnte auch vom Lager aus gesehen werden.«

Erland wollte absteigen, doch James sagte: »Nein, du machst in diesem Kettenhemd einen Lärm wie der Wagen eines Waffenschmieds. Warte hier.«

Gamina schlug vor: »Ich sollte gehen, James. Ich kann feststellen, ob Borric in der Karawane ist, wenn ich nur nahe genug herankomme.«

»Und wie nahe ist nahe genug?« fragte ihr frischgebackener Ehemann.

»Ein Steinwurf«, antwortete Gamina.

James fragte den Kundschafter: »Können wir so nahe herankommen?«

Der Kundschafter erwiderte: »Wir können; wir werden sogar erkennen können, ob eines dieser Schweine Eiterbeulen im Gesicht hat, Herr.«

»Gut«, meinte Gamina und hob den Saum ihres Reitkleides hoch, damit er nicht über den Boden schleifte. Sie steckte ihn in ihren breiten Ledergürtel, so wie es die Fischerfrauen machten, wenn sie durchs seichte Wasser wateten.

James beachtete diesen unziemlichen Anblick nicht, der zwei schlanke weiße Beine bis zu den Oberschenkeln hinauf entblößte, und suchte einen guten Vorwand, weshalb sie nicht mitkommen sollte; er fand keinen. Das hat man nun davon, wenn man logisch denkt und Frauen die gleiche Fähigkeit zugesteht, grübelte er, während er abstieg. Man hat keine Gründe mehr, warum man sie in der sicheren Etappe zurücklassen kann.

Locklear gab zwei Soldaten ein Zeichen, sie sollten James, Gamina und den Kundschafter begleiten, und die fünf machten sich zu Fuß auf den Weg. Sie gingen langsam, derweil die Sonne im Westen hinter dem Horizont verschwand. Als sie den Eingang zu der Schlucht erreichten, war der Himmel auf der einen Seite schon schiefergrau, und das von den Wolken auf der anderen Seite widergespiegelte, karmesinrote und violette letzte Sonnenlicht tauchte die Wüstenlandschaft in ein rosiges Zwielicht.

Der Lärm der Karawane hallte durch die sich senkende Dunkelheit, und James sah sich um, ob noch alle zusammen waren. Gamina berührte ihn sachte am Arm, und ihre Gedanken drangen in seinen Kopf. *Ich kann viele Gedanken im Wadi spüren, mein Geliebter.*

Borric? fragte er schweigend.

Nichts, gestand sie ein. *Aber wir müssen noch näher heran, um sicherzugehen.*

James faßte den Kundschafter am Arm und fragte flüsternd: »Können wir noch näher heran?«

Der antwortete ebenfalls flüsternd: »Vor uns liegt eine Biegung, und wenn wir ihr folgen, sind wir nahe genug an ihnen dran, daß wir ihnen auf die Köpfe pinkeln können. Aber seid vorsichtig, mein Lord, wahrscheinlich dient die Stelle am Ende des Grabens als Müllgrube und Abort, und vielleicht sind dort auch Wachen in der Nähe.«

James nickte, und der Kundschafter führte sie in die Dunkelheit.

James konnte sich an einige kurze Reisen erinnern, die er in der Vergangenheit unternommen hatte und die ewig gedauert zu haben schienen, doch keine war ihm so lang vorgekommen wie der kurze Weg bis zum Ende des Grabens. Als sie es erreicht hatten, konnten sie die Stimmen der Wachen hören, die sich leise unterhielten, während sie ihre Runden um das Lager drehten. Als hätte die Nervenanspannung allein nicht schon gereicht, wurde das Ende des Grabens außerdem tatsächlich als Abfallgrube benutzt, und zwar auch für die Abfälle von Menschen und Pferden. Und durch diesen Abfall und Unrat mußten die Gefährten jetzt schleichen.

James trat in etwas Weiches und Feuchtes, und bei dem Geruch, der wie ein widerlicher Nebel über dem Graben hing, wollte er gar nicht wissen, worum es sich dabei handelte. Er konnte es sich sowieso denken. Er machte dem Kundschafter ein Zeichen, und der antwortete ebenfalls mit einer Handbewegung: Sie waren so nah an der Karawane, wie sie nur wagen konnten.

Vorsichtig spähte James über die Kante des Grabens. Kaum zehn Schritte entfernt hoben sich die Silhouetten von zwei Männern gegen das Lagerfeuer ab. An ihm hatten sich der Wärme wegen wenigstens dreißig übel aussehende Gestalten niedergekauert, doch nirgends in der Gruppe konnte James Borric entdecken. Zwar konnte er nicht jedes Gesicht sehen, doch er war sich sicher, er würde das rote Haar des Prinzen in der Menge der schwarzen Köpfe sofort ausfindig machen, und das trotz des flackernden Lichts des Feuers.

Dann näherte sich den beiden Wachen ein Mann in einer purpurfarbenen Robe, und für einen Moment war James' Kehle wie zugeschnürt. Doch auch das war nicht Borric. Der Träger der Robe hatte die Kapuze zurückgeworfen; darunter kam ein Gesicht mit einem dunklen Bart zum Vorschein, das James noch nie gesehen hatte. Der Mann, der an der Hüfte ein Schwert trug, warf den beiden Wachen einen bösen Blick zu und befahl ihnen, ihr Geschwätz zu unterlassen und weiterzugehen.

Der Mann in der Robe wollte sich gerade abwenden, als jemand zu ihm trat, ein großer Kerl mit einer Lederweste, der das Kastenzeichen der Sklavenhändler von Durbin auf dem Arm hatte. Dieses Zeichen hatte James nicht mehr gesehen, seit er ein Junge gewesen war, doch wie alle anderen Mitglieder der Spötter, der Gilde der Diebe in Krondor, kannte er seine Bedeutung. Die Sklavenhändler von Durbin waren Männer, mit denen man sich besser nicht anlegte.

James wagte noch einen Blick auf das Lager, dann duckte er

sich neben seiner Frau. Sie hatte die Augen geschlossen, und ihr Gesicht zeigte einen Ausdruck von Konzentration, während sie nach Borric suchte. Schließlich öffnete sie die Augen, und James hörte ihre Stimme in seinem Kopf. *Es gibt kein Gedankenmuster, das ich als Borrics erkennen würde.*

Bist du sicher? fragte er.

Traurig antwortete sie: *Wenn er in dem Lager wäre, würde ich ihn finden, so nah, wie wir dran sind. Selbst wenn er schliefe, würde ich seine Gegenwart spüren.* Sie seufzte leise, und er spürte ihre Sorge. *Es gibt keine andere Erklärung, als daß er unter dem Erdrutsch begraben liegt, unter dem wir auch den Stiefel gefunden haben.* Sie schwieg einen Moment lang, dann sagte sie: *Er ist tot.*

James verharrte einen Augenblick bewegungslos, dann machte er dem Kundschafter ein Zeichen. Der Befehl, den Rückweg anzutreten. Die Suche war vorüber.

»Nein!« Erland setzte eine ernste Miene auf und weigerte sich, Gaminas Erklärung Glauben zu schenken. »Du kannst es einfach nicht sicher wissen.«

James erzählte seine Beobachtungen zum dritten Mal, seit sie an die Stelle zurückgekehrt waren, wo Erland und der Rest der Kompanie gewartet hatten. »Wir haben einen Banditen gesehen, der die Robe getragen hat, und somit kann auch jemand seine Stiefel genommen haben, da stimme ich zu. Aber wir haben von ihm in dem Lager keine Spur gefunden.« Zu dem Kundschafter sagte er: »Könnten die Banditen, die uns überfallen haben, vielleicht nicht zu dieser Sklavenkarawane gehören?«

Der Mann zuckte mit den Schultern, als wollte er die Möglichkeit einräumen. »Wahrscheinlich nicht, mein Lord. Da zwei Eurer Männer verschleppt wurden, war der Überfall auf Euch vermutlich kein Zufall. Alle Eure Männer, die überlebt haben, sind mit Sicherheit in diesem Lager.«

James nickte. »Wenn er noch lebte, Erland, hätte Gamina mit ihm sprechen können.«

»Wie kannst du da so sicher sein?«

Gamina sagte so, daß alle es hören konnten: *Ich beherrsche meine Fähigkeiten, Erland. Ich kann bestimmen, zu wem und zu wie vielen ich sprechen möchte, und wenn ich einmal jemanden berührt habe, kann ich sein Gedankenmuster wiedererkennen. Borric war nicht unter den Menschen im Lager.*

»Vielleicht war er nur bewußtlos.«

Gamina schüttelte traurig den Kopf. »Ich hätte seine Gegenwart trotzdem gespürt, selbst wenn er bewußtlos gewesen wäre. Es war einfach nur ... seine Abwesenheit da. Ich kann es nicht besser erklären. Er war nicht unter ihnen.«

Der Kundschafter sagte: »Mein Lord, wenn ich heute nacht bei Euch bleiben dürfte, dann würde ich morgen nach meinem Feldwebel suchen. Er wird sicherlich darauf erpicht sein, von diesen Durbiniten zu hören. Der Gouverneur von Durbin ist selbst kaum besser als ein Pirat oder ein Abtrünniger, und früher oder später wird die Nachricht von seinem Treiben den Hof des Lichtes erreichen. Wenn sich die Kaiserin – sie sei gesegnet – endlich zum Handeln entschließt, wird ihn die Strafe ereilen, die er verdient, und zwar eine schreckliche dazu. Natürlich kann das Eure Trauer um den Verlust nicht mindern, doch ein Überfall auf ein Mitglied einer königlichen Familie, noch dazu auf dem Weg zu ihrer Geburtstagsfeier, geht über jedes Maß an Beleidigung hinaus. Die Kaiserin – ihr Name sei gesegnet – wird es ohne Zweifel als persönliche Beleidigung auffassen und Eure Familie rächen.«

Erlands Zorn wurde durch diese Worte nicht im geringsten gemindert. »Was? Der Gouverneur von Durbin wird getadelt werden? Und dann wird er vermutlich als Antwort ein Entschuldigungsschreiben schicken.«

»Viel wahrscheinlicher wird sie die Stadt belagern und niederbrennen lassen, mit allen Einwohnern, die darin hocken, Sire. Oder, wenn sie gnädig gestimmt ist, wird sie Eurem König allein den Gouverneur von Durbin mit seiner Familie zur Bestrafung schicken und die Stadt verschonen. Es wird von ihrer Laune abhängen.«

In Erland machte sich plötzlich Niedergeschlagenheit breit. Offensichtlich war Borric tot, und der Schock, der mit dieser Erkenntnis verbunden war, überwältigte den Prinzen jetzt, während dieser Soldat ihm etwas über die Allmacht dieser alten Frau erzählen wollte.

James, der die fürchterlichen diplomatischen Verwicklungen, die sich aus Borrics Tod ergeben konnten, im Augenblick lieber nicht besprechen wollte, sagte: »Wir würden Euch bitten, Briefe mitzunehmen, die dem Prinzen von Krondor überbracht werden sollen, damit es zwischen unseren Völkern nicht zu ungewollten kriegerischen Auseinandersetzungen kommt.«

Der Kundschafter nickte. »Als jemand, der an der Grenze dient und weiß, was auf uns zukäme, bin ich gern dazu bereit, Herr.« Daraufhin verließ er sie und sah nach seinem Pferd. James nickte Locklear zu, der sich wiederum Erland zuwandte. Die beiden jungen Adligen gingen davon, um sich unter vier Augen zu unterhalten.

Locklear meinte: »Das ist ja ein schöner Schlamassel.«

»Nun, wir haben auch früher schon vor großen Problemen gestanden. Schließlich wurden wir dazu ausgebildet, Entscheidungen zu treffen.«

Locklear sagte: »Ich denke, wir sollten darüber nachdenken, ob wir nach Krondor zurückkehren.«

James erwiderte: »Falls wir das tun, und falls Arutha Erland wieder zu der Geburtstagsfeier schickt, riskieren wir, die Kaiserin zu beleidigen, da wir dann sicherlich zu spät zu den Feierlichkeiten eintreffen.«

»Die Feierlichkeiten werden länger als zwei Monate dauern«, zeigte Locklear auf. »Wir wären dort, bevor sie zu Ende sind.«

»Ich wäre trotzdem lieber schon von Anfang an dabei.« Er sah sich in der Dunkelheit der Nacht um. »Da draußen geht etwas vor. Ich kann nicht anders, ich fühle es einfach.« Er stieß Locklear einen Finger vor die Brust. »Das ist ein zu großer Zufall, daß ausgerechnet wir überfallen wurden.«

»Vielleicht.« Locklear konnte dem nur teilweise zustimmen. »Aber wenn wir das Ziel des Überfalls waren, dann müßten diejenigen dahinterstecken, die Borric schon in Krondor ermorden wollten.«

»Wer auch immer das sein mag.« James schwieg eine Weile, dann sagte er. »Es ergibt keinen Sinn. Warum sollte jemand den Jungen umbringen wollen?«

»Um einen Krieg zwischen dem Königreich und dem Kaiserreich auszulösen.«

»Nein, das wäre zu offensichtlich. Ich meine, warum sollte jemand einen Krieg wollen?«

Locklear zuckte mit den Schultern. »Warum will überhaupt jemals jemand einen Krieg? Wir müssen herausfinden, wer im Kaiserreich den größten Vorteil aus einer unsicheren Lage an der nördlichen Grenze ziehen könnte, und der dürfte dann der wahrscheinlichste Schuldige sein.«

James nickte. »Das können wir allerdings von Krondor aus nicht erledigen.«

James wandte sich um, entdeckte Erland, der allein dastand, und ging zu ihm hinüber. Ruhig sagte er: »Du mußt rasch mit dieser Sache fertigwerden, Erland. Du mußt deinen Kummer schnell besiegen, und du mußt die Änderung der Umstände annehmen, die das Schicksal dir auferlegt hat.«

Erland blinzelte verwirrt, wie jemand, der überraschend von grellem Licht geblendet wird. »Was?«

James stellte sich vor ihn. Er legte dem jüngeren Mann die Hand auf die Schulter und sagte: »Jetzt bist du der Erbe. Du wirst unser nächster König werden. Und du trägst das Schicksal unserer Heimat auf den Schultern, wenn wir nach Kesh reiten.«

Erland schien ihn nicht zu hören. Der Prinz sagte nichts, er wandte nur den Blick nach Westen, dorthin, wo sich irgendwo in der Ferne die Karawane der Sklavenhändler befand. Endlich wendete er langsam sein Pferd und ritt zu der Stelle, wo die anderen warteten, um ihre Reise nach Süden wieder aufzunehmen, die Reise in das Herz von Groß-Kesh.

Gefangenschaft

Borric erwachte.

Er lag bewegungslos da und lauschte in das laute Gewirr der Stimmen im Lager hinein, die selbst in der Nacht nicht zur Ruhe kommen wollten. Für einen Augenblick, während er noch halb gedöst hatte, meinte er seinen Namen leise gehört zu haben.

Er setzte sich auf, blinzelte und blickte sich um. Die meisten Gefangenen hatten sich in der Nähe des Lagerfeuers hingekauert, als könnte seine Wärme und sein Licht die kalte Angst aus ihren Herzen vertreiben. Er hatte sich einen Platz so weit wie möglich vom Gestank der Abfallgrube entfernt gesucht, auf der anderen Seite der Sklaven. Während sich Borric bewegte, wurden ihm abermals die Ketten bewußt, mit denen seine Hände gefesselt waren, diese seltsam aussehenden glatten Silberdinger, die angeblich alle magischen Kräfte ausschalteten. Borric zitterte, in den Wüstennächten wurde es kalt. Man hatte ihm seine Robe und sein Hemd weggenommen und ihm nur die Hose gelassen. Er kroch auf das Lagerfeuer zu, wobei der eine oder andere seiner Mitgefangenen einen Fluch ausstieß, wenn er sich an ihm vorbeidrängelte. Doch da sie alle der Kampfgeist verlassen hatte, brauchte er nicht mehr als böse Blicke oder gemurmelte Schimpfwörter zu befürchten.

Borric schob sich zwischen zwei Männer, die sein Eindringen einfach nicht wahrnehmen wollten. Jeder lebte von Moment zu Moment in seiner eigenen Welt des Elends.

Ein Schrei gellte durch die Nacht, weil wieder eine der fünf weiblichen Gefangenen von einer der Wachen bedrängt wurde. Früher am Abend hatte sich eine sechste Frau zu heftig zur Wehr gesetzt und der Wache, die sie vergewaltigte, die Halsschlagader aufgebissen; beide hatten den Tod gefunden, der des Mannes war allerdings rascher und weniger schmerzhaft eingetreten.

Dem mitleiderregenden Wimmern nach, welches auf den Schrei folgte, schloß Borric, daß diese Frau mehr Glück gehabt hatte. Er bezweifelte jedoch, daß überhaupt eine der Frauen Durbin lebend erreichen würde. Wenn der Sklavenhändler sie den Wachen überließ, vermied er für die nächsten Tage alle Schwierigkeiten mit den Männern. Und würde eine der Frauen die Fahrt überleben, würde sie billig als Küchenmagd verkauft werden. Keine von ihnen war jung genug, um den Ärger aufzuwiegen, mit dem es der Sklavenmeister zu tun bekäme, wenn er die Wachen von ihnen fernhalten wollte.

Als hätten ihn Borrics Gedanken angezogen, tauchte der Sklavenhändler am Lagerfeuer auf. Da stand er im rotgoldenen Schein des Lichts und zählte die Gefangenen durch. Anschließend machte er sich befriedigt zu seinem Zelt auf. Kasim. Borric hatte mitbekommen, wie sie ihn so genannt hatten. Er hatte ihn sich vorgemerkt, denn eines Tages, dessen war sich der Prinz sicher, würde er mit Kasim blutig abrechnen.

Während sich der Sklavenhändler von den gutbewachten Gefangenen entfernte, rief jemand anders dessen Namen und ging auf ihn zu. Der Mann hieß Salaya und trug die purpurfarbene Robe, die Borric vor zwei Nächten in Stardock gewonnen hatte. Als Borric während der Morgendämmerung im Lager angekommen war, hatte der Mann sofort die Robe verlangt und den Prinzen geschlagen, als der sie nicht schnell genug ablegte. Ob Borric Ketten an den Händen trug, hatte ihn dabei nicht im geringsten interessiert. Nachdem Salaya den Prinzen wiederholt geschlagen hatte, war Kasim dazwischengegangen und hatte den Mann auf das Offensichtliche aufmerksam gemacht. Salaya hatte sich kaum besänftigen lassen, während er Borric zuerst die eine, dann die andere Hand befreit hatte, damit der sich die Robe ausziehen konnte. Er schien Borric verantwortlich machen zu wollen, weil er sich selbst wegen seiner Ungeduld vor den anderen blamiert hatte, als wäre seine Dummheit die Schuld des Prinzen. Borric hatte sich ihn ebenfalls vorgemerkt. Kasim gab Salaya einige Anweisungen, der schien allerdings mürrisch und nur mit halbem Ohr zuzuhören. Dann ging der Sklavenhändler davon und machte sich zur Pferdekoppel auf. Höchstwahrscheinlich, dachte Borric, wird er eine weitere Gruppe Sklaven auf dem Weg zu dieser behelfsmäßigen Karawanserei beaufsichtigen.

Einige Male im Verlauf des Tages hatte er darüber nachgedacht, ob er seine wahre Identität preisgeben sollte, doch die Vorsicht hatte ihn immer davon abgehalten. Vielleicht würden sie ihm überhaupt nicht glauben. Schließlich trug er seinen Siegelring nicht, weil er das beim Reiten zu unbequem fand. Der Ring befand sich in seinem Gepäck, und zwar in jenen Bündeln, die die Banditen nicht erbeutet hatten. Auch wenn sie seines roten Haars wegen vielleicht einen Augenblick lang über seine Behauptung nachdenken würden, war diese Haarfarbe in Krondor keinesfalls einzigartig. Gut, die meisten Leute in Yabon und an der Fernen Küste waren blond und hatten helle Haut, doch in Krondor selbst gab es fast ebenso viele Rotschöpfe wie Blonde. Und wie sollte er beweisen, daß er kein Magier war, denn welcher Unterschied bestand schon zwischen jemandem, der nicht zaubern konnte, und jemandem, der zaubern konnte, aber so tat, als könnte er es nicht.

Borric hatte sich entschieden. Er würde bis Durbin warten müssen, in der Hoffnung, dort einen Sklavenhändler zu finden, der die Umstände seiner Gefangennahme nachvollziehen könnte. Er bezweifelte, ob Kasim oder einer seiner Männer – besonders wenn sie so hell waren wie Salaya – ihn verstehen, geschweige denn ihm glauben würden. Doch jemand, der etwas schlauer war, vielleicht ihr Meister, würde seine Geschichte wahrscheinlich begreifen. Und in diesem Falle würde Borric sich vermutlich freikaufen können.

Mit diesen Gedanken, die ihm seine Lage nur wenig versüßten, drängte er sich zwischen das halbe Dutzend Gefangener um sich herum und schob jeden von ihnen ein paar Zoll zur Seite, bis er sich hinlegen konnte. Die Schläge an den Kopf hatten ihm schwindelig werden lassen, und jetzt wollte er schlafen. Er schloß die Augen, und ihm wurde übel, weil er das Gefühl hatte, der Boden würde sich unter ihm drehen. Doch das ging vorüber. Bald fiel er in einen unruhigen Schlaf.

Die Sonne brannte, als wäre Prandur, der Gott des Feuers, selbst gegenwärtig. Für Borric schien die Sonne nur wenige Meter über ihm zu hängen, und sie knallte mit Macht auf seine helle Haut herunter. In seiner Dienstzeit an der nördlichen Grenze des Königreichs hatten seine Hände und sein Gesicht leichte Farbe bekommen, doch die sengende Wüstensonne hier nahm ihm alle Kraft. Auf Borrics Rücken hatten sich am zweiten Tag überall Blasen gebildet, und sein Kopf wurde ganz und gar von den Schmerzen des Sonnenbrandes beherrscht. Die beiden ersten Tage waren schlimm gewesen, die Karawane war von der felsigen Plateaulandschaft in die sandige Ödnis hinuntergezogen, die die hiesigen Wüstenmenschen Jal-Pur nannten. Die fünf Wagen fuhren langsam dahin über hartgetretenen Sand, der von derselben Sonne festgebacken worden war, die jetzt nach und nach die Sklaven umbrachte.

Gestern waren drei gestorben. Salaya hatte wenig Bedarf an Schwächlingen; nur die gesunden, starken Arbeiter konnte man auf dem Sklavenmarkt in Durbin losschlagen. Kasim war von seinem Geschäft, um was auch immer es sich dabei handeln mochte, noch nicht zurückgekehrt, und sein stellvertretender Karawanenführer entpuppte sich tatsächlich als das niederträchtige Schwein, für das ihn Borric vom ersten Moment an gehalten hatte. Dreimal am Tag wurde Wasser ausgegeben, einmal vor Sonnenaufgang, dann während der Mittagsrast, wenn die Wagenführer und Wachen ihre Pause einlegten, und schließlich beim Abendessen – bei der einzigen Mahlzeit. Sie bestand aus trockenem Maisbrot, welches wenig Geschmack hatte und noch weniger Kraft gab. Er hoffte, die weichen Dinger in dem Brot waren tatsächlich Rosinen; er hatte sich nicht getraut, nachzusehen. Das Essen hielt ihn am Leben, egal wie ekelhaft es auch schmecken mochte.

Die Sklaven waren ein verdrossener Haufen, jeder Mann war in sein eigenes Leiden vertieft. Von der Hitze geschwächt, hatten sie einander selten etwas zu erzählen; Sprechen war nutzlose Kraftverschwendung. Doch von dem einen oder anderen hatte Borric trotzdem etwas in Erfahrung bringen können. Die Wachen waren jetzt, wo sich die Karawane in der Wüste befand, weniger aufmerksam; denn sollte einer der Sklaven fliehen, wohin konnte er schon gehen? Die Wüste war der beste Wächter. In Durbin würden sie ein paar Tage ausruhen, vielleicht eine ganze Woche lang, damit sich die blutigen Füße und die verbrannte Haut erholen konnten, und damit die Sklaven wieder an Gewicht zunahmen, bevor sie auf dem Markt angeboten wurden. Von der Fahrt müde Sklaven brachten weniger Gold.

Borric wollte über seine Möglichkeiten nachdenken, doch die Hitze und der Sonnenbrand hatten ihn geschwächt, ihn krank gemacht, und der Mangel an Essen und Wasser führte zu einer dumpfen Leere in seinem Kopf. Er schüttelte den Kopf und wollte seine Aufmerksamkeit auf die Fluchtmöglichkeiten richten, aber es gelang ihm mit Mühe gerade, den einen Fuß vor den anderen zu setzen und diesen dann wieder hochzuheben und ihn vor jenem fallen zu lassen, wieder und wieder, bis ihm erlaubt wurde, anzuhalten.

Dann verschwand die Sonne, und es war Nacht. Die Sklaven mußten sich in der Nähe des Lagerfeuers niederlassen, wie schon in den letzten drei Nächten, und sie hörten, wie sich die Wachen mit den fünf Frauen vergnügten, die überlebt hatten. Die wehrten sich nicht mehr, und sie schrien auch nicht mehr. Borric aß das flache Stück Brot und nippte an seinem Wasser. In der ersten Nacht in der Wüste hatte einer der Männer das Wasser hinuntergestürzt und sich dann nach wenigen Minuten übergeben. Die Wachen hatten ihm nicht noch einmal welches gegeben. Am nächsten Tag war er gestorben. Borric hatte daraus gelernt. Egal, wie sehr er sich auch wünschte, seinen Kopf in den Nacken zu legen und den Kupferbecher in einem Zug leerzutrinken, er beherrschte sich und trank das abgestandene, warme Wasser Schluck für Schluck. Dann übermannte ihn rasch der Schlaf, ein tiefer traumloser Schlaf der Erschöpfung, der ihm keine wirkliche Erholung brachte. Bei jeder Bewegung weckten ihn die stechenden Schmerzen des Sonnenbrandes. Wenn er den Rücken dem Feuer zuwandte, brannte es wegen der Hitze noch ärger, und wenn er sich vom Feuer wegbewegte, begann er zu frösteln. Doch egal, wie nahe er sich an der Quelle dieses Unbehagens befand, immer überkamen ihn rasch die Erschöpfung und der Schlaf, und wenn er sich bewegte, begann alles wieder von vorn. Und dann plötzlich brachten ihn Speerschäfte oder Stiefeltritte zum Aufstehen.

In der Kühle des Morgens wurden die Tautropfen der feuchten Nachtluft zu Linsen, die die sengende Berührung von Prandur für die Sklaven noch verstärkten und zur reinsten Folter werden ließen. Noch ehe eine Stunde vergangen war, lagen zwei weitere Männer am Boden und wurden dort zurückgelassen, wo sie hingefallen waren.

Borric zog sich in sich selbst zurück. Nur das Bewußtsein eines Tieres blieb, eines verschreckten, wachsamen Tieres, das sich gegen den Tod wehrte. Jedes Quentchen Kraft mußte allein der Aufgabe dienen, sich weiter voranzuschleppen und nicht hinzufallen. Wer hinfiel, war tot.

Dann, nach einer Zeit des dumpfen Gehens, ergriffen ihn Hände. »Halt!« befahl eine Stimme.

Borric blinzelte in das grelle, gelbe Licht und erkannte ein Gesicht. Dieses Gesicht bestand nur aus Knoten und Beulen, Kanten und Ecken, Haut, die so dunkel wie Ebenholz war, einem lockigen Bart. Es war das häßlichste Gesicht, das Borric je erblickt hatte. Es war in seiner Widerwärtigkeit fast erhaben.

Borric wollte kichern, doch aus seiner ausgedörrten Kehle löste sich nur ein heiseres Keuchen. »Setz dich«, sagte die Wache und half Borric mit überraschend gutem Benehmen auf den Boden. »Es ist Zeit für die Mittagsrast.« Der Mann sah sich um, ob sie beobachtet wurden, dann öffnete er seinen eigenen Wasserschlauch und ließ Borric etwas von dem Naß in die Hände laufen. »Ihr Leute aus dem Norden sterbt so schnell in der Sonne.« Er wusch Borrics Nacken und trocknete seine Hände, indem er dem Prinzen mit ihnen durch die Haare fuhr, was den Kopf ein wenig abkühlte. »Zu viele sind schon liegengeblieben; Kasim wird das nicht gefallen.« Schnell gab er dem Prinzen noch einen Schluck Wasser, dann ging er weiter, als wäre zwischen ihnen nichts gewesen.

Dann brachte eine andere Wache Wasserschläuche und Becher, und der Tumult ums Wasser begann. Jeder Sklave, der noch zum Sprechen fähig war, verkündete lauthals seinen Durst, als könnte er übersehen werden, wenn er still bliebe.

Borric konnte sich kaum mehr rühren, und bei jeder Bewegung blitzte grelles gelbes und weißes Licht hinter seinen geröteten Augen auf. Trotzdem griff er, halb blind, nach dem Metallbecher. Das Wasser war warm und bitter, aber auf Borrics ausgetrockneten Lippen schmeckte es besser als der feinste Wein aus Natal. Er trank den Wein schluckweise, zwang sich, ihn im Mund zu behalten, wie es ihm sein Vater beigebracht hatte, ließ die dunkle, purpurfarbene Flüssigkeit um seine Zunge kreisen, schmeckte die feinen Bestandteile des Weins. Eine leichte Bitterkeit, vielleicht von den Stengeln und Blättern, die beim Most im Faß geblieben waren, während die Winzer den Wein so stark wie möglich gären ließen, ehe er abgefüllt wurde. Vielleicht war es auch ein Makel. Borric konnte den Wein nicht erkennen; ihm fehlte die richtige Vollmundigkeit, und er hatte nicht genug Säure, um den Fruchtgehalt auszugleichen. Es war kein guter Wein. Er würde sehen, ob Papa ihn auch probierte oder ob Erland eine Flasche hiesigen Weins auf den Tisch stellen würde, ob sie diesem Wein irgendwelche Aufmerksamkeit entgegenbringen würden.

Borric blinzelte, und durch die von der Hitze und Trockenheit klebrigen Augen konnte er nicht erkennen, wo die Spuckschale war. Wie sollte er den Wein ausspucken, wenn es keine Spuckschale gab? Er durfte ihn nicht trinken, sonst würde er sehr betrunken werden, wie ein kleiner Junge. Vielleicht würde es niemand bemerken, wenn er den Kopf zur Seite drehte und unter den Tisch spuckte.

»He!« schrie eine Stimme. »Der Sklave da spuckt sein Wasser aus!«

Hände rissen Borric den Becher aus den Händen, und der Junge fiel hintenüber. Er lag im Speisesaal seines Vaters auf dem Boden und fragte sich, warum die Steine so warm waren. Sie sollten doch kalt sein. Das waren sie doch immer. Wie konnten sie nur so warm geworden sein?

Dann zogen ihn zwei Hände unsanft auf die Beine, und eine weitere stützte ihn. »Was soll das denn bedeuten? Willst du dich umbringen, indem du nichts mehr trinkst?« Borric öffnete die Augen ein wenig und sah den vagen Umriß eines Gesichts vor sich.

Schwach sagte er: »Vater, ich kann den Wein nicht erkennen.«

»Er phantasiert«, sagte die Stimme. Hände hoben ihn auf und trugen ihn davon, und dann befand er sich an einem dunkleren Ort. Ihm wurde Wasser ins Gesicht, auf Nacken, Handgelenke und Arme geschüttet. Eine Stimme sagte aus der Ferne: »Ich schwöre bei allen Göttern und Dämonen, Salaya, du hast nicht einmal das Gehirn einer drei Tage alten Katze. Wenn ich nicht hier herausgeritten wäre, um dich zu treffen, hättest du den hier auch krepieren lassen, oder?«

Borric merkte, wie ihm Wasser in den Mund lief, und er trank. Anstatt des bitteren halben Bechers bekam er jetzt eine ansehnliche Menge fast frischen Wassers. Er trank.

Salaya antwortete: »Die Schwachen bringen uns gar nichts ein. Wir sparen Geld, wenn wir sie unterwegs sterben lassen und sie nicht auch noch durchfüttern müssen.«

»Du Idiot!« schrie der andere. »Dieser hier ist ein erstklassiger Sklave! Sieh ihn dir doch mal an. Er ist jung, kaum zwanzig Jahre, wenn ich etwas von meinem Geschäft verstehe, und abgesehen von dem Sonnenbrand sieht er gesund aus – oder zumindest war er das noch vor ein paar Tagen.« Er gab ein Geräusch von sich, als ekelte er sich. »Diese hellhäutigen Leute aus dem Norden können die Hitze nicht so gut aushalten wie wir, die wir hier in der Jal-Pur geboren sind. Ein bißchen mehr Wasser, und ein bißchen Schutz vor der Sonne, und wir hätten ihn schon nächste Woche auf den Markt bringen können. Jetzt muß ich ihn noch zwei Wochen zusätzlich zurückhalten, bis der Sonnenbrand verheilt ist und er wieder an Kraft gewonnen hat.«

»Meister –«

»Genug, laß ihn hier unter dem Wagen, bis ich mir die anderen angesehen habe. Vielleicht können auch noch ein paar andere überleben, wenn ich sie rechtzeitig finde. Ich weiß nicht, was Kasim zugestoßen ist, aber es war ein schwarzer Tag für die Gilde, als er dir die Verantwortung für die Karawane überlassen hat.«

Borric fand diesen Wortwechsel äußerst eigentümlich. Und was war mit dem Wein passiert? Er ließ seine Gedanken schweifen, jetzt, da er in der verhältnismäßigen Kühle unter dem Wagen saß, während nur wenige Meter von ihm entfernt ein Meister von der Gilde der Sklavenhändler aus Durbin die anderen untersuchte, die am nächsten Tag die Sklavenpferche erreichen würden.

»Durbin!« sagte Salman. Auf seinem knotigen Gesicht machte sich ein Grinsen breit. Er lenkte den letzten Wagen des Zuges, denjenigen, mit dem Borric fuhr. In den beiden Tagen, in denen Borric im Schatten des Wagens mitgefahren war, hatte er dem Tod sozusagen von der Schippe springen können. Jetzt befand er sich im letzten Wagen, zusammen mit drei anderen Sklaven, die sich von einem Hitzschlag erholen sollten. Es gab ausreichend Wasser, und ihre verbrannte Haut war mit einer milden Öl- und

Kräutersalbe eingerieben worden, die die entsetzlichen Schmerzen zu einem schwachen Jucken gelindert hatte.

Borric erhob sich auf die Knie und stellte sich dann auf die wackligen Beine, während der Wagen über die Steine auf der Straße hinwegholperte. Um die Stadt herum gab es nichts Bemerkenswertes zu sehen, nur die Landschaft war jetzt grüner und nicht mehr sandfarben. Schon einen halben Tag lang waren sie immer wieder an kleinen Bauernhöfen vorbeigekommen. Borric rief sich ins Gedächtnis, was man ihm als Junge über die berüchtigte Piratenfestung beigebracht hatte.

Durbin beherrschte ein Gebiet, in dem sich sämtliche Äcker und Weiden zwischen dem Tal der Träume und den Ausläufern des Trollheimgebirges befanden, und gleichzeitig war es der einzige sichere Hafen, den man zwischen Endland und Ranom finden konnte. Entlang der Südküste des Bitteren Meeres warteten trügerische Riffe auf Schiffe und Boote, die in ihrem Unglück von den regelmäßig aufkommenden Nordwinden erfaßt wurden. Seit Jahrhunderten war Durbin die Heimat von Piraten, Strandräubern und Sklavenhändlern.

Borric nickte Salman zu. Der glückliche kleine Bandit hatte sich als gleichermaßen freundlich und geschwätzig erwiesen. »Hier hab ich mein ganzes Leben lang gelebt«, sagte der Bandit und grinste noch breiter. »Und schon mein Vater wurde hier geboren.«

Als die Wüstenmenschen von Jal-Pur Durbin vor Hunderten von Jahren erobert hatten, hatten sie gleichzeitig ein Tor für den Handel auf dem Bitteren Meer in die Hände bekommen, und als das Kaiserreich die Wüstenmenschen besiegt hatte, war Durbin sogar zur Hauptstadt dieses Volkes gemacht worden. Jetzt saß hier zwar der kaiserliche Gouverneur, doch geändert hatte sich nichts. Durbin war Durbin geblieben.

»Sag mal«, fragte Borric, »haben die Drei Gilden die Stadt immer noch in der Hand?«

Salman lachte. »Du bist mir aber ein gebildeter Kerl! Es gibt außerhalb von Durbin nur wenige Menschen, die darüber Bescheid wissen. Die Gilde der Sklavenhändler, die Gilde der Strandräuber und die Kapitäne der Küste. Ja, die Drei Gilden haben in Durbin immer noch alles in der Hand. Sie sind es, und keinesfalls der kaiserliche Gouverneur, die darüber entscheiden, wer am Leben bleibt und wer nicht, wer Arbeit hat und wer etwas zu essen bekommt.« Er zuckte mit den Schultern. »Es ist so, wie es schon immer war. Vor dem Kaiserreich. Vor den Wüstenmenschen. Eben immer.«

Borric dachte an die Spötter, die Gilde der Diebe in Krondor, und fragte: »Und was ist mit Bettlern und Dieben? Haben die keine Macht?«

»Ha!« meinte Salman. »Durbin ist die ehrlichste Stadt der Welt, mein gebildeter Freund. In der Stadt kann man bei unverschlossenen Türen schlafen und in Sicherheit durch die Straßen spazieren. Denn wer in Durbin stiehlt, ist ein Dummkopf, weil er entweder innerhalb von Tagen tot ist oder versklavt. Das haben die Drei erlassen, und wer will schon dumm genug sein und ihre Weisheit anzweifeln? Ich jedenfalls nicht. Und so muß es auch sein, denn Durbin hat jenseits der Riffe und des Sandes keine Freunde.«

Borric klopfte Salman auf die Schulter und setzte sich wieder in den hinteren Teil des Wagens. Von den vier kranken Sklaven hatte er sich am schnellsten wieder erholt, weil er der jüngste und gesündeste war. Die anderen drei waren ältere Bauern, und keiner von ihnen hatte Neigung gezeigt, sich rasch wieder zu erholen. Verzweiflung raubt einem mehr Kräfte als Krankheit, dachte Borric.

Er trank etwas Wasser und genoß die ersten Böen des Meereswindes, der durch den Wagen strich, während sie die Straße entlang auf das Stadttor zufuhren. Einer der Berater seines Vaters, der Mann, der Borric und Erland das Segeln beigebracht hatte, Amos Trask, war in seiner Jugend Pirat gewesen und hatte unter dem Namen Käpt'n Trenchard, der Dolch der Meere, oft die

Freien Städte, Queg und das Königreich überfallen. Doch während er ständig die wildesten Geschichten über das Leben auf hoher See erzählt hatte, sagte er nie etwas über die Politik der Kapitäne der Küste. Trotzdem, vielleicht würde sich der eine oder andere in Durbin noch an Käpt'n Trenchard erinnern, und das könnte für Borric von Nutzen sein.

Er hatte sich entschieden, seine wahre Identität noch eine Weile geheimzuhalten. Da die Sklavenhändler ohne Zweifel ein Lösegeld von seinem Vater verlangen würden, glaubte er, so die Schwierigkeiten zwischen Königreich und Kaiserreich vermeiden zu können, die sicherlich mit einer solchen Erpressung einhergehen würden. Statt dessen könnte er ein paar Tage in den Sklavenpferchen verbringen, seine Kräfte wiedererlangen und dann fliehen. Während die Wüste ein ernst zu nehmendes Hindernis dargestellt hatte, könnte ihm hier ein kleines Boot im Hafen die Reise in die Freiheit ermöglichen. Zwar mußte man fast fünfhundert Meilen gegen den Wind segeln, um Endland zu erreichen, die Stadt von Baron Locklears Vater, aber es war zu schaffen. Borric dachte über all das mit dem Selbstvertrauen eines Neunzehnjährigen nach, der noch nicht kennengelernt hatte, was eine Niederlage bedeutete. Seine Gefangennahme war allein ein Rückschlag, mehr nicht.

Über die Sklavenpferche hatte man ein Schindeldach gezogen, das auf hohen Balken ruhte und die Sklaven vor der Mittagshitze und den plötzlichen Stürmen vom Bitteren Meer her schützen sollte. Die Seitenwände waren allerdings nur ein offenes Gatter aus Latten und Querbalken, damit die Wachen die Gefangenen beobachten konnten. Ein gesunder Mann hätte den drei Meter hohen Zaun leicht überwunden, doch in dem Moment, in dem er die Spitze erreicht hätte und sich zwischen dem Dach und dem Querbalken, der es trug, hindurchzwängte, würden die Wachen unten bereits auf ihn warten.

Borric dachte über diese mißliche Angelegenheit nach. Wenn

er erst verkauft wäre, würde sein neuer Herr vielleicht mit der Bewachung etwas lockerer umgehen, genausogut könnte er aber auch noch strenger sein. Die Logik gebot ihm, den Ausbruchsversuch zu wagen, solange er noch nahe am Meer war. Sein neuer Besitzer wäre womöglich ein Händler aus Queg, ein Reisender aus den Freien Städten oder gar ein Adliger aus dem Königreich. Und im schlimmsten Fall würde man ihn tief ins Kaiserreich verschleppen. Borric war nicht gerade darauf erpicht, das Schicksal für ihn die Wahl treffen zu lassen.

Er hatte einen Plan. Die einzige Schwierigkeit war, sich der Mithilfe der anderen Gefangenen zu vergewissern. Wenn sie die Wachen ausreichend lange ablenken könnten, dann wäre er über den Zaun und ab in die Stadt. Borric schüttelte den Kopf. Der Plan war nicht durchzuführen.

»Psst!«

Borric sah sich um, woher das Zischen kam. Als er nichts sah, drehte er sich wieder um und dachte weiter über seinen Plan nach.

»Psst! Hier, junger edler Herr.« Borric blickte abermals durch die Stäbe des Pferches, doch diesmal weiter nach unten, und in einem spärlichen Schatten sah er eine schlanke Gestalt kauern.

Ein Junge, kaum älter als elf oder zwölf Jahre, grinste ihn aus der Deckung eines Balkens an, der das Dach stützte. Wenn er sich nur ein paar Zoll bewegte, würde er sicherlich von den Wachen gesehen werden.

Borric blickte sich um und sah, wie sich die beiden Wachen an der Ecke miteinander unterhielten. »Was ist?« flüsterte er.

»Wenn Ihr die Wachen nur für einen Moment ablenken könntet, edler Herr, stände ich für ewige Zeiten in Eurer Schuld«, hörte er die geflüsterte Antwort.

Borric fragte: »Warum?«

»Ich brauche nur einen Augenblick, Herr.«

Da er keine bösen Folgen für sich erwartete, außer vielleicht einem überheblichen Schlag von einem der Wächter, nickte Borric. Er ging zu den Wachen und sagte: »He! Wann gibt es etwas zu essen?«

Die beiden Wachen blinzelten ihn verwundert an, dann grunzte der eine Mann. Er stach mit dem stumpfen Ende seines Speers durch die Stäbe des Zauns nach Borric, und der Prinz mußte zur Seite springen, um nicht getroffen zu werden. »Tut mir leid, daß ich gefragt habe.«

Er lachte leise in sich hinein, reckte die Schultern, die von einem groben Hemd bedeckt wurden, welches man ihm gegeben hatte, und widerstand der Versuchung, sich zu kratzen. Der Sonnenbrand war, nachdem man ihn drei Tage lang eingerieben hatte, gut verheilt, nur die sich pellende Haut juckte jetzt unerträglich. Die nächste Sklavenversteigerung war erst in über einer Woche, und er wußte, dann würde er mit dabeisein. Er kam rasch wieder zu Kräften.

Etwas zog ihn am Ärmel; er drehte sich um, und neben ihm stand der kleine Junge. »Was machst du da?«

Der Junge sah ihn fragend an: »Was meint Ihr, Herr?«

»Ich dachte, du hättest versucht, aus dem Pferch zu entkommen«, zischte ihm Borric zu.

Der Junge lachte. »Nein, junger Edler. Ihr habt die Wachen so großzügigerweise abgelenkt, damit ich hereinkommen konnte.«

Borric sah zum Himmel auf. »Zweihundert Gefangene träumen Tag und Nacht davon, einen Weg hier hinaus zu finden, und ausgerechnet ich muß den einzigen Wahnsinnigen treffen, der hier einbrechen will! Warum ich?«

Der Junge folgte Borrics Blick zum Himmel und fragte: »Zu welcher Gottheit sprecht Ihr, mein Lord?«

»Zu allen. Sieh mal, was ist das hier um uns herum?«

Der Junge nahm Borric am Ellbogen und führte ihn in die Mitte des Pferches, wo sie den Wachen am wenigsten verdächtig erscheinen würden. »Es ist eine ganz schön verzwickte Angelegenheit, mein Lord.«

»Und warum sprichst du mich mit ›mein Lord‹ an?«

Der Junge grinste, und Borric betrachtete ihn sich genauer. Runde Wangen, von der Sonne rotgebrannt, beherrschten das braune Gesicht. Die Augen hatte der Junge zu schmalen Schlitzen zusammengekniffen, aus denen Heiterkeit sprach und die vermutlich dunkel, wenn nicht sogar schwarz waren. Unter einer Kapuze, die einige Nummern zu groß war, drängte sich fransiges, struppiges Haar hervor.

Der Junge verbeugte sich leicht. »Alle Männer sind im Vergleich zu mir erhaben, so niedrig wie ich stehe, mein Lord, und sie dürfen Achtung erwarten. Selbst diese Schweine von Wachen.«

Borric konnte nicht anders, er mußte den Zwerg anlächeln. »Also dann erzähl mir mal, warum du als einziger unter diesen geistig gesunden Männern auf die Idee kommst, hier in diese elende Gesellschaft einzubrechen?«

Der Junge setzte sich auf den Boden und bedeutete Borric, er solle das gleiche tun. »Ich werde Suli Abul genannt, junger Herr. Mein Handwerk ist die Bettelei. Und ich bin – ich schäme mich, das zugeben zu müssen – von der Bestrafung durch die Drei bedroht. Ihr kennt die Drei?« Borric nickte. »Dann wißt Ihr auch, wie groß ihr Zorn ist und wie weit ihr Arm reicht. Ich habe einen alten Händler gesehen, der in der Mittagssonne ein Schläfchen hielt. Aus seinem zerrissenen Geldbeutel waren einige Münzen herausgefallen. Hätte ich gewartet, bis er aufgewacht wäre, und hätte er sie dann nicht vermißt, dann hätte ich die Münzen einfach nur auf dem Boden gefunden, und niemand hätte etwas Schlechtes von mir gedacht. Doch ich vertraute den Göttern nicht, daß sie den Mann seinen Verlust nicht merken lassen würden, und deshalb hob ich die Münzen auf, während er noch döste. Doch wie es die Göttin des Schicksals beschloß, mußte er ausgerechnet in diesem Moment aufwachen, und er rief ›Dieb!‹, und alle, die herumstanden, hörten es. Einer von ihnen erkannte mich und rief meinen Namen, und ich wurde verfolgt. Und jetzt suchen die Drei nach mir, um mich zu bestrafen. Wo könnte ich mich besser verstecken als bei denen, die bereits zur Sklaverei verdammt sind?«

Borric schwieg einen Augenblick, weil ihm darauf keine Antwort einfiel. Er schüttelte verwundert den Kopf und fragte: »Sag mal, was willst du denn machen, wenn wir in neun Tagen verkauft werden?«

Lachend erwiderte der Junge: »Dann, gütiger Lord, werde ich wieder verschwunden sein.«

»Und wohin willst du verschwinden?« fragte der Prinz und kniff die Augen zusammen.

»In die Stadt zurück, junger Herr. Denn meine Verfehlung ist nur eine geringe, und die Drei haben sich um viele Angelegenheiten zu kümmern. Manch große Entscheidung wird zur Zeit im Palast des Gouverneurs getroffen, wenn man den Gerüchten auf der Straße Glauben schenken darf. Viele Beamte der Drei und auch des Kaiserreiches kommen und gehen ständig. Auf jeden Fall werden die, die nach mir suchen, in einigen Tagen andere Dinge zu erledigen haben, und dann kann ich bestimmt wieder meiner Arbeit nachgehen.«

Borric schüttelte den Kopf. »Kommst du hier so leicht wieder hinaus, wie du hereingekommen bist?«

Der Junge zuckte mit den Schultern. »Wahrscheinlich. Nichts im Leben ist sicher. Aber ich denke, das werde ich schon schaffen. Wenn nicht, ist es eben der Wille der Götter.«

Borric packte den jungen Bettler am Hemd und zog ihn zu sich heran. Flüsternd sagte er zu ihm: »Dann, mein philosophischer Freund, sollten wir einen Handel abschließen. Ich habe dir hereingeholfen, und du hilfst mir hinaus.«

Der Junge erblaßte unter seiner dunklen Haut. »Meister«, preßte er zwischen den Zähnen hervor, »für jemanden, der so geschickt ist wie ich, könnten wir wohl einen Weg finden, wie wir ihn aus der Gefangenschaft befreien, doch Eure Kämpferstatur und die Fesseln um Euer Handgelenk beeinträchtigen Eure Bewegungsfreiheit.«

»Weißt du, wie du mich von diesen Dingern befreien könntest?«

»Wie sollte ich?« entgegnete der verängstigte Junge.

»Du weißt es nicht? Was für eine Art Dieb bist du eigentlich?«

Der Junge schüttelte traurig den Kopf. »Ein armer, Meister, wenn Ihr die Wahrheit hören wollt. Es ist die größte Torheit, wenn man in Durbin stehlen will, und aus diesem Grunde bin ich also töricht. Mein Diebstahl ist einer der niedrigsten Art, und er zieht die geringsten Folgen nach sich. Bei der Seele meiner Mutter schwöre ich das, Meister! Heute habe ich es zum ersten Mal versucht.«

Kopfschüttelnd sagte Borric: »Genau, was ich brauche – ein unfähiger Dieb. Ich könnte mich auch selbst befreien, wenn ich nur einen Dietrich hätte.« Er holte tief Luft, beruhigte sich wieder, damit er den Jungen nicht weiter verängstigte. »Ich brauche einen starken Draht, so lang. Vielleicht reicht schon ein dünner Nagel.« Er hielt Daumen und Zeigefinger etwa zwei Zoll auseinander, um dem Jungen die Länge zu zeigen. Die Kette machte selbst diese Bewegung schwierig.

»Das kann ich wohl besorgen, Meister.«

»Gut«, sagte Borric und ließ den Jungen los. In dem Augenblick, als er frei war, drehte sich der Junge um und wollte fliehen, doch genau das hatte Borric erwartet, und er stellte dem jungen Bettler ein Bein. Ehe er sich wieder aufrappeln konnte, hatte ihn der Prinz schon an den Schultern seines Gewandes gepackt. »Du erregst Aufsehen«, meinte der Prinz und deutete mit dem Kopf auf die Wachen, die nur wenig entfernt waren. »Ich weiß, was du tun wirst, Junge. Versuch nicht, davonzulaufen. Wenn ich dann nämlich nächste Woche auf dem Markt versteigert werde, wäre ich dabei vielleicht nicht allein. Biete mir noch einen einzigen Grund, dich den Wachen zu übergeben, dann werde ich es tun. Verstanden?«

»Ja, Meister!« flüsterte der Junge verschreckt. Borric sagte: »Ich kenne deinesgleichen, Junge. Ich habe Unterricht von einem bekommen, der im Vergleich zu dir das war, was du für die Flöhe bist, die in deinem Hemd herumkrabbeln. Glaubst du mir?« Suli nickte, unwillig, seiner Stimme zu trauen. »Wenn du mich betrügen oder im Stich lassen willst, dann kann ich dir nur sagen, werde ich nicht allein auf den Markt gehen. Wir sitzen im gleichen Boot, verstanden?« Der Junge nickte, und diesmal wußte Borric, er stimmte nicht nur zu, um seine Freiheit zu gewinnen, sondern glaubte, Borric würde ihn tatsächlich den Wachen übergeben, wenn er versuchen würde, sich von dem Prinzen fortzuschleichen. Borric ließ ihn los, und der Junge landete auf dem Boden. Diesmal versuchte er nicht wegzulaufen, sondern setzte sich einfach auf den festgetretenen Sand, und in seinem Gesicht spiegelten sich Angst und Hoffnungslosigkeit. »Oh, Vater der Gnade, ich bete Dich an, vergib mir meine Dummheit. Warum, oh, warum hast Du mich mit diesem verrückten Lord zusammengebracht?«

Borric hockte sich auf ein Knie. »Kannst du mir den Draht besorgen, oder hast du bloß gelogen?«

Der Junge schüttelte den Kopf. »Ich kann ihn besorgen.« Er stand auf und machte Borric ein Zeichen, er solle ihm folgen.

Borric ging ihm bis zum Zaun hinterher. Der Junge wandte den Wachen den Rücken zu, damit sie sein Gesicht nicht erkennen konnten, wenn sie in seine Richtung schauen würden. Er zeigte auf die Bretter und meinte: »Manche von ihnen sind ein wenig verzogen. Sucht Euch, was Ihr braucht.«

Borric wandte den Wachen ebenfalls den Rücken zu und betrachtete den Zaun eingehend aus den Augenwinkeln. Eines der Bretter war verzogen und hatte den Zaun leicht nach außen gedrückt, und an dieser Stelle war ein Nagel herausgekommen. Der Prinz lehnte sich an das Brett und spürte, wie ihm der Kopf des Nagels in die Schulter piekte.

Plötzlich drehte Borric sich um und schubste den Jungen gegen das Brett. Der Junge lehnte sich dagegen, und noch aus derselben Bewegung hakte Borric seine Handfesseln an den Nagel.

»Jetzt bete, daß ich ihn nicht verbiege«, flüsterte er. Dann hatte er den Nagel mit einem schnellen Ruck herausgezogen.

Er beugte sich vor, um seine Beute aufzuheben und vor den Augen der Wachen zu verbergen. Daraufhin sah er sich um; niemand hatte sich um sein seltsames Benehmen gekümmert, stellte er mit Erleichterung fest.

Mit einigen wenigen Bewegungen öffnete er zuerst die eine, dann die andere Handschelle. Er rieb sich die aufgescheuerten Handgelenke und legte anschließend die Handschellen wieder an.

»Was macht Ihr da?« fragte der junge Bettler flüsternd.

»Wenn mich eine der Wachen ohne meine Fesseln sieht, wird sie sich das näher ansehen. Ich wollte nur ausprobieren, wie schwierig es ist, die Handschellen aufzumachen. Und scheinbar ist es nicht besonders schwierig.«

»Wo hat der Sohn eines Adligen wie Ihr solche Dinge gelernt?« fragte Suli.

Borric lächelte. »Einer meiner Lehrer hatte ... eine sehr abwechslungsreiche Kindheit. Er hat mir jedenfalls nicht immer nur die Dinge beigebracht, die man sonst als –« Beinahe hätte er gesagt »Prinz«, doch im letzten Moment sagte er: »Als Sohn eines Adligen lernen muß.«

»Ach!« meinte der Junge. »Dann seid Ihr wirklich von adliger Herkunft. Ich habe mir das schon wegen Eurer Sprache gedacht.«

»Meine Sprache?« fragte Borric.

»Ihr sprecht wie die gemeinen Leute, edelster Lord. Doch Euer Akzent klingt, als wäret Ihr in einer der höchsten Familien geboren worden, vielleicht gar in der königlichen selbst.«

Borric dachte nach. »Wir werden das ändern müssen. Wenn ich gezwungen bin, mich eine Zeitlang in der Stadt zu verstecken, muß mich jedermann für einen gemeinen Bürger halten.«

Der Junge setzte sich hin. »Ich kann Euch das beibringen.« Er sah auf die Handschellen und sagte. »Warum seid Ihr als einziger gefesselt, Sohn eines Adligen?«

»Sie glauben, ich wäre ein Magier.«

Der Junge riß die Augen auf. »Warum haben sie Euch dann nicht umgebracht? Magier sind nur unter größten Schwierigkeiten in Gefangenschaft zu halten. Selbst die einfachsten können denen, die sie nicht mögen, Geschwüre und Warzen an den Hals wünschen.«

Borric lächelte. »Ich habe sie fast davon überzeugt, daß ich nur ein armer Lehrer bin.«

»Und warum haben sie Euch dann die Ketten nicht abgenommen?«

»Ich habe sie nur fast überzeugt.«

Der Junge lächelte. »Wohin sollen wir also gehen, Meister?«

»Zum Hafen, wo ich ein kleines Boot stehlen und mich zum Königreich aufmachen will.«

Der Junge nickte zustimmend. »Das ist ein guter Plan. Ich will Euer Diener sein, junger Lord, und Euer Vater wird mich reich belohnen, weil ich seinem Sohn bei der Flucht aus dieser Mördergrube geholfen habe.«

Borric mußte lachen. »Du weißt deine Sätze aber auch in der Art der edlen Leute zu bilden, nicht wahr?«

Das Gesicht des Jungen hellte sich auf. »Wenn man als Bettler überleben will, muß man schon mit Worten umgehen können, ruhmreichster Lord. Bittet man nur einfach um Almosen, erntet man nichts als Tritte und Schläge, außer vielleicht von den nettesten Menschen. Aber wenn man sie mit den gemeinsten und bösesten Flüchen bedroht, bekommt man reichlich milde Gaben.

Wenn ich sagte ›Möge sich die Schönheit Eures Weibs in Häßlichkeit verwandeln‹, welcher Händler würde da zögern und nicht einfach an mir vorübergehen. Aber wenn ich sage ›Möge Eure Geliebte werden wie Euer Weib! Und möge Eure Tochter das gleiche tun!‹, dann wird mir dieser Händler viele Kupferstücke schenken, damit ich den Fluch zurücknehme, sonst würde seine Tochter aussehen wie sein Weib, und er würde keinen Mann für sie finden können, und wenn seine Geliebte aussehen würde wie sein Weib, würde er kein Vergnügen mehr an ihr haben.«

Borric grinste; der Junge wußte, wie er einen erheitern konnte. »Haben deine Flüche solche Macht? Fürchten dich die Menschen deswegen?«

Der Junge lachte. »Wer kann das sagen? Aber welcher Mann würde nicht lieber ein paar Kupferstücke geben, falls der Fluch doch wirken sollte?«

Borric setzte sich. »Ich werde meine Mahlzeiten mit dir teilen, denn sie zählen Brot und Suppe ab. Doch wir müssen uns hier fortmachen, ehe sie die Gefangenen für die Versteigerung durchzählen.«

»Dann wird es Alarm geben, und sie werden nach Euch suchen.«

Borric lächelte. »Genau das sollen sie auch.«

Borric aß die Hälfte seiner Mahlzeit und reichte den Teller dann dem Jungen. Suli schlang das Essen hinunter und leckte den Zinnteller ab, um auch wirklich nichts umkommen zu lassen.

Sieben Tage lang hatte Borric seine Rationen mit ihm geteilt, und sie waren beide hungrig, doch es war genug für sie; die Sklavenhändler gaben für diejenigen, die zur Versteigerung sollten, große Portionen aus. Keine dunklen Ringe unter den Augen, keine hohlen Wangen und keine zusammengesunkenen Gestalten sollten die Preise verderben, wenn sich das durch ein wenig mehr Essen vermeiden ließ.

Falls irgend jemand von den anderen Gefangenen bemerkt hatte, auf welche seltsame Art und Weise der Junge in den Pferch gelangt war, so hatte er jedenfalls nichts dazu gesagt. Die Sklaven waren ruhig, jedermann hing seinen eigenen Gedanken nach, und es wurden selten Gespräche angefangen. Warum sollte man sich mit Leuten anfreunden, die man höchstwahrscheinlich nie im Leben wiedersehen würde?

Borric flüsterte, damit niemand mithören konnte. »Wir müssen fliehen, ehe morgen früh durchgezählt wird.« Der Junge nickte, sagte aber: »Ich verstehe nicht.« Sieben Tage lang hatte er sich zwischen den versammelten Sklaven versteckt und sich geduckt, wenn die Köpfe gezählt wurden. Vielleicht war er ein- oder zweimal gesehen worden, doch die Wachen hatten nicht noch einmal durchgezählt, da die Anzahl größer war, als sie sein durfte: Sie nahmen einfach an, sie hätten sich vertan. Wäre die Zahl allerdings kleiner gewesen, dann hätten sie mit Sicherheit noch einmal durchgezählt.

»Ihre Suche nach uns soll so durcheinander ablaufen, wie es nur eben geht. Doch am nächsten Tag müssen die Wachen wieder zur Versteigerung. Verstehst du?«

Der Junge täuschte kein Verständnis vor. »Nein, Meister.«

Borric hatte in der zurückliegenden Woche alles aus dem Jungen herausgequetscht, was dieser über die Stadt wußte und was sich in der Umgebung der Sklavenhändlergilde befand. »Hinter diesem Zaun liegt die Straße zum Hafen«, sagte Borric, und Suli nickte und gab ihm recht. »Innerhalb von Minuten werden sich Dutzende von Wachen auf diesen Straßen tummeln, damit wir nicht zum Hafen und uns von dort auf einem Boot nach Queg davonstehlen können, richtig?«

Der Junge nickte. Das war eine völlig logische Annahme. »Niemand bei klarem Verstand würde sich in die Wüste wagen, richtig?«

»Sicher.«

»Also werden wir uns in die Wüste aufmachen.«

»Meister! Wir werden dabei umkommen!«

Borric sagte: »Ich habe nicht gesagt, wir würden in die Wüste gehen, sondern nur, wir würden uns dahin aufmachen, und zwar nur so weit, bis wir ein Versteck gefunden haben.«

»Aber wo, Meister? Zwischen hier und der Wüste befinden sich lediglich die Häuser der Reichen und Mächtigen, und außerdem die Kaserne, die zum Haus des Gouverneurs gehört.«

Borric grinste.

Der Junge riß die Augen auf. »Oh, mögen uns die Götter beschützen, Meister, Ihr könnt doch nicht meinen …«

Borric sagte: »Natürlich. Der einzige Ort, an dem niemand nach zwei entlaufenen Sklaven suchen wird.«

»Oh, gütiger Meister. Ihr macht Scherze, um Euren armen Diener zu peinigen.«

»Schau nicht so niedergeschlagen drein, Suli«, meinte Borric, sah sich um und prüfte, ob sie von jemandem beobachtet wurden. »Du hast mich selbst auf die Idee gebracht.«

»Ich, Meister? Ich habe nicht vorgeschlagen, wir sollten uns dem Gouverneur selbst ausliefern.«

»Nein, aber du hast dich vor seinen Sklavenhändlern in seinem Sklavenpferch versteckt, und auf diese Idee wäre ich niemals gekommen.«

Borric machte sich die Handschellen ab und bedeutete dem Jungen, er solle aufstehen. Die Wachen auf der anderen Seite des Pferches spielten ein Spiel mit Knöchelchen, und derjenige, der Wache halten sollte, döste vor sich hin. Borric zeigte nach oben, und der Junge nickte. Er zog sein Gewand aus und stand bis auf einen Lendenschurz nackt da, während Borric seine Hände zur Räuberleiter zusammenlegte. Der Junge setzte den Fuß auf Borrics Hände, und der Prinz hob ihn hinauf zu den Querbalken, mit denen die Stützen des Daches verstrebt waren. Der Junge bewegte sich behende auf den Balken entlang, bis er die am weitesten von den Wachen entfernte Ecke erreicht hatte.

Jedes Zögern oder jede Form von Lärm würde ihren Plan zunichte machen, und Borric merkte, wie er den Atem anhielt, derweil der kleine Bettler zur Ecke des Pferches hastete. Dort kletterte Borric rasch ein Stück den Zaun hinauf, bis er das Gewand packen konnte, das der Junge um den Balken gebunden hatte. Er hievte sich mit zwei Zügen über den Zaun und schwang sich dort hinunter, wo die schlafende Wache lag. Suli Abul kletterte halb hinab und hing dem dösenden Mann fast vor der Nase.

Mit einer abgebrochenen Bewegung riß der Junge dem Wächter den Helm vom Kopf, während Borric seine Kette schwang. Das Eisen schlug der Wache mit einem dumpfen Krachen an die Schläfe, und der Mann sackte zusammen.

Sie wagten es nicht nachzusehen, ob sie beobachtet worden waren – falls eine der anderen Wachen sie bemerkt hatte, konnten sie gleich aufgeben –, und Borric sprang hoch und schnappte sich das herunterhängende Gewand.

Er zog sich nach oben neben den Jungen, hielt einen Moment lang inne, um wieder zu Atem zu kommen, dann gab er ein Zeichen. Suli schlich gebückt und leise über den Balken, der sich auf ganzer Länge am Dach entlangzog. Borric folgte ihm, wobei ihn seine Größe zwang, auf Händen und Füßen hinter dem schlanken Jungen herzukriechen.

Sie schlichen über die spielenden Wachen hinweg und erreichten einen dunklen Bereich, den die Feuer des Pferches nicht mehr beleuchteten. Auf der anderen Seite des Lagers sprangen sie auf die äußere Mauer. Halb ließen sie sich fallen, halb sprangen sie hinab, kamen auf dem Boden auf, rannten auf das Haus des Gouverneurs zu, als wäre ihnen die gesamte Garnison von Durbin auf den Fersen, und verschwanden in der Nacht.

Borrics Plan war genauso abgelaufen, wie er es sich gedacht hatte. Im Palast des Gouverneurs von Durbin herrschte ein großes Durcheinander, und viele Leute liefen umher. Zwei unbekannte Sklaven, die den Hof in Richtung Küche überquerten, erregten keine Aufmerksamkeit.

Innerhalb von zehn Minuten war Alarm geschlagen worden, und viele der Stadtwachen waren in den Straßen unterwegs und verkündeten die Flucht eines Sklaven. Zu dieser Zeit hatten Borric und Suli bereits im Gästeflügel des Hauses einen Dachboden gefunden, der leerstand und dem Staub auf dem Boden nach seit Jahren nicht mehr benutzt worden war.

Suli flüsterte: »Ihr seid bestimmt ein Magier, mein Lord. Wenn nicht von der Art, für die sie Euch gehalten haben, dann von einer anderen. Niemand wird uns im Palast des Gouverneurs suchen.«

Borric nickte. Er hob den Finger, um Suli zum Schweigen zu bringen, dann legte er sich hin, als wollte er schlafen.

Der Junge war so aufgeregt, er konnte kaum seinen Augen glauben, als der junge Mann eindöste. Suli war viel zu angespannt – und ängstlich –, er würde jetzt nicht einschlafen können. Er spähte durch einen kleinen Schlitz in der Dachluke, durch die sie auf den Dachboden gestiegen waren, und von hier aus konnte er einen Teil des Hofes und auch einen Teil des anderen Flügels überblicken.

Nachdem er das Kommen und Gehen der Dienerschaft eine Weile beobachtet hatte, untersuchte er den Rest des Dachbodens. Er konnte hier noch recht gut stehen, Borric müßte sich allerdings bücken. Vorsichtig schlich er über die Dielen, damit niemand unter dem Dachboden eine Bewegung bemerkte.

Auf der anderen Seite des Dachbodens entdeckte er eine Falltür. Er legte das Ohr darauf und lauschte, hörte jedoch nichts. Er wartete eine lange Zeit, oder zumindest kam es ihm so vor, ehe er die Falltür einen Spalt öffnete und hindurchspähte. Das Zimmer darunter war dunkel und leer. Der Junge bewegte die Falltür vorsichtig, damit kein Staub in den Raum unten rieselte, und steckte den Kopf durch die Luke.

Er hätte fast laut geschrien, als nur wenige Zoll vor seinem Gesicht ein anderes Gesicht auftauchte. Dann gewöhnten sich seine Augen an die Dunkelheit, und er merkte, er befand sich Nase an Nase mit einer lebensgroßen Statue, einer, die wahrscheinlich aus Queg eingeführt worden und aus Marmor oder einem ähnlichen Stein gehauen war.

Der Junge legte die Hand auf den steinernen Kopf und ließ sich hinab in den Raum. Er sah sich um und stellte befriedigt fest, daß es offensichtlich ein Lagerraum war. In einer Ecke, unter einigen Stoffetzen, fand er ein stumpfes Küchenmesser. Eine schlechte Waffe war besser als gar keine, dachte er sich und steckte das Messer in sein Gewand.

Er bewegte sich so leise wie nur möglich und untersuchte die einzige Tür des Zimmers. Er versuchte, sie aufzumachen – sie war nicht verschlossen. Langsam zog er sie auf und spähte durch einen winzigen Spalt in einen dunklen, leeren Korridor.

Er schlich in den Korridor und ging langsam weiter, bis der Gang auf einen weiteren stieß, der ebenfalls im Dunkeln lag. Nachdem er eine Weile gelauscht hatte, war sich Suli sicher, in diesem Teil des großen Palastes hielt sich niemand sonst auf. Er huschte weiter und warf wahllos hier und da einen Blick in die Zimmer, doch alle waren verlassen. Viel waren leer, und in einigen waren die Möbel mit Leinentüchern abgedeckt.

Der Junge kratzte sich am Arm und sah sich um. Nichts von allem schien einen Diebstahl wert zu sein, also entschloß er sich, auf den Dachboden zurückzukehren; vielleicht würde er jetzt etwas Ruhe finden.

Dann bemerkte er am anderen Ende des Gangs, den er gerade verlassen wollte, unter einer Tür einen schmalen Streifen Licht. Im selben Augenblick wurde die Stille durch eine entfernte, ärgerlich klingende Stimme unterbrochen.

Vorsicht und Neugier rangen miteinander. Die Neugier gewann. Der Junge stahl sich den Korridor entlang und suchte die Tür, durch die die gedämpfte Stimme auf den Gang drang. Er legte sein Ohr an das Holz und konnte einen Mann schreien hören »... Dummköpfe! Wenn wir das rechtzeitig gewußt hätten, dann wären wir jetzt vorbereitet.«

Eine zweite, ruhigere Stimme antwortete: »Es war Pech. Niemand hat geahnt, was dieser Idiot Reese meinte, als er uns die Nachricht von Lafe brachte, daß wir eine fürstliche, reiche Karawane mit wenigen Wachen überfallen sollten.«

»Nicht ›fürstlich‹«, sagte die erste Stimme, in der unverhohlen Ärger mitschwang, »sondern ›Karawane des Fürsten‹. Das hat er gemeint.«

»Und der Gefangene, der heute nacht geflohen ist, war der Prinz?«

»Borric. Wenn nicht, treibt die Göttin des Schicksals ärgere Spielchen mit uns, als ich mir vorstellen kann. Er war der einzige rothaarige Sklave, den wir gefangen haben.«

Die ruhigere Stimme sagte: »Lord Feuer wird nicht begeistert sein, daß er noch lebt. Solange Borric als tot galt, war die Mission unseres Meisters beendet, aber sollte es der Prinz von den Inseln lebend bis in seine Heimat schaffen ...«

Die verärgert klingende Stimme sagte: »Das darf ihm nicht gelingen, und darum müßt Ihr Euch kümmern – und sein Bruder muß ebenfalls sterben.«

Suli wollte durch den Türspalt spähen, doch er sah nichts, also guckte er durch das Schlüsselloch. Er erblickte den Rücken einens Mannes und die Hand eines anderen, die auf dem Schreibtisch lag. Der Mann am Schreibtisch beugte sich vor, und Suli erkannte das Gesicht des Gouverneurs von Durbin. Zu dem gehörte die verärgerte Stimme. »Außerhalb dieses Zimmers weiß niemand, daß es sich bei dem entlaufenen Sklaven um Prinz Borric handelt. Er darf seine wahre Identität niemandem enthüllen. Verbreitet das Gerücht, er habe bei der Flucht eine Wache umgebracht, und er soll sofort getötet werden, wenn er gefangen wird.«

Der Mann mit der ruhigen Stimme machte einen Schritt zur Seite und verstellte Suli den Blick auf den Gouverneur. Der Bettler richtete sich auf, weil er fürchtete, die Tür könne jeden Moment aufgehen, doch die Stimme sagte: »Die Sklavenhändler werden es nicht gern hören, daß sie den Mann bei der Ergreifung töten sollen. Sie werden eine öffentliche Hinrichtung wollen, seinen langsamen Tod in einem Käfig als Warnung vor weiteren Ausbruchsversuchen.«

Der Gouverneur sagte: »Ich werde die Gilde beschwichtigen. Doch der Flüchtling darf kein Wort sagen. Wenn jemand herausbekommt, in welcher Angelegenheit wir unsere Finger haben ...« Er ließ den Gedanken unausgesprochen. »Lafe und Reese müssen auch zum Schweigen gebracht werden.«

Suli entfernte sich von der Tür. Borric, dachte er bei sich. Somit handelte es sich bei seinem neuen Meister um Prinz Borric aus dem Hause derer von conDoin, um den Sohn des Prinzen von Krondor!

Nie zuvor hatte den Jungen größere Angst gepackt als in diesem Moment. Das war ein Spiel zwischen Drachen und Tigern, und er war mitten hineingeraten. Tränen rannen ihm über die Wangen, als er zum Dachboden eilte, und er mußte sich zusammenreißen, die Tür zu dem Lagerraum leise hinter sich zu schließen.

Mit Hilfe der queganischen Statue kletterte er hinauf auf den Dachboden und machte die Falltür vorsichtig wieder zu. Er huschte dorthin, wo der Prinz lag. Leise flüsterte er ihm ins Ohr: »Borric?«

Der junge Mann war augenblicklich wach und fragte: »Was?«

Mit Tränen in den Augen flüsterte Suli: »Oh, mein erhabener Lord. Habt Gnade. Sie wissen, wer Ihr seid, und sie suchen mit allen verfügbaren Kräften nach Euch. Sie wollen Euch töten, ehe Ihr jemandem mitteilen könnt, wer Ihr in Wirklichkeit seid.«

Borric blinzelte und faßte den Jungen an den Schultern. »Wer weiß über mich Bescheid?«

»Der Gouverneur und noch jemand. Ich konnte nicht sehen, wer. Dieser Flügel des Palasts ist mit dem verbunden, wo der Gouverneur mit den anderen Rat hält. Sie haben über einen Sklaven mit rotem Haar gesprochen, der heute nacht geflohen ist, und sie haben über den Prinz von den Inseln gesprochen. Ihr seid beides.«

Borric fluchte leise. »Das ändert nichts.«

»Es ändert alles, gütiger Meister«, heulte der Junge. »Sie werden nicht nach einem Tag die Suche aufgeben, sondern so lange hinter Euch her sein, bis sie Euch gefunden haben. Und sie werden mich genauso wie Euch töten, weil ich zuviel weiß.«

Borric ließ den verschreckten Jungen los und schluckte seine eigene Angst hinunter. »Dann müssen wir uns eben schlauer benehmen als sie, nicht wahr?«

Selbst in seinen eigenen Ohren klang dieser Vorschlag hohl, denn wenn er ehrlich war, hatte er keine Ahnung, was er als nächstes tun sollte.

Flucht

Der Junge schüttelte den Kopf.

»Doch«, wiederholte Borric.

Suli schüttelte abermals den Kopf. Seit er auf den Dachboden zurückgekehrt war, hatte er kaum etwas gesagt. Heiser flüsternd meinte er: »Wenn ich zurückgehe, werden sie mich töten, mein Prinz.«

Borric beugte sich vor und packte den Jungen fest an den Schultern. Er versuchte, so drohend zu klingen, wie er nur konnte, obwohl er flüsterte. »Wenn du es nicht tust, werde *ich* dich töten!« Dem Schreck nach, der in den Augen des Jungen aufblitzte, mußte die Drohung Erfolg gehabt haben.

Der Streit drehte sich um die Weigerung des Jungen, der auf keinen Fall noch einmal an seinen Horchposten beim Gemach des Gouverneurs gehen wollte, wo er noch mehr von dem erlauschen sollte, was die Männer besprachen. Borric hatte ihm gesagt, je mehr sie wußten, desto größer waren ihre Überlebenschancen. Diese Idee gefiel dem verängstigten Jungen jedoch überhaupt nicht.

Die Entdeckung, daß der Gefangene, mit dem er gemeinsam geflohen war, der Prinz des benachbarten Königreichs war, hatte Suli schockiert, und zwar bis an den Rand der Panik. Alle verfügbaren Kräfte der Stadt Durbin würden so lange suchen, bis sie den Prinzen gefunden hatten – und zwar immer mit dem Hintergedanken, ihn zu töten; das war dem Jungen schon auf dem Weg zurück zum Dachboden klargeworden. Das hatte schon fast gereicht, um in ihm die Panik auszulösen. Und dann war es ihm wie Schuppen von den Augen gefallen: Jeden, der in der Gesellschaft des Prinzen gefunden werden würde, würde man ebenfalls zum Schweigen bringen, und dieser Gedanke löste in dem Jungen schließlich vollends Panik aus, und er versuchte verzweifelt, die Reste seines klaren Verstands zu sammeln. Er saß da, weinte leise, und nur aus Furcht vor Entdeckung jammerte er nicht wie eine verbrühte Katze.

Borric hatte schließlich begriffen, daß sich dieses Kind jenseits jeglicher Vernunft befand. Er schüttelte abgestoßen den Kopf und meinte: »Sehr gut. Du bleibst hier, und ich gehe. Wo geht es lang?«

Die Aussicht darauf, wie dieser hochgewachsene Krieger die Statue umwarf und in die Möbel krachte und genug Lärm machte, um die ganze Stadt senkrecht im Bett stehen zu lassen, traf den Jungen wie ein Eimer kaltes Wasser. Das war ja noch schlimmer, als wenn er selbst noch einmal die Gefangennahme riskierte. Zitternd schluckte Suli seine Angst hinunter und sagte: »Nein, mein guter Meister, ich werde gehen.« Er sammelte sich einen Moment lang und fügte hinzu: »Bleibt ruhig, und ich werde gehen und horchen, was sie reden.«

Nachdem er sich erst einmal entschieden hatte, zögerte der Junge nicht länger und machte sich zu der Falltür auf. Er zog sie auf und ließ sich geräuschlos hinunter. Was für einen Mut er zeigt, dachte Borric, er tut es einfach, ohne Rücksicht auf seine Angst zu nehmen.

Die Zeit schlich für Borric dahin, und nachdem er glaubte, es müsse bereits eine Stunde vergangen sein, machte er sich Sorgen. Was war, wenn man den Jungen geschnappt hatte? Was, wenn statt des mondgesichtigen kleinen Bettlers ein bewaffneter Krieger oder ein gedungener Mörder durch die Luke nach oben auf den Dachboden stieg?

Borric nahm das stumpfe Küchenmesser und hielt es fest. Es tröstete ihn jedoch nur wenig.

Weitere Minuten verstrichen, und Borric blieb allein mit seinem Herzklopfen. Irgend jemand wollte ihn tot sehen. Er hatte das seit dem Fußballspiel in Krondor gewußt. Irgend jemand, der Lord Feuer hieß. Ein blöder Name, der jedoch nur die wahre

Identität jenes Mannes tarnen sollte, der den Tod des Sohnes des Prinzen von Krondor befohlen hatte. Der Gouverneur von Durbin gehörte mit zu diesem Komplott, und dann noch ein Mann in einem schwarzen Mantel. Vielleicht handelte es sich bei diesem um einen Gesandten von Lord Feuer. Borric bekam vor Anstrengung, Erschöpfung, Hunger und den sonstigen Folgen seiner Reise Kopfschmerzen. Doch er mußte seine Gedanken beisammen halten. Falls ein Gouverneur, wenn auch nur der eines solchen Rattennests wie Durbin, an diesem Komplott beteiligt war, konnte das lediglich zweierlei bedeuten: Der Urheber des Plans, das Kaiserreich in einen Krieg mit dem Königreich zu stürzen, war eine wichtige Persönlichkeit, die viele Leute von Rang beeinflussen konnte, und ihre Helfershelfer saßen überall, da es im Kaiserreich nur wenige Orte gab, die von der Hauptstadt weiter entfernt waren als Durbin.

Die Falltür ging auf, und Borric zuckte zusammen und hielt sein Messer bereit. »Meister!« flüsterte eine vertraute Stimme. Suli war zurückgekehrt. Selbst in der Dunkelheit konnte Borric spüren, wie aufgeregt er war.

»Was ist?«

Der Junge hockte sich neben Borric hin, damit er ihm die Neuigkeiten zuflüstern konnte. »Eure Flucht hat in der Stadt für viel Aufregung gesorgt. Selbst die Versteigerung morgen findet nicht statt! Das hat es noch nie gegeben. Alle Wagen und Tragtierkolonnen aus der Stadt werden durchsucht. Jeder Mann mit rotem Haar wird sofort gefangengenommen und geknebelt, damit er nichts sagen kann, und zum Palast gebracht.«

»Sie wollen wirklich sichergehen, daß niemand von meiner Anwesenheit erfährt.«

Borric konnte das Grinsen des Jungen fast sehen, als er sagte: »Schwierig, Meister. Bei einem solchen Aufruhr in der Stadt wird früher oder später jemand den Grund dafür herausbekommen. Die Kapitäne der Küste haben sich bereit erklärt, die Seewege zwischen den Riffen und Queg abzusuchen, von hier bis nach

Krondor, um den entlaufenen Sklaven zu finden. Und jedes Gebäude der Stadt wird durchsucht, auch jetzt, während wir uns hier unterhalten! Ich verstehe das nicht.«

Borric zuckte mit den Schultern. »Ich weiß es auch nicht. Wie bringen sie so viele Leute dazu, bei dieser Sache mitzumachen, ohne ihnen mitzuteilen, hinter wem sie her sind ...« Borric ging zu einer kleinen Lücke im Stützbalken des Daches, durch die er hinunter in den Hof sehen konnte. »Es sind noch fünf, sechs Stunden bis zur Dämmerung. Wir können uns noch etwas Ruhe gönnen.«

»Meister!« zischte der Junge. »Wie könnt Ihr jetzt ausruhen? Wir müssen fliehen!«

Borric sagte leise: »Genau das erwarten sie. Sie suchen nach einem Mann auf der Flucht. Der allein ist. Nach einem rothaarigen Mann.«

»Ja«, stimmte der Junge zu.

»Also warten wir hier, stehlen uns etwas Essen aus der Küche und überbrücken die Zeit, bis sie nicht mehr so angestrengt suchen. In einem so großen Haus wie diesem sollten wir uns für ein paar Tage unbemerkt aufhalten können.«

Der Junge kauerte sich auf die Hacken und seufzte tief. Offensichtlich behagte Suli dieser Vorschlag gar nicht, doch da er nichts Besseres dagegensetzen konnte, schwieg er.

Borric erwachte würgend und mit Herzklopfen. Es war immer noch dunkel. Nein, verbesserte er sich, nachdem er einen Lichtschein in den Ritzen des Daches entdeckt hatte, hier auf dem Dachboden war es immer noch dunkel.

Er hatte geträumt, von der Zeit, als er und sein Bruder noch Kinder gewesen waren und im Palast gespielt hatten und durch die sogenannten Geheimgänge geschlichen waren, die die Dienerschaft benutzte, damit sie unbemerkt von einem Gemach zum nächsten gelangen konnte. Die Jungen hatten sich getrennt, und Borric hatte sich verirrt. Er hatte eine lange einsame Zeit warten müssen, bis sein Onkel Jimmy ihn gefunden hatte. Borric lächelte bei der Erinnerung daran. Erland war immer der Gerissenere von ihnen gewesen.

Borric schien das immer noch so, und während er daran dachte, bewegte er sich zu der Ritze in der Dachluke, durch die man ein Stück vom Hof sehen konnte. »Erland muß mich für tot halten«, murmelte er vor sich hin.

Und erst jetzt bemerkte er, daß er allein war. Der Junge, Suli, war verschwunden!

Borric tastete im Dunkeln nach dem Messer und fand es, wo er es liegengelassen hatte. Mit dieser wenig nützlichen Waffe fühlte er sich kaum besser, und er fragte sich, wohin sich wohl der Junge aufgemacht hatte. Wollte er vielleicht sein Leben gegen das Wissen um den Aufenthaltsort eines bestimmten rothaarigen Sklaven tauschen?

Borric war der Panik nahe. Wenn der Junge wirklich einen solchen Handel abschließen wollte, waren sie beide so gut wie tot. Er zwang sich zur Ruhe und spähte erneut durch die kleine Ritze. Es war kurz vor Sonnenaufgang, und im Haushalt des Gouverneurs war schon alles auf den Beinen: Diener eilten zwischen den Außengebäuden, der Küche und dem Haupthaus hin und her. Trotzdem deutete nichts auf etwas anderes als den gewohnten morgendlichen Trott hin. Bewaffnete Männer waren keine zu sehen, und niemand schrie irgendwelche Befehle.

Borric lehnte sich zurück und dachte nach. Der Junge war vielleicht nicht übermäßig gebildet, aber er war auch nicht dumm. Wenn jemand erfuhr, daß er mit dem geflohenen Sklaven zu tun hatte, dann würde Suli das ohne Zweifel mit dem Leben bezahlen. Höchstwahrscheinlich hatte er sich einfach in einem anderen Stadtteil versteckt, oder vielleicht verließ er die Stadt gerade auf einem Schiff, wo er als Schiffsjunge angeheuert hatte.

Borric war schon immer ein guter Esser gewesen, und jetzt hörte er seinen Magen knurren. Nie zuvor in seinem Leben hatte er wirklichen Hunger kennengelernt. Auf dem Weg nach Durbin hatte er sich zu miserabel gefühlt und nicht viel über seinen Hunger nachgedacht; es war nur eine unter vielen Strapazen gewesen. Doch jetzt, während sich sein Sonnenbrand in tiefrote Haut verwandelte und der junge Prinz fast seine alte Kraft wiedererlangt hatte, wurde ihm sein leerer Magen plötzlich sehr aufdringlich bewußt. Er fragte sich, ob er nicht hinaus in das morgendliche Treiben schlüpfen könnte, und entschied sich dagegen. Rothaarige Sklaven von über ein Meter achtzig gehörten sicherlich nicht gerade zu den alltäglichen Anblicken in dieser Stadt, und er würde wahrscheinlich nicht einmal die Küche erreichen. Und als wollte ihn das Schicksal besonders quälen, wehte mit der Morgenbrise auch noch ein vertrauter Geruch herüber. In der Küche wurden Speck und Schinken gebraten. Borric lief das Wasser im Munde zusammen, und er setzte sich hin, fühlte sich elend und dachte an Frühstücksbrötchen und Honig, gekochte Eier, Früchte mit Sahne, heiße Scheiben Schinken, duftendes frisches Brot und Kaffee.

»Das bringt mich auch nicht weiter«, schalt er sich und ging von der Ritze weg. Er kauerte sich in der Dunkelheit hin und versuchte, seine Gedanken von dem nagenden Hungergefühl abzulenken. Er brauchte doch nur bis zum Einbruch der Dunkelheit zu warten, dann konnte er sich in die Küche stehlen und sich etwas Essen besorgen. Ja, das war alles, was er tun mußte. Warten.

Doch das Warten gefiel Borric ebensowenig wie der Hunger. Er legte sich eine Zeitlang auf den Rücken, dann ging er wieder hinüber zu der Ritze im Dach, spähte hindurch und fragte sich, wieviel Zeit vergangen sein mochte. Einmal döste er für eine Weile ein und wachte enttäuscht auf, weil dem nahezu unveränderten Winkel der Sonne nach nur Minuten verstrichen waren, und nicht – wie er gehofft hatte – Stunden. Er kehrte an seinen Ruheplatz zurück, ein Teil des Dachbodens, wo es ihm weniger unbequem erschien als an den anderen Stellen, obwohl ihm das wohl nur seine Einbildung vorgaukelte. Er wartete, und er war hungrig. Nein, verbesserte er sich. Er war ausgehungert.

Die Zeit verging, und er döste wieder. Dann machte er, um in Form zu bleiben, einige Dehnübungen, die ihm und seinem Bruder einmal ein Hadatikrieger beigebracht hatte und die die Muskeln locker halten sollten, wenn man keinen Platz für Fechtübungen oder ähnliches hatte. Er beugte sich hierhin und dorthin, spannte die Muskeln an und entspannte sich wieder. Zu seinem Erstaunen lenkten ihn diese Übungen nicht nur von seinem leeren Magen ab, er fühlte sich danach sogar wesentlich besser und vor allem ruhiger.

Den größten Teil der nächsten vier Stunden saß Borric in der Nähe der Ritze und beobachtete das Kommen und Gehen auf dem Hof des Gouverneurspalastes. Einige Male rannten Soldaten mit Botschaften durch Borrics Gesichtsfeld. Er dachte nach: Wenn er sich hier lange genug versteckte – vorausgesetzt, er könnte sich Essen stehlen und würde dabei nicht erwischt –, dann würden sie wahrscheinlich annehmen, er wäre ihnen irgendwie entwischt. Und dann könnte er sich vielleicht an Bord eines auslaufenden Schiffes schleichen.

Und was kam danach? Er dachte darüber nach. Es wäre kaum gut, wenn er nach Hause zurückkehrte, falls er einen Weg dorthin fände. Vater würde schnelle Reiter in den Süden nach Kesh schicken und Erland zur Vorsicht gemahnen. Kein Zweifel, der konnte nicht vorsichtiger sein, als er längst war. Da Borric verschwunden war, würde Onkel Jimmy sicherlich das Schlimmste annehmen und von seinem Tod ausgehen. Und es würde schon einen sehr begabten Assassinen brauchen, um unbemerkt an Graf James vorbeizukommen. Als Junge war Jimmy so etwas wie eine Legende in der Stadt gewesen. Und noch bevor er in Borrics Alter gewesen war, hatte er bei den Spöttern schon den Rang eines Meisterdiebs erreicht und war als Erwachsener angesehen worden. Keine schlechte Leistung, dachte Borric.

»Nein«, flüsterte er vor sich hin. »Ich muß so schnell wie möglich zu Erland gelangen. Wenn ich zuerst nach Hause gehe, verliere ich zuviel Zeit.« Er fragte sich, ob er sich vielleicht lieber nach Stardock aufmachen sollte. Die Magier waren zu erstaunlichen Dingen in der Lage, und vielleicht könnten sie ihn schneller nach Kesh befördern. Doch Jimmy hatte erwähnt, Pug wollte am Tag nach ihrer Abreise aufbrechen, und demnach wäre er bereits gegangen. Und die beiden Magier aus Kesh, die die Führung übernommen hatten, kamen Borric nicht so vor, als würden sie ihm gern großzügige Hilfe leisten. Irgend etwas an den beiden stieß ihn ab. Und noch dazu waren sie aus Kesh. Wer weiß schon, welche Kreise das Komplott von Lord Feuer gezogen hat? dachte Borric.

Er sah auf und merkte, daß die Dämmerung angebrochen war. In der Küche wurde das Abendessen zubereitet, und der Geruch von gebratenem Fleisch machte ihn fast wahnsinnig. In einigen Stunden, tröstete er sich selbst. Entspanne dich und laß die Zeit verstreichen ... Es dauert nicht mehr lang. Nur noch ein paar Stunden, dann liegen die Diener im Bett. Und du kannst hinunterschleichen und –

Plötzlich ging die Falltür auf; Borrics Herz schlug bis zum Hals, während er das Messer verteidigungsbereit hielt. Die Klappe ging hoch, und eine schlanke Gestalt zog sich durch die Luke. Suli Abul fragte: »Meister?«

Borric hätte vor Erleichterung fast gelacht. »Hier.«

Der Junge huschte zu ihm herüber und sagte: »Ich fürchtete, Ihr könntet entdeckt worden sein, obwohl ich vermutete, Ihr würdet klug genug sein und hier bis zu meiner Rückkehr warten.«

Borric fragte: »Wo warst du?«

Suli trug einen Beutel, den Borric in der Dunkelheit kaum erkennen konnte. »Ich habe mich noch vor der Dämmerung hinausgeschlichen, Meister, und weil Ihr noch so tief geschlafen habt, wollte ich Euch nicht stören. Seitdem war ich an vielen verschiedenen Orten.« Er öffnete den Beutel und brachte einen Laib Brot zum Vorschein. Borric riß sich ein Stück ab und aß es, ohne sich zweimal bitten zu lassen. Dann reichte ihm der Junge ein Stück Käse und einen kleinen Schlauch mit Wein.

Mit vollem Mund fragte Borric: »Wo hast du das alles her?«

Der Junge seufzte, als wäre er erleichtert, wieder auf dem Dachboden zu sein. »Ich hatte wirklich einen gefährlichen Tag, mein freundlicher Meister. Ich habe mir die Idee, Euch im Stich zu lassen, aus dem Kopf geschlagen und nachgedacht, welche Chancen mir das Schicksal zur Wahl geboten hat. Sollte ich gefangen werden, würde ich als Sklave wegen meines ungeschickten Diebstahls verkauft. Wenn ich mit Eurer Flucht in Verbindung gebracht würde, müßte ich sterben. Also, welche Wahl habe ich? Wenn ich mich verstecke, bis Ihr gefangen werdet, und hoffe, Ihr werdet den Namen Suli Abul nicht aussprechen, ehe sie Euch getötet haben, wage ich ein Todesurteil gegen die Möglichkeit, wieder das Leben zu führen, welches ich vor all diesen Ereignissen hatte, was nicht viel war, wenn man einmal richtig darüber nachdenkt. Oder ich riskiere dieses arme Leben, gehe zurück und helfe meinem jungen Meister bis zu dem Tag, an dem Ihr wieder bei Eurem Vater eintrefft und Euren treuen Diener belohnt.«

Borric lachte. »Und welche Belohnung möchtest du bekommen, wenn wir sicher nach Krondor gelangen?«

Mit einer Feierlichkeit, bei der Borric abermals lachen mußte, sagte der Junge: »Ich möchte Euer Diener werden, Meister. Ich möchte der Leibdiener des Prinzen genannt werden.«

Borric fragte: »Und was ist mit Gold? Oder vielleicht mit einem Geschäft?«

Der Junge zuckte mit den Schultern. »Was verstehe ich schon von Geschäften, Meister? Ich würde ein schlechter Händler werden, und vielleicht wäre ich schon innerhalb eines Jahres ruiniert. Und Gold? Ich würde es nur ausgeben. Doch als der Diener eines großen Mannes ist man irgendwie selbst in der Nähe seiner Größe. Versteht Ihr das nicht?«

Borric würgte das Lachen ab, mit dem er am liebsten herausgeplatzt wäre. Dieser Straßenjunge hier betrachtete den Dienst für einen großen Mann als größtes Ziel, das er erreichen konnte. Borric dachte über die vielen namenlosen Menschen nach, die

Diener, die ihm als Sohn des fürstlichen Hauses am Morgen seine Kleider gebracht, seinen Rücken gewaschen, seine Speisen zubereitet hatten, und das jeden Tag. Er bezweifelte, daß er von mehr als einem oder zweien den Namen wußte, vom Sehen her kannte er höchstens ein Dutzend. Sie waren ... einfach ein Teil der Einrichtung, nicht auffälliger als ein Stuhl oder ein Tisch. Borric schüttelte den Kopf und seufzte.

»Was ist, Meister?«

Borric sagte: »Ich weiß nicht, ob ich dir eine Stelle so nah bei mir versprechen kann, doch ich garantiere, daß du einen Platz in meinem Haus finden und so hoch aufsteigen wirst, wie es deine Fähigkeiten erlauben. Ist das in Ordnung?«

Der Junge verbeugte sich mit förmlicher Feierlichkeit. »Mein Meister ist sehr großzügig.«

Dann holte der Junge einige Würste aus dem Beutel. »Ich wußte, Ihr würdet großzügig sein, freundlicher Meister, deshalb habe ich viele Sachen mitgebracht –«

»Warte mal einen Moment, Suli. Wo hast du das alles her?«

Der Junge sagte: »In einem der Zimmer unten, in dem Schlafzimmer einer Frau, so wie es aussieht, habe ich einen Kamm mit einem in Silber gefaßten Türkis gefunden, den wohl eine Zofe vergessen hat, als das Zimmer zuletzt verlassen wurde. Den habe ich einem Mann auf dem Basar verkauft. Ich habe die Münzen genommen, die er mir gab, und viele Dinge gekauft. Ihr braucht Euch keine Sorgen zu machen. Ich habe jedes einzelne Teil bei einem anderen Händler gekauft und mich vergewissert, daß niemand merkte, weswegen ich unterwegs war. Hier.« Er reichte Borric ein Hemd.

Er war nichts besonders Schönes, doch es war schon deutlich besser als das grobe Hemd, welches ihm die Sklavenhändler gegeben hatten. Der Junge reichte ihm außerdem eine Baumwollhose, wie sie von Seeleuten auf dem Bitteren Meer getragen wurde. »Ich habe leider keine Stiefel gefunden, aber dafür hatte ich noch genug Geld für Essen.«

Borric lächelte den Jungen an. »Das hast du gut gemacht. Ich kann auch ohne Stiefel laufen. Sollten wir als Seeleute durchgehen, dann fällt es nicht auf, wenn wir barfuß sind. Doch wir müssen uns bei Nacht in den Hafen schleichen, und hoffentlich entdeckt dabei niemand mein rotes Haar unter einer Laterne.«

»Ich habe auch daran gedacht, Meister.« Der Junge reichte ihm ein Fläschchen mit einer Flüssigkeit und einen Kamm. »Ich habe das von einem Mann, der solche Dinge an ältere Huren in der Hafengegend verkauft. Er behauptete, es würde sich nicht auswaschen oder mit Wasser verlaufen. Es heißt Macasar-Öl.«

Borric machte das Fläschchen auf, und ihm stach ein öliger Geruch in die Nase. »Hoffentlich klappt das. Der Duft wird die Leute auf mich aufmerksam machen.«

»Der Händler meinte, er würde verfliegen.«

»Am besten schmierst du es mir ins Haar. Ich möchte es mir nicht über den halben Kopf verschütten. Hier gibt es schon kaum ausreichend Licht, damit du sehen kannst, was du machst.«

Der Junge stellte sich hinter ihn und verteilte den Inhalt des Fläschchens unsanft im Haar des Prinzen. Dann kämmte er es mehrere Male durch und verteilte das Macasar so gleichmäßig wie möglich. »Mit Eurer gebräunten Haut, Hoheit, werdet Ihr von Kopf bis Fuß wie ein Seemann aus Durbin aussehen.«

»Und was ist mit dir?« fragte Borric.

»Ich habe noch eine Hose und noch ein Hemd im Beutel, mein Meister. Suli Abul ist wegen seines Bettlermantels bekannt. Der ist groß genug, damit ich selbst meine Glieder verstecken kann, wenn ich den Krüppel spiele.«

Borric lachte, während sich der Junge weiter mit seinem Haar beschäftigte. Er seufzte erleichtert und dachte: Vielleicht haben wir ja doch eine Chance, aus dieser Falle herauszukommen.

Kurz vor der Dämmerung betraten ein Seemann und sein jüngerer Bruder in der Nähe des Gouverneurspalastes die Straße. Wie Borric vermutet hatte, war in dieser Gegend wirklich wenig los, da niemand die Flüchtlinge ausgerechnet bei der Regierung von Durbin erwartete. Und aus diesem Grund schlugen sie auch den Weg zu den Sklavenpferchen ein. Wenn das Haus des Gouverneurs schon ein unwahrscheinliches Versteck für die Flüchtlinge war, dann waren die Quartiere der Sklaven mindestens genauso unwahrscheinlich. Borric fühlte sich hier im Reichenviertel der Stadt nicht so recht wohl, denn die Anwesenheit zweier so offensichtlich schäbiger Gestalten in der Nähe der Häuser der Reichen und Mächtigen konnte durchaus eine ungewollte Überprüfung ihrer Person nach sich ziehen.

Als sie nur noch einen Häuserblock von den Sklavenquartieren entfernt waren, blieb Borric stehen. An der Wand eines Lagerschuppens war ein brandneuer Aushang. In roten Lettern versprach er eine Belohnung. Suli fragte: »Meister, was steht da drauf?«

Borric las laut vor: »›Mord gemeinster Art!‹ steht da. Angeblich habe ich die Frau des Gouverneurs getötet.« Borrics Gesicht wurde blaß. »Götter und Dämonen!« Er las schnell den ganzen Aushang und sagte dann: »Sie sagen, ein im Königreich geborener Sklave hätte die Frau vergewaltigt und getötet und wäre dann in die Stadt geflüchtet. Sie haben tausend Goldecu auf meinen Kopf ausgesetzt.« Borric konnte seinen Augen nicht glauben.

Der Junge starrte ihn an. »Tausend? Das ist ein Vermögen.«

Borric rechnete den Gegenwert aus. Es waren ungefähr fünftausend Sovereigns des Königreichs oder soviel, wie ein kleines Gut in einem Jahr einbrachte; ein erstaunliches Kopfgeld jedenfalls für die Gefangennahme – tot oder lebendig – eines entlaufenen Sklaven, eines Sklaven allerdings, der die wichtigste Dame der Gesellschaft dieser Stadt ermordet haben sollte. Borric schüttelte den Kopf, als ihm die Sache schmerzhaft klarwurde. »Dieses Schwein hat seine eigene Frau ermordet, damit die Wachen einen Grund haben, mich umzubringen, wenn sie mich entdecken«, flüsterte er.

Suli zuckte nur mit den Schultern. »Das überrascht mich nicht, wenn man bedenkt, daß diese Frau immer mehr und mehr vom Gouverneur verlangt hat. Nachdem er seine erste Frau um die Ecke gebracht und seine Geliebte geheiratet hatte – natürlich erst nach der angemessenen Trauerzeit –, hatte er nur noch zwei Sorgen: wie er seine neue Frau und wie er Lord Feuer bei Laune hält. Und obwohl sie sehr schön war, hätte die Geliebte doch ein wenig nachdenken sollen, bevor sie einen Mann heiratete, der seine erste Frau umgebracht hat, um sie selbst zu seiner zweiten zu machen. Irgendwann würde sie älter werden, und ihr Gesicht wäre weniger schön –«

Borric sah sich um. »Wir sollten besser weitergehen. In einer Stunde werden die Straßen voller Leute sein.«

Suli ließ sich mit seinem unablässigen Gequatsche nicht zum Schweigen bringen, es sei denn, unter den widrigsten Umständen. Borric wollte das auch gar nicht, denn ein redseliger Kerl würde weniger verdächtig erscheinen als einer, der sich dauernd in alle Richtungen umsah. »Also, Meister, jetzt wißt Ihr, wie der Gouverneur die Drei überredet hat, ihm bei der Suche nach Euch zu helfen. Die Drei und der kaiserliche Gouverneur haben nicht viel füreinander übrig, doch sie mögen beide keine Sklaven, die ihre Herren umbringen.«

Dem konnte Borric nur zustimmen. Doch die Mittel, mit denen der Gouverneur diese Hilfe erreicht hatte, ließen ihn frösteln. Selbst wenn er die Frau nicht geliebt hatte, so hatte er immerhin einige Jahre mit ihr zusammengelebt. Hat er denn überhaupt kein Mitgefühl? fragte sich Borric.

Sie bogen um eine Ecke und sahen die Sklavenpferche vor sich. Da die Versteigerung abgesagt worden war, herrschte in ihnen besonderes Gedränge. Borric wandte sein Gesicht Suli zu und bewegte sich gleichmäßigen Schritts weiter, vermied aber jede Eile, die nur die Aufmerksamkeit auf sie ziehen würde. Für alle Wachen wäre er nur ein Seemann, der mit einem Jungen spricht.

Und dann kamen tatsächlich zwei Wachen um eine Ecke und näherten sich ihnen. Augenblicklich sagte Suli: »Nein. Du hast gesagt, ich würde bei dieser Reise meinen vollen Anteil bekommen. Ich bin schon erwachsen. Schließlich muß ich auch die Arbeit eines Erwachsenen machen! Was kann ich dafür, wenn die Netze kaputtgehen? Das war Rastas Schuld. Er war betrunken –«

Borric zögerte nur einen Moment, dann erwiderte er mit barscher Stimme: »Ich hab gesagt, ich würde drüber nachdenken. Halt's Maul, oder ich lass dich hier stehen, ob du mein kleiner Bruder bist oder nicht! Dann kannst du noch einen Monat in Mutters Küche arbeiten, während ich weg bin.« Die Wachen warfen den beiden einen kurzen Blick zu und gingen weiter.

Borric widerstand der Versuchung, sich umzudrehen und nachzusehen, ob sich die Wachen noch um sie kümmerten. Er würde schon merken, wenn sie mißtrauisch würden. Der Prinz wandte sich von Suli ab und stieß unversehens mit einem anderen Mann zusammen. Einen kurzen Moment lang sah ihm der Fremde drohend murmelnd in die Augen, und sein nach Alkohol riechender Atem schlug Borric ins Gesicht, doch dann wandelte sich die Miene des Mannes von betrunkener Verwirrung in mörderischen Haß. »Du!« sagte Salaya und griff nach dem Dolch in seinem Gürtel.

Borric reagierte im selben Augenblick, versteifte die Finger seiner rechten Hand und stieß Salaya die Spitze so heftig er konnte vor die Brust, genau unter die Rippen. Als seine Hand dort auf die Nerven traf, blieb Salaya die Luft weg. Der Mann rang nach Atem, sein Gesicht wurde rot und seine Augen verdrehten sich. Borric schlug ihm hart vor den Kehlkopf, zog ihn vorwärts und hieb dann so stark er konnte auf das Genick des Sklavenhändlers ein. Sodann nahm er Salaya am Arm, ehe der Mann zu Boden fiel, und falls die Wachen etwas von dem Kampf mitbekommen hatten, dann nichts Verdächtigeres als einen Mann und einen Jungen, die einen Freund, der zuviel getrunken hatte, nach Hause brachten.

Auf dem halben Weg die Straße hinunter kamen sie an einer Gasse vorbei, bogen ein und zogen den bewußtlosen Mann wie einen Sack mit verfaultem Gemüse hinter sich her. Borric legte ihn auf einen Abfallhaufen und nahm ihm rasch seinen Geldbeutel ab. In dem kleinen Ledersäckchen klingelten eine Menge Münzen des Kaiserreichs und des Königreichs. Borric ließ den Beutel in seinem Hemd verschwinden. Er zog dem Mann Messer und Scheide aus dem Gürtel und wünschte sich, der Kerl hätte auch ein Schwert bei sich gehabt. Während Borric noch überlegte, was er als nächstes tun sollte, streifte Suli Salaya die Ringe, insgesamt vier, von der Hand und zwei weitere von den Ohren ab. Dann zog der Junge dem Sklavenhändler die Stiefel aus und versteckte sie. »Wenn wir irgend etwas von Wert zurücklassen, wird es verdächtig aussehen.« Er machte einen Schritt rückwärts und fügte hinzu: »Jetzt könnt Ihr ihn töten, Meister.«

Borric zögerte. »Ihn töten?« Plötzlich begriff er. Er hatte während seiner Zeit im Sklavenpferch andauernd davon geträumt, sich an diesem Schwein rächen zu können, doch er hatte dabei eher an ein Duell gedacht, oder er hatte ihn vor Gericht stellen wollen. »Er ist bewußtlos.«

»Um so besser, Meister. Da wird es keinen Kampf geben.« Er bemerkte Borrics Zögern und fügte hinzu: »Rasch, Meister, ehe uns jemand sieht. Die Stadt wird bald erwachen, und dann wird diese Gasse bevölkert sein. Irgend jemand wird ihn bald finden. Wenn er nicht stirbt ...« Er sprach nicht aus, welche Folgen das haben würde.

Borric machte sich bereit und zog das Messer, das er Salaya abgenommen hatte. Doch plötzlich stellte sich ihm ein völlig neues Problem: Wie sollte er es angehen? Sollte er dem Mann das Messer in den Magen stoßen, ihm die Kehle durchschneiden, oder was?

Suli sagte: »Wenn Ihr einen Hund nicht töten wollt, Meister, laßt es Euren Diener für Euch tun, aber es muß jetzt geschehen! Bitte, Meister.«

Der Gedanke, den Jungen töten zu lassen, war Borric noch widerwärtiger, also holte er aus und trieb dem Sklavenhändler das

Messer in die Kehle. Salaya bewegte sich nicht im geringsten. Borric starrte ihn erstaunt an, schließlich lachte er verbittert und sagte: »Er war schon tot! Der letzte Schlag muß ihm das Genick gebrochen haben.« Borric schüttelte erstaunt den Kopf. »Die Schläge vor Brust und Kehlkopf waren die gemeinsten Kampftricks, die mir James beigebracht hat – nicht gerade das, was die Söhne von Adligen gewöhnlich lernen –, aber ich bin froh, daß ich sie kannte. Doch daß der Hieb in den Nacken tödlich sein würde, habe ich nicht geahnt.«

Suli kümmerte sich nicht um diese Erklärungen und meinte: »Wir müssen gehen, Meister! Bitte!« Er zog Borric am Hemd, und der Prinz ließ sich von dem Jungen aus der Gasse zerren.

Als sie den toten Sklavenhändler nicht mehr sehen konnten, vergaß Borric seine Rache und richtete seine Gedanken auf die Flucht. Er legte Suli die Hand auf die Schulter und fragte: »Wo geht es zum Hafen?«

Suli zögerte nicht. Er zeigte die lange Straße hinunter und sagte: »Dort.«

»Dann führ mich hin«, antwortete Borric. Und der Bettler führte den Prinzen durch eine Stadt, in der jeder Bürger bereit wäre, die beiden in dem Augenblick zu töten, in dem er sie erkennen würde.

»Das da«, sagte Borric und zeigte auf ein kleines Segelboot, das an einem ziemlich verlassen wirkenden Anlegersteg festgemacht war. Es war eine Barkasse, eine von der Sorte, die als Tender benutzt wurden, um von größeren Schiffen Passagiere, Nachrichten und kleine Mengen Fracht in den Hafen zu befördern. Wenn man richtig damit umgehen konnte, war das Boot auch auf dem offenen Meer seetüchtig, solange jedenfalls das Wetter mitspielte. Da praktisch die gesamte Flotte der Piraten von Durbin tags zuvor ausgelaufen war und sich auf die Suche nach dem mordenden Sklaven gemacht hatte, war im Hafen fast nichts los. Doch das würde nicht lange so bleiben, dessen war sich Borric sicher, denn die gemeinen Bürger hatten schließlich nichts mit dem Mord an der Frau des Gouverneurs zu schaffen und wollten auch ihren Mörder nicht jagen. Bald würde im Hafen das Leben erwachen, und dann würde der Diebstahl des Bootes sicherlich bemerkt werden.

Borric sah sich um und deutete auf ein Knäuel alten Seils, das in der Nähe lag. Suli hob es auf und schlang sich das nasse, übelriechende Seil um die Schulter. Borric nahm sich eine fortgeworfene Holzkiste und drückte die offenen Leisten zu. »Komm mit«, sagte er.

Niemand beachtete die beiden Seeleute, die zielstrebig auf das kleine Boot am Ende des Anlegestegs zugingen. Borric stellte die Kiste ab und sprang in das Boot, wo er rasch die Bugleine losmachte. Er wandte sich um und sah Suli im Heck des Bootes stehen; der Junge blickte ihn verblüfft an. »Meister, was macht Ihr da?«

Borric stöhnte: »Bist du noch nie gesegelt?«

»Ich war noch nie im Leben auf einem Boot, Meister.«

Borric sagte: »Bück dich und tue so, als würdest du etwas tun. Sonst sieht noch jemand einen verwirrten Schiffsjungen an Bord. Wenn wir unterwegs sind, machst du einfach das, was ich dir sage.«

Borric hatte das Boot bald vom Steg abgestoßen, und nach einem unsteten Start war das Segel oben, und das Boot bewegte sich ruhig auf die Hafeneinfahrt zu. Borric brachte dem Jungen schnell ein paar Seemannsausdrücke bei und zeigte ihm, was er zu tun hatte. Als das erledigt war, sagte er: »Komm, übernimm das Ruder.« Der Junge setzte sich dorthin, wo gerade noch der Prinz gesessen hatte, und Borric übergab ihm die Ruderpinne und die Großschot. »Halt es immer in die Richtung«, wies der Prinz den Jungen an und zeigte auf die Hafenmündung, »derweil sehe ich mal nach, was wir hier an Bord haben.«

Borric ging zum Bug und zog einen kleinen Bootskasten unter dem Vorderdeck hervor. Der Kasten war nicht verschlossen, und in ihm fand sich nichts von Wert: ein Segel, ein Schuppmesser aus den Zeiten, als das Boot einem ehrlichen Fischer gehört hatte, und ein paar verwickelte Leinen. Er bezweifelte, ob man mit diesen Leinen Fische fangen konnte, die groß genug waren, um sie zu mehr als Ködern gebrauchen zu können. Außerdem fand er noch einen Holzeimer, der mit eisernen Ringen gefaßt war und mit dem man, als das Boot noch zum Fischen gedient hatte, Wasser geholt hatte, um den Fang naß zu halten. Des weiteren entdeckte er noch eine Laterne ohne Öl. Borric drehte sich zu dem Jungen um, der mit konzentrierter Miene das Segel beobachtete und die Ruderpinne festhielt, und sagte: »Ich vermute, du hast nicht zufällig noch Brot und Käse übrig.«

Mit einem entschuldigenden Blick erwiderte der Junge: »Nein, Meister.«

Daraufhin dachte sich Borric: Hunger scheint zu meinem neuen Leben zu gehören.

Der Wind kam frisch aus Nordosten, und die Barkasse war am schnellsten, wenn sie hoch am Wind lief, also brachte Borric sie über Nordwest nach Norden, als er die Hafeneinfahrt hinter sich gelassen hatte. Der Junge sah gleichermaßen erschrocken und begeistert aus. Auf der Fahrt durch den Hafen hatte er die meiste Zeit vor sich hin geplappert, offensichtlich konnte er auf diese Weise am besten mit seiner Angst fertigwerden, doch als sie durch die Hafenmündung hinausgesegelt und nur einer großen, Lateinersegel führenden Karavelle begegnet waren, hatte sich die Angst des Jungen verflüchtigt. Borric segelte absichtlich hart auf das Schiff zu, als würde sie seine Anwesenheit nicht interessieren und als wäre es nur einfach umständlich für sie, um das Schiff herumzusegeln.

Jetzt, da sie das Hafenbecken hinter sich hatten, fragte Borric: »Kannst du klettern?«

Der Junge nickte, und Borric fuhr fort: »Kletter von vorn – und paß auf das Segel auf – am Mast hoch, bis zu dem Ring und halt dich da fest. Schau in alle Richtungen und sag mir, was du siehst.«

Der Junge hangelte sich den Mast hinauf, als wäre er dazu geboren worden, und packte den Beobachtungsring an der Spitze. Das Boot schwankte heftig wegen des zusätzlichen Gewichts an der Mastspitze, doch dem Jungen schien das nichts auszumachen. Er schrie herunter: »Meister! In dieser Richtung kann ich kleine weiße Punkte sehen!« Er zeigte erst nach Osten, dann schwenkte er seinen Arm bis nach Norden.

»Segel?«

»Ich denke doch, Meister. Sie ziehen sich am ganzen Horizont entlang, soweit ich sehen kann.«

»Was ist im Norden?«

»Da sehe ich auch einige Segel, Meister!«

Borric fluchte. »Und im Westen?«

Der Junge verrenkte sich und rief: »Ja, da sind auch welche.«

Borric dachte nach, welche Möglichkeiten ihm blieben. Er hatte nach Ranom entkommen wollen, einem kleinen Handelshafen im Westen, oder, falls es sein mußte, nach LiMeth, einer bescheidenen Stadt auf der südlichen Halbinsel an der Straße der Finsternis. Aber wenn sie ihre Posten genau in dieser Richtung aufgestellt hatten, mußte er weiter nach Norden segeln, und dann würden sie vielleicht die Freien Städte erreichen – falls sie nicht vorher verhungerten – oder der Straße der Finsternis die Stirn bieten müssen. Zu dieser Zeit des Jahres war die Passage durch die Straße nicht ganz so gefährlich, anders als im Winter, wenn sie nicht zu durchqueren war, außer von einem außergewöhnlich mutigen – oder dummen – Seemann.

Borric machte Suli ein Zeichen, er solle herunterklettern, und als der Junge wieder bei ihm war, meinte der Prinz: »Ich denke, wir müssen nach Nordwesten fahren und die Posten umsegeln.« Er sah zur Sonne hoch und fuhr fort: »Wenn wir uns an den westlichen Posten vorbeimogeln wollen, werden sie sicherlich hinter uns herkommen, aber solange wir stetig unseren Kurs halten und so tun, als würden wir uns nur um uns selbst kümmern, können wir sie vielleicht täuschen.« Er blickte wieder nach unten. »Sieh mal, wie sich die Farbe des Wassers verändert, von hier« – er zeigte es dem Jungen – »bis dort.«

Der Junge nickte. »Das hier ist eine tiefe Rinne, und das dort ist ein Korallenriff. Dieses Boot hat nicht besonders viel Tiefgang, doch das große Schiff, das wir im Hafen gesehen haben, würde hier auf Grund laufen und zerschellen. Wir müssen gut aufpassen, einige dieser Riffe reichen selbst für unser kleines Boot zu dicht unter die Oberfläche, doch wenn wir aufmerksam sind, können wir sie umgehen.«

Der Junge sah Borric ängstlich an. Was der Prinz sagte, erschreckte ihn offensichtlich, weil er es nicht richtig verstand. »Das ist in Ordnung«, sagte Borric. »Ich werd dir sagen, wonach du Ausschau halten mußt, falls wir fliehen müssen.« Er suchte den fernen Horizont im Westen ab, wo er nur einen einzigen weißen Punkt auf der riesigen blaugrünen Fläche entdecken konnte. »Alles, was sich hier in Küstennähe befindet, wird vermutlich genausowenig Tiefgang haben wie wir, nur schneller sein.« Borric prüfte die Segelstellung, damit er wußte, ob sie richtig vor dem Wind lagen, um die größtmögliche Geschwindigkeit herauszuholen, und sagte: »Paß nur weiter auf die weißen Flecken am Horizont auf, Suli, und sag mir, wenn sie größer werden.«

Mit der Aufmerksamkeit des Redlichen hängte sich der Junge über die dem Wind zugewandte Seite des Bootes, und wegen des schiefen Winkels, mit dem es im Wasser lag, hockte er fast auf gleicher Höhe wie die Spitze des Mastes. Fast eine Stunde lang schien der weiße Punkt weder zu wachsen noch kleiner zu werden, dann kam er plötzlich auf sie zu. »Meister!« rief der Junge. »Sie kommen!«

Borric wendete das Boot und versuchte, es so an den Wind zu bringen, daß sie die höchste Schnelligkeit erreichten, doch das fremde Segel wurde größer und größer. »Verdammt«, fluchte er. »Sie werden uns einholen.«

Suli rief: »Meister, da ist noch eins!«

Als wäre es von dem ersten Schiff gerufen worden, um die Barkasse aufzubringen, tauchte vor ihnen am nördlichen Horizont ein weiteres Segel auf. »Wir sind umzingelt!« rief Borric. Er riß das Ruder hart herum und nannte sich selbst einen Dummkopf. Natürlich waren die Wachen an der Hafeneinfahrt nicht so streng gewesen. Sie sollten nur diejenigen abfangen, die wie der Flüchtling aussahen, und sie hatten auf ihrem Boot keinen Rothaarigen entdeckt. Doch die Schiffe hier draußen auf Posten sahen nur ein Segel am Horizont. Sie würden sie aufbringen, und nichts fand Borric schrecklicher als eine eingehende Überprüfung. In Durbin hätte er den Wachen mit einer erfundenen Geschichte etwas vormachen können, doch jetzt hier draußen, die Freiheit vor Augen, riskierte er eine erneute Gefangennahme. Und geschnappt zu werden, hieß, getötet zu werden, rief er sich ins Gedächtnis.

Borric sah sich um und sagte: »Komm her!«

Der Junge eilte zu Borric, und der Prinz überließ ihm das Ruder und die Großschot. »Halt diesen Kurs.«

Borric ging rasch zum Bug des Bootes und holte das zweite Segel aus der Kiste. Er machte es am Mast fest, zog es jedoch noch nicht hoch. »Beeilt Euch, Meister!« rief der Junge.

»Jetzt noch nicht. Wir würden nur langsamer werden. Wir stehen nicht richtig zum Wind.« Borric kam wieder zurück ans Ruder.

Die beiden anderen Schiffe hatten gewendet und würden sie jagen; Borric konnte sie nun deutlich ausmachen. Das im Norden war eine große, zweimastige Galeone, die vor dem Wind rasch vorankam, doch nur schlecht manövrieren konnte und einen großen Tiefgang hatte. Er wußte, der Kapitän würde ihm nicht zwischen die Riffe folgen. Doch das andere Boot, das sie zuerst gesehen hatten, war eine schlank wirkende Schaluppe. Diese Boote sah man erst seit vielleicht zwanzig Jahren auf dem Bitteren Meer, und sie wurden von Piraten bevorzugt, die ihr Unwesen in den Untiefen vor der Südküste trieben. Bei diesem leichten Wind war sie schneller als die Barkasse, besser zu manövrieren und hatte trotzdem nur wenig mehr Tiefgang. Borrics einzige Hoffnung war, an dieser Schaluppe vorbeizukommen, mehr Leinwand zu setzen und in das flachste Wasser zu gelangen, in dem sie noch fahren konnten. Denn die Barkasse könnte der Schaluppe höchstens bei sehr starkem Wind und Backstagbrise entkommen.

Das große Schiff wendete, um Borrics kleinerem Boot den Weg abzuschneiden, und der Prinz legte das Ruder um und ging immer höher an den Wind. Dann wendete er sein Boot und hielt die Galeone stampfend hart am Wind, wodurch ihre Geschwindigkeit verpuffte wie ein Tropfen auf dem heißen Stein.

Die Schaluppe wendete und wollte sie abfangen, während er wieder auf das Riff zusegelte, und Borric ließ etwas Wind aus seinem Segel, damit der Kapitän des größeren Bootes glaubte, er habe die Flüchtigen gestellt. Borric paßte genau auf, denn es würde eine knappe Sache werden; irgendwelche falschen Berechnungen würden entweder zu viel Platz zwischen der Schaluppe und der Barkasse lassen – dann könnte das größere Boot wenden und sie einholen –, oder der Raum würde zu eng – dann könnten sie geentert werden. Borric zog einmal hart das Ruder herum, als wollte er wieder wenden. Nur solange er genau gegen den Wind segelte, konnte er bei dieser leichten Brise schneller sein als die Schaluppe, wenn auch nur wenig. Und wenn er diesen Kurs hielt, würde er allerdings genau wieder auf die Galeone zusegeln.

Borric ließ das sie verfolgende Schiff näher kommen, bis er die Mannschaft ausmachen konnte, an die dreißig unangenehm aussehende Burschen, die alle mit Schwert und Pike bewaffnet waren. Wenn sich auch noch Bogenschützen an Bord befanden, würden er und Suli das Ganze nicht überleben.

Dann überraschte er sowohl die Mannschaft der Schaluppe als auch Suli, indem er sein Boot direkt auf das andere zusteuerte. Suli schrie auf und schlug die Hände vors Gesicht, weil er einen Zusammenstoß erwartete, doch statt des erwarteten Splitterns von Holz hörte er nur das Zischen der Gischt und die Verwünschungen der Seeleute auf der Schaluppe, die diese Wendung völlig überraschte. Der Steuermann der Schaluppe reagierte, wie Borric gehofft hatte, er riß das Ruder hart herum. Die Flüche des Kapitäns hallten zu ihnen herüber. Der Steuermann steuerte jetzt von dem Boot fort, das sie längsseits hatten entern wollen. Doch es war schon zu spät.

Borrics Barkasse stand still und zitterte im schneidenden Wind, dann bewegte sie sich sachte rückwärts. Wie eine Tänzerin, die sich auf den Absätzen dreht, schwang das Boot herum und ließ die Schaluppe hinter sich. Das Knattern der Segel, die sich strafften, hallte über das Wasser, und die Barkasse schien vor dem Wind davonzuspringen. Verblüffte Seeleute standen mit offenem Mund an der Reling der Schaluppe. Dann wollte einer von ihnen es wagen, den kleinen Abstand zwischen den Booten mit einem Satz zu überwinden. Er landete nur wenige Fuß vom Heck entfernt.

Borric schrie: »Suli! Komm her!«

Der Junge hastete herbei und übernahm das Ruder von Borric, während der Prinz zum Mast rannte. In dem Moment, als er sich wieder in der Backstagbrise wähnte, zog er das zweite Segel hoch und hatte damit fast einen richtigen Spinnaker. Er hoffte, damit würde die Barkasse noch schneller werden und der Schaluppe entgehen.

Der Kapitän der Schaluppe, der immer noch wie ein Wilder fluchte, befahl seine Männer zu sich. Rasch wendete das bewegliche Boot und nahm die Verfolgung wieder auf. Borric richtete seine Aufmerksamkeit gleichermaßen nach vorn und nach hinten, blickte einmal zurück zu dem größeren Boot und beobachtete, ob es näher kam, dann wandte er sich wieder nach vorn und suchte nach gefährlichen Untiefen.

Suli hatte die Augen vor Schreck weit aufgerissen. Borric schrie ihm zu: »Ein bißchen mehr Steuerbord.«

Der Junge rief: »Was, Meister?« Er starrte den Prinzen verwirrt an, da er den seemännischen Ausdruck nicht kannte.

Borric schrie zurück: »Mehr nach rechts!« Borric wandte seine Aufmerksamkeit wieder den vor ihnen lauernden Gefahren zu. Er rief Suli weiterhin Anweisungen zu, lenkte ihn erst ein wenig nach rechts, dann nach links, dann wieder nach rechts, und sie steuerten auf einem verrückten Zickzackkurs durch die Untiefen.

Borric warf einen Blick zurück und fluchte: Das größere Boot hatte den Abstand verringert. Selbst mit dem Spinnaker waren sie noch nicht schnell genug. Er rief: »Steuer auf die Küste zu!«

Der Junge handelte sofort und wendete so scharf, daß Borric fast den Halt verloren hätte. Borric hielt nach Felsen Ausschau, Felsen, denen sie ausweichen konnten, die ihre Verfolger jedoch zu bösen Bremsmanövern zwingen würden.

Während sie auf die Küste zuhielten, wurde die Auf- und Abbewegung des Bootes stärker, da sie sich der Brandungslinie näherten. Deutlich konnten sie jetzt das Grollen der Brecher hören. Borric zeigte Suli mit der Hand, wohin er steuern sollte. »Da! Steuer dorthin!«

Er betete zur Göttin des Schicksals und rief dem Jungen zu: »Wir müssen diese Welle nehmen!«

Und als hätte die Lachende Dame ihn erhört, spürte Borric, wie sich das Boot hob und über das Hindernis hinwegging, auf das er gezeigt hatte. Als sich die Barkasse wieder senkte, hörten sie ein durch Mark und Bein gehendes Ächzen. Der Rumpf kratzte über den Felsen, und das gesamte Boot erzitterte.

Sulis Gesichtsfarbe wurde aschfahl, während er sich duckte und das Ruder festhielt, als hinge sein Leben davon ab. Borric schrie: »Nach links!«, und der Junge riß das Ruder herum. Wieder erfüllte das Kratzgeräusch von Holz, das über Stein schabte, ihre Ohren, doch das Boot senkte sich ins nächste Wellental und hob sich dann ohne weitere Schwierigkeiten wieder.

Borric sah sich nach hinten um, wo die Schaluppe krängte, während der Kapitän seiner verzweifelten Mannschaft Befehle zurief, um das Boot aus den Untiefen zu steuern, die selbst für dieses flache Schiff zur tödlichen Falle werden konnten. Borric pfiff erleichtert vor sich hin.

Er wandte seine Aufmerksamkeit dem zu, was sie als nächstes tun müßten, und gab Suli ein Zeichen, er solle leicht von der Küste wegsteuern; sie nahmen wieder an Geschwindigkeit zu, da sie sich vom Brandungssog entfernten und besser im Wind lagen. Die auffrischende Brise schob das Boot vor sich her, und Borric sah, wie die Schaluppe von Minute zu Minute weiter zurückfiel, weil sich der Kapitän hinter dem Riff halten mußte, das jetzt zwischen den beiden Booten lag.

Borric holte den behelfsmäßigen Spinnaker ein und übernahm das Ruder von Suli. Der Junge grinste ihn an, halb erfreut, halb geschockt. Sein Hemd war schweißgetränkt, und auch Borric mußte sich erst einmal die Stirn abwischen.

Borric brachte das Boot leicht gegen den Wind und sah, daß das Segel der Schaluppe noch weiter zurückgeblieben war, da das Riff sich in nordwestliche Richtung aufs Meer hinauszog. Er lachte. Selbst mit dem Vorsegel, das die Mannschaft der Schaluppe jetzt setzte, würde die Barkasse einen großen Vorsprung gewinnen und sich überall hinwenden können. Ehe das andere Schiff den Vorsprung aufholen könnte, würde die Dunkelheit hereinbrechen, und zu diesem Zeitpunkt wollte Borric schon ganz woanders sein.

Die nächsten zwei Stunden verstrichen, ohne daß sich etwas ereignete, bis Suli seinen Platz am Bug verließ und zu Borric kam. Unter den Füßen des Jungen platschte Wasser, und Borric sah, daß sich bereits eine ansehnliche Menge in der Bilge gesammelt hatte. »Fang an zu schöpfen!« schrie er.

»Was, Meister?«

Der Junge wußte nicht, was der Prinz damit meinte, und deshalb erklärte Borric ihm: »Hol den Eimer aus der Kiste, fang das Wasser auf und schütt es über Bord.«

Der Junge drehte sich um, holte den Eimer und begann zu schöpfen. Eine Stunde lang schien der Junge mit dem eindringenden Wasser gleichzuziehen, doch nach einer weiteren Stunde ermüdender Arbeit stand ihm das Wasser schon bis zu den Knöcheln. Borric sagte ihm, sie sollten die Plätze tauschen, und übernahm den Eimer. Nach einer weiteren Stunde war absehbar, daß sich die Mühe, selbst wenn sie mit aller Kraft schöpfen würden, als hoffnungslos herausstellen würde. Früher oder später würde das Boot sinken. Die einzige Frage war nur, wann und wo.

Borric blickte in Richtung Süden; die Küste schwang sich mittlerweile in Richtung Südwesten von ihnen weg, und sie selbst hatten einen nordwestlichen Kurs auf die Straße der Finsternis zu eingeschlagen. Seiner Schätzung nach waren sie jetzt so weit sie nur konnten von der Küste entfernt, etwas nordöstlich von Ranom, wo sich die Küste nach Norden wandte. Borric mußte sich rasch entscheiden, ob sie nun nach Süden auf die Küste zusteuern sollten, oder ob sie, in der Hoffnung, das Boot lange genug seetüchtig zu halten, ihren gegenwärtigen Kurs weiterverfolgen sollten und dann irgendwo südlich von LiMeth herauskämen. Da die Entfernung zu beiden Orten an der Küste allerdings etwa gleich groß war, wäre das beste, mit möglichst hoher Geschwindigkeit den alten Kurs zu halten.

Während die Sonne im Westen wanderte, wechselten sich Borric und Suli immer wieder mit dem Schöpfen ab und hielten Kurs auf LiMeth. Kurz vor Sonnenuntergang sammelten sich im Norden Wolken, und der Wind drehte und wehte ihnen jetzt entgegen. Die Barkasse war stabil genug, um gegen den Wind zu segeln, doch ob sie lange genug durchhalten würde, um Land zu erreichen, falls es regnen würde, bezweifelte Borric. Während er noch darüber nachdachte, schlugen ihm die ersten Tropfen ins Gesicht, und in weniger als einer Stunde war aus diesen Tropfen ein dichter Regenschauer geworden.

Als die Sonne aufging, war ein Schiff vor ihnen. Borric hatte es schon vor einer Viertelstunde entdeckt, als es plötzlich aus der Dämmerung aufgetaucht war. Beide, der Prinz und Suli, waren vollkommen übermüdet, weil sie die ganze Nacht geschöpft hatten, und sie konnten sich kaum noch bewegen. Dennoch sammelte Borric die letzten Kräfte und stand auf.

Bei Sonnenuntergang hatten sie das Segel eingeholt, weil es ihm günstiger erschienen war, in der Dunkelheit ein wenig abzutreiben, als blind durch die Finsternis zu segeln. Das Grollen der Brandung hätte sie schon gewarnt, falls sie zu nah an die Küste gekommen wären. Nur hatte Borric keine Ahnung gehabt, wie die Strömungen in diesem Teil des Bitteren Meeres verliefen, und das hatte durchaus ein Problem dargestellt.

Das Schiff vor ihnen war ein kleiner Handelsdreimaster, mit Vierkantsegeln und einem Lateiner am Heck. Da es aus jedem Land am Bitteren Meer stammen konnte, könnte es sowohl ihre Rettung als auch ihren Untergang bedeuten.

Als das Schiff in Rufweite war, schrie Borric hinüber: »Was für ein Schiff?«

Der Kapitän kam an die Reling und befahl, beizudrehen und sich langsam Borrics sinkender Barkasse zu nähern, die in den Wellen hin und her schaukelte. *»Der Gute Reisende,* aus Bordon.«

»Und wo geht die Reise hin?«

»Nach Faráfra«, lautete die Antwort.

Borrics Herz begann zu klopfen. Es war ein Händler aus den Freien Städten, der ins Kaiserreich zu einer Stadt am Drachenmeer wollte. »Habt Ihr noch zwei Kojen frei?«

Der Kapitän sah auf das zerlumpte Pärchen und das heftig schwankende Boot hinab. »Könnt ihr den Preis für die Überfahrt bezahlen?«

Borric wollte die Münzen, die er Salaya abgenommen hatte, nicht herausrücken; er wußte, später würde er sie noch brauchen. »Nein, aber wir können mit anpacken.«

»Ich habe genug Leute«, rief der Kapitän zurück.

Borric wußte aus Erzählungen, daß der Kapitän sie wahrscheinlich kaum auf ihrem sinkenden Boot zurücklassen würde – das verbot schon der Aberglaube der Seeleute, doch er wollte offenbar einen Preis aushandeln, der unter anderen Umständen für mehrere Überfahrten gereicht hätte. Seeleute waren ein unbeständiger Haufen, und es war schwierig, eine Mannschaft längere Zeit zusammenzuhalten; der Kapitän konnte sicherlich zwei zusätzliche Paar Hände gebrauchen. Der Kapitän feilschte einfach nur. Borric zog das rostige Fischermesser und schwang es drohend. »Dann befehle ich Euch, die Flagge zu streichen, ihr seid alle meine Gefangenen.«

Der Kapitän riß ungläubig die Augen auf, dann brach er in Lachen aus. Bald fiel jeder Seemann auf dem Schiff in das brüllende Gelächter ein. Und nachdem die Heiterkeit ein wenig abgeklungen war, rief der Kapitän: »Holt den Verrückten und den Jungen an Bord. Und dann Kurs auf die Straße der Finsternis!«

Willkommen

Die Trompeten erschollen.

Eintausend Soldaten nahmen Haltung an und präsentierten ihre Waffen. Einhundert Trommler auf den Rücken ihrer Pferde begannen mit einem Wirbel. Erland wandte sich James zu, der an seiner Linken ritt, und sagte: »Das ist unglaublich!«

Vor ihnen lag die Kaiserstadt Kesh. Vor einer Stunde hatten sie die ›Unterstadt‹ betreten und waren von einer Abordnung des Gouverneurs der Stadt und seinem Gefolge empfangen worden. Diese Prozedur hatten sie in jeder Stadt von Nar Ayab bis zur Hauptstadt über sich ergehen lassen müssen. Als sie der Gouverneur von Nar Ayab am Rand seiner Stadt begrüßt hatte, war Erland erleichtert aus seiner düsteren Stimmung gerissen worden. Seit dem Tod von Borric eine Woche zuvor war er abgestumpft, hatte mit seiner Niedergeschlagenheit gerungen und war von Zorn über die Ungerechtigkeit der Welt erfüllt gewesen. Das prunkvolle Willkommen des Gouverneurs hatte ihn zum ersten Mal von der Grübelei über den hinterhältigen Überfall abgelenkt, und die Neuartigkeit des ihm gebotenen Schauspiels in Nar Ayab hatte seine Gedanken drei Stunden lang zerstreut.

Doch dieses Ritual raubte ihm jetzt den letzten Nerv. Denn in den Städten Kh'mrat, Khattara und einem halben Dutzend anderer hatte sich die Begrüßungszeremonie wiederholt, wenn auch nicht ganz so prunkvoll, dann jedenfalls genauso förmlich und weitschweifend. Erland hatte die Reden vom örtlichen Gouverneur bis hin zum einfachen Ratsmitglied über sich ergehen lassen müssen.

Er blickte sich nach hinten um, wo Locklear zusammen mit dem Gesandten von Kesh ritt, der sie am Tor der Vorstadt erwartet hatte. Der Prinz machte ihm ein Zeichen, und beide Männer spornten ihre Tiere an und ließen sie zu Erland trotten. Der Gesandte hieß Kafi Abu Harez, ein Adliger der Beni-Wazir, eines der Wüstenvölker der Jal-Pur. Viele der Wüstenbewohner waren während der letzten hundert Jahre in die Dienste des Kaiserreichs eingetreten, da sie bemerkenswert begabt für Diplomatie und Verhandlungen waren. Der alte Botschafter im Westlichen Reich, Abdur Rachman Memi Hazara-Khan, der vor mittlerweile zehn Jahren verschieden war, hatte einmal zu Erland gesagt: »Wir sind ein Volk von Reitern, und deshalb sind wir auch so unerbittliche Pferdehändler.« Erland hatte seinen Vater oft genug mit grollender Achtung über diesen Mann fluchen hören, um den Spruch von Hazara-Khan glauben zu können. Er wußte, wer auch immer dieser Protokollbeamte sein mochte, er war kein Dummkopf, und man mußte ihn im Auge behalten. Die Bewohner der Jal-Pur waren schreckliche Gegner, wenn man sie zum Feind hatte.

Kafi sagte: »Ja, Euer Hoheit. Womit kann ich Euch dienen?«

Erland sagte: »Das ist ein wenig anders als alles, was wir bisher gesehen haben. Was sind das für Soldaten?«

Kafi zog den Mantel ein wenig zusammen, während er ritt. Sein Äußeres glich in Kopfbedeckung, Rock, Hose, langer Weste, kniehohen Stiefeln und Gürtel dem, was Erland schon in Krondor zu sehen bekommen hatte. Doch in der Verworrenheit der Muster, die in den Stoff gestickt waren, unterschied sich seine Kleidung von allem, was Erland bisher jemals kennengelernt hatte. Die Repräsentanten des Hofes von Kesh zeigten oft eine übertriebene Vorliebe für Goldfäden und Perlen.

»Das ist die Kaiserliche Leibgarde, Hoheit.«

Erland fragte beiläufig: »So viele?«

»Ja, Hoheit.«

»Sieht fast aus wie die Garnison einer ganzen Stadt«, bemerkte Locklear.

Der Keshianer sagte: »Das hängt ganz davon ab, welche Stadt Ihr meint, Herr. Für eine Stadt des Königreichs sicherlich. Für eine Stadt in Kesh bestimmt nicht. Was die Stadt Kesh betrifft, ist es nur ein kleiner Teil.«

»Würdet Ihr mir ein militärisches Geheimnis anvertrauen, wenn Ihr mir verrietet, wie viele Soldaten die Kaiserin bewachen?« fragte Erland gleichgültig.

»Zehntausend«, erwiderte Kafi.

Erland und Locklear wechselten einen Blick. »Zehntausend!« sagte der Prinz.

»Die Palastwache stellt einen Teil der Leibgarde dar, welche wiederum einen Teil der Garnison der Stadt darstellt – und die bildet das Herz der Armee von Kesh. Innerhalb der Mauern von Ober- und Unterstadt stehen zehntausend Soldaten bereit, um Sie, Die Kesh Ist, zu verteidigen.«

Sie führten ihre Pferde an der langen Reihe von Soldaten entlang, vorbei an neugierigen Bürgern, die verhältnismäßig ruhig dastanden und die Männer von den Inseln betrachteten. Erland sah, wie sich die Straße vor ihm wand und einen Hang hinaufführte – eine riesige Hauptstraße, mit Stein gepflastert, die sich bis zum Plateau auf dem Berg hinaufschlängelte. Auf halber Höhe dieser Rampe wehte ein gold-weißes Banner, und Erland bemerkte, daß die Soldaten dahinter eine andere Uniform trugen. »Es sind also verschiedene Regimenter?« fragte er.

Kafi sagte: »In alten Zeiten war das ursprüngliche Volk von Kesh nur eines von vielen am Overnsee. Als es von Feinden bedrängt wurde, floh es auf das Plateau, auf dem der Palast steht. Aus Tradition leben deshalb alle, die dem Kaiserreich dienen, aber nicht vom ursprünglichen Volk von Kesh abstammen, in der Stadt unter dem Palast.« Er zeigte die Straße hinauf, dorthin, wo die Banner wehten. »Alle Soldaten, die Ihr in Kesh seht, gehören zur Kaiserlichen Garnison, doch die oberhalb der Kaiserlichen Banner sind reinblütige Soldaten.« Seine Stimme klang ein wenig schärfer, als er hinzufügte: »Niemand, der kein reinblütiger Keshianer ist, darf im Palast leben.« Erland sah dem Protokollbeamten ins Gesicht, doch der verriet durch kein Wimpernzucken seine Gefühle. Er lächelte einfach nur, als wäre das im Leben von Kesh etwas vollkommen Alltägliches.

Sie näherten sich dem Anfang der Rampe, und die Männer, die hier entlang des Weges Wache standen, glichen jenen, die Erland bis dahin überall im Kaiserreich gesehen hatte: Sie entstammten allen möglichen Rassen; obwohl sich darunter mehr Männer mit dunklem Haar und dunkler Haut befanden als im Königreich, waren doch auch ein paar rothaarige und blonde darunter. Oberhalb des Banners glichen sich die Männer jedoch sehr: dunkle Haut, doch nicht schwarz oder dunkelbraun, allerdings fanden sich auch keine hellen Töne dazwischen. Ihr Haar war durchgehend schwarz oder dunkelbraun, gelegentlich hatte jemand einen Stich ins Rote, doch richtige Rot-, Blond- oder Braunschöpfe waren nicht zu sehen. Offensichtlich stammten die Soldaten dieser Kompanie aus Familien, die sich nur wenig mit Angehörigen anderer Völker von Kesh vermischt hatten.

Erland betrachtete die Mauer, die sich oben an der Kante des Plateaus entlangzog, und bemerkte die vielen Erker und Türmchen. Er dachte über die Größe des Plateaus nach und fragte: »Also sind alle, die in der Stadt auf dem Plateau, aber außerhalb des Palastes wohnen, ›reinblütige‹ Keshianer?«

Kafi lächelte nachsichtig: »Auf dem Plateau gibt es keine Stadt, Euer Hoheit. Alles, was Ihr dort oben zu sehen bekommt, gehört zum Palast. Früher gab es auch andere Gebäude auf dem Plateau, doch da der Palast im Laufe der Jahrhunderte wuchs und wuchs, hat man sie abgerissen. Selbst die großen Tempel wurden in der Unterstadt angesiedelt, damit auch die, die nicht reinen Blutes sind, die Götter verehren können.«

Erland war beeindruckt. Unter der Herrschaft des wahnsinnigen Königs Rodric hatte die Stadt Rillanon eine Blüte erlebt und war die schönste Stadt von Midkemia geworden, oder zumindest war das Rodrics Ehrgeiz gewesen. Doch Erland mußte zugeben, selbst wenn Rodric alle seine Pläne verwirklicht hätte – marmorne Vertäfelungen aller Häuser der Stadt, Parkanlagen an den

Fußwegen durch die Stadt, Kanäle um den Palast herum –, selbst mit all diesen Verschönerungen hätte Rillanon im Vergleich mit Kesh ärmlich ausgesehen. Dabei war Kesh keineswegs eine anziehende Stadt, nein. In vielen der Straßen, durch die sie geritten waren, drängten sich kleine Gebäude dicht aneinander, und die Gerüche des Alltags hingen in ihnen. Kochdünste, der beißende Qualm von Schmieden, der stechende Gestank der Gerberei und der allgegenwärtige Geruch von ungewaschenen Körpern und menschlichen Abfällen.

Es gab eigentlich sogar wenig Anziehendes in der Stadt Kesh. Immerhin war sie alt. Sie hallte von der Geschichte vergangener Jahrhunderte wider, von einem mächtigen Volk, welches ein riesiges Reich geschaffen hatte. Hier hatte es schon Kultur, Musik und Kunst gegeben, als Erlands Vorfahren noch Fischer waren, die nur die Hand rührten, um die benachbarten Inseln von ihrem sicheren Hafen aus zu überfallen. Das hatte ihm schon sein Geschichtslehrer beigebracht, doch jetzt konnte Erland endlich mit eigenen Augen sehen, was er damit gemeint hatte. Über die Steine unter den Hufen seines Pferdes waren schon Aufrührer, gefangene Stammesführer und triumphierende Heerführer gezogen, ehe Rillanon überhaupt unter die Herrschaft der conDoins gekommen war. Und von hier waren die legendären Generäle zu ihren Eroberungsfeldzügen aufgebrochen und hatten andere Völker unterjocht, als Rillanon und Bas-Tyra zum ersten Mal Krieg gegeneinander führten, zwei Stadtstaaten, die um die Vorherrschaft über das kämpften, was einmal die See des Königreichs genannt werden sollte. Kesh war alt. Sehr alt.

Kafi sagte: »Natürlich, Euer Hoheit, werden alle Gäste der Kaiserin in einem besonderen Flügel des Palastes untergebracht, von wo aus man den Overnsee überblicken kann. Es wäre zu unhöflich, täglich diesen beschwerlichen Weg von jemandem zu verlangen.«

Erland erwachte aus seinen Träumereien und fragte: »Aber Ihr müßt diesen Weg jeden Tag zurücklegen, oder nicht?«

Der Mann verzog ein wenig den Mund und sagte: »Natürlich, aber wir, die wir nicht reinblütig sind, kennen unseren Platz im Leben. Wir sind glücklich, dienen zu dürfen, und wir halten uns nicht damit auf, über solche Unbequemlichkeiten zu reden.«

Erland verstand den Wink und verfolgte das Thema nicht weiter. Eine Gruppe Beamter, einer bunter gekleidet als der andere, kam vom Palast her nach unten, um den Prinzen zu begrüßen. Die donnernden Trommeln verstummten, und eine Gruppe Musiker spielte etwas, das entfernt wie die Hymne des Königreichs klang, jedoch so, als hätten die Musiker sie noch nie zuvor gehört.

Er sagte zu James: »Wir werden offenbar in großem Stil empfangen.«

James nickte abwesend. Seit sie die Stadt erreicht hatten, war seine alte Wachsamkeit wieder zur Stelle gewesen. Seine Blicke waren unablässig über die Menge geschweift und hatten nach Anzeichen gesucht, die Schwierigkeiten für Erland hätten bedeuten können. Sie hatten eine Botschaft nach Krondor gesandt und die Antwort bereits unterwegs bekommen, denn die berittenen Kuriere von Kesh waren erstaunlich schnell gewesen, und nachdem Arutha die Nachricht von Borrics Tod überbracht worden war, hatte er seinerseits von Krondor aus gleich einen eigenen Boten losgeschickt. Dieser war vollkommen erschöpft bei ihnen angekommen, da er Befehl hatte, die Tasche mit den Briefen an niemanden außer Graf James, Baron Locklear oder Prinz Erland zu übergeben. Er war von wechselnden keshianischen Kurieren begleitet worden und hatte an den Streckenposten entlang des Weges die Pferde tauschen können. Der Mann war ohne Unterbrechung drei Wochen geritten, hatte nur gerastet, wenn ihn die Erschöpfung übermannte, hatte sonst nur gelegentlich im Sattel ein Nickerchen gemacht und außerdem sogar seine Mahlzeiten während des Ritts zu sich genommen. James hatte den Mann gelobt, ihm weitere Nachrichten nach Krondor mit zurückgegeben und ihm befohlen, den Rückweg in mäßigerer Geschwindigkeit anzutreten; gleichzeitig hatte er ihn zur Beförderung empfohlen und eine entsprechende Belohnung für seinen heldenhaften Ritt gefordert.

Aruthas Antwort auf die Nachricht von Borrics Tod hatte so ausgesehen, wie James es erwartet hatte: sehr knapp und ohne jede persönliche Gefühlsregung. Der Prinz von Krondor ließ sich durch nichts von den harten Entscheidungen ablenken, die er als Herrscher des Westlichen Reiches treffen mußte. Er hatte Graf James angewiesen, sich um die Bergung von Borrics Leichnam zu kümmern, doch auf keinen Fall sollten sie eine sichtliche Änderung ihres Benehmens zur Schau tragen. Ihre Mission diente dazu, der Kaiserin den Respekt des Königreiches zu zollen, und zwar aus Anlaß ihres fünfundsiebzigsten Geburtstags, und nichts sollte dabei zu Spannungen zwischen den beiden Ländern führen. James roch Ärger. Borric war ermordet worden, um das Kaiserreich in einen Krieg mit dem Königreich zu verwickeln, doch Arutha hatte nicht angebissen. Das konnte noch weitere und stärkere Provokationen nach sich ziehen. Und das einzige, was eine noch größere Provokation als den Mord an einem Prinzen von königlichem Geblüt darstellen konnte, war die Ermordung auch noch des zweiten. Er fühlte sich persönlich für den Tod Borrics verantwortlich, und er hatte seine Trauer nur verdrängt, weil er Erland beschützen mußte. Er warf einen Blick zur Seite und bemerkte, daß seine Frau ihn ansah. In Gedanken sagte er zu Gamina: *Wie geht es dir, meine Liebe?*

Ich wäre froh, wenn ich endlich von diesem Pferd absteigen könnte, mein Liebster, antwortete Lady Gamina, obwohl sie äußerlich kein Anzeichen des Unbehagens zeigte. Sie hatte die Anstrengungen der langen Reise ohne Klagen ertragen, und in den gemeinsam verbrachten Nächten hatte das Glück über ihr Zusammensein die Schwernisse des Tages vergessen gemacht. Doch auch das hatte weder James' Schmerz über Borrics Tod lindern noch seine Sorgen um Erlands Wohlergehen ausräumen können. Sie deutete mit dem Kopf zur Spitze der Prozession. *Das ist das bisher offiziellste Willkommen, Liebling.*

Mindestens hundert Beamte standen nur wenig hinter dem gold-weißen Banner, um den Prinzen und sein Gefolge in der Oberstadt zu begrüßen. Erlands Augen wurden größer und größer, während er sich diese Leute ansah. Zuerst konnte er es überhaupt nicht glauben; es war, als würde jemand einen eigentümlichen Scherz mit ihm machen. Denn die Menschen vor ihm trugen sehr wenig Stoff auf der Haut, dafür jedoch um so mehr Juwelen. Alle trugen einfache Röcke oder Kilts aus hauchdünner Seide, die einmal um die Hüften geschlungen waren und von der Taille bis zur Mitte des Oberschenkels reichten. Verzierte Gürtel mit goldenen Schnallen, auf denen komplizierte Muster zu sehen waren, hielten die Röcke. Sowohl Männer als auch Frauen trugen den Oberkörper nackt. Die Fußbekleidung bestand aus schmucklosen Riemchensandalen. Die Männer hatten ihre Köpfe rasiert, die Frauen trugen die Haare bis zum Ohr oder bis auf die Schulter kurzgeschnitten, und in ihre Zöpfchen waren Edelsteine und Goldfäden eingeflochten.

Kafi beugte den Kopf leicht vor Erland und sagte: »Vielleicht wußtet Ihr das nicht, doch unter den reinblütigen Keshianern ist es nicht wie im Königreich oder auch in Teilen des Kaiserreichs verboten, nackt zu sein. Ich mußte mich auch erst an diesen Anblick gewöhnen – in meinem Volk bedeutet es den Tod, wenn man nur das Gesicht der Frau eines anderen sieht.« Und mit ironischem Unterton fügte er hinzu: »Diese Menschen stammen aus einem sehr heißen Land, Hoheit, jedoch nicht so heiß wie meine Heimat, wo jeder, der sich so kleiden würde, sein Leben verwirkt hätte. Wenn Ihr erst einige der heißen, windigen Nächte auf dem Plateau erlebt habt, werdet Ihr verstehen, warum Kleidung hier ausschließlich eine Frage der Mode ist. Und die Reinblütigen von Kesh haben sich nie um die Gefühle der von ihnen unterjochten Völker geschert. ›In Kesh benimmt man sich wie die Reinblütigen‹, heißt ein altes Sprichwort.«

Erland nickte und versuchte, nicht auf die viele nackte Haut zu gaffen. Ein Mann, nicht viel älter als Erland, der mit Muskeln bepackt war und einen Schäferstab und einen Bogen trug, trat vor. Sein Kopf war wie der der anderen rasiert, abgesehen von einer Haarlocke, die mit Ringen aus kostbaren Steinen und Gold zusammengehalten wurde. Einen Augenblick später trat ihm ein zweiter zur Seite, ein wohlbeleibter Kerl, dem der Aufenthalt in der prallen Sonne offensichtlich wenig behagte. Dieser achtete nicht auf den Schweiß, der auf seine gerötete Haut trat, und sagte: »Wir heißen unsere Gäste willkommen.«

Kafi sagte zu dem schweren Mann: »Mein Lord Nirome. Ich habe die Ehre, Euch Seine Hoheit, Prinz Erland, Erbe des Throns der Inseln, Hauptmann der Armee des Westens, vorzustellen.«

»Euer Hoheit«, sagte der stämmige Nirome. »Um Eure Ankunft zu ehren, steht hier jemand von kaiserlichem Blute, um Euch zu begrüßen. Es ist mir eine große Ehre, Euch Prinz Awari, den Sohn von Ihr, Die Kesh Ist, vorzustellen.«

Der junge Mann trat noch einen Schritt vor und wandte sich an Erland: »Wir heißen unseren Bruder, den Prinzen, willkommen. Möge Euer Aufenthalt an diesem Ort glücklich sein und so lange dauern, wie Ihr es wollt, Prinz Erland. Es ist eine große Ehre für uns, daß der König der Inseln uns seinen Erben gesandt hat. Ihr, Die Uns Allen Eine Mutter Ist, gefällt dies sehr, und sie hat ihren armen Sohn gesandt, um Euch den Willkommensgruß zu entbieten. Ich darf Euch mitteilen, wie froh in diesem Moment, in dem Ihr zu uns kommt, alle Herzen in Kesh sind und wie froh sie bleiben werden, für die ganze Zeit, die Ihr bei uns verweilt. Eure Weisheit und Euer Mut sind unerreicht, und Sie, Die Kesh Ist, wartet mit Freude darauf, Euch an Ihrem Hof zu begrüßen.« Nach diesen Worten drehte sich Prinz Awari um und ging die Straße hinauf. Die Männer und Frauen, die sie zur Begrüßung erwartet hatten, traten zur Seite und ließen den Prinzen und Lord Nirome passieren, dann deutete Kafi Baron Locklear an, er solle dem Prinzen folgen, und daraufhin schloß er sich selbst gemeinsam mit Graf James an.

Während sie die Auffahrt hinaufstiegen, wandte sich James an

Kafi und sagte: »Wirklich, wir wissen so wenig über das Kaiserreich, und alles, was wir zu sehen bekommen, ist die Grenze im Norden. Es würde Seine Hoheit freuen, wenn Ihr mit uns essen und uns dabei vielleicht mehr über diesen wundersamen Ort erzählen könntet.«

Der Mann lächelte, und James spürte irgend etwas Verdächtiges in seinem Blick. »Euer Wunsch wurde erwartet. Ich werde beim ersten Licht jedes Tages vor Eurer Tür stehen und Euch nicht von der Seite weichen, bis Ihr mich entlassen habt. Die Kaiserin, sie sei gesegnet, hat mir das so befohlen.«

James lächelte und neigte den Kopf. *Das ist also unser Wachhund.*

Gamina lächelte die Umstehenden an und antwortete: *Einer von vielen, da bin ich sicher, Geliebter.*

James wandte seine Aufmerksamkeit der Spitze der Gesellschaft zu, wo Erland der kaiserlichen Begrüßungsabordnung folgte. In den nächsten zweieinhalb Monaten würden sein Verstand und seine Begabungen hart auf die Probe gestellt werden, das wußte er. Und dabei hatte er eigentlich nur zwei Aufgaben: Erland vor dem Tod zu schützen und das Königreich aus einem Krieg herauszuhalten.

Erland suchte vergeblich nach Worten. Sein »Gemach« bestand aus sechs Zimmern, die in diesem »Flügel« des Palastes für sie bereitgehalten worden waren – dieser Flügel allein war schon fast so groß wie der Palast seines Vaters in Krondor. Der kaiserliche Palast selbst war tatsächlich eine Stadt für sich. Und die Gästezimmer waren unglaublich großzügig. Die steinernen Wände waren durchgehend mit Marmor verkleidet, der so auf Glanz poliert war, daß er das Licht der Fackeln wie tausend Juwelen spiegelte. Im Gegensatz zur Bauweise im Königreich, wo man viele kleine Zimmer einrichtete, waren hier alle Räume der Zimmerflucht groß, konnten jedoch durch Vorhänge in kleinere unterteilt werden. In diesem Zimmer waren die Vorhänge durchsichtig und erlaubten ihm einen Blick auf die abgeteilte Ecke mit Diwanen und Sesseln, wohin man sich zu Beratungen und Besprechungen zurückziehen konnte. Und zu seiner Linken hatte man von einer Terrasse aus einen atemberaubenden Blick über den Overnsee, den riesigen Süßwassersee, der das Herz des Kaiserreichs bildete. Das Schlafgemach war durch eine zweiflügelige Tür vom Audienzzimmer getrennt.

Erland machte einem der beiden Soldaten, die er von seiner Truppe als Diener mitgenommen hatte, ein Zeichen, er sollte die große Tür öffnen. Noch ehe der Mann reagieren konnte, erschien an Erlands Seite eine junge Frau. »Herr«, sagte sie und klatschte einmal laut in die Hände.

Die Türen schwangen auf, und Erland nickte abwesend, während er in sein Schlafzimmer trat. Doch bei dem Anblick, der ihn empfing, blieb der Prinz stehen. Überall, wo er auch hinsah, erblickte er Gold. Tische, Diwane, Hocker und Stühle, die im Zimmer angeordnet waren – hier gab es alles, was man brauchte, um sich anzukleiden, Botschaften zu verfassen oder ein einsames Mahl einzunehmen. Hoch oben an der Wand hörte der Marmor auf und wurde von Sandstein ersetzt, auf den in hellen Farben Wandgemälde gemalt waren, um das stumpfe Ocker des Steins zu überdecken. Nach keshianischer Art zeigten sie Krieger, Könige und Götter, von denen viele mit Tierköpfen dargestellt waren; die Eigenschaften, die man den Göttern in Kesh zuschrieb, unterschieden sich stark von denen im Königreich.

Erland stand stumm da und bestaunte den Prunk des Zimmers. Das Gemach wurde von einem riesigen Bett beherrscht, das an drei Seiten von durchsichtigen Seidenvorhängen umgeben war, die von der zwanzig Fuß hohen Decke herabhingen. Das Bett selbst war doppelt so groß wie sein eigenes daheim, und das war ihm schon riesig erschienen, als er vor kurzem zusammen mit Borric aus den Diensten beim Lord von Hohe Burg zurückgekehrt war, wo sie mit den engen Kojen in der Kaserne hatten vorlieb nehmen müssen.

Der Gedanke an Borric ließ für einen Moment Wehmut in ihm aufsteigen, denn wie gern hätte er dieses Staunen mit seinem Bruder geteilt. Wieder konnte er kaum glauben, daß Borric bei dem Überfall wirklich ums Leben gekommen war. Irgendwie fühlte es sich nicht so an, als sei Borric tot. Er war irgendwo dort draußen, dessen war sich Erland sicher. Die junge Frau, die mit ihm eingetreten war, klatschte abermals in die Hände, und plötzlich füllte sich das Zimmer mit Leben.

Die Soldaten des Prinzen standen in stiller Verwunderung vor der scheinbar endlosen Parade von Dienern, die durch die Gemächer marschierten und geschickt die Koffer des Prinzen auspackten und die offiziellen Gewänder auf eine Truhe legten – am meisten erstaunte die Soldaten jedoch, daß es alles Frauen waren, die noch dazu schön und genauso sparsam bekleidet waren wie die Abordnung zur Begrüßung. Nur die Juwelen fehlten. Ihre einfachen Kilts wurden in der Taille von einem Ledergürtel gehalten. Abgesehen davon waren die Frauen nackt.

Erland ging zu den beiden Soldaten hin und sagte: »Geht etwas essen. Wenn ich euch brauche, lasse ich euch rufen.«

Die beiden salutierten und drehten sich um, offensichtlich unsicher, wohin sie gehen sollten, doch als hätte sie die Gedanken des Prinzen gelesen, sagte eine junge Frau: »Hier entlang« und führte sie hinaus.

Eine zweite junge Frau mit mahagonifarbenen Augen trat vor Erland. »Wenn es Euch gefällt, Herr, Euer Bad ist bereit.« Erland bemerkte, daß ihr Gürtel rot war und eine goldene Schnalle hatte, während die der anderen Frauen nur weiß gewesen waren, und er nahm an, sie müsse die Oberste dieses Heeres von jungen Frauen sein.

Plötzlich fiel Erland auf, wie warm er hier in der stehenden heißen Luft des Palastes angezogen war und wie sehr der Staub der letzten zwei Tage zu Pferde an ihm klebte, daher nickte er und folgte der Frau ins nächste Zimmer. Dort stand er vor einem Becken von wenigstens zehn Meter Länge. Am gegenüberliegenden Ende hielt die Goldstatue irgendeines Wassergeistes eine Vase, aus der Wasser in das Becken floß. Erland sah sich um, denn im Wasser erwarteten ihn fünf Frauen, alle ohne Kleidung.

Zwei weitere traten ihm zur Seite, während seine Führerin sich zu ihm umdrehte und ihm den Rock aufknöpfte. »Äh«, setzte Erland an und trat unwillkürlich einen Schritt zurück.

»Ist etwas nicht in Ordnung, Herr?« fragte die junge Frau mit den mahagonifarbenen Augen. Erland bemerkte mit einem Mal die verschiedenen Abstufungen ihrer dunklen Haut: ein warmes Rot vom Sonnenbrand hatte sich an einigen Stellen über die olivfarbene Bräune gelegt. Ihr dunkles Haar war zu einem strengen Zopf geflochten, und Erland sah, wie lang ihr Hals war.

Er wollte etwas sagen, hielt wieder inne, wußte nicht, wie er sich ausdrücken sollte. Wäre Borric bei ihm gewesen, hätten sie beide sicherlich im Becken herumgespritzt und die Grenzen ihrer Rechte bei den lieblichen Dienstmädchen ausprobiert. Doch allein … er kam sich wie ein Tölpel vor. »Wie heißt du?«

»Miya, Herr.«

»Ach, Miya …« Er betrachtete die hübschen Mädchen, die darauf warteten, daß er sein Begehr kundtat. »… In meiner Heimat ist es nicht Sitte, mit so vielen Dienerinnen … man braucht nicht so viele.«

Die junge Frau blickte ihn einen Moment lang fragend an. Leise erwiderte sie: »Wenn mir der Herr zeigen würde, welche der Dienerinnen ihm gefallen, würde ich die anderen fortschicken.« Sie zögerte, dann fügte sie hinzu: »Oder falls Ihr nur eine wünscht, so fühlte ich mir sehr geehrt, mich … Eurer Bedürfnisse anzunehmen, Herr.« So, wie sie das gesagt hatte, war ihm klar, was sie gemeint hatte.

Erland schüttelte den Kopf. »Nein, ich meine …« Er seufzte. »Macht nur einfach weiter.«

Gewandte Hände zogen ihm seine Kleider aus, und als er nackt war, stieg er schnell in das Becken und fühlte sich unbeholfen und unsicher. Das Wasser war heiß, was ihn überraschte, als er die Treppe in das schmale Becken hinunterstieg. Er kam sich dumm vor, setzte sich auf die unterste Stufe, wo ihm das Wasser bis an die Brust reichte. Dann öffnete Miya ihren Gürtel und ließ ihren Rock zu Boden fallen. Selbstbewußt stieg sie ins Wasser und setzte sich auf die Stufe genau hinter Erland. Sie klatschte einmal in die Hände, womit sie den Dienerinnen am Beckenrand bedeutete, sie sollten Öl, Seife und Salben bringen.

Mit leichtem Druck auf den Schultern zog Miya seinen Kopf zurück, bis er an ihren weichen Brüsten ruhte. Dann spürte er, wie ihre Finger seine Kopfhaut bearbeiteten, derweil sie ihm duftendes Öl in die Haare massierte. Zwei weitere Dienerinnen waren an seine Seite gekommen und rieben seine Brust mit Seife ein, die schwach nach Blumen roch. Noch zwei weitere säuberten und feilten seine Fingernägel, während zwei andere seine müden Beinmuskeln kneteten.

Nachdem die erste Anspannung darüber, von sieben fremden Frauen so vertraulich berührt zu werden, verflogen war, konnte er sich schließlich ganz dem Genuß hingeben. Eigentlich war es doch gar nicht so viel anders als mit dem einen Diener, der ihn zu Hause abschrubbte, sagte er sich. Dann betrachtete er das Dutzend junger Frauen, die draußen am Beckenrand standen, und die sieben, die bei ihm im Wasser waren, und kicherte in sich hinein; natürlich, es war ganz wie zu Hause.

»Herr?« fragte Miya.

Erland seufzte tief. »Daran muß man sich erst einmal gewöhnen.«

Die Frau hörte auf, ihm die Haare zu waschen und spülte sie mit Wasser aus einer goldenen Schüssel aus. Trotz der Unsicherheit, die die Anwesenheit der nackten Frauen im Becken bei ihm hervorrief, spürte er, wie seine Lider schwer wurden. Während er den süßen Duft von Miyas feuchter, sonnengebräunter Haut roch, der sich mit den sanften Aromen des Öls vermischte, schloß er die Augen und spürte, wie die Müdigkeit und die Sorgen von ihm abfielen.

Er seufzte abermals tief, und Miya fragte leise: »Verlangt es meinen Herrn noch nach etwas?«

Zum ersten Mal seit dem Überfall der Banditen lächelte Erland und sagte: »Nein, aber an das hier könnte ich mich schon gewöhnen.«

»Dann ruht Euch aus, mein stattlicher junger Lord mit den feurigen Haaren«, flüsterte sie ihm ins Ohr. »Ruht und erfrischt Euch für heute abend, denn Sie, Die Kesh Ist, wird Euch empfangen.« Erland lehnte sich an den weichen Körper der Dienerin und überließ sich der Wärme des Wassers und den knetenden Händen der Frauen, während sie die müden Muskeln massierten und seine Verspannungen lösten. Bald dämmerte er sinnlich dahin und döste ein, und während er sich entspannte, fühlte er, wie er auf das sanfte Streicheln der Frauen ansprach. Durch die gesenkten Lider blickte er in lächelnde Gesichter, die ihn erwartungsvoll ansahen, und zwei der Dienerinnen tuschelten miteinander und kicherten verstohlen. Ja, dachte er, daran könnte ich mich gewöhnen.

Eine der Dienerinnen schüttelte seinen Fuß und flüsterte: »Herr!«

Erland stützte sich auf die Ellbogen, um nachzusehen, was es gab, und blinzelte mit schläfrigen Augen. Schließlich wurde er wach und fragte: »Was ist?«

»Lord James hat überbringen lassen, er würde in einer halben Stunde hier erscheinen, Herr. Er rät Euch, dann fertig zu sein, um der Kaiserin vorgestellt zu werden. Ihr müßt Euch anziehen.«

Erland sah zuerst nach rechts, dann nach links und fand sich zwischen zwei regungslosen Körpern eingeklemmt. Zu seiner Rechten atmete die schlafende Miya tief und regelmäßig, während ihn zu seiner Linken eine andere Dienerin durch die halbgeschlossenen Lider beobachtete – die mit den funkelnden grünen Augen; er konnte sich an sie erinnern, wußte aber ihren Namen nicht mehr. Er klatschte Miya spielerisch auf den bloßen Po und sagte: »Zeit, sich fertig zu machen, meine Lieblinge.«

Miya erwachte und erhob sich mit einer fließenden Bewegung aus dem riesigen Bett. Sie klatschte in die Hände, und augenblicklich erschien ein weiteres halbes Dutzend Sklaven mit Erlands Garderobe, die inzwischen gesäubert worden war. Erland sprang aus dem Bett, bedeutete ihnen zu warten und eilte in das Zimmer mit dem Becken. Er stieg die drei Stufen hinunter und tauchte einmal unter. Zu Miya, die ihm gefolgt war, sagte er: »Ich war durchgeschwitzt. Und das war genau das Richtige für mich.«

Die Frau lächelte milde. »Ihr wart ... eine Zeitlang sehr rege, Herr.«

Erland erwiderte das Lächeln. »Ist es hier immer so heiß?«

Das Mädchen antwortete: »Es ist Sommer, und dann ist es eben so. Wer es wünscht, kann einen Fächer bekommen, um sich abzukühlen. Im Winter ist es nachts wirklich kalt, und man braucht im Bett viele Pelze, damit es warm bleibt.«

Erland konnte sich das jetzt, als er aus dem Becken stieg, kaum vorstellen. Drei Frauen trockneten ihn rasch ab, und er kehrte in sein Schlafgemach zurück.

Es war schwieriger, sich in die Kleider helfen zu lassen, als er gedacht hatte. Er wollte immer wieder selbst irgend etwas machen, und das störte die Frauen, die gerade Knöpfe oder Schnallen schlossen. Doch als Graf James angekündigt wurde, war er fertig angekleidet.

James erschien und sagte: »Nun, du siehst besser aus. Hast du ein Nickerchen gehalten?«

Erland warf einen Blick auf die Frauen, die überall im Zimmer standen, und sagte: »Doch, sehr angenehm, wirklich.«

James lachte: »Gamina war gar nicht begeistert, als sie so viele hübsche junge Frauen in unseren Gemächern vorfand. Und sie wurde sehr ungnädig, als sie ihr beim Baden helfen wollten.« Er sah sich um. »Man möchte sie für leichtfertig halten, aber für sie ist das alltäglich. Ihnen müssen wir erscheinen wie … ich weiß nicht, wie wir ihnen erscheinen müssen.«

Der Graf machte Erland ein Zeichen, er solle mitkommen, und führte den jungen Mann hinaus auf den großen Gang, wo sich Locklear und Gamina unterhielten. Als sie den Gang betraten, sagte Gamina in Gedanken zu Erland: *Erland, James hat bereits zwei Lauscher in deinem Gemach entdeckt. Paß auf, was du laut sagst.*

Ich würde annehmen, zumindest eine von meinen Dienerinnen ist eine Spionin, dachte er zurück.

Sie schwiegen, während ein Beamter des Hofes von Kesh zu ihnen trat, der die gleiche Kleidung trug, wie man sie überall zu sehen bekam: weißer Kilt und Sandalen. Doch er trug zusätzlich noch einen Halsring aus Gold, der mit Türkisen besetzt war, und einen Amtsstab. »Hier entlang, Euer Hoheit, meine Herren, meine Dame.«

Er führte sie einen langen Korridor entlang, in dem sich die Eingänge zu großen Gemächern mit offenen Säulengängen abwechselten. In den Säulengängen wurden Brunnen und kleine Gärten mit Fackeln erleuchtet. Während sie an mehreren solcher Gärten vorbeigingen, sagte James: »Du kannst dich ruhig an diese Nickerchen gewöhnen, Hoheit. Es ist Sitte hier. Morgens hält die Kaiserin mit ihren vertrautesten Offizieren hof, am späten Mittag wird gespeist, von da an bis zum Sonnenuntergang ist Ruhezeit, und abends bis zur neunten Stunde wird wieder hofgehalten, danach gibt es dann Abendessen.«

Erland betrachtete mehrere Dienerinnen, die vorbeikamen und nichts als den schmalen Kilt trugen. »Das werde ich schon schaffen«, sagte er.

Von Gamina kam ein Gedanke, kein ausgeprochenes Wort, nur ein Gefühl, und es war ganz und gar ablehnend.

Am Ende des Ganges bogen sie ab und betraten einen noch größeren Gang. Steinerne, mit Marmor verkleidete Säulen erhoben sich drei Stockwerke hoch über ihre Köpfe. Die Wände an beiden Seiten waren stilvoll mit legendären Schlachten zwischen Göttern und Dämonen und mit Szenen aus anderen großen Ereignissen bemalt. Die Mitte des Ganges war mit einem Teppich ausgelegt, der ein märchenhaftes Muster trug, von feinster Webart und unglaublich lang war und der dennoch keinen einzigen Makel zu haben schien.

Alle paar Meter stand eine keshianische Wache auf Posten. Erland bemerkte, wie wenig diese Männer den berühmten Hundesoldaten ähnelten, die an der Grenze zum Königreich eingesetzt wurden. Diese Soldaten hier waren offensichtlich wegen ihres Äußeren ausgewählt worden, und weniger wegen ihrer Erfahrung, dachte Erland. Jeder trug nur den kurzen Kilt, wenn auch in etwas anderem Schnitt, da er vorn jeweils einen Schlitz hatte, damit er dem Träger mehr Beinfreiheit gewährte. Darunter trugen die Männer Lendenschurze aus dem gleichen weißen Leinen wie der Kilt, und ein verzierter, bunter Gürtel um den Kilt wurde mit einer Silberschnalle verschlossen. Dazu hatte natürlich auch jeder Soldat die kreuzweise gebundenen, schlichten Riemchensandalen an. Auf den Köpfen saßen Helme unterschiedlicher Machart, die Erland begeisterten, weil sie so barbarisch und primitiv aussahen. Einer hatte den Schädel eines Leoparden über den Kopf gestülpt, und das Fell des Tieres fiel ihm über die Schulter. Ein paar andere trugen Hirsch- oder Bärenköpfe auf ähnliche Weise. Viele hatten Bussard- oder Adlerfedern an eisernen Ringen befestigt, die sie sich auf den Kopf gesetzt hatten, oder ihre Helme mit den bunten Federn von Papageien verziert, und einige hohe, spitz zulaufende Helme waren aus Schilf geflochten, das in grellen Farben gefärbt war. Insgesamt machten die Kopfbedeckungen nicht den Eindruck, als würden sie in der Schlacht viel Nutzen bringen.

James sagte laut: »Ein großartiger Anblick, nicht wahr?«

Erland nickte. Nichts, was er bisher in der Oberstadt von Kesh gesehen hatte, war nicht auch gleichzeitig bis ins Übermaß übertrieben gewesen. Im Gegensatz zu dem, was er in der Unterstadt kennengelernt hatte, wirkte das alles hier noch überwältigender. Selbst die alltäglichsten Gegenstände bezeugten Überfluß und Reichtum. Wo etwas Einfaches reichen würde, wurde etwas Edles benutzt: Gold anstelle gewöhnlichen Eisens, Edelstein anstelle von Glas, Seide, wo man sonst Baumwolle erwartet hätte. Und das gleiche galt auch für die Diener und Dienerinnen, wurde Erland klar, nachdem er durch weitere Säle und Gänge geschritten war. Wenn ein Mann gebraucht wurde, mußte er nicht nur gesund und fähig sein, er mußte auch stattlich aussehen. Wenn eine Frau auf den Gang trat, dann war sie hübsch und jung. Noch ein paar Tage hier, dachte Erland, und ich sehne mich nach dem Anblick eines einfachen Gesichtes.

Sie erreichten eine massive, riesige zweiflügelige Tür, die mit Gold beschlagen war, und der Beamte, der sie davor erwartete, pochte mit der Metallspitze seines Stabs auf den Boden und verkündete: »Prinz Erland, Graf James, Gräfin Gamina und Baron Locklear!«

Die Tür schwang weit auf, und durch sie hindurch konnte Erland in einen riesigen Saal blicken, der von dieser Wand bis zur gegenüberliegenden leicht hundert Meter maß, und dort, am anderen Ende, erhob sich ein hohes Podest, auf dem ein goldener Thron stand.

Erland zischte James verstohlen zu: »Du hast mir nicht gesagt, daß es sich um einen fröhlichen Empfang handelt.«

James erwiderte: »Tut es nicht. Es ist nur ein zufälliges, intimes Abendessen.«

»Dann kann ich das offizielle Hofhalten gar nicht mehr erwarten.« Erland holte tief Luft und meinte: »Gut, wollen wir also erst einmal einen Happen mit Ihrer Majestät essen.« Prinz Erland trat ein und führte seine Berater in den Saal der Kaiserin von Groß-Kesh.

Erland marschierte zielstrebig auf die Mitte des Saals zu. Seine Stiefeltritte auf dem Fußboden klangen, als würden sie nicht an diesen Ort gehören, wo jedermann nur weiche Sandalen oder Pantoffeln trug. Stille saugte den Lärm auf, da niemand in dem Saal sprach und alle Augen auf die Gesandten aus dem Königreich der Inseln gerichtet waren.

Auf dem Podest, vor dem Thron, waren Kissen und Polster aufgestapelt worden. Und auf ihnen lag eine alte Frau. Erland versuchte, sie direkt anzusehen, dabei jedoch nicht zu gaffen, und er fand diese Aufgabe unmöglich zu lösen. Hier lag auf Kissen vor dem erhabensten Thron der bekannten Welt die mächtigste Herrscherin der bekannten Welt. Und sie war eine kleine, verdorrte Frau, die vollkommen unauffällig erschien. Ihre Bekleidung glich dem üblichen weißen Kilt, nur reichte ihrer über die Knie. Und ihr Gürtel war mit prachtvollen Edelsteinen besetzt, die das Licht der Fackeln auffingen und kleine Lichtpunkte an Wände und Decke zurückwarfen. Sie trug eine lockere Weste aus weißem Stoff, die vorne von einer Brosche mit einem riesigen Rubin zusammengehalten wurde. Auf ihrem Kopf saß ein Diadem aus Gold, das mit Saphiren und Rubinen geschmückt war, die alles übertrafen, was der Prinz jemals gesehen hatte. Und in den Händen dieser alten Frau lag das Schicksal eines riesigen Reiches.

Ihre dunkle Haut konnte die Blässe des Alters nicht verbergen, und sie bewegte sich wie eine Frau, die zehn Jahre älter war als fünfundsiebzig. In ihren Augen konnte Erland jedoch Größe spüren, in ihnen loderte ein helles Feuer.

Mit dunklen Augen, die funkelten wie die Saphire und Rubine ihres Diadems, betrachtete sie den Prinzen, während er durch den Gang zwischen den Gästen schritt, die den heutigen Abend mit der Kaiserin verbrachten. Um das Podest herum war in einem Halbkreis ein Dutzend Tische aufgestellt, und an jedem Tisch ruhten auf Kissen diejenigen, die die Kaiserin dieser Ehre für würdig befunden hatte.

Erland blieb vor der Kaiserin stehen und neigte den Kopf, doch nicht tiefer, als er es vor seinem Onkel, dem König, getan hätte. James, Gamina und Locklear beugten die Knie, wie sie der Protokollbeamte angewiesen hatte, und warteten auf das Zeichen, mit dem sie sich wieder erheben durften.

»Wie ist es unserem jungen Prinzen von den Inseln ergangen?«

Die Stimme der Frau brach wie der Donner über einen Sommernachmittag herein, und Erland wäre fast zusammengezuckt. Diese einfache Frage enthielt Feinheiten und Untertöne, die der junge Mann niemals hätte zum Ausdruck bringen können. Erland antwortete so ruhig wie möglich: »Gut, Euer Majestät, und mein Onkel, der König der Inseln, läßt Euch die besten Wünsche für Eure Gesundheit und Euer Wohlergehen übermitteln.«

Kichernd erwiderte sie: »Das sollte er auch, mein Prinz. Ich bin hier am Hof sein bester Freund, daran solltet Ihr keinen Zweifel haben.« Sie seufzte und fuhr fort: »Wenn diese Feierlichkeiten zu Ende sind, überbringt die innigsten Wünsche zu den Inseln, auf daß es ihnen weiterhin wohl ergehen möge. Wir haben viel gemeinsam. Nun, wer sind Eure Begleiter?«

Erland stellte sie vor, und danach überraschte die Kaiserin alle, als sie sich leicht aufrichtete und sagte: »Gräfin, würdet Ihr mir die Liebenswürdigkeit erweisen näherzutreten.«

Gamina warf James einen raschen Blick zu, dann stieg sie die zehn Stufen hoch, die auf das Podest führten. »Ihr aus dem Norden seid oft so blond, doch Euresgleichen habe ich noch nie gesehen«, sagte die alte Frau. »Ihr stammt nicht zufällig aus der Gegend um Stardock?«

»Nein, Euer Majestät«, entgegnete Gamina. »Ich wurde in den Bergen nördlich von Romney geboren.«

Die Kaiserin nickte, als erklärte das alles. »Kehrt zu Eurem Gemahl zurück, meine Liebe. Auf Eure fremdländische Art seid Ihr sehr schön anzusehen.«

Während Gamina die Stufen vom Podest herabstieg, sagte die Kaiserin: »Euer Hoheit, für Euch wurde ein Tisch gedeckt. Ihr werdet mir doch den Gefallen erweisen und mit mir speisen.«

Der Prinz verneigte sich und sagte: »Es ist mir eine Ehre, Eure Majestät.«

Als sie sich an dem ihnen zugewiesenen Tisch niedergelassen hatten, der nur durch einen anderen von der Kaiserin getrennt war, erschien ein Höfling und verkündete: »Prinz Awari, Sohn von Ihr, Die Kesh Ist!« Der Prinz, den Erland schon am Nachmittag kennengelernt hatte, trat durch eine Seitentür ein, hinter der, wie Erland vermutete, ein weiterer Flügel des Palastes lag, der sich mit Sicherheit von dem unterschied, in dem seine Gesellschaft untergebracht war.

»Wenn ich Euer Hoheit darauf hinweisen dürfte«, hörte Erland zu seiner Rechten eine Stimme, wandte sich um und sah Kafi Abu Harez, der sich zwischen ihn und Graf James gedrängt hatte. »Ihre Majestät, möge es Ihr wohl ergehen, hat die Möglichkeit Eurer Unkenntnis in vielerei für Euch neuen Dingen in Betracht gezogen und mich an Eure Seite befohlen, damit ich Euch alle Fragen beantworte, die sich Euch stellen mögen.«

Und die Dinge herausbekomme, auf die wir neugierig sind, hörte Erland Gaminas Gedanken.

Der Prinz nickte leicht, was Kafi für bloßes Nachdenken über sein Angebot hielt, während Gamina wußte, er stimmte ihr zu. Dann rief der Höfling: »Prinzessin Sharana!« Hinter Awari trat eine junge Frau ein, die ihrem Äußeren nach ungefähr in Erlands Alter sein mußte. Erland blieb angesichts der Enkelin der Kaiserin die Luft weg. In diesem Palast der Schönheit war sie die bezaubernde Krone. Sie war gekleidet wie alle anderen, doch gleich der Kaiserin trug sie eine Leinenweste – und wirkte dadurch noch anziehender, weil diese ihren Körper verhüllte. Ihre Arme und ihr Gesicht hatten die blasse Farbe von Mandeln, und die keshianische Sonne hatte ihrer Haut einen goldenen Schimmer verliehen. Das Haar trug sie in der Stirn kurzgeschnitten, ansonsten reichte es bis auf die Schulter, gerade und ohne Schmuck, abgesehen von einem langen Zopf, in den Edelsteine und Gold eingeflochten waren. Dann rief der Höfling: »Prinzessin Sojiana!«

Locklear wäre fast aufgesprungen. Wenn Prinzessin Sharana die Schönheit in ihrer ersten Blüte verkörperte, so stellte ihre

Mutter, Sojiana, ihren Höhepunkt dar. Sie war hochgewachsen, von athletischer Statur, und bewegte sich wie eine Tänzerin, so daß jeder Schritt ihren Körper im besten Licht zeigte. Und ihr Körper war etwas Außergewöhnliches: mit langen Gliedmaßen, flachem Bauch und stattlichen Brüsten. Sie zeigte eine Üppigkeit, der jedoch kein Quentchen Fett anzusehen war, eine Weichheit, wie sie nur von festen Muskeln herrühren konnte. Sie trug nur einen weißen Kilt, um den statt des Gürtels eine goldene Kordel geschlungen war. Um ihre Arme wanden sich zwei goldene Schlangen, und um den Hals hing ein Halsring, der mit feurigen Opalen besetzt war, die sich von ihrer dunklen Haut leuchtend abhoben. Ihr Haar war so braun wie weingetränktes Holz, und unter dem Braun schimmerte Rot durch. Ihr Gesicht war so eindrucksvoll wie ihr Körper, und sie sah ihre Mutter mit funkelnden grünen Augen an.

»Götter«, sagte Locklear, »sie ist umwerfend.«

Der Wüstenbewohner stimmte zu. »Die Prinzessin gilt als die größte Schönheit der Reinblütigen, Herr.« In seiner Stimme schwang ein zurückhaltender Unterton mit.

James sah Kafi mit einem eigentümlichen, fragenden Gesichtsausdruck an, doch der Beni-Wagir wollte nichts weiter sagen. Nachdem er James' Blick einen Moment lang standgehalten hatte, bemerkte er Locklears hingerissene Bewunderung für die Prinzessin, die derweil vor ihrer Mutter stehengeblieben war, und sagte schließlich: »Lord Locklear, ich möchte Euch bitten, Euch ein wenig zurückhaltender zu benehmen.« Er warf einen weiteren Blick auf Prinzessin Sojiana, die vor dem Podest stand, und flüsterte: »Sie ist nach der Kaiserin die gefährlichste Frau des ganzen Hofes. Und das macht sie zur zweitgefährlichsten Frau der Welt.«

Mit höhnischem Grinsen erwiderte Locklear: »Das kann ich mir wohl vorstellen. Sie ist atemberaubend. Doch ich schätze, ich würde die Herausforderung annehmen.«

Gamina warf ihm des groben Scherzes wegen einen bösen

Blick zu, doch der Wüstensohn lächelte breit. »Sie wird Euch vielleicht Gelegenheit dazu geben. Es heißt, ihr Geschmack sei ... abenteuerlich.«

James entging nicht, was Kafi damit eigentlich sagen wollte, im Gegensatz zu Locklear, der viel zu begeistert war. James nickte Kafi dankbar für die Warnung zu.

Anders als Awari und Sharana verneigte sich Sojiana nicht einfach nur vor der Kaiserin und zog sich dann an den für die kaiserliche Familie gedeckten Tisch zurück, sondern sie unterhielt sich mit ihr. »Geht es meiner Mutter gut?« fragte sie förmlich.

»Mir geht es gut, meine Tochter. Heute ist ein weiterer Tag, an dem Wir in Kesh herrschen.«

Die Prinzessin verneigte sich und sagte. »Dann wurden meine Gebete erhört.« Daraufhin ging sie zu ihrem Bruder und ihrer Tochter, setzte sich, und die Diener betraten den Saal.

Speisen von bemerkenswerter Vielfalt wurden nacheinander aufgetragen, und alle ein oder zwei Minuten mußte sich Erland entscheiden, was er als nächstes versuchen wollte. Dazu wurden Weine gereicht, trockene und liebliche, rote und weiße, wobei letztere mit Eis gekühlt wurden, das von den Gipfeln der Wächter, einem Gebirge am südwestlichen Ufer des Overnsees, herbeigebracht worden war.

An den Keshianer gewandt, sagte Erland: »Könnt Ihr mir sagen, warum die Mitglieder der kaiserlichen Familie als letzte eingetreten sind?«

Kafi antwortete: »Es ist in Kesh Sitte – auch wenn Euch das seltsam erscheinen mag –, daß diejenigen von niederstem Range zuerst eintreten, die Sklaven, die Diener und die unteren Hofbeamten, die alles für die Hochwohlgeborenen vorbereiten. Dann betritt Sie, Die Kesh Ist, den Saal und nimmt ihren Platz auf dem Podest ein, und daraufhin kommen die anderen, Adlige oder jene mit hohen Verdiensten, und erst danach schließlich die wichtigsten Gäste. Ihr seid heute neben der kaiserlichen Familie der höchste Adlige, deshalb durftet Ihr vor Prinz Awari eintreten.«

Erland nickte, dann fiel ihm etwas Seltsames auf. »Danach wäre seine Nichte, Sharana …«

»Von höherem Rang an diesem Hof als der Prinz«, beendete Kafi den Satz und sah sich in dem Raum um. »Das ist sozusagen der Familienstreit, mein Prinz.«

Und etwas, worüber er hier nicht sprechen möchte, fügte Gamina hinzu. Erland warf ihr einen Blick zu, und sie fuhr fort: *Ich lese seine Gedanken nicht, Hoheit. Ich würde das bei niemandem tun, der mir nicht seine Erlaubnis dazu gegeben hat, doch er … verkündete es selbst. Ich kann es nicht besser ausdrücken, aber er bemüht sich, über viele Dinge nicht zu reden.*

Erland ließ das Thema fallen und stellte Fragen zum Leben am Hof. Kafi antwortete, wie es ein gelangweilter Geschichtslehrer vielleicht getan hätte, außer wenn die Fragen mit lustigen, peinlichen oder skandalösen Anekdoten zu beantworten waren. Er enthüllte einen ausgesprochenen Hang zum Klatsch.

James ließ die anderen reden, während er sich Kafis Antworten genau anhörte. Während das Essen seinen Lauf nahm, sammelte er Stückchen um Stückchen alles, was er erfahren hatte, und baute es in das Bild von Kesh ein, das er sich schon gemacht hatte. Kesh war ein so unübersichtliches Gebilde wie ein Ameisenhaufen, und nur die Gegenwart der Ameisenkönigin, der Kaiserin, garantierte die Ordnung. Politische Parteien, alte Zwiste zwischen den Völkern und jahrhundertealte Fehden bestimmten das Leben am Hof, und die Kaiserin hielt ihr Reich zusammen, indem sie alle Parteien gegeneinander ausspielte.

James nippte an einem guten trockenen Rotwein und dachte darüber nach, welche Rolle sie in diesem Spiel übernehmen sollten, denn so sicher, wie seine Stiefel drückten, wußte er, irgend jemand würde ihre Anwesenheit hier ausnutzen wollen, um seine politische Karriere voranzutreiben. Die Frage war nur, wer, und aus welchen Gründen.

Und, so fügte er in Gedanken hinzu, es war ganz offensichtlich, daß auch jemand versuchen würde, Erlands Anwesenheit am

Hofe für andere Zwecke auszunutzen. Ganz deutlich wollte wenigstens eine Partei den Prinzen tot und Krieg zwischen dem Königreich und dem Kaiserreich sehen. James blickte sich im Saal um und nippte nochmals an dem trockenen Rotwein. Während er ihn genoß, dachte er daran, daß er hier ein Fremder in einem sehr fremdartigen Land war und daß er sich schnellstens mit den hiesigen Gepflogenheiten vertraut machen mußte. Er ließ seinen Blick schweifen, betrachtete hier und dort ein Gesicht und entdeckte dabei mehr als ein halbes Dutzend Gesichter, die ihrerseits ihn musterten.

Er seufzte. Es war noch Zeit, denn er bezweifelte, daß es gleich in der ersten Nacht im Palast Ärger geben würde. Wenn er die Aufgabe des Mordes an Erland übernehmen müßte, würde er warten, bis weitere Gäste und somit weitere Verdächtige eingetroffen waren und der Mord die Feierlichkeiten zum Geburtstag der Kaiserin nachhaltiger stören würde. Solange jedenfalls, fügte er hinzu, nicht die Kaiserin selbst Erlands Tod wünschte.

Er nahm sich ein Stück reifer und köstlicher Melone von seinem Teller und aß es. Er genoß den Geschmack und entschied sich, die Staatsangelegenheiten für ein paar Stunden Staatsangelegenheiten sein zu lassen. Doch schon eine Minute später ertappte er sich dabei, wie sein Blick wieder durch den Saal schweifte und er irgendwelche Fingerzeige und Hinweise auf den nächsten Anschlag ausfindig zu machen versuchte.

Gefährte

Der Ausguck zeigte auf etwas.

»Faráfra!«

Der Kapitän befahl, die Segel auszurichten, derweil sie eine Landspitze umsegelten und vor ihnen der keshianische Hafen auftauchte. Einer der Seeleute an der Reling wandte sich an Borric und meinte: »Heut nacht gibt's Spaß, was, Verrückter?«

Borric lächelte wehmütig. Hinter ihm sagte der Kapitän: »Klettert in die Takelage und macht euch fertig zum Segelreffen!« Die Seeleute sprangen auf. »Zwei Strich Backbord«, befahl der Kapitän, und Borric drehte das Ruder des großen Schiffes, um es in die angegebene Richtung zu wenden. Seit er zur Mannschaft der *Der Gute Reisende* gehörte, hatte er sich den Respekt des Kapitäns und der Seeleute erarbeitet. Manche Aufgaben erledigte er gut, während er von anderen keine rechte Ahnung hatte, doch er lernte schnell. Wegen seines Gefühls für Schiffe und für Änderungen der Strömungen und Winde, das er sich als Junge beim Segeln auf kleinen Booten angeeignet hatte, war er rasch zum Steuermann aufgestiegen und gehörte nun zu den drei Seeleuten, denen der Kapitän das Ruder anvertraute.

Borric sah nach oben, wo Suli über eine Spiere lief und sich wie ein Affe zwischen den Segeln und Trossen hindurchhangelte. Suli hatte sich an das Leben auf See gewöhnt, als sei er dazu geboren. In dem Moment, seit sie an Bord dieses Schiffes waren, hatte sein kindlicher Körper ein wenig an Umfang und Muskeln zugelegt, und die ständige Arbeit und das einfache, aber sättigende Essen hatten ihren Teil dazu beigetragen; der Mann, der er eines Tages sein würde, war schon deutlich zu erkennen.

Der Prinz hatte seine Identität weiter für sich behalten, obwohl er sie vermutlich auch hätte preisgeben können. Nachdem er sich mit dem rostigen Messer so seltsam benommen hatte, als sie aufgefischt worden waren, hieß er bei Mannschaft und Kapitän nur noch der »Verrückte«. Auch wenn er behaupten würde, er sei ein Prinz von den Inseln, würde das wahrscheinlich an ihrer Meinung über ihn kaum etwas ändern, dessen war er sich sicher. Suli war einfach nur »der Junge«. Niemand hatte sie darüber ausgequetscht, weshalb sie in einem sinkenden Boot auf hoher See getrieben waren, weil solches Wissen sowieso nur Ärger mit sich brachte.

Hinter ihm sagte der Kapitän: »Ein Lotse aus Faráfra wird uns in den Hafen steuern. Verdammt lästig, aber der Gouverneur des Hafens wünscht das so, also müssen wir warten.« Der Kapitän befahl, die Segel zu reffen und den Anker zu werfen. Eine grüne und eine weiße Flagge wurden gehißt, um den Lotsen anzufordern. »Hier werden wir uns voneinander trennen, Verrückter. Der Lotse wird innerhalb einer Stunde hier sein, aber ich lasse dich zum Strand außerhalb der Stadt rudern.«

Borric sagte nichts dazu. Der Kapitän betrachtete das Gesicht des Prinzen eingehend und sagte: »Du bist ein kräftiger Kerl, aber als du an Bord gekommen bist, warst du noch kein richtiger Seemann.« Er kniff die Augen zusammen und fuhr fort: »Du kennst dich mit Schiffen wie ein Segelmeister aus, nicht wie die Mannschaft; von den einfachen Aufgaben verstehst du nichts.« Während er redete, sah sich der Kapitän immer wieder um und vergewisserte sich, ob alle Leute ihren Pflichten so nachkamen, wie sie sollten. »Scheint, als hättest du deine Zeit immer auf dem Achterdeck verbracht und nicht unter Deck oder in der Takelage, vielleicht als Junge eines Kapitäns.« Er senkte seine Stimme. »Oder als Sohn eines reichen Mannes, der selbst Schiffe besitzt.« Borric drehte leicht am Ruder, während das Schiff an Fahrt verlor, und der Kapitän fuhr fort: »Deine Hände waren schwielig, aber wie die eines Reiters oder Soldaten, nicht wie die eines Seemannes.« Er sah sich um, ob sich jemand vor der Arbeit drückte. »Nun, ich will deine Geschichte gar nicht wissen, Verrückter, aber du hast dein Bestes gegegeben, und du warst eine gute Hilfe auf Deck und hast dich nie beschwert – und mehr kann keiner verlangen.« Er sah hoch in die Takelage, wo die Segel eingeholt worden waren, also befahl er, den Anker fallen zu lassen. Er zurrte das Steuerrad fest, während Borric es hielt, und sagte: »Normalerweise würde ich dich noch bis zum Sonnenuntergang mit den anderen die Fracht löschen lassen, so lange, bis dir die Zunge aus dem Hals hängt, weil deine Arbeit auf dem Schiff eigentlich erst zu Ende ist, wenn es leer ist. Aber irgend etwas an dir sagt mir, daß du Ärger im Kielwasser hinter dir herziehst, also will ich dich möglichst unbemerkt loswerden.« Er musterte Borric von oben bis unten. »Also geh nach unten und hol deine Sachen. Ich weiß, du hast meine Männer mit deinen Kartentricks ausgeplündert. Glücklicherweise habe ich sie noch nicht ausbezahlt, sonst hättest du ihnen ihre Heuer für diese Fahrt auch noch abgeknöpft.«

Borric nickte und sagte: »Danke, Kapitän.«

Er machte sich zur Kajütentreppe auf, stieg die Leiter hinunter, die zum Hauptdeck führte, und schrie zu Suli hoch: »Junge! Komm runter und pack deine Sachen!«

Der Bettler aus Durbin schwang sich die Webeleine hinunter und traf Borric auf dem Vorderdeck. Sie stiegen unter Deck und suchten ihre wenigen Habseligkeiten zusammen. Neben einem Messer und einem Gürtel hatte Borric noch einen kleinen Stapel Münzen gewonnen, außerdem zwei Seemannshemden, eine Hose und einige ähnliche Sachen für Suli.

Als sie wieder nach oben kamen, stand die Mannschaft müßig herum und wartete auf die Ankunft des Lotsen aus Faráfra. Einige verabschiedeten sich von ihnen, während sie zu der Strickleiter hinübergingen, die an der Leeseite des Schiffes hing. Unten wartete ein kleines Boot mit zwei Seeleuten, die sie ans Ufer rudern sollten.

»Verrückter! Junge!« sagte der Kapitän, als sie die Leiter hinunterklettern wollten. Beide zögerten. Er hielt ihnen einen kleinen Beutel entgegen. »Das ist ein Viertel der normalen Heuer. Ich kann doch niemanden ohne einen Penny in eine keshianische Stadt schicken. Da hätte ich euch gleich ertrinken lassen können.«

Suli nahm den Beutel und sagte: »Der Kapitän ist wirklich sehr großzügig und freundlich.«

Während das Boot auf die Brandung zuhielt, nahm Borric den Beutel und wog ihn in der Hand. Daraufhin steckte er ihn in seine Jacke, dorthin, wo er den Beutel aufbewahrte, den er Salaya abgenommen hatte. Seufzend dachte er darüber nach, was sie als nächstes tun sollten. Natürlich wollte er in die Stadt Kesh – die Frage war nur, wie. Er entschied sich dafür, die Frage zurückzustellen, bis sie wieder Land unter den Füßen hatten, und fragte Suli: »Was meinte der Kapitän damit, er könne niemanden ohne einen Penny in eine keshianische Stadt lassen?«

Einer der beiden Seeleute antwortete, ehe der Junge etwas sagen konnte: »Wenn man in Kesh kein Geld hat, ist man eine Leiche.« Er schüttelte den Kopf über Borrics Unwissenheit. »In Kesh ist das Leben billig. Aber du kannst der verdammte König von Queg sein, wenn du keine Münze in der Tasche hast, lassen sie dich auf der Straße verrecken, steigen über dich drüber und gehn ihren Geschäften nach, bloß daß sie noch deine Seele in die Sieben Tiefen Höllen wünschen, weil ihnen deine Leiche im Weg liegt.«

Suli sagte: »Das stimmt. Die Leute in Kesh sind Tiere.«

Borric lachte. »Du bist doch auch aus Kesh.«

Der Junge spuckte über die Schulter aus. »Wir aus Durbin sind keine richtigen Leute aus Kesh, genausowenig wie die Wüstenmenschen. Wir sind von ihnen erobert worden; wir zahlen ihnen Steuern, aber wir sind keine Keshianer.« Er zeigte auf die Stadt. »Das da sind auch keine Keshianer. Das sollten wir nie vergessen. Nur in der Stadt Kesh kann man richtige Keshianer finden. Ihr werdet noch sehen!«

»Der Junge hat recht, Verrückter«, meinte der redselige Seemann. »Die richtigen Keshianer sind ein komisches Volk. Hier am Drachenmeer oder sonstwo sieht man kaum welche, nur am Overnsee. Haben die Köpfe rasiert und rennen nackt rum und kümmern sich nicht drum, wenn du's mit ihren Frauen treibst. Das ist ehrlich wahr!« Der andere Seemann grunzte, als wäre das nur Seemannsgarn, das erst noch bewiesen werden müßte. Der erste sagte: »Sie fahren in ihren Wagen durch die Gegend und denken, sie wären was Besseres als unsereins. Und sie bringen dich genauso schnell um, wie sie dich anschauen.« Beide Seeleute legten sich in die Riemen, während sie sich der Brandungslinie näherten, und Borric spürte, wie das Boot von einem Brecher angehoben wurde. Der erste Seemann erzählte weiter: »Und wenn einer dich umbringt, lass'n sie ihn einfach laufen vor Gericht. Selbst wenn er nur 'n einfacher Mann wie du und ich ist, Verrückter. Ist eben ein Reinblütiger.«

Der zweite Seemann sagte: »Das ist ehrlich wahr. Paßt auf euch auf, wenn ihr 'n Reinblütigen seht. Die denken anders als wir anderen. Mit der Ehre ist es auch anders. Wenn du einen herausforderst, kann er mit dir kämpfen, kann aber auch nicht, und kümmert sich 'n Dreck um Ehre. Aber wenn er dich wegen irgendwas auf'm Kieker hat, ist er hinter dir her wie der Teufel hinter der armen Seele.«

Der erste Seemann fügte hinzu: »Und wenn's sein muß, ist er bis ans Ende der Welt hinter dir her, das ist auch ehrlich wahr.«

Die Brandung erfaßte das Boot und schob es auf den Strand. Borric und Suli sprangen in das hüfttiefe Wasser und halfen den beiden Ruderern, das Boot Richtung Meer umzudrehen, und dann, als sich gerade eine Welle zurückzog, schoben sie das Boot hinaus, damit die Ruderer leichter durch die Brandung kamen. Während sie an den Strand wateten, wandte sich der Prinz an den Bettlerjungen und sagte: »Nicht ganz der Empfang, den ich in Kesh erwartet hatte, aber wenigstens sind wir noch am Leben« – er schüttelte den Beutel in seiner Jacke –, »und wir haben genug, um zu essen – und im Moment werden wir nicht verfolgt.« Er sah zurück, dorthin, wo das Schiff immer noch auf den keshianischen Lotsen wartete. Er wußte, früher oder später würde einer der Seeleute irgend jemandem etwas über den Mann und den Jungen erzählen, die sie vor Durbin aus dem Wasser gezogen hatten, und die, die in diesem Teil des Kaiserreichs nach ihm suchten, würden diese Nachricht mit seiner Flucht in Verbindung bringen. Und dann würde die Jagd weitergehen. Borric holte tief Luft und sagte noch einmal: »Ja, zumindest werden wir im Moment nicht verfolgt.« Er klopfte dem Jungen auf die Schulter und sagte: »Komm, laß uns gehen und sehen, was diese keshianische Stadt an warmem Essen zu bieten hat.«

Dieses Vorhaben konnte Suli nur lebhaft unterstützen.

War Durbin eine überlaufene, dreckige und armselige Stadt gewesen, so war Faráfra exotisch. Und überlaufen, dreckig und armselig. Als sie vielleicht den halben Weg bis zur Mitte der Stadt zurückgelegt hatten, verstand Borric genau, was der Kapitän mit seiner Bemerkung gemeint hatte. Denn kaum zwanzig Meter vom Seetor entfernt, in der Nähe des Hafens, wo sie die Stadt betreten hatten, lag ein Toter verwesend in der Sonne. Die Fliegen krabbelten auf ihm herum, und dem zerfleischten Äußeren nach hatten sich auch die Hunde irgendwann vor Sonnenaufgang an ihm gütlich getan. Die Leute gingen an der Leiche vorbei und beachteten sie nicht oder verdrehten höchstens die Augen.

Borric sah sich um und fragte: »Macht denn die Stadtwache nichts dagegen?«

Suli spähte in alle Richtungen und hielt dauernd danach Ausschau, ob man nicht irgendwo die eine oder andere Münze verdienen könnte. Abwesend antwortete er: »Wenn ein Händler in der Nähe beschließt, der Gestank sei seinem Geschäft abträglich, dann wird er ein paar Jungen bezahlen, die die Leiche in den Hafen zerren und dort ins Wasser schmeißen. Ansonsten liegt er so lange da, bis nichts mehr von ihm übrig ist.«

Einige Meter weiter hatte sich ein Mann in einer Robe hingekauert, der die Vorbeigehenden nicht beachtete. Als Borric ihn ansah, stand er auf und mischte sich in den Strom der Passanten und ließ den Beweis hinter sich, daß er sich nicht der Huldigung eines Gottes wegen hingehockt hatte, sondern eher dem Ruf der Natur gefolgt war. »Oh, Götter im Himmel«, sagte Borric. »Gibt es in dieser Stadt keine öffentlichen Aborte?«

Suli sah ihn erstaunt an. »Öffentlich? So etwas habe ich noch nie gehört. Wer will sie denn bauen und saubermachen? Warum sollte sich darum irgendwer kümmern?«

Borric sagte: »Macht nichts. Aber es gibt manche Dinge, an die kann man sich nur schlecht gewöhnen.«

Während sie sich vom Strom der Menge aufsaugen ließen, der vom Hafen zur Stadt zog, staunte Borric über die unglaubliche Vielfalt an Menschen. Hier konnte man alle möglichen Sprachen hören, und die verschiedensten Arten von Kleidung wurden getragen. So etwas hatte Borric nicht im Traum erwartet, geschweige denn jemals in seinem Leben gesehen. Frauen in der Tracht der Wüstenbewohner gingen vorbei, die von Kopf bis Fuß in blaue oder braune Gewänder gehüllt waren und nichts außer ihren Augen zeigten, während einige Meter weiter Jäger aus den Grasebenen – deren dunkle, eingeölte Körper bis auf einen Lendenschurz nackt waren, ihren Wohlstand jedoch durch kupferne Armringe, Halsketten und Ohrringe und die Art ihrer Waffen zeigten – Waren begutachteten. Hier zeigten Tätowierungen die Zugehörigkeit zu einem Stamm, dort eigentümliche Tempelroben die Zugehörigkeit zu einem Glauben an. Frauen mit Haut, die so dunkel wie Kaffee war, kamen vorbei; sie trugen spitz zulaufende Hüte und hatten sich in bunte Tücher eingewickelt, die von der Achsel bis zum Knie reichten. Kleinkinder mit ernsten Augen schienen die Rücken ihrer Mütter aus umgeschlungenen Tüchern zu bewachen. Kinder aller Rassen rannten auf der Straße herum und jagten einen Hund, der sich zwischen den menschlichen Beinen hindurchschlängelte. Borric lachte: »Der Hund läuft, als ginge es um sein Leben.«

Suli zuckte mit den Schultern. »Tut es auch. Diese Straßenjungen sind hungrig.«

Es war Borric fast zuviel. Es gab so viel Neues, das er nicht verstand. Überall, wohin er schaute, waren Hunderte von Leuten unterwegs, gingen hierhin und dorthin; einige bummelten, einige hatten es eilig, doch alle schienen blind für die Menge von Menschen um sie herum zu sein. Und noch schlimmer als das Gedränge und das dauernde Geschwätz war der Geruch. Ungewaschene Körper, teure Parfüms, menschliche Exkremente, Kochdünste, exotische Gewürze, Gestank von Tieren, all das stieg Borric in die Nase: der Duft eines fremden Landes. Die Straße war überfüllt, es gab kaum Platz, unweigerlich berührte man fremde Menschen. Borric war sich des Gewichts der beiden Beutel in seinem Rock bewußt, und einen sichereren Ort dafür konnte er sowieso nicht finden. Ein Taschendieb müßte ihm jedenfalls den Arm von vorn ins Hemd stecken, was ihm höchst unwahrscheinlich erschien. Doch Borrics Sinne waren überfordert, was er jetzt brauchte, war eine Pause.

Sie kamen zu einem Wirtshaus, dessen Vorderseite offen war, und der Prinz machte dem Jungen ein Zeichen einzukehren. Im Dämmerlicht der Wirtsstube sahen sie zwei Männer, die sich an einem Ecktisch unterhielten, ansonsten war das Lokal leer. Borric bestellte Bier für sich und den Jungen und bezahlte aus dem mageren Beutel, den ihnen der Kapitän gegeben hatte; den volleren ließ er lieber versteckt unter seinem Hemd. Das Gebräu war weder besonders gut noch schlecht, doch Borric hatte lange kein Bier mehr bekommen, und deshalb war es für ihn ein Genuß.

»Macht den Weg frei!« Eine Frau schrie entsetzt auf, dann folgten Hufgetrappel und weitere Rufe, in die sich gelegentlich ein Peitschenknall mischte. Borric und Suli wandten sich um und wollten wissen, was los war. Vor der offenen Front des Wirtshauses spielte sich ein seltsames Schauspiel ab. Zwei herrliche braune Pferde zogen einen verzierten Streitwagen, wieherten und scheuten, als sie von dessen Lenker gezügelt wurden.

Der Grund für den plötzlichen Halt war ein großer Mann, der mitten auf der Straße stand. Hinter dem Lenker schrie der Insasse des Streitwagens: »Dummkopf! Trottel! Geh aus dem Weg!«

Der Mann auf der Straße ging auf die beiden Pferde zu und griff nach ihrem Zaumzeug. Er schnalzte mit der Zunge, und die Pferde bewegten sich rückwärts. Der Streitwagenlenker knallte hinter dem Ohr des einen Pferdes mit der Peitsche und schrie laut. Doch die Pferde gehorchten dem andauernden Druck von vorn mehr als dem Lärm von hinten. Trotz der Flüche und Proteste des Wagenlenkers fuhr der Streitwagen rückwärts, während der Mann hinter ihm auf dem Wagen so aussah, als könnte er nicht fassen, was da vor sich ging. Der Lenker wollte abermals mit der Peitsche knallen, doch der Mann, der die beiden Pferde zurückdrängte, sagte: »Knall noch einmal mit dem Ding, und es war die letzte Dummheit, die du in diesem Leben begangen hast.«

»Faszinierend«, bemerkte Borric. »Ich frage mich, warum unser großer Freund das macht?«

Der »große Freund« war der Erscheinung nach ein Söldner, da er einen Lederharnisch über seinem grünen Rock und seiner ebenfalls grünen Hose trug. Auf seinem Kopf prangte ein alter Eisenhelm, der ausgesprochen verbeult war und es dringend nötig gehabt hätte, mal wieder poliert zu werden, und auf seinem Rücken hing eine Lederscheide, in der etwas steckte, das wie ein sogenanntes Bastardschwert aussah, eine außergewöhnlich lange Klinge. An beiden Seiten der Taille ragte jeweils der Griff eines langen Dolches aus dem Gürtel.

Der Mann hinter dem Wagenlenker sah auf den Mann hinunter, der ihm den Weg versperrte. Der Krieger war unbekleidet, wenn man von einem weißen Kilt und einem alten Harnisch, dessen Lederriemen auf der Brust des Mannes ein X bildeten, absah. An der Seite des Streitwagens waren lange Speere aufrecht festgemacht, die wie der Mast eines Bootes in die Höhe ragten und an die der Krieger leicht herankommen konnte. Außerdem hing an der Seite des Wagens auch ein Bogen. Das Gesicht des Kriegers im Wagen wurde krebsrot, und er schrie: »Mach den Weg frei, du Trottel!«

Suli flüsterte Borric zu: »Der Mann in dem Streitwagen ist ein reinblütiger Keshianer. Außerdem gehört er zu den Kaiserlichen Streitwagenlenkern. Und er ist in Geschäften für das Kaiserreich unterwegs. Der Mann, der ihn aufhält, ist entweder sehr mutig oder sehr dumm.«

Der Mann, der die Pferde hielt, schüttelte den Kopf und spuckte aus. Er zwang die Pferde, weiter zurückzugehen, bis der Streitwagen rechts in den kleinen Laden eines Töpfers fuhr. Der Töpfer schrie aufgeregt herum und sprang aus dem Weg, und der Mann mit dem langen Schwert hörte auf, die Pferde zurückzuschieben, ehe sie den Lebenserwerb des Mannes zerstörten. Der Söldner ließ das Zaumzeug los, bückte sich und hob etwas auf, dann trat er zur Seite. »Jetzt könnt ihr weiter«, sagte er.

Der Wagenlenker wollte den Tieren schon die Zügel geben, doch der Krieger nahm ihm die Peitsche aus der Hand. Als hätte der Söldner das vorausgesehen, fuhr er herum und ließ die lederne Schnur, die singend durch die Luft schnitt, auf sein breites, ebenfalls ledernes Armband knallen. Rasch schnappte er sich die Peitsche und zog heftig daran, wobei der Krieger auf dem Wagen fast heruntergefallen wäre. Gerade als der Mann das Gleichgewicht wiedergewann, zog der Söldner einen seiner beiden Dolche und schnitt die Peitschenschnur durch. Der Mann auf dem Wagen taumelte nach hinten. Der wütende Krieger wollte sich wieder aufrichten, doch in diesem Moment schlug der Söldner dem einen Pferd auf die Hinterflanke und schrie aus Leibeskräften: »Hü!« Vollkommen überrascht, war der Wagenlenker kaum in der Lage, die Pferde herumzuziehen und sie auf der Straße zu halten, ohne dabei in die dichten Reihen von Händlern und Käufern zu preschen.

Die ganze Straße lachte, derweil der wutentbrannte Krieger dem großen Söldner über die Schulter Flüche zurief. Der Söldner sah dem davonfahrenden Streitwagen noch einen Augenblick hinterher, dann betrat er die Schenke und blieb neben Suli stehen.

»Bier«, sagte er und legte das auf den Tresen, was er von der Straße aufgehoben hatte. Es war eine Kupfermünze.

Borric schüttelte den Kopf. »Du bist beinahe überfahren worden, und das nur wegen eines Kupferstücks?«

Der Mann nahm seinen Eisenhelm ab und enthüllte feuchtes Haar, das ihm am Kopf klebte, zumindest an den Stellen, wo er noch welches hatte, denn er war mindestens vierzig, vielleicht auch schon fünfzig Jahre alt und hatte das meiste Kopfhaar schon verloren. »Eine solche Gelegenheit kann man sich nicht entgehen lassen, mein Freund«, sagte er langsam, als hätte er sich Wattebäusche in die Backen gestopft. »Das sind fünf Luni, und das ist mehr Geld, als ich im ganzen vergangenen Monat in den Händen gehabt habe.«

Irgendwie kam Borric der Akzent des Mannes bekannt vor, und er fragte: »Bist du von den Inseln?«

Der Mann schüttelte den Kopf. »Aus Langost, einer Stadt in den Ausläufern der Gipfel der Ruhe. Aber unser Volk stammt von den Inseln. Der Vater meines Großvaters kam aus Niederhohnheim. Doch du bist offenbar von den Inseln?«

Borric zuckte mit den Schultern, als wäre das egal. »Jetzt komme ich gerade aus Durbin, und vorher war ich auf den Inseln.«

»Faráfra ist nicht gerade das Paradies, doch es ist immer noch besser als dieses Pestloch Durbin.« Der Mann streckte ihm die Hand entgegen. »Ghuda Bulé, Karawanenwächter; hab mich zuletzt in Hansulé herumgetrieben, davor in Gwalin und Ishlana.«

Borric schüttelte die Hand des Mannes, die gleichermaßen vom Umgang mit Waffen wie vom Umgang mit Vieh verschwielt war. »Meine Freunde nennen mich ›den Verrückten‹«, sagte er grinsend. »Und das ist Suli.«

Suli schüttelte die Hand des Söldners feierlich, so als wären sie unter ihresgleichen.

»Der Verrückte? Dazu gibt es doch bestimmt eine Geschichte, oder hat dich dein Vater nicht gemocht?«

Borric lachte. »Nein, ich habe irgendwann einmal ein paar komische Sachen gemacht, und dann hatte ich den Namen sitzen.« Er schüttelte den Kopf. »Karawanenwächter? Deshalb konntest du so gut mit den Pferden von diesem Streitwagen umgehen.«

Der Mann lächelte, indem er seine Lippen leicht verzog, und seine blauen Augen zwinkerten. »Diese Krieger mit ihren Streitwagen bereiten mir viel Spaß. Und über Pferde weiß ich eins mit Sicherheit: Wenn ihnen jemand vor die Stirn drückt, dann mögen sie das nicht und gehen rückwärts. Das kann man allerdings nur wagen, wenn ein Dummkopf ihre Zügel hält und ihnen mit der Peitsche eins hinter die Ohren gibt. Sollte ein Reiter mit starken Schenkeln und Sporen an den Füßen auf ihrem Rücken sitzen, würde ich das nicht versuchen.« Er kicherte. »War ziemlich dumm, was?«

Borric lachte. »Ja, wirklich.«

Ghuda Bulé trank den letzten Rest Bier aus seinem Becher und sagte: »Na, ich sollte mich besser zur Karawanserei aufmachen. Mein letztes Mädchen hat mich heute aus ihrer Hütte rausgeschmissen, da sie endlich gemerkt hat, daß ich sie weder heiraten noch mir eine Arbeit in der Stadt suchen würde. Also hab ich kein Geld mehr, und da muß ich mich wohl oder übel mal wieder nach Arbeit umsehen. Außerdem hab ich mich lange genug in Faráfra rumgetrieben und könnte mal wieder etwas Luftveränderung brauchen. Euch beiden noch einen guten Tag.«

Borric dachte einen Moment lang nach, dann sagte er: »Darf ich dir einen ausgeben?«

Ghuda legte den Helm, den er gerade aufsetzen wollte, wieder auf den Tresen. »Schon überredet, Verrückter.«

Borric bestellte eine Runde. Der Wirt setzte die Biere vor ihnen ab, und Borric wandte sich an den Söldner und meinte: »Ich muß dringend zur Stadt Kesh, Ghuda.«

Ghuda drehte sich um, als wollte er sich orientieren. »Also, am besten gehst du zuerst in diese Richtung«, sagte er und zeigte die Straße entlang, »bis du an die südliche Seite der Gipfel des Lichts kommst – das ist eine große Bergkette; die kannst du gar nicht verfehlen. Dann wendest du dich nach links und umrundest sie, dann folgst du rechts der Sarne, bis du die Nordseite der Wächter erreichst. Du bleibst an dem Fluß, bist du an einen Ort am Overnsee kommst, an dem viele Leute leben, und das ist dann die Stadt Kesh. Kannst du gar nicht verfehlen. Wenn du sofort aufbrichst, solltest du in sechs bis acht Wochen da sein.«

»Danke«, meinte Borric trocken. »Ich meine, ich muß dorthin, und ich würde gern bei einer Karawane anheuern, die dahin unterwegs ist.«

»Aha«, erwiderte Ghuda unverbindlich und nickte.

»Und es wäre nicht schlecht, wenn mich jemand, der hier allgemein bekannt ist, empfehlen würde.«

»Aha«, meinte Ghuda. »Also soll ich zur Karawanserei gehen und einem Karawanenmeister, der nichts Böses ahnt, erzählen, du seist ein alter Freund aus der Heimat und du könntest ungeheuer gut mit dem Schwert umgehen, und übrigens würdest du der Verrückte heißen.«

Borric schloß die Augen, als bekäme er Kopfschmerzen. »Nicht ganz so.«

»Sieh mal, mein Freund, vielen Dank für das Bier, aber dafür riskiere ich nicht meinen guten Namen; ich kann niemanden empfehlen, wenn ich nicht weiß, ob das nicht an meinem guten Namen hängenbleibt.«

Borric meinte: »Wart mal einen Moment! Wieso sollte sich das schlecht auf deinen guten Namen auswirken? Ich bin ein guter Fechter.«

»Ohne Schwert?«

Borric zuckte mit den Schultern. »Das ist eine lange Geschichte.«

»Das kenn ich schon.« Ghuda nahm seinen Helm und setzte ihn sich schief auf den Kopf. »Tut mir leid.«

»Ich bezahl dich.«

Ghuda nahm den Helm wieder ab und legte ihn zurück auf den Tresen. Er machte dem Wirt ein Zeichen, er solle noch eine Runde bringen. »Also, dann wollen wir doch mal zur Sache kommen. Weißt du, Empfehlungen haben einen ziemlichen Wert. Was bietest du also?«

»Was verdienst du auf einer Fahrt von hier nach Kesh?«

Ghuda dachte nach. »Das ist eine nette, ereignislose Route, die von der Armee gut bewacht wird, also kriegt man wenig Geld, und deshalb gibt es immer Karawanen, die Wächter suchen. Bei einer großen Karawane bekommt man vielleicht zehn Ecu. Bei einer kleinen fünf. Und auf der Reise zusätzlich das Essen. Vielleicht noch einen Zuschlag, wenn man unterwegs gegen Banditen kämpfen muß.«

Borric rechnete kurz im Kopf nach – wieviel das wirklich war, konnte er nur in Münzen des Königreichs beurteilen – und sah nach, wieviel Geld er in dem Beutel von Salaya hatte, und wieviel er beim Poker auf dem Schiff gewonnen hatte. »Ich sag dir was. Wenn du uns drei bei einer Karawane als Wächter unterbringst, verdoppele ich das, was auch immer sie dir zahlen.«

»Augenblick mal: Ich bring euch bei einer Karawane nach Kesh unter, und du gibst mir deinen Lohn, wenn wir dort ankommen.«

»Genau.«

»Nein«, meinte der Söldner und leerte seinen Bierkrug. »Und welche Garantie habe ich, daß du nicht einfach abhaust, bevor ich das Geld kriege?«

Borric sah ihn entgeistert an. »Du zweifelst an meinem Wort?«

»Ob ich an deinem Wort zweifle? Junge, wir haben uns gerade erst kennengelernt. Und was würdest du denken, wenn bei dir einer ankäme, der der Verrückte genannt wird und dir so einen Vorschlag machen würde?« Er warf einen bedeutsamen Blick in seinen leeren Bierkrug.

Borric bestellte noch eine Runde. »Gut, ich zahl dir den halben Betrag, bevor wir aufbrechen, und den Rest, wenn wir dort ankommen.«

Ghuda war immer noch nicht überzeugt. »Und was ist mit dem Jungen. Den nimmt doch niemand als Wache.«

Borric drehte sich zu Suli um und betrachtete den Jungen, der nach den drei Bieren schon leicht zu schwanken begann. »Er wird schon Arbeit finden. Vielleicht können wir ihn in der Karawane als Küchenjungen unterbringen.«

Suli nickte nur mit trüben Augen. »Koch.«

»Aber kannst du mit einer Klinge umgehen, Verrückter?« fragte Ghuda ernsthaft.

Borric meinte nüchtern: »Besser als jeder Mann, den ich je kennengelernt habe.«

Ghuda riß die Augen auf: »Du bist ein Großmaul!«

Borric grinste. »Aber ich lebe immer noch, nicht wahr?«

Ghuda starrte Borric einen Moment lang an, dann warf er den Kopf in den Nacken und lachte. »Ach, das ist gut.« Er trank den Rest seines Bieres und zog zwei lange Dolche, von denen er einen in der Linken behielt und den anderen Borric reichte. »Dann zeig mal, was du kannst, Verrückter.«

Plötzlich fuhr Borric herum und parierte einen kräftigen Ausfall, der leicht ein tödlicher Hieb hätte werden können. Er zögerte nicht und schlug dem Söldner so fest er konnte mit der linken Hand an den Kopf. Während Ghuda sich noch schüttelte, um wieder zu sich zu kommen, machte Borric seinerseits einen Ausfall, und der Söldner mußte zurückweichen, wobei er gegen einen Tisch rannte, der hinter ihm stand.

Der Wirt schrie: »He, ihr zwei! Hört sofort auf, hier meinen Laden auseinanderzunehmen!«

Ghuda schlich sich an dem Tisch entlang, während Borric ihn im Auge behielt. »Wir können jederzeit aufhören, wenn du dich überzeugt hast«, sagte der Prinz, der auf den Fußballen balancierte, sich geduckt hatte und mit dem Dolch auf Ghuda zielte.

Der Söldner grinste verspielt. »Ich bin überzeugt.«

Borric warf den Dolch in die Luft, fing die Klinge mit Daumen und Zeigefinger auf und reichte sie Ghuda. Der Söldner nahm sie entgegen und meinte: »Also, wir sollten besser zu einem Waffenhändler gehen und dich ausrüsten. Du weißt vielleicht, wie man mit Waffen umgeht, aber das nützt dir wenig, wenn du keine hast.«

Borric schob die Hand vorn in sein sackartiges Hemd und holte seinen Geldbeutel hervor. Er nahm zwei Kupfermünzen heraus und gab sie dem wütenden Wirt. »Suli, wir wollen los –« Der Junge war vor dem Tresen zusammengesunken und schnarchte laut.

Ghuda schüttelte den Kopf. »Soll ich wirklich jemand vertrauen, der noch nicht einmal ein paar Bier verträgt?«

Borric lachte, derweil er den betrunkenen Jungen auf die Beine hievte. Er schüttelte ihn heftig und sagte: »Suli, wir müssen gehen!«

Der Junge konnte die Augen kaum offenhalten. »Meister, warum dreht sich alles um mich herum?«

Ghuda schnappte sich seinen Helm und meinte: »Ich warte draußen auf euch, Verrückter. Du kümmerst dich um den Jungen.« Der Söldner ging hinaus und blieb vor dem nächsten Laden stehen, wo er sich ein Schmuckstück aus Kupfer ansah, während er aus der Schenke das Stöhnen des Jungen hörte, dem es gar nicht gutging.

Drei Stunden später gingen zwei Männer und ein sehr bleicher Junge durch das östliche Stadttor und machten sich zur Karawanserei auf. Der große freie Platz, der an drei Seiten von Zelten und Hütten begrenzt wurde, lag genau im Osten von Faráfra, weniger als eine Viertelmeile vor den Toren der Stadt. An die dreihundert Wagen verschiedener Größe standen auf der Wiese. Staub hing in der Luft, da Pferde, Ochsen und Kamele ständig von einem Ort zum anderen bewegt wurden.

Suli packte den großen Beutel fester, in dem er die verschiedensten Dinge trug, auf deren Kauf Ghuda bestanden hatte. Borric war den Ratschlägen des Söldners, was die Einkäufe betraf, gefolgt, außer als es um seine eigene Rüstung ging. Jetzt trug er eine alte, jedoch nützliche Lederjacke, dazu eine Gamaschenhose und breite Lederbänder um die Arme. Er hatte keinen leichten Helm finden können, deshalb trug er nur ein Lederstirnband über einem Tuch, welches seinen Kopf bedeckte, die Haare zurückhielt und den Schweiß nicht in die Stirn laufen ließ. Das Tuch schützte auch seinen Nacken vor der erbarmungslosen keshianischen Sonne. An seiner linken Hüfte hing ein Langschwert, an seiner rechten ein Dolch. Er hätte durchaus ein Rapier vorgezogen, doch in Faráfra war eine solche Waffe schwieriger aufzutreiben als in Krondor, und außerdem hätte er nicht das Geld dafür gehabt. Die Einkäufe des Tages hatten seinen mageren Vorrat an Münzen fast völlig aufgefressen, und er wußte, bis Kesh war es noch ein weiter Weg.

Sie gingen an Koppeln entlang, in denen die Pferde gehalten wurden, und erreichten den Hauptplatz der Karawanserei, den zwei Reihen von Wagen bildeten. Zwischen diesen Wagen trieben sich etliche Händler, die nach Beförderungsmöglichkeiten für ihre Waren suchten, sowie ein Haufen bewaffneter Männer herum.

Die drei gingen über den Platz und wurden von den Männern auf den Wagen angerufen: »Ich fahre nach Kimri. Brauche Wächter nach Kimri!« schrie der eine, der nächste: »Ghuda! Ich brauche Wächter für eine Fahrt nach Teléman!« Ein dritter rief: »Der beste Lohn. Wir brechen morgen nach Hansulé auf!«

Nachdem sie den halben Platz abgelaufen waren, fanden sie eine Karawane nach Kesh. Der Karawanenmeister musterte sie von oben bis unten und meinte: »Dich kenne ich vom Namen her, Ghuda Bulé. Ich kann dich und deinen Freund wohl brauchen, aber den Jungen will ich nicht.«

Borric wollte etwas sagen, doch Ghuda schnitt ihm das Wort ab. »Ich gehe nirgends ohne meinen Glückskoch hin.«

Der stämmige Karawanenmeister sah auf Suli herab, und auf seine Glatze traten Schweißperlen, derweil er meinte: »Glückskoch?«

Ghuda nickte, als wäre das eine offensichtliche Sache, über die man nicht sprechen mußte. »Ja.«

»Was, o Herr der Zehntausend Läuse, ist ein Glückskoch?«

»Vor sieben Jahren war ich mal Wächter bei einer Karawane von Taymus Rioden, die ging von Querel nach Ashunta, und wir wurden von Banditen überfallen. Die kamen über uns wie ein Gewitter. Ich hatte nicht mal mehr die Zeit, ein Gebet an die Göttin des Todes zu schicken.« Er machte eine Geste, um bei der Nennung der Göttin Unheil von sich fernzuhalten, und der Karawanenmeister tat das gleiche. »Aber ich überlebte, und mein Glückskoch ebenfalls. Alle anderen Männer kamen um. Und seitdem habe ich immer meinen Glückskoch dabei.«

»Da dieser Junge kaum mehr als zwölf Sommer zählen kann, Vater aller Schwindler, muß er allerdings sehr früh entwickelt gewesen sein, wenn er vor sieben Jahren schon Karawanenkoch war.«

»Ach, das war doch nicht er«, meinte Ghuda und schüttelte den Kopf, als wäre das ganz klar. »Das war ein anderer Koch. Weißt du, ich hab in einem Graben gehockt, mit der Hose in den Knien, und hatte den schlimmsten Durchfall meines Lebens, als die Banditen zuschlugen. Ich konnte nicht mal zum Kämpfen aufstehen. Und die Banditen haben mich einfach nicht gefunden.«

»Und wie hat der Koch überlebt?«

»Er hockte ein paar Meter neben mir.«

»Und was ist mit ihm passiert?« fragte der Karawanenmeister und blinzelte Ghuda von oben her neugierig an.

»Ich hab den Bastard umgebracht, weil er mich fast vergiftet hat.«

Der Karawanenmeister konnte nicht anders, er mußte lachen. Als er endlich die Beherrschung wiedererlangt hatte, meinte

Ghuda zu ihm: »Der Junge macht dir keinen Ärger. Er kann dem Koch abends beim Lagerfeuer helfen, und du brauchst ihn nicht zu bezahlen. Laß ihm einfach nur jeden Tag eine Mahlzeit zukommen, bis wir Kesh erreichen.«

»Abgemacht!« sagte der Meister, spuckte in die Hand und streckte sie Ghuda entgegen. Der spuckte ebenfalls in die Hand und schüttelte die des Karawanenmeisters. »Abends am Feuer kann man immer einen guten Lügner gebrauchen. Dann geht die Reise schneller vorbei.« An Suli gewandt, sagte er: »Los, Junge, geh mal meinen Koch suchen.« Er deutete mit dem Daumen über die Schulter, wo man den Wagen des Kochs unter einem Dutzend Wagen für die Fracht stehen sah. »Sag ihm, du wärst der neue Küchenjunge.«

Suli sah zu Borric, der nickte, er solle gehen. Während Suli sich davonmachte, meinte der Karawanenmeister: »Ich bin Janos Saber, Händler aus Kesh. Wir brechen beim ersten Tageslicht auf.«

Ghuda schnürte das kleine Bündel auf, das er über der Schulter getragen hatte. »Wir schlafen heut nacht unter deinem Wagen.«

»Gut. Und jetzt laßt mich allein, ich muß nämlich noch vier Wächter finden, ehe es dunkel wird.«

Borric und Ghuda schlenderten davon und fanden etwas Schatten unter einem Baum. Ghuda nahm seinen Helm ab und fuhr sich mit der Hand über das schweißnasse Gesicht. »Sollten uns jetzt vielleicht lieber ein bißchen ausruhen, Verrückter. Morgen wird es uns mies gehen.«

»Mies?« fragte Borric.

»Ja, Verrückter. Heute ist uns nur heiß, und wir sind gelangweilt. Morgen werden wir durstig, staubig, müde und gelangweilt sein, und dazu wird es noch heiß werden.«

Borric verschränkte die Arme vor der Brust und versuchte, sich auszuruhen. Seit seiner Kindheit wußte er, ein Soldat mußte sich dann ausruhen, wann immer sich die Gelegenheit dazu ergab. Doch seine Gedanken schweiften umher. Wie war es wohl

Erland ergangen, und was mochte er in Kesh vorfinden? Hielten sie Borric für tot, oder glaubten sie, er sei nur verschollen?

Er seufzte laut und machte es sich bequem. Bald döste er in der Hitze des Nachmittags, und der geschäftige Lärm der Karawanserei lullte ihn schließlich in tiefen Schlaf.

Jagd

Der Löwe stand regungslos da.

Erland beobachtete das Tier neugierig, während die Raubkatze den Blick auf die Herde der grasenden Steppenantilopen gerichtet hielt. Erland saß auf seinem Pferd, genau wie neben ihm James, Locklear und der Beni-Wazir Kafi Abu Harez. Daran anschließend standen in einer Reihe ein halbes Dutzend solcher Streitwagen, wie sie schon seit alten Zeiten das Herzstück der Armee von Kesh bildeten. Der Kommandant der Kaiserlichen Streitwagenlenker, Lord Jaka, sah zu, während sich sein Sohn Digaí bereit machte, die Katze zu jagen. Das Gesicht des alten Kommandanten strahlte eine gleichmütige Ruhe aus – als wäre es aus verwittertem schwarzem Stein gemeißelt – und ließ keinerlei Gefühlsregung erkennen, derweil sein Sohn auf den Kampf zuschritt.

Kafi zeigte dorthin, wo sich der Löwe im hohen Gras niederließ. Er sagte zu Erland: »Dieses junge Männchen hat keinen Stolz.« Erland betrachtete das riesige Tier, das viel größer war als die kleinen Löwen, die man in manchen Teilen des Königreichs in den Bergen jagen konnte. Dieser hatte dazu noch eine riesige, fast schwarze Mähne, während die Löwen, die Erland bis dahin gesehen hatte, immer durch und durch lohfarben gewesen waren. Es war ein wirklich erhabenes Tier. »Er jagt für sich selbst«, fuhr Kafi fort. »Wenn der Löwe den heutigen Tag überlebt, wird er eines Tages ein fetter, fauler Kerl sein, der seine Löwinnen für sich jagen läßt.«

»Kann er denn überleben?«

Kafi zuckte mit den Schultern. »Höchstwahrscheinlich nicht. Es wird kommen, wie die Götter wollen. Der Junge wird nicht aufhören, bis er nicht mehr kämpfen kann, was für jemanden seines Ranges gleichbedeutend mit dem Tod ist. Sein Vater gehört zu den wichtigsten Lords des Kaiserreichs, wenn er also auf den Rang eines *sah-dareen* – eines Nichtjägers – zurückgesetzt wird, wäre das für die Familie eine Schande, und dabei könnte sie leicht an Einfluß verlieren. Deshalb würde der Junge wahrscheinlich fortgehen und etwas schrecklich Dummes oder Mutiges tun, bei dem er auf jeden Fall sterben würde, damit die Schande wiedergutgemacht wird.«

Der Löwe schlich leise vorwärts, hatte den Kopf gesenkt und den Blick auf das Wild gerichtet. Er hatte sich bereits ein Tier der Herde ausgesucht, vielleicht ein junges Kalb, einen alten Bock oder eine kränkliche Kuh. Dann drehte der Wind, und die Antilopen hoben die Köpfe. Schwarze Nasen witterten, und die Herde bemerkte den Geruch der sich nähernden Gefahr.

Unvermittelt sprang ein Bock mit einem unmöglich erscheinenden Satz aller viere in die Luft, und die Herde schoß los. Der Löwe setzte ihnen mit ungewöhnlicher Geschwindigkeit nach. Er holte eine vom Alter geschwächte Kuh ein, die allerdings mit den Hufen nach ihm trat, was den Löwen zu einer Richtungsänderung bewegte. Verwirrt stand er einen Moment lang da. Antilopen sollten solche Dinge eigentlich nicht tun, dessen war er sich sicher. Dann witterte der Löwe im Wind einen anderen Geruch, und mit einem Mal bemerkte er, daß er nicht länger der Jäger, sondern der Gejagte war.

In diesem Augenblick gab Diigaí einen Schrei von sich, und sein Wagenlenker knallte mit der Peitsche und trieb die Pferde zur Verfolgung an. Das war das Signal, die Jagd ging los. Erland und seine Gefährten gaben ihren Tieren die Sporen und galoppierten los, um mit den Streitwagen gleichauf zu bleiben.

Mit einem militärischen Manöver stoben die Streitwagen auseinander, damit der Löwe nicht zur rechten oder linken Seite ausbrechen konnte. Jagdrufe gellten durch die Luft, und die jungen Keshianer sandten lauthals uralte Gebete an ihren Gott der Jagd, Guis-wa. Während dieser im Königreich als Gott des Bösen galt, gehörte der Rotmäulige Jäger in Kesh zu den wichtigsten Gottheiten und wurde als Heiliger aller keshianischen Jäger verehrt.

Der Löwe schoß über die grasbewachsene Ebene. Er konnte eine solche Geschwindigkeit nicht lange halten, und ein Versteck war nicht in Sicht. Diigaí und die anderen Streitwagenlenker jagten der fliehenden Katze hinterher.

Plötzlich zügelte James sein Pferd und rief Erland zu, er solle stehenbleiben. Die Reiter aus dem Königreich hielten ebenso wie Kafi Abu Harez an. »Was ist?« fragte Erland.

James sagte: »Ich wollte nur hinter diesem gewollten Durcheinander bleiben. Ich würde es nicht gerne sehen, wenn du plötzlich aus Versehen ganz vorn ständest.«

Erland wollte zunächst protestieren, doch dann wurde ihm klar, worauf James hinaus wollte. In einer solchen Situation konnte einiges »aus Versehen« passieren. Erland nickte, wendete seine Stute, brachte sie in leichten Galopp, gerade schnell genug, damit er ohne Risiko, in die Jagd einbezogen zu werden, mitverfolgen konnte, was sich vor ihm abspielte.

Die Streitwagenlenker zügelten ihre Pferde, damit Diigaí ausreichend Platz hatte, dem Löwen gegenüberzutreten. Als Erlands Gesellschaft bei den Wagen eintraf, war Diigaí abgestiegen und pirschte sich mit langem Speer und Schild bewaffnet an den Löwen an.

Erland meinte: »Das sind ja reichlich einfache Waffen für die Jagd auf eine Katze dieser Größe. Warum benutzt er keinen Bogen?«

Kafi antwortete: »Das ist ein Männlichkeitsritual. Er ist als ältester Sohn von Lord Jaka ein wichtiger junger Mann. Die Reinblütigen benutzen Bögen, wenn sie ein Tier jagen, welches ihre Herden heimsucht, doch als großer Jäger – als *simbaní* – muß man sich eine solche Löwenmähne, die man bei offiziellen Anlässen trägt, mit den Waffen unserer Vorfahren erkämpfen.«

Erland nickte und lenkte sein Pferd neben Diigaís Streitwagen. Dessen Lenker, ein Junge etwa im gleichen Alter wie er, war offensichtlich um die Sicherheit des jungen Adligen besorgt. Der junge Jäger stand jetzt vielleicht fünfzig Meter vor dem Streitwagen und hatte den halben Weg bis zu der Stelle zurückgelegt, wo sich der Löwe niedergelassen hatte.

Der Löwe duckte sich, und die Zunge hing ihm aus dem Maul, während er hechelte, um wieder zu Atem zu kommen. Sein Blick huschte hin und her, weil er herausfinden wollte, ob sich ihm eine Gefahr näherte, und wenn, von wo. Dann erhob er sich auf die Pfoten und sah sich um. Doch er konnte keinen Fluchtweg entdecken, da er von einem Ring aus Streitwagen umzingelt war. Schließlich entdeckte er die Gestalt, die sich ihm näherte. Der Löwe brüllte vor Wut und vor Angst.

Einige der Pferde wieherten und wollten davonlaufen, doch die Streitwagenlenker hielten sie im Zaum. Erland wandte sich an Kafi und fragte: »Was ist, wenn sein Wurf danebengeht?«

Kafi erwiderte: »Er wird den Speer nicht werfen. Das ist zu gefährlich. Er wird versuchen, den Löwen zum Sprung zu reizen und ihn dann aufspießen oder nahe genug heranzukommen, damit er zustechen kann.«

Das erschien Erland sinnvoll, so sinnvoll jedenfalls wie das ganze barbarische Ritual. Wenn man Löwen, Bären, Wölfe oder Wyverns, diese kleinen Raubdrachen, jagte, weil sie über die Herden herfielen, so war das sinnvoll. Aber warum sollte man etwas jagen, was man nicht essen konnte, sondern dessen Kopf allein als Trophäe diente?

Dann ging der Löwe zum Anriff über. Ein leiser Schrei der Überraschung löste sich von den Lippen einiger Streitwagenlenker; offensichtlich war ein solches Vorgehen für diese Art Löwen ungewöhnlich. Diigaí zögerte, und in diesem einen Augenblick verlor er die Möglichkeit, sich bereit zu machen. Er hielt den Speer nicht richtig, und als der Löwe sprang, erwischte er das Tier nur an der Flanke. Plötzlich war alles ein großes Durcheinander: Der Junge wurde zurückgeworfen, und nur der Schild bewahrte ihn vor den schrecklichen Pranken, als der Löwe blind nach der Quelle seines Schmerzes schlug. Das Tier biß zur Seite in die Luft, als würde es dort selbst von einem Feind gebissen. Der Speer des jungen Mannes ragte aus der Flanke der Raubkatze.

Der Löwe kannte nur noch zwei Dinge: Schmerz und Blut. Er brüllte, und der junge Mann versuchte zurückzuweichen, während er den Schild schützend vor sich hielt. Der Löwe drehte sich im Kreis, wollte den Speer beißen, dann hatte er sich plötzlich von der Waffe befreit. Und Diigaí sah sich einem wütenden und verletzten Löwen gegenüber, während sein Speer hinter der Bestie lag.

»Er wird getötet werden!« schrie Erland.

Kafi sagte: »Niemand wird dazwischengehen. Es ist sein Recht, zu töten oder getötet zu werden.« Der Wüstenbewohner zuckte mit den Schultern. »Ich sehe darin zwar nicht besonders viel Sinn, aber so machen es die Reinblütigen nun einmal.«

Plötzlich lehnte sich Erland im Sattel zurück und nahm die Füße aus den Steigbügeln. Er griff unter das Knie und schnallte geschwind seinen rechten Steigbügel los. Als er ihn vom Sattel losgemacht hatte, schnallte er diesen wieder fest und zog den linken Steigbügel hoch, damit er nicht gegen das Pferd schlagen würde. Erland wickelte sich das Lederband seines rechten Steigbügels um die rechte Hand, schwang das schwere Eisen zweimal, um das Gewicht zu prüfen, damit er wußte, wie weit er damit werfen konnte. James setzte an: »Was hast du –«, doch ehe er die Frage beendet hatte, war Erland schon auf den jungen Jäger zugeschossen.

Der Löwe duckte sich und fauchte, doch als er sich dem jungen Jäger näherte, der mit dem Schild in der Hand den Angriff erwartete, trat ihm plötzlich ein neuer Feind gegenüber.

Erland schlug mit dem schweren Steigbügel nach dem Löwen. Der brüllte vor Schmerz, und Erlands Pferd tänzelte instinktiv zur Seite. Der Löwe fuhr herum und holte mit der riesigen Pranke aus, doch das Pferd war schon verschwunden. Die große Katze setzte ihm nach, bis sie sich an den anderen Feind erinnerte.

Erland hatte das Tier ausreichend abgelenkt. Diigaí rannte zu seinem Speer und machte sich bereit. Während Erland zu seinen Gefährten zurückkehrte, stieß der junge Adlige aus Kesh den Schrei des Jägers aus, und der Löwe drehte sich zu ihm um. Wahnsinnig vor Schmerzen und verwirrt durch die Angriffe von zwei Seiten sprang die Katze auf Diigaí zu. Doch dieses Mal setzte der junge Mann den Speer richtig an und erwischte den Löwen in der massigen Brust. Die Wucht des eigenen Sprungs schob das Tier weiter und bohrte die Speerspitze in sein Herz.

Die Streitwagenlenker schrien, und der junge Mann stand über der zuckenden Katze. Erland drehte sein Pferd um, das wegen des Blutgeruchs wieherte. Er brauchte einen Augenblick, bis er es ohne die Steigbügel wieder unter Kontrolle hatte, doch der Prinz war ein hervorragender Reiter und hatte sein Pferd rasch von den schreienden Reinblütigen abgewendet. Der Streitwagen von Lord Jaka fuhr an Erland vorbei. Plötzlich wurde dem jungen Mann bewußt, wie sehr er mit seiner impulsiven Tat in das Ritual eingegriffen hatte. Hatte er womöglich eins der wichtigsten Gesetze der Reinblütigen verletzt, indem er den Löwen abgelenkt hatte? Während sie aneinander vorbeikamen, trafen sich die Blicke von Erland und Jaka. Erland suchte in den Augen des alten Mannes nach Zustimmung oder Ablehnung, doch der Meister der Streitwagenlenker verriet seine Gefühle durch keinerlei Zeichen oder Geste. James kam zu Erland, der gerade seinen Steigbügel wieder anschnallte, und sagte: »Bist du verrückt geworden? Was ist in dich gefahren, dich so dumm zu benehmen?«

Erland sagte: »Er wäre umgekommen. Die anderen hätten den Löwen hinterher trotzdem getötet. Und jetzt ist nur der Löwe tot. Das erscheint mir doch sinnvoll.«

»Und wenn dein Pferd einen Moment früher gescheut hätte, dann wärst du das erste Opfer des Löwen geworden.« James schnappte sich den Kragen von Erlands Jagdrock und zerrte den Prinzen fast vom Pferd, als er ihn zu sich hinzog. »Du bist schließlich nicht der närrische Sohn irgendeines namenlosen Adligen.

Und du bist auch nicht der idiotische Sohn eines wohlhabenden Händlers. Du bist der nächste König der Inseln, wenn es die Götter wollen. Falls du noch einmal so etwas Dummes versuchst, werde ich dir diese Verrücktheiten persönlich austreiben.«

Erland schob James' Hand zur Seite. »Ich habe das nicht vergessen.« Erland zog sein Pferd herum, und auf seinem Gesicht zeichnete sich Wut ab. »Ich habe diese Tatsache nicht einen Moment lang vergessen, mein Herr Graf. Nicht, seit mein Bruder gestorben ist!« Damit trat Erland seinem Tier in die Flanken und ritt in scharfem Galopp zurück zur Stadt. James machte ein Zeichen, und die Ehrengarde des Königreichs jagte ihm hinterher. Sie würden ihn nicht aufhalten können, aber wenigstens würden sie ihn auch nicht unbeschützt durch die Gegend reiten lassen.

Locklear kam zu James, der nun allein war, und sagte: »Der Junge macht es dir nicht gerade leicht, was?«

James schüttelte den Kopf. »Er versucht genau das gleiche zu tun, was wir in seinem Alter getan haben.«

Locklear fragte: »Waren wir wirklich so dumm?«

»Ich fürchte ja, Locky.« James sah sich um. »Sie holen sich den Kopf des Löwen, also sollten wir besser zum Palast aufbrechen. Sonst werden sie uns zu noch einer Feier einladen.«

Locklear schnitt eine Grimasse. »Hat diesen Leuten eigentlich noch nie jemand gesagt, daß man auch mit weniger als fünfzig Leuten zusammen essen kann?«

»Anscheinend nicht«, erwiderte James und brachte sein Pferd mit einem Schenkeldruck in Bewegung.

»Dann wollen wir mal los und den verletzten Stolz des Prinzen besänftigen«, meinte Locklear.

James sah Erland hinterher, der, von seinen Wachen gefolgt, in einiger Entfernung vor ihnen dahinritt. »Es ist nicht sein verletzter Stolz, Locky.« Er betrachtete die zeremonielle Ausweidung des Löwen. »Diigaí ist im gleichen Alter wie Erland ... und Borric. Erland vermißt seinen Bruder.« James holte tief Luft und seufzte. »So wie wir alle. Komm, wir müssen mit ihm reden.«

Gemeinsam ritten die beiden Berater zum wartenden Kafi Abu Harez, der sich zu ihnen gesellte, und sie machten sich auf den Rückweg zur Stadt. Während sie die feiernden Keshianer hinter sich ließen, fragte Locklear: »Kafi, hat Erland etwas Falsches getan, als er in die Jagd eingegriffen hat?«

Der Wüstenbewohner sagte: »Ich weiß nicht, mein Lord. Wenn Euer junger Prinz den Löwen getötet hätte, dann würde er nicht nur Diigaí beschämt haben, indem er ihm zeigte, daß er nicht jagen kann, sondern er hätte sich auch in Lord Jaka einen mächtigen Feind geschaffen. Doch so hat er das Tier nur abgelenkt, damit der Junge seine Waffe wieder aufheben und die Katze töten konnte.« Kafi zuckte mit den Schultern und lächelte, während er sein Pferd zu einem gemächlichen Galopp antrieb. »Vielleicht wird das Ganze überhaupt keine Folgen haben. Bei den Reinblütigen kann man das nie wissen.«

James meinte: »Das werden wir sicherlich bald genug herausfinden.«

Den Rest des Weges zur Stadt brachten sie schweigend hinter sich.

Miya saß hinter Erland in dem Becken und rieb ihm den Nacken und die Schultern, um die Verspannungen zu vertreiben. Sie waren allein, denn Erland hatte die anderen fortgeschickt. Nachdem er die Bereitwilligkeit der keshianischen Dienerinnen mehrmals in Anspruch genommen hatte, war ihm Miyas alleinige Gesellschaft immer lieber geworden. Er fühlte für die junge Keshianerin keinesfalls so etwas wie Liebe, doch bei ihr konnte er sich herrlich entspannen und über die Dinge reden, die ihm Sorgen machten. Sie schien zu wissen, wann sie zu schweigen hatte oder wann sie die richtige Frage stellen mußte, durch die sich seine Verwirrung in nichts auflöste. Wenn sie sich jetzt liebten, war es nicht mehr die aufgeregte Leidenschaft oder das rasende Verlangen des Neuen, sondern eher die gelassene Vertrautheit zweier Menschen, die um ihre gegenseitigen Bedürfnisse wußten.

Eine Dienerin trat ein und sagte: »Hoheit, Lord James bittet um Erlaubnis, eintreten zu dürfen.«

Erland hätte am liebsten abgelehnt, doch er wußte, irgendwann heute müßte er doch noch mit James reden, deshalb nickte er. Einen Augenblick später betrat James das Badezimmer.

James blickte auf das nackte Paar hinunter, und falls es ihn schockierte, das Mädchen bei Erland zu entdecken, so war ihm das jedenfalls nicht anzusehen. Er verlangte nichts von der Dienerin, die im Zimmer blieb, sondern zog nur seinen Umhang aus und reichte ihn der jungen Frau, die ihn entgegennahm. Dann ging er zu einem kleinen Hocker und trug ihn eigenhändig an den Rand des Beckens.

Als er sich setzte, sagte James: »Also, nun. Fühlst du dich besser?«

Erland sagte: »Nein. Ich bin immer noch wütend.«

»Auf wen bist du wütend, Erland?«

Einen Moment lang stand dem jungen Mann die Niedergeschlagenheit deutlich ins Gesicht geschrieben. Dann schien sie zu verschwinden, während Miya weiterhin die Verspannungen aus Nacken und Schultern knetete.

»Auf die ganze Welt, fürchte ich. Auf die Götter des Schicksals. Auf dich. Auf meinen Vater. Auf alle.« Die Stimme versagte ihm. »Und am wütendsten bin ich auf Borric, weil er sich hat umbringen lassen.«

James nickte. »Ich weiß. Ich fühle das gleiche.«

Erland stieß einen langen Seufzer der Erleichterung aus und sagte: »Ich glaube, deshalb habe ich das getan. Ich hätte einfach nicht zusehen können, wie dieser Junge von dem Löwen getötet worden wäre. Vielleicht hat der Junge einen Bruder –« Ihm fehlten die Worte, und die Tränen traten ihm in die Augen. Einen Moment lang saß Erland nur einfach in dem warmen Becken, und zum ersten Mal seit dem Angriff der Banditen zeigte er seinen Kummer offen. James wartete, während der junge Prinz um seinen toten Bruder weinte, und den Grafen schien dieser Anblick keineswegs verlegen zu machen. James hatte bereits eine Woche zuvor geweint, in den Armen seiner Frau.

Nach einem Augenblick sah Erland ihn mit rotgeränderten Augen an. »Warum, verdammt?«

James konnte nur den Kopf schütteln. »Warum? Das wissen nur die Götter, und die reden nicht darüber. Zumindest nicht mit mir.« Er bückte sich und tauchte seine Hand ins Wasser. Einen Moment später zog er sie zurück und wischte sich über die Stirn. »Manche Dinge erscheinen sinnvoll. Andere nicht. Ich weiß es auch nicht.«

Eine Weile ließ sich James alles durch den Kopf gehen. »Sieh mal, ich habe dir das nie erzählt. Dein Vater hat mir das Leben gerettet. Zweimal. Nun, ich habe keine Ahnung, warum ein Prinz der Inseln das Leben eines kleinen Diebes retten sollte, und genausowenig weiß ich, warum ein anderer Prinz der Inseln auf dem Weg zu einer Geburtstagsfeier bei einem Überfall sterben soll. Ich kann dir nur eins sagen: Niemand hatte mir jemals, *jemals* gesagt, daß das Leben irgendeinen Sinn hat. Es ist einfach nur so da.«

Erland ließ sich gegen Miyas weichen Körper sinken, und Wärme erfüllte ihn. Er seufzte und merkte, wie sein Herz leichter wurde, wie ein Schmerz nachließ, der seit dem Überfall in der Wüste nicht aufgehört hatte, in ihm zu bohren. »Es ist so eigenartig«, sagte er leise. »Es scheint mir gerade erst klargeworden zu sein, daß Borric wirklich tot sein muß. Dennoch …«

»Was?« fragte James ruhig.

»Ich weiß nicht.« Erland sah James an, und in seinen Augen lag eine offene Frage. »Wie soll es sich anfühlen? Ich meine, Borric und ich waren nur äußerst selten voneinander getrennt. Es ist, als wären wir … jeweils ein Teil des anderen. Ich dachte, falls ich ihn jemals verlieren würde, oder er mich, würden wir … es merken. Verstehst du, was ich meine?«

James stand auf. »Ich glaube schon. Zumindest verstehe ich das – glaube ich – so gut wie jeder andere, der niemals im Leben jemanden hatte, dem er so nahestand wie du deinem Bruder. Aber ich habe euch aufwachsen sehen, seit ihr noch kleine Kinder wart, und ich habe gesehen, wie ihr gespielt und gekämpft habt. Ich glaube, ich weiß sehr wohl, was du meinst.«

Erland seufzte abermals. »Ich habe nur gedacht, es würde sich anders anfühlen. Das ist alles. Es fühlt sich einfach nicht so an, als wäre er tot, verstehst du, sondern als wäre er bloß weit entfernt.« Erlands Augen wurden schwer, und er schloß sie. Einen Moment später ging sein Atem regelmäßiger, und der Junge war eingedöst.

James verlangte seinen Umhang von der Dienerin zurück. An Miya gewandt, sagte er: »Wir werden heute abend mit der Kaiserin zusammen speisen. Weck ihn, wenn es an der Zeit ist.«

Sie nickte, sagte jedoch kein Wort, um den schlafenden Prinzen nicht zu wecken. James legte sich den Umhang über den Arm und verließ das Zimmer.

Erland war gerade mit dem Ankleiden fertig, als Miya Lord Jaka ankündigte. Der Prinz war nicht überrascht, da er mit einer Reaktion von Diigaís Vater gerechnet hatte. Erland machte der Dienerin ein Zeichen, sie solle den keshianischen Adligen hereinlassen, und Augenblicke später trat der hochgewachsene Krieger ein. Miya zog sich diskret zurück, bis sie außer Hörweite, jedoch noch nahe genug war, falls Erland sie brauchen sollte.

Jaka verneigte sich vor Erland, dann sagte er: »Mein Lord Prinz, ich hoffe, ich komme Euch nicht ungelegen?«

»Nein, Lord Jaka. Ich habe mich gerade fertig angezogen und warte auf das Abendessen mit Eurer Kaiserin.«

Jaka machte eine Geste mit beiden Händen, hielt sie parallel und bewegte sie nach unten und gleichzeitig nach außen, was – wie Kafi ihm erzählt hatte – soviel heißen sollte wie: »Möge der Himmel Euch schützen« oder »Möge der Himmel gnädig sein«, jedenfalls ein Segen, den man zu allen Gelegenheiten herbeiwünschen konnte.

Der alte Krieger sagte:. »Ich bin gekommen, um mit Euch über das zu sprechen, was Ihr heute nachmittag getan habt.«

»Ja?«

Jaka schien mit den Worten zu ringen, die er sagen wollte. »Als Jäger mit gutem Ruf wäre es für mich eine Schande gewesen, hätte mein Sohn heute bei seiner rituellen Männlichkeitsjagd versagt. Mit so einer Sache wird man nur schwer fertig.

Manche werden sagen, Ihr hättet meinem Sohn einen mutigen Tod streitig gemacht, oder seiner Jagd würde ein Makel anhaften, weil Ihr eingegriffen habt.«

Jetzt kommt's, dachte Erland. Er hatte so etwas schon halb erwartet.

»Aber«, fuhr Jaka fort, »Ihr habt das Tier nur abgelenkt, so lange, bis mein Sohn seinen Speer wieder aufheben konnte.«

Erland nickte. »Er hat das Tier erlegt.«

»Das stimmt. Und wenn ich auch ein wenig gemischte Gefühle habe, was die Eleganz seiner Jagd angeht, so möchte ich Euch als Vater eines Jungen, den ich von ganzem Herzen liebe, danken, weil Ihr ihm zu seiner Männlichkeit verholfen habt.« Leise fügte er hinzu: »Und ihm das Leben gerettet habt.«

Erland stand einen Augenblick regungslos da und suchte nach Worten. Schließlich fiel ihm etwas ein, was dem Vater unter den gegenwärtigen Umständen den größtmöglichen Stolz lassen würde. »Vielleicht hätte er den Speer auch ohne meine Hilfe wiederbekommen. Wer kann das wissen?«

»Tatsächlich, wer kann das wissen?« sagte der alte Mann. »Es war eine noch junge Katze, sie war nicht besonders erfahren und hatte große Schmerzen. Ein älterer Jäger hätte der Katze mit dem flachen Schild ins Gesicht geschlagen, was zwar wenig Schaden angerichtet, aber Lärm gemacht und dem Tier weh getan hätte. Wenn der Löwe den Schild angreift, läßt der erfahrene Jäger ihn das tun und versucht, seinen Speer wieder aufzuheben. Genau das lehren wir auch immer, doch in der Hitze des Gefechts wird es leicht vergessen. Wirklich leicht vergessen, Euer Hoheit.

Ich muß Euch jetzt verlassen, mein Lord Prinz. Doch vorher sollt Ihr wissen, falls Ihr jemals etwas brauchen solltet, ich bin in Eurer Schuld.«

Erland fiel nichts Angemessenes ein, was er hätte sagen können, deshalb meinte er nur: »Ich danke Euch für Euren Besuch und die Ehre Eurer Anwesenheit, Lord Jaka.«

Der Kommandant der Kaiserlichen Streitwagenlenker verneigte sich vor Prinz Erland und verließ das Zimmer. Erland drehte sich zu Miya um und sagte: »Ich werde dich später am Abend sehen, schätze ich.«

Miya kam zu ihm herüber und stand einen Moment lang vor ihm und richtete den Kragen seines Rocks, jedoch eher, um Erland nah zu sein, als daß es wirklich notwendig gewesen wäre. »Ich werde Euch schon eher sehen, mein Prinz. Ich bin zur Kaiserin befohlen worden.«

»Ist irgend etwas nicht in Ordnung?«

Miya zuckte mit den Schultern. »Nein. Alle, die im Palast von Ihr, Die Kesh Ist, dienen, haben gelegentlich die große Ehre, dabeizusein, wenn die erhabene Kaiserin hofhält.«

»Gut. Dann sehe ich dich dort.«

Erland zeigte auf die Tür seines Gemaches, und zwei junge Frauen öffneten sie weit. Draußen warteten vier Palastwachen aus Krondor in ihren Uniformen. Sie nahmen Erland in die Mitte, und raschen Schrittes marschierten sie durch die langen Gänge des Palastes.

Unterwegs gesellten sich zuerst James und Gamina, dann Locklear und schließlich Kafi zu ihnen. Als sie den Bereich des Palastes erreichten, in dem die Kaiserin wohnte, blieben die Wachen aus Krondor zurück, da es Soldaten fremder Völker nicht erlaubt war, sich der Herrscherin von Kesh zu nähern.

Erland betrat den Saal zu Trompetenklängen. Er führte seine kleine Gruppe, und als Ranghöchster mußte er die Kaiserin zunächst begrüßen. Der keshianische Zeremonienmeister betete die lange Liste der Titel des Prinzen herunter, und Erland wußte aus seinem Unterricht, daß die Kaiserin demnach offiziell hofhielt. Er mußte ein Lächeln unterdrücken, denn der Unterschied zwischen einem offiziellen und einem inoffiziellen Empfang bei der Kaiserin bestand nur in dem Namen. Er wünschte sich zurück nach Krondor, wo er so oft mit Borric zusammen an einem einfachen Tisch in der Küche gegessen hatte, damit sie nicht an den standesgemäßen Abendessen ihrer Eltern teilnehmen mußten.

Erland erreichte das Podest, verneigte sich, und der Zeremonienmeister sagte: »Oh, Sie, Die Kesh Ist, ich habe die Ehre, Euch Seine Hoheit, den Prinzen Erland, den Erben des Throns des Königreichs der Inseln, ritterlichen Hauptmann der Armee des Westlichen Reiches, vorzustellen.«

Erland richtete sich wieder auf und sagte: »Euer Majestät, ich danke Euch für die Freundlichkeit, mir und meinen Gefährten Eure Großzügigkeit zuteil werden zu lassen. Darf ich Euch vorstellen –«, und in aller Form stellte er der Kaiserin seine Gefährten vor, obwohl sie schon einmal vor ihr gestanden hatten.

Er fragte sich, ob dieser Unsinn bei den anderen Mahlzeiten des Tages ebenfalls üblich war.

Die Kaiserin sagte: »Eure Hoheit hatte einen geschäftigen Tag, wenn man den Berichten Glauben schenken darf.« Erland wartete, ob sie noch etwas hinzufügte, doch alles, was sie sagte, war: »Es ist uns ein Vergnügen, daß Ihr Euch abermals zu uns gesellt, Euer Hoheit. Bitte, genießt die Großzügigkeit unserer Tafel.«

Während Erland sich abwandte, betrat Prinz Awari mit einigen seiner Gefährten den Saal. Einer, der Erland am nächsten kam, spuckte im Vorbeigehen vor dem Prinzen auf den Boden.

Erland blieb stehen, riß die Augen auf, und sein Gesicht rötete sich. Der junge Mann, der gespuckt hatte, wollte weitergehen, doch Erland drehte sich um und sagte: »Ihr!«

Alle Blicke richteten sich auf die beiden jungen Männer. Der Spucker sah Erland mit zusammengekniffenen Augen an. Er war ein Reinblütiger, vermutlich der Sohn eines wichtigen Adligen, da er im Gefolge des Prinzen Awari auftrat, und sein Körper war muskulös und stark. Für Erland roch das Ganze nach einem Kampf, und dem wollte er keinesfalls aus dem Weg gehen.

»Erland!« zischte James dem Prinzen ins Ohr. »Laß es sein!«

Die Kaiserin sieht zu, hörte er Gaminas Warnung.

Erland sah zum Thron, während sich der junge Adlige vor ihm aufbaute. Die Kaiserin richtete ihre Aufmerksamkeit auf die beiden, die sich gegenüberstanden. Ein Adliger des Hofes wollte dazwischengehen, doch die Kaiserin winkte ihn an die Seite. Sie schien an einer Unterbrechung der Auseinandersetzung kein Interesse zu haben. Im Gegenteil, ihre Augen blitzten begeistert. Erland fragte sich, ob dies eine Art Prüfung war, damit sie herausfinden konnte, was für einen Herrscher Kesh in kommenden Jahren auf dem Thron der Inseln zu erwarten hatte. Wenn dem so wäre, würde sie in Erland einen eisenharten Gegner finden, falls es sein müßte.

Als der junge Mann nur noch Zentimeter vom Prinzen entfernt war, sagte er: »Was ist, *sah-dareen?*«

Im Saal machte sich Gemurmel breit. An diesem Hof galt man als Nichtjäger gleichzeitig auch als Nichtadliger, und von jemandem so genannt zu werden, bedeutete eine tödliche Beleidigung.

Erland blickte Prinz Awari an, ob der sich einmischen würde. Der keshianische Prinz sah mit Interesse in den Augen und einem leichten Zucken um die Lippen zu. Erland wußte somit, der Junge hatte ihn nur auf Prinz Awaris Ersuchen hin beleidigt. Erland holte tief Luft, und dann holte er so schnell er konnte aus und schlug den jungen Mann mit dem Handrücken ins Gesicht.

Die Knie des jungen Mannes gaben nach, und er taumelte zurück. Er wollte zu Boden gehen, doch vorher packte ihn Erland an seinem verzierten Halsring und zog ihn zu sich heran.

»Derjenige, der mich hier am Hofe von Kesh beleidigt, beleidigt das Königreich der Inseln. Das kann ich mir auf keinen Fall bieten lassen.« Er ließ den jungen Mann los und schob ihn von sich. Der Kerl taumelte, fing sich aber wieder. Erland sagte: »Ihr habt die Wahl der Waffen.«

James ergriff Erland am Arm. Er flüsterte: »Du kannst dich doch nicht duellieren. Das ist doch genau, was sie wollen.«

Der junge Mann sagte nur: »Ich verstehe nicht, was Ihr meint.«

Erland erklärte: »Ich habe Euch geschlagen. Ihr dürft die Waffen nennen, mit denen wir uns duellieren.«

Das Gesicht des jungen Mannes nahm einen Ausdruck völliger Verblüffung an. »Duellieren? Warum sollte ich mit Euch kämpfen? Ihr würdet mich sicherlich töten.«

Erland wußte nicht, was er sagen sollte. Doch die Kaiserin erlöste ihn aus dieser Klemme. »Lord Kiláwa.«

An einem Tisch im hinteren Teil des Saals erhob sich ein Mann in den mittleren Jahren. »Was befiehlt meine Kaiserin?«

»Euer Sohn ist ein Possenreißer, Kiláwa. Er hat einen Gast meines Hauses beleidigt. Was sollen wir mit ihm nur machen?«

Der Mann erbleichte. Doch er blieb aufrecht stehen, während er fragte: »Was wünscht Ihr, Majestät?«

Die Kaiserin zögerte und sagte schließlich: »Ich sollte Prinz Erland seinen Kopf in einem Glas mit Honig und Wein präsentieren, damit er ihn als Trophäe behalten kann, doch die Gepflogenheiten des Kaiserreichs gleichen nicht jenen des Königreichs, und ich fürchte, damit würde ich das Unbehagen des Prinzen sicherlich noch vergrößern.« Sie hielt einen Moment lang inne und fuhr danach fort: »Junger Rasajani.«

Augenblicklich verneigte sich der junge Mann, der Erland beleidigt hatte, vor der Kaiserin. »Euer Majestät?«

»Euer Anblick ist mir widerlich. Ihr seid aus der Oberstadt verbannt. Solange meine Augen diese Welt erblicken, sollt Ihr niemals wieder einen Fuß auf das Plateau setzen. Wenn ich in die Halle der Ewigen Schönheit gegangen bin, mag derjenige, der nach mir herrscht, sich gnädig erweisen und Eure Rückkehr erlauben. Mehr Nachsicht dürft Ihr von mir nicht erwarten – und dies auch nur, weil mir Euer Vater stets ein treuer Diener war –, und das ist schon viel, denn in meinen alten Knochen habe ich nicht mehr viel Gnade zu verbergen. Und nun, hinfort!«

Als Erland den Tisch erreichte, den man für seine Gesellschaft gedeckt hatte, wandte er sich an Kafi und fragte: »Was hat das zu bedeuten?«

Der Wüstenbewohner war sich über den Sinn der Frage nicht ganz im klaren. »Mein Prinz?«

»Warum hat er mich beleidigt, wenn er sich nicht mit mir duellieren wollte?« fragte Erland, derweil er sich hinsetzte.

Kafi erwiderte: »Das ist bei den Reinblütigen so, Hoheit. Ihr müßt verstehen: Sie sind kein Volk von Kriegern. Sie sind Jäger. Krieger sind für sie kaum besser als Hunde, die man von der Leine läßt und auf einen Gegner hetzt. Oh, wenn es vonnöten ist, werden sie mit aller Grausamkeit kämpfen, doch das ist für sie keine Sache der Ehre. Nein, ehrbar ist es, wenn man sein Wild aufbringt, wenn man es stellt und mit einem einzigen Hieb tötet. Dem jungen Rasajani würde ein Kampf mit Euch völlig unvernünftig erscheinen. Ihr seid ein Krieger, dessen Fähigkeiten nicht bezweifelt werden. Ihr würdet ihn rasch töten. Das wußte er, und deshalb wäre ein Duell mit Euch die reinste Torheit.«

Erland schüttelte den Kopf und meinte: »Das ist nicht ganz so leicht zu verstehen.«

Kafi zuckte mit den Schultern. »Für sie ist es nicht leicht zu verstehen, wie sich jemand der Ehre wegen in einen Kampf mit einen Gegner ziehen lassen kann, von dem er weiß, daß er besser ist. Von ihrem Standpunkt aus wäre das gleichbedeutend mit Selbstmord.«

Die Gesellschaft der Prinzessin Sharana trat ein, und einen Schritt hinter ihr folgte Miya. Erland konnte die Augen kaum von der Prinzessin mit der goldfarbenen Haut lösen, doch schließlich fragte er Kafi: »Warum ist meine Dienerin heute abend bei der Prinzessin?«

Kafi lächelte. »Weil Eure ›Dienerin‹ Lady Miya ist, die Cousine von Sharana.«

Erland machte große Augen. »Cousine? Der Prinzessin? Ihr macht Scherze?«

Kafi entgegnete: »Natürlich nicht, Hoheit. Die Kaiserin würde niemals Sklaven oder Leuten von so niedrigem Rang wie mir erlauben, sich in Euren Gemächern um Eure Bedürfnisse zu kümmern.« In den *Leuten von so niedrigem Rang* schwang deutliche Verbitterung mit. »Also dürfen ausschließlich junge Männer und Frauen von edler Abstammung – jedoch niedere Söhne und Töchter – der Kaiserin und ihren Gästen dienen.«

Verblüfft riß Erland die Augen auf. »Alle!«

Kafi erwiderte: »Ja, jede einzelne Dienerin in Euren Gemächern ist die Tochter eines Adligen.« Er deutete abwesend auf die anderen am Tisch, die Erlands Unbehagen beobachteten. »Natürlich sind alle in Euren Gemächern auch mit der Kaiserin verwandt und von kaiserlichem Geblüt.«

Erland meinte: »Götter und Dämonen! Ich fürchte, ich habe schon mit der Hälfte der Töchter der Kaiserfamilie das Bett geteilt.«

Kafi lachte: »Noch nicht einmal mit dem zehnten Teil. Viele sind doch nur entfernt mit der Kaiserin verwandt. Und selbst wenn? Die Reinblütigen betrachten diese körperlichen Dinge anders als Ihr. Ihre Frauen sind genauso frei wie die Männer, wenn es darum geht, sich Geliebte zu suchen. Das hängt damit zusammen, daß es hier ebensooft eine Kaiserin auf dem Thron gab wie einen Kaiser.« Wieder schwang eine gewisse Verbitterung in seiner Stimme mit.

Wie es das Protokoll vorsah, betrat Prinzessin Sojiana mit ihrem Gefolge den Saal als letzte, und abermals erkundigte sie sich förmlich nach der Gesundheit ihrer Mutter. Alles ging wie gehabt vonstatten, und das Mahl begann.

Diener erschienen, nachdem sich die Gesellschaft der Prinzessin niedergelassen hatte, und boten Speisen an. An Erlands Tisch wurde wenig geredet, denn sowohl der Prinz als auch Locklear begnügten sich damit, quer durch den Saal zu starren, Erland auf

Prinzessin Sharana und Lady Miya, und Locklear zur Mutter der Prinzessin.

Später am Abend ersuchte James Erland, ihn und Gamina zu einem Spaziergang durch einen der Gärten des Palastes zu begleiten. Da er hinter dem seltsamen Ersuchen einen bestimmten Grund vermutete, stimmte der Prinz zu.

Als sie den Garten betraten, drang Gaminas Stimme in Erlands Gedanken. *James möchte dich bitten, durch mich zu sprechen, denn er hält es für sicher, daß wir selbst in der Mitte dieses Gartens belauscht werden.* Laut sagte sie: »Hier ist es zwar anders als zu Hause, doch sehr schön, nicht wahr?«

Erland sagte: »Da kann ich dir nur zustimmen.«

James' Stimme drang mit Gaminas Hilfe in Erlands Gedanken. *Ich bin schließlich mit deinem Spion im Palast in Kontakt getreten.*

Schließlich? Hat es ein Problem gegeben?

Ein Problem? Mit James' Antwort kam ein Gefühl von Belustigung. *Nur, daß wir unter ständiger Beobachtung stehen. Die Hälfte der »Dienerinnen« in unseren Gemächern sind höchstwahrscheinlich Spione – was nur einen kleinen Unterschied macht, denn alles, was wir tun oder lassen, wird natürlich auch von denen überbracht, die keine Spione sind. Ich glaube, es geht etwas sehr Wichtiges vor.*

Erland fragte Gamina, wie sie den Tag verbracht hatte, und sie unterhielten sich über Nebensächlichkeiten, während sie einen wunderbaren Marmorbrunnen entdeckten: Drei etwas komisch wirkende Dämonen waren in der Bewegung eingefroren worden, und sie wurden von drei wunderschönen nackten Frauen auf Streitwagen gejagt. Wasser floß aus den hinteren Teilen der Streitwagen, während sich die Dämonen in der Mitte des Beckens drängten. Irgendwie wurde die Szene von unten beleuchtet, wie, das konnte sich Erland nicht vorstellen, doch die Wirkung war erhaben.

Laut sagte er: »Ich muß doch mal fragen, wie sie das mit dem Licht gemacht haben. So etwas würde ich mir gern in Krondor bauen lassen.« In Gedanken sagte er: *Was, glaubst du, geht hier vor?*

Ich bin mir noch nicht sicher, antwortete James. *Soviel habe ich von den mir bekannten Teilchen jedenfalls schon zusammengesetzt: Die Kaiserin ist nicht gut bei Gesundheit. Sie ist kränker, als es den Anschein macht. So kann man es dem allgemeinen Tratsch im Palast und in der Stadt unten entnehmen. Natürlich erwartet man von ihr, daß sie Prinz Awari zum Erben ernennt, doch alle Zeichen deuten darauf hin, daß sie Sojiana oder gar Sharana ihrem Sohn vorzieht. Die Kaiserin und ihr Sohn haben seit Jahren Meinungsverschiedenheiten, und manchmal haben sie sogar nicht mehr miteinander gesprochen.*

Also geht es um die Frage der Thronfolge?

Offensichtlich, antwortete James. *Normalerweise erbt das älteste Kind den Thron.*

»Was für eine schöne Nacht«, sagte Erland laut. *Aber das ist Sojiana.*

Das stimmt, doch es gibt eine Mehrheit der Adligen, die lieber Awari auf dem Thron sehen würde. Erstens, weil die letzten beiden Herrscher Frauen waren und weil in vielen der unterworfenen Völker in Kesh ein strenges Patriarchat herrscht, und diese befürchten, drei Frauen in Folge auf dem Thron könnten das Reich in ein Matriarchat verwandeln. In alten Zeiten hat es das schon einmal gegeben. Doch der Hauptgrund, der für Awari spricht, ist folgender: Er wird von vielen als fähiger angesehen. Sojiana gilt den meisten als schwach. Ihr letzter Ehemann hatte in der Galerie der Herren und Meister, die so etwas wie unsere Versammlung der Lords ist, eine mächtige Stimme. Doch andere halten sie für … gefährlich. Sie könnte Awari und andere Lords beeinflussen … selbst wenn Awari als nächster Kaiser ausgerufen würde, könnte sie in der Galerie der Herren und Meister noch Schwierigkeiten machen.

Hat das irgend etwas mit dem Mordanschlag … auf meinen Bruder zu tun? »Wollen wir nicht schauen, was es hier im Garten noch zu entdecken gibt?«

»Ja«, meinte Gamina. »Es ist wirklich wunderschön hier.«

James sagte: »Noch ein Weilchen. Ich fürchte, morgen werden wir wieder einen anstrengenden Tag haben. Dann wird der offizielle Empfang gegeben, und die Geburtstagsfeierlichkeiten beginnen. Zum ersten Mal werden sich alle Herrscher des Kaiserreichs versammeln. Wir sollten so gut wie möglich aussehen.«

James' Gedanken drangen zu Erland. *Möglicherweise hat es etwas mit dem Überfall in der Wüste zu tun. Awaris Leute sind im Herzen des Kaiserreiches sehr mächtig, während Sojianas Macht eher nur auf dieses Plateau begrenzt ist. Wenn im Norden ein Krieg ausbrechen würde und wie gewöhnlich Hundesoldaten gegen uns ausgeschickt würden, dann wäre Awari hier geschwächt. Und höchstwahrscheinlich müßte er auch den Oberbefehl über die Armee übernehmen, die sie gegen uns schicken würden. Abar Bukar, der Lord der Armeen, wird langsam zu alt. Lord Jaka wäre eine angemessene Wahl, doch die Brüder des Pferdes und einige andere Parteien halten die Kaiserlichen Streitwagenlenker bereits für zu einflußreich, und deshalb würde die Kaiserin einen offenen Aufstand riskieren, falls sie ihm den Befehl übergibt. Nein, der Prinz wäre der einzige, dem alle ohne Widerspruch folgen würden. Und noch ein anderer Lord würde sich gern in der Galerie hervortun.*

Wer? fragte der Prinz.

Lord Ravi, der Meister der Brüder des Pferdes. Doch er ist kein Reinblütiger, und da seine Einheiten von Reitern jedem Schritt, welchen das Kaiserreich gegen uns unternehmen könnte, mißbilligend gegenüberstehen, fehlt ihnen das Ansehen der Streitwagenlenker.

Wie du es darstellst, bietet dieser Hof das Bild eines Scherbenhaufens.

Vielleicht, doch denk daran, solange die Kaiserin herrscht, wer-

den ihr alle gehorchen. Möglicherweise wird, wenn sie stirbt, Chaos oder gar ein Bürgerkrieg ausbrechen. Doch wer auch immer einen Krieg anzetteln will, scheint nicht so lange warten zu wollen, bis ihr Tod eingetreten ist. Und manche Dinge sind mir noch immer sehr rätselhaft.

Erland sagte laut: »Nun, da wir morgen frisch sein sollen, würde ich vorschlagen, daß wir zurückgehen.« Er drehte sich um, wandte sich dem Korridor zu, der zu seinen Gemächern führte, und schien in Schweigen zu verfallen. *Das meiste ist dir also noch ein Rätsel? Hoffentlich können wir es lösen, bevor wir in irgendwelche Auseinandersetzungen geraten.*

Und darin stimmten alle drei schweigend miteinander überein.

Entkommen

Borric zeigte auf etwas.

»Was, in aller Welt, ist das?« fragte Ghuda.

Die Karawane zog auf der vielbenutzten Hauptstraße des Kaiserreichs von Faráfra nach Kesh, und die Reise führte meilenweit durch Bauernland. Bisher war die Fahrt ereignislos verlaufen, doch das sollte sich jetzt ändern.

Im Norden der Straße versuchten drei Männer auf Pferden einen Mann gefangenzunehmen; es war ein seltsam aussehender Kerl, der eine knielange, schlichte gelbe Robe trug. Sein Kopf war wie der eines Mönchs geschoren, doch seine Kleidung hatte Borric noch bei keinem Orden im Königreich gesehen. Und er schien viel zuviel Spaß zu haben und wesentlich mehr Lärm zu machen als jeder andere Mönch, den Borric jemals zu Gesicht bekommen hatte. Denn jedesmal, wenn die Reiter nach seiner Robe griffen, duckte er sich weg und tauchte unter den Hälsen der Pferde durch, wobei er die ganze Zeit ausgelassen lachte.

Dieser Anblick wurde dadurch noch gesteigert, daß der Mann einen Rucksack, dessen breite Stoffriemen quer über die Brust verliefen, auf dem Rücken und einen Holzstab in der Hand trug. Er rannte herum, lachte und redete Unsinn, womit er seine Möchtegernjäger noch mehr aufbrachte. Diese verrückten Freudensprünge brachten auch Ghuda und Borric zum Lachen. Einer der Reiter drehte sich bei ihrem Gelächter zu ihnen um, und ihre Erheiterung schien ihn noch wütender zu machen.

Der Reiter holte eine exotische Keule hervor, ritt auf den herumtanzenden Mann zu und wollte ihn schlagen, doch der Kerl duckte sich unter dem Hieb weg, wälzte sich über den Boden, stand, noch ehe der erste Reiter sein Pferd hatte wenden können, schon wieder auf den Beinen und tanzte weiter. Er kehrte den drei Reitern das Hinterteil zu und wackelte damit, wobei er ein Furzgeräusch nachahmte und den dreien seine Verachtung zeigte.

»Was sind das denn für welche?« fragte Borric und lachte bei der Komödie, die sich vor seinen Augen abspielte.

Ghuda sagte: »Dieser herumhüpfende Kerl ist seiner Kleidung nach ein Isalani. Das ist ein Volk aus Shing Lai, südlich des Rings von Kesh. Ein seltsamer Haufen.

Die anderen sind Präriebewohner aus Ashunta. Das erkennt man daran, wie sie ihr Haar tragen, und an der zeremoniellen Schlachtkeule, mit der der eine versucht, dem Isalani den Kopf einzuschlagen.« Borric bemerkte erst jetzt, daß alle drei Männer ihr Haar auf ähnliche Weise trugen, derweil sich ihre Kleidung stark voneinander unterschied; einer trug eine Kniebundhose aus Wildleder und eine Lederweste ohne Hemd darunter, der zweite einen Lederharnisch, während der dritte Reitstiefel, ein verziertes Hemd und einen Hut mit Feder bevorzugte. Jeder der Männer hatte sein Haar zurückgebunden, und es fiel jeweils als langer Pferdeschwanz bis zur Mitte des Rückens hinunter, wobei zwei Locken über den Ohren frei herabhingen.

»Was meinst du, was sie da treiben?«

Ghuda zuckte mit den Schultern. »Wer soll das wissen, wenn ein Isalani dabei ist? Sie sind Mystiker – Seher, Schamanen und Weissager; aber gleichzeitig sind sie auch die größte Bande von Dieben und Gaunern, die es in Kesh gibt. Wahrscheinlich hat er die drei irgendwie betrogen.«

Mit einem verdrossenen Ruf zog einer der Männer sein Schwert und schlug bitterernst nach dem Isalani. Borric sprang vom Wagen, der sich nur langsam voranbewegte, denn die Straße führte bergauf in die Ausläufer des Gipfels des Lichts, und aus diesem Grund ließ Janos Saber, der Karawanenmeister, die Tiere langsam laufen, um sie zu schonen. Saber schrie: »Verrückter, willst du wohl wieder auf deinen Wagen klettern! Laß sie in Ruhe.«

Borric winkte nur vage und beruhigend und eilte auf das eigentümliche Fangspiel zu. »Was geht hier vor?«

Der seltsam aussehende Mann zu Fuß hüpfte weiter herum und duckte sich, doch einer der Reiter – der mit dem Federhut – wandte sich Borric zu und schrie: »Halt dich da raus, Fremder.«

»Ich weiß wohl, Eure Geduld ist am Ende, Freundchen, doch es erscheint mir ein wenig übertrieben, wenn man sein Schwert gegen einen unbewaffneten Mann zieht.«

Der Reiter beachtete ihn nicht, sondern spornte sein Pferd mit einem Ruf an und hielt genau auf den Isalani zu. Einer der beiden anderen Reiter hatte einen ähnlichen Angriff gestartet, und augenblicklich bewegte sich der Isalani zwischen den beiden. Der erste Reiter fuhr herum und erkannte zu spät, daß er die falsche Entscheidung getroffen hatte. Während der Isalani davontanzte, rannten die beiden Pferde aneinander, und wie Pferde das nun mal machen, meinte das eine, es müsse das andere beißen, woraufhin das andere entschied, es müsse das erste treffen, wobei dieses wiederum seinen Reiter abwarf. Mit einem Fluch auf den Lippen winkte der erste Reiter dem dritten zu, damit sich dieser Zusammenstoß wenigstens nicht wiederholte. Dann drehte er sich um, und der Stab des Isalani traf ihn im Gesicht, und einen Moment später lag er ebenfalls auf dem Boden.

Der dritte Reiter – derjenige mit der Lederweste – zögerte nicht, kam jedoch ebenfalls in das Getümmel und konnte im letzten Augenblick gerade noch zur Seite ausweichen. Er duckte sich im Sattel, aus dem ihn der Isalani mit seinem Stab herausholen wollte. Doch plötzlich spürte der Reiter starke Hände an seinem Jagdrock, die von der rechten Seite zu ihm hochgriffen. Borric zog den Reiter aus dem Sattel und stieß ihn halb, halb schleuderte er ihn dorthin, wo die anderen beiden versuchten, wieder auf die Beine zu kommen.

»Das war ein Fehler«, sagte der erste Reiter, der das Langschwert gezogen hatte. Seinem Gesichtsausdruck nach wollte er Blut sehen.

»Also«, meinte Borric, der sich bereit machte, während die anderen Reiter ihre Aufmerksamkeit auf den bewaffneten Söldner richteten, »es ist nicht der erste Fehler, den ich gemacht habe.« Und in sich hinein murmelte er: »Und hoffentlich nicht der letzte.«

Der erste Krieger stürmte vor und versuchte Borric zu überwältigen. Borric trat geschickt zur Seite, schlitzte dem Mann, während er vorbeirannte, von hinten den Oberschenkel auf – eine der wenigen Stellen, die nicht von seiner Lederrüstung geschützt wurde –, brachte ihn dadurch zu Fall und machte ihn mit dieser schmerzhaften Wunde, die allerdings wieder heilen würde, erst einmal kampfunfähig.

Der zweite und der dritte Reiter erkannten, daß sie hier einem erfahrenen Gegner gegenüberstanden. Sie teilten sich auf, der Mann mit dem Federhut umkreiste Borric nach rechts, und der Mann in der Lederweste bewegte sich nach links, weshalb der Prinz sich nach zwei Seiten verteidigen mußte. Borric fing an, mit sich selbst zu sprechen, eine Eigenart, über die Erland sich lustig gemacht hatte, seit sie noch Jungen gewesen waren. »Wenn sie nur das Gehirn eines Pfunds Pfeffer besitzen, wird der Kerl zu meiner Rechten einen Angriff antäuschen, während der zur Linken ihn wirklich durchführt.«

Plötzlich ging Borric auf sie los, zog seinen Parierdolch und sprang nach links. Er wandte dem Mann, der zu seiner Rechten gestanden hatte, den Rücken zu, und dieser versuchte die Gelegenheit auszunutzen. Doch in dem Moment, als er zuschlagen wollte, wirbelte Borric herum, parierte den Hieb mit dem Dolch und stieß eine Sekunde später mit dem Schwert zu, wobei er dem Mann in dem verzierten Hemd und den Reitstiefeln eine üble Wunde im Bauch zufügte.

Während der Mann mit einem gurgelnden Schmerzensschrei auf den Lippen zu Boden ging, wirbelte Borric abermals herum und sah, wie sich der verbliebene Reiter vorsichtig näherte. Borric fluchte vor sich hin: »Verdammt. Dieser Kerl weiß, was er tut.« Der Prinz hatte gehofft, der Mann in der Lederweste würde den gleichen Fehler machen wie die anderen beiden.

Aufmerksam kam er auf den Prinzen zu. Nach dem, was er gesehen hatte, wußte er, hier stand er einem sehr erfahrenen Fechter gegenüber. Die beiden Männer schlichen umeinander herum, und keiner ließ den anderen nur einen Moment lang aus den Augen. Dann bemerkte der Prinz, wie sich der Mann nach einem bestimmten Muster bewegte. Leise sagte Borric zu sich selbst: »Komm schon, mein Lieber, mach's noch einmal. Schritt, den Fuß nachziehen, Schritt, den Fuß nachziehen, und dann diesen Fuß vor den anderen setzen.« Borric grinste, und als der Mann die Schrittfolge noch einmal wiederholte, sprang er vor und griff an. Eine leichte Drehung des Körpers war genau die Eröffnung, die Borric brauchte. Mit einer wütenden Kombination von Hieben trieb er den Mann zurück.

Dann ging der Reiter zur Riposte über und griff an, und jetzt wurde Borric seinerseits zurückgedrängt. Er verfluchte das Schicksal, welches ihm statt eines Rapiers ein Langschwert in die Hand gegeben hatte, und versuchte zu parieren und seine Stellung wieder zu sichern. »Der Bastard ist gut«, murmelte er vor sich hin.

Vielleicht fünf Minuten lang, die Borric allerdings wie Stunden vorkamen, schlugen die Männer abwechselnd zu, parierten und starteten Riposten. Der Schweiß stand beiden auf der Stirn, während sie unter der heißen Sonne fochten. Borric versuchte jede Kombination, die er gelernt hatte, doch sein Gegner war ihm stets ebenbürtig.

Dann trat eine Pause ein, in der die beiden Männer in der Sonne standen und versuchten, wieder zu Atem zu kommen, und die einzigen Geräusche waren das Summen der Fliegen und das Rauschen des Windes im hohen Gras der Steppe. Borric faßte den Griff seines Schwertes fester und spürte, wie er zunehmend erschöpfter wurde. Jetzt wurde der Kampf noch gefährlicher, denn neben den Fähigkeiten und der Aufmerksamkeit der beiden Fechter kam nun auch noch die wachsende Ermüdung ins Spiel, die leicht zu einem tödlichen Fehler führen konnte. Borric wollte dem Ganzen endlich ein Ende machen, setzte vor, schlug zuerst nach dem Kopf und ließ dann einen Hieb auf die Beine des anderen Mannes folgen. Doch selbst, als er mit dem Dolch parieren konnte und sich von der Notwendigkeit freimachte, seine Linke mit dem Schwert zu schützen, konnte er die Auseinandersetzung nicht zum Ende bringen.

Jeder der beiden errang Vorteile, zuerst Borric, dann der Präriebewohner, doch jeder konnte die Klinge des anderen wiederum erfolgreich abwehren. Der Schweiß rann dem Präriebewohner über die nackte Brust, während er Borrics Hemd tränkte, und beide konnten die Hefte ihrer Waffen nicht mehr so sicher wie vorher halten. Ihr Atem ging keuchend, während die Sonne für beide zum gnadenlosesten Gegner wurde. Aufgewirbelter Staub drang in die Nasen und machte die Kehlen rauh, und immer noch konnte keiner der Männer den Kampf beenden. Borric hatte es mit jeder Finte versucht, die er seit seiner Kindheit gelernt hatte, und manchmal war er nahe daran, seinen Gegner zu verletzen. Doch mehr war nicht drin. Und bei genauso vielen Gelegenheiten konnte er gerade noch verhindern, verletzt zu werden. Dann wurde es Borric mit schaudererregender Deutlichkeit klar: Er hatte sich selbst überschätzt; hier stand er einem Fechter gegenüber, der vielleicht kein so großes angeborenes Talent wie der Prinz besaß, jedoch wesentlich mehr Erfahrung.

Einen Moment lang hielten sie inne, jeder Mann faßte den anderen ins Auge, schnappte nach Luft, derweil die erschöpften Körper vor Müdigkeit und Anspannung zitterten. Beiden war klar, wer von ihnen zuerst einen Fehler machen würde, wäre tot. Borric atmete heftig und versuchte, die letzten Kräfte aus sich herauszuholen. Er starrte seinen Gegner an und wußte, der versuchte das gleiche. Keiner der beiden Männer verschwendete Luft mit Reden, und jeder wartete auf den Augenblick, in dem er genug Kraft gesammelt hätte und abermals angreifen könnte. Dann holte der Präriebewohner laut Luft, stieß einen wütenden Schrei aus und rannte auf Borric zu. Der machte einen Schritt zur Seite, kreuzte Schwert und Dolch, riß die Waffen hoch, um den Hieb abzuwehren, und trat dem Mann mit dem Knie in den Magen. Dem Präriebewohner blieb die Luft weg, und Borric setzte ihm den Fuß in die Seite und stieß ihn fort, wobei er ihm das Schwert aus der Hand schlug. Der Präriebewohner fiel rücklings zu Boden, Borric setzte ihm nach und richtete sein Schwert nach unten, als sich sein Gegner davonrollte. Dann spürte er etwas an seiner Ferse und verlor das Gleichgewicht.

Borric war zu nahe herangetreten, und der Mann hatte seine Hacke mit Borrics Fuß verhakt. Jetzt wälzte sich Borric über den Boden und versuchte, wieder auf die Beine zu kommen. Er fuhr herum, kam auf die Knie, doch in diesem Moment näherte sich schon die Spitze eines Schwertes seinem Gesicht. Dann drängte sich eine weitere Klinge dazwischen, und die erste wurde fortgeschlagen.

Borric sah zum strahlenden Himmel auf und entdeckte Ghuda, der mit gezogenem Schwert zwischen den beiden Kampfhähnen stand. »Wenn ihr beiden Jungs jetzt vielleicht endlich fertig wärt ...?« sagte er.

Der Präriebewohner sah hoch, und die finstere Grimasse des Kämpfers löste sich auf. Denn offensichtlich hatte er hier einen frischen Gegner vor sich, wenn er sich weiter kämpferisch gebärden wollte, und – nach Ghudas Aussehen und der Länge seines Schwertes zu urteilen – auch noch einen, der sowohl willens als auch fähig war, einen Mann übel zuzurichten. Borric gab auf, indem er einfach die Hände in die Höhe hielt. Der andere Mann wich ein paar Schritte zurück und schüttelte den Kopf. »Genug«, krächzte er aus staubiger Kehle.

Suli spähte hinter dem großen Söldner hervor und reichte Borric einen Wasserschlauch.

An den Präriebewohner gewandt, sagte Ghuda: »Deine beiden Freunde brauchen Hilfe. Einer von ihnen kann unter Umständen verbluten. Es wäre vielleicht besser, wenn ihr ihm einen Arzt holt.

Und du«, meinte er und drehte sich zu Borric um, »hättest lieber auf die Straße sehen sollen, wie man es von dir erwartet, anstatt dich mit diesen dummen Kindern einzulassen.«

Der andere Mann wandte sich seinen Freunden zu. Demjenigen mit der Wunde am Bein half er auch, und beide untersuchten gemeinsam den Mann, der die Bauchwunde davongetragen hatte.

»Wo ist dieser herumhüpfende Irre?« fragte Borric und nahm noch einen Schluck Wasser.

»Ich weiß nicht«, antwortete Ghuda spöttisch. »Ich habe ihn aus den Augen verloren, als ich euch zwei Wunderkinder auseinandergebracht habe.«

»Also, er wird sich doch nicht aus dem Staub gemacht haben?« fragte Borric.

»Bei der Wahrheit der Götter, Verrückter, ich weiß es nicht. Und es interessiert mich auch nicht. Janos Saber war wenig begeistert, als du dich davongemacht hast. Was, wenn uns das nur ablenken sollte, weil irgendwer auf der anderen Seite dieses Berges im Hinterhalt lag? Dann hätte die Sache ziemlich böse ausgesehen, das kannst du mir glauben.«

Er steckte sein langes Schwert ein, reichte dem jüngeren Fechter die Hand und half Borric auf – doch dann traf Borric eine von Ghudas großen, behandschuhten Fäusten an der Schläfe und schickte ihn gleich wieder zu Boden.

Borric schüttelte den brummenden Kopf und sagte: »Wofür war das denn?«

Ghuda drohte Borric mit der Faust. »Dafür, daß du dich wie der dumme Sohn allen Elends benommen hast. Verdammt, Junge, du mußt wie ein Karawanenwächter handeln, du mußt deine Arbeit machen! Es hätte schließlich wirklich ein Hinterhalt sein können, oder?«

Borric nickte und meinte: »Ja, ich denke schon.«

Ohne weitere Hilfe kam Borric auf die Beine, und Ghuda machte dem Prinzen und dem Jungen ein Zeichen, sie sollten mitkommen. Als sie die Straße wieder erreichten, sagte Borric: »Ich wünschte, die Leute würden endlich aufhören zu glauben, ich würde am besten lernen, wenn sie mir ihre Lektionen einprügeln.«

Ghuda beachtete die Bemerkung nicht und sagte: »Du hast zu lange mit dem Rapier gekämpft, Verrückter.«

»Häh?« fragte der erschöpfte Prinz. »Was meinst du damit?«

»Du hast die ganze Zeit versucht, den Kerl aufzuspießen, und mit einem Langschwert hast du da einiges zu tun. Das hat keine vernünftige Spitze, und solange du nicht auch noch mit der anderen Hand zupackst und mit beiden Händen richtig zustichst, erreichst du bei einem Gegner in Rüstung lediglich, daß du ihn verwirrst. Du hast dir mindestens ein halbes Dutzend Gelegenheiten durch die Lappen gehen lassen, um dem Kerl seinen Kopf abzuschlagen, wenn du mich fragst. Falls du vorhast, noch ein bißchen älter zu werden, solltest du besser lernen, wie man mit einem Schwert umgeht, das eine Schneide an der Kante hat. Mit diesem Spieß aus Krondor kannst du das ja schon.«

Borric lächelte. Das Rapier war keine beliebte Waffe gewesen, bis sein Vater, der beste Fechter, der jemals ein Schwert gehalten hatte, Prinz geworden war. Danach war es in Mode gekommen, doch offensichtlich nicht hier unten, südlich des Tals der Träume. »Danke. Ich werde damit üben.«

»Aber such dir beim nächsten Mal einen Gegner, der es nicht ganz so verbissen auf dein Leben abgesehen hat.« Er sah die Straße hinunter, dorthin, wo Janos Sabers Wagen Staub aufwirbelten, und fügte hinzu: »Jetzt geht es wieder bergab, und wir brauchen wahrscheinlich einen ganzen Tag, um sie wieder einzuholen. Laßt uns mal einen Schritt zulegen.«

»Oh, lieber nicht«, erwiderte Borric, der von der Anstrengung in der Hitze erschöpft war. Er hatte sich zwar schon ein wenig an die brütende Mittagssonne von Kesh gewöhnt, doch er konnte sie natürlich noch lange nicht so gut aushalten wie diejenigen, die unter ihr geboren waren. Er trank viel Wasser und Fruchtsaft, genauso wie Suli und Ghuda, doch immer noch wurde er in der Hitze schnell müde. Er fragte sich, wie nahe er bei den

Sklavenhändlern in der Jal-Pur-Wüste wohl dem Tod gewesen war.

Als sie den Kamm des Berges erreicht hatten, sahen sie, wie Janos Sabers Karawane rasch den Hügel hinunterrollte. Und auf der hinteren Kante des letzten Wagens saß der Isalani und ließ die Beine baumeln, während er eine große Orange aß. Ghuda zeigte auf ihn, und Borric schüttelte den Kopf. »Der ist nicht dumm.«

Ghuda trottete weiter die Straße entlang, und Borric zwang sich, das gleiche zu tun, obwohl sich seine Glieder wie feuchte Baumwolle anfühlten. Nach ein paar Minuten hatten sie den letzten Wagen eingeholt, und Borric zog sich hinten hinauf, während Ghuda neben dem Kutscher aufstieg und Suli zum Küchenwagen hastete.

Borric seufzte tief, dann sah er sich den Mann an, den er vor den drei Präriebewohnern gerettet hatte. Der Isalani bot keinen besonders schönen Anblick: ein o-beiniger, kleiner Kerl mit einem Gesicht wie ein Geier. Sein Kopf war fast viereckig und zuckte auf einem schlaksigen Hals hin und her, wodurch er sehr komisch wirkte. Aus dem Hinterkopf sproß ihm ein Büschel Haare, und offensichtlich brauchte er der Natur nur wenig nachzuhelfen, wenn er seinen Kopf schor. Die Augen hatte er zu schmalen Schlitzen zusammengekniffen, während er Borric angrinste, und seine Haut hatte einen goldenen Ton, eine Farbe, die Borric zuvor nur einige Male bei den Bürgern von LaMút gesehen hatte, bei jenen, die von den Tsurani abstammten. Mit freundlichem Unterton in der schnarrenden Stimme fragte der Isalani: »Willste 'ne Orange?«

Borric nickte, und der seltsam aussehende Mann holte eine aus dem Rucksack, den er während der Auseinandersetzung mit den drei Reitern so wild über die Schulter hängen gehabt hatte. Borric schälte die Orange, brach ein Stück davon ab und saugte den Saft heraus, während der alte Mann Ghuda ebenfalls eine reichte. Der alte Karawanenwächter fragte: »Worum ist es denn eben dahinten gegangen?«

Der Mann zuckte mit den Schultern und grinste weiter. »Sie dachten, ich hätte sie beim Kartenspielen betrogen. Sie waren sehr wütend.«

»Und hast du?« fragte Borric.

»Vielleicht, aber nicht viel. Sie haben mich betrogen.«

Borric nickte, als würde das alles einen Sinn ergeben. »Die Leute nennen mich meist den Verrückten.«

Der Mann grinste noch breiter. »So nennt man mich auch manchmal. Sonst heiße ich Nakor, der Blaue Reiter.«

Ghuda fragte: »Der Blaue Reiter?«

Der Mann nickte heftig. »Beizeiten hat man mich auf einem schönen schwarzen Roß herumreiten sehen, und dann habe ich die feinste blaue Robe getragen. In einigen Gegenden bin ich sehr berühmt.«

»Aber diese Gegend gehört nicht dazu«, meinte Ghuda.

»Leider, leider nicht. Hier bin ich eher unbekannt. Wie auch immer, zu jenen Zeiten, als ich noch meine hübschen Kleider und mein wunderbares Roß besaß, bin ich in jeder Gegend, durch die ich kam, immer schnell berühmt geworden, da mich, was die Schönheit betraf, niemand schlagen konnte.«

Borric betrachtete den verblichenen orangefarbenen Umhang. »Ich nehme an, der hier stammt nicht aus jenen Zeiten.«

»Wieder einmal muß ich sagen leider, leider, denn du hast recht. Mein Pferd ist gestorben, und damit wurde es schwierig, darauf zu reiten, und den Mantel habe ich an einen Mann verloren, der beim Kartenspiel besser betrügen konnte als ich.«

Bei den letzten Worten lachte Borric. »Nun, zumindest bist du ein freimütigerer Betrüger als jene, auf die ich gewöhnlich treffe.«

Nakor lachte mit. »Ich betrüge nur die, die mich zu betrügen versuchen. Ich bin ehrlich zu denen, die mir gegenüber ehrlich sind. Es ist nur meistens schwierig, ehrliche Männer zu finden.«

Borric nickte; der seltsame kleine Mann amüsierte ihn. »Und mit wie vielen ehrlichen Männern hast du es in letzter Zeit zu tun bekommen?«

Nakor zuckte mit den Schultern, wobei er sie fast bis zu den Ohren hochzog und mit dem Kopf leicht hin und her wackelte. »Keinen, bislang. Doch ich habe immer noch große Hoffnung: Eines Tages werde ich einen treffen.«

Borric schüttelte den Kopf und lachte, sowohl über diesen Irren als auch über sich selbst, der er sich für so jemanden auf solche Schwierigkeiten eingelassen hatte.

Als es Abend wurde, stellten sie die Wagen im Kreis um das Lagerfeuer auf, so wie es Karawanen machten, seit es Karawanen gab. Janos Saber hatte Borric in unmißverständlichen Worten wissen lassen, was er von einem Wächter hielt, der sich in Händel einmischte, die ihn nichts angingen, und er fragte Ghuda, ob der wohl nicht ganz gescheit sei, wenn er da auch noch mitmachte. Dem Jungen verzieh er, weil er eben noch ein Junge war und weil Jungen eben immer für solch dumme Sachen gut waren.

Aus irgendeinem Grund schien ihn der Isalani, der sich ungebeten der Karawane angeschlossen hatte, nicht im geringsten zu stören. Borric war sich ziemlich sicher, der seltsame Mann müsse den sonst strengen Karawanenmeister irgendwie verwirrt haben, doch in diesem Falle hätte der kleine Kerl über magische Kräfte oder etwas Ähnliches verfügen müssen. Jedenfalls würde der kleine selbstzufriedene Gauner die Beine nur so lange hinten aus dem letzten Wagen baumeln lassen, wie er den Anführer fünf Wagen weiter vorn nicht gegen sich aufbrachte. Selbst sein Onkel Jimmy würde nicht von sich behaupten können, so gut zu sein, dachte Borric.

Beim Gedanken an Jimmy fühlte sich Borric erneut und nicht zum ersten Mal niedergeschlagen. Seine Lage war einfach hoffnungslos. Wie sollte er bloß den Palast der Kaiserin sicher erreichen und James die Nachricht überbringen lassen, daß er noch am Leben war? Nach allem, was er beim Gouverneur von Durbin erfahren hatte, waren in dieses Komplott auch wichtige Männer von hohem Rang im kaiserlichen Palast verwickelt. Und je mehr er sich dem Palast näherte, desto klarer wurde ihm, wie schwierig es werden würde, hineinzugelangen.

Er legte sich in der Nähe des Feuers nieder und beschloß, er könne auch während der Reise noch über dieses Problem nachdenken. Im Moment lag schließlich noch ein gutes Stück Wegs zwischen ihm und den Toren des Palastes. So döste er nach dem Essen in der Wärme des Abends vor sich hin, bis Ghuda kam und ihn weckte. »Deine Wache, Verrückter.«

Borric erhob sich und nahm mit zwei weiteren Wächtern seinen Posten ein, wobei die drei vor sich hin murmelten und fluchten, wie es Männer in ähnlichen Lagen schon immer getan hatten, seit es Karawanen gab.

»Jeeloge!« rief Ghuda.

Borric drückte sich hoch, spähte zwischen Ghuda und dem Fuhrmann, der den Wagen lenkte, hindurch und blickte in die Richtung, in die der ältere Wächter zeigte. Als zusätzliche Wache am Ende der Karawane konnte er es sich auf Seidenballen aus den Freien Städten gemütlich machen und in der Nachmittagssonne dösen. Sie hatten die Kuppe eines Hügels erreicht, und nun tauchte vor ihnen am Horizont ein Ort auf. Er schien gar nicht so klein zu sein. Im Königreich hätte man ihn vielleicht als kleine Stadt bezeichnet, doch Borric hatte schon lange bemerkt, daß das Königreich im Gegensatz zu Kesh nur spärlich besiedelt war. Der Prinz döste weiter. Sie würden in Jeeloge für die Nacht Station machen, und die meisten der Karawanenfuhrleute und -wächter planten für den Abend eine schöne Feier und ein gutes Spielchen.

Am Tag zuvor hatten sie den nördlichen Rand des Gebirges umrundet, welches man hier die *Wächter* nannte. Diese Bergkette begrenzte den Overnsee im Westen. Danach waren sie dem Fluß Sarne in Richtung der Stadt Kesh gefolgt. Die Landschaft war von kleinen Städten und Bauerndörfern gesprenkelt. Borric verstand jetzt, warum das Karawanengeschäft im Inneren von Kesh mit wenig Gefahren verbunden war. So dicht an der Hauptstadt des Kaiserreichs war das Leben ruhig.

»Ich frage mich, was das da sein soll?« sagte Ghuda nachdenklich.

Borric sah auf und erblickte eine Kompanie Reiter, die an einem Wachposten in der Nähe der Stadt wartete. Der Prinz bewegte sich ganz nach rechts, damit der Fuhrmann nicht verstehen konnte, was er Ghuda ins Ohr flüsterte. »Vielleicht suchen sie nach mir.«

Ghuda drehte sich zu dem jüngeren Karawanenwächter um und blitzte ihn voller Wut an. »Nein, wie interessant. Hast du etwa noch mehr solch netter Dinge auf Lager, die ich wissen sollte, bevor sie mich vor den kaiserlichen Gerichtshof zerren?« Obwohl er flüsterte, konnte Borric deutlich den Zorn aus seiner Stimme heraushören. »Und was hast du angestellt?«

»Sie behaupten, ich hätte die Frau des Gouverneurs von Durbin umgebracht«, flüsterte Borric.

Als einzige Reaktion darauf rieb sich Ghuda einen Moment lang die Augen. »Warum gerade ich? Was habe ich getan? Warum hassen mich die Götter so?« Er sah Borric in die Augen. »Und hast du es getan, Verrückter?«

»Nein, natürlich nicht.«

Ghuda kniff die Augen zusammen und blickte Borric kurz forschend an, dann sagte er: »Natürlich hast du das nicht.« Er seufzte tief. »Wir könnten es mit einer Bande lausiger Banditen aufnehmen, wenn es sein müßte, doch diese Kaiserlichen würden uns wie Jagdvögel zusammengeschnürt haben, ehe wir noch Pieps gesagt hätten. Ich sag dir was: Wenn dich jemand fragt, bist du mein Cousin aus Odoskoni.«

»Wo liegt Odoskoni?« fragte Borric, während sich die Wagen den Reitern näherten.

»Das ist eine kleine Stadt in den Gipfeln der Ruhe, und die nächste Stadt ist Kampari. Man muß sich Hunderte von Meilen durch die Grünen Weiten schleppen, um dorthin zu gelangen, und das machen die wenigsten. Höchstwahrscheinlich ist im letzten Jahr keiner von diesen Burschen dort hingekommen.«

Der erste Wagen wurde langsamer und blieb stehen, und die anderen ebenso, doch zu diesem Zeitpunkt war Borric zusammen mit den übrigen Wächtern bereits von den jeweiligen Wagen gesprungen und nach vorn zu ihrem Meister gegangen, so wie es von ihnen erwartet wurde, denn schließlich konnten diese Soldaten auch falsch sein. Doch der Art nach, wie sich ihr Offizier Janos Saber näherte, war klar: Hier handelte es sich tatsächlich um kaiserliche Truppen; dieser Offizier verlangte Gehorsam, und zwar augenblicklich. Jeder Mann der Kompanie trug einen prächtigen Rock aus roter Seide, einen Eisenhelm mit Fellband – bei dieser Kompanie war er aus Leopardenfell gemacht. Dazu trug jeder eine Lanze und an der Seite ein Schwert, und hinter den Sätteln hing jeweils ein Bogen. Borric stimmte Ghudas Einschätzung zu. Die Männer der Kompanie sahen aus wie erfahrene Veteranen. Borric flüsterte Ghuda ins Ohr: »Gibt es in Kesh eigentlich überhaupt keine jungen Rekruten?«

Ghuda flüsterte zurück: »Viele, Verrückter. Die Friedhöfe sind voll von ihnen.«

Der Offizier wandte sich an Saber. »Wir suchen zwei entlaufene Sklaven aus Durbin. Ein junger Mann, vielleicht zwanzig Jahre alt, und einen Jungen von elf oder zwölf.«

Janos erwiderte: »Herr, meine Männer sind alle Karawanenwächter oder Fuhrleute, und entweder kenne ich sie, oder es haben sich Leute für sie verbürgt, die ich kenne, und der einzige Junge, den wir bei uns haben, ist der Küchenjunge.«

Der Offizier nickte, als wäre das, was der Karawanenmeister zu sagen hatte, von wenig Bedeutung. Ghuda strich sich über das Kinn, als dächte er nach, doch hinter vorgehaltener Hand zischelte er Borric zu: »Interessant, sie durchsuchen die Wagen ausgerechnet hier. Warum sollte sich ein Sklave, der in Durbin entflohen ist, ausgerechnet ins Innere des Kaiserreichs aufmachen, anstatt daraus abzuhauen?«

Falls Janos Borric und Suli für das Paar hielt, nach dem die Soldaten suchten, so sagte er jedenfalls nichts. Einer der Kaiserlichen kam zu Ghuda und Borric. Er sah Ghuda kaum an, doch bei der Untersuchung von Borric ließ er sich Zeit. »Wo kommst du her?« fragte er. Seine Frage klang, als müsse er so tun als ob, denn da er die Wahrheit nicht kannte, mußte er annehmen, daß er tatsächlich nach einem entlaufenen Sklaven suchte. Zwar würde ein Sklave nicht in aller Seelenruhe bewaffnet vor ihm stehen, doch immerhin hatte der Soldat seine Pflicht zu erfüllen und zu fragen.

Borric sagte: »Hier und da. Ich bin in Odoskoni geboren.«

Irgend etwas an dem, was Borric gesagt hatte, oder auch nur die Art, wie er dastand, erregte das Interesse des Soldaten. »Du sprichst mit einem seltsamen Akzent.«

Borric zögerte keine Sekunde mit seiner Antwort. »Du klingst mir auch fremd, Soldat. In meinem Volk sprechen alle so wie ich.«

»Du hast grüne Augen.«

Plötzlich riß der Soldat Borric die Kopfbedeckung herunter und enthüllte das schwarzgefärbte Haar. »He!« beschwerte sich Borric. Suli hatte sein Haar vor einigen Tagen nochmals mit den Resten der Tinktur gefärbt, und Borric hoffte, die roten Haaransätze wären noch nicht so lang herausgewachsen, um ihn zu verraten.

»Hauptmann!« rief der Soldat. »Auf diesen hier paßt die Beschreibung.«

Vielleicht hatten diejenigen, die seinen Tod wünschten, seine Beschreibung nach den Angaben der Seeleute, die ihn vor dem Hafen verfolgt hatten, geändert. Was für ein Dummkopf bin ich doch, dachte er. Ich hätte mir die Haare anders färben sollen.

Der Hauptmann kam herangeschlendert und fragte: »Dein Name.«

Borric erwiderte: »Alle nennen mich den Verrückten.«

Der Hauptmann zog eine Augenbraue hoch und sagte: »Eigentümlich. Und warum?«

»Aus meinem Dorf gehen nicht viele Leute fort, und ehe ich dort abgehauen bin, war ich bekannt, weil ich –«

»Dumme Sachen hat er gemacht«, mischte sich Ghuda ein. »Er ist mein Cousin.«

»Du hast grüne Augen«, sagte der Hauptmann.

»Hat seine Mutter auch«, antwortete Ghuda.

Der Hauptmann wendete sich Ghuda zu. »Sprichst du immer für ihn?«

»Sooft es geht, Herr. Wie ich sagte, manchmal macht er dumme Sachen. Die Leute aus Odoskoni haben ihn nicht nur aus einer Laune heraus den Verrückten genannt.« Er machte eine Grimasse wie ein Geisteskranker, verdrehte die Augen zu einem Schielen und ließ die Zunge auf einer Seite des Mundes heraushängen.

Ein weiterer Soldat kam näher, der Suli am Arm mit sich zog. »Wen haben wir denn da?« fragte der Hauptmann.

»Das ist der Küchenjunge«, antwortete Janos.

»Wie heißt du, Junge?«

Ghuda sagte: »Suli aus Odoskoni.«

Der Hauptmann drehte sich zu Ghuda um. »Ruhe!«

Borric sagte: »Er ist mein Bruder.«

Der Hauptmann schlug zu und traf Borric mit der Rückseite seiner behandschuhten Hand im Gesicht. Die Tränen traten Borric in die Augen, doch er riß sich zusammen, obwohl er den plötzlichen Drang verspürte, diesen Hauptmann der Kaiserlichen Wache von Kesh aufzuspießen.

Der Hauptmann faßte Suli am Kinn und betrachtete sein Gesicht. »Du hast dunkle Augen.«

Suli stotterte: »Meine ... Mutter hatte dunkle Augen.«

Der Hauptmann blickte Ghuda scharf an. »Du hast doch gesagt, seine Mutter hätte grüne Augen.«

Ohne zu zögern meinte Ghuda: »Nein, seine« – er deutete auf Borric – »Mutter hatte grüne Augen.« Er zeigte auf Suli und fuhr fort: »Seine Mutter hatte dunkle Augen. Sie haben verschiedene Mütter, aber denselben Vater.«

Ein weiterer Soldat trat dazu und meldete: »Sonst paßt die Beschreibung auf niemanden, Herr.«

Der Soldat, der Suli festhielt, wollte wissen: »Wer ist dein Vater?« Suli sah Borric an, doch der Soldat sagte: »Antworte!«

»Suli aus Odoskoni«, piepste Suli. »Ich bin nach meinem Vater benannt worden.«

Der Hauptmann stieß den Soldaten an. »Idiot.« Er zeigte auf Borric. »Der andere kann den Namen doch hören.«

Borric sagte: »Hauptmann, nehmt den Jungen doch zur Seite und fragt ihn nach dem Namen unseres anderen Bruders.«

Der Hauptmann wies das mit einer Geste an, während Borric Ghuda zuflüsterte: »Er wird uns festhalten.«

»Und was soll der ganze Blödsinn dann?« fragte Ghuda leise.

»Weil wir in dem Augenblick sterben, in dem er sicher ist, daß er die Richtigen hat.«

»Bei Festnahme töten?« zischte Ghuda.

Borric nickte zustimmend, während der Hauptmann sich vor ihnen aufbaute. »Nun, wer ist also dieser geheimnisvolle Bruder von euch beiden Lügnern.«

»Wir haben noch einen Bruder, Rasta, ein Trunkenbold«, antwortete Borric. Im stillen betete er, Suli würde sich noch an das Stegreifgespräch erinnern, das die beiden auf der Flucht aus dem Gouverneurspalast geführt hatten, kurz bevor sie Salaya in Durbin auf der Straße getroffen hatten.

Einen Augenblick später kehrte der Soldat zurück und sagte: »Der Junge meint, sie hätten noch einen älteren Bruder, der Rasta heißt und ein Trunkenbold ist.«

Borric hätte den Jungen küssen können, aber er unterdrückte das Lächeln. Der Hauptmann sagte: »Irgend etwas an euch beiden gefällt mir ganz und gar nicht.« Er sah hinüber zu Janos Saber. »Du und der Rest deiner Männer können gehen, aber diese beiden nehme ich fest.« Dann blickte er Ghuda an und meinte: »Den hier nehmt ihr auch mit.«

Ghuda sagte: »Wunderbar«, derweil ihn die Soldaten entwaffneten und an den Handgelenken fesselten. Borric und Suli wurden genauso gefesselt, nachdem ihnen die Waffen abgenommen worden waren, und bald wurden die drei an der Leine hinter den Pferden hergezogen.

Die Stadt Jeeloge hatte eine Wachtmeisterstube, und in der fand sich eine armselige Zelle, in der meist Bauern und Hirten festgehalten wurden, die bei Schlägereien Ärger gemacht hatten. Und jetzt wollte der kaiserliche Hauptmann sie für seine Gefangenen benutzen, was dem Wachtmeister des Ortes gar nicht behagte. Er war Soldat im Ruhestand, sein Bart wurde bereits grau, und der Bauch quoll über den Gürtel; er war genau der Richtige, um mit pöbelnden Bauernburschen fertigzuwerden, doch für einen ernsthaften Kampf würde es bei ihm kaum mehr reichen. So hatte er der Aufforderung des Hauptmanns, er solle sich entfernen, sofort Folge geleistet.

Borric hatte mitbekommen, wie der Hauptmann seinen Feldwebel angewiesen hatte, einen berittenen Boten zur Stadt Kesh zu schicken, der fragen sollte, was mit den drei Gefangenen zu geschehen hatte. Auch wenn Borric nicht das ganze Gespräch hatte verfolgen können, so kamen die Befehle doch offensichtlich von einem hohen Offizier der Armee, und sicherlich waren Vorkehrungen getroffen worden, damit die Suche nicht übermäßig viel Aufmerksamkeit erregte. So war das eben in Kesh, dachte Borric, es war ein Reich mit vielen Völkern, und eine Suche wie diese konnte lange Zeit vor sich gehen und wurde vielleicht nur von einem von hundert Leuten bemerkt. Der Tag war vorüber, und die Nacht zog herauf. Vor einer Stunde war Suli eingeschlafen, und mit dem Wachtmeister hatte sich auch jede Hoffnung auf ein Abendessen verabschiedet. Der kaiserliche Offizier schien sich mit so einfachen Dingen wie dem Hunger seiner Gefangenen nicht abgeben zu wollen.

»Hallo!« rief eine vergnügte Stimme durch das Fenster. Suli zuckte zusammen und wachte auf.

Alle drei sahen auf und erblickten ein grinsendes Gesicht in dem kleinen Fenster oben in der Wand der Zelle, in der sie saßen. »Nakor!« flüsterte Borric.

Borric bedeutete Ghuda, er solle ihm eine Räuberleiter machen, und er kletterte auf Ghudas Schultern und hielt sich an den Gitterstäben fest. »Was machst du denn hier?«

»Ich dachte, du hättest vielleicht gern noch eine Orange«, meinte der grinsende kleine Mann. »Das Essen im Gefängnis ist ja nie besonders gut.«

Borric konnte nur nicken, während ihm der kleine Mann durch das Gitter eine Orange reichte. Der Prinz warf sie Suli zu, der hungrig hineinbiß und die Schale ausspuckte. »Damit dürftest du sogar mehr als recht haben, Nakor«, meinte Borric. »Das Essen ist nicht nur schlecht, sie haben noch dazu vergessen, es uns überhaupt zu bringen.«

Dann fiel ihm plötzlich etwas auf. »Aber wie bist du denn so hoch gekommen?« Das Fenster saß immerhin gute zwei Meter fünfzig hoch in der Wand, und der kleine Mann schien nicht an den Gitterstäben zu hängen.

»Mach dir darüber keine Gedanken. Wollt ihr vielleicht da raus?«

Ghuda, der unter Borrics Gewicht zu wanken begann, sagte: »Das ist ja wohl die dümmste Frage, die in den vergangenen tausend Jahren irgendwer gestellt hat. Natürlich wollen wir hier raus!«

Breit grinsend sagte der Isalani: »Dann stellt euch gegenüber in die Ecke und haltet euch die Hände vor die Augen.«

Borric sprang von Ghudas Schultern herunter. Sie gingen in die Ecke und bedeckten die Augen. Einen Moment lang war alles ruhig, und es passierte nichts, dann traf Borric plötzlich ein Schlag, als würde ihn eine riesige Hand gegen die Wand werfen, und er wurde von einem lauten Knall fast taub. Er zuckte zusammen und öffnete die Augen. Die Wand hatte ein Loch. Im Gefängnis des Wachtmeisters schwebte feiner Staub, und es roch nach Schwefel. Einige Wachen hielten sich an dem fest, was ihnen gerade Halt bieten mochte, während andere auf dem Boden lagen und von dem, was auch immer die Mauer gesprengt hatte, geblendet waren.

Nakor stand neben vier Pferden, deren Sättel alle das kaiserliche Wappen trugen. »Sie werden sie nicht mehr brauchen, schätze ich«, meinte er und reichte die Zügel Borric.

Suli stand ängstlich auf und meinte: »Meister, ich kann nicht reiten.«

Ghuda hob den Jungen hoch und setzte ihn auf das nächststehende Pferd. »Dann solltest du es besser schnell lernen. Wenn du herunterrutschen solltest, halt dich einfach an der Mähne des Pferdes fest und bleib oben!«

Borric saß ebenfalls bereits im Sattel und sagte: »Sie werden augenblicklich hinter uns her sein. Laßt uns –«

»Nein«, meinte Nakor. »Ich habe ihre Sattelgurte und Zügel durchgeschnitten.« Scheinbar aus dem Nichts holte er ein garstig aussehendes Messer, als wollte er zeigen, wie er es gemacht hatte. »Doch wir sollten trotzdem besser verschwinden, ehe Leute kommen, die nachschauen wollen, was hier so geknallt hat.«

Darüber wollte sich niemand streiten, und sie ritten los, wobei Suli es kaum schaffte, sich im Sattel zu halten. Nachdem sie ein Stück Wegs zurückgelegt hatten, stieg Borric ab und stellte Sulis Steigbügel höher ein. Sulis Pferd, das einen unerfahrenen Reiter spürte, machte allerlei gemeine Sachen, und Borric konnte nur hoffen, daß der Junge einen möglichen Fall, der bei ihrer Geschwindigkeit kaum zu vermeiden war, überleben würde.

Während sie die nun aus dem nächtlichen Schlaf erwachte Stadt Jeeloge hinter sich ließen, fragte Borric: »Was war denn das?«

»Ach, ein kleiner magischer Trick, den ich irgendwann einmal gelernt habe«, erwiderte der keine Mann.

Ghuda machte eine abwehrende Geste und sagte: »Bist du ein Zauberer?«

Nakor lachte. »Natürlich. Alle Isalanis sind der Magie fähig, wußtest du das nicht?«

Borric meinte: »Konntest du deshalb durch das Fenster sehen? Hast du mit Hilfe von Magie davor geschwebt?«

Nakor lachte noch lauter. »Nein, Verrückter. Ich hab auf einem der Pferde gestanden.«

Wegen der gelungenen Flucht erleichtert und gleichermaßen erheitert, spornte Borric sein Pferd an, und das Tier fiel in leichten Galopp. Einen Augenblick später hörte er die anderen hinter sich, bis ihnen ein Schrei und ein unangenehm klingender Plumps verrieten, daß Suli abgeworfen worden war.

Borric drehte sich um, sah nach, ob Suli ernstlich verletzt war, und sagte: »Das wird wahrscheinlich die langsamste Flucht der Geschichte.«

Freudenfest

Erland stand schweigend da.

Sosehr er es auch versuchte, er konnte die Größe dessen, was er da sah, schlichtweg kaum begreifen: Der erste Tag der Feierlichkeiten zum fünfundsiebzigsten Geburtstag der Kaiserin überstieg einfach alles, was er je gesehen hatte. Seit Jahrhunderten hatten Baumeister den Palast verschönert, vergrößert und immer wieder etwas daran angebaut, bis er das beeindruckendste Bauwerk darstellte, das Erland je gesehen hatte. Doch der Teil, in dem sich der Prinz jetzt befand, schien das noch zu übertreffen. Ein riesiges Amphitheater war aus der Seite des Plateaus gehauen worden, auf dem die Oberstadt stand, und seine Errichtung wäre ohne das Können der Baumeister, den Schweiß der Handwerker und das Blut der Sklaven nicht möglich gewesen. Ohne Probleme würden hier fünfzigtausend Menschen Platz finden, mehr als die Bevölkerung von Rillanon und Krondor zusammen.

Erland machte seinen Gefährten ein Zeichen, mit ihm zu gehen, denn es würde noch eine Stunde dauern, bis seine eigene Rolle in diesem formellen Hofspiel beginnen würde. Kafi Abu Harez, sein allgegenwärtiger Führer, war an seiner Seite, um alle Fragen zu beantworten.

Schließlich wollte Erland wissen: »Kafi, wie lange haben sie daran gebaut?«

»Jahrhunderte, Hoheit«, antwortete der Wüstenbewohner. Er zeigte auf eine entfernte Stelle am Fuße des riesigen Keils, der aus dem Plateau gehauen worden war. »Dort, am Rand der Unterstadt, hat vor vielen, vielen Jahren einer der Kaiser von Kesh, Sujinrani Kanafi – den man den Gütigen nannte – folgendes beschlossen: Wenn es den Nicht-Reinblütigen versagt ist, über Nacht auf dem Plateau zu bleiben, so werden sie von vielen Angelegenheiten des kaiserlichen Hofes ausgeschlossen, wozu natürlich an erster Stelle Sujinranis Wohltätigkeit gehörte, und in gleicher Weise die Hinrichtung von Verrätern. Er glaubte, viele, die es brauchen könnten, würden solche Lektionen dann nicht aus erster Hand mitbekommen.

Also verfügte er, alles, was zum Plateau gehört, bis hin zum niedrigsten Teil, solle zur Oberstadt gezählt werden. Sodann ließ er ein kleines Amphitheater bauen, welches vielleicht drei Meter höher lag als das heutige.« Mit einer Handbewegung verdeutlichte Kafi seine nächste Erklärung. »Daraufhin wurde ein Keil aus den Felsen gehauen, wodurch auch jene an den Geschäften des Hofes teilhaben konnten, denen der Zugang zur Oberstadt nicht gestattet ist.«

»Und seitdem ist es mehrere Male vergrößert worden«, sagte Locklear.

»Ja«, erwiderte Kafi. »Allein der Eingang wurde fünfmal vergrößert. Die kaiserliche Loge wurde dreimal versetzt.« Er zeigte auf einen großen Bereich, der von einem Baldachin aus feinster Seide überdacht war und sich in der Mitte des Halbkreises befand, auf dem Erland und seine Gesellschaft gerade gingen. Kafi brachte den Prinzen mit einer sachten Berührung am Arm zum Stehen und zeigte auf den Platz der Kaiserin. »Von dort aus verfolgt Sie, Die Kesh Ist – Sie sei für alle Zeiten gesegnet –, die Feierlichkeiten. Ihr goldener Thron steht auf einem kleinen Podest, um welches herum ihre Familie und ihre Diener und jene von kaiserlichem Blute ihre Plätze haben. Nur der höchste Adel des Kaiserreichs hat Zugang zu diesem Bereich. Wer ohne die Erlaubnis der Kaiserin eindringen will, wird getötet, denn an jedem Eingang stehen die Izmaliwachen Ihrer Majestät.«

Er zeigte auf eine Reihe von Logen, von denen jede ein wenig kleiner war als die vorhergehende. »Diejenigen, die am nächsten zur Loge Ihrer Majestät sind, gehören den Höchstgeborenen des Kaiserreiches, aus denen sich die Galerie der Herren und Meister zusammensetzt.«

Erland meinte: »Allein auf dieser Ebene könnten fünf- oder sechstausend Menschen Platz finden, Kafi.«

Der Wüstensohn nickte. »Vielleicht mehr. Diese Ebene senkt sich nach unten und umfaßt die darunterliegende wie Arme, die einen Körper umgreifen. Am vorderen Ende ist sie dreißig Meter tiefer als dort, wo der Thron der Kaiserin steht. Kommt, ich will Euch noch mehr zeigen.«

Der Wüstenbewohner, der für die Zeremonie dunkelblaue und weiße Festkleider trug, führte sie zum Geländer, von wo man auf die darunterliegende Ebene sehen konnte. Während sie dorthin gingen, eilten Adlige, die der Kaiserin vor Erlands Gesellschaft vorgestellt werden würden, an ihnen vorbei, und nur wenige nahmen sich einen Augenblick Zeit, um sich vor dem Prinz aus dem Königreich der Inseln zu verneigen. Erland bemerkte ein halbes Dutzend unterirdischer Gänge, die auf dem breiten Gang hinter den Logen endeten. »Diese ganzen Menschen hier können doch nicht alle aus dem Palast kommen?«

Kafi nickte. »Doch, sie kommen alle von dort.«

»Man möchte meinen, die Sicherheit der Kaiserin hätte Vorrang vor der Bequemlichkeit des Adels, der sich ein- oder zweimal im Jahr hierherbegibt. Die Gänge sind doch eine Einladung an jeden Eindringling, der den Palast erobern will.«

Kafi zuckte mit den Schultern. »Das wird allerdings kaum vorkommen, mein junger Freund. Denn Ihr müßt verstehen, jeder, der die Sicherheit dieser Gänge bedrohen würde, müßte bereits die Unterstadt halten, und in diesem Fall wäre es längst um das Reich geschehen. Sollte irgend jemand die Unterstadt besetzt haben, so ist die Macht von Kesh Vergangenheit. Hier liegt das Herz des Kaiserreichs, und ehe eine feindliche Armee auch nur in Sichtweite der Stadt käme, würden hunderttausend keshianische Soldaten tot auf den Schlachtfeldern liegen müssen. Versteht Ihr?«

Erland dachte darüber nach und nickte schließlich. »Ich denke, Ihr habt recht. Ich wurde als Angehöriger eines Volks geboren, das auf einer Insel lebt, und diese Insel liegt in einem Meer, welches auch von einem weiteren Dutzend Völker befahren wird … man betrachtet die Dinge mit anderen Augen.«

»Ich verstehe«, sagte Kafi. Er zeigte auf den Bereich zwischen den Logen und dem Boden des Amphitheaters. Der Stein war nach unten abfallend in ineinandergreifenden halbmondförmigen Abschnitten herausgehauen worden, so daß aus dem Fels des Plateaus eine Bühne entstanden war. Die Ebene unter den Logen war bereits mit Bürgern in bunter Kleidung gefüllt. »Dort sitzen die niedrigen Adligen, die Meister der Gilden und die einflußreichen Händler der Stadt. In der Mitte bleibt noch Platz für diejenigen, die der Kaiserin vorgestellt werden.«

Kafi fuhr fort: »Ihr werdet mit Eurem Gefolge dort eintreten, Hoheit, nach den Adligen von Kesh und vor den einfachen Bürgern und den Gesandten aller anderen Nationen. Die Kaiserin bevorzugt Euch, denn sie hat Eure Abordnung vor alle anderen gesetzt, ein Zugeständnis, demzufolge sie das Königreich der Inseln als nächstgrößte Macht auf Midkemia nach dem Kaiserreich ehrt.«

Erland warf James bei diesem offenen Kompliment einen gleichgültigen Blick zu, sagte aber: »Wir danken Ihrer Majestät für Ihre Höflichkeit.«

Falls Kafi die Ironie in dieser Bemerkung verstanden hatte, so verbarg er das jedenfalls gut. Er ging weiter, als wäre nichts Undiplomatisches gesagt worden. »Die einfachen Leute von Kesh dürfen die Feierlichkeiten von gegenüber dem Eingang, von den Dächern und anderen geeigneten Punkten aus mit verfolgen.«

Erland ließ seinen Blick über die Unterstadt schweifen, wo Tausende von einfachen Bürgern hinter einer Reihe von Soldaten zurückgehalten wurden. Jenseits der Straße, die vor dem Amphitheater vorbeiführte, hatten sich die Menschen auf den Dächern von Gebäuden und in den Fenstern der Häuser versammelt. Erland fand allein ihre große Anzahl atemberaubend.

Gamina, die schweigend neben ihrem Mann gegangen war, sagte: »Ich glaube, sie werden kaum viel sehen können.«

Kafi schüttelte den Kopf. »Vielleicht; doch früher, vor der Herrschaft von Sujinrani Kanafi, haben sie überhaupt nichts von den Zeremonien des Hofes mitbekommen.«

»Mein Lord Abu Harez«, sagte Locklear, »ehe wir fortfahren, könntet Ihr vielleicht mit mir die Rede besprechen, die mein Prinz für diesen Tag vorbereitet hat, damit sie nicht irgendwelche versehentlichen Kränkungen enthält?«

Kafi durchschaute die offensichtliche Frage, mit der man ihn fortlocken wollte, doch da er keinen verständlichen Einwand dagegenzusetzen hatte, willigte er ein und ließ sich von Locklear zur Seite nehmen. James, Gamina und Erland blieben somit allein. Einige keshianische Diener huschten in ihrer Nähe herum, um die vielen Kleinigkeiten zu erledigen, die noch vorzubereiten waren. Ein paar von ihnen waren ohne Zweifel Agenten des kaiserlichen Hofes. Erland sah James an. »Was ist?«

James wandte sich um und stützte sich auf das marmorne Geländer des Balkons, als würde er das riesige Amphitheater betrachten. »Gamina?« sagte er leise.

Gamina schloß die Augen, dann hörte Erland ihre Stimme in seinem Kopf. *Wir werden beobachtet.*

Erland mußte sich zusammenreißen, damit er sich nicht umsah. *Wir haben das ja erwartet,* erwiderte er.

Nein, wir werden mit magischen Mitteln überwacht.

Erland hätte am liebsten laut geflucht. *Können sie uns verstehen, wenn wir uns auf diese Art und Weise unterhalten?*

Ich weiß es nicht, antwortete sie. *Mein Vater könnte das, doch es gibt nur wenige, die solche Fähigkeiten haben wie er. Ich glaube nicht.*

James sagte: »Umwerfend, nicht wahr?«, derweil er in Gedanken hinzufügte: *Ich würde annehmen, sie können es nicht, oder wenn, dann würdest du es spüren. Und ich glaube, wir werden in nächster Zeit kaum weniger gut bewacht werden, deshalb können wir genausogut hoffen, daß wir recht haben.*

Ja, stimmte Gamina zu. *Ich war mir dieser Magie nicht be-*

wußt, ehe ich nicht danach gesucht habe. Sie ist sehr schwierig. Und gut. Ich glaube, wer auch immer sie benutzt, kann hören, was wir sagen, und sehen, was wir tun. Doch wenn sie unsere Gedanken lesen könnten, würde ich das sicherlich bemerken.

Gamina schloß die Augen einen Moment lang, als wäre ihr von der Hitze ein wenig schwindelig. James stützte sie kurz. *Ich glaube, es ist kein Mensch, sonst würde ich eine bestimmte Absicht festgestellt haben.*

Was meinst du damit? fragte Erland.

Ich glaube, wir stehen unter der Aufsicht eines magischen Gegenstandes. Vielleicht ein Kristall oder ein Spiegel. Mein Vater hat so etwas oft bei seinen Studien benutzt. Falls das so sein sollte, dann können wir dort mit Sicherheit gesehen werden, und entweder werden uns unsere Worte von den Lippen abgelesen, oder jemand ist sehr geübt und kann uns hören. Unsere Gedanken sind jedoch nicht bedroht.

Gut, sagte James. *Ich habe endlich eine Nachricht von unseren Spionen hier bekommen. Es hat fürchterlich lange gedauert, bis ich Kontakt mit ihnen aufnehmen konnte.*

»Ich frage mich, wie lange wir wohl bei dieser Zeremonie stehen müssen?« sagte Gamina abwesend.

»Stundenlang, ohne Zweifel«, meinte James. An Erland gewandt, sagte er: *Wir sind mitten im Hexenkessel gelandet, und langsam fängt er an zu brodeln. Es gibt ein Komplott, das die Herrschaft der Kaiserin beenden soll, das nehmen jedenfalls unsere Spione an.*

Der Prinz täuschte ein gelangweiltes Gähnen vor und sagte: »Ich hoffe, ich werde währenddessen nicht einschlafen.« In Gedanken sagte er: *Und wieso sollen Kesh und das Königreich deshalb in einen Krieg gestürzt werden?*

Wenn wir das wüßten, wäre uns auch klarer, wer hinter dem Komplott steht. Ich habe bei dieser Sache ein schlechtes Gefühl, Erland.

Warum?

Neben den auf der Hand liegenden Gefahren wird es zusätzlich heute nachmittag noch einen Haufen Soldaten in der Stadt geben. Jeder unterworfene Herrscher wird eine Kompanie von Ehrenwachen mitbringen. Tausende von Soldaten werden sich in den nächsten zwei Monaten in den Mauern der Stadt befinden, ohne jedoch dem direkten Befehl der Kaiserin zu unterstehen.

Wie schön, erwiderte Erland. »Nun, vielleicht sollte ich noch ein wenig ruhen, bevor diese Nervenprobe beginnt.«

James meinte: »Ja, das wäre wohl das beste, denke ich.«

Gamina sagte in Gedanken: *Was sollen wir machen, James?*

Warten. Das ist alles, was wir tun können, kam seine Antwort. *Und wachsam bleiben.*

Kafi kommt zurück, bemerkte Gamina.

Der Wüstensohn sagte: »Hoheit, Eure Rede wird gleich doppelt begrüßt werden, einmal wegen ihrer Aufrichtigkeit, und dann wegen ihrer Kürze. Eine solche Sparsamkeit mit Worten ist im Kaiserreich nicht üblich, wie Ihr sicherlich am Ende dieses Tages nach den Zeremonien gesehen haben werdet.«

Erland wollte gerade antworten, als Kafi sagte: »Seht! Es beginnt.«

Ein hochgewachsener Mann, alt, doch immer noch muskulös, betrat die kaiserliche Loge und ging an ihren vordersten Rand. Er war wie alle Reinblütigen mit Kilt und Sandalen bekleidet, doch er trug dazu einen goldenen Halsring, der so schwer sein mochte wie ein Lederharnisch. Er hielt etwas in der Hand, das wie ein mit Blattgold belegter Holzstab aussah, der an der Spitze seltsam geschmückt war – es war ein Falke, der auf einer goldenen Scheibe thronte.

Kafi flüsterte, obwohl es Erland nicht möglich schien, daß sie jemand hören konnte: »Der Falke von Kesh, die kaiserliche Insignie. Man bekommt ihn nur bei den allerhöchsten Festen zu sehen. Der Falke, der die Sonnenscheibe hält, ist den Reinblütigen heilig.«

Der alte Mann hob den Stab und stieß ihn auf den Boden; Erland staunte, wie laut das Pochen war. Da sagte der Mann: »Oh Kesh, größtes aller Völker, horche auf!«

Die Akustik im Amphitheater war vollkommen. Selbst jene, die auf der anderen Seite der Prachtstraße auf den Gebäuden hockten, konnten den Mann vernehmen. Derweil erstarben die Geräusche der Menge.

»Sie ist gekommen! Sie ist gekommen! Sie, Die Kesh Ist, ist gekommen, und sie ehrt euer Leben mit ihrer Gegenwart!« Bei diesen Worten betrat eine Prozession von Hunderten von Reinblütigen gemessen die kaiserliche Loge. »Sie geht, und die Sterne scheinen zu ihrem Glanze, denn sie ist das Herz unseres Ruhms! Sie spricht, und die Vögel halten in ihrem Gesange inne, denn ihre Worte sind das Wissen! Sie denkt nach, und die Gelehrsamen weinen, denn ihre Weisheit ist groß! Sie fällt ihr Urteil, und die Schuldigen verzweifeln, denn ihr Blick sieht den Menschen tief ins Herz!« Die Aufzählung der wunderlichen Eigenschaften der Kaiserin ging auf ähnliche Weise weiter, während mehr und mehr Reinblütige jeden Alters und Ranges die kaiserliche Loge betraten.

Erland dachte, er hätte bereits viele der wichtigen Leute des Kaiserreichs kennengelernt, doch allein in der kaiserlichen Gesellschaft entdeckte er Dutzende von fremden Gesichtern. Und der einzige, mit dem er bei mehr als einer Gelegenheit gesprochen hatte, war Lord Nirome, der wohlbeleibte und unabsichtlich komische Adlige, der ihn an der Grenze der Oberstadt als Adjutant von Prinz Awari begrüßt hatte. Erland war überrascht, denn Nirome war anscheinend mit der kaiserlichen Familie verwandt. Bedachte man diese Tatsache, war es nicht weiter verwunderlich, wenn dieser so offensichtlich ungeschickte Mann einen solch hohen Posten in der Regierung einnahm. Immer mehr Männer und Frauen von kaiserlichem Blute betraten die Loge und nahmen ihre Plätze ein, während der Zeremonienmeister mit seinen Lobgesängen auf die Tugenden der Kaiserin fortfuhr. *Beeindruckend*, dachte Erland und versuchte, mit Gamina Kontakt aufzunehmen.

James' Ehefrau berührte ihn leicht am Arm und antwortete: *Ja. Das denkt James auch.*

»Kafi«, sagte Erland.

»Euer Hoheit?«

»Wäre es uns erlaubt, noch eine Weile hierzubleiben?«

»Solange Ihr zur rechten Zeit zu Eurer Rede eintretet, gibt es keinen Grund, der dagegen spräche, Hoheit.«

»Gut«, sagte Erland und lächelte den Beni-Wazir gewinnend an. »Würdet Ihr mir einige Fragen beantworten?«

»Wenn ich dazu in der Lage bin«, antwortete der.

Und könntest du beisteuern, was du weißt, James, fügte Erland hinzu.

Gamina gab das weiter, und James nickte kaum merklich.

»Wieso sind schon so viele Menschen in der kaiserlichen Loge, obwohl ich noch keinen von den großen Lords gesehen habe?«

Kafi sagte: »Nur diejenigen, die mit der Kaiserin blutsverwandt sind, dürfen sich bei ihr in der kaiserlichen Loge aufhalten – abgesehen von Dienern und Wachen, natürlich.«

»Natürlich«, erwiderte Erland.

Und somit gibt es also wenigstens hundert Leute, die einen anerkannten, legitimierten Anspruch auf den Thron haben, fügte James hinzu.

Vorausgesetzt, in der Erbfolge sterben einige Leute vor ihnen, ergänzte Erland trocken.

So ist das, antwortete James.

Als alle Verwandten eingetreten waren, gab es den ersten Mißklang. Plötzlich erschienen schwarzgekleidete Krieger. Jeder trug einen schwarzen Turban, und jeder hatte das Gesicht bis auf einen Sehschlitz verhüllt. Lange, fließende Umhänge erlaubten den Männern leichte und rasche Bewegungen, und jeder trug in einer schwarzen Scheide einen Krummsäbel am Gürtel. Erland hatte von ihnen gehört: Es waren Izmalis, die fast schon legendären Schattenkrieger von Kesh. In den Erzählungen waren sie immer großartiger geworden, bis man ihnen fast übernatürliche Kräfte zusprach. Nur die Höchsten des Kaiserreichs konnten sie sich als Leibwache leisten. Sie wurden als hervorragende Kämpfer betrachtet, und genauso hervorragend sollten sie als Spione sein – und auch als Assassinen, falls es notwendig sein sollte, wie man sich hinter vorgehaltener Hand erzählte.

James versuchte, seine Frage zufällig klingen zu lassen: »Mein Lord Kafi, würde sich die Kaiserin nicht normalerweise von ihrer Kaiserlichen Wache beschützen lassen?«

Der Wüstenbewohner kniff die Augen leicht zusammen, doch ohne seinen Tonfall zu verändern, sagte er: »Es gilt als umsichtiger, wenn man die Izmalis wählt. Sie sind ohnegleichen.«

Anscheinend, ließen sich James' Gedanken über Gamina vernehmen, *kann die Kaiserin selbst ihren eigenen Wachen nicht mehr vertrauen.*

Als die Izmalis angetreten waren, folgte ein Dutzend stämmiger Sklaven mit geölten Körpern, welche die Sänfte trugen, auf der die Kaiserin saß. Die ganze Zeit, während die kaiserliche Gesellschaft eingetreten war, hatte der alte Mann mit dem goldenen Stab seine langen Lobgesänge fortgeführt und die Großtaten gepriesen, welche unter Lakaisha, der Kaiserin, vollendet worden waren. Plötzlich bemerkte Erland einen leichten Wechsel im Tonfall des Mannes und hörte genauer hin.

»... und hat die Rebellion in Niederkesh niedergeschlagen«, leierte der alte Mann. Ungefähr zur Zeit von Erlands Geburt waren alle Völker südlich der beiden Gebirgsketten – dem sogenannten Ring von Kesh, der sich quer durch den Kontinent zog – nach zwanzigjähriger Revolte unterworfen worden, daran erinnerte sich der Prinz noch aus dem Geschichtsunterricht über Kesh. Tausende von Menschen waren getötet worden, und den wenigen Berichten nach, die das Königreich erreicht hatten, war das Land in einer Weise verwüstet worden, wie man es aus der Geschichte des Königreichs nicht kannte – ganze Städte waren niedergebrannt und dem Erdboden gleichgemacht worden, während man ihre Bevölkerung als Sklaven verkaufte. Ganze

Völker, Rassen, Sprachen und Kulturen hatten aufgehört zu existieren, außer vielleicht unter Sklaven. Und dem verärgerten Gemurmel nach, welches sich bei dieser Verkündung im Amphitheater erhob – und zwar nicht nur unter dem gemeinen Volk, sondern auch bei den niedrigeren Adligen –, gab es noch immer böses Blut zwischen den unterworfenen Völkern und ihrer Herrscherin.

Gamina wurde blaß, und Kafi fragte: »Ist meiner Dame nicht wohl?«

Gamina griff nach James' Arm und wankte einen Moment lang. Sie schüttelte den Kopf und sagte: »Die Hitze, mein Lord. Wenn ich bitte etwas Wasser bekommen könnte.«

Kafi machte nur eine kleine Bewegung, und sofort kam ein Diener zu ihnen. Kafi gab ihm eine Anweisung, und einen Augenblick später bot der Diener Gamina einen Becher mit kühlem Wasser an. Sie nippte daran, während sie sich in Gedanken mit James, Locklear und Erland unterhielt. *Das hat mich etwas unvorbereitet getroffen. Dieser plötzliche Anflug von Zorn und Haß. Viele der Anwesenden würden die Kaiserin mit Freude ermorden. Und viele, viele dieser zornigen Menschen sitzen in der kaiserlichen Loge.*

James tätschelte seiner Frau beruhigend den Arm, und Locklear sagte: »Wenn du glaubst, es würde dir zuviel werden, den restlichen Tag hier zu verbringen, Gamina …«

»Nein, Locky. Mir geht es wieder gut. Ich mußte nur einen Schluck Wasser trinken, glaube ich.«

Kafi sagte: »Das ist sehr weise.«

Erland wandte seine Aufmerksamkeit der nächsten Gruppe zu, die eintrat. Der Prinz und die beiden Prinzessinnen von Kesh waren hinter ihrer Mutter hereingekommen, und jetzt wurden die mächtigsten Lords und Meister des Kaiserreiches angekündigt.

Lord Jaka, der Kommandant der Kaiserlichen Streitwagenkrieger, erschien. »Wie bedeutend sind die Streitwagenkrieger, Kafi?« fragte Erland.

»Ich weiß nicht, ob ich die Frage richtig verstanden habe, Hoheit.«

»Ich meine, ist ihr Rang nur noch Tradition, oder bilden sie tatsächlich den harten Kern der Armee? Bei jenen Auseinandersetzungen in der Vergangenheit, als unsere beiden Länder … Meinungsverschiedenheiten hatten, haben wir immer nur Euren furchterregenden Hundesoldaten gegenübergestanden.«

Kafi zuckte mit den Schultern. »Die Streitwagenkrieger haben in der ersten Reihe gegen die gekämpft, die die Konförderation zerschmettern wollten, Hoheit. Aber Eure Grenzen liegen doch im Norden, und die Streitwagen würden nur im äußersten Falle so weit von der Hauptstadt entfernt eingesetzt werden.«

Jaka ist der Mann, der jeden Versuch, die Kaiserin zu stürzen, zum Erfolg bringen oder niederschlagen kann, meinte James.

Erland nickte, als würde er über Kafis Worte nachdenken. In Gedanken sagte er zu Gamina, Locklear und James: *Er scheint dem Äußeren nach ziemlich zuverlässig zu sein.*

Er ist ein wichtiger Mann, Erland, antwortete James. *Kein Staatsstreich würde gelingen, wenn er nicht mitmachen oder zumindest stillhalten würde.*

Kafi berührte Erland am Arm. »Wo wir gerade von den Hundesoldaten sprechen, dort ist ihr Meister. Sula Jafi Butar, der Prinzregent der Armeen – er wird die Throne von Kristan, Isan, Paji und den anderen Ländern, in denen wir unsere Truppen rekrutieren, erben.«

Der Mann, der eintrat, war schwer zu beschreiben, abgesehen davon, daß er wie ein schwarzer Reinblütiger aussah. Er trug ebensolche Kleidung, einen weißen Kilt, Sandalen und einen rasierten Kopf, doch seine Haut glänzte in der Sonne wie Ebenholz. Die meisten seines Gefolges waren ähnlich schwarz, obwohl einige in Erlands ungeübten Augen, was das betraf, auch als Reinblütige durchgegangen wären.

Erland warf James einen Blick zu, und der antwortete: *Er ist eine unbekannte Figur in diesem Spiel, Erland. Offensichtlich ist er loyal. Seine Völker waren die ersten, die von ihren Nachbarn erobert wurden, deshalb gehören sie zu den ältesten Linien von Kesh und stehen im Range gleich hinter den Reinblütigen. Abar Bukar, der Lord der Armeen, ist der eigentliche Befehlshaber, doch dieser Mann hat in der Armee eine Menge Einfluß.*

Kafi sagte: »Vielleicht sollten wir langsam hinuntergehen, Prinz Erland. Dann kommen wir nicht in die Verlegenheit, die Hofzeremonie zu unterbrechen.«

Erland sagte: »Bitte, geht voran.«

Eine Gruppe Wachen nahm Erland und seine Gefährten in die Mitte, und der Prinz erschrak ein wenig. Er hatte sie nicht kommen sehen. Die Wachen brauchten nicht zu schreien, um ihnen den Weg freizumachen, denn die Menschen auf dem breiten Gang hinter den Logen schienen ihr Näherkommen zu spüren und traten rasch zur Seite. James meinte: »In dieser Gesellschaft bemerken die Leute offensichtlich auch ohne hinzusehen, ob sich jemand von höherem Range nähert.«

Kafi zuckte nur mit den Schultern, breitete hilflos die Arme aus und sagte: »Ma'lish«, was Erland als Beni – Kafis Muttersprache – erkannte, in der das Wort soviel wie »Entschuldigung« hieß, aber auch bedeutete: »Solche Sachen kommen vor.« Es war das, was andere Völker Kismet, Schicksal oder den Willen der Götter nannten.

Der Name Lord Ravi erregte Erlands Aufmerksamkeit, und er blickte nach hinten, wo er eine weitere bunte, nur aus Männern bestehende Gruppe eintreten sah. Jeder der Männer in der vordersten Reihe dieser Gruppe hatte einen rasierten Schädel, abgesehen von der einzelnen Locke in der Mitte, die hochgekämmt und mit Pomade oder Haarwachs zum Stehen gebracht worden war. In der natürlichen Farbe der Träger gefärbtes Pferdehaar war mit Hilfe eines Lederbands mit der Skalplocke verbunden. Die Männer trugen nur einen Lendenschurz, und ihre Körper waren mit Öl eingerieben und glänzten. Ihre Haut war gebräunt, aber heller als die der meisten Keshianer, und hatte einen rötlichen

Ton. Die meisten von ihnen hatten schwarze Haare. Dahinter folgten jüngere Männer, deren Haar lang und im Nacken zusammengebunden war. Diese Männer trugen helle, in den Schultern übertrieben breite Lederharnische. Dazu waren sie ebenfalls mit Lendenschurzen bekleidet. Alle hatten weiche Lederstiefel an den Füßen, die an der Wade zusammengeschnürt waren.

Erland hielt seine Gesellschaft für einen Moment an. »Kafi, wer ist das?«

Kafi konnte seine Geringschätzung kaum verbergen. »Das sind Ashuntaireiter, mein Prinz. Lord Ravi ist der Meister der Bruderschaft des Pferdes. Sie sind eine Abordnung der Reiterei, die von den besten Kriegern des Ashuntaivolkes abstammt. Allerdings sind es sehr schwierige Leute –« Kafi bemerkte, wie ihm beinahe seine persönliche Meinung entschlüpft wäre. »Es war sehr schwierig, sie zu erobern, Lord, und sie halten sich immer noch streng an die Gepflogenheiten ihres Volkes. Sie sind dem Kaiserreiche nur treu, weil man sie am Hofe in einen so hohen Rang hat aufsteigen lassen.«

Und weil ihr Stadtstaat sich auf der falschen Seite des Rings von Kesh befindet, fügte James mit leichtem Humor hinzu. *Aber Bukar, der General der Kaiserin, mußte sie unseren Berichten nach mit härtesten Strafmaßnahmen bedrohen, damit sie ihre Reiterei gegen die Abtrünnigen der Konförderation ins Feld schickten.*

Die Gruppe setzte ihren Weg zum unteren Teil des Amphitheaters fort, und Erland sagte: »Ich sehe keine Frauen bei ihnen. Gibt es dafür einen Grund?«

Kafi sagte: »Die Ashuntai sind ein seltsames Volk. Ihre Frauen« – er sah Gamina an, als wollte er sich für eine mögliche Kränkung im voraus entschuldigen – »werden als Eigentum betrachtet. Sie sind Tauschwaren, sie werden gekauft und verkauft. Die Ashuntai halten sie nicht für Menschen.« Falls Kafi dies geschmacklos fand, verbarg er es jedenfalls.

Erland wollte sich die Gelegenheit nicht entgehen lassen.

»Aber in Eurem Volk läßt man den Frauen auch nicht sehr viel Freiheit?«

Kafis dunkle Haut wurde noch dunkler, als ihm das Blut in den Kopf schoß. »Es mag Euch vielleicht so erscheinen, Hoheit, und wir haben es so von unseren Vorvätern gelernt. Doch wir haben ebenfalls von unseren Nachbarn gelernt, und so tauschen wir unsere Töchter nicht mehr gegen Kamele.« Er sah zurück über die Schulter, dorthin, wo sich Lord Ravis Gesellschaft niedergelassen hatte.

»Doch jene verkaufen schon ihre kleinen Mädchen, und wenn eine Frau ihren Mann ärgert, kann er mit ihr tun und lassen, was er will, er kann sie sogar töten. Sie werden gelehrt, Gefühle zu verachten, und wer eine Frau liebt, gilt als Schwächling. Verlangen und Lust ist für sie notwendig, um Söhne zu bekommen, doch Liebe ist ...« Kafi zuckte mit den Schultern. »In meinem Volk sagen wir: ›Selbst der höchstgeborene Mann ist in seinem Schlafzimmer nur ein Diener.‹ Die besten unserer Herrscher haben in den Armen ihrer Frauen Rat gesucht, zum Wohle unseres ganzen Volkes.

Aber diese –« Kafi sah nach unten. »Vergebt mir. Ich wollte Euch keinen Vortrag halten.«

»Nein«, meinte Gamina. »Überhaupt nicht. Ich finde es sehr interessant.« Zu den anderen sagte sie: *Er hat eine persönliche Abneigung gegen die Ashuntai, die über alle Bedenken gegen ihre gesellschaftliche Ordnung hinausgeht. Er haßt sie.*

Kafi sagte: »Vor langer Zeit, als ich noch ein Junge war, hat mein Vater Ihr, Die Kesh Ist – Ehre sei ihrer Familie –, als mein Vorgänger gedient. Hier habe ich jemanden kennengelernt, der Lord Ravis Sohn war. Wir waren Jungen im Palast, das war alles, was wir wußten. Ravis Sohn, Ranavi, war ein netter Junge, und wir ritten gewöhnlich zusammen aus. Es ist die ewige Streitfrage, wer die besten Reiter im Kaiserreich sind, die Ashuntai oder wir aus der Jal-Pur. Wir haben unsere Pferde oft über die Grassteppen jenseits der Stadttore getrieben, er sein Ashuntaipony und ich mein Wüstenpferd. Nach einer Weile wurden wir Freunde.

Und dann war da ein Mädchen. Ein Ashuntaimädchen, das ich kennenlernte.« Kafis Gesicht war starr wie eine Maske, als er fortfuhr: »Ich versuchte, um sie zu handeln, so wie es Art der Ashuntai ist, doch Ravi machte sie zum Preis auf einem ihrer Feste. Sie wurde von einem ihrer Krieger gewonnen, und er nahm sie mit nach Hause. Ich glaube, es war die dritte oder vierte Frau dieses Kriegers.« Er machte eine Handbewegung, als liege dies alles lange zurück und als hätte er die Geschichte schon fast vergessen. »Sie binden ihren Frauen Halsbänder aus Leder um und führen sie in der Öffentlichkeit an Ketten herum. Sie lassen sie nichts außer einem Lendenschurz tragen, selbst bei kaltem Wetter. Für die Reinblütigen spielt es keine Rolle, wenn sie keine Kleidung tragen, doch die Kaiserin findet es geschmacklos, wie diese Frauen von ihren Ehemännern, Söhnen und Vätern behandelt werden. Lord Ravi und die anderen haben genug politischen Scharfsinn, um nicht die Mißbilligung der Kaiserin auf sich zu ziehen, also bringen sie ihre Frauen niemals mit in den Palast. Das war allerdings nicht immer so. Der Großvater der Kaiserin, so wird gesagt, hatte eine deutliche Vorliebe für junge Ashuntaimädchen. Es wird erzählt, er habe die Willigkeit der Ashuntai erproben wollen, indem er sie aufforderte, ihm so viele Mädchen er wollte zu seinem ... Vergnügen zur Verfügung zu stellen, und dadurch konnte die Bruderschaft des Pferdes am Hof des Kaiserreichs so hoch aufsteigen.«

»Auf solchen Dingen wird also die Macht eines Volkes begründet«, bemerkte Locky trocken.

»So ist es«, erwiderte Kafi.

Sie erreichten das untere Ende der langen Rampe, und an jeder Seite stand eine Reihe Wachen, die die Menge von der Bühne fernhielt, damit diejenigen durchkamen, die sie betreten wollten, um am Hofe vorgestellt zu werden. Erlands Wachen warteten dort unten auf ihn, sie trugen die volle Uniform des Königreichs und auf der Brust das Wappen der Fürstlichen Palastwache von Krondor. Erland bemerkte mit einiger Belustigung, daß der queganische Abgesandte hinter seinen Männern stand und wütend war, weil dem Königreich der Inseln der Vorzug vor seinem eigenen Volk gegeben wurde.

Erland wandte seine Aufmerksamkeit wieder Kafis Geschichte zu. »Ranavi wollte das Mädchen für mich stehlen, als Geschenk. Es ist bei ihnen durchaus erlaubt, einem Rivalen die Frau zu stehlen – wenn man sie erfolgreich bis zu seinem eigenen Haus bringt, kann man sie behalten. Ranavi war noch nicht einmal siebzehn Jahre alt, als er seine eigene Schwester jenem Mann stehlen wollte, der sie auf dem Fest gewonnen hatte. Er starb bei diesem Versuch.«

Ohne einen Hauch von Verbitterung fuhr Kafi fort: »Nun werdet Ihr verstehen, weshalb ich einige Schwierigkeiten damit habe, selbst die besseren Eigenschaften der Ashuntai zu mögen.« Leise fügte er hinzu: »Worin auch immer sie bestehen mögen.«

Gamina sah den Beni-Wazir voller Mitgefühl an, sagte jedoch nichts.

Sie waren an dieser Stelle etwa zehn Minuten stehengeblieben und hatten darauf gewartet, zum Eingang des Amphitheaters hinaufzugehen. Niemand hatte etwas gesagt, seit Kafi die Geschichte über seinen Freund beendet hatte. Locklear entschied, es sei an der Zeit, das Gesprächsthema zu wechseln. »Mein Lord Kafi, wo sind die Abgesandten von den Freien Städten?«

»Abwesend, mein Lord«, erwiderte Kafi. »Sie wollten niemanden zu dieser Geburtstagsfeier schicken. Dieses Volk, welches einst das kaiserliche Bosania war, hat bis heute noch keine diplomatischen Beziehungen mit dem Kaiserreich aufgenommen.«

»Alter Groll sitzt meistens tief«, meinte James.

Erland sagte: »Das verstehe ich nicht. Solange ich lebe, haben Queg und das Kaiserreich dreimal Krieg gegeneinander geführt, und zwischen den Inseln und Kesh hat es verschiedene Grenzzwischenfälle gegeben. Was ist anders mit den Freien Städten?«

Während sie sich auf ihren Platz in der Prozession stellten, sagte Kafi: »Die Leute in den sogenannten Freien Städten waren früher unsere treuen Untergebenen. Als es zur ersten großen Rebellion in Kesh kam, wurden alle Garnisonen nördlich der Jal-Pur abgezogen, und die Siedler wurden sich selbst überlassen. Queg seinerseits hatte zehn Jahre zuvor selbst erfolgreich revoltiert. Euer Königreich hatte nie zu unserem Besitz gehört. In den Freien Städten war nun das Volk von seinen eigenen Herrschern im Stich gelassen worden. Sie waren Bauern und Gastwirte, die sich nun völlig auf sich selbst gestellt verteidigen sollten.«

Erland dachte darüber nach, während sie sich in Erwartung, angekündigt zu werden, ein paar Schritte vorwärts bewegten. Er sah hinauf zur oberen Galerie und bemerkte, daß sie sich rasch füllte, während die letzten der Lords und Meister eintraten. Bonsania, von dem heute ein Teil zu Crydee, einem Herzogtum des Königreichs gehörte – Erlands Urgroßvater hatte das Gebiet erobert –, war ein rauhes Land, das von Gnomen, Trollen und der Bruderschaft des Dunklen Pfades bewohnt wurde. Ohne die Soldaten mußten die Menschen dort jahrelang harte Kämpfe geführt haben, um sich allein durchzuschlagen. Erland konnte verstehen, warum die Freien Städte noch immer einen Groll gegen das Kaiserreich hegten.

Dann hörte er, wie sein Name verkündet wurde, und Kafi sagte: »Hoheit, es ist an der Zeit.«

Wie ein Mann machte sich die ganze Gesellschaft auf, nur Gamina fiel nicht in den militärischen Gleichschritt ein, und sie trotteten über den flachen Steinboden des Amphitheaters. Sie brauchten fünf Minuten, um die riesige Schüssel zu durchqueren, doch endlich wurde der Prinz von den Inseln unter der brennenden Sonne von Kesh der Kaiserin offiziell vorgestellt. Bis zu diesem Augenblick hatte Erland noch nicht wirklich begriffen, was eine Tatsache war, seit sein Bruder verschwunden war. Denn jetzt stand er, und nicht sein Bruder, vor der mächtigsten Herrscherin der Welt, und er war es, der vielleicht eines Tages in ihrem Nachfolger seinen tödlichsten Feind finden würde, wenn er, und nicht Borric, eines Tages den Thron des Königreichs der Inseln bestiegen hatte. Und seit der Zeit, als er noch ein kleiner Junge gewesen und in die Arme seiner Mutter geflüchtet war, hatte Erland vor nichts mehr so große Angst gehabt.

Die Zeremonie rauschte an ihm vorbei. Erland konnte es kaum fassen, daß er formell dem kaiserlichen Hofe vorgestellt worden war, und er hatte auch die Worte seiner Rede vergessen, die er sich so mühevoll eingeprägt hatte. Da niemand eine Bemerkung machte oder lachte, glaubte er, er habe sie ordentlich aufgesagt, aber er konnte sich anschließend auch nicht mehr daran erinnern, was die Abordnungen nach ihm gesagt hatten. Jetzt saß er auf der untersten Ebene des Amphitheaters, auf einer Steinbank, die für die Abgesandten, welche der Kaiserin Gesundheit und Wohlergehen zu ihrem fünfundsiebzigsten Geburtstag wünschten, bereitgestellt worden war. Er versuchte, einen klaren Gedanken zu fassen, und trotz dieser unerwarteten Angst, die ihn überfallen hatte, fragte er: »Kafi, warum werden die Feierlichkeiten so spät nach Banapis abgehalten?«

Kafi sagte: »Anders als bei Eurem Volk gilt bei uns in Kesh nicht das Mittsommerfest als Geburtstag. Hier feiert jeder, der ihn weiß, den Tag seiner Geburt eben am Tag seiner Geburt. So, und da nun Sie, Die Kesh Ist, am fünfzehnten Tag des Monats Dzanin das Licht der Welt erblickte, wird ihre Geburt an diesem Tag gefeiert. Und das wird der letzte Tag der Feierlichkeiten sein.«

Erland meinte dazu: »Wie seltsam. Ihr feiert den Tag Eurer Geburt an dem Tag, an dem sie tatsächlich stattfand. Dann muß es hier ja jeden Tag Dutzende kleiner Feste geben. Ich würde mich betrogen fühlen, wenn ich nicht am großen Banapisfest teilnehmen dürfte.«

»Das sind eben unterschiedliche Sitten«, merkte Locklear an.

Ein Diener, der die Kleidung der Reinblütigen trug, erschien vor dem Prinzen und verbeugte sich tief. Er hielt ihm eine Rolle hin, die von einem goldenen Band zusammengehalten wurde. Kafi, der als Führer und Protokollbeamter auftrat, nahm die Rolle an. Er betrachtete das Wachssiegel und sagte: »Ich vermute, hierbei handelt es sich um etwas Persönliches.«

Erland fragte: »Warum?«

»Die Rolle trägt das Siegel der Prinzessin Sharana.«

Er überreichte die Rolle Erland, der am Band zog und das Siegel brach. Er mußte die makellose Schrift langsam lesen, da er die geschriebene Hochsprache von Kesh noch nie besonders gut beherrscht hatte. Während er las, begann Gamina zu lachen.

James drehte sich abrupt um, weil er für einen Augenblick fürchtete, seine Frau würde versehentlich ihre Fähigkeit des Gedankenlesens preisgeben, doch Gamina sagte nur: »Was ist denn, Erland, ich könnte schwören, du bist rot geworden.«

Erland lächelte und schob die Rolle in seinen Gürtel. »Ach ... das kommt nur von der Sonne«, entgegnete er, doch er konnte eine Spur von Verlegenheit in seinem Lächeln nicht verbergen.

»Was ist es denn?« fragte Locklear schelmisch.

»Eine Einladung«, erwiderte Erland.

»Wozu?« fragte Locklear weiter. »Wir sind doch heute zum Essen beim abendlichen Empfang der Kaiserin eingeladen.«

Erland konnte nicht aufhören zu grinsen. »Sie ist ... für nach dem Essen.«

James und Locklear wechselten einen wissenden Blick. Dann sagte Locklear: »Kafi, treffen die Reinblütigen auf diese Weise ihre ... Verabredungen? Wenn ... sie sich gegenseitig besuchen wollen, meine ich.«

Kafi zuckte mit den Schultern. »Man hat schon von solchen Dingen gehört, obwohl die Prinzessin, da sie so hochgeboren ist, die Grenzen der Schicklichkeit nach Belieben verschieben kann, wenn Ihr mir folgen könnt.«

»Was ist mit Prinzessin Soljiana?« fragte Locklear.

James grinste. »Ich habe mich schon gefragt, wann du darauf zu sprechen kommst.«

Gamina kniff die Augen ein wenig zusammen. »›Darauf‹?«

»Nun, ja, meine Liebe. Locky ist am Hof dafür bekannt ... äh, er versucht jedenfalls, jede hübsche Frau, die er zu Gesicht bekommt, kennenzulernen.«

Kafi sagte: »Wenn Ihr der Prinzessin eine Botschaft mit der Bitte um ein Treffen schickt, solltet Ihr damit rechnen, nicht der einzige zu sein, der dies tut. Außerdem wird erzählt, sie würde im Moment ihre Zeit mit Lord Ravi verbringen, weshalb Euer Brief wahrscheinlich höflichst ... unbeachtet bliebe.«

Locklear lehnte sich zurück und versuchte, auf dem Stein eine bequemere Position zu finden, denn die Bank war trotz der verzierten Kissen darauf sehr hart. »Nun, ich muß einfach einen anderen Weg finden, wie ich sie kennenlernen kann. Wenn ich erst einmal mit ihr gesprochen habe ...«

Kafi breitete hilflos die Arme aus, eine Geste, mit der er sagen wollte: Vielleicht, vielleicht auch nicht. »Ma'lish.«

James sah Erland an, der war jedoch nicht mehr ansprechbar. An Gamina gewandt, sagte James in Gedanken: *Kafi sagt nichts über Prinzessin Sojiana. Kannst du mir sagen, warum?*

Nein, antwortete sie. *Aber ich hatte so ein Gefühl, als er ihren Namen erwähnt hat.*

Und was für eins?

Allergrößte Gefahr.

Handel

Borric rieb sich das Kinn.

»Ich wünschte, die Leute würden mich nicht immer gleich schlagen, wenn sie mir ihre Meinung sagen wollen«, murmelte er.

Ghuda, der über ihm stand, meinte: »Das war dafür, daß du mich um meinen Lohn gebracht hast. Ich kann jetzt nicht zu Saber zurück, ohne die halbe kaiserliche Armee auf dem Buckel zu haben, und selbst wenn ich ihn finden sollte, würde mir der Kerl, glaube ich, kaum rausrücken, was er mir schuldet. Und das habe ich allein dir zu verdanken, Verrückter.«

Borric konnte nur zustimmen, obwohl er fand, so wie er hier auf dem feuchten Stroh in einer verlassenen Scheune saß, inmitten eines Landes, in dem nur Menschen wohnten, die ihn anscheinend bei jeder Gelegenheit umbringen wollten, verdiente er wenigstens ein wenig Mitleid. »Sieh mal, Ghuda, ich mache es wieder gut.«

Der Söldner drehte sich um und wollte die Pferde absatteln, die sie gestohlen hatten, sagte jedoch über die Schulter: »Ach, wirklich? Und wie willst du das, bitte schön, machen? Willst du vielleicht eine höfliche Nachricht an Abar Bukar, den Lord der Armeen, schicken: ›Bitte, guter Lord, laßt meinen Freund noch einmal davonkommen. Er wußte doch nicht, daß ich bei Verhaftung zu töten sei, als er mich kennenlernte‹? So vielleicht?«

Borric stand auf und bewegte sein Kinn, um zu prüfen, ob damit noch alles in Ordnung war. Es schmerzte, doch er glaubte, es wäre nicht ernstlich verletzt. Er sah sich in der alten Scheune um. Das Bauernhaus, das daneben gestanden hatte, war niedergebrannt worden, entweder von Banditen oder – aus welchem Grund auch immer – von den kaiserlichen Soldaten. Doch egal, wer es angezündet hatte, die Scheune neben dem Haus bot Borrics kleiner Gruppe jetzt die Gelegenheit, die Pferde ein wenig ausruhen zu lassen. Wie bei guten Reitern üblich, fand sich Getreide in den Satteltaschen, also machte sich Borric zu seinem Pferd auf und gab ihm eine Handvoll. Suli saß zermürbt auf einem halbverrotteten Strohballen und bot einen jämmerlichen Anblick. Nakor hatte sein Pferd bereits abgesattelt und striegelte es mit dem saubersten Stroh, das er hatte finden können. Er summte abwesend irgendeine Melodie vor sich hin, während er arbeitete. Und er hatte nicht einen Moment aufgehört zu grinsen.

Ghuda sagte: »Wenn sich die Pferde ausgeruht haben, sind wir beiden quitt miteinander. Ich werde schon irgendwie wieder nach Faráfra zurückkommen, und dort suche ich mir ein Schiff nach Niederkesh. Dort unten geht es etwas weniger kaiserlich zu, wenn du verstehst, was ich meine. Vielleicht werde ich das Ganze ja sogar überleben.«

Borric sagte: »Ghuda, warte.«

Der große Söldner ließ den Sattel auf den Boden plumpsen und fragte: »Was ist?«

Borric machte ihm ein Zeichen, er solle ein Stück von den anderen fort kommen, und sagte leise: »Bitte. Es tut mir leid, ich wollte dich da nicht mit hineinziehen, aber ich brauche dich.«

»Du brauchst mich, Verrückter? Wofür? Damit du nicht allein stirbst? Danke, aber ich möchte eigentlich lieber in den Armen einer Hure sterben, und zwar erst in einigen Jahren.«

»Nein, ich meine, ich schaffe es nicht ohne dich nach Kesh.«

Ghuda sah himmelwärts. »Warum ich?«

Borric sagte: »Sieh dir den Jungen an. Er ist vollkommen verschreckt und so durcheinander, daß er nicht mehr klar denken kann. Er kennt sich vielleicht in den Hinterhöfen von Durbin aus, doch sonst weiß er nichts. Und der Isalani … nun, er ist nicht gerade das, was ich zuverlässig nennen würde.« Borric hob den Zeigefinger an die Schläfe und ließ ihn kreisen.

Ghuda betrachtete das kläglich aussehende Paar und mußte zustimmen. »Gut, deine Aussichten sind schlecht. Aber was geht's mich an?«

Borric dachte nach und konnte keinen vernünftigen Grund nennen. Das Schicksal hatte sie zusammengebracht, doch zwischen ihnen gab es keine richtige Freundschaft. Der ältere Söldner war auf seine Art ein liebenswerter Kerl, doch nicht das, was Borric einen Gefährten fürs Leben nennen würde. »Sieh mal, ich würde es wirklich wieder gutmachen.«

»Wie?«

»Wenn du mich nach Kesh bringst und mir hilfst, die Leute zu treffen, die ich finden muß, um dieses Schlamassel zu beenden, dann bezahle ich dir mehr Gold, als du in deinem ganzen Leben als Karawanenwächter verdienen kannst.«

Ghuda kniff die Augen zusammen, während er über Borrics Worte nachdachte. »Du sagst das doch nicht nur einfach so dahin?«

Borric schüttelte den Kopf. »Ich gebe dir mein Wort.«

»Wo willst du hin, um eine solche Menge Gold in die Hände zu bekommen?« fragte Ghuda.

Borric dachte nach, ob er ihm die ganze Geschichte erzählen sollte, doch er konnte Ghuda einfach nicht so viel Vertrauen entgegenbringen. Ein namenloser Mann, den man eines Verbrechens beschuldigte, das er nicht begangen hatte, war eine Sache; ein Prinz, der gejagt wurde, war eine andere. Selbst jemand, der Borrics wahren Namen nur ahnte, war schon so gut wie tot, wenn man ihn in seiner Gesellschaft fand. Ghuda würde vielleicht durch die hohe Belohnung verlockt werden, sein Glück zu versuchen. Borrics Erfahrungen mit Söldnern sprachen nicht gerade für ihren übermäßigen Sinn für Treue.

Endlich sagte Borric: »Man hat mich aus politischen Gründen des Mordes an der Frau des Gouverneurs von Durbin beschuldigt.« Ghuda zuckte nicht mit der Wimper, also war Borric auf der richtigen Fährte; politische Morde waren in Kesh nicht unwahrscheinlich. »Hier in Kesh gibt es Leute, die könnten mich von diesem Verdacht befreien, und noch mehr, sie haben die Mittel, um dir« – er rechnete rasch einen für das Königreich beeindruckenden Betrag in die Währung von Kesh um – »zweitausend Ecu zu geben.«

Ghuda machte große Augen, dann schüttelte er den Kopf. »Hört sich gut an, Verrückter, aber das tun die Versprechen einer Hure auch.«

Borric sagte: »Also gut, dreitausend.«

Der Söldner wollte, daß Borric Farbe bekannte, also forderte er: »Fünftausend!«

»Abgemacht!« erwiderte der Prinz. Er spuckte in die Hand und streckte sie Ghuda entgegen. Ghuda betrachtete die ausgestreckte Hand, die ihm auf die althergebrachte Art der Händler angeboten wurde, und er wußte, er würde sie entweder annehmen müssen oder als Eidbrecher gelten. Widerwillig spuckte er in die eigene Hand und schüttelte daraufhin Borrics. »Verdammt noch mal, Verrückter! Solltest du mich angelogen haben, dann durchbohre ich deine Eingeweide mit meinem Schwert, das schwöre ich dir! Wenn ich aus Dummheit sterben sollte, dann möchte ich zumindest das Vergnügen haben, dich tot zu sehen, bevor ich vor die Göttin des Todes trete!«

Borric sagte: »Sollten wir es schaffen, dann bist du ein gemachter Mann, Ghuda Bulé.«

Ghuda warf sich auf das feuchte Stroh; er wollte sich so gut es ging noch ein wenig ausruhen. »Ich hätte es lieber gesehen, wenn du es auf eine andere Art und Weise gemacht hättest, Verrückter.«

Borric ließ den Söldner, der irgend etwas in seinen Bart murmelte, allein und setzte sich neben Suli. »Wirst du es schaffen?« fragte er.

Der Junge sagte: »Ja. Es tut nur ein bißchen weh. Doch dieses Untier hat einen Rücken wie eine Schwertklinge. Ich komme mir vor wie in zwei Teile gerissen.«

Borric lachte. »Am Anfang ist es immer hart. Du wirst noch

ein bißchen Unterricht bekommen, hier in der Scheune, ehe wir heute abend aufbrechen.«

Ghuda sagte: »Nicht daß es ihm viel helfen würde, Verrückter. Wir werden diese Sättel hierlassen müssen. Der Junge wird auf dem bloßen Rücken reiten.«

Nakor nickte heftig. »Ha, das stimmt. Falls wir diese Pferde verkaufen sollten, darf keiner auf die Idee kommen, sie könnten aus kaiserlichem Eigentum stammen.«

»Verkaufen?« fragte Ghuda. »Warum?«

»Wegen der Geburtstagsfeier«, erwiderte Nakor, »wird es leichter für uns sein, wenn wir ein Boot mieten und auf dem Fluß, dem Sarne, zur Stadt reisen. Da werden wir nur vier unter vielen sein. Aber dafür brauchen wir Geld.«

Borric dachte an das bißchen Geld, das ihm nach dem Kauf der Kleidung und des Harnisches in Faráfra geblieben war, und er wußte, Nakor hatte recht. Sie hatten nicht einmal mehr genug Geld, um sich in einem anständigen Gasthaus ein richtiges Essen zu leisten.

»Wer sollte sie denn kaufen?« fragte Ghuda. »Sie haben ein Brandzeichen.«

»Das stimmt«, meinte der Isalani, »aber dagegen kann man etwas machen. Die Sättel kann man leider, leider nicht verändern, ohne sie bis zur Wertlosigkeit zu zerschneiden.«

Ghuda stützte seinen Kopf in die Hand. »Wie willst du denn dieses Brandzeichen ändern? Hast du ein Brandeisen in deinem Rucksack?«

»Etwas Besseres«, sagte der kleine Mann, griff in seine Tasche und zog ein kleines verkorktes Glas hervor. Er kramte weiter in seiner Tasche und brachte eine kleine Bürste zum Vorschein. »Gebt acht.« Er zog den Korken aus dem Glas. »Mit einem Eisen würde man nur eine grobe, leicht zu entdeckende Veränderung des Brandzeichens hinbekommen. Dies hier ist eher etwas für einen Künstler.« Er ging zu dem Pferd, das am nächsten bei ihm stand. »Die Armee drückt allen Tieren das kaiserliche Zeichen auf.« Er begann, die Flüssigkeit auf die Flanke des Pferdes aufzutragen, indem er es leicht mit der Bürste betupfte. Man hörte ein leichtes Zischen, und die Haare, die er mit der Bürste berührte, wurden schwarz, wie von einer Flamme. »Halt das Pferd still, bitte«, sagte er zu Borric. »Das hier wird ihm nicht weh tun, doch vielleicht macht die Hitze es scheu.«

Borric ging hin, schnappte sich das Zaumzeug des Tiers und hielt es, während sich die Ohren des Pferdes hierhin und dorthin drehten.

Nach einem Moment sagte Nakor: »Da. Jetzt trägt es das Zeichen von Jung Sût, Pferdehändler aus Shing Lai.«

Borric kam herum und sah es sich an. Das Brandzeichen sah jetzt ganz anders aus; Nakor hatte recht behalten. Es schien, als wäre das Brandzeichen wie jedes andere mit einem einzigen Brandeisen gemacht worden. »Wird irgend jemand in Kesh diesen Jung Sût kennen?«

»Höchst unwahrscheinlich, mein Freund, weil er nämlich nicht existiert. Wie auch immer, es gibt in Shing Lai vielleicht tausend Pferdehändler, und wer will schon behaupten, sie alle zu kennen?«

Ghuda sagte: »Also dann, wenn ihr damit fertig seid und wir aufbrechen können, weckt mich, ja?« Während er das sagte, streckte er sich auf dem feuchten Stroh aus und machte es sich so bequem wie möglich.

Borric sah Nakor an und meinte: »Wenn wir den Fluß erreicht haben, wäre es wohl besser, wenn du uns verlassen würdest.«

»Das glaube ich nicht«, sagte der andere grinsend. »Ich beabsichtige, auf jeden Fall nach Kesh zu reisen, weil ich während der Geburtstagsfeier sicherlich leichtes Geld machen kann. Es wird viele Glücksspiele geben, und viele Gelegenheiten, bei denen ich meine kleinen magischen Fähigkeiten einsetzen kann. Außerdem, wenn wir beide zusammen reisen, und Ghuda und der Junge ein paar Stunden hinter uns, werden wir nicht mehr die sein, nach denen die Soldaten Ausschau halten.«

»Vielleicht«, meinte Borric, »doch mittlerweile haben sie von uns eine sehr gute Beschreibung.«

»Aber nicht von mir«, erwiderte der Isalani grinsend. »Mich hat keiner der Soldaten gesehen, als sie die Karawane angehalten haben.«

Borric dachte daran zurück; tatsächlich war Nakor verschwunden gewesen, während die kaiserlichen Soldaten alle anderen unter die Lupe genommen hatten. »Ja, wo du das erwähnst, wie hast du das gemacht?«

»Das ist ein Geheimnis«, sagte er und grinste freundlich. »Aber das spielt keine Rolle. Wir müssen etwas an deinem Aussehen ändern, und das spielt eine Rolle.« Er betrachtete Borrics unbedeckten Kopf eingehend. »Dein Haar wächst an den Wurzeln verdächtig rot heraus. Also müssen wir uns etwas für dich einfallen lassen.«

Borric schüttelte den Kopf. »Noch eine Überraschung aus deinem großen Rucksack?«

Nakor beugte sich über den Rucksack, und sein Grinsen wurde noch breiter als gewöhnlich. »Natürlich, mein Freund.«

Borric wachte auf, weil Suli ihn heftig an den Schultern rüttelte. Er wurde augenblicklich wach. Draußen wurde es gerade dunkel. Ghuda stand lauschend mit gezogener Waffe an der Tür, und Borric gesellte sich einen Moment später mit gezogenem Schwert zu ihm.

»Was gibt es?« zischte Borric.

Ghuda hob die Hand, um Borric zum Schweigen zu bewegen, und lauschte weiter. »Reiter«, flüsterte er. Er wartete, doch endlich steckte er sein Schwert zurück in die Scheide. »Sie reiten nach Westen. Diese Scheune ist weit genug von der Straße entfernt, daß sie sie sich vermutlich nicht ansehen, doch wenn sie erst einmal den Haufen getroffen haben, den wir in Jeeloge zu Fuß hinter uns gelassen haben, werden sie hier einfallen wie Fliegen auf den Mist. Wir sollten uns lieber in Marsch setzen.«

Borric hatte dasjenige der vier Pferde für Suli ausgesucht, welches ihm wahrscheinlich am wenigsten Widerstand entgegensetzen würde, und er half dem Jungen auf den Rücken des Tiers. Während er ihm die Zügel reichte, sagte er: »Wenn wir irgendwann schnell reiten müssen, hältst du dich mit der linken Hand an der Mähne fest. Und mach die Beine so lang du kannst – dann sitzt du sicherer, als wenn du dich mit den Knien festklammerst. Verstanden?«

Der Junge nickte, doch seinem Gesichtsausdruck nach erschien es ihm offensichtlich kaum weniger abschreckend, auf diesem Pferd schnell reiten zu müssen, als noch einmal mit Soldaten zusammenzutreffen. Borric wandte sich von ihm ab und sah, wie Nakor die Sättel aus der Scheune brachte. »Wohin bringst du sie?«

Der grinsende Isalani sagte: »Hinten ist ein alter Komposthaufen. Da werden sie bestimmt nicht suchen, würde ich meinen.«

Borric mußte lachen, und einen kurzen Moment später war der ständig glückliche Mann zurück und sprang trotz des Rucksacks und des Stabs, die er immer dabei hatte, geschickt auf das Pferd. Borric bekam den Geruch verfaulenden Abfalls in die Nase und meinte: »Puh! Wenn der Haufen so stinkt, dann behältst du sicherlich recht. Die werden darin so bald nicht herumstochern.«

Ghuda sagte: »Los. Wir sollten bis zur Morgendämmerung soviel Weg wie möglich hinter uns gebracht haben.«

Borric machte ein Zeichen, und der Söldner schob das Scheunentor auf und sprang dann auf sein Pferd. Er trat ihm fest in die Flanken und ließ es in Trab fallen, derweil Borric, Suli und Naktor ihm folgten. Borric verdrängte den schaurigen Gedanken, hinter jeder Biegung der Straße könnte ein Hinterhalt auf sie warten. Etwas anderes war viel wichtiger: Jede Minute, die verstrich, brachte ihn Kesh und damit Erland und den anderen näher.

In der Stadt Páhes herrschte reges Treiben, denn sie lag an der Brücke über den Sarne, an der Stelle, wo sich die Straße von Faráfra nach Khattara, welches weiter im Nordosten lag, mit dem Fluß kreuzte. Im Osten der Brücke, am Südufer des Flusses, war über die Jahre ein Hafenviertel mit vielen Lagerhäusern gewachsen, wo Fuhrleute ihre Wagen dicht an die Lastkähne und Flußschiffe brachten, mit denen die Waren bis ins Herz des Kaiserreichs befördert wurden. Zudem waren auch einige Segelboote zu sehen, denn hier wehte der Wind meist aus Westen. Deswegen war es den größten Teil des Jahres über möglich, von Kesh aus nach Jamila und den anderen Orten flußaufwärts zu segeln, außer zu den Zeiten der Überflutung. Und auf dem riesigen Overnsee war so viel Schiffsverkehr wie auf jedem anderen größeren Gewässer in Midkemia.

Borric sah sich um, wobei er sich in seinem neuen Gewand immer noch sehr dumm vorkam. Er trug ein *dahá*, die traditionelle Kleidung der Bendrifí, eines Bergvolks aus dem Regenschattengebirge. Das gute Stück bestand aus einem buntgefärbten Tuch, welches zuerst um die Taille gewickelt und dann wie eine Toga über die Schulter gelegt wurde. Sein Schwertarm war nackt, genauso wie seine Beine. Anstelle der Stiefel trug er jetzt kreuzweise geschnürte Sandalen. Borric kam sich ohne seinen Harnisch sowohl lächerlich als auch verletzlich vor. Doch es war eine gute Wahl, denn die Bendrifí waren eine der hellhäutigen eingeborenen Rassen von Kesh. Borrics Haar war bis auf den Schädel kurzgeschnitten und mit einer übelriechenden Tinktur gefärbt, die Nakor am Abend zuvor aufgetrieben hatte, und nun war der Prinz beinahe weißblond; dazu standen die Haare mit Hilfe einer süßlich riechenden Pomade fast aufrecht, während sie über den Ohren abrasiert waren. Die Bendrifí waren unnahbare, zurückhaltende Menschen, deshalb würde sich niemand über Borrics Schweigsamkeit wundern; Borric betete nur, daß er hier niemandem von diesem Volk begegnen würde, denn die Sprache dieser Leute war mit keiner der anderen in Kesh verwandt, und

Borric konnte kein einziges Wort in ihr sprechen. Doch während Borric seiner Verwandlung unterzogen worden war, hatte Suli ihm verraten, er könne ein wenig in Ghendrifí, der Sprache der Bendrifí, fluchen, und er hatte Borric ein paar Sätze beigebracht.

Borric hatte keine Ahnung, wo Nakor diese ausländische Verkleidung aufgetrieben hatte, doch wie bei allem anderen, was der Isalani anfing, kam auch diesmal ein erstaunliches Ergebnis heraus. Der kleine Mann hatte beim Verkauf der Pferde doppelt soviel herausgeholt, wie sie wert waren, und es war ihm gelungen, in der kleinen Stadt ein Rapier für den Prinzen aufzutreiben, welches Borric selbst in Faráfra, einer der größten Städte des Kaiserreichs, nicht hatte finden können.

Suli war jetzt wie ein Junge der Beni-Sherín gekleidet, einem großen Stamm von Bewohnern der Jal-Pur, und er besaß nun ebenfalls ein Schwert. Darüber trug er einen weiten Mantel und eine Kopfbedeckung, welche nur die Augen frei ließ. Wenn er immer daran denken würde, sich aufrecht zu halten, könnte er durchaus als kleiner Erwachsener durchgehen. Der Junge hatte seine alten Lumpen nicht hergeben wollen, bis Ghuda ihm gedroht hatte, ihn mit dem Schwert aus ihnen herauszupellen. Und da Ghuda sich seit ihrer Festnahme in Jeeloge die ganze Zeit sehr ungeduldig benommen hatte, war Borric sich nicht sicher gewesen, ob er nur scherzte.

Ghuda hatte seinen Harnisch verkauft und sich etwas Feineres, einen fast neuen Lederharnisch und die dazu passenden Armbänder, zugelegt. Seinen alten verbeulten Helm hatte er abgelegt und durch einen ersetzt, wie ihn die Hundesoldaten trugen, einen Eisentopf mit einem spitzen Stachel oben und einem schwarzen Fellkranz und einem Kettennackenschutz, der bis auf die Schultern reichte. Wenn man das Visier vors Gesicht klappte, konnte man nur noch die Augen sehen, und genauso trug Ghuda ihn im Moment.

Nakor war es irgendwie gelungen, seine zerschlissene, fleckige gelbe Robe loszuwerden, und er trug nun eine, die genauso verrufen aussah, nur pfirsichfarben – und fleckig – war. Und er sah keinen Deut weniger lächerlich aus als Borric. Doch der Isalani hielt das Ganze für einen hinlänglichen Wechsel seiner Kleidung, und wegen seiner Findigkeit wollte sich Borric auch nicht mit ihm streiten.

Nakor hatte ihnen einen Platz auf einem Kahn besorgt, der in die Stadt Kesh fuhr. Sie würden vier unter insgesamt hundert Passagieren sein.

Wie Borric es erwartet hatte, waren überall Soldaten. Sie versuchten, unauffällig zu wirken, doch da sie in großer Zahl auftraten und ihre Zeit damit verbrachten, praktisch jedem Passagier ins Gesicht zu sehen, war es natürlich klar, daß sie nicht ohne einen bestimmten Grund unterwegs waren.

Die vier bogen um eine Ecke und wollten zu einem Wirtshaus, das sich nur wenige Meter vom Hafen entfernt befand. Borric und Suli gingen ein paar Schritte vor Nakor und Ghuda. Das Boot würde erst in zwei Stunden ablegen. Sie würden sich wie Reisende benehmen, die ihre Zeit in der Gegenwart von Fremden totschlagen mußten.

Sie kamen an einer offenstehenden Tür vorbei, und Suli wäre fast gestolpert. Er zischte Borric leise zu: »Meister, ich kenne diese Stimme.«

Borric schob den Jungen in den nächsten Eingang und machte Ghuda und Nakor ein Zeichen, sie sollten an ihnen vorbeigehen. »Was meinst du?« fragte Borric.

Suli zeigte zurück zu der Tür. »Ich habe nur ein paar Worte gehört, aber ich habe die Stimme erkannt.«

»Wer war es?«

»Ich weiß es nicht. Ich muß noch einmal zurückgehen, vielleicht kann ich mich dann erinnern.« Der Junge wandte sich um und ging erneut an der Tür vorbei, dann schlich er vor ihr herum und sah zu Boden, als würde er etwas suchen. Schließlich gab er vor zu warten, drehte sich um, zuckte mit den Schultern und kam wieder zu Borric. »Das war eine der Stimmen, die ich im Palast des Gouverneurs von Durbin gehört habe, in der Nacht, als ich das Komplott über Euren Tod belauschte.«

Borric zögerte. Wenn sie noch einmal vorbeigingen und in den Eingang hineinsahen, mochten sie unerwünschte Aufmerksamkeit auf sich ziehen, aber andererseits wollte er auch wissen, welcher Bluthund ihm auf der Spur war. »Bleib hier«, meinte Borric, »und halte Ausschau, wer herauskommt. Dann kommst du ins Wirtshaus und sagst es uns.«

Borric ließ den Jungen allein und eilte zu seinen Gefährten, die bei einem Bier auf ihn warteten. Er blieb einen Moment lang an ihrem Tisch stehen und sagte: »Es könnte jemand in der Stadt sein, der mich kennt«, dann setzte er sich an den Tisch neben ihnen.

Kurze Zeit später kam Suli und setzte sich zu Borric. »Es war der Mann in dem schwarzen Mantel. Er trägt ihn immer noch, Meister. Und es war seine Stimme«, flüsterte der Junge.

»Hast du ihn dir ansehen können?«

Der Junge antwortete: »Lange genug, um ihn wiederzuerkennen.«

»Gut«, flüsterte Borric. »Wenn du ihn noch einmal siehst, sag uns Bescheid.«

»Meister, da ist noch etwas.«

»Was denn?«

»Ich habe genug gesehen, um zu wissen, daß er ein Reinblütiger ist.«

Borric nickte. »Das überrascht mich nicht.«

»Aber das ist nicht alles. Als sein Mantel vorn auseinander fiel, konnte ich an seinem Hals Gold schimmern sehen.«

Borric fragte: »Was bedeutet das?«

Es war Ghuda, der antwortete. Ärgerlich zischte er über die Schulter: »Es bedeutet, du ochsenhirniger Irrer, dieser Reinblütige ist nicht nur ein einfacher Reinblütiger, sondern er gehört zum kaiserlichen Haus von Kesh! Das sind die einzigen, die den goldenen Halsring tragen dürfen! Vielleicht ist er nur ein entfernter Cousin der Kaiserin, aber sie wird ihm dennoch jedesmal zum Geburtstag ein Geschenk schicken! Zur Hölle, in was für einen Schlamassel hast du uns da eigentlich reingezogen?«

Borric schwieg, da eine große, derbe Kellnerin an ihre Tische kam. Mit krächzender Stimme bestellte er zwei Krüge Bier, und als sie gegangen war, wandte er sich halb Ghuda zu. »Es ist ein ziemlich verworrener Schlamassel, mein Freund. Wie gesagt, es geht um hohe Politik.«

Als die Kellnerin das Bier gebracht hatte und wieder verschwunden war, sagte Ghuda: »Meine liebe tote Mutter wünschte sich immer, ich sollte einem ehrenhaften Beruf nachgehen, so etwas wie Grabräuber. Warum habe ich nicht auf sie gehört? Nein. Werde doch ein Assassine wie dein Onkel Gustav, hat sie immer gesagt. Und habe ich auf sie gehört? Nein. Ich hätte bei einem Geisterbeschwörer in die Lehre gehen können –«

Borric versuchte, Ghudas Galgenhumor zu genießen, doch er mußte immer wieder an die neuesten Verwicklungen denken. Wer wollte ihn und Erland umbringen? Und warum? Es war offensichtlich, dieses Komplott wurde in den höchsten Rängen des Kaiserreiches geschmiedet, doch reichten die Verbindungen dieser Leute sogar bis in die kaiserliche Familie? Er seufzte und trank sein bitteres Bier, dann versuchte er, die dunklen Gedanken aus seinem Kopf zu vertreiben, während sie auf das Signal warteten, welches das Ablegen ihres Bootes verkünden würde.

Die Glocke klang durch den ganzen Hafen, und Borric und seine Gefährten sowie ein halbes Dutzend weiterer Leute in dem Gasthaus suchten ihre Bündel zusammen und drängten sich durch die Tür. Draußen sah Borric eine Kompanie kaiserlicher Soldaten am Bootssteg stehen. Sie gehörten zur Inneren Legion, die vor allem im Herzen von Kesh großen Einfluß hatte. Jeder Mann trug einen Eisenhelm und einen tellerförmigen Brustpanzer, der schwarz emailliert war. Kurze schwarze Kilts und schwere Beinschienen und Armbänder ließen sie ausgesprochen einschüchternd erscheinen. Der Offizier der Truppe trug einen Helm, der mit einem roten Pferdeschweif geschmückt war, und ein weiterer – sein eigener – Pferdeschwanz fiel ihm lang den Rücken hinunter. Borric sagte: »Ruhig jetzt, und benehmt euch so, als hättet ihr nichts zu verbergen.« Er gab Suli einen leichten Stoß, um ihm zu bedeuten, er solle allein weitergehen, dann winkte er Ghuda und Nakor nach vorn. Borric selbst blieb zurück und beobachtete alles.

Die Soldaten warfen von Zeit zu Zeit einen Blick auf ein Pergament, vermutlich eine Beschreibung der drei Gesuchten. Sie ließen Suli an Bord gehen, ohne ihn ein zweites Mal anzusehen. Ghuda wurde kurz angehalten und befragt. Was auch immer er antwortete, sie waren damit zufrieden und winkten ihn an Bord.

Dann wäre Borric fast das Herz stehengeblieben, als Nakor sich umdrehte und mit einem der Soldaten zu sprechen begann. Der Soldat sagte etwas und nickte, dann wandte er sich an einen zweiten. Borric merkte, wie sein Mund trocken wurde, als drei Soldaten den Anleger verließen und zielstrebig auf ihn zukamen. Da er vielleicht Platz zum Kämpfen brauchen würde, ging Borric nur sehr langsam auf den Anleger zu, als wäre nichts Besonderes vorgefallen.

Er versuchte, den Soldaten auszuweichen, doch einer legte ihm die Hand auf den Arm. »Warte mal einen Moment, Bendrifí.« Die Aufforderung hörte sich nicht gerade wie eine Bitte an.

Borric tat sein Bestes, um überrascht und verachtungsvoll um sich zu blicken. Er sah dorthin, wo der Offizier auf dem Anleger stand und den Wortwechsel beobachtete. »Was ist?« fragte Borric und ließ seine Stimme so mürrisch wie möglich klingen.

»Wir haben von dem Streit gehört, den du auf der Straße von Khattara nach hier vom Zaun gebrochen hast. Vielleicht konnten dich die Karawanenwächter dort nicht zurückhalten, aber auf diesem Boot werden auch sechs Legionäre mitfahren. Und wenn du noch mehr solchen Ärger machst, werden sie dich einfach in den Fluß werfen.«

Borric starrte dem Mann an und fauchte leise, während er die Lippen verzog. Daraufhin sagte er einen der Sätze, die Suli ihm beigebracht hatte. Er entriß seinen Arm dem Griff des Legionärs, doch als die drei ihre Hände an die Hefte ihrer Schwerter legten, hielt er seine nur besänftigend in die Höhe, als wollte er zeigen, daß er keinen Ärger machte.

Borric wandte ihnen den Rücken zu und versuchte, sich wie ein reizbarer, rauher Mann aus den Bergen zu benehmen, wobei er hoffte, seine Knie würden nicht so zittrig aussehen, wie sie sich anfühlten. Er ging als einer der letzten an Bord und suchte sich auf dem breiten Boot einen Platz, der von seinen Gefährten möglichst weit entfernt war. Die sechs Legionäre kamen als letzte an Bord und gingen zusammen zum Heck, wo sie sich miteinander unterhielten. Schweigend schwor sich Borric, dem Isalani an die Gurgel zu gehen, wenn sie in Kesh landeten.

Anderthalb Tage später, nachdem das Boot unterwegs dreimal angelegt hatte, sahen sie die Silhouette der Stadt Kesh vor sich auftauchen. Borric hatte sich von dem Schrecken erholt, den ihm der Isalani eingejagt hatte, und er war in ein dumpfes Brüten verfallen, eine Haltung, die ihm wenigstens keine weitere Anstrengung abverlangte. Die Lage sah hoffnungslos aus, und dennoch mußte er sich irgendwie dazu zwingen, weiterzumachen. Wie ihr Vater ihm und Erland schon beigebracht hatte, als sie noch klein gewesen waren, war es ohne weitere Schwierigkeiten immer möglich zu versagen; wollte man Erfolg haben, mußte man hingegen etwas riskieren. Borric hatte damals nicht wirklich verstanden, wovon sein Vater redete – Erland und er selbst waren Prinzen von königlichem Blute, und es gab nichts, was sie nicht hätten tun können, aber das lag nur an dem, was sie darstellten.

Jetzt verstand Borric, was sein Vater ihm hatte erklären wollen, und jetzt war der Einsatz sogar sein eigenes Leben, das seines Bruders, und vielleicht ging es sogar um den Fortbestand des Königreiches.

Während sie sich dem oberen Hafen von Kesh näherten, entdeckte Borric jede Menge Soldaten an der Anlegestelle. Womöglich wollten sie sich nur einschiffen, um den Overnsee zu überqueren oder flußaufwärts zu fahren, sie konnten aber auch dazu abgestellt sein, die in der Stadt eintreffenden Reisenden zu überprüfen, und dann würden sie für ihn ein weiteres Hindernis auf dem Weg zu seinem Bruder darstellen.

Das Boot legte an, und Borric ging nach hinten zu den Legionären. Die Soldaten machten sich bereit, an Land zu gehen, sobald das Boot vertäut war. Borric stellte sich neben den Kerl, der ihn angesprochen hatte, bevor sie in Páhes an Bord gegangen waren. Der Soldat warf ihm einen Blick zu und wandte sich dann ab.

Die ersten Reisenden verließen das Schiff, doch Borric blieb stehen, wo er war. Er sah zu, wie alle, die ausstiegen, angehalten und überprüft wurden, und er wußte, dabei würde er keine Ausnahme bilden. Als er an der Reihe war, von Bord zu gehen, wandte er sich an den Soldaten und sagte mit harscher Stimme: »Ich habe da etwas sehr Unfreundliches in Páhes zu dir gesagt, Soldat.«

Der Legionär kniff die Augen zusammen und sagte: »Das habe ich mir schon gedacht, obwohl ich dein Kauderwelsch nicht verstehe.«

Borric betrat mit dem Soldaten zusammen die Planke und sagte: »Ich bin hier, um den Geburtstag der Kaiserin zu feiern und um im Tempel von Tith-Onaka Opfer darzubringen.« Borric hatte bemerkt, daß der Mann wie die meisten dieser Soldaten den Talisman des Kriegsgottes mit den zwei Gesichtern trug. »Zu so heiligen Anlässen möchte ich mir keinen Streit mit irgendeinem Soldaten erlauben. Der Isalani hatte mich beim Kartenspiel betrogen. Deshalb war ich ziemlich aufgebracht. Willst du nicht meine Hand nehmen und mir meine Beleidigung verzeihen?«

Der Soldat erwiderte: »Kein Mann soll den Tempel der Schlachten betreten, wenn er noch einen Handel mit einem Soldaten offen hat.« Am Ende der Planke, vor den Soldaten, die die

Reisenden überprüften, faßten sich der Legionär und Borric gegenseitig am rechten Unterarm und schüttelten so die Hände. »Mögen deine Feinde niemals deinen Rücken sehen.«

Borric sagte: »Mögest du noch viele Jahre lang die Lieder des Sieges singen, Legionär.«

Als wären sie alte Freunde, die sich voneinander verabschiedeten, schüttelten sie sich nochmals die Hände, und Borric drehte sich um und drängte sich zwischen zwei Soldaten an Land. Der eine hatte beobachtet, wie sich die beiden voneinander verabschiedet hatten, und er wollte etwas zu Borric sagen, überlegte es sich jedoch anders und wandte seine Aufmerksamkeit einem anderen Mann zu, einem seltsamen kleinen Isalani aus Shing Lai, der sich an ihm vorbeidrängen wollte.

Borric überquerte die Straße, blieb stehen und sah sich an, was mit den anderen war. Nakor und der Soldat schienen in einen Streit verwickelt zu sein, und verschiedene andere Soldaten drehten sich um und wollten wissen, worum es dabei ging. Ghuda tauchte neben Borric auf – er hatte bei der Überprüfung offensichtlich Glück gehabt. Ein paar Augenblicke später stand auch Suli bei ihnen. Nakor hatte jetzt einige Soldaten um sich herum versammelt und zeigte dauernd auf den Rucksack, den er ständig auf dem Rücken trug.

Endlich, als würde er nachgeben, reichte der Isalani seinen Rucksack dem ersten Soldaten, der seine Hand hineinsteckte. Nach einem Moment drehte der Soldat den Rucksack um und schüttelte ihn. Es fiel nichts heraus.

Ghuda pfiff leise. »Wie, in aller Welt, hat er das hingekriegt?«

Borric meinte: »Vielleicht kann er doch ein paar magische Tricks mehr.«

Ghuda sagte: »Also, Verrückter, wir sind in Kesh. Wie geht's weiter?«

Borric sah sich um und sagte: »Geh rechts rum und am Hafen entlang. An der dritten Straße biegst du wieder nach rechts ab und gehst weiter, bis du ein Wirtshaus findest. Dort treffen wir uns.« Ghuda nickte und machte sich davon. »Suli«, flüsterte Borric, »du wartest auf Nakor und sagst es ihm.«

Der Junge sagte: »Ja, Meister«, und Borric ließ ihn stehen und ging langsam und mit Muße hinter Ghuda her.

Das Gasthaus war eine schäbige Hafentaverne mit dem grandiosen Namen »Des Kaisers Banner und Juwelenkrone«. Borric hatte keine Ahnung, welches Ereignis in der Geschichte von Kesh für diesen Namen Pate gestanden hatte, doch in dem Lokal gab es weder etwas Kaiserliches noch etwas, das an Juwelen erinnerte. Es war einfach ein dunkles und verrauchtes Wirtshaus, wie es sie zu Hunderten in Hunderten von Städten auf Midkemia gab. Die Sprachen und die Sitten mochten sich unterscheiden, doch die Gäste waren alle aus dem gleichen Holz geschnitzt: Banditen, Diebe, Halsabschneider, Spieler, Huren und Trunkenbolde. Zum ersten Mal, seit er Kesh betreten hatte, fühlte sich Borric zu Hause.

Er blickte sich um; auch hier kümmerte sich jeder nur um seine eigenen Angelegenheiten, so wie das in den Wirtshäusern gewesen war, denen Erland und er im Königreich häufig einen Besuch abgestattet hatten. Borric sah in seinen Krug und sagte beiläufig: »Hier treibt sich mindestens ein kaiserlicher Spion herum, oder wenigstens jemand, der alles irgendwem berichtet.«

Ghuda nahm seinen Helm ab, kratzte sich am Kopf, der von Schweiß juckte, und meinte: »Darauf kannst du wetten.«

»Wir werden hier nicht lange bleiben«, sagte Borric.

»Wie beruhigend«, erwiderte Ghuda, »obwohl ich gern noch etwas trinken würde, ehe wir uns nach einer Unterkunft umsehen.«

Borric stimmte dem zu, und der große Mann winkte den Jungen herbei, der die Gäste bediente, und der kam mit vier kalten Bieren zu ihnen. Borric nippte an seinem und sagte: »Überraschenderweise ist es kalt.«

Ghuda reckte sich. »Wenn du das nächste Mal draußen bist und dich vielleicht mal ein wenig umschaust, Verrückter, wirst du dieses winzige Gebirge bemerken, das man die Gipfel des Lichts nennt. Sie werden so genannt, weil die höchsten Spitzen von ewigem Eis bedeckt sind und das Sonnenlicht sehr beeindruckend spiegeln. Hier in der Stadt wird viel mit Eis gehandelt. Die Gilde der Eishauer ist eine der reichsten Gilden in Kesh.«

»Man lernt doch jeden Tag etwas Neues«, meinte Borric.

Nakor sagte: »Ich mag es nicht. Bier sollte warm sein. Von diesem hier tut mir der Kopf weh.«

Borric lachte. Ghuda sagte: »Also dann, wir sind in Kesh. Wie willst du jetzt zu deinen Freunden kommen?«

Borric senkte die Stimme. »Ich ...«

Ghuda kniff die Augen zusammen. »Was jetzt?«

»Ich weiß, wo sie sind. Ich bin mir nur nicht sicher, wie ich dorthin kommen soll.«

Ghuda sah ihn verärgert an. »Wohin?«

»Sie sind im Palast.«

»Bei den Zähnen der Götter!« platzte Ghuda heraus, und einige der Gäste drehten sich nach ihm um. Er senkte seine Stimme und flüsterte Borric verärgert zu: »Du machst einen dummen Scherz, nicht wahr? Bitte sag, daß du nur einen Scherz machst.«

Borric schüttelte den Kopf. Ghuda stand auf, schob seinen langen Dolch in den Gürtel und nahm seinen Helm. »Wo gehst du hin?« fragte Borric.

»Irgendwohin, wohin du nicht gehst, Verrückter.«

Borric sagte: »Aber du hast mir dein Wort gegeben!«

Ghuda sah ihn von oben herab an und meinte: »Ich hab versprochen, ich würde dich nach Kesh bringen. Du bist in Kesh. Vom Palast hast du nichts erwähnt.« Er richtete den Zeigefinger anklagend auf Borric: »Du schuldest mir fünftausend Ecu, und ich fürchte, ich werde nicht einmal eine einzige Kupfermünze von dir bekommen.«

Borric sagte: »Du kriegst dein Geld. Du hast mein Wort. Aber ich muß meine Freunde finden.«

»Im Palast«, zischte Ghuda.

»Setz dich, die Leute schauen schon.«

Ghuda setzte sich hin. »Sollen sie doch. Ich werde mit dem ersten Boot, das ich finde, nach Kimri fahren. Von dort gehe ich nach Hansulé und nehme ein Schiff ins östliche Königreich. Doch werde ich für den Rest meines Lebens als Karawanenwächter in einem fremden Land arbeiten, aber wenigstens werde ich leben, was ich von dir kaum glaube, falls du wirklich versuchen solltest, in den Palast hineinzukommen.«

Borric lächelte. »Ich kenne da den einen oder anderen Trick. Wieviel verlangst du, um bei uns zu bleiben?«

Das konnte Borric doch nicht tatsächlich ernst meinen. Ghuda wollte es einfach nicht glauben. Nachdem er einen Moment überlegt hatte, sagte er: »Verdopple das, was du mir versprochen hast. Zehntausend Ecu.«

Borric sagte: »Abgemacht.«

»Ha!« schnauzte Ghuda. »Du kannst mir alles versprechen, wenn ich in ein oder zwei Tagen tot bin.«

Borric wandte sich an Suli und meinte: »Wir müssen bestimmte Leute treffen.«

Suli blinzelte fragend. »Meister?«

Flüsternd sagte Borric: »Die Gilde der Diebe. Die Spötter. Die Zerlumpte Bruderschaft, oder wie auch immer sie in dieser Stadt genannt wird.«

Suli nickte, als würde er verstehen, doch seinem Gesichtsausdruck nach hatte er keine Ahnung, was Borric von ihm wollte. »Meister?«

Borric sagte: »Was für eine Art von Bettler bist du eigentlich?«

Suli zuckte mit den Schultern. »Einer aus einer Stadt, in der es so eine Gilde nicht gibt.«

Borric schüttelte den Kopf. »Also, du verschwindest hier und suchst den nächsten Markt. Dort findest du sicherlich einen Bettler – das wirst du doch wohl hinbekommen, oder?« Suli nickte. »Dem drückst du eine Münze in die Hand und sagst ihm, da wäre ein Reisender, der wegen einer dringenden Angelegenheit mit jemandem sprechen müßte, und daß sich die Zeit für Leute, die bestimmte Dinge erledigen können, lohnen würde. Verstanden?«

»Ich glaube, Meister.«

»Wenn der Bettler dir noch mehr Fragen stellt, sagst du einfach …« Borric erinnerte sich einen Moment lang an die Geschichte, die ihm James aus seiner Kindheit erzählt hatte, und fuhr schließlich fort: »… es wäre jemand in der Stadt, der keine Schwierigkeiten machen möchte, doch er würde gern eine Abmachung treffen, von der alle ihren Vorteil hätten. Kannst du dir das merken?«

Suli wiederholte die Anweisungen, und nachdem Borric zufrieden war, schickte er den Jungen los. Sie tranken schweigend ihr Bier weiter, bis Borric sah, wie Nakor in seinen Rucksack griff und etwas Käse und Brot hervorholte. Er blickte den Isalani durchdringend an und fragte: »Hey, warte mal. Als der Soldat den Rucksack durchsucht hat, war er da nicht leer?«

»Das stimmt«, sagte Nakor, und seine weißen Zähne schienen ihm aus dem Gesicht wachsen zu wollen.

»Wie hast du das gemacht?« fragte Ghuda.

»Ach, nur ein kleiner Trick«, antwortete der lachende kleine Mann, als würde das alles erklären.

Als die Sonne unterging, kam Suli zurück. Er setzte sich neben Borric und sagte: »Meister, ich habe eine Weile gebraucht, doch schließlich habe ich so jemanden gefunden, wie Ihr sucht. Ich habe ihm eine Münze gegeben und das gesagt, was Ihr mir aufgetragen habt. Der Kerl stellte mir jede Menge Fragen, doch ich wiederholte nur das, was Ihr mir gesagt habt, und weigerte mich, mehr preiszugeben. Er bat mich zu warten und verschwand. Voller Angst wartete ich, aber als er zurückkam, war alles gut. Er sagte, diejenigen, mit denen Ihr sprechen wolltet, würden sich mit Euch treffen, und er nannte mir Zeit und Ort.«

»Wo und wann?« fragte Ghuda.

An Borric gewandt, sagte Suli: »Das Treffen findet beim zweiten Läuten der Wachglocke nach Sonnenuntergang statt. Der Ort ist nicht weit von hier entfernt. Ich weiß, wo es ist, weil der Junge mir die Anweisungen mehrere Male wiederholt hat. Doch wir müssen auf den Markt gehen und ihn von dort aus suchen, weil ich diesem Bettler nicht erzählen wollte, wo wir untergekommen sind.«

»Gut«, meinte Borric. »Wir sind sowieso schon zu lange hier in diesem Wirtshaus geblieben. Gehen wir.«

Sie erhoben sich und folgten Suli zu dem Marktplatz. Borric war abermals über die Masse und die Verschiedenartigkeit der Menschen um ihn herum erstaunt. Auch wenn er sich selbst reichlich komisch vorkam, seine Aufmachung als Bendrifí wurde von niemandem besonders beachtet. Die Hauptstadt des Kaiserreichs schien, wie es aussah, noch mehr unterschiedliche Rassen und Menschen zu beherbergen als Faráfra. Ein paar vorbeigehende Löwenjäger aus den Grassteppen hatten die dunkelste Haut, die Borric je gesehen hatte, und dann wiederum gab es auch viele hellhäutige Leute, die offensichtlich im Laufe der Jahre vom Königreich nach Kesh gezogen waren. Manche Leute hatten so gelbliche Haut und so schlitzförmige Augen wie Nakor, doch ihre Kleider unterschieden sich von denen des Isalani – einige trugen Seidenjacken und Kniehosen, andere eine Rüstung, und wieder andere den einfachen Mantel der Mönche. Frauen gingen vorüber, teilweise in einfachsten Kleidern, teilweise fast nackt, und trotzdem wurden letztere kaum beachtet, obwohl einige von ihnen atemberaubend schön waren.

Zwei Männer aus der Prärie von Ashunta schlenderten vorbei, und jeder führte zwei Frauen an Ketten – die Frauen waren nackt und hatten die Augen niedergeschlagen. Eine Gruppe muskulöser Männer mit roten und blonden Haaren, der Hitze ungeachtet in Pelz und Rüstung, tauschten Beleidigungen mit den Leuten aus Ashunta aus.

Borric wandte sich an Ghuda und fragte: »Was waren das für welche?«

»Brijaner – Seeleute aus Brijané und den Städten entlang der Küste unter dem Hartsteingebirge. Sie sind Banditen und Händler, die das Große Meer von Kesh bis hin zum östlichen Königreich mit ihren langen Booten befahren – und sie wagen sich selbst auf die Endlose See, wenn man den Geschichten über sie Glauben schenken darf. Sie sind stolze, gewalttätige Männer, und sie verehren die Geister ihrer toten Mütter. Alle Brijanerinnen sind Seherinnen und Priesterinnen, und die Männer glauben, ihre Geister kämen auf die Schiffe und würden sie führen, und deshalb sind ihnen die Frauen heilig. Die Ashuntai behandeln ihre Frauen hingegen wie Hunde. Wenn die Kaiserin nicht das Siegel des Friedens über die Stadt verhängt hätte, wären sie schon längst übereinander hergefallen und hätten sich gegenseitig umgebracht.«

Borric fragte: »Wunderbar. Gibt es viele solcher Fehden in Kesh?«

Ghuda sagte: »Nicht mehr als sonst auch. Vielleicht so um die hundert. Deshalb sind die Palastwachen und die Innere Legion so stark hier vertreten. Die Legion sorgt im inneren Reich für Ordnung, und dazu gehört alles, was um den Overnsee herum liegt, also alles zwischen dem Gebirge der Mutter des Wassers, den Gipfeln des Lichts, den Wächtern und dem Hartsteingebirge. Außerhalb dieses Bereichs haben verschiedene Lords das Sagen. Nur auf kaiserlichen Hauptstraßen und bei solchen Feierlichkeiten wird der Friede gewahrt. Zu anderen Zeiten« – er machte eine wegwerfende Geste mit der Hand – »wird gewöhnlich eine Seite zu Hundefutter, wenn sich zwei so unterschiedliche Volksgruppen gegenüberstehen.«

Kesh erschien Borric wie ein Wunder. Vieles im Gedränge der Straßen war ihm zwar von zu Hause vertraut, doch anderes wiederum offenbarte die jahrhundertealte Tradition einer anderen Kultur.

Als sie den Markt erreichten, sagte Borric: »Das ist ja alles ziemlich eindrucksvoll.«

Ghuda schnaubte. »Dieser Markt hier ist nur klein, Verrückter. Der große Hauptmarkt liegt auf der anderen Seite des Amphitheaters. Dort treiben sich auch die meisten Fremden herum.«

Borric schüttelte den Kopf. Während er sich weiterhin umsah, meinte er zu Suli: »Wann sollen wir zu diesem Treffpunkt gehen?«

»Wir haben noch etwas Zeit, Meister.« Genau in diesem Moment begannen ein Dutzend Glocken und Gongs um sie herum zu läuten. »Wir wollten uns erst zur zweiten Glocke treffen, also in einer Stunde.«

»Dann sollten wir zwischendurch vielleicht noch etwas essen gehen.«

Diesem Vorschlag stimmten alle zu, und sie suchten nach einem Straßenverkäufer, dessen Angebot nicht allzu teuer war.

Als die zweite Glocke erklang, betraten sie eine kleine Gasse. »Hier entlang, Meister«, sagte Suli mit gedämpfter Stimme.

Obwohl es noch früh am Abend war, lag die Gasse verlassen da. Der schmale Gang war mit Abfällen und Müll überhäuft, und der Gestank war atemberaubend. Borric versuchte, das fette Fleisch und das Fladenbrot, das er gegessen hatte, bei sich zu behalten, und meinte: »Ein Freund hat mir einmal erzählt, Diebe würden oft Abfall und« – er trat auf einen toten Hund – »andere Sachen auf ihren Fluchtwegen verstreuen, um eine zufällige Entdeckung zu vermeiden.«

Am Ende der Gasse befand sich eine Holztür, deren Schloß mit einer Eisenplatte verstärkt worden war. Borric versuchte, die Tür aufzumachen, doch sie war abgeschlossen. Dann sagte eine Stimme hinter ihnen: »Guten Abend.«

Borric und Ghuda drehten sich um und schoben Suli und Nakor hinter sich. Ein halbes Dutzend bewaffneter Männer kam durch die Gasse auf sie zu. Ghuda zischte Borric zu: »Ich habe bei dieser Sache überhaupt kein gutes Gefühl, Verrückter.«

Borric sagte: »Guten Abend. Seid ihr diejenigen, mit denen wir ein Treffen verabredet haben?«

»Das hängt davon ab«, antwortete der Anführer, ein dünner Mann, dessen Grinsen für das kleine Gesicht einfach zu groß war. Seine Wangen waren über und über mit Pockennarben gezeichnet, so sehr, daß es selbst im dämmerigen Licht der Gasse zu erkennen war. Von den anderen hinter ihm waren nur schattenhafte Schemen zu erkennen. »Was für einen Vorschlag willst du uns machen?«

»Ich muß in den Palast hinein.«

Einige der Männer lachten. »Das ist einfach«, sagte der Anführer. »Laß dich verhaften, und sie bringen dich vor den Kaiserlichen Gerichtshof, vorausgesetzt, du hast ein kaiserliches Gesetz gebrochen. Bring einfach einen Soldaten um – das reicht immer.«

»Ich muß ungesehen hineinkommen.«

»Unmöglich. Außerdem, warum sollten wir dir helfen? Vielleicht bist du nur ein kaiserlicher Agent, was wissen wir schon. Du sprichst nicht wie ein Bendrifí, obwohl du so aussiehst. Die Stadt ist voll von Spionen, die jemanden suchen – den wir allerdings nicht kennen, also könntest du das vielleicht sogar sein. Auf jeden Fall«, sagte er und zog ein Langschwert, »hast du genau zehn Sekunden, um mir zu erklären, warum wir dich nicht einfach töten und dein Gold nehmen sollten.«

Während er und Ghuda ebenfalls die Schwerter zogen, sagte Borric: »Aus einem Grund. Ich kann euch tausend Ecu versprechen, wenn ihr uns sagt, wie man hineinkommt, doppelt soviel, wenn ihr uns hinbringt.«

Der Anführer winkte mit seiner Klinge, und seine Kumpane verteilten sich und bildeten eine Mauer aus Schwertern. »Und?«

»Und außerdem bringe ich Grüße vom Aufrechten aus Krondor.«

Der Anführer zögerte einen Moment lang und meinte dann: »Sehr beeindruckend.«

Borric holte angespannt tief Luft. Der Anführer der Diebe sagte: »Wirklich sehr beeindruckend. Denn der Aufrechte ist seit sieben Jahren tot, und die Spötter in Krondor werden jetzt vom Rechtschaffenen angeführt. Deine Empfehlung hinkt der Zeit ein wenig hinterher, Spion.« An seine Männer gewandt, sagte er: »Tötet sie!«

Die Gasse war zu eng, als daß Ghuda sein langes Bastardschwert hätte ziehen können, deshalb zog er nur die beiden Dolche, während Borric zu seinem Rapier und Suli zu seinem Kurzschwert griff. Sie stellten sich nebeneinander, und Borric nahm sich die Zeit und fragte Nakor: »Kannst du die Tür aufmachen?«

Der Isalani sagte: »Aber es dauert einen Moment«, und dann waren die Angreifer schon bei ihnen.

Borric traf den ersten in die Kehle, derweil Ghuda seine beiden Dolche nur zum Parieren benutzen konnte, weil sein Gegner ein längeres Schwert hatte. Suli hatte noch nie ein Schwert benutzt, doch er fuchtelte wild damit herum, und der Mann ihm gegenüber wollte sich nicht an der Waffe vorbeitrauen.

Die Angreifer wurden einen Schritt zurückgedrängt, da Borric bereits einen von ihnen erledigt hatte. Keiner von ihnen wollte sich gern Borrics Schwertspitze aussetzen. Die Abfälle auf dem Boden der Gasse boten weder der einen noch der anderen Partei einen Vorteil. Aber die angreifenden Diebe hatten Zeit, soviel sie wollten. Sie konnten sich zurückfallen lassen und abwarten, bis Borric und seine Gefährten ermüdet waren, und sie daraufhin fertigmachen. Deshalb gaben sich die Diebe mit ein paar Finten zufrieden und wichen weiter zurück.

Nakor wühlte in seinem Rucksack und fand das, wonach er gesucht hatte. Borric blickte einen Augenblick über die Schulter und sah, wie der Isalani den Deckel eines flachen Glases aufmachte. »Was ...?« setzte er an, dann mußte er den Preis für diesen Moment der Unaufmerksamkeit bezahlen, denn einer der Männer hätte ihm beinahe den linken Arm abgeschlagen. Er duckte sich und konterte mit einem Hieb, und der zweite Angreifer war außer Gefecht gesetzt.

Nakor schüttete ein kleines Häuflein weißes Pulver in seine

linke Hand, dann setzte er den Deckel wieder auf das Glas. Er kniete sich vor dem Schloß hin und blies das Pulver darauf. Anstatt sich zu verteilen, verließ das Pulver seine Hand in einer dünnen Linie, die genau ins Schlüsselloch zog. Als das Puder im Schloß war, konnte man es deutlich klicken hören. Nakor stand mit einem zufriedenen Lächeln auf, steckte das Glas ein und öffnete die Tür. »Wir können gehen«, verkündete er leise.

Augenblicklich schob sich Ghuda durch die Tür und folgte dem Isalani, während Borric die Diebe noch mit ein paar heftigen Hieben zurücktrieb, damit auch Suli durch die Tür konnte. Dann war auch Borric hindurch, und Ghuda warf die Tür zu. Nakor nahm einen großen Stuhl, und drückte ihn unter den Türgriff, um die Tür für einen Moment zu verbarrikadieren.

Borric drehte sich um und wurde sich plötzlich zweier Dinge bewußt: Das erste war ein nacktes Mädchen, das ihn aus Augen ansah, die älter waren als der Rest der jungen Frau. Sie saß vor einer weiteren, offenstehenden Tür und erwartete offensichtlich von irgend jemandem einen Befehl. Das zweite war der süße Geruch, der in der Luft hing, unverkennbar, wenn man ihn auch nur ein einziges Mal gerochen hatte. Es war Opium, gemischt mit anderen Düften wie Haschisch und süßriechenden Ölen. Sie waren durch die Hintertür in ein Freudenhaus eingedrungen.

Wie Borric erwartet hatte, tauchten kurz nach ihrem Eindringen drei riesige Kerle auf – die Wächter dieses Hauses –, und jeder hatte einen Knüppel in der Hand und Messer und ein Schwert im Gürtel. »Was geht hier vor?« schrie der erste, der vor Erwartung auf ein bißchen Blutvergießen große Augen bekommen hatte. Borric war sofort überzeugt, egal was dieser Mann sagen würde, er würde auf jeden Fall Blut sehen wollen.

Borric drängte sich an Ghuda vorbei und drückte die Dolchspitze des Söldners nach unten, womit er ihm deutlich zu verstehen gab, er solle keinen Ärger anfangen. Mit einem Blick über die Schulter sagte Borric: »Die Stadtwache! Sie versuchen, die Tür aufzubrechen.«

Er glitt an dem ersten Mann vorbei, gerade als es den Dieben draußen gelang, die Tür einen Spalt aufzuschieben.

»Diese habgierigen Halunken!« sagte der erste Kerl. »Wir haben für diesen Monat schon bezahlt.«

Borric gab dem Mann einen freundlichen Schubs zur Tür und meinte: »Diese schmierigen Schweine wollen eben noch mehr aus dir herauspressen.« Der zweite Wächter wollte Borric aufhalten, der Prinz ergriff allerdings einfach den Ellbogen des Mannes und drehte den Kerl zum ersten hin um. »Da draußen sind zehn Mann, und zwar bewaffnet! Sie behaupten, ihr hättet das Extrageld für den Geburtstag der Kaiserin nicht bezahlt.«

Jetzt kamen auch die ersten Kunden aus den geöffneten Türen und spähten in den Flur, um zu erfahren, was los war. Beim Anblick der bewaffneten Männer wurden einige Türen wieder zugeschlagen, dann kreischte ein Mädchen, und plötzlich herrschte wildes Durcheinander.

Der dritte Kerl sagte: »Wart mal, du« zu Borric und holte mit dem Knüppel aus.

Borric konnte gerade noch seinen linken Arm heben und den Schlag mit dem breiten Lederarmband abfangen, doch der Hieb betäubte seinen Arm bis zum Ellbogen. Da ihm nichts anderes einfiel, rief der Prinz aus Leibeskräften: »Überfall!«, und alle Türen im Gang wurden aufgerissen. Der dritte Kerl versuchte noch einmal, Borric zu schlagen, doch Ghuda versetzte ihm mit dem Heft eines Dolchs einen Hieb hinter das Ohr.

Borric stieß den dritten Schläger hart gegen einen fetten Händler, der mit seinen Kleidern in der Hand zu entkommen suchte. »Es ist der Vater des Mädchens! Er will dich umbringen, Mann!«

Der Händler riß vor Schreck die Augen weit auf und stürmte durch die Vordertür nach draußen, wobei er immer noch nackt war und seine Kleider zusammengeknäult im Arm hielt. Eine verschlafen aussehende Frau, die vielleicht in den Vierzigern sein mochte, fragte: »Mein Vater?«

In diesem Moment schrie Suli so laut er konnte: »Die Stadtwache!«

Dann flog die Hintertür auf, und die Diebe stürzten herein und stießen mit nackten Mädchen und Jungen, berauschten Männern und zwei sehr zornigen Aufpassern zusammen. Der Aufruhr wurde noch größer, als zwei weitere große Männer am Ende des Hausflurs erschienen und wissen wollten, was hier denn vor sich ging. Borric schrie: »Religiöse Fanatiker! Die wollen eure Sklaven befreien. Eure Männer werden angegriffen, dahinten. Los, ihr müßt ihnen helfen!«

Irgendwie gelang es Ghuda, Suli und Nakor, sich dem Durcheinander zu entziehen, und sie rannten auf die Vordertür des Gebäudes zu. Der nackte Händler, der die Straße entlanggelaufen war, hatte die Neugier der Stadtwache geweckt, und zwei bewaffnete Wächter des Friedens standen vor der Tür, als Borric sie aufriß. Ohne Zögern sagte er: »Oh, Herren! Es ist schrecklich! Die Haussklaven haben einen Aufstand gemacht und töten die Kunden. Sie sind vom Opium völlig durchgedreht und haben übermenschliche Kräfte. Bitte, holt Hilfe!«

Der eine Wächter zog sein Schwert und stürmte ins Haus, während der andere eine Pfeife von seinem Gürtel nahm und hineinstieß. Innerhalb von Sekunden nach dem Pfiff tauchten zehn weitere Stadtwachen auf, die durch die Tür auf den angeblichen Aufstand zustürmten.

Zwei Häuserblocks weiter, in einem dunklen Wirtshaus, setzten sich Borric und seine Gefährten an einen Tisch. Ghuda nahm seinen Helm ab und knallte ihn auf den Tisch. Er zeigte mit dem Finger auf Borric und meinte: »Der einzige Grund, weshalb ich dir den Kopf nicht abschlage, besteht darin, daß wir dann alle ins Gefängnis kämen.«

»Warum willst du mich eigentlich immer schlagen?« fragte Borric.

»Weil du immer so dumme Sachen machst, bei denen ich leicht draufgehen könnte, Verrückter!«

Nakor sagte: »Hat doch Spaß gemacht.«

Ghuda und Borric starrten ihn erstaunt an. »Spaß?« fragte Ghuda.

»Das Aufregendste, was ich seit Jahren erlebt habe«, meinte der grinsende Mann.

Suli sah aus, als würde er gleich vor Erschöpfung zusammenbrechen. »Meister, was werden wir denn jetzt machen?«

Borric dachte einen Moment lang nach, schüttelte den Kopf und sagte: »Ich weiß es nicht.«

Fußangeln

Erland näherte sich der Tür.

Davor stand ein Dutzend Wachen, doch anscheinend wollte ihm keine wegen seines Eintritts in die Privatgemächer von Prinzessin Sharana irgendwelche Fragen stellen. Am Eingang zum Empfangsbereich entdeckte Erland Lord Nirome, den Adligen, der Prinz Awaris Zeremonienmeister gewesen war, als dieser ihn vor der Oberstadt begrüßt hatte.

Der stämmige Mann lächelte verbindlich, während er sich verbeugte, und sagte: »Guten Abend, Euer Hoheit. Ist alles zu Eurem Wohlgefallen?«

Erland lächelte und verneigte sich ebenfalls mit einer Hochachtung, die über das hinausging, was Niromes Rang erforderte. »Eure Großzügigkeit ist immer wieder überwältigend, mein Lord.«

Mit einem Blick nach hinten über die Schulter nahm der wohlbeleibte Reinblütige Erland beim Arm und sagte: »Wenn Ihr einen kurzen Moment Zeit für mich hättet, Sire.«

Erland erlaubte Nirome, ihn zu einem Alkoven zu führen,wo sie außer Sicht der Wachen und Diener waren. Der Prinz sagte: »Nur einen Moment. Ich möchte die Prinzessin nicht warten lassen.«

»Das verstehe ich natürlich, Hoheit, das verstehe ich.«

Nirome lächelte breit, und irgend etwas sagte Erland, er müsse sich vor diesem freundlichen Stümper in acht nehmen, weil niemand einen so hohen Rang einnehmen konnte, ohne sich an dem am Hofe üblichen Intrigenspiel zu beteiligen. »Was ich sagen möchte, Hoheit, ist, es wäre sehr freundlich und großzügig von Euch, sozusagen ein königlicher Akt, wenn Ihr Ihrer kaiserlichen Majestät gegenüber äußern würdet, Ihr wolltet den jungen Rasajani, Lord Kiláwas Sohn, sehen, um ihm seine beleidigende Haltung Euch gegenüber zu verzeihen.«

Erland sagte nichts, und Nirome wartete kurz und fuhr dann fort. »Der Junge ist dumm; da sind wir einer Meinung. Wie auch immer, die Schuld liegt nicht bei ihm, sondern bei Leuten im Lager des Prinzen, die Euch erzürnen wollen.« Nirome sah sich um, als wollte er sich vergewissern, daß niemand zuhörte. »Wenn ich das kurz ausführen dürfte.«

Erland nickte.

Nirome flüsterte: »Awari ist der Zweitgeborene nach Sojiana, deshalb sollte dem Gesetz nach die Prinzessin den Thron erben. Doch wie man weiß, fürchten viele die Herrschaft von drei Kaiserinnen nacheinander – in vielen Völkern des Reiches gibt es große patriarchalische Vorurteile. Daher haben sich einige fehlgeleitete Seelen vorgenommen, die Meinungsverschiedenheiten zwischen Awari und seiner Schwester noch zu verschärfen. Der junge Rasajani dachte in diesem Sinne – oder vielleicht hat er auch nur gedankenlos versucht, der Kaiserin zu beweisen, daß Awari keinesfalls ein Schwächling ist, der Angst vor den Inseln hat und deshalb an erster Stelle darum besorgt ist, den Frieden zwischen unseren beiden Völkern zu bewahren. Es war eine dumme und vorschnelle Tat, eine, die eigentlich nicht zu verzeihen ist, doch ich bin sicher, andere haben ihn dazu angestiftet, weil sie dachten, Awari würde sie billigen. Wenn Ihr vielleicht ein großes Herz zeigen und ihm vergeben würdet ...«

Erland sagte einen Augenblick lang nichts. Schließlich meinte er: »Ich werde darüber nachdenken. Und ich werde mich mit meinen Beratern besprechen, und wenn es mit keinem Ansehensverlust unseres Landes verbunden sein sollte, so werde ich mit der Kaiserin sprechen.«

Nirome nahm Erlands Hand und küßte den königlichen Siegelring. »Euer Hoheit ist sehr gnädig. Vielleicht werde ich eines Tages die Ehre haben, Rillanon zu besuchen. Sollte dieser Fall eintreten, so würde es das größte Glück der Welt für mich bedeuten, allen Menschen dort zu erzählen, welch ein weiser und großherziger Herrscher dazu bestimmt ist, sie zu regieren.«

Für Erland war das mehr Schmeichelei, als er ertragen konnte, deshalb nickte er nur, verließ den wohlbeleibten Hofadligen und ging zielstrebig auf den Eingang von Prinzessin Sharanas Gemächern zu. Er stellte sich einem wartenden Diener vor und wurde in einen Empfangssaal geführt, der die Größe des Audienzsaals seines Vaters in Krondor hatte.

Eine junge Frau mit einem starken Rotton in den Haaren – ungewöhnlich für Reinblütige – verneigte sich tief vor Erland und sagte: »Ihre Hoheit bittet Euch, Ihr möget zu ihr in den Garten kommen, Herr.«

Erland bedeutete ihr, sie solle ihn führen, und während sie vor ihm ging, konnte er ihre großartigen wiegenden Hüften bewundern, die von dem kurzen Kilt kaum verdeckt wurden. Der Gedanke an dieses abendliche Treffen machte ihn wieder munter. Erland erinnerte sich noch einmal an die Worte, die ihm James nach dem Essen, kurz bevor er aufgebrochen war, gesagt hatte. Der Graf hatte ihn gewarnt: »Denk dran, wie du selbst, so ist sie dazu bestimmt, über ihr Volk zu herrschen, also nimm nichts als selbstverständlich hin. Sie mag wie ein zwanzigjähriges Mädchen aussehen und sich vielleicht sogar so benehmen, doch sie könnte noch während deines Lebens Kaiserin von Kesh werden, und ich denke, ihre Bildung wird deiner in nichts nachstehen, wenn sie nicht sogar besser ist.« James war in einem für ihn ungewöhnlichen Maße beunruhigt gewesen, wo er doch von Natur aus immer schon vorsichtig war. Und er hatte den Moment genutzt und Erland gesagt: »Sei wachsam. Laß dich nicht von schönen Versprechungen in sanften Armen verführen. Bei diesen Leuten kommt Mord so häufig vor wie bei den Straßenräubern im Armenviertel von Krondor.«

Als er Sharanas Pavillon erreichte, mußte Erland sich eingestehen, daß er sich schon anstrengen müßte, wenn er diesen Ratschlag von James die ganze Zeit beherzigen wollte. Die Prinzessin lag auf einem Stapel Kissen, die mit einer seidenen Decke verhüllt waren, und vier Dienerinnen schwirrten um sie herum und standen bereit, falls sie einen Wunsch äußerte. Statt des kurzen Kilts und der Weste, die er an ihr bei öffentlichen Anlässen gesehen hatte, trug sie einen einfachen Umhang, welcher über ihren Brüsten von einem goldenen Falken zusammengehalten wurde, dem gleichen Falken, den er auf dem kaiserlichen Banner von Kesh gesehen hatte. Der Umhang war fast durchsichtig und fiel vorn auseinander, als sie sich erhob, um ihn zu begrüßen, und gestattete Erland einen Blick auf ihren unwiderstehlichen jungen Körper. Die Wirkung war wesentlich aufregender als die des gewohnten Anblicks unverhüllter Nacktheit, die man sonst im Palast zu sehen bekam. Erland verbeugte sich leicht, und zwar eher mit der Achtung eines Gastes vor seiner Gastgeberin als der eines Untergebenen vor seiner Herrscherin. Sharana streckte ihm die Hand entgegen, und er nahm sie, während sie nur sagte: »Kommt und geht ein Stück mit mir.«

Erland merkte, wie die Bewunderung, die er verspürt hatte, als er die Prinzessin zum ersten Mal gesehen hatte, wieder aufflammte. In diesem Garten voller exotischer Blumen war sie die liebreizendste und exotischste. Anders als die anderen reinblütigen Frauen, denen er bisher begegnet war, erschien sie ihm nicht so geschmeidig und langbeinig, sondern eher ein wenig üppig. Ihre Beine waren kräftiger als Miyas, doch nicht ungefällig, und sie war vielleicht die Frau mit den größten Brüsten, die er je gesehen hatte. Ihre Nase war eigentümlich gebogen, und zusammen mit ihren vollen Lippen erweckte das fast den Eindruck, als würde sie schmollen. Ihre großen schwarzen Augen wirkten ein wenig fremdartig wie die der gelbhäutigen Leute von Shing Lai, die er am Hof kennengelernt hatte. Ihre Schultern und ihre Hüften waren breit, ihre Taille schmal, und ihr Bauch war auf ansprechende Art gewölbt. Erland merkte, wie ihn diese junge Frau fesselte.

Als das Schweigen dem nervösen Prinzen zu drückend wurde,

sagte er: »Euer Hoheit, gibt es eigentlich ... irgendwelche Frauen am Hof, die nicht anziehend sind?«

Sharana lachte. »Natürlich.« Ihre Stimme klang süß und weiblich, und ihr Lächeln belebte ihr Gesicht und beschleunigte Erlands Puls. »Doch meine Großmutter hat Angst vor dem Alter und dem Tod, und deshalb wurden auf ihren Befehl hin alle nicht mehr jungen und nicht mehr schönen Menschen in die unteren Ebenen des Palastes verbannt. Dort gibt es auch häßliche, da mögt Ihr sicher sein.« Sharana seufzte. »Wenn ich eines Tages regieren sollte, werde ich diesen dummen Befehl rückgängig machen. Viele gute und fähige Leute arbeiten auf unbedeutenden Stellen, während die weniger begabten, doch schöner anzusehenden hohe Ämter bekommen.«

Erland konnte dem, was das Mädchen sagte, nicht ganz folgen. Seine Gedanken drehten sich um ihren lieblichen Geruch, der sich mit den exotischen Düften der Blüten im Garten mischte. Er sagte: »Äh, ... irgendwie scheint es Lord Nirome trotzdem geschafft zu haben, hier oben zu bleiben.«

Wieder lachte sie. »Er ist wundervoll. Er schafft es irgendwie immer, von jedem gemocht zu werden. Er ist so lieb. Von allen meinen Onkels –«

»Onkel?«

»Eigentlich ist er der Cousin meiner Mutter, aber ich nenne ihn Onkel. Er war der einzige, der mich zur Ruhe bringen konnte, wenn man mich als kleines Kind allein gelassen hatte. Großmutter hat immer mit ihm geschimpft, er solle seine Liebe zum Essen ein wenig dämpfen und mehr wie ein reinblütiger Jäger aussehen, aber sie findet sich auch so mit ihm ab. Oft denke ich, er ist derjenige, der das Kaiserreich zusammenhält – er tut immer sein Bestes, um mögliche Streitigkeiten beizulegen. Er hat auch versucht, einen guten Einfluß auf meinen Onkel Awari auszuüben ...« Sie brach ab, bevor sie zuviel preisgab.

Erland nickte. »Warum halten sich Euer Onkel und Eure Großmutter voneinander fern?«

»Ich weiß es nicht genau, wirklich«, antwortete das Mädchen und nahm Erlands Hand, eine natürliche und unbefangene Geste. Mit ineinander verschränkten Fingern gingen sie weiter, und die Stimme des Mädchens klang plötzlich sehr nüchtern und sachlich. »Ich glaube, das liegt daran, weil Awari immer denkt, er sollte anstelle seiner Mutter auf dem Thron sitzen, was ich für sehr dumm halte. Er ist zu jung – schließlich ist er nur drei Jahre älter als ich. Großmutters fünfter oder sechster Ehemann hat ihn gezeugt, glaube ich. Mutter ist die Älteste, und sie sollte den Thron erben, daran gibt es nichts zu rütteln, doch viele Leute fürchten, dann würde das Kaiserreich zu einem Matriarchat werden.«

Erland spürte, wie sein Blut wallte, doch er zwang sich dazu, seine Aufmerksamkeit auf die Politik zu richten, was nicht leicht war, da ihn doch die leichtbekleidete Prinzessin ständig irgendwo berührte. »Also, äh«, fragte er, »einige in Eurem Volk wünschen sich einen männlichen Herrscher?«

»Dumm, nicht wahr?« Sharana blieb stehen und wollte von ihm wissen: »Was haltet Ihr von meinem Garten?«

»Beeindruckend«, gab Erland ohne jede Schmeichelei zu. »Auf den Inseln gibt es nichts Vergleichbares.«

»Viele dieser Blumen hier werden nur für die kaiserlichen Gärten gezüchtet, und es gibt sie nirgends sonst auf Midkemia. Ich weiß nicht genau, wie man das macht, aber man hat es mir so erzählt.« Während sie seine linke Hand mit ihrer rechten hielt, griff sie mit der Linken herüber und drückte seinen Unterarm. Es war eine vertraute Geste, die einer Liebenden, und Erland fühlte sich gleichermaßen erregt und unbehaglich.

Sie setzten ihren Spaziergang durch den Garten fort, und Sharana sagte: »Erland, erzählt mir von Eurer Heimat, von diesem legendären Königreich der Inseln.«

»Legendär?« lachte der Prinz. »Mir erscheint es ganz gewöhnlich, während doch eher Kesh ein Land der Legende ist.«

Sharana kicherte. »Aber bei Euch gibt es so viele Wunder. Ich habe mir erzählen lassen, Ihr hättet sogar schon mit Elben gesprochen, und Ihr hättet gegen die Dunkle Bruderschaft gekämpft.«

Erland selbst hatte noch niemals mit Elben gesprochen oder gegen die Bruderschaft des Dunklen Pfads gekämpft, wie die meisten Menschen die Moredh – die Dunkelelben – nannten, doch er entschied sich, er würde nicht hinderlich sein, wenn er die Wahrheit ein wenig zu seinen Gunsten ausschmückte. Er hatte in Hohe Burg mit Gnomen gekämpft, und schließlich war das etwas ganz Ähnliches.

Er erzählte ein bißchen und sah, wie Sharana von seinen Geschichten fasziniert war oder wie sie diese Faszination zumindest überzeugend spielte. Nach einer Weile hatten sie ihre Runde durch den Garten beendet und kamen wieder an Sharanas Pavillon an. Sharana zeigte auf ein großes Bett vor ihrem Schlafgemach. »Während des Sommers ziehe ich es in den meisten Nächten vor, unter den Sternen zu schlafen. Im Palast hängt die Hitze fest.«

Erland stimmte zu. »Daran muß man sich erst gewöhnen. Wenn man ein Schwimmbecken in der Nähe hat, geht es. Ich habe es mir zu eigen gemacht, ein langes Bad zu nehmen, ehe ich schlafen gehe.«

Sharana kicherte, während eine Dienerin den feinen Stoff zur Seite zog, der die nächtlichen Insekten aus dem Inneren des Schlafpavillons fernhielt. »Das hat Miya mir erzählt.« Erland errötete, derweil Sharana fortfuhr: »Sie hatte mir auch erzählt, Ihr wäret ... in bestimmten Dingen sehr begabt.« Sie machte Erland ein Zeichen, er solle sich neben ihr niederlassen, und fuhr mit einem Finger über den Kragen seines Jagdrocks. »Ihr Leute aus dem Norden tragt soviel Kleidung. Fast so, wie die Seeräuber aus Brijané. Sie weigern sich, ihre Pelzmäntel abzulegen, selbst wenn ihnen vor Hitze schwindelig wird. Und sie glauben, ihr Leben werde von den Geistern ihrer toten Mütter beherrscht, und deshalb nehmen sie sich in ihrem Leben nur eine einzige Frau. Sie sind sehr seltsam. Ihr würdet Euch sicherlich behaglich fühlen, wenn Ihr einige Eurer Kleidungsstücke ablegen würdet, glaubt Ihr nicht?«

Erland merkte, wie ihm das Blut in den Kopf schoß. Der Zeit der Verabredung nach, und mit den Erfahrungen, die er bislang mit reinblütigen jungen Keshianerinnen gemacht hatte, war er schon davon ausgegangen, daß die Prinzessin etwas Persönlicheres als einen informellen Staatsbesuch im Sinn gehabt hatte, als sie ihn in ihre Gemächer eingeladen hatte, doch jetzt wurde er plötzlich verlegen.

Sharana spürte seinen Widerstand und öffnete die Brosche, die ihren knappen Umhang zusammenhielt, und ließ ihn auseinander fallen. »Seht nur, es ist ganz leicht.«

Erland beugte sich vor und bot ihr einen Kuß an, bereit, sich jederzeit zurückzuziehen, falls er die Absichten des Mädchens falsch verstanden hatte. Sie erwiderte den Kuß leidenschaftlich, und mit einem Mal zogen ihm zwei Paar Hände die Kleidung aus. Als Erland das letzte Stück abgelegt hatte, rollte sich Sharana auf den Rücken. Während er seinen Platz über ihr einnahm, wurde er gewahr, daß sich um den Pavillon herum immer noch die vier Dienerinnen befanden, und die hauchdünnen Vorhänge boten allenfalls die Illusion von Zurückgezogenheit. Erland wollte einen Moment lang zögern, als er sah, daß eine der Dienerinnen nur wenige Zoll neben ihnen stand, doch die Prinzessin zog ihn zu sich heran, und er ließ sie seine Aufmerksamkeit gänzlich gewinnen. Ich muß mich doch erst an diese Menschen gewöhnen, dachte er, ehe er sich in einer behaglichen Welt der Sinnlichkeit verlor.

Sie liebten sich rasch und voller Leidenschaft, so als könnte keiner von beiden seine Befriedigung abwarten.

Als sie endlich fertig waren, legte sich Erland neben Sharana, und das Mädchen fuhr mit der Hand verspielt über seine Brust und seinen Bauch. »Miya sagte, Ihr würdet immer sehr schnell anfangen.«

Erland merkte, wie er abermals errötete. »Habt ... Ihr das mit Miya ... in allen Einzelheiten besprochen?«

Sharana lachte, wobei ihre fülligen Brüste bebten. Sie legte den Kopf auf Erlands Brust. »Natürlich. Ich habe ihr befohlen, sie solle mir alles, wirklich alles über Euch erzählen, nachdem Ihr die erste Nacht mit ihr verbracht habt.«

»Äh ... und was hat sie Euch erzählt?« fragte Erland, obwohl er sich nicht sicher war, ob er die Antwort hören wollte.

Sharana begann, interessante Dinge mit ihrer linken Hand zu machen, während sie ihren Kopf auf die rechte stützte. »Oh, sie sagte, Ihr wäret ... begeistert gewesen ... und ein bißchen ungeduldig ... beim ersten Mal ... doch beim zweiten Mal hätte sich die Mühe gelohnt.«

Erland lachte, griff nach Sharana und zog sie zu sich heran. »Dann sollten wir doch mal sehen, ob sie recht hatte.«

Die Herolde stießen in die Fanfaren, und Trommeln wurden geschlagen. Erland saß mit seiner Gesellschaft als Gast von Prinz Awari und Lord Nirome in einer der Logen, in denen am Abend zuvor der Adel von Kesh gesessen hatte. Es war der zweite Tag der Geburtstagsfeierlichkeiten, und heute standen Wettbewerbe und Schaukämpfe auf dem Programm. Ob die Kaiserin nun ihre Aufwartung machte oder nicht, die Spiele gingen trotzdem vonstatten, als sei sie anwesend. Unten auf der Bühne waren kleine, muskulöse Männer, die wie ihre kriegerischen Vorfahren gekleidet waren. Jeder Mann trug einen weißen Lendenschurz, der die Hinterbacken frei ließ. Einige trugen geschnitzte und bemalte Dämonenmasken, während andere ihre Gesichter mit blauen Mustern bemalt hatten. Viele hatten den Kopf rasiert oder die Haare zum Zopf eines Kriegers nach hinten gebunden. Uralte Instrumente, mit Haut bespannte Trommeln, Rasseln aus Tierschädeln und Hörner wurden mit Begeisterung gespielt, während die Krieger mit ihren uralten Schaukämpfen begannen.

Ein Stein von zwei Metern Höhe wurde von einem Dutzend

Männer, die eine seltsame, eintönige Melodie sangen, in die Mitte des Amphitheaters gezogen. Andere trieben sie mit Schreien, Grunzern und übertriebenen Gesten an.

Erland wandte sich an seinen Gastgeber und sagte: »Ich schätze mich glücklich, ein wenig Zeit mit Eurer Hoheit verbringen zu dürfen.«

Awari lächelte großzügig und erwiderte: »Das Vergnügen liegt ganz auf meiner Seite, Euer Hoheit.«

Lord Nirome, der hinter Erland neben James und Gamina saß, sagte: »Nur so können wir Brücken zwischen Eurem und unseremVolk bauen, Euer Hoheit.«

Awari sah Nirome einen Augenblick lang an, dann sagte er zu Erland: »Es ist so, wie Lord Nirome sagte, Erland. Euer Königreich ist seit den Zeiten Eures Großvaters ständig mächtiger geworden, und seit die queganischen Piraten bestraft wurden –«

»Queganische Piraten?« unterbrach ihn Erland.

Awari sagte: »Ich schätze, die Neuigkeit hat sich nicht so rasch verbreitet, als daß sie Euch schon erreicht hätte. Eine Flotte von queganischen Galeeren hatte die Freien Städte überfallen und wollte in der Nähe von Questors Sicht über einige Eurer Küstenstädte herfallen. Euer Vater hat Admiral Bruhalls Flotte mit dem Auftrag losgeschickt, sie zu finden und zu versenken. Und genau das hat der Admiral getan.«

Nirome mischte sich ein. »Ein weiteres Geschwader der Seeräuber wurde in der Nähe ihrer eigenen Insel von einem Geschwader kaiserlicher Schiffe aus Durbin abgefangen und ebenfalls versenkt.«

James und Erland wechselten einen Blick, und Erland hörte Gaminas Stimme in seinem Kopf. *James ist davon völlig begeistert.*

Warum? Laut sagte der Prinz: »Dann dürfte das Bittere Meer ja in der nächsten Zeit für die Reisenden sicher sein. Wenn man von den ein oder zwei Piraten aus Durbin absieht.«

Awari lächelte nachsichtig. »Einige der entfernteren Städte unseres Reiches sind, was das betrifft, ein wenig schwierig zu beherrschen. Wenn ein Kapitän außerhalb der Hoheitsgewässer des Kaiserreichs Piraterie betreibt …« Er zuckte mit den Schultern, als wollte er sagen: ›Was können wir da schon machen?‹ »Es ist leichter, die Innere Legion oder eine Armee von Hundesoldaten nach Durbin zu schicken und es niederzubrennen und den Gouverneur hängen zu lassen, als dort einen bestechlichen Richter auszutauschen, versteht Ihr?« Der Tonfall seiner Frage kennzeichnete sie als rein rhetorisch.

Dann hörte Erland James' Stimme in seinem Kopf. *Das ist sehr interessant. Weshalb ist ein kaiserliches Geschwader in Durbin? Diese Piraten können sich sonst nicht untereinander einigen, und wie sollen sie dann zehn oder mehr Schiffe zu einem Geschwader zusammenbringen.*

Gamina fragte Nirome: »Mein Lord, was machen diese Männer da?«

»Das sind Männer aus Shing Lai, Dong Tai und Tao Zi, aus vielen verschiedenen Dörfern und Städten dort, die in alten Zeiten als Pô-Tâo bekannt waren. Heute sind sie keine Krieger mehr, doch sie stellen das alte Kriegshandwerk immer noch künstlerisch dar. Diese Männer springen über Mauern.«

Während er das sagte, rannte der erste Mann in der Reihe auf den riesigen Stein zu, und kurz bevor er ihn erreichte, sprang er so hoch er konnte, setzte einen Fuß auf den Stein, machte einen Salto rückwärts und landete wieder auf den Füßen. Die Menge jubelte.

»Beeindruckend«, meinte James.

Awari sagte: »Die Sache ist, sie müssen über den Stein hinwegspringen. Er hat sich nur aufgewärmt.«

James fragte: »Wie hoch ist dieser Stein? Zwei Meter?«

»Ja«, antwortete Awari. »Ein guter Krieger springt auf die Spitze, berührt den Stein knapp und springt auf der anderen Seite wieder hinunter. Ein sehr guter hingegen wird über die Höhe hinwegsetzen, ohne den Stein zu berühren. In alten Tagen war dies eine Übung für ihre Soldaten, die so über die Schutzwälle der feindlichen Dörfer springen konnten.«

»Das ist sehr beeindruckend«, sagte Erland.

Awari lächelte. »Früher haben sie auf beiden Seiten der Mauer Speere eingepflanzt, was die Männer anspornte, den Sprung auch sauber zu machen. Jedenfalls, was wollte ich sagen, ach ja, jetzt, nachdem die queganischen Piraten niedergeschlagen wurden, hoffe ich, daß es entlang der nördlichen Grenzen eine Weile ruhig bleiben wird. Ich will Euch nicht mit unseren hausgemachten Schwierigkeiten belästigen, doch bei dem Alter meiner Mutter ...« Er sah einen Augenblick lang einem muskulösen Mann mit einem Speer in der linken Hand und einer dämonischen Holzmaske vorm Gesicht zu, der unter dem Gebrüll der Zuschauer hoch über den Stein hinwegsetzte. »... nun, in der gegenwärtigen Lage im Herzen von Kesh würde es hier niemandem einen Vorteil bringen, wenn es zwischen unseren beiden Völkern eine Auseinandersetzung gäbe. Ihr seid heute mit Abstand unser mächtigster Nachbar, und ich hoffe, wir werden von nun an immer gute Freunde sein.«

Erland sagte: »Solange ich lebe, das hoffe ich auch.«

Awari erwiderte: »Gut. Dann wünsche ich, Ihr werdet ein langes, langes Leben führen.«

Ein Trompetenstoß kündigte die Ankunft eines Mitglieds der kaiserlichen Familie an, und Erland wandte sich in der Hoffnung, Sharana zu erblicken, um. Statt dessen trat Prinzessin Sojiana mit ihrem Gefolge ein, und Erland konnte ein erstauntes Lachen kaum unterdrücken. Die schöne Frau wurde von Baron Locklear zu ihrem Platz in der Loge neben der von Prinz Awari geleitet.

James war genauso amüsiert. *Es scheint, als wäre für unseren Freund kein Hindernis unüberwindlich, nicht wahr?*

So scheint es allerdings, antwortete Erland.

Die Prinzessin betrat die Loge als erste, und hinter ihr kam Locklear, der sich nicht verkneifen konnte, Erland anzugrinsen. Gamina runzelte lediglich die Stirn und warf ihm einen empörten Blick zu. Dann zuckte es ein wenig in ihren Augen, und sie sprach zu Erland und James. *Locklear spielt nur eine Scharade.*

Was? fragte Erland.

Er versucht, den Schein zu wahren, doch innerlich ist er über etwas sehr besorgt.

Und worüber? fragte Erland.

Er sagte, er würde später mit uns darüber sprechen, im Moment habe er Schwierigkeiten, sich zu konzentrieren. Aber eins hat er schon verraten. Er glaubt, Sojiana könnte hinter dem Mordversuch stecken, der in Krondor auf Borric verübt wurde.

Erland nickte abwesend über eine Bemerkung, die Lord Nirome gemacht hatte. Zu Gamina und durch sie auch zu James und Locklear sagte er: *Dann ist sie auch am wahrscheinlichsten für den Überfall in der Wüste verantwortlich.*

Als hätte sie das gehört, wandte sich die Prinzessin Erland zu und betrachtete ihn mit einem offen abschätzenden Blick, als wollte sie die Berichte ihrer Spione aus dem Garten ihrer Tochter, wie auch immer die ausgesehen haben mochten, mit der wirklichen Erscheinung vergleichen, oder als wollte sie herausbekommen, ob er vielleicht auch ihrem Vergnügen dienen könnte. Doch als sie ihn schließlich anlächelte, machte ihre Miene auf den Prinzen eher einen spöttelnden Eindruck.

Die Feierlichkeiten gingen weiter, und während die Adligen von Kesh nach Belieben kamen und gingen, blieb Erland an seinem Platz sitzen. Dinge, von denen er vor wenigen Monaten noch nicht einmal geträumt hatte, machten ihm jetzt Sorgen, und am liebsten hätte er sich augenblicklich mit seinem Vater besprochen.

Die verschiedenen Vorführungen waren größtenteils kriegerischen Motiven gefolgt, wobei sich Krieger aus den entferntesten Ecken des Reiches der Kaiserin präsentiert hatten. Die letzte Vorführung nun war weniger kriegerisch als vielmehr ein Ritual. Zwei Kompanien von Kriegern hatten einen Wettbewerb durchgeführt, dessen Ursprünge nicht mehr bekannt waren. Der Gouverneur von Jandowae hatte zwei Dörfer ausgewählt, die die Schlacht der Drachen hatten vorstellen dürfen. Zwei große Drachen, die wunderbar aus verschlungenen und verknoteten Seilen hergestellt worden waren und der tatsächlichen Größe dieser Wesen entsprachen, wurden von Hunderten von Kriegern getragen. Die gegnerischen Dörfler trugen Rüstungen aus Rohr und Knochen, deren Machart jahrhundertealt war und modernen Eisenwaffen nicht widerstehen würde. Die Helme der Männer waren mit hellen Bändern verziert, auf der einen Seite rot, auf der anderen blau, und jeder Seildrachen trug vor dem Gesicht eine Maske in der entsprechenden Farbe. Auf dem Rücken der beiden Drachen lenkten Reiter in verzierten und grellbemalten Rüstungen ihre jeweilige Truppe. Die beiden gegeneinander kämpfenden Gruppen hoben die massiven Kreaturen, die an der dicksten Stelle hinter dem Kopf leicht drei Meter Umfang hatten, hoch und rannten los. Sie rannten, bis sie eine Geschwindigkeit erreichten, die für ihren Zweck ausreichte, dann ließen sie die Drachen aufeinanderprallen. Die beiden Bestien aus Seilen sprangen nach oben, und die Spannung zwischen ihnen trieb sie höher und höher, bis die Reiter fast zwanzig Meter in der Luft schwebten. Dann fielen die riesigen Figuren wieder zu Boden. Irgendwann würde einer der beiden Reiter einen Höhenvorteil erringen und dann dem anderen die Feder vom Helm reißen, was den Kampf beenden würde.

Erland fand das seltsam unwiderstehlich. Die beiden Gegner waren ein halbes dutzendmal zurückgewichen, hatten nur angetäuscht und sich dann geduckt. Sie waren bisher dreimal in Kontakt gekommen, wobei es jedoch keinem von ihnen gelungen war, dem anderen die Feder vom Helm zu reißen. Erland war ebenfalls beeindruckt, wie die Reiter die Stürze aus zehn Meter Höhe überstanden und sich dabei nicht verletzten.

Endlich war der Kampf zu Ende, nachdem die rote Seite gewonnen hatte, und die Feierlichkeiten waren für den Nachmittag vorbei. Nach einer Pause für ein kleines Nickerchen und einer Erfrischung würden sie beim Abendessen weitergehen. Erland dachte daran, der Prinzessin einen Boten zu schicken, der das Mädchen nach einer Wiederholung des Treffens vom gestrigen Abend fragen sollte, als er Gaminas Stimme hörte. *James würde heute gern mit uns allein zu Abend essen.*

Erland hatte sich schon zu sehr an die Gedankensprache gewöhnt und hätte fast laut geantwortet. Er täuschte ein Husten vor und sagte: »Vielleicht sollten wir heute abend in aller Ruhe speisen, mein Graf?«

James zuckte mit den Schultern, als würde ihm das nicht viel bedeuten. »Nun ja, da die Feierlichkeiten noch achtundfünfzig Tage andauern, sollten wir uns unsere Kräfte einteilen. Vielleicht wäre es tatsächlich am besten.«

Kafi, der der Gesellschaft von den Inseln wie gewöhnlich als Begleiter zur Seite gestanden hatte, meinte: »Dann möchte ich Euch, wenn Ihr erlaubt, Hoheit, einen guten Abend wünschen und in mein Quartier in der Unterstadt zurückkehren. Ich werde Euch morgen früh bei Sonnenaufgang wieder zur Verfügung stehen.«

»Ich danke Euch, Lord Abu Harez«, sagte Erland und verneigte sich leicht.

Während sich Erlands Gesellschaft auf dem Rückweg zu ihren Gemächern befand, sagte niemand etwas von Belang, weder laut noch in Gedanken. Sie erreichten den Eingang des Flügels, in dem sie untergebracht waren, und Erland sagte: »Ich schätze, die Kaiserin hat ihre Zeit woanders besser verbracht.«

James zuckte mit den Schultern, und Gamina sagte: »Es ist ein langes Fest, und sie ist schon eine alte Frau, Erland. Es ist sehr weise von ihr, nur an jenen Veranstaltungen teilzunehmen, bei denen sie auf keinen Fall fehlen darf. Heute hat sich das Ganze kaum von einem Erntefest unterschieden.«

»Sicher –«

Das Gespräch wurde unterbrochen, als ein Soldat erschien, der wie ein Reinblütiger gekleidet war, jedoch ohne die bunte Kopfbedeckung. Statt dessen trug er einen zweckmäßigen Helm, und anstelle von Sandalen hatte er Stiefel und Beinschützer an. Über seiner Brust trug er eine Lederweste, und an seinem Gürtel hing ein gut geschliffenes Schwert. »Meine Herren«, sagte er, ohne auf die Erlaubnis zum Sprechen zu warten. »Sie, Die Kesh Ist, befiehlt Euch augenblicklich zu sich.«

Erland wurde vor Überraschung und Verwirrung rot. »Befiehlt –?«

James legte Erland die Hand beruhigend auf die Schulter, damit er dem Soldaten gegenüber keine voreilige Bemerkung machte. »Wir werden gleich mit Euch kommen«, erwiderte er dem Soldaten.

Von Gamina hörte Erland: *James sagt, es müsse etwas Wichtiges geschehen sein. Er bittet dich, ruhig zu bleiben, bis wir wissen, was vor sich geht.*

Erland schwieg, während sie den Gästeflügel wieder verließen und ihren Weg durch den Tunnel zum Amphitheater zurückgingen, von wo sie in den Hauptpalast eintraten. Unterwegs stießen innerhalb weniger Minuten viele bewaffnete Adlige zu ihnen, die grimmig und gleichzeitig besorgt dreinschauten.

Als sie den offiziellen Audienzsaal der Kaiserin betraten, eine riesige Halle in der Mitte des Palastes, war bereits die Gesamtheit der Herren und Meister auf der Galerie versammelt, die um das Podest der Kaiserin herumgebaut war. Hofbeamte bevölkerten den ebenen Boden des Saals und ließen nur einen schmalen Gang zum Podest frei. Und durch diesen Gang marschierten jetzt Erland und seine Gefährten.

Als sie beim Podest ankamen, verneigten sich Erland und James, während Gamina einen Hofknicks machte. Ohne Vorrede sagte die Kaiserin: »Würde Seine Hoheit die Freundlichkeit besitzen, mir zu erklären, wieso uns gerade die Nachricht erreichte, Euer Vater würde die Armee des Westens im Tal der Träume versammeln!«

Erland spürte, wie ihm die Kinnlade herunterfiel, dann

klappte er den Mund zu. Er sah James an, der genauso erstaunt schien wie er selbst. Endlich sagte Erland: »Majestät, ich habe keinerlei Kenntnis von dem, was Ihr sagt.«

Die Frau, die über das größte Reich der Welt herrschte, warf ein zerknittertes Pergament zu Boden und kreischte fast vor Enttäuschung. »Aus Gründen, die ich in meiner Weisheit leider nicht verstehe, schreibt Euer Vater diesem Hof die Verantwortung für den Tod Eures Bruders zu. Er weigert sich, die Rolle des Fürsten zu spielen und über Wiedergutmachung zu verhandeln, sondern nimmt statt dessen die Rolle des vom schmerzlichen Verlust betroffenen Vaters ein und schickt seine Vasallen ins Feld. Euer Onkel Martin und seine Garnisonen von Crydee, Tulan und Carse sind gerade an der Küste südöstlich von Shamata gelandet. Fünftausend Fürstliche Lanzenreiter von Krondor sind zu ihnen gestoßen, und unseren Berichten nach marschieren weitere zehntausend Männer aus den Garnisonen von Sarth, Questors Sicht, Ylith und Yabon nach Süden, bei ihnen weitere dreitausend Tsurani aus LaMut. Teile der Garnisonen von Finstermoor und Malacs Kreuz sind ebenfalls unterwegs. Könntet Ihr mir bitte erklären, was diese Häufung von Truppen an unserer Grenze zu bedeuten hat, wenn nicht einen geplanten Angriff?«

Erland konnte nicht glauben, was er da hörte. James trat einen Schritt vor und sagte: »Wenn Eure Kaiserliche Majestät mir erlauben würde –«

»Ich werde nichts erlauben!« schrie die alte Frau. Scheinbar gelang es ihr nicht, ihre Wut im Zaum zu halten. »Dieser Narr trauert um einen Sohn und vergißt dabei offensichtlich, daß ich den anderen hier als Geisel für sein gutes Benehmen habe.«

Sie erlangte die Beherrschung wieder und fuhr fort: »Geht in Eure Gemächer, meine Herren und meine Dame. Ihr werdet heute abend Botschaften schreiben müssen. Schickt sie in aller Eile an die Grenze und bittet Euren Vater, den Prinzen, daß er sich beherrschen möge. Oder er wird, bei den Göttern, um den Verlust eines weiteren Sohnes trauern, sollte sich auch nur ein einziger Mann von den Inseln mit Gewalt Zutritt in dieses Reich verschaffen. Habe ich mich deutlich ausgedrückt?«

»Sehr deutlich, Euer Majestät«, erwiderte James.

Halb zog er Erland, halb führte er ihn aus dem Saal. Auf dem gesamten Weg vom Podest bis zur Tür konnten sie förmlich spüren, wie sie angestarrt wurden, und in den stechenden Blicken ließ sich keine Spur von Freundlichkeit entdecken. Die Gesellschaft aus dem Königreich war jetzt so allein und auf sich selbst gestellt, als befände sie sich auf einer einsamen Insel.

Am Eingang des Audienzsaals wartete eine Gruppe Palastwachen, die sie zurück in ihre Gemächer eskortierte. Während sie durch den riesigen Palast gingen, sprach Erland über Gamina zu James. *Was sind wir jetzt? Gefangene oder Gäste?*

Von James kam als Antwort. *Beides. Wir sind Geiseln.*

Unterwegs gesellten sich Kafi Abu Harez und Lord Nirome zu ihnen. Kafi sagte: »Hoheit, Lord und Lady, mir wurde für den Abend eine Wohnung am Rande der Oberstadt zur Verfügung gestellt, nur wenig von einem der vielen Eingänge entfernt. Ich werde jederzeit bereit stehen, falls Ihr nach mir rufen laßt.«

Erland nickte abwesend, derweil er darüber nachdachte, was seinen Vater möglicherweise zu diesem unglaublichen Vorgehen getrieben hatte. Auch wenn Arutha nicht die persönlichen Erfahrungen mit Kesh hatte wie Erland, so las er doch die Berichte der Spione immer selbst, anstatt sie nur Gardan und James, die ihn berieten, zu überlassen. Er kannte Keshs Macht und ihre Auswirkungen, sollte das Königreich sie zu spüren bekommen. Die Unabhängigkeit des Königreichs hatte immer von einem Punkt abgehangen: Kesh konnte sich die Verluste nicht leisten, die die Eroberung eines Landes mit sich brachte, das ein Drittel so groß war wie das Kaiserreich selbst. Und die Vernichtung des Königreichs, egal wie rasch das Kaiserreich auch einen Sieg davontragen mochte, würde Kesh verwundbar machen, sowohl für eine Rebellion innerhalb der Konföderation als auch für einen Angriff des Östlichen Königreichs.

Doch niemals hatte Kesh auch nur einen Moment lang in Angst vor den militärischen Abenteuern des Königreichs gelebt. Ein paar gelegentliche Auseinandersetzungen an den Grenzen um die Ländereien des reichen Tals der Träume waren fast schon Allgemeinplätze in der Geschichte der beiden Länder, doch nur einmal hatte Kesh versucht, Ländereien des Königreichs zu erobern. Damals hatten die kaiserlichen Streitkräfte den schmalen Streifen nördlich der Gipfel der Ruhe besetzt, von Niederhohnheim bis hin zu dem Punkt im Osten, wo das Gebirge bis ans Meer reichte. Eine Armee unter dem Befehl von Guy du Bas-Tyra hatte die kaiserliche Armee bei Niederhohnheim geschlagen und die Versuche von Kesh, einen Hafen an der See des Königreichs zu bekommen, ein für allemal beendet.

Seit dieser Zeit hatte es keine größeren Auseinandersetzungen mehr gegeben. Doch die Idee, daß das Königreich das Kaiserreich angreifen könnte, war niemals jemandem gekommen, denn wenn schon ein Einmarsch im Königreich für Kesh zum Untergang führen könnte, wären die Folgen für das Königreich, sollte es in Kesh einmarschieren, noch unabsehbarer.

Erland konzentrierte sich wieder auf die Gegenwart und wurde gewahr, daß Nirome etwas gesagt hatte. »Vergebt mir, mein Lord, ich war in Gedanken. Was habt Ihr gesagt?«

»Ich sagte, Hoheit, Ihr werdet sicherlich sofort Botschaften an Euern Vater losschicken wollen. Ich werde Reiter bereitstellen lassen, damit sie jederzeit auf Euren Wunsch hin aufbrechen können.«

»Ich danke Euch«, sagte Erland.

James sagte: »Mein Lord, wenn Ihr mir vielleicht eine Abschrift der letzten Berichte über den befürchteten Einmarsch zukommen lassen könntet, wäre ich Euch sehr zu Dank verpflichtet.«

»Ich werde sehen, was ich tun kann, mein Lord. Doch Abar Bukar könnte dahinter eine falsche Absicht sehen. Ihr geltet jetzt leider als feindliche Fremde.«

James riß sich zusammen, um nicht etwas Häßliches zu sagen, und lächelte fast. »Ich danke Euch.«

Von Gamina hörte Erland: *James sagte, irgend etwas kann da ganz und gar nicht stimmen.*

Natürlich nicht, erwiderte Erland.

Sie erreichten den Flügel des Palastes, in dem sich ihre Gemächer befanden; wenigstens standen zwischen den einzelnen Zimmern, die dem Prinzen und seinem Gefolge zugewiesen worden waren, keine Wachen. »Zumindest können wir uns noch gegenseitig besuchen«, bemerkte Erland.

»Ja«, antwortete James. »Jetzt ist nur die Frage, wo sich Locklear aufhält.«

Mit verbittertem Humor meinte Erland, während er James und Gamina zu ihren Gemächern begleitete: »Er wird wahrscheinlich gerade wieder die Prinzessin Sojiana unterhalten.«

James wollte es nicht riskieren, laut zu sprechen, und schickte Erland einen Gedanken: *Ich mache mir Sorgen wegen ihm. Er hat sich noch bei keiner Frau so benommen, wie er es heute getan hat. Irgend etwas hat ihn beunruhigt, und das passiert bei ihm nicht so schnell. Ich glaube, wir sollten warten, bis er wieder bei uns ist, und erst dann entscheiden, was wir als nächstes machen.*

Erland nickte zustimmend und sagte nichts laut. Zu Gamina sagte er in Gedanken: *Werden wir wieder beobachtet?*

Gamina sah sich um und erwiderte: *Diese Magie ist wieder um uns herum.*

Sie saßen im Empfangszimmer, und James machte den Dienerinnen ein Zeichen, sie sollten Erfrischungen bringen. Als sie gegangen waren, schenkte James allen dreien Wein ein.

Kannst du nicht feststellen, wer uns überwacht, fragte James, und Erland wußte, Gamina hatte eine direkte Verbindung zwischen ihren Gedanken aufgebaut. Das machte sie nur, wenn sie sitzen konnte und nicht sprechen mußte, weil die Anstrengung sonst zu groß war. In der Öffentlichkeit überbrachte sie die Botschaften meist nur von einem zum anderen.

Gamina schloß die Augen, als hätte sie Kopfschmerzen, rieb sich mit den Fingern die Nasenwurzel und sagte nach einer Weile: *Es ist niemand, dessen Gedankenmuster ich kenne. Schwierig zu sagen, ohne entdeckt zu werden. Ich kann immer nur ein paar Augenblicke lauschen, sonst würde mich derjenige bemerken, wer auch immer es ist.*

Wo sind sie?

In der Nähe, antwortete sie. *In einem Gebäudeteil, der sich auf der anderen Seite des Gartens befindet, würde ich vermuten, Erland.*

Erland nickte. »Ich glaube, ich werde mich gleich zurückziehen. Es war ein anstrengender Tag.«

»Ja«, stimmte James zu. *Also, was hältst du von diesem Einmarsch?*

Laut, so daß ihn jeder mögliche Lauscher hören konnte, sagte er. »Diese Sache mit dem Einmarsch ist sicherlich Unsinn.«

Das denke ich auch, schickte James seine Gedanken. Laut sagte er: »Und um was könnte es sich dann handeln?«

»Es gibt zwei Möglichkeiten – einmal könnten die Spione falsche Berichte über diese angeblichen Truppensammlungen im Königreich entlang der Grenze überbracht haben, damit es genau zu einer solchen Spaltung kommt. Oder vielleicht hatte Vater die Armee des Westens nicht zum Einmarsch, sondern zur Verteidigung versammelt, um einem befürchteten Einmarsch von Kesh entgegenzutreten.«

James sah Erland mit Stolz in den Augen an, da er sich sehr über die scharfen Folgerungen des jungen Mannes freute, dann sagte er: »Das sind die beiden offensichtlichsten Schlüsse.« In Gedanken fügte er hinzu: *Du wirst natürlich auch die Bedeutung der zweiten Überlegung verstehen, falls sie richtig sein sollte.*

Wie? fragte Erland.

Es bedeutet, unsere Spione hier in Kesh wären aufgedeckt und unterwandert worden.

Natürlich, meinte Erland, der die Armlehne seines Sessels so fest packte, daß seine Knöchel weiß wurden. *Wenn die Spione unterwandert wurden, dann wäre jeder Bericht, den wir von einer unserer hiesigen Quellen bekommen haben, verdächtig. Nichts, was wir erfahren haben, ehe wir zu dieser Reise aufgebrochen sind, wäre vertrauenswürdig*

James seufzte laut. Dann sagte er, um den Seufzer für irgendwelche Lauscher zu tarnen: »Entschuldige, das war nicht fein. Ich bin ein wenig müde.«

Erland sagte: »Das macht doch nichts.«

Aber das wiederum bedeutet, wir wären vollkommen auf uns selbst angewiesen, sagte James. *Wir würden noch nicht einmal erfahren, ob der erklärte Aufmarsch von Truppen der Wahrheit entspricht.*

Gamina räkelte sich theatralisch und meinte: »Vielleicht wäre es schlauer, wenn wir uns erst einmal ein wenig hinlegen.«

Es ist an der Zeit, daß wir selbst etwas unternehmen, sagte James.

Erland sah ihn fragend an. *Was hast du im Sinn?*

Es ist schon Jahre her, seit ich das letzte Mal über die Dächer von Palästen geklettert bin und nach Mördern Ausschau gehalten habe, aber ich habe nicht vergessen, wie man das macht.

Erland grinste und zeigte damit zum ersten Mal an diesem Tag eine wirklich amüsierte Miene. *Jimmy die Hand ist wieder da, oder wie?*

So in der Art jedenfalls. Ich möchte wissen, wer uns überwacht, und das kann ich am besten allein erledigen.

Erland stand auf und sagte: »Ich denke, ich werde Sharana eine Botschaft schicken. Vielleicht kann sie bei ihrer Großmutter ein gutes Wort für uns einlegen. Sie weiß doch schließlich, daß wir gegen ihr Land keine bösen Absichten hegen.«

James nickte. »Gut. Ich werde einen Brief nach Shamata senden, um festzustellen, was dort oben eigentlich los ist.«

Erland verneigte sich vor Gamina. »Gamina, ich hoffe, deine Kopfschmerzen werden bis morgen vergangen sein.«

»Da bin ich mir sicher, Hoheit.«

Erland machte sich rasch auf den Weg in seine eigenen Gemächer, wo er entdeckte, daß er Sharana keine Botschaft mehr schicken mußte, da sie bereits in seinem Bett lag und wartete. Ihre offizielle Kleidung, der weiße Kilt und die Weste und die Juwelen, lagen fein säuberlich auf einer Ottomane am Fußende des Betts. Sie lächelte Erland an und patschte auf das Kissen neben sich. »Ich habe schon geglaubt, du würdest die ganze Nacht mit deinen Jungen Rat halten.«

Erland versuchte zu lächeln, doch es gelang ihm nicht ganz. »Ich begrüße dein Verlangen, deine Zeit mit mir zu verbringen, Sharana, doch können wir vielleicht erst über dieses eigentümliche Vorkommnis reden?«

»Sobald du hier bei mir bist«, sagte sie und zog eine Schnute.

Erland machte den Dienerinnen ein Zeichen, sie sollten draußen warten, und zog sich aus. Er teilte die Vorhänge um das Bett herum, schlüpfte zu Sharana hinein und legte sich neben sie. Sie sagte: »Ich habe gehofft, wir hätten diese Nacht für uns allein.«

»Natürlich, aber –«

Sie legte ihm einen Finger auf die Lippen, dann küßte sie ihn lange und sehnsüchtig. »Wir können später reden. Ich möchte keinen Augenblick länger warten müssen.«

Erland wußte, es gab wichtige Angelegenheiten, die unbedingt besprochen werden mußten, doch schon bald erwischte er sich dabei, wie er innerlich der Prinzessin zustimmte. Später hätten sie viel mehr Ruhe, um sich über das alles zu unterhalten.

Heranpirschen

Borric beobachtete das Feuerwerk.

Von der offenen Vorderseite des Gasthauses aus hatten er, Ghuda und Nakor einen guten Blick darauf, da sich der größte Teil der Menge auf der anderen Seite des Platzes versammelt hatte, der sich in Richtung des riesigen kaiserlichen Amphitheaters öffnete. Das farbenfrohe Schauspiel des Feuerwerks beleuchtete zum Vergnügen der Menge den nächtlichen Himmel. Ghuda hing seinen düsteren Gedanken nach, während Nakor die Vorstellung mit der hingerissenen Aufmerksamkeit und dem unverhohlenen Entzücken eines Kindes verfolgte. Borric mußte zugeben, dieses Feuerwerk übertraf bei weitem alle, die der Zeremonienmeister des Königs je in Rillanon veranstaltet hatte.

Suli erschien, ließ sich neben Borric auf der Bank nieder und nahm den Krug Bier, der für ihn bereitstand. Der Junge konnte besser als die drei anderen die Dinge in Erfahrung bringen, die sie wissen mußten; vielleicht war er ein miserabler Dieb, doch dafür ein herausragender Bettler, und in diesem Geschäft mußte man auch immer über die neuesten Gerüchte unterrichtet sein.

»Es geht etwas Seltsames vor, Meister«, flüsterte er.

Sofort wurde Ghuda aufmerksam. Der Söldner war seit dem fehlgeschlagenen Versuch, die Hilfe der Diebe zu bekommen, schlechter Laune. Jetzt war er davon überzeugt, beide Parteien, sowohl die kaiserlichen Soldaten als auch die Diebe, würden nach ihnen suchen und ihre Minuten wären gezählt. Noch dazu hatte er sich damit abgefunden, nicht einmal ein einziges Kupferstück von seinem Geld zu sehen, das ihm Borric versprochen hatte. Und vor allem würde er sowieso keine Gelegenheit bekommen, es auszugeben.

»Was geht denn vor sich?« fragte er.

»Heute nacht gehen viele wichtige Leute im Palast ein und aus, mehr, als während solcher Feierlichkeiten üblich ist. Und Männer auf Pferden, die die Abzeichen von berittenen Kurieren tragen, hasten in die Oberstadt und wieder heraus. Viele Wachen rennen von einem Ort zum anderen, während andere nichts tun. Es ist, als würde es Krieg geben oder als wäre eine Revolte ausgebrochen, oder eine plötzliche Seuche. Doch es gibt keinen Hinweis darauf, zumindest nicht an den Orten, wo man normalerweise davon hört; bei den Karawanenfuhrleuten, den Schiffen und auch in den Wirtshäusern und Freudenhäusern wird nicht über irgendwelche Schwierigkeiten geredet. Es herrscht nur ein seltsames Kommen und Gehen von Dienern im Palast.«

»Was meinst du mit einem ›seltsamen Kommen und Gehen von Dienern im Palast‹?« fragte Borric.

Suli zuckte mit den Schultern. »Soweit ich es verstehe, sind die Diener, die keine Reinblütigen sind, nach dem Abendessen in die Unterstadt zurückgegangen, wie sie es gewöhnlich vor Mitternacht tun. Doch aus irgendeinem Grund sind sie dann von der Unterstadt wieder in den Palast gegangen. Und in den Küchengebäuden kann man Feuer sehen, als würde eine Menge Essen für Hunderte von Menschen zubereitet. Diejenigen, die das Frühstück zubereiten, würden das normalerweise nicht sieben Stunden vorher machen.«

Borric dachte darüber nach und schloß alles, was er über keshianische Politik wußte, mit in seine Überlegungen ein. »In der Galerie der Herren und Meister sitzen einige hundert Mitglieder. Diejenigen, die keine Reinblütigen sind, werden zu einer dringenden Sitzung zusammengerufen. Das Essen wird zubereitet, damit sie während der Beratungen keinen Hunger leiden. Zusammen mit ihrem Gefolge müssen sich also mehrere tausend Menschen auf dem Plateau aufhalten, die sonst zu dieser Stunde nicht anwesend wären.« Er dachte darüber nach, was das zu bedeuten haben könnte. »Wie betreten sie die Oberstadt? Über die lange Straße?«

Suli zuckte mit den Schultern. »Ich werde es schon herausfinden.« Er stand von der Bank auf und lief zurück auf den Platz, der sich wieder mit Leuten füllte, nachdem die Feierlichkeiten beendet waren. Gewöhnlich wären die Geschäfte um diese Uhrzeit, knapp zwei Stunden vor Mitternacht, längst geschlossen gewesen, doch wegen der Anwesenheit dieser vielen Feiernden waren noch viele Bierhäuser, Weinstuben und Bordelle geöffnet. Borric fand das ein wenig eigentümlich. Die Menge war größer als alles, was er in Krondor je zur Mittagszeit auf den Beinen gesehen hatte, und jetzt war es schon vier Stunden nach Sonnenuntergang.

Ghuda fragte: »Was für einen Wahnsinn brütest du nun schon wieder aus, Verrückter?«

Borric erwiderte: »Hängt davon ab, was Suli herausfindet. Ich werde es dir sagen, wenn er wieder da ist. Halt nur die Augen offen, ob du einen von den Kerlen siehst, mit denen wir gestern abend in dieser Gasse solche Scherereien hatten.«

Ghuda meinte: »So, wie ich die kaiserlichen Soldaten kenne, befinden sich die Leute, die den Überfall in diesem Freudenhaus gestern überlebt haben, alle in einer Zelle, und derweil überlegt sich der Hauptmann der Stadtwache, was er ihnen anhängen kann, um sie auf den Sklavenmarkt zu bringen. Die Gerichte in Kesh sind schließlich gerecht: Hier wird jeder gleich bestraft, egal ob er schuldig ist oder nicht.«

Die nächsten zwanzig Minuten schienen sich endlos hinzuziehen. Als Suli endlich zurückkam, sah er verwirrt aus. »Es ist eigentümlich, Meister, aber offenbar ist jeder Eingang in die Oberstadt offen, damit alle auf dem schnellsten Weg ihr Ziel erreichen können.«

Borric kniff die Augen zusammen. »So viele Eingänge? Was ist mit den Wachen?«

Suli zuckte mit den Schultern. »An den vier oder fünf Eingängen, die ich mir angesehen habe, waren nicht viele, Meister.«

Borric erhob sich und zog die schwarzen Lederhandschuhe an, die zu seiner Verkleidung gehörten. In der Nacht hatte er sich seiner dritten Verwandlung während der letzten Woche unterzogen, wobei ihm Nakors Rucksack und das restliche Geld vom Verkauf der Pferde geholfen hatten. Jetzt war sein kurzes weißes Haar wieder dunkelbraun mit leichtem Rotstich, und er trug einen schweren Harnisch und einen schwarzen Mantel. Bei oberflächlichem Hinsehen sah er aus wie ein Soldat der Inneren Legion. Bei näherer Betrachtung würde man ihn für einen beliebigen Söldner halten, der wegen der Feierlichkeiten in der Stadt war. Suli trug immer noch die Kleidung eines Wüstenbewohners, und Nakor hatte sich eine blaue Robe angezogen, die etwas weniger ausgeblichen und fleckig war als die beiden, die er vorher gehabt hatte.

Ghuda hatte sich jedem Versuch, ihm einen anderen Harnisch und andere Kleidung anzuziehen, widersetzt, weil er es angesichts ihrer bevorstehenden Ermordung als sinnlos erachtete. Er hatte sich nur ein neues, rotes Hemd gekauft, jedoch eher, um Borrics Nörgeln zu beenden, als aus dem Glauben daran, daß es eine mögliche Gefangennahme verhindern könnte, egal ob durch die Diebe oder durch die Soldaten, die nach Borric suchten.

Als alle standen, drehte sich Borric um und ging über den Platz. Sie wühlten sich durch die Menge und erreichten die Prachtstraße, die mit einem Seil abgesperrt war und bewacht wurde, damit die Bürger aus der Unterstadt sie nicht betreten konnten, weil sie am nächsten Tag für die Morgenprozession gebraucht werden würde. Borric spähte auf die verlassen daliegende Prachtstraße und sah ein Dutzend Gebäude, in denen Licht brannte. Bei manchen standen die Türen weit offen. Ein Mann eilte über die Straße, und eine Wache ging auf ihn zu und wollte ihn abfangen. Der Mann setzte seinen Weg fort auf eine Tür zu, durch die er verschwand.

Suli sagte: »Diese Gebäude, die direkt an das Plateau gebaut wurden, sind fast noch ein Teil des Palastes selbst, denn dort wohnen die niedrigsten Reinblütigen, allerdings immer noch Reinblütige. Und viele der Wohnungen haben unterirdische Gänge zu höheren Stockwerken.«

Borric sah sich um und entdeckte einige weitere Wachen, die jene anhielten, welche versuchten, die Straße zu überqueren. »Auf dieser Straße ist ein bißchen zuviel los. Laßt uns sehen, ob wir einen anderen Weg finden.«

Ghuda folgte dem Prinzen und fragte: »Einen anderen Weg wohin?«

»Du wirst schon sehen«, erwiderte Borric.

»Ich hab befürchtet, du würdest genau das sagen«, antwortete Ghuda.

Borric ging am Rand der Prachtstraße entlang, die das riesige Plateau begrenzte, welches diesen Teil der Stadt schon ein paar Stunden nach Mittag in Dämmerung legte. Dort, wo die nächste Querstraße auf die Prachtstraße traf, fand Borric das, wonach er gesucht hatte. »Da!« sagte er und deutete mit dem Kopf darauf.

»Was?« fragte Ghuda.

»Dahinten, auf der anderen Seite, Krieger«, antwortete Nakor. »Kannst du es nicht sehen?«

Auf der anderen Seite gab es einen offenen Eingang in das Plateau, vor dem keine Wachen standen, in den jedoch mehrere Diener hineineilten. Borric blickte sich in beide Richtungen um, dann duckte er sich unter dem Seil hindurch. Er eilte quer über die Straße, erwartete, angerufen zu werden, doch sein dunkler Harnisch mußte die anderen Soldaten, die sich einen halben Block entfernt befanden, davon überzeugt haben, er sei einer der ihren. Seine Gefährten waren nur einen Schritt hinter ihm, und es sah aus, als würde er sie eskortieren.

Sie betraten den riesigen Eingang und sahen vor sich eine Rampe, die in die Dunkelheit führte; vielleicht alle dreißig Meter war an den Wänden eine Fackel befestigt. Ghuda fragte: »Was machen wir jetzt?«

»Wir gehen in den Palast«, erwiderte der Prinz.

»Und wie machen wir das?« fragte Ghuda weiter.

»Ich komme mir wie ein Idiot vor, weil ich daran nicht schon früher gedacht habe. Folgt mir einfach, und was auch immer ihr macht, tut so, als wüßtet ihr genau, wo wir hingehen. Denn eine Sache weiß ich über diesen Palast und seine Diener: Diener wollen nichts wissen. Und das schließt sogar die Wachen ein.«

Er sah in einen Seitengang hinein, der sich vielleicht ein Stockwerk über dem Eingang befand, entdeckte jedoch niemanden. »Wenn man sich irgendwo aufhält, wo man nicht hingehört, dann glotzt man dumm in der Gegend rum und sucht nach diesem oder jenem Weg, und für jemanden, der dazugehört, sieht man wie ein Fremder aus. Wenn man allerdings die Augen geradeaus richtet, aufrecht und zielstrebig geht, werden die Diener und Wachen annehmen, man wüßte, wo man hin will. Dann wird man von ihnen nicht angehalten und ausgefragt, weil ihnen ihr Instinkt sagt, man wäre in Ordnung; sie wollen schließlich keine Strafe riskieren, weil sie jemanden behindern, der dort ist, wo er hingehört.

Vor Offizieren und kleinen Beamten müßt ihr euch allerdings in acht nehmen. Die Offiziere halten wahrscheinlich jeden an, den sie nicht kennen – obwohl das, wo sich hier im Moment mehrere tausend Fremde aufhalten, doch wieder eher unwahrscheinlich ist. Was uns gefährlich werden könnte, ist ein kleiner Beamter, der zu sehr von sich eingenommen ist und unbedingt beweisen will, wie wichtig er ist.«

Ghuda sagte: »Hört sich richtig gut an, Verrückter. Aber das tat die Idee mit den Dieben auch.«

Borric blieb stehen: »Sieh mal, ich bin jetzt im Palast, und wenn du so viel Angst hast, nach allem, was wir schon durchgemacht haben, warum gehst du dann nicht einfach zurück?«

Ghuda schien darüber einen Moment lang nachzudenken. »Ich habe sowohl die Innere Legion als auch die Diebe von Kesh auf dem Hals, und das habe ich dir zu verdanken, Verrückter. Ich bin soviel wie eine wandelnde Leiche. Also kann ich zurückgehen und warten, bis mich jemand entdeckt, oder ich kann mich auch hier schnappen lassen. Aber falls das Unmögliche eintreffen sollte und du noch etwas Richtiges machen solltest, könnte ich sogar überleben und mein Geld bekommen. Und genau deshalb bin ich immer noch hier.«

Borric sah sich um und blickte in den unterirdischen Gang zurück, als er den Hall entfernter Schritte hörte, die auf sie zukamen. »Suli? Willst du uns lieber verlassen?«

Der Junge hatte Angst, aber er schüttelte den Kopf. »Ihr seid mein Meister, und ich bin Euer Diener. Ich werde mit Euch gehen.«

Borric legte dem Jungen die Hand auf die Schulter, dann sah er Nakor an. »Und was ist mit dir, Zauberer?«

Nakor grinste noch breiter als vorher schon. »Spaß.«

Ghuda blickte in Richtung Himmel und formte mit den Lippen das Wort »Spaß«, sagte es jedoch nicht laut. Und Borric gab das Zeichen, sie sollten ihren Weg durch den Gang fortsetzen.

Borric hatte noch nie etwas Vergleichbares wie den Palast der Kaiserin gesehen. Er war so groß wie eine Stadt, und der Betrieb auf den breiten Fluren war nicht weniger hektisch als der auf einer belebten Straße am Markttag. Der Strom der Menschen in jedem Gang, an welchem sie vorbeikamen, half ihnen, der Entdeckung zu entgehen. Soweit hatte sich Borrics Behauptung als richtig erwiesen: Sie mußten sich tatsächlich nur wie diejenigen benehmen, die hierhergehörten, dann würden sie auch nicht entdeckt werden.

Das Problem war nur, keiner hatte eine Ahnung, wohin sie eigentlich gingen. Nach der Richtung zu fragen, konnte die Enttarnung bedeuten, weil sich natürlich jeder Palastangehörige auskennen sollte.

Sie waren jetzt schon über eine Stunde im Palast. Es war kurz vor Mitternacht, und da die Feierlichkeiten vor zwei Stunden zu Ende gegangen waren, würde sich mittlerweile jeder anständige Bürger im Bett befinden.

Borric führte sie in einen Bereich, der weniger bevölkert zu sein schien, dann einen Seitengang entlang, der offensichtlich zu

Privatgemächern führte. Jeden Moment rechnete er mit Entdeckung, und er war erleichtert, als sie in einem kleinen Garten landeten, der gegenwärtig verlassen war. Ghuda kniete sich am Rande eines großen Brunnens nieder und trank etwas Wasser. Er seufzte, sah auf und fragte: »Was jetzt?«

Borric setzte sich auf den Brunnenrand und sagte: »Ich glaube, ich werde mich mal ein bißchen umsehen müssen, doch nicht eher, als bis sich die Dinge beruhigt haben.« Er zog seinen Mantel und den Lederharnisch aus und meinte: »Und während ich mich um unseren Weg kümmere, solltet ihr lieber hier warten.« Er sah sich in dem Garten um und bemerkte ein Gebüsch aus Farnen und Sträuchern, welches an eine Wand grenzte. »Wenn ihr euch dort drüben versteckt, werdet ihr nur entdeckt werden, falls jemand gezielt nach euch sucht.«

Ghuda wollte etwas entgegnen, als ein Gong in der Ferne angeschlagen wurde. »Was war das?«

Innerhalb von Sekunden ertönte ein weiterer Gong, dann noch einer. Plötzlich hörten sie die Gongs auch in der Nähe, und durch die Gänge liefen Leute. Borric schnappte sich seinen Harnisch und rannte zu der Hecke, in die er mit einem halben Kopfsprung hineintauchte. Er kauerte sich gemeinsam mit seinen Gefährten hin und sagte: »Verdammt! Ich frage mich, ob sie nach uns suchen?«

Ghuda spähte durch die schützende Hecke und meinte: »Ich weiß es nicht, aber falls sie diese Ecke hier durchkämmen, werden wir entdeckt. Dieser Garten hat nur einen Ausgang.«

Borric nickte. »Wir warten ab.«

Erland und Sharana wurden beide wach, als die Gongs ertönten. Sie waren nicht besonders fest eingeschlafen, hatten nur ein wenig gedöst, nachdem sie sich geliebt hatten. Trotz ihrer üppigen Erscheinung war das Mädchen jung, gesund und gut in Form – und für Erland eine Herausforderung, die ihn immer ausgesprochen erschöpft zurückließ, wenn sie fertig waren. Doch es war eine wunderbare Erschöpfung, und er konnte sich nicht vorstellen, sich etwas anderes zu wünschen, als daß er sie eine lange, lange Zeit immer wieder erleben würde.

Die Gongschläge machten diese Stimmung allerdings zunichte. »Was ist das?« fragte er.

Sharana sprang aus dem Bett, wobei die Dienerinnen die Vorhänge für sie zur Seite zogen, und sagte: »Hofkleider!«

Während Erland seine eigenen Sachen zusammensuchte und anzog, brachten die Dienerinnen innerhalb von wenigen Augenblicken der Prinzessin ihren Kilt und ihre Weste. Derweil sie die Schnalle festmachte, die ihren Kilt hielt, sagte sie: »Das ist ein Alarm. Es ist der Befehl, die Oberstadt zu verschließen. Es bedeutet, irgend etwas ist ganz und gar nicht in Ordnung.«

Erland beeilte sich mit dem Anziehen, und als er fertig war, verließ er mit der Prinzessin das Gemach. Ein aus reinblütigen Palastwachen und Soldaten im Schwarz der Inneren Legion zusammengesetzter Trupp wartete auf sie. Sie verbeugten sich, und der befehlshabende Offizier sagte: »Euer Hoheit. Eure Diener sagten uns, wir würden Euch hier finden, als wir vor Eurem Gemach vorstellig wurden. Die Kaiserin hat befohlen, Ihr solltet zu ihr gebracht werden.«

Sharana nickte, und Erland machte Anstalten, mit ihr zu gehen, doch einer der schwarzgerüsteten Legionäre sagte: »Wir haben keine Befehle, die jenen hier betreffen, Hoheit.«

Sharana fuhr herum und spuckte die Worte fast aus, als sie sagte: *»Jener hier!«* Sie zeigte auf Erland und meinte: »Er ist der Erbe des Thrones der Inseln! Er ist ein Mitglied des Königshauses!« Ihre Stimme klang mächtig, befehlend, und ihr Gesicht wurde vor Zorn rot. Sie kreischte fast, als sie den Mann anschrie: »Ihr werdet ihn so ansprechen, wie Ihr meinen Onkel ansprechen würdet, denn er ist von gleichem Range wie Awari! Und das ist ein Befehl!«

Erland war gleichermaßen überrascht darüber, wie wütend die Prinzessin auf die Beleidigung reagierte und wie heftig sie ihre

Wut zum Ausdruck brachte. Er erwartete halb, sie würde von dem Mann eine Selbsterniedrigung verlangen, doch sie machte nur ein Zeichen, daß die Gruppe losgehen sollte. Erland bemerkte, wie der Offizier blaß geworden war und zu schwitzen begonnen hatte, und er beneidete ihn nicht um seine Lage. Doch als sie um die nächste Ecke bogen, klang Sharanas Stimme bereits wieder so süß wie Honig. Sie sagte: »Ich nehme an, es hat etwas mit diesem unglücklichen Aufmarsch der Armee Eures Vaters zu tun. Ich bezweifle, daß es sich um etwas wirklich Gefährliches handelt. In der Oberstadt wohl kaum.«

Erland versuchte, das nette und lächelnde Mädchen, das neben ihm ging, mit dem schreienden, das einige Augenblicke zuvor einen Offizier niedergebrüllt hatte, in Einklang zu bringen, doch es gelang ihm nicht.

Sie betraten den Flügel des Palastes, in dem sich der Hof des Lichtes befand, der offizielle Saal für die Regierungsgeschäfte. Erland war hier vorher noch nie gewesen, nicht einmal, als er vor die Kaiserin befohlen worden war. Bis jetzt war er der Kaiserin immer in ihrem Audienzsaal entgegengetreten.

Doch nun betraten sie den Sitz der Regierung von Kesh, den Ort, wo niemals Dunkelheit herrschte, denn der Saal war mit tausend Kronleuchtern ausgestattet, und auf jedem von ihnen brannten große Kerzen. Der Raum wurde förmlich in Licht gebadet. So taghell, wie es hier war, gab es doch fast keine Schatten, denn während das Sonnenlicht immer nur aus einer Richtung kam, strahlten hier zwanzigtausend verschiedene Lichtquellen. Selbst während der Zeit, in der die Hofgeschäfte vonstatten gingen, waren Gruppen von Arbeitern damit beschäftigt, die Kronleuchter herunterzulassen und tropfende, heruntergebrannte Kerzen auszuwechseln, damit die Dunkelheit niemals Einzug in den Hof des Lichtes halten konnte.

Die versammelten Hofbeamten und Offiziere der Inneren Legion hatten in ihrer Mitte einen Gang frei gelassen. Ganz vorn in der Menge stand der Generalstabsoffizier von Abar Bukars Hundesoldaten. Und auf einem mit Gold belegten Thron saß die Kaiserin auf Kissen, deren Stoff mit Goldfäden durchwirkt war. Um sie herum saßen auf Rängen, die sich Reihe um Reihe im Halbkreis nach oben erhoben, die versammelten Herrscher von Kesh in ihrer Galerie der Herren und Meister. Und während sich Erland dem Thron näherte, betraten immer noch weitere den Saal und eilten zu ihren Plätzen.

Im Saal summte es von den vielen leisen Gesprächen, die geführt wurden, und man brauchte kein Seher zu sein, um die Beunruhigung unter den Menschen zu spüren. Etwas Schreckliches mußte geschehen sein, und der Raum hallte von Vermutungen wider.

Als Sharana und Erland das Podest erreicht hatten, stieß der Zeremonienmeister der Kaiserin seinen eisenbeschlagenen Stab auf den Boden. Der Falke, der die Spitze des Stabes schmückte, schien sich von der Sonnenscheibe lösen zu wollen, die er mit den Klauen umfaßte.

»Habet acht, ihr alle! Sie ist gekommen! Sie ist gekommen! Sie, Die Kesh Ist, sitzt nun zu Gericht!«

Augenblicklich machte sich Schweigen im Saal breit. Die Kaiserin gab Sharana ein Zeichen, sie solle die zwölf Stufen des Podestes heraufsteigen, und das Mädchen tat das mit einem unumwunden unsicheren Ausdruck im Gesicht. Das hatte es noch nie gegeben, denn nach der Tradition des Reiches durfte außer dem Zeremonienmeister der Kaiserin niemand das Podest des Herrschers betreten, und er mußte immer eine Stufe unter dem Thron warten, wenn er Ihr, Die Kesh Ist, irgendwelche Dokumente überbrachte, die sie begutachten sollte. Nun zögerte auch Sharana auf der letzten Stufe, doch ihre Großmutter nickte ihr zu, sie solle ganz heraufkommen. Als das Mädchen seine Großmutter erreicht hatte, fiel es auf die Knie. Lakeisha, Kaiserin von Groß-Kesh, nahm ihre Enkelin in die Arme und begann zu weinen. Im ganzen Saal machte sich bei diesem Anblick Schweigen breit, da niemand der Anwesenden jemals etwas Ähnliches erlebt hatte.

Endlich ließ die alte Frau ihre verwirrte und besorgte Enkelin los und stand auf. Sie holte tief Luft, um die Beherrschung zurückzuerlangen, und rief: »Es soll bekanntgemacht werden, daß in meinem Haus ein Mord geschehen ist!« Wieder rannen die Tränen über das faltige Gesicht, doch die Stimme der Kaiserin blieb fest. »Meine Tochter ist tot.«

Aus den Kehlen der versammelten Menschen löste sich ein gemeinschaftlicher Laut des Schreckens. Mehrere Mitglieder der Galerie der Herren und Meister sahen sich an und suchten nach Hinweisen darauf, ob sie sich verhört hatten. »Ja«, schrie die Kaiserin, »Sojiana ist mir genommen worden. Sie, die mir folgen sollte, wurde nun aus dem Licht gerissen.« Dann klang Lakeishas Stimme plötzlich wütend. »Wir wurden verraten! Wir haben in diesem Haus jemanden willkommen geheißen, der uns verraten hat, jemanden, der denen dient, die uns stürzen wollen!«

Erland beobachtete das Ganze von der unteren Ebene des Saals aus, und er bemerkte, wie sich der Blick der Kaiserin auf ihn richtete und nach seinen Gefährten suchte. James und Gamina standen hinten in dem riesigen Saal, offensichtlich unter Bewachung. Er hörte Gaminas Stimme in seinem Kopf. *James sagt, du sollst ruhig bleiben, egal was passiert. Er glaubt, wir sind –*

Ehe sie den Satz beenden konnte, kreischte die Kaiserin: »Erland! Prinz des Hauses conDoin, seid Ihr in dieses Land gekommen, um Verderben und Böses über uns zu bringen?«

Erland holte tief Luft, bevor er zu sprechen begann, und mit klarer, ruhiger Stimme sagte er: »Wenn Ihr mir bitte sagen würdet, was Ihr damit meint, Lakeisha.«

Den keshianischen Adligen entging keinesfalls, daß er den Namen der Kaiserin benutzte, eine vertrauliche Geste. Erland machte damit seinen Rang als Erbe des Throns der Inseln deutlich. Er wußte, was auch immer geschehen würde, sein Rang und die Bräuche der Diplomatie, nach denen er nicht angetastet werden durfte, versicherten ihn einigen Schutzes.

Die Kaiserin starrte Erland von oben an und sagte: »Ihr habt die Bedeutung meiner Worte sehr wohl verstanden, Ihr Kind des Leides. Meine Tochter Sojiana, die nach mir Kesh beherrschen sollte, liegt tot in ihrem Gemach, wie Ihr sehr wohl wißt. Tot von den Händen Eures Landsmannes.«

Erland sah sich abermals im Saal um, doch gerade, als er das Gesicht nicht fand, nach dem er suchte, hörte er die Kaiserin sagen: »Meine Tochter wurde von dem Mann ermordet, den Ihr in dieses Haus gebracht habt, und falls bewiesen werden kann, daß er es auf Euren Befehl hin tat, werden Euch Euer Rang und Eure Position nichts mehr nützen.«

Fast flüsternd sagte Erland: »Locklear.«

»Ja!« schrie die Kaiserin. »Baron Locklear ist in die Nacht hinausgeflohen, nachdem er sein blutiges Werk vollendet hat. Doch der Palast wurde verschlossen, und die Suche hat begonnen. Und wenn er schließlich vor uns gebracht wird, werden wir die Wahrheit erfahren. Und jetzt, geht mir aus den Augen, für dieses Leben habe ich genug von den Menschen der Inseln.«

Erland verließ steif den Saal, und als er durch das Portal schritt, gesellten sich James und Gamina an seine Seite, und sie wurden alle drei von Wachen umringt. Bis sie die Gemächer von James und Gamina erreichten, sagte niemand ein Wort. Dort drehte sich Erland um und befahl dem Hauptmann der Wache: »Laßt uns allein.« Der Mann zögerte, und Erland trat einen Schritt vor und schrie: »Laßt uns jetzt endlich allein!«

Der Hauptmann verbeugte sich und sagte: »Herr« und befahl seine Männer hinaus.

Erland wandte sich an Gamina und sagte in Gedanken: *Kannst du Locky finden?*

Gamina antwortete: *Ich werde es versuchen.* Sie schloß die Augen und stand eine Weile bewegungslos da, dann riß sie die Augen vor Überraschung auf und sagte laut: »Borric!«

Erland fragte: »Was?«

Sie zwang sich dazu, die Gedankensprache zu benutzen. *Einen Moment lang … nur einen Moment lang dachte ich …* Sie schwieg, dann fuhr sie fort: *Ich weiß nicht, was es war. Einen Augenblick lang habe ich ein Gedankenmuster entdeckt, welches ich als das von … ich dachte, ich hätte es erkannt … doch es ist verschwunden.*

Verschwunden? fragte James.

Es muß ein Zauberer gewesen sein. Nur ein Zauberer kann seine Gedanken so rasch und so wirksam vor mir abschirmen. Mit einem traurigen Unterton fügte sie hinzu: *Es kann nicht Borric gewesen sein, nicht hier im Palast. Ich bin müde und durcheinander. Ich muß einfach ein ähnliches Muster entdeckt haben, und ehe ich es richtig erkennen konnte, habe ich die falsche Folgerung gezogen. Ich werde weiter nach Locklear suchen.*

Die beiden Männer gingen zu einem Diwan und setzten sich, während sie Gamina beobachteten, die regungslos mit geschlossenen Augen dastand und ihre forschenden Gedanken durch den riesigen Palast sandte und nach dem vertrauten Gedankenmuster von Locklear suchte. Erland näherte sich James, damit er ihm leise etwas sagen konnte, ohne Gamina zu stören. »Habt ihr vorher schon etwas herausgefunden?« fragte er und spielte auf James' Vorhaben an, hinauszuschleichen und den Palast zu erkunden.

»Nichts. Der Palast ist zu riesig, um alles zu erkunden«, flüsterte James. »Ich habe schon allein fast einen ganzen Monat gebraucht, um die Geheimgänge im Palast deines Vaters auszuspionieren, und der ist nur ein Zehntel so groß wie dieser hier.«

Erland seufzte. »Ich hatte gehofft, du würdest … etwas herausfinden.«

James teilte seine Enttäuschung. »Habe ich auch gehofft.«

Sie sagten kaum noch etwas und warteten, bis Gamina ihre Suche beendet hatte. »Nichts«, sagte sie leise.

»Keine Spur von ihm?« fragte Erland laut.

Nein, antwortete sie. *Er ist nicht hier im Palast. Nirgendwo.*

Erland lehnte sich in die Kissen zurück und sagte: »Ich glaube, heute nacht können wir nichts anderes tun, als abzuwarten.« Er erhob sich und verließ James und Gamina ohne weitere Worte.

Borric wäre fast hinter den Büschen hervorgesprungen. »Was –«, setzte er an, doch Ghuda zerrte ihn wieder runter, ehe die Wachen im Eingang etwas bemerkten. Ungefähr fünf Minuten nachdem Alarm gegeben worden war, waren Wachen am Eingang vorbeigehastet, die alle die gleiche Richtung genommen hatten. Es waren sowohl reinblütige Palastwachen in weißen Kilts als auch die schwarzgerüsteten Angehörigen der Inneren Legion gewesen. Borric stellte sich vor, seine seltsam aussehende Gruppe müsse schließlich doch irgend jemandem verdächtig erschienen sein, als sie unbegleitet durch den Palast marschiert war.

Ghuda fragte: »Was hast du jetzt vor?«

Borric flüsterte zurück. »Ich dachte einen Moment lang, ich hätte hinter mir eine Stimme gehört.«

Nakor grinste. »Das war Magie.«

»Was?« fragten Ghuda und Borric gleichzeitig.

»Magie. Jemand hat diesen Bereich abgesucht. Er hat kurz reagiert, als er deine Gedanken berührt hat.«

Borric blinzelte verwirrt. »Woher weißt du das?«

Nakor beachtete die Frage nicht. »Aber ich habe es in Ordnung gebracht. Jetzt können sie uns nicht mehr finden.«

Borric wollte noch etwas zu diesem Thema fragen, doch eine weitere Gruppe Soldaten in der schwarzen Uniform der Inneren Legion betrat den Garten und begann, die Hecken und Büsche gezielt zu durchsuchen. Ghuda zog langsam und leise sein Schwert und machte sich bereit, die erste Wache, die die Büsche vor ihnen teilen würde, anzuspringen. Als die Soldaten fast bei ihnen angekommen waren, schoß Nakor hervor und schrie: »Jaaa!«

Die am nächsten stehende Wache wäre beim Anblick des seltsamen dürren Verrückten, der sie ansprang, vor Schreck fast hintenübergefallen. Dann tanzte Nakor ein wenig herum, und plötzlich rannte ein Dutzend Soldaten auf ihn zu.

Borric riß ungläubig die Augen auf, während sich vor ihm die gleiche Szene abspielte wie die, in der er den kleinen Zauberer kennengelernt hatte. Egal, wie nah jemand Nakor zu kommen schien, der listige kleine Mann entging seinem Griff. Erst war es nur eine Wache, die ihn fast fing, dann eine zweite, die mit ansehen mußte, wie der flinke Isalani hurtig davonhüpfte und die ganze Zeit irrsinnig lachte. Zweimal duckte er sich unter den zupackenden Armen eines Mannes hinweg, tänzelte auf den nächsten zu, ehe irgendwer begriff, was da eigentlich vor sich ging. Wollte ihn jemand umfassen, wälzte er sich über den Boden, und warfen sich die Soldaten auf ihn, sprang er in die Luft. Jedesmal, wenn ihn eine Hand packen wollte, griff sie nur ins Leere. Sein höhnisches Schnattern spornte die Wachen nur noch mehr an.

Endlich schrie der Feldwebel der Wache einen Befehl zu, und die Legionäre verteilten sich und wollten Nakor einkreisen. Der kleine Mann griff in seinen Rucksack und holte etwas Winziges hervor, was vielleicht die Größe einer Walnuß hatte. Während die Wachen auf ihn zukamen, warf er es auf den Boden.

Als das Ding aufschlug, erstrahlte einen Moment lang ein blendendes weißes Licht, woraufhin eine Wolke aus weißem Rauch aufstieg, die von demselben Schwefelgestank begleitet wurde, den Borric schon im Gefängnis von Jeeloge kennengelernt hatte. Die überraschten Wachleute blinzelten verwirrt, dann stellten sie fest, daß Nakor sich nicht mehr in der Mitte ihres Kreises befand. Ein irres Lachen brachte sie dazu, sich umzudrehen, und da stand der Isalani vor der Tür zum Gang. Er pfiff schrill, machte den Wachen ein Zeichen, sie sollten ihm folgen, und rannte in Richtung der Mitte des Palastes davon.

Ghuda fragte: »Wie hat er das gemacht?«

Suli flüsterte: »Er muß wirklich ein Zauberer sein.«

Borric stand auf. »Sie werden zurückkommen, wenn sich der Offizier dieser Truppe daran erinnert, daß sie diesen Garten noch nicht zu Ende durchsucht haben. Wir müssen so schnell wie es geht ein anderes Versteck finden. Kommt.«

Ghuda schnaubte spöttisch. »Ein Versteck ist so gut wie das andere, Verrückter.«

Borric blickte dem Söldner lange in die Augen, dann sagte er kühl: »Das Ziel dieser Übung ist, nicht zu sterben, Ghuda.«

Ghuda zuckte mit den Schultern. »Da will ich nicht mit dir streiten. Wohin also?«

Borric sah zum Eingang und sagte: »In die andere Richtung als die, in die die Wachen gelaufen sind. Wenn wir irgendwie in einen Bereich kommen, den sie schon abgesucht haben, können wir etwas Zeit gewinnen.«

Er wartete keine weitere Bemerkung ab, sondern schlich sich einfach leise in den Gang, als wüßte er genau, was er tat. Insgeheim wünschte er, er wüßte es wirklich.

Erland saß allein da und brütete vor sich hin. Das machte alles keinen Sinn. Die Ereignisse der letzten beiden Tage waren so unwahrscheinlich, daß er nicht einen Moment lang glauben konnte, die Kaiserin dachte tatsächlich, er wäre in ihren Palast gekommen, um ihr so übel mitzuspielen. Es gab kein Motiv, keinen Grund und keine Erklärung, außer der einen, die auf der Hand lag. Wer auch immer einen Krieg zwischen dem Königreich und dem Kaiserreich heraufbeschwören wollte, versuchte es erneut und schien die Dinge vorantreiben zu wollen. Die einzige Vermutung, die sich aufdrängte, war, daß wer auch immer der Drahtzieher hinter diesem Komplott war, eine Auseinandersetzung zu jenem Zeitpunkt herbeiführen wollte, zu dem sich alle Verdächtigen des Reiches bei den Feierlichkeiten in der Stadt aufhielten.

Erland wünschte sich, er wüßte genauer über diejenigen Bescheid, die diesen Wahnsinn für die beiden Reiche herbeisehnten, denn er hätte ihn – oder sie, fügte er hinzu; die Frauen am Hofe waren schließlich genauso gefährlich wie die Männer – zu gern wie einen Jagdvogel geschnürt und gefesselt abgeliefert. Er dachte nach, ob er versuchen sollte, Sharana eine Nachricht zu schicken, in der er ihr versicherte, nichts mit dem gewaltsamen Tod ihrer Mutter zu tun zu haben.

Dann überlegte er es sich anders. Selbst wenn er es selbst gewesen wäre, der das Gift in Sojianas Becher geschüttet oder das Messer in ihren Leib gestoßen hätte, würde er selbstverständlich seine Unschuld verkünden. Und noch ein anderer Gedanke kam ihm in den Sinn: Wie war Sojiana überhaupt gestorben? Und wenn Locklear unter Verdacht stand, wo war er? Er hätte sich sicherlich nicht wie ein Dieb in die Nacht hinausgestohlen; schließlich war er einer der höchsten Adligen des Königreichs, ein Baron am Hofe des Prinzen von Krondor. Und selbst wenn es Streit gegeben haben sollte – auch den hitzigsten –, Locklear hätte niemals einer Frau etwas zuleide getan.

Erland wußte, Locklear sollte nur als Sündenbock dienen, doch wie konnte er das beweisen?

Lady Miya betrat das Gemach und verneigte sich leicht. »Erland«, sagte sie leise. »Die Kaiserin hat befohlen, Ihr sollt in diesen Gemächern unter Arrest stehen.«

Erland richtete sich auf, und Wut machte sich in ihm breit. »Wie kann sie das wagen? Selbst sie darf die Sitten der Diplomatie nicht in Frage stellen, nach denen ich unter Schutz stehe.«

Miya setzte sich neben den Prinzen. »Sie hat ihre Tochter verloren. Ihre Berater warnen sie davor, Euch oder irgend jemandem von Eurer Gesellschaft ohne Erlaubnis des Königs auch nur ein Haar zu krümmen, weil sie sonst Vergeltung zu fürchten hat, und es würde sich auch nie wieder ein Gesandter irgendeines Volkes nach Kesh wagen.« Die Frau seufzte und legte Erland den Arm um die Schulter. »Sie wird ihre Meinung sicherlich in ein oder zwei Tagen ändern. Bis dahin dürft Ihr Eure Freunde im anderen Teil des Flügels besuchen, doch Ihr dürft diesen Bereich nicht ohne Bewachung verlassen, und Ihr müßt sofort zur Kaiserin kommen, sollte sie nach Euch verlangen.«

Erland fragte: »Wie wurde die Prinzessin ermordet?«

Die Tränen standen Miya in den Augen, doch sie hielt sie zurück und sagte: »Man hat ihr das Genick gebrochen.«

Erland kniff die Augen zusammen. »Gebrochen? Bei einem Sturz oder so?«

Die Frau schüttelte den Kopf. »Nein. An ihrem Hals hat man Druckmale gefunden. Jemand hat ihr das Genick gebrochen.«

Erland sagte: »Miya, was ich jetzt sage, ist wichtig. Locklear kann sie nicht getötet haben.«

Miya betrachtete das Gesicht des Prinzen einen Moment lang eingehend. »Wie könnt Ihr da so sicher sein?«

»Locklear ist einfach nicht der Mann, der einer Frau etwas zuleide tut, selbst wenn er einen Grund hätte – außer er müßte sich verteidigen. Aber auch wenn ihn etwas ...« Erland suchte nach Worten. »Auch wenn ihn etwas zu dieser Tat getrieben hätte ... was überhaupt nicht nach ihm aussieht ... hätte er Sojiana nicht auf diese Weise umgebracht. Er ist ein Mann der Klinge, und er hätte ein Schwert oder einen Dolch benutzt. Er ist ein guter Kämpfer, doch ihm fehlt die brutale Kraft, um jemandem den Hals zu brechen. Die Prinzessin war keine zierliche Frau. Und falls sie so ähnlich war wie ihre Tochter, steckte unter ihrer weichen Haut sicherlich eine Menge Kraft.«

Miya nickte. »Sojiana war kräftiger, als sie aussah. Alle ... alle meine Verwandten von der Seite der Kaiserin sind so. Sie sehen schwach aus, aber sie sind es nicht.« Sie schwieg einen Moment lang und fragte schließlich: »Doch falls es Locklear nicht war, wer dann? Und warum ist Locklear nicht hier?«

Erland sagte: »Ich fürchte, auf beide Fragen gibt es nur eine einzige Antwort. Und sollte ich mit meinen Vermutungen recht haben, dann befindet sich Locklear in Gefahr ... falls er nicht bereits tot ist.«

Miya sagte: »Ich glaube, ich kenne jemanden, der uns helfen könnte.«

»Wer?«

»Lord Nirome. Er hört jedem zu, der vernünftig redet. Und jetzt, wo Sojiana tot ist, werden die Spannungen in der Galerie der Herren und Meister noch größer werden, denn Sojiana hätten die meisten noch als Kaiserin anerkannt, doch eine so junge Person wie Sharana wohl kaum. Nirome wird alles versuchen, die

Spannungen am Hof zu verringern, und sollte er den Mörder der Prinzessin finden, wird ihm das bei dieser Aufgabe mehr als alles andere helfen.«

»Ich frage mich …«, sagte Erland, während er über etwas nachdachte. »Wer ist auf Awaris Seite?«

»Lord Ravi und die anderen, die Angst vor einem Matriarchat haben. Doch viele von denen, die bislang Sojiana unterstützt haben, einfach, weil sie die Älteste war, werden sich jetzt hinter ihn stellen. Ich kann mir keinen Grund mehr vorstellen, weshalb er den Thron nicht erben sollte.«

Erland sagte: »Versuche, Nirome zu erreichen. Wir müssen diesen Wahnsinn beenden, ehe es noch mehr Blutvergießen gibt.«

Das Mädchen lief davon, und Erland lehnte sich zurück. Er schloß die Augen und versuchte, sich Gaminas Gesicht vorzustellen und sie mit seinen Gedanken zu erreichen. Nach einem Moment hörte er ihre Stimme in seinem Kopf. *Ja, Erland, was gibt es?*

Würdet ihr beide bitte zu mir herüberkommen. Ich glaube, ich war etwas voreilig, als ich mich zum Schlafen zurückzog. Es gibt noch einige Dinge, die wir besprechen müssen.

Einen Moment lang herrschte Schweigen, dann sagte Gamina: *Wir sind unterwegs.*

Fallen

Borric spähte um die Ecke.

Im Schatten sah er keine Bewegung, also machte er seinen Gefährten ein Zeichen, sie sollten ihm folgen. Seit fast einer Stunde versteckten sie sich vor verschiedenen Gruppen von Wachen, die die Eindringlinge suchten. Von Nakor hatten sie nichts mehr gesehen, seit er die erste Gruppe der Inneren Legionäre fortgelockt hatte. Ungefähr ein halbes dutzendmal hatten sie anderen Soldaten nur knapp ausweichen können.

Ghuda legte Borric die Hand auf die Schulter. »So kommen wir sobald nirgends hin«, flüsterte er. »Ich denke, wir sollten uns einen Diener schnappen und ihn fragen, wo diese Freunde von dir untergebracht worden sind. Dann fesseln wir den Mann – er wird eine Weile unbequem zubringen müssen –, und wenn wir diese Sache aufgeklärt haben, schicken wir jemanden, der ihn befreit. Was hältst du davon?«

Borric sagte: »Mir fällt im Moment nichts Besseres ein, also können wir genausogut auch das machen.« Er sah sich um. »Wie wäre es mit einer kurzen Pause?«

Ghuda sagte: »Ich würde mich gern für ein paar Minuten hinsetzen, soviel ist sicher.«

»Also, diese Zimmer hier scheinen leer zu sein.« Er zeigte auf die nächste Tür und sagte: »Wollen wir uns dieses mal ansehen.«

Borric öffnete die Tür so leise er konnte; sie war ein verziertes Ding aus Ebenholz und Rohr, und sie quietschte laut, als er sie aufschob. Nachdem er sie ein paar Zoll aufgedrückt hatte, sagte er: »Vielleicht sollten wir doch dorthin zurückgehen, wo vor den Türen nur Vorhänge waren?«

Plötzlich drückte Ghuda die Tür heftig auf, so daß sie sich mit einem einzigen, überraschend leisen Quietschen öffnete, woraufhin Ghuda die beiden anderen hindurchschob und die Tür hinter sich zumachte.

Borric wäre fast aus dem Gleichgewicht gekommen, und als er sich umdrehte, legte der alte Kämpfer den Zeigefinger an die Lippen und gab ihm so zu verstehen, er solle schweigen. Borric zog sein Rapier und Suli sein Kurzschwert, während Ghuda einen Schritt rückwärts machte und sein überlanges Schwert zog. Er bewegte sich ein wenig von den anderen fort, damit er genug Platz hätte, es zu schwingen. Borric sah sich in dem verlassenen Zimmer um und vergewisserte sich, daß es nichts gab, worüber er stolpern könnte, wenn er kämpfen müßte. Obwohl das wenig genützt hätte, denn wenn sie gezwungen wären zu kämpfen, würden sie es mit einer schier nicht aufhörenden Zahl von Wachen zu tun bekommen. Hoffnung bestünde dann nur, wenn er irgendwen überzeugen könnte, er sei der andere Sohn von Arutha.

Müde setzten sie sich auf den Boden und reckten ihre Glieder. Ghuda sagte: »Weißt du, Verrückter, dieses Herumschleichen im Palast kann einem ganz schön Appetit machen. Ich wünschte, ich hätte jetzt eine von Nakors Orangen.«

Borric wollte gerade antworten, als ein gedämpftes Geräusch seine Aufmerksamkeit erregte. Es waren Stimmen, die noch unverständlich waren, jedoch näher kamen, und er sprang auf und schlich zur Tür. Suli kam dazu und drängte sich vor Borric, dem er nur bis zum Kinn reichte. Borric wollte ihn verscheuchen, doch die Geräusche sich nähernder Personen brachten ihn zum Schweigen.

Zwei Männer erschienen und gingen an der Tür vorbei. Der eine war wohlbeleibt und trug einen Amtsstab in der Hand. Der andere hatte einen schwarzen Mantel an, unter dem man nichts erkennen konnte, doch während die beiden vorbeigingen, drehte er sich um, und Borric konnte einen Blick auf sein Gesicht erhaschen. Beide Männer waren angelegentlich in ein Gespräch vertieft, und Borric konnte mithören, was der Wohlbeleibte sagte:

»… heute nacht. Wir können nicht länger warten. Wenn sich die Laune der Kaiserin ändert, wird sie vernünftigen Überlegungen wieder zugänglich sein. Ich habe sie überzeugt, Awari in den Norden zu schicken, wo er die Vorbereitungen zur Verteidigung treffen soll, doch dieser Trick wird bald auffliegen. Und dann ist da noch dieser Irre, der im Palast herumläuft und den die Wachen einfach nicht fangen können. Ich weiß nicht, was das zu bedeuten hat, aber ich schätze, nichts anderes als Ärger…« Borric konnte die Stimme nicht mehr verstehen, nachdem die Männer um die nächste Ecke gebogen waren.

Suli drehte sich um und zog Borric heftig am Ärmel. »Meister!«

»Was ist?« fragte Borric, der versuchte, das Gesagte in seinem Kopf zu ordnen.

»Dieser Mann, der dünne, das ist der gleiche, den ich in Durbin im Haus des Gouverneurs gesehen habe – der, der diesen goldenen Halsring trug. Der, der für Lord Feuer arbeitet.«

Borric lehnte sich an die Tür und nickte. »Das ergibt Sinn.«

Ghuda hob sein Schwert und fragte: »Und was ergibt es für einen Sinn?«

»Ich weiß jetzt, warum mich seit Durbin der Ärger verfolgt hat wie ein Wüstenschakal eine sterbende Antilope«, murmelte Borric.

»Was?«

»Ich erzähl's euch später. Ich hoffe, ihr hattet eine angenehme Pause. Jetzt geht es nämlich weiter. Wir werden uns sofort einen Diener schnappen.«

Borric riß die Tür auf, und die quietschenden Angeln gaben fast keinen Laut von sich. Er schlich hinaus auf den Gang, ehe Ghuda noch eine weitere Frage stellen konnte. Borric zögerte einen Moment lang, während die anderen durch die Tür kamen und sie hinter sich schlossen. Er machte Ghuda und Suli ein Zeichen mit der Hand, sie sollten sich an die Wand drücken.

Ein Stück voraus machte der Gang einen Knick und ließ nur

eine einzige Möglichkeit weiterzugehen, also folgten sie dem Knick. In diesem Flügel des Palastes brannten keine Lichter, und Borric bezweifelte, daß die keshianischen Adligen gern durch die Dunkelheit stolperten. Und tatsächlich trafen sie wie erwartet auf niemanden.

Als sie das Ende des Gangs erreichten, drehte sich Borric um und flüsterte. »Es kommt jemand.« Er machte Ghuda und Suli abermals ein Zeichen, sie sollten sich an die Wand drücken, während er selbst auf die andere Seite des Gangs schlich.

Eine Frau eilte allein um die Ecke, und Ghuda trat vor und stellte sich ihr in den Weg. »Was –«, wollte sie sagen, doch da ergriff Borric sie von hinten. Die Frau war geschmeidig und muskulös, doch Borric brachte sie in seine Gewalt und zerrte sie in das nächste Zimmer, das an diesem Gang lag.

Licht aus einem Zimmer im Flügel gegenüber schien durch das Fenster und erleuchtete die Szene schwach. Borric hielt die Frau weiterhin fest und flüsterte ihr ins Ohr: »Wenn du schreist, wird es dir leid tun. Wenn du still bist, passiert dir nichts. Verstanden?«

Die Frau nickte einmal, und er ließ sie los. Sie drehte sich abrupt zu ihm um und sagte: »Wer wagt es –« Dann erkannte sie, wer sie festgehalten hatte. »Erland? Was ist denn in Euch gefahren –« Sie riß die Augen auf, als sie die Kleidung und das kurzgeschnittene dunkle Haar sah. »Borric! Wie seid Ihr hierhergekommen?«

Seit Borric sich erinnern konnte, hatte James ihm Geschichten über seine Zeit als Dieb in Krondor erzählt, und eine Sache, die in den an den Haaren herbeigezogenen Geschichten des Grafen immer wieder eine herausragende Rolle gespielt hatte, war sein legendärer »sechster Sinn für Ärger« gewesen. Und zum ersten Mal, seit er sich erinnern konnte, verstand Borric, was James damit gemeint hatte. Etwas in ihm schrie gewissermaßen, daß der Ärger jetzt genau vor ihm stand.

Ghuda zog sein Schwert, zielte mit der Spitze auf die Frau und sagte: »Verrückter, das ist nicht notwendig. Die Frau –«

»Still, Ghuda. Frau, wie ist dein Name?«

»Miya. Ich bin eine Freundin Eures Bruders. Er wird so glücklich sein, Euch lebend zu sehen. Was macht Ihr hier –« Sie lachte, und Borric wußte, dieses Lachen war genauso gezwungen wie künstlich, obwohl es sich natürlich und aufrichtig anhörte. »Ich plappere dummes Zeug. Das muß der Schreck sein, Euch –«

»Im Palast zu sehen«, beendete Borric den Satz.

»›Lebend‹ wollte ich eigentlich sagen«, meinte Miya.

»Das glaube ich kaum. Als du mich gesehen hast, dachtest du, ich wäre mein Bruder. Dann hast du begriffen, daß ich nicht Erland bin. Niemand, der glaubte, ich sei tot, wäre so schnell darauf gekommen. Und du hast nicht gesagt: ›Ihr lebt ja!‹, sondern du hast gesagt: ›Wie seid Ihr hierhergekommen?‹ Und das nur, weil du wußtest, daß ich am Leben war und mich in der Unterstadt aufhielt.«

Die Frau verfiel in Schweigen, und Borric sagte zu Ghuda und Suli: »Sie ist eine von denen, die mich auf Schritt und Tritt von Krondor bis Kesh umbringen wollten. Sie arbeitet für Lord Feuer.«

Miya riß bei der Erwähnung des Namens die Augen auf, ließ sich ansonsten jedoch nichts anmerken. Sie sagte: »Wenn ich laut genug schreie, werden hier innerhalb eines Augenblicks ein Dutzend Wachen auftauchen.«

Borric schüttelte den Kopf. »Dieser Flügel ist schon durchsucht worden. Wir sind ihnen entschlüpft, während sie von Zimmer zu Zimmer gingen. Außerdem sind sie nur hinter einem Mann her.«

Die Augen der Frau blitzten auf, und sie trat einen Schritt zurück, während sie die Entfernung zur Tür abschätzte. »Denk gar nicht erst daran«, sagte Borric. »Das ist vielleicht das Naheliegendste, aber ich bin schneller als du, und außerdem habe ich vier Fuß mehr Reichweite«, sagte er und richtete das Schwert auf sie.

»Ihr werdet hier nicht lebend herauskommen, wißt Ihr das?

Die Dinge sind bereits so verzwickt, man kann sie nicht mehr rasch und leicht erklären. Blut wurde vergossen, und die Soldaten marschieren. Euer Vater hat die Armee des Westens in das Tal der Träume entsandt, bereit, anzugreifen.«

»Euer Vater?« fragte Ghuda. »Wer mag er bloß sein, wenn er zu Hause ist?«

Borric sagte: »Mein Vater ist Prinz Arutha von Krondor.«

Ghuda blinzelte wie eine Eule in der Mittagssonne. »Der Prinz von Krondor?«

Suli sagte: »Und ich bin sein Diener, und ich werde auch noch sein Diener sein, wenn er König der Inseln ist.«

Ghuda stand eine Weile schweigend da. »Verrückter ... Borric ... Prinz ... wie ich dich auch immer nennen soll, du kannst mich, wenn das alles vorbei ist, daran erinnern, daß ich dir noch einmal ordentlich eine verpasse.«

»Wenn wir aus diesem Schlamassel herauskommen, würde ich dabei vielleicht sogar stillhalten.« An Miya gewandt, sagte er: »Mein Vater ist vielerlei, aber er ist nicht dumm. Er würde das Kaiserreich mit so großer Wahrscheinlichkeit angreifen, wie ich mich mit einem Amboß in Treibsand wagen würde.«

Ghuda sagte: »So wie ich dich kennengelernt habe, würdest du das glatt machen.«

Borric sagte: »Sie lügt. Und wir müssen zu meinem Bruder.« An Miya gewandt, sagte er: »Du wirst uns zu ihm führen.«

»Nein.«

Borric machte einen Schritt nach vorn und setzte der Frau das Schwert an die Kehle. Als Miya nicht mit der Wimper zuckte, meinte er: »So, du hast also keine Angst vorm Sterben?«

»Du bist kein Mörder«, spuckte Miya aus.

Rauhe Hände zogen Borric zur Seite. Ghuda sagte: »Er vielleicht nicht, Hure.« Seine riesigen Hände ergriffen die Frau an den Schultern, und er zerrte sie zu sich hin. Dem Ausdruck des Unbehagens auf Miyas Gesicht nach konnte sich Borric vorstellen, daß er nicht gerade sanft mit ihr umging. Ghuda zog ihr Gesicht bis dicht vor sein eigenes und zischte: »Aber ich bin da nicht ganz so zimperlich. Ich habe für Reinblütige und solche Leute ganz und gar nichts übrig. Ich hätte lieber eine Schlange bei mir zu Hause als so eine wie dich. Du könntest in Flammen stehen, und ich würde nicht mal die Straßenseite wechseln, um auf dich zu pissen. Hör mal, ich bring dich ganz langsam und unter vielen Qualen um, Mädchen, wenn du uns nicht sagst, was wir wissen müssen. Und ich mach das so, daß du dabei nicht mal schreien kannst.«

Die mit ruhiger Stimme ausgesprochene Drohung des Söldners mußte sie überzeugt haben, denn Miya sagte, wobei sie kaum richtig sprechen konnte: »Ich führe Euch hin.«

Ghuda ließ sie los, und Borric sah, wie Tränen der Angst über die Wangen des Mädchens kullerten. Er steckte sein Rapier weg und zog den Dolch aus dem Gürtel. Dann zeigte er ihr die kurze Klinge und gab ihr einen Schubs auf die Tür zu. »Denk dran, vielleicht kannst du weglaufen. Aber ich kann meinen Dolch schneller werfen, als du rennen kannst.«

Miya machte dieTür auf, und sie folgten ihr. Während sie gingen, sagte Ghuda: »Was hat dich auf ihre Schauspielkünste gebracht?«

»Mein sechster Sinn für Ärger.«

»Ich habe die ganze Zeit geglaubt, so etwas hättest du überhaupt nicht«, sagte der Söldner. »Na, glücklicherweise hat sich dein sechster Sinn noch rechtzeitig gemeldet.«

»Finde ich auch.«

»Aber dir muß doch irgend etwas aufgefallen sein«, sagte Ghuda. »Was hat dich an ihr gestört?«

»Sie ging in dieselbe Richtung wie die beiden Männer, und einer von den beiden hat mich rechtzeitig gewarnt.«

»Wie hat er denn das gemacht?«

»Er hat mich gejagt, seit wir Krondor verlassen haben. Und er war einer der wenigen Menschen in Kesh, die mich sofort erkennen würden.«

»Wer ist er denn?« fragte Ghuda, während sie um eine Ecke bogen und in einen besser beleuchteten Gang kamen.

Vor sich konnten sie zwei Wachposten sehen, die vor einer Tür standen, und Borric trat einen Schritt näher an das Mädchen heran, falls es sich entscheiden sollte, davonzurennen oder um Hilfe zu rufen. Zu dem Söldner sagte er: »Der Mann war Lord Toren Sie, Keshs Botschafter am Hofe meines Vaters.«

Der Söldner schüttelte den Kopf. »Er ist von kaiserlichem Blut. Einige sehr wichtige Leute möchten dich wohl gern tot sehen, Verrückter.«

»Und andere sehr wichtige Leute möchten die Wahrheit erfahren«, erwiderte Borric. »Und das hält uns alle noch ein bißchen am Leben.«

»Götter, hoffentlich hast du recht«, sagte der Söldner. Miya führte sie an einer Reihe von Wachen, die vor Türen standen, vorbei durch den Palast. Ob es ihnen seltsam vorkam, daß eine Angehörige des kaiserlichen Haushalts drei eigentümlich gekleidete Männer begleitete, ließ sich an ihren Gesichtern nicht erkennen. Miya bog in einen langen Gang ein, und sie kamen an einem halben Dutzend unbewachter Türen vorbei.

Am Ende des Ganges steuerte Miya auf eine große, geschlossene Tür zu und sagte zu Borric: »Hier ist Euer Bruder drin.«

Borric gab ihr einen Schubs. »Öffne sie und geh zuerst hinein.«

Die Frau legte die Hand auf die Klinke, drückte sie hinunter und schob die Tür auf. Sie trat ein und machte die Tür für Borric noch weiter auf. Er folgte ihr, und nach ihm kamen Ghuda und Suli.

Sie führte die Männer durch ein kleines Empfangszimmer zu einer weiteren Tür, wo sich das gleiche wiederholte, nur diesmal stieß sie, nachdem Suli eingetreten war, mit unerwarteter Heftigkeit die Tür zu und schrie: »Es ist Borric von Krondor! Tötet ihn!«

In dem Zimmer saßen Männer in der Uniform der reinblütigen Wachen, und bei Miyas Worten sprangen sie auf und rissen ihre Waffen aus den Scheiden.

Die Dienerin kündigte Lord Nirome an, und Erland bat ihn herein. Der wohlbeleibte Adlige eilte ins Zimmer und verneigte sich vor dem Prinzen. »Hoheit, Lady Miya sagte, Ihr hättet etwas Dringliches mit mir zu besprechen.« Dann bemerkte Nirome James und Gamina, die Erland gegenübersaßen und die er beim Eintreten nicht gleich hatte sehen können.

»Mein Lord, meine Dame. Ich habe Euch nicht sofort bemerkt. Ich bitte um Vergebung.«

Er ist sehr erpicht darauf, mit dir allein zu sprechen, teilte Gamina Erland mit. *Er ist sogar sehr verärgert, weil wir auch hier sind.*

»Habt Ihr irgend etwas Baron Locklear Betreffendes gehört?«

Nirome zuckte mit den Schultern. »Hätten wir das, dann wäret Ihr natürlich umgehend unterrichtet worden. Ich muß gestehen, die meisten, die zusammen mit Ihrer Majestät beim Rat sitzen, sind persönlich nicht so empört wie die Kaiserin selbst. Wir haben auch nur eine Cousine verloren, während Sie, Die Kesh Ist, eine Tochter geben mußte. Auch wenn Mutter und Tochter in vielen Angelegenheiten des Hofes nicht immer einer Meinung waren, so hegten sie doch starke Gefühle füreinander. Und wie Ihr Euch ohne Zweifel selbst schon gesagt haben werdet, läßt sich hinter dem Ganzen keine Logik erkennen.«

»Ich habe gehofft, Ihr würdet genau das sagen«, meinte Erland.

»Ich bin ein Mann der Vernunft, Hoheit. In meiner Zeit in der Galerie der Herren und Meister habe ich oft die Rolle des Schlichters gespielt, denn wie Ihr ohne Zweifel schon bemerkt haben werdet, gibt es im Reich viele verschiedene Völker. Kesh ist ein Land, in dem unterschiedliche Meinungen herrschen, und unsere Geschichte unterscheidet sich von der des Königreichs doch erheblich. Ihr seid ein einziges geeintes Volk, schon seit den alten Tagen. Innerhalb der Grenzen Eures Reiches leben nur zwei große Völker, das von Yabon und das unserer früheren Landsleute aus Crydee, während Kesh ein Land der tausend Sprachen und Sitten ist.«

Er versucht, Zeit zu schinden, ließ sich James über Gamina hören.

Warum?

Gamina erwiderte: *Er möchte mit dir allein sprechen … nein, er möchte dich allein haben … seine Gedanken schwirren umher … er achtet nicht darauf, was du tust, wenn du mit mir sprichst … er denkt an …* Plötzlich wurde Gaminas Gesicht bleich, und eine Sekunde später sprang James auf, das Schwert in der Hand. Der wohlbeleibte Adlige entdeckte etwas Auffälliges in Erlands Gesichtsausdruck, oder er hatte gesehen, wie James aufgestanden war, jedenfalls wandte er sich um und brachte seinen Amtsstab in eine zur Verteidigung bereite Position.

»Was soll das?« fragte Erland.

Gamina sagte: »Borric lebt. Er ist irgendwo hier in der Stadt. Nirome will dich an einen Ort im Palast bringen, wo dich seine Helfershelfer töten können.«

Erland begriff nicht alles sofort. »Was?«

Niromes Gesicht wurde aschfahl. »Was … sagt die Dame da?«

James sagte: »Meine Frau hat gewisse Fähigkeiten, mein Lord. Unter anderem kann sie Falschheit spüren. Nun, welche Rolle habt Ihr bei dem Mord gespielt, der heute abend begangen wurde?«

Nirome schob sich auf die Tür zu, und James zögerte keinen Moment und sprang los, um ihm den Weg abzuschneiden. Erland zog sein Schwert und fragte: »Wo ist mein Bruder?«

Nirome suchte einen Ausweg, und als er keinen fand, sackte er sichtlich in sich zusammen. »Gnade, mein Lord Prinz, bitte Gnade. Ich werde alles gestehen, doch versprecht mir, Euch bei der Kaiserin für mich zu verwenden. Ich habe nur eine winzige Rolle gespielt, um den Ehrgeiz des Prinzen Awari zu unterstützen. Er hat das Komplott geschmiedet, welches zum Tod seiner Schwester führte, und er plant ebenfalls, Euch zu töten und Sharana zu heiraten.«

»Seine eigene Nichte?« fragte Erland.

James fuchtelte ein wenig mit dem Schwert. »Das ist auch schon in früheren Dynastien des Kaiserreichs vorgekommen. Wenn eine Erbfolge als zu schwach angesehen wurde, heiratete der- oder diejenige, der seinen Anspruch auf den Thron laut machen wollte, einfach einen Cousin oder eine Cousine oder gar einen Bruder oder eine Schwester, um seinen Anspruch damit zu kräftigen. Und da die Kaiserin so viele Verwandte hat, sind viele der Reinblütigen untereinander Cousins und Cousinen.«

Nirome sagte: »Genauso ist es. Aber falls wir Euren Freund retten wollen, müssen wir uns beeilen. Er ist verletzt und in einem der unteren Stockwerke des Palastes eingesperrt.«

James sah Gamina an, und sie antwortete: *Ich kann es nicht sagen.*

Was? fragte Erland.

Er ist sehr schlau, und seine Gedanken sind sehr rege. Er weiß vielleicht nicht, daß ich einen Teil seiner bewußten Gedanken lesen kann, aber er vermutet irgendeine Art von Magie und wiederholt immer wieder nur das, was er uns schon gesagt hat. Es gibt Hinweise auf andere Dinge, und einige Gefühle ... er lügt, was die Größe seiner Rolle in diesem Spiel angeht, aber ich kann nicht genau sagen, wie stark. Ihr müßt gut auf ihn aufpassen.

Erland fragte: »Nun, was hat es damit auf sich, Borric sei noch am Leben?«

Nirome sagte: »Ich glaube, es stimmt. Ein Sklave, der von Wüstenräubern noch Durbin gebracht wurde, konnte von dort entkommen. Er wurde verdächtigt, die Frau des Gouverneurs von Durbin ermordet zu haben, um seine Flucht zu tarnen. Und auf ihn paßt genau die Beschreibung Eures Bruders.«

Er ... er verbirgt noch einiges vor uns. Aber das, was er gesagt hat, ist einigermaßen wahr.

Erland sagte: »Wir müssen jemanden finden, dem wir vertrauen können.«

Eine Dienerin erschien in der Tür und zog Erlands Aufmerksamkeit für einen Moment auf sich. Nirome schlug mit seinem Amtsstab zu, und weit schneller, als es sein Gewicht hätte vermuten lassen, wich er James' Hieb aus. Er schrie dem Mädchen zu: »Hol die Wachen!« und fuchtelte wild mit seinem Stab herum.

Das Mädchen zögerte nur einen Augenblick, dann rannte es nach Wachen schreiend zur Tür hinaus. James griff nach Niromes Arm und wurde von dem Stab an der Schulter getroffen. Erland sprang vor und schnappte sich den Stab, wobei er den schweren Höfling zurückstieß. Während der Prinz sein Schwert hob, um den Hofbeamten zu bedrohen, traten Wachen in das Zimmer.

Augenblicklich wurden Schwerter und Lanzen auf James und Erland gerichtet, und der Hauptmann der Wache, der den weißen Kilt der Reinblütigen trug, rief: »Legt die Waffen nieder oder sterbt!«

Erland dachte nur kurz an Widerstand, dann reichte er sein Schwert einer Wache. »Ich möchte sofort eine Nachricht an die Kaiserin schicken. Es ist ein schändlicher Verrat begangen worden.«

Die Wachen ergriffen James und Erland an den Armen, und der Hauptmann fragte: »Sollen wir sie töten?«

Nirome sagte: »Noch nicht! Bringt sie zuerst in den leeren Flügel, und wenn Ihr nicht unser aller Leben aufs Spiel setzen wollt, laßt Euch dabei von niemandem sehen! Ich muß nur Miya und Toren Sie finden, und dann kommen wir zu Euch.«

Plötzlich wurde Erland klar, dieser unterwürfige dicke Mann hatte in diesem Flügel des Palastes Wachen eingesetzt, die Prinz Awari treu ergeben waren – und deshalb war es ihm auch gelungen, Prinzessin Sojiana zu ermorden und die Schuld Locklear zuzuschieben.

»Ihr habt Sojiana ermordet«, sagte Erland. »Und Locklear.«

Niromes Benehmen änderte sich; statt des kriecherischen Speichelleckers stand da mit einem Mal ein grimmiger, entschlossener und zielstrebiger Mann: Er nahm eine Walnuß vom Tisch und knackte sie mit der bloßen Hand vor Erlands Gesicht. »Du dummer Junge. Du bist da in einen Schlamassel geraten, und das Schlimmste ist, du verstehst noch nicht einmal, worum es sich dreht ...« Er betrachtete den Prinzen. »Hätte dein lieber Bruder die Güte gehabt, in Krondor zu sterben, und hätte dein lieber Vater daraufhin ein paar drohende Noten an die Kaiserin gesandt, wäre das alles nicht notwendig gewesen. Wenn du jedoch jetzt mitspielst und keinen Wirbel machst, dann schicke ich dich deinem Vater lebend und in einem Stück zurück, denn ich will keine Händel mit einem verärgerten Königreich austragen müssen; und sollte die Kaiserin erst einmal unserem Plan zugestimmt haben, dann brauchen wir dich auch nicht mehr länger.«

Zum Hauptmann der Wache sagte er: »Bringt sie jetzt weg, und paßt auf diese Hexenfrau auf. Sie ist aus Stardock, und sie hat irgendwelche Fähigkeiten, mit denen sie erfahren kann, was man denkt, wenn man nicht vorsichtig ist.« Er sah Gamina an und sagte: »Vielleicht müssen wir sie sogar hierbehalten. Diese Fähigkeit könnte für uns von Nutzen sein. Doch sollte einer von den dreien Schwierigkeiten machen wollen, töte ihn.«

Die Soldaten gehorchten, ohne zu zögern, und einen Moment später wurden die drei aus dem Gemach gebracht, ohne daß man ihnen die geringste Gelegenheit zur Flucht ließ.

Die bewaffneten Männer zögerten einen Augenblick, weil Miyas unerwarteter Alarm sie erschreckt hatte. Borric verschwendete keine Zeit mit Nachdenken; er machte einfach etwas. Er warf seinen Dolch auf den ersten Mann, der sich erhob, und traf ihn in die Brust. Ein weiterer wurde bei einem Ausfall getroffen, bei dem Borric fast zwei Meter überwand, und drei Männer wichen zurück, während sie ihre Waffen zogen.

Ein erstickter Schrei und ein Ekel hervorrufendes Knacken verrieten Borric, daß Ghuda die Frau, die sie in die Falle geführt hatte, mit einem gebrochenen Genick zum Schweigen gebracht hatte. Dann sagte der Söldner: »Mach Platz, Verrückter.«

Borric wußte, jetzt zog Ghuda sein Bastardschwert, und dafür brauchte er mehr Raum als Borric für sein Rapier und Suli für sein Kurzschwert. Borric sorgte sich um den Jungen, konnte sich jetzt jedoch nicht um ihn kümmern. Denn im Moment hatten es drei wütende Wachen auf ihn selbst abgesehen.

Borric parierte den Hieb eines Mannes mit dem Dolch, traf einen anderen mit dem Rapier in die Kehle und duckte sich unter dem Hieb eines dritten durch. Ein Krachen hinter ihm und ein abgewürgter Schrei sagten Borric, daß Ghuda einen weiteren Mann aus dem Rennen geworfen hatte. Vier Männer waren schon niedergeschlagen, und trotzdem hatten sie die Situation immer noch nicht unter Kontrolle. Borric verstärkte seine Angriffsbemühungen. Er attackierte den Kopf eines Mannes wie ein Wilder und schlug ihm ein Ohr ab. Der Mann ging zu Boden, schrie vor Schmerzen und war nicht mehr fähig, sich zu verteidigen, und Borric tötete ihn mit dem Dolch, während er weiter auf den verbleibenden Mann einschlug.

Borric hörte das durch Mark und Bein gehende Geräusch von Knochen und Fleisch, die von Stahl zerteilt wurden; Ghuda schien den fünften getötet oder zumindest kampfunfähig gemacht zu haben. Der Prinz parierte einen Hieb, den der letzte Mann, der ihm gegenüberstand, auf seinen Kopf gezielt hatte, und durchbohrte den Kerl.

Borric fuhr herum und sah, wie Ghuda einem Mann in die Leisten trat, während er sein langes Bastardschwert von einem anderen zu befreien suchte, den er gerade damit aufgespießt hatte. Suli war in eine Ecke zurückgedrängt worden, fuchtelte rasend mit seinem Kurzschwert herum und hielt zwei Männer in Schach. Doch ein dritter bewegte sich von links auf ihn zu, und Borric sprang auf einen Tisch und kam noch rechtzeitig hinzu, um den Kerl von hinten zu töten. Dann schlug er zu und verwundete einen der beiden verbliebenen Männer, die Suli angriffen. Doch während der eine zu Boden ging, schlug der andere mit seinem Langschwert zu, und der Junge schrie auf.

Borric hackte mit der Schneide seiner Klinge zu und schnitt dem Mann, der Suli verletzt hatte, wenigstens drei Zoll tief ins Genick. Der Mann gab einen mitleiderregenden Ton von sich, der sich wie das Quieken einer Maus anhörte, und brach zusammen. Dann war es still.

Borric zog den Toten, der auf Suli lag, von ihm herunter und kniete sich neben dem Jungen hin. Suli versuchte vergeblich, die klaffende Bauchwunde zusammenzuhalten. Borric hatte auf dem Schlachtfeld schon früher solche Wunden gesehen, und er wußte, Sulis Leben würde in wenigen Minuten vorbei sein.

Den Prinzen erfaßte eine kalte Gewißheit, und er ergriff die Hand des Jungen. Suli atmete stoßweise, und seine Augen wurden langsam glasig. Sein Gesicht wurde wächsern, und er versuchte, etwas zu sagen. Endlich brachte er hervor: »Meister?«

Borric packte Sulis Hand fester und sagte: »Hier, Suli.«

»War ich Euer Diener?« fragte der Junge leise.

Borric drückte Sulis Hand noch fester und meinte: »Du warst ein guter Diener.«

»Dann wird es doch ins Buch des Lebens eingetragen werden, daß Suli Abul der Diener eines großen Mannes war, der Diener eines Prinzen.«

Die schlaffen Finger glitten dem Prinzen aus der Hand. »Ja, kleiner Bettler. Du bist tatsächlich als Diener eines Prinzen gestorben.« Borric hatte schon früher mit dem Tod Bekanntschaft gemacht, doch niemals bei einem so jungen Menschen wie Suli. Seine eigene Unfähigkeit, den Jungen zu beschützen, überwältigte ihn. Eine ganze Minute lang kniete er nur da, und wenn er etwas zu bestimmen gehabt hätte, dann hätte er Sulis Tod nicht zugelassen.

Ghuda sagte: »Wir können nicht länger verweilen. Hier liegen zwölf Leichen auf dem Boden. Sobald jemand hereinkommt, wird die Hölle los sein. Los jetzt!«

Borric erhob sich. Er wußte, er mußte seinen Bruder oder die Kaiserin innerhalb der nächsten paar Minuten finden. Die Feinde waren im Palast unterwegs, und er konnte niemandem trauen.

Sie eilten den Weg zurück, den sie gekommen waren, bis sie einen Gang mit Wachposten erreichten. Borric machte eine Bewegung mit dem Kopf und schlich sich leise an ihnen vorbei in einen anderen, dunklen Gang. Dann, als sie die Hälfte dieses Ganges hinter sich gebracht hatten, hörte er gedämpfte Stimmen. Wie ein Mann drückten sich Borric und Ghuda in eine Türnische, während zwei Männer an ihnen vorbeieilten. Der wohlbeleibte Mann, den Borric gerade vor ein paar Minuten gesehen hatte, sagte: »Verdammt. Die Sache ist aufgeflogen. Awari sollte nicht so bald vom Tode seiner Schwester erfahren. Findet heraus, wer ihm die Nachricht geschickt hat, und tötet den Mann oder die Frau umgehend. Er war schon auf halbem Wege zu Aruthas angeblicher Armee, als er die Botschaft bekommen hat.« Borric riß die Augen auf. Prinzessin Sojiana war tot! Vielleicht war deshalb im Palast der Teufel los, weil man einen Mörder suchte – und nicht, weil sich vier Unbekannte hier herumtrieben. Borric machte Ghuda ein Zeichen, er solle ihm folgen, und die beiden warteten einen Moment lang, ehe sie auf den kreuzenden Gang stürzten und die beiden Männer wieder hören konnten. »Awari ist ein halsstarriger Dummkopf. Er wird heute noch in die Stadt zurückkommen und gleich ins Zimmer der Kaiserin marschieren und seinen Anspruch erheben, während sie noch außer sich vor Zorn und Trauer über Sojianas Tod sein wird, und dann bekommen wir es vielleicht mit einer Rebellion zu tun. Wir müssen ihn dazu bringen, die Armee in den Norden zu führen. Der Mann von den Inseln muß als der Schuldige erscheinen. Wo habt Ihr ihn untergebracht?«

Eine Stimme, die Borric bekannt war, erwiderte: »In einem Kornspeicher in der Nähe der Wohnungen der Diener in den unteren Ebenen«, sagte Toren Sie.

»Bringt ihn in eins der leerstehenden Gemächer der Dienerschaft, und dann laßt ihn von den Wachen finden. Der Hauptmann soll berichten, er sei angetroffen worden, hätte sich der Verhaftung widersetzt und sei dabei getötet worden. In der Galerie setzt das Gerücht in Umlauf, daß er getötet wurde, um zum Schweigen gebracht zu werden. Dann soll der Hauptmann, der ihn gefunden hat, auf geheimnisvolle Weise ums Leben kommen. Ich werde das Komplott in der Galerie öffentlich anprangern. Wenn wir die ersten sind, die einen Verdacht äußern, wird das die anderen von uns ablenken. Sollte erst jemand anfangen, dumme Fragen zu stellen, ist alles zu spät.«

»Aber werden die Inseln dann nicht von dem Verdacht befreit?«

»Nein«, entgegnete der wohlbeleibte Keshianer, »doch alle werden sich fragen, wer seine Finger im Spiel hatte und bis in welche Ränge hinauf die Verräter zu suchen sind. Jeder in der Galerie wird seine Rivalen verdächtigen, mit den Inseln gemeinsame Sache gemacht zu haben. Alles was ich brauche, sind zwei Tage voller Verwirrung und Unsicherheit. Ich muß die Gewißheit erlangen, daß diejenigen, die Sharana unterstützen, genauso stark sind wie die Fürsprecher von Awari.«

Die beiden Männer erreichten die Tür des Zimmers, das Borric und Ghuda gerade erst verlassen hatten, gingen jedoch daran vorbei und steuerten auf eine Tür am Ende des Gangs zu. »Wo ist eigentlich Miya?« fragte der wohlbeleibte Mann, während er sich der Tür zuwandte und sie öffnen wollte. Dabei mußte er einen Blick auf die beiden Gestalten erhascht haben, die ihnen folgten, denn er rief: »Wer ist da?«

Borric trat aus dem Dunkel und ins Blickfeld der beiden Männer vor der Tür. Der dünnere sagte. »Ihr!!«

Borric lächelte grimmig, während er sein Schwert hob, und sagte: »Ghuda, ich habe die Ehre, dir Lord Toren Sie, den Gesandten Ihrer Majestät, der Kaiserin von Kesh, am Hofe des Prinzen von Krondor vorzustellen.«

Der zweite Mann wollte in das Zimmer stürzen, doch Ghuda

schnitt ihm den Weg ab. »Und dieser hier«, fuhr Borric fort, »ist mir unbekannt, doch der Kleidung nach muß er ein Mitglied des kaiserlichen Hauses von Kesh sein.«

Toren Sie sagte: »Wenn ich schreie, wird innerhalb von Sekunden ein Dutzend Wachen hier auftauchen.«

Borric erwiderte: »Schreit nur, und Ihr werdet tot sein, ehe uns die ersten Wachen erreicht haben.«

Toren Sie starrte ihn an: »Was wollt Ihr?«

Borric richtete die Spitze seines Rapiers auf den Kehlkopf des Gesandten und sagte: »Eine Audienz bei der Kaiserin.«

»Unmöglich.«

Borric fuchtelte mit dem Rapier dramatisch unter Toren Sies Kinn herum, wobei die Klinge zu singen begann. »Ich habe zwar noch nicht alles verstanden, was hier vor sich geht«, sagte er, »soviel habe ich allerdings schon begriffen: Sollten wir die Kaiserin lebend erreichen, seid Ihr höchstwahrscheinlich ein Mann des Todes. Wenn Ihr dieses Schicksal irgendwie vermeiden wollt, solltet Ihr mir besser endlich erzählen, was ich wissen muß.«

Der dicke Mann sagte: »Wir werden Euch alles erzählen, was Ihr wissen müßt. Doch wir sollten das lieber hier drin machen. Da können wir uns wie anständige Menschen hinsetzen.«

Ohne eine Antwort abzuwarten, öffnete der Mann die Tür, und nur Ghudas schneller Reaktion war es zu verdanken, daß sie den beiden nicht ins Gesicht knallte. Der große Söldner stieß hart gegen die Tür, die sich sperrte, dann plötzlich ließ ihr Widerstand jedoch nach, und Ghuda stolperte fast hindurch. Borric ergriff Toren Sie an seinem Halsring und verdrehte das Schmuckstück, wobei der geschmiedete goldene Kragen dem Mann fast die Luft abschnürte. Er zog ihn hinter Ghuda in das Zimmer hinein und konnte gerade noch sehen, wie der wohlbeleibte Mann auf eine Tür auf der anderen Seite des Empfangszimmers zustürmte. Ghuda war bereits an der Tür, als der Mann hindurchrannte und schrie: »Tötet sie!«

Borric zögerte nicht, er schlug dem Gesandten hart mit dem

Heft seines Schwertes an die Schläfe. Der Mann sackte bewußtlos auf dem Boden zusammen, und Borric stürmte auf die andere Tür zu.

Als er dort ankam, sah er Ghuda mit offenem Mund dastehen, und der wohlbeleibte Mann baumelte wie von unsichtbarer Hand gehalten ein Stück über dem Boden in der Luft. In dem Zimmer lagen kreuz und quer verteilt ein gutes Dutzend Wachen in der Uniform der Inneren Legion und dazu noch einige in der der Reinblütigen, und alle waren bewußtlos. Und genauso bewußtlos waren James, Lady Gamina und Erland.

Auf einem großen runden Tisch saß Nakor, schnitt eine Grimasse und gab seltsame Laute von sich, während er mit zwei Fingern auf den schwebenden Mann zeigte. Als er Borric und Ghuda sah, hörte er auf zu grunzen und sagte: »Borric! Ghuda!« Im selben Augenblick fiel der wohlbeleibte Mann mit einem dumpfen Schlag zu Boden, und Ghuda bückte sich und packte ihn im Genick.

Borric ging dorthin, wo seine Freunde lagen, und fragte: »Nakor, was hast du angestellt?«

»Ich habe mich nur ein bißchen mit den Wachen vergnügt, und wir haben ›Fang-mich‹ gespielt, doch irgendwie sind sie verschwunden. Also habe ich nach ihnen gesucht. Dabei habe ich dich gesehen, oder zumindest hab ich gedacht, du wärst es gewesen, und du wurdest von Wachen begleitet, aber ich hab mir überlegt, ich sollte dich doch mal fragen, wo du diese ausgesuchten Kleider herbekommen hast und wo du meine Freunde Ghuda und Suli gelassen hast. Wo ist Suli denn?«

Ghuda warf Borric einen Blick zu, und der sagte: »Suli ist tot.«

»Das ist sehr traurig«, sagte der kleine Mann. »Er war ein guter Junge, und er wäre ein guter Mann geworden. Das wird er wahrscheinlich bei seiner nächsten Drehung im Rad des Lebens nachholen. Ist dies dein Bruder?« fragte er und zeigte auf Erland.

»Ja«, erwiderte Borric. »Was hast du mit meinen Freunden gemacht?«

»Ach, ich kam hier in das Zimmer, und plötzlich waren alle sehr aufgeregt. Einige von denen hier haben sich gar nicht gefreut, mich zu sehen, und ich war das Spiel langsam leid, und ich dachte, du würdest irgendwann früher oder später hier vorbeikommen. Nicht wahr? Da hatte ich doch recht?«

Mit einemmal fiel die Anspannung von Borric und Ghuda ab, und beide brachen in schallendes Gelächter aus. »Ja, da hast du recht gehabt«, meinte Borric. Der grinsende kleine Mann schien den Spaß genauso zu genießen wie sie, und sie konnten eine Weile gar nicht mehr aufhören zu lachen. Zuletzt liefen ihnen die Tränen übers Gesicht. Borric fragte: »Du hast alle betäubt? Wie hast du das wieder hinbekommen?«

Nakor zuckte mit den Schultern. »Ist so ein Trick.«

Borric lachte von neuem. »Und was jetzt?«

Nakor griff in seinen Rucksack und fragte: »Wollt ihr eine Orange?«

»Ich hätte nie geglaubt, so etwas mal zu dir zu sagen«, meinte Erland, »aber ich habe dich tatsächlich vermißt.«

Borric nickte: »Geht mir genauso. So, und was sollen wir jetzt machen?«

James schüttelte die Nachwirkungen von Nakors Betäubung ab, während Gamina noch immer nicht richtig bei Bewußtsein war. Ghuda stand da und beobachtete die wiederbelebten Wachen, und er sah so aus, als würde er sie bei jeder falschen Bewegung in Stücke reißen, also saßen sie still da und machten keinen Ärger.

Erland war als erster wieder aufgewacht, laut Nakor, weil er der jüngste war. Die beiden Brüder hatten sich schnell darüber ausgetauscht, was jeder wußte, und sie waren zu dem Schluß gekommen, hier im Palast hatte ein riesiger Verrat stattgefunden.

James meinte: »Vielleicht können wir der Kaiserin irgendwie Bescheid geben …?«

»Wie?« fragte Borric.

»Gamina«, antwortete Erland.

Borric sah seinen Bruder verständnislos an, und der erklärte ihm: »Sie kann mit ihren Gedanken sprechen, weißt du nicht mehr?«

Borric nickte, und er wurde rot. »Dann hätte ich ja in Gedanken um Hilfe rufen können, als ich in den Palast kam, und sie hätte mich gehört.«

»Und warum hast du das nicht gemacht?« fragte James, während Gamina sich zu regen begann.

Borric grinste dümmlich. »Ich habe nicht daran gedacht.«

»Und«, fragte James, »wie bist du der Berührung ihrer Gedanken entgangen, als sie heute abend über dich gestolpert ist?«

Borric deutete mit dem Daumen auf Nakor. »Er hat es bemerkt und sie irgendwie ausgeblendet.«

James fragte: »Ihr seid ein Magier?«

Nakor machte ein unfreundliches Gesicht. »Nein. Ein Isalani. Magier sind düstere Wesen, die in Höhlen arbeiten und schreckliche Dinge tun. Sie machen große Magie. Die Menschen mögen die Magier nicht. Ich kann nur ein paar Tricks und bringe die Leute damit zum Lachen. Das ist alles.«

Während Gamina richtig zu sich kam, sagte James: »Dem Anblick der Wachen und unseres dicken Freundes dort drüben nach sind Eure Tricks zwar nicht gemein, aber nicht immer lustig.«

Nakor grinste noch breiter als gewöhnlich und meinte: »Ich danke Euch. Ich bin ziemlich gut bei dem, was ich tue, und ich dachte wenigstens, es wäre lustig.«

Gamina hatte Borric entdeckt und sagte: »Du lebst ja noch?«

»Offensichtlich«, erwiderte Borric lachend.

Gamina nahm ihn in die Arme und sagte: »Und wieso habe ich dich in der Wüste nicht gefunden?«

Borric schien die Frage zuerst nicht zu verstehen, dann begriff er langsam. »Natürlich. Diese blöde Robe, die ich vor unserem Aufbruch gewonnen habe. Die Sklavenhändler haben mich für einen Magier gehalten und mir Handschellen angelegt, mit denen Magier irgendwie ihre Kräfte nicht anwenden können.«

»Bah!« sagte Nakor. »Das würde nichts nützen, wenn diese Magier wüßten, was sie zu tun haben.«

James sagte: »Vielleicht. Auf jeden Fall stellt sich als nächstes die Frage, wie wir von hier aus zur Kaiserin kommen.«

»Das dürfte nicht schwierig sein«, meinte Nakor. »Ihr braucht mir nur zu folgen. Und ich nehme diese Kerle hier mit.«

Ghuda hatte die Wachen entwaffnet und zerrte den bewußtlosen Toren Sie ins Zimmer. Bei vier bewaffneten Gegnern, Borric, Erland, James und Ghuda, wagten die vierzehn Gefangenen nicht, irgendwelchen Ärger anzufangen.

Nirome warnte sie: »Sobald wir andere Soldaten treffen, werdet Ihr unsere Gefangenen werden. Dieser ganze Bereich wird von Männern bewacht, die Awari treu sind.«

Nakor grinste. »Schon möglich.«

Als sie den Gang erreichten, wo wieder Wachen standen, griff Nakor abermals in seinen Rucksack und holte etwas hervor. Borric und Ghuda waren schon fast gelangweilt, doch die anderen waren zutiefst erstaunt. Denn als der kleine Isalani die Hand wieder hervorholte, saß ein rot und golden gesprenkelter Falke auf ihr, der kaiserliche Vogel von Kesh, das am meisten verehrte und heiligste Symbol des Reiches. Der Falke schrie und breitete die Flügel aus, doch er blieb auf dem Handgelenk des kleinen Mannes sitzen, während der den Gang entlangging.

Die Wachen, an denen sie vorbeikamen, starrten nur den erhabenen Vogel an. Nakor sagte zu jedem Wachposten: »Bitte, kommt mit uns. Wir besuchen die Kaiserin.«

Egal, was Nirome und Toren Sie auch sagen mochten, die Wachen waren beim Anblick des Falken wie hypnotisiert. Sie gesellten sich zu den Leuten von den Inseln und der Gruppe ihrer Gefangenen, und als sie den Saal der Kaiserin betraten, folgten Nakor und seinen Gefährten an die zweihundert Mann.

Der Zeremonienmeister fragte: »Was hat das zu bedeuten?«

Borric und Erland traten vor, und Erland sagte: »Die Prinzen Borric und Erland von den Inseln wünschen eine sofortige Audienz bei Ihrer Majestät. Wir möchten mit der Kaiserin nur eine kleine Angelegenheit von Verrat besprechen.«

Die Galerie der Herren und Meister hielt gerade eine außerordentliche Sitzung ab, als die eigentümliche Prozession mit Nakor und dem Falken an der Spitze den Saal betrat. Sie erreichten das Podest und verneigten sich, und Lakeisha erhob sich halb von ihrem Thron. »Was für eine Verrücktheit soll das jetzt wieder sein?« Ihre Blicke suchten die Gesellschaft zu ihren Füßen ab, und plötzlich wurde ihr klar, daß Borric neben seinem Bruder stand. »Ihr – falls ich mich nicht irre – solltet doch angeblich tot sein.«

Nirome versuchte, etwas zu sagen. »Majestät, diese Verbrecher –«

Ghuda legte dem dicken Mann die Klinge auf die Schulter und sagte: »Es ist nicht höflich zu sprechen, ehe man die Erlaubnis dazu bekommen hat.« An die Kaiserin gewandt, sagte er: »Tut mir leid, Beste. Fahrt bitte fort, wenn Ihr möchtet.«

Lakeisha schien zu spüren, daß hier einige Geheimnisse gelüftet werden sollten, und sie beschloß, an der unhöflichen Ausdrucksweise des Mannes zunächst einmal keinen Anstoß zu nehmen. »Danke«, sagte sie trocken. An Nakor gewandt, sagte sie: »Beginnen wir mit Euch, kleiner Mann. Ihr wißt, den kaiserlichen Falken zu besitzen, kommt einem Todesurteil gleich.«

Nakor grinste. »Ja, Kaiserin. Aber ich besitze ihn nicht. Ich bringe den Falken nur zu Eurer Erhabenheit.« Und ohne die Erlaubnis abzuwarten, stieg der verwegene kleine Isalani die Stufen des Podestes hoch. Zwei schwarzgekleidete Izmalileibwächter wollten ihm den Weg versperren, doch er wich ihnen einfach aus und ging hinter den Thron. Dort war das leere Sonnensymbol angebracht. Der kleine Isalani setzte den Vogel darauf ab, und der Falke flatterte mit den Flügeln.

Die Kaiserin sagte: »Nur ein Männchen darf sich auf die Kaiserliche Sonne setzen, Isalani.«

»Nakor versteht, Kaiserin. Das ist ein Junge. Er wird viele kleine Falken für Euch zeugen. Ich hab ihn letztes Frühjahr in den Bergen westlich von Tao Zi gefangen. Dort oben gab es noch ein paar andere. Wenn Ihr Euren kaiserlichen Falkner hinschickt, kann er sie holen. Das Geschlecht wird wieder aufleben.«

Seit dem Tod ihrer Tochter hatte die Kaiserin nicht mehr gelächelt. Jetzt kam sie nicht umhin. Etwas in den Worten des kleinen Mannes hatte sie berührt, und sie wußte, ihr Gespräch handelte nicht nur von den seltsamen Vögeln, sondern auch von der kaiserlichen Familie. »Das ist ein sehr wertvolles Geschenk.«

Der Isalani blieb kurz vor dem Thron stehen, ehe er sich wieder auf den Weg nach unten machte, und sagte: »Ihr würdet weise daran tun, wenn Ihr den beiden Zwillingen glaubt, weil die beiden anderen« – er zeigte auf Nirome und Toren Sie – »böse Männer sind.«

Die Kaiserin betrachtete die Szene vor sich und sagte schließlich: »Prinz Erland, warum erzählt Ihr nicht einfach, was Ihr wißt, damit wir endlich etwas Licht in diese Angelegenheit bringen können.«

Erland und Borric erhielten die ungeteilte Aufmerksamkeit aller im Saal, während sie ihre verschiedenen Vermutungen vortrugen und einen Sinn in die Ereignisse zu bringen versuchten, die sich seit dem Überfall in der Wüste ereignet hatten. Ununterbrochen sprachen sie eine ganze Viertelstunde lang. Dann beschloß Erland die Erwägungen darüber, was zu ihrem Erscheinen hier im Saal geführt hatte, und sagte: »Was mich schließlich gänzlich von Niromes Schuld an Sojianas Tod überzeugt hat, war, daß er eine Nuß mit der bloßen Hand knacken konnte. Sojiana wurde das Genick gebrochen – diese Tat konnte nur jemand mit kräftigen Händen begehen. Locklear ist ein Meister des Schwertes, doch ihm fehlt für so etwas die nötige Kraft.« Er zeigte auf

Nirome. »Das ist der Mörder. Er ist der geheimnisvolle Lord Feuer!«

Die Kaiserin erhob sich und sagte: »Mein Lord Nirome –«

Doch von der Tür hörte man jemanden rufen: »Mutter!«

Prinz Awari trat ein und wurde von einem Dutzend Offizieren seiner Armee, eingeschlossen die Lords Ravi und Jaka, begleitet. Er kam vor den Thron, verneigte sich und sagte: »Was hat es mit dieser schrecklichen Nachricht auf sich, Sojiana sei tot?«

Die Kaiserin betrachtete das Gesicht ihres Sohnes einen Augenblick lang eingehend. »Wir sind gerade dabei, das festzustellen. Bleib und schweig eine Weile still. Auch deine Zukunft ist von dieser Angelegenheit betroffen.« Sie wandte sich Nirome zu und sagte: »Ich wollte Euch gerade fragen, mein Lord Nirome, was Ihr angesichts dieser Anschuldigungen zu entgegnen habt?«

Der wohlbeleibte Höfling sagte: »Unser Aller Mutter –«

»Bitte«, unterbrach ihn die Kaiserin, »diesen Titel verachte ich von allen am meisten. Und im Moment besonders.«

»Höchst erhabene Herrscherin, habt Gnade. Ich tat nur, was ich als Bestes für das Reich erachtete, ich wollte nur Euren Sohn an die erste Stelle bringen. Doch ich wollte dabei nie jemanden verletzen. Die Mordanschläge auf Prinz Borric waren nur ein Trick, damit die Männer von den Inseln die Stadt nicht erreichen sollten. Wir wollten die Aufmerksamkeit von Sojianas Anhängern in den Norden lenken, deshalb fälschten wir auch die Berichte, denen zufolge sich die Armee der Inseln zum Angriff sammelte. Doch der Mord an Eurer Tochter war nicht mein Werk! Es war Awari, der seine Rivalin beseitigen wollte.«

Prinz Awari wurde aschfahl und hatte sein Schwert schon halb aus der Scheide, als Lord Jaka ihn zurückhielt. Die Kaiserin schrie: »Genug!« Sie sah sich im Saal um und sagte: »Gibt es keinen anderen Weg zur Wahrheit als diesen?« An die Zwillinge gewandt, sagte sie: »Eure Ausführungen sind überzeugend, doch wo ist der Beweis?«

Sie sah zu Gamina hinunter. »Ihr könnt Gedanken lesen, sagt Ihr?«

Gamina nickte, doch Nirome schrie: »Sie ist die Frau eines Fremden, Majestät! Sie würde lügen, um ihrem Mann zu dienen, und dessen Anliegen sind allein die Inseln!«

Gamina wollte etwas entgegnen, doch die Kaiserin sagte: »Ich bezweifle, daß Ihr mich anlügen würdet, meine Liebe.« Sie deutete in die Runde und zeigte auf die nun gefüllte Galerie über ihr. »Doch ich weiß nicht, ob die anderen hier so freundlich wären und Euch Glauben schenken würden. Falls es Euch noch nicht zur Kenntnis gekommen ist, wir befinden uns in einer eher angespannten Lage.«

Ein Wachhauptmann der Inneren Legion eilte in den Saal und flüsterte dem Zeremonienmeister etwas ins Ohr. Der wiederum machte eine Geste, mit der er um Erlaubnis bat, sich der Kaiserin zu nähern. Sie stimmte zu, und er hastete zum Podest.

Als er die Nachricht des Hauptmanns überbracht hatte, lehnte sich die Kaiserin zurück. »Also, nun, da habt Ihr es. Uns wurde berichtet, zwei Kompanien der Palastwache hätten sich in einem Flügel verbarrikadiert, in offenem Widerstand gegen den Befehl, die Waffen niederzulegen, und in der ganzen Stadt sind bewaffnete Truppen unterwegs.

»Nun«, sagte sie und erhob sich von ihrem Thron. »Wir sehen uns einer bewaffneten Rebellion in unserer eigenen Stadt gegenüber! In Kesh gilt der Kaiserliche Friede, und demnach wird derjenige, der zuerst sein Schwert zieht, oder derjenige, dessen Gefolgsmann er ist, mit dem Tod bestraft, möge er nun von einfacher Herkunft oder von höchstem Adel abstammen. Habe ich mich deutlich ausgedrückt?« Die letzten Worte waren an Lord Ravi gerichtet, der wie erstarrt dastand.

Die Kaiserin setzte sich wieder und sagte: »Wieder einmal stehe ich Verrat und Untreue gegenüber, doch ich habe immer noch kein Mittel, mit dem ich die Wahrheit herausfinden könnte.«

Nakor räusperte sich hörbar.
»Ja?« fragte Lakeisha. »Was ist?«
»Kaiserin, es gibt eine alte Methode der Isalani, wie man die Wahrheit herausbekommen kann.«
»Ich würde mich freuen, sie zu erfahren.«
Grinsend sagte Nakor zu Ghuda: »Bring den fetten Lord nach vorn vor das Podest.« Während der Söldner dies tat, setzte Nakor seinen Rucksack auf dem Boden ab und wühlte darin herum. Nach einem Augenblick sagte er »Aha!« und zog etwas heraus.
Alle in seiner Nähe traten unwillkürlich einen Schritt zurück, denn Nakor hielt eine Kobra von unglaublicher Schönheit und Größe in der Hand. Die Schlange maß fast zwei Meter und war so dick wie der Unterarm eines Mannes. Die Schuppen glänzten wie getriebenes Gold, und die Brillenzeichnung und der Hals waren so grün wie dunkelster und klarster Smaragd. Aus Augen wie feurige Opale, in deren Blauschwarz eine rote Flamme tanzte, betrachtete die Schlange die Menge, in der sich ein erschüttertes Gemurmel breitmachte. Eine blutrote Zunge fuhr zuckend aus dem Maul, und die Kobra enthüllte beim Zischen zwei furchterregende elfenbeinfarbene Giftzähne. Sie wand sich hin und her und zischte abermals, als Nakor sie vor Nirome auf den Boden setzte. Der Höfling zuckte zurück auf die Stufen des Podestes, und Nakor sagte: »Dies ist die Schlange der Wahrheit von Sha-shú. Wer vor ihr lügt, umarmt den Tod.« Und an Nirome gewandt, fügte er fröhlich hinzu: »Es ist ein sehr schmerzhafter Tod.«
Die Schlange glitt vor Niromes Füße und richtete sich vor ihm auf, als würde sie dem wohlbeleibten reinblütigen Lord in die Augen sehen. Die breite Brillenzeichnung flackerte, und silberne Funken tanzten über den Rücken des Tieres.
Nakor sagte: »Die Schlange wird nicht zuschnappen, solange Ihr die Wahrheit sagt. Eine einzige Lüge, und Ihr sterbt. Und zwar ohne Warnung. Sie ist unfehlbar.«
Nirome konnte sich kaum bewegen, so sehr schien ihn die sich vor ihm wiegende Schlange in ihren Bann zu schlagen. Dann, als

sie nur noch vielleicht einen Fuß von ihm entfernt war, sagte er: »Genug! Ich werde alles sagen! Ich war es, der das alles von Anfang an geplant hat.«

Verschiedene Mitglieder der Galerie unterhielten sich flüsternd miteinander. Die Kaiserin fragte: »Und welche Rolle hat Awari bei dieser ganzen Sache gespielt?«

Niromes Angst schlug in Wut um, und er wandte sich der Kaiserin zu. »Awari! Dieser aufgeblasene Pfau, dieser Narr. Er dachte, ich wollte seinen Anspruch auf den Thron stärken. Nein, ich wollte ihm die Schuld für Sojianas Tod in die Schuhe schieben oder ihn zumindest so verdächtig erscheinen lassen, daß ihn niemand mehr ernsthaft als Erben des Throns in Betracht ziehen würde.«

»So«, sagte die Kaiserin und lehnte sich zurück, »du hättest also Sharana an meiner Statt auf den Thron gesetzt. Aber warum?«

»Weil Ravi und seine Verbündeten keine weitere Kaiserin akzeptiert hätten. Die Völker des Südens sind wieder einmal zum Aufstand bereit, und bei einer Rebellion der Bruderschaft des Pferdes, die den Paß durch den Ring von Kesh hält, wäre Niederkesh für alle Zeit verloren gewesen. Und Lord Jaka und die anderen Reinblütigen hätten sich niemals vor einem nichtreinblütigen Gemahl verbeugt. Also gab es nur eine Lösung.«

Lakeisha nickte. »Offensichtlich. Man hätte Sharana mit einem verheiratet, der auch einen Anspruch auf den Thron besitzt. Man hätte sie zur Gemahlin desjenigen gemacht, der nach meinem Tod zum Kaiser gekrönt werden würde.« Sie seufzte. »Und wen hätte man Besseres dafür finden können als den großen Schlichter Lord Nirome. Das einzige Mitglied der Galerie, das keine Feinde hat. Der einzige Mann, der sich gleichermaßen mit Reinblütigen und Nichtreinblütigen versteht.«

Die Kaiserin legte die Hände vors Gesicht, und einen Moment lang schien es, als würde sie weinen. Sie nahm die Hände wieder herunter, und ihre Augen waren tatsächlich rotgerändert, doch

Tränen konnte man keine sehen. »Soweit sind wir also gekommen: Die besten Komplotte dienen nur noch dem Aufstieg ihrer Drahtzieher und nicht mehr dem Wohl des Kaiserreiches.« Sie seufzte laut und fragte: »Mein Lord Ravi, hätte man diesen Plan so umsetzen können?«

Der Meister der Bruderschaft des Pferdes verneigte sich. »Herrin, ich fürchte, der Verräter hat recht. Bis heute nacht dachten wir, der Prinz, Euer Sohn, wäre für Sojianas Tod verantwortlich. Wir hätten Sharana nicht als unsere Herrscherin gebilligt, doch wir hätten uns auch nicht von jemandem beherrschen lassen, an dessen Händen kaiserliches Blut klebt. Nirome wäre uns als die vernünftigste Wahl erschienen.«

Die Kaiserin schien ihre Kraft zu verlieren, und sie sank zurück in ihren Thron. »Oh, weh!« schrie sie halb. »Alles taumelt auf die Grube zu! Alles erbebt am Rande des Chaos, und nur das gnädige Schicksal hat uns diese beiden Jungen an den Hof geschickt.«

Erland sagte: »Majestät! Wenn ich Euch um eine Gunst bitten dürfte?«

Lakeisha sagte: »Euch ist das größte Unrecht zugefügt worden, scheint es, Prinz Erland. Was wünscht Ihr?«

»Ich möchte Nirome eine Frage stellen.« Und er fragte den zitternden Lord: »Locklear ist des Mordes an Sojiana beschuldigt worden. Ich habe Euch erklärt, nur ein Mann mit starken Armen und Beinen hätte sie auf solche Weise töten können. Habt Ihr sie umgebracht und meinen Freund beschuldigt?«

Nirome warf einen Blick auf die lauernde Schlange und hauchte: »Ja.«

James fragte: »Wo ist Locklear jetzt?«

Nirome wäre am liebsten in den steinernen Stufen versunken, als er sagte: »Er ist tot. Seine Leiche wurde in einer Kornkammer in den unteren Ebenen versteckt.«

Gaminas Augen begannen sich mit Tränen zu füllen, und James und die Zwillinge standen wie vom Blitz getroffen da. Sie hatten zwar insgeheim allen Hoffnungen zum Trotz befürchtet, daß Locklear höchstwahrscheinlich ermordet worden war, doch ehe sein Tod nicht bestätigt würde, hatten sie nicht wirklich daran glauben können. Borric war als erster in der Lage, etwas sagen zu können. »Majestät, ich weiß, Kesh hat keine Schuld am Tode eines unserer Gesandten. Das Königreich der Inseln wird keine Wiedergutmachung fordern.« Er sprach ruhig und gefaßt, doch jeder in seiner Nähe konnte die Tränen in seinen Augen stehen sehen.

Die Kaiserin erhob sich und wandte sich der Galerie zu. »Hört mein Urteil!« Sie zeigte auf Nirome. »Dieser Mann hat sich mit seinen eigenen Worten verdammt.« Sie starrte den Verräter an. »Nirome, der du nicht länger Lord bist, mit deinen eigenen Worten hast du deine Bosheit gestanden, und für diese sollst du sterben.«

Der wohlbeleibte Mann versteifte sich und sagte: »Ich verlange, von eigener Hand sterben zu dürfen.«

»Du hast überhaupt nichts mehr zu verlangen!« bellte ihn die Kaiserin an. »Du gehörst von diesem Moment an nicht mehr zu den Reinblütigen. Du wirst keinen süßen Tod haben, den dir ein gnädiges Gift schenken würde, keine mit Leichtigkeit aufgeschnittenen Handgelenke in einem heißen Bade, in dem du in einen unendlichen Schlaf hinwegdämmern könntest.

In alten Zeiten war für jene, welche ihre Könige und Königinnen verraten hatten, eine bestimmte Strafe vorgesehen. Seit Jahrhunderten wurde ein solches Urteil nicht mehr verkündet. Nirome, höre, wie dein Schicksal lautet: Die heutige Nacht wirst du in einer Zelle verbringen, in der du über deine Schandtaten und deinen bevorstehenden Tod nachdenken kannst, und bei jedem Schlag zur Viertelstunde soll dir eine Wache dieses Urteil erneut vorsagen, damit du keine Ruhe findest. In der Dämmerung schließlich wird man dich in den Tempel bringen, und dort wird die Wache dein Urteil dem Hohepriester von Guis-wa vorlesen, so daß der Jäger mit dem Roten Maul hört, daß du keines Platzes bei der Ewigen Jagd würdig bist. Dann soll man dich zum Fuß des Plateaus bringen und nackt ausziehen. Daraufhin sollen dich ein Dutzend reinblütige Wachen auspeitschen und durch die Straßen der Stadt treiben. Solltest du fallen, werden sie dir glühende Kohlen auf den Rücken legen, bis du dich wieder erhebst und weiterläufst. Am Tor der Stadt wirst du in einen Käfig gesperrt werden, und dein Urteil wird zu jeder vollen Stunde von Wachen verlesen werden, damit alle Vorbeiziehenden deine Verbrechen hören mögen. Selbst dem Niedrigsten meiner Untertanen sollen Bambusstöcke gegeben werden, damit er dich foltern kann, und so wirst du den Zorn derer spüren, die du verraten hast. Aber auch das sollst du überleben und keinen gnadenvollen Tod finden. Wenn du fast tot bist, so soll man dich aus dem Käfig holen und dir Wasser mit saurem Essig und Brot mit Salz geben, damit du dich erholen magst. Sodann wirst du mit Peitsche und glühenden Kohlen an den Rand des Overnsees getrieben, in den Sumpf, wo die ersten Könige der Reinblütigen jagten. Dort soll man dir den bitteren Wein des Betrugs und das verfaulte Fleisch des Verrats zu essen geben. Daraufhin wird dir deine Männlichkeit genommen werden. Du wirst gefesselt und in den Sumpf geworfen werden, wo sich die Krokodile des Overnsees an dir gütlich tun sollen.

In jedem kaiserlichen Dekret und in jeder Aufzeichnung unserer Zeit soll dein Name ausgestrichen werden, damit nie wieder jemand von dir spricht. An seiner Stelle wird eingetragen werden ›einer, der sein Volk verriet‹, und es wird verboten werden, einem Reinblütigen je wieder den Namen Nirome zu geben. Eines Tages werden dann selbst die Götter nicht mehr wissen, wer du warst. Und in der schwarzen Leere der Namenlosen und Vergessenen soll deine Seele die ewige Einsamkeit erleiden.

So habe ich es erlassen!«

Der Zeremonienmeister rief aus: »Sie, Die Kesh Ist, hat gesprochen. So soll es geschehen!«

Wachen eilten herbei und zögerten, als sie die Kobra erreichten. Nakor machte ihnen ein Zeichen, die Schlange würde ihnen nichts tun, und die Wachen ergriffen den entsetzten Nirome. »Nein«, kreischte er, als sie ihn aus dem Saal zerrten, und seine Schreie hallten durch den riesigen Raum.

Die Kaiserin sagte zu Toren Sie: »Du, der du einmal mein Freund warst, sollst mir alle aufzählen, die an diesem Komplott beteiligt waren, und gegebenenfalls werde ich gnädig mit dir verfahren: Vielleicht wirst du eines schnellen Todes sterben, oder vielleicht wirst du nur verbannt. Solltest du dich weigern, so wirst du deinem Freund in seiner Erniedrigung und seinen Schmerzen folgen.«

Lord Toren Sie verbeugte sich und sagte: »Euer Majestät ist sehr gnädig. Ich werde alles enthüllen.«

Während er hinausgeführt wurde, machte die Kaiserin Nakor ein Zeichen. »Macht etwas mit diesem Ding.«

Der grinsende Zauberer eilte hin und fragte: »Dies hier, Kaiserin?« Er langte nach unten und ergriff die Kobra in der Mitte, und als er sich aufrichtete, hielt er nur eine Leine in der Hand. »Es ist doch nur ein Stück Seil.«

Er wickelte die Leine auf und steckte sie zurück in seinen Rucksack. Erland riß die Augen auf, doch Borric sagte: »Es ist nur ein Trick.«

Triumph

Die Dienerin verneigte sich.

Borric, Erland und ihre Gefährten betraten einen kleinen Garten, und die Dienerin bot ihnen Platz auf einigen Kissen an, die um einen Tisch arrangiert waren, auf dem sich alle möglichen Delikatessen und feine Weine fanden. Ein kalter Krug mit Lagerbier und ein warmer mit Hellem standen Ghuda und Nakor zur Wahl, und die Gäste fingen schon einmal ohne ihre Gastgeberin an.

Als die Kaiserin eintrat – sie wurde in einer Sänfte getragen –, erhoben sich alle. Sie machte ihnen ein Zeichen, sie sollten sitzen bleiben. »Ich habe so wenig Gelegenheiten, zu denen ich mich mal nicht so formell benehmen muß, und ich genieße sie jedesmal. Bleibt nur sitzen.«

Die Diener, die die Sänfte trugen, setzten sie am Ende des Tisches ab und zogen die langen Stangen heraus, die als Griffe dienten.

Sharana trat einen Moment später ein, und sie setzte sich zwischen ihre Großmutter und Erland. Sie lächelte Borric an, der sie mit unverhohlener Bewunderung ansah. Borric trug jetzt wieder seine eigenen Kleider, die er in den Taschen gefunden hatte, die nicht in der Wüste von den Banditen gestohlen worden waren. Sein Haar hatte wieder die natürliche Farbe, denn er hatte sich die Tönung mit einer schrecklich stinkenden Flüssigkeit herausgewaschen, die Nakor ihm gegeben hatte. Ghuda und der kleine Zauberer trugen feine Kleider, die die Kaiserin für solche Gelegenheiten bereithielt.

»Ich würde mich gern noch ein bißchen zwanglos unterhalten, ehe die vermaledeiten Feierlichkeiten weitergehen. Wenn ich daran denke, daß das alles noch viereinhalb Wochen dauert.«

Erland sagte: »Ich habe mich auch schon gewundert, Majestät, weil Ihr dieses Fest angeordnet habt.«

Die alte Frau lächelte. »Niromes Komplott wäre nichts im Vergleich zu dem, was passiert, wenn ich die Feierlichkeiten absagen würde, Erland. Die Herren und Meister mögen nach Ländereien und Macht streben, doch der einfache Mann auf der Straße will nur sein Vergnügen haben. Wenn wir ihm das nehmen wollten, würde es in den Straßen blutig zugehen. Ihr könnt das doch sicherlich einschätzen, Ghuda Bulé. Habe ich nicht recht?«

Ghuda, dem in der Nähe von so mächtigen und wichtigen Leuten ausgesprochen unbehaglich zumute war, sagte: »Das ist richtig, Majestät. Die meisten Männer machen nicht viele Schwierigkeiten, wenn sie nur genug zu essen, ein Dach über dem Kopf, eine nette Frau und dann und wann manchmal etwas Spaß haben. Ansonsten haben sie genug eigene Sorgen.«

Die Kaiserin lachte. »Ein Philosoph. Und noch dazu ein ernsthafter.« An die anderen gewandt, sagte sie: »Ich habe noch nicht einmal bemerkt, daß ich Vergnügen habe.« Sie seufzte. »Vielleicht habe ich einfach verlernt, wie man Vergnügen haben kann.«

Sie blickte Ghuda an und sagte: »Also, was wünscht Ihr als Belohnung für die Rettung des Kaiserreiches?«

Jetzt sah Ghuda schrecklich verlegen drein, und Borric sagte: »Ich habe ihm zehntausend Ecu versprochen, Majestät.«

»Einverstanden«, sagte sie. »Und das gleiche bekommt Ihr noch einmal aus meiner Schatzkammer. Was hieltet Ihr davon, hierzubleiben und meine Innere Legion zu führen, Ghuda? Ich habe viele freie Stellen neu zu besetzen, und noch mehr, wenn Toren Sie erst einmal alle Verschwörer beim Namen genannt hat.«

Ghuda lächelte schwach, und er fühlte sich nicht wohl dabei, ein solches Angebot zurückweisen zu müssen. »Es tut mir leid, Euer Majestät, aber ich glaube, ich nehme lieber das Geld und mache damit ein Wirtshaus auf, vielleicht in Jandowae. Dort ist das Wetter immer schön, und es ist eine ruhige, nette Gegend. Ich werde mir zwei hübsche Kellnerinnen suchen, und vielleicht heirate ich dann eine von ihnen und bekomme Söhne. Ich werde langsam zu alt für die dauernden Reisen und Abenteuer.«

Die Kaiserin lächelte und sagte: »Ich beneide Euch um Eure bescheidenen Ziele. Ihr werdet es gut haben, wenn Ihr Eure Geschichten abends in der Schankstube zum besten gebt. Doch ich stehe in Eurer Schuld, und solltet Ihr jemals jemanden am Hof brauchen, der ein offenes Ohr für Euch hat, so schickt mir nur eine Nachricht.«

Ghuda neigte den Kopf. »Euer Majestät.«

»Und was ist mit Euch, kleiner Mann?« fragte sie Nakor. »Was kann ich tun, um Euch für das zu danken, was Ihr für mich getan habt?«

Der Isalani wischte sich den Bierschaum mit dem Ärmel vom Mund und sagte: »Wenn ich vielleicht ein Pferd bekommen könnte? Ein großes schwarzes Pferd? Und eine feine blaue Robe, die ich tragen kann, wenn ich darauf reite?«

Die Kaiserin lachte. »Ihr könnt tausend Pferde bekommen, wenn es das ist, was Ihr wünscht.«

Nakor grinste. »Nein, eins würde mir schon genügen, Kaiserin. Es ist schwierig, zur selben Zeit auf mehr als einem zu reiten. Doch ein wunderschönes schwarzes Pferd und eine großartige blaue Robe würden aus mir wieder Nakor, den Blauen Reiter, machen. Und das wäre eine schöne Sache.«

»Sonst noch etwas? Gold? Eine Berufung an den Hof?«

Nakor griff in seinen Rucksack, holte ein Kartenspiel hervor und mischte es. »Solange ich meine Karten habe, brauche ich kein Gold. Und wenn ich eine Berufung an den Hof bekomme, dann habe ich keine Zeit mehr, mein schwarzes Pferd zu reiten. Danke, Kaiserin, das ist alles nichts für mich.«

Die Kaiserin betrachtete die beiden Männer und sagte: »Die beiden erfrischendsten Männer, die in meinem ganzen Leben in den Palast gekommen sind, kann ich nicht dazu bringen, bei mir zu bleiben. Also gut«, meinte sie mit verstecktem Humor. »Doch wenn ich in Sharanas Alter wäre, wüßte ich wohl, wie ich sie hierbehalten könnte.«

Bei diesen Worten lachten alle. Die Kaiserin sagte: »Lord James, es tut mir leid, die Unterhaltung einem etwas ernsteren Thema zuwenden zu müssen, doch wir haben die Leiche Eures Gefährten gefunden. Baron Locklears Leichnam wird vorbereitet, um nach Krondor zurückgebracht zu werden, und eine Ehrenwache soll ihn zum Besitz seines Vaters in Endland geleiten. Das Reich ist bereit, dem König – sollte er sie fordern – Wiedergutmachung zu leisten. Er war ein Adliger des Königreichs und unser Gast; seine Sicherheit war unsere Pflicht, und wir haben sie vernachlässigt.«

James sagte: »Ich glaube, Prinz Arutha und der König werden die Umstände verstehen.« Er sah einen Moment lang nachdenklich aus. »Wir haben das Risiko gekannt, welches mit der Reise hierher verbunden war. Und es ist der Preis, den wir für unsere Privilegien zahlen.«

Die Kaiserin betrachtete ihn mit einem durchdringenden Blick. »Ihr Leute von den Inseln seid ein seltsamer Haufen. Ihr nehmt die Verpflichtungen, die mit dem Adel und mit dem Großen Frieden verbunden sind, sehr ernst.«

James zuckte mit den Schultern. »Der Große Friede gibt den einfachsten Menschen Rechte, die selbst die Adligen nicht beschneiden dürfen. Auch der König steht nicht über dem Gesetz.«

»Uaah«, machte die Kaiserin und erbebte spöttisch. »Das läßt mich frösteln. Der Gedanke, nicht das befehlen zu können, was ich möchte, ist mir … sehr fremd.«

Borric lächelte. »Wir sind eben anders. Erland und ich haben, jeder auf seine Weise, bei unserem Aufenthalt hier viele Dinge gelernt, weil wir eben ›Fremde‹ waren.« Er warf der lieblichen Prinzessin, die nur ein dünnes Kleid trug, welches nichts von der Schönheit ihres Körpers verbarg, einen Blick zu und fügte trocken hinzu: »Obwohl mein Bruder wahrscheinlich die angenehmeren Lektionen erteilt bekommen hat.«

Erland fragte: »Wie wird es jetzt weitergehen? Ich meine, mit Euch und Eurem Sohn?«

Die Kaiserin sagte: »Awari war schon immer ein dickköpfiger Junge. Deshalb ist er auch nicht geeignet, Kesh zu führen, wenn ich tot bin.«

James sah Sharana an. »Also wird die Prinzessin Euer Erbe antreten?«

»Nein«, sagte die Kaiserin. »Sosehr ich sie auch liebe, aber Sharana hat nicht die Veranlagung zum Regieren. Vielleicht würde sie, wenn ich noch fünfundzwanzig Jahre lebte, genug lernen, aber ich bezweifle, daß ich auch nur noch die Hälfte der Zeit hinter mich bringe.« Sharana wollte protestieren, natürlich würde sie das, doch die Kaiserin winkte ab. »Genug. Ich bin fünfundsiebzig Jahre alt, und ich bin müde. Ihr habt keine Ahnung, wie müde man ist, wenn man siebenundvierzig Jahre lang jeden Tag das Gewicht von fünf Millionen Menschen auf den Schultern tragen muß. Ich bin auf den Thron gekommen, als ich noch jünger war als Sharanas Mutter – mögen die Götter ihr Frieden gönnen. Ich war erst achtundzwanzig, als das schwache Herz meiner Mutter versagte.« Die Kaiserin hielt inne, und etwas Verbitterung hing in der Luft. »Nein, es wäre kein Geschenk, wenn ich sie als meine Erbin benennen würde.« Sie sah Borric, Erland und James an. »Wenn ich einen von Eurer Sorte hier hätte, dann würde ich mir um die Zukunft meines Volkes keine Sorgen machen.« Sie zeigte auf Erland und sagte: »Wenn ich Euch hierbehalten könnte, junger Mann, Euch zu meinem Nachfolger ernennen und mit Sharana verheiraten könnte ... Nun, wäre das nicht ein schönes Durcheinander.« Sie lachte, doch Erlands Gesicht verriet, wie wenig komisch er dieses Thema fand.

Als Lakeisha Erlands Pein bemerkte, sagte sie: »Mädchen, nimm ihn zur Seite und sprich mit ihm. Ihr werdet noch einige Wochen zusammen verbringen, und Ihr müßt Euch miteinander verständigen. Also los.«

Sharana und Erland erhoben sich und verschwanden, und die

Kaiserin sagte: »Sharana kann niemanden außer einem Reinblütigen heiraten, sonst gäbe es hier auf dem Plateau eine Revolution, und Awari würde der nächste Kaiser. Wir haben so, wie die Dinge liegen, einfach nicht genug Rückhalt.«

James dachte über das nach, was er über den Hof wußte, dann fragte er: »Also werdet Ihr sie mit Diigaí verheiraten?«

Die Kaiserin sah den Grafen mit wohlwollender Überraschung an. »Ihr seid mir aber ein Schlauer. Ich wünschte, ich könnte Euch hierbehalten, aber ich bin sicher, der König würde heftig dagegen protestieren.« Sie sah Gamina an und fügte hinzu: »Mit einer Dame an Eurer Seite, die die Gedanken derjenigen lesen kann, mit denen Ihr verhandelt ... Ihr wäret von großem Wert für mich, mein Lord James. Ich muß daran denken, Euch für alle Zeiten aus dem Reich zu verbannen, ehe Ihr geht. Ihr seid einfach zu gefährlich, als daß ich Euch noch einmal hier dulden dürfte.«

James war sich nicht sicher, ob sie scherzte. »Ja«, fuhr sie fort, »ich werde sie mit Lord Jakas Ältestem vermählen. Kein Reinblütiger, außer Awari und seinen treuesten Gefolgsleuten, wird dagegen etwas einzuwenden haben, wenn Diigaí als nächster auf dem Thron des Lichtes sitzt. Und mit dem weisen Rat seines Vaters wird er ein guter Herrscher werden.«

Sie sah in die Richtung, in der Erland und Sharana verschwunden waren, und sagte: »Ende gut, alles gut, glaube ich.« An Borric gewandt, sagte sie: »Ich weiß, wenn Ihr einst Herrscher der Inseln werdet, so habt Ihr einen Bruder an Eurer Seite, der sich an diesen Hof immer mit einigem Wohlwollen erinnern wird. Und in Diigaí wird Kesh einen Herrscher finden, der sich stets Eurem Hause verpflichtet fühlen wird.« Borric neigte den Kopf anerkennend. James hatte ihm die Geschichte von Diigaí, dem Löwen und Erlands Rolle darin erzählt.

Borric sagte: »Ich hoffe, solange ich auf den Inseln herrsche, wird Kesh uns als freundlich gesinnten Nachbarn im Norden betrachten.«

Lakeisha klopfte mit dem Knöchel auf die Armlehne ihrer

Sänfte und sagte: »Das hoffe ich auch. Ich fürchte, wir werden genug Schwierigkeiten mit unseren zänkischen Untergebenen südlich des Gürtels bekommen. Nieder-Kesh erträgt sein Joch nur sehr schwer.«

»Wenn ich etwas vorschlagen dürfte«, meinte James, »nehmt ihnen das Joch ab, Majestät. Es gibt dort sicherlich viele fähige Männer, die Euch bis in den Tod dienen würden, doch nur aus einem Grund, weil sie nämlich keine Reinblütigen sind, können sie die höchsten Ränge am Hof niemals erreichen. Es hat wohl kaum je einen nachdrücklicheren und brillanteren Diener von Kesh gegeben, als Euren letzten Gesandten Hazara-Khan, und der Mann, der uns als Führer gedient hat, Lord Abu Harez, erinnert mich sehr an ihn. Einem solchen Mann nur aufgrund seiner Herkunft den Aufstieg zu verweigern, erscheint mir wie Verschwendung.«

Die Kaiserin sagte: »Vielleicht habt Ihr recht. Doch es gibt eben Grenzen, mein Lord. Die alten Sitten sind nur schwer zu ändern, und es gibt viele Männer in meinen Diensten, Reinblütige, die eher sterben würden, als solche Veränderungen hinzunehmen. Und unsere Position ist im Moment nicht gerade eine, die ich die gefestigste nennen würde. Ich habe keine Ahnung, wie sehr sich mein Sohn mit Nirome eingelassen hat, aber falls er tatsächlich unwissend über das war, was Nirome zu seinen Gunsten getan hat, dann nur, weil er die Augen, die Ohren und den Mund davor verschlossen hat.

Nein, solche Veränderungen kann ich zur Zeit nicht in Betracht ziehen.«

James sagte: »Dann möchte ich Euch warnen. Ich fürchte, auf der anderen Seite steht nur die Revolution.«

Die Kaiserin schwieg eine Weile und gestand schließlich zu: »Ich werde darüber nachdenken. Noch bin ich nicht tot. Vielleicht bleibt mir noch genug Zeit.«

Schweigen machte sich am Tisch breit; jeder hoffte, das würde der Fall sein.

Erland hielt die Hand des Mädchens fest und fragte: »Was meinte deine Großmutter mit ›Ihr müßt Euch noch verständigen‹?«

Sharana erwiderte: »Sie weiß, wie sehr ich es genieße, mit dir das Bett zu teilen. Aber in der Öffentlichkeit darf ich nicht mehr so viel Zeit mit dir verbringen.«

»Warum?«

»Weil ich Lord Jakas Sohn heiraten werde, Diigaí. Großmutter hat sich so entschieden. Die rebellierenden Lords werden ihren männlichen Herrscher bekommen, und die Reinblütigen ihren reinblütigen Kaiser. Er ist ein Cousin von mir, also gehört er immer noch zur Familie.«

Erland sah zur Seite. »Ich habe mir schon gedacht, wir könnten nicht zusammenbleiben ... obwohl irgendwie ...«

»Was?«

»Ich liebe dich, Sharana. Ich werde dich immer lieben.«

Das Mädchen zog Erland herum und küßte ihn leidenschaftlich. »Ich habe dich auch sehr lieb, Erland. Es wird gut sein, dich so nah am Thron der Inseln zu wissen, wenn ich an der Seite des Kaisers sitzen werde.«

Erland war enttäuscht, weil seine Worte nicht mehr Begeisterung hervorgerufen hatte. »Ich habe gesagt, ich liebe dich.«

»Ja«, erwiderte Sharana, die ihn mit großen Augen ansah. »Ich habe es wohl gehört.«

»Bedeutet dir das gar nichts?«

»Natürlich bedeutet es mir etwas. Es ist sehr schön. Das habe ich doch gerade gesagt. Was hast du denn sonst erwartet?«

»Schön?« Erland wandte sich abermals von ihr ab und fühlte eisiges Stechen in seinem Bauch. »Nichts, glaube ich.«

Sie zog ihn herum und sagte: »Hör auf damit. Du benimmst dich ziemlich seltsam. Du hast gesagt, du liebst mich. Ich habe gesagt, ich habe dich gern. Das ist alles sehr schön. Und plötzlich benimmst du dich, als wäre etwas nicht in Ordnung.«

Erland lachte und sagte: »Es ist alles in Ordnung. Nur die Frau, die ich liebe, heiratet einen anderen.«

Sharana sagte: »Du sagst ›die Frau, die ich liebe‹, als würdest du nie wieder eine andere lieben.«

»So fühle ich auch.«

»Aber das ist doch albern, Erland.« Das Mädchen nahm seine Hand und legte sie auf ihre Brust. »Fühl mein Herz. Kannst du den Schlag spüren?«

Er nickte und merkte, wie ihm ganz heiß wurde, als seine Hand auf ihrer weichen Brust lag. »Hier habe ich viel Platz für viele Leute. Ich liebe meine Großmutter und meine Mutter und meinen Vater, auch wenn die beiden letzten jetzt tot sind. Ich liebe selbst meinen Onkel, obwohl er manchmal ein eigentümlicher Kerl ist. Ich habe andere Jungen vor dir geliebt, und ich werde auch noch andere Jungen nach dir lieben. Wenn man einen liebt, nimmt das den anderen doch nichts weg. Verstehst du?«

Erland schüttelte den Kopf. »Ich glaube, diese Dinge handhabt ihr einfach anders. Ihr heiratet einander und redet zu anderen von Liebe.«

»Warum nicht? Ich werde Kaiserin werden, und ich werde jemanden lieben, der es wert ist. Mit Diigaí wird es das gleiche sein. Viele reinblütige Frauen möchten gern bei ihm schlafen. Ein Kind von einem Kaiser zu haben, ist etwas ganz Besonderes.«

Erland lachte: »Ich glaube, ich kann dich einfach nicht verstehen. Jedenfalls werde ich dir und Diigaí keine Schwierigkeiten machen.«

Sie sah ihn verwirrt an. »Schwierigkeiten? Ich weiß nicht, was du damit meinst. Ich werde ein paar Nächte mit ihm verbringen müssen, weil er sich an den Gedanken gewöhnen muß, der Gemahl der Enkelin der Kaiserin zu sein. Und wenn er zum Thronfolger ernannt wird, werde ich in der Öffentlichkeit die meiste Zeit mit ihm verbringen müssen. Doch ich kann dann immer noch die meisten Nächte mit dir verbringen, wenn du bei uns bist. Falls du das dann immer noch möchtest.«

Erland fühlte sich hin und her gerissen, stärker denn je. Schließlich lachte er und sagte: »Ich weiß es nicht. Aber ich glaube, am liebsten würde ich an diese ganzen Sachen gar nicht denken.«

Sie räkelte sich sinnlich unter der Berührung seiner Hand, drückte sich an ihn und zog ihn fest zu sich heran. »Hab ich auch nicht anders erwartet.« Sie küßte ihn und fragte: »Sag mal, sind dein Bruder und du euch sehr ähnlich?«

Er trat einen Schritt zurück, und dann lachte er laut: »In den meisten Dingen schon. Aber es gibt einige Dinge, die ich nicht mit ihm teilen möchte.«

Sharana schmollte. »Schade. Das hätte vielleicht ein paar interessante Möglichkeiten eröffnet.«

Am Stadttor stand eine berittene Eskorte bereit. Borric, Erland und ihre Gesellschaft ritten über die große Prachtstraße zum Stadtrand. In der Nähe des Tores schaukelte der Käfig, in dem Nirome gesessen hatte, immer noch leer im Wind und erinnerte alle an das Schicksal des Verräters. Der einstmalige reinblütige Adlige hatte fast zwei Tage in dem Käfig ausharren und den Spott und die Stockschläge aller Vorbeigehenden erdulden müssen. Und viele hatten es mit Genugtuung genossen, daß ein Adliger einen solchen Abstieg erlitt.

Fast tausend Menschen hatten die Straßen gesäumt, als er aus dem Käfig geholt und gezwungen worden war, gesalzenes Brot zu essen und Wasser mit Essig zu trinken, ehe man ihn wie ein Tier mit der Peitsche hinaus zum Overnsee getrieben hatte. Dort war er entmannt und den Krokodilen zum Fraß vorgeworfen worden, während Hunderte von Bürgern dabeistanden und jubelten. Erland und Borric hatten die Einladung, an diesem Spektakel teilzunehmen, ausgeschlagen. Prinz Awari hatte zugesehen, und niemand wußte, ob er nur den Gang der Gerechtigkeit verfolgen oder hören wollte, ob Nirome noch weitere von Awaris Gefolgsleuten preisgeben würde. Allgemein wurde vermutet, der wohlbeleibte Adlige sei mit einigen Geheimnissen im Herzen gestorben.

Am Tor wartete der zum Prinzen ernannte Sohn von Lord

Jaka, Diigaí, in seinem Streitwagen, und Sharana stand an seiner Seite. Sie trug den kurzen Kilt und den goldenen Halsring und stand neben ihrem zukünftigen Ehemann, ganz so, wie es sich für Angehörige des Hofes schickte. Dahinter warteten viele keshianische Adlige, die sich von den königlichen Gästen verabschieden wollten.

Lord Jaka kam nach vorn und brachte seinen Streitwagen neben dem seines Sohnes zum Stehen. Erland hielt bei ihm und sagte: »Guten Tag, meine Lords, mein Prinz und meine Prinzessin.«

Sharana lächelte Erland warmherzig an. »Guten Tag, Euer Hoheit.«

Borric sagte: »Wir sind beglückt, daß Ihr Euch hierherbegeben habt, um uns Lebewohl zu sagen.«

Diigaí sagte: »Euer Hoheit, wir stehen tief in Eurer Schuld. Wenn wir Euch irgendwie etwas davon zurückzahlen könnten, so laßt es uns wissen.«

Borric verbeugte sich. »Ihr seid sehr großzügig, Hoheit. Wir hoffen, die Freundschaft, die hier begonnen hat, wird lange dauern.«

Sharana sagte: »Ich werde Euch vermissen, Erland.«

Erland merkte, wie er leicht errötete, und erwiderte: »Ich werde Euch ebenfalls vermissen, Prinzessin.«

Dann sagte Sharana zu Erlands Bruder: »Und obwohl wir uns nur kurz kennengelernt haben, werde ich auch Euch vermissen, Borric.«

Erland kniff die Augen zusammen und starrte seinen Bruder an. »Was –«

Borric sagte: »Auf Wiedersehen, liebe Freunde« und trieb sein Pferd vorwärts. Augenblicklich setzte ihm das Dutzend Palastwachen aus Krondor nach, und Erland blieb zurück.

»Warte doch mal!« rief er und trieb sein Pferd hinter seinem Bruder her. »Ich muß mich da doch mal mit dir über etwas unterhalten.«

Während die Gesellschaft hinausritt, drehte sich James um und bemerkte, wie Nakor an seiner Seite ritt. Als sie die Stadt verlassen hatten und auf der Straße nach Khattara waren, fragte James: »Nakor, kommt Ihr mit uns?«

Der kleine Mann lächelte. »Eine Weile. Ich fürchte, die Dinge in Kesh werden langweilig, wenn Borric und sein Bruder nicht mehr da sind. Ghuda ist bereits nach Jandowae unterwegs, wo er ein Wirtshaus aufmachen will. Man ist sehr einsam, wenn man keine Menschen kennt.«

James nickte. »Was ist mit Stardock? Habt Ihr schon einmal überlegt, dorthin zu gehen?«

»Pah! Eine Insel der Magier? Wer sollte dort Spaß haben können.«

»Vielleicht brauchen sie dort jemanden, der es ihnen beibringt.«

»Vielleicht. Aber ich glaube, das wird jemand anderes als Nakor, der Blaue Reiter, sein.«

James lachte. »Warum kommt Ihr nicht erst einmal mit uns bis nach Stardock, verbringt dort ein wenig Zeit und entscheidet Euch später?«

»Vielleicht. Aber ich glaube, ich werde es nicht mögen.«

James dachte eine Weile nach, und plötzlich fiel ihm etwas ein. »Kennt Ihr Pug den Magier?«

»Pug ist berühmt. Er ist ein sehr mächtiger Magier. Er kann Zauber wirken, die seit Macros dem Schwarzen keiner mehr hinbekommen hat. Ich bin doch nur ein kleiner Mann, der ein paar einfache Tricks kann. Versteht Ihr, ich würde es dort nicht mögen.«

James lächelte. »Er hat mir etwas gesagt. Er hat mir gesagt, wenn ich jemals für ihn sprechen müssen sollte, dann sollte ich etwas Bestimmtes sagen.«

»Etwas Bestimmtes, mit dem Ihr mich nach Stardock bringen wollt?« meinte der kleine Mann grinsend. »Das muß schon etwas sehr Wunderliches sein.«

»Ich bin sicher, irgendwie wußte er, ich würde Euch treffen, oder jemanden wie Euch, jemanden, der neue Ideen in die Magie bringen könnte, und er glaubte, es sei wichtig. Ich denke, deshalb hat er mir aufgetragen, ich solle mich immer an diese Worte erinnern: Es gibt keine Magie.«

Nakor lachte. Er schien tief belustigt. »Und das hat Pug der Magier gesagt?«

»Ja.«

»Dann«, meinte Nakor, »ist er ein ziemlich schlauer Kopf für einen Magier.«

»Werdet Ihr nach Stardock gehen?«

Nakor nickte. »Ja. Ich glaube, Ihr habt recht. Pug wollte, daß ich dort hingehe, und er wußte, dieser Satz würde mich dazu bringen.«

Gamina war die ganze Zeit schweigend neben ihrem Gemahl geritten und sagte jetzt: »Vater wußte oft Dinge früher als andere. Ich glaube, er wußte, daß die Akademie der Magier weltfremd werden würde, wenn keine neuen Menschen mit neuen Ideen hinzukämen.«

»Magier sind wie Kälber«, stimmte Nakor zu.

James sagte: »Dann tut mir einen Gefallen.«

»Was denn?«

»Erklärt mir, was ›es gibt keine Magie‹ bedeutet.«

Nakor verzog das Gesicht zu einer Grimasse, als er sich konzentrierte. »Halt«, sagte er. James, Gamina und er lenkten ihre Pferde aus der Reihe und blieben am Straßenrand stehen, kurz hinter der Stadtgrenze.

Nakor griff in seinen Rucksack und holte drei Orangen hervor. »Könnt Ihr jonglieren?«

»Ein wenig«, erwiderte James.

Nakor warf ihm die drei Orangen zu. »Jongliert.«

James, der dem Übernatürlichen immer mit einigem Abstand gegenübergestanden hatte, fing die drei Orangen, warf sie in die Luft und begann mit ihnen zu jonglieren, während er mit den

Beinen sein Pferd still hielt: keine schlechte Leistung. Dann sagte Nakor: »Könnt Ihr es auch mit geschlossenen Augen?«

James versuchte, in einen sicheren Rhythmus zu kommen, und schloß die Augen. Er mußte sich zwingen, sie nicht wieder zu öffnen, und trotzdem hatte er das Gefühl, als würde die nächste Orange nicht in seiner linken Hand landen.

»Jetzt macht es mit einer Hand.«

James öffnete die Augen, und die Orangen fielen zu Boden. »Was?«

»Ich sagte, Ihr solltet mit einer Hand jonglieren.«

»Wieso?«

»Es ist ein Trick. Versteht Ihr?«

James sagte: »Ich bin mir nicht sicher.«

»Jonglieren ist ein Trick. Und keine Magie. Aber wenn Ihr nicht wißt, wie es geht, dann sieht es wie Magie aus. Deshalb werfen die Leute auf dem Markt Jongleuren Münzen hin. Wenn Ihr es mit einer Hand könnt, habt Ihr etwas gelernt.« Daraufhin gab er seinem Pferd die Sporen und sagte: »Und wenn Ihr es könnt, ohne die Hände zu benutzen, werdet Ihr verstehen, was Pug gemeint hat.«

Arutha und Anita standen vor ihren Thronen, als ihre Söhne am Hofe von Krondor Einzug hielten. In den vier Monaten, in denen die Jungen nicht dagewesen waren, hatten der Prinz und die Prinzessin von Krondor zuerst Schmerz bei der Meldung von Borrics Tod und dann Freude bei der Nachricht von seiner Rückkehr gefühlt. Und jetzt war dennoch ein Platz in ihrer Mitte leer – der Platz von Baron Locklear.

Die Zwillinge blieben vor ihren Eltern stehen und verneigten sich höflich. Arutha hätte nicht sagen können, was, aber irgend etwas an ihnen hatte sich verändert. Er hatte Jungen in den Süden nach Kesh geschickt, und junge Männer waren zurückgekehrt. Nun waren sie selbstsicher statt ungestüm, entschlossen statt draufgängerisch, und an ihren Augen konnte man ablesen, wie sehr sie unter dem Verlust ihres Lehrers litten, der der Boshaftigkeit und dem Haß zum Opfer gefallen war. Arutha hatte ihre Berichte gelesen, die schnelle berittene Kuriere bereits vor der Ankunft der Prinzen zum Hofe gebracht hatten, und erst jetzt verstand er deren Inhalt richtig.

Laut, damit es alle hören konnten, sagte er: »Es gefällt uns sehr, daß unsere Söhne zurückgekehrt sind. Die Prinzessin und ich heißen sie zurück an unserem Hof willkommen.«

Dann trat er von dem Podest hinunter und umarmte erst Borric, dann Erland. Anita folgte ihm und umarmte beide innig und verweilte ein wenig, während ihre Wange an Borrics lag. Dann war die Reihe an Elena und Nicholas, und Borric drückte seine Schwester fest an sich und sagte: »Nach diesen ganzen keshianischen Adelsfrauen bist du so richtig ein einfaches und rares Schätzchen.«

»Einfach!« sagte sie und schob ihn weg. »Wie nett von dir!«

Sie grinste Erland an und sagte: »Du mußt mir alles über die Damen am Hof von Kesh erzählen. Alles. Was tragen sie für Kleider?«

Borric und Erland wechselten einen Blick und begannen zu lachen. Borric sagte: »Ich glaube, diese Mode möchtest du hier bestimmt nicht einführen, kleines Schwesterchen. Die Damen in Kesh tragen sozusagen fast nichts. Während Erland und ich das ziemlich reizend fanden, würde Vater dich, wenn du die keshianische Hoftracht tragen würdest, nur einmal böse ansehen und dann auf ewig in deinem Zimmer einschließen.«

Elena errötete. »Nun, ihr könnt mir trotzdem alles erzählen. Wir werden doch noch eine Hochzeitsfeier für Baron James ausrichten, und ich möchte etwas ganz Besonderes tragen.«

Nicholas hatte derweil schweigend neben seinem Vater gewartet, als Borric und Erland ihn gleichzeitig bemerkten. »Na, kleiner Bruder«, sagte Borric. Er legte die Hände auf die Knie und ging etwas in die Hocke, damit er Nicholas in die Augen sehen konnte. »Wie ist es dir denn in der Zwischenzeit ergangen?«

Nicholas warf die Arme um Borrics Hals und fing an zu weinen. »Sie haben gesagt, du wärst tot. Ich wußte, das konnte nicht sein, aber sie haben gesagt, du wärst es doch. Ich habe solche Angst gehabt.«

Erland merkte, wie ihm gegen seinen Willen die Tränen in die Augen traten, und er streckte die Arme nach Elena aus und drückte sie noch einmal.

Anita weinte vor Freude, und das gleiche tat auch Elena, und selbst Arutha mußte sich arg zusammenreißen, um nicht feuchte Augen zu bekommen.

Nach einem Moment hob Borric den Jungen hoch und sagte: »Ist doch alles wieder in Ordnung, Nicky. Uns beiden geht es doch gut.«

Erland sagte: »Ja, uns geht es wirklich gut. Und wir haben dich ganz fürchterlich vermißt.«

Nicholas wischte sich die Tränen ab und sagte: »Habt ihr das wirklich?«

»Ja, ganz bestimmt«, erwiderte Borric. »Ich hab in Kesh einen Jungen kennengelernt, der nur ein paar Jahre älter war als du. Und da habe ich gemerkt, wie sehr ich eigentlich meinen kleinen Bruder vermisse.«

Nicholas fragte: »Wie hat denn der andere Junge geheißen?«

»Er hieß Suli Abul«, sagte Borric, und jetzt lief dem Prinzen eine Träne über die Wange.

»Das ist aber ein komischer Name«, sagte Nicholas. »Und was ist mit ihm passiert?«

»Werde ich dir alles erzählen.«

»Wann?« fragte Nicholas mit der Ungeduld der meisten siebenjährigen Jungen.

Borric setzte den Jungen wieder auf die eigenen Füße. »Vielleicht morgen oder übermorgen, dann nehmen wir uns ein Boot und fahren raus aufs Meer zum Fischen. Hättest du Lust dazu?«

Nicholas nickte begeistert, und Erland wuschelte ihm durchs Haar.

Arutha machte James ein Zeichen, er solle mit ihm ein wenig an die Seite kommen. Dann trat Herzog Gardan zu ihnen.

Arutha sagte: »Zuerst, ich möchte mich morgen mit dir ausführlich unterhalten. Aber den Berichten nach schulde ich dir meinen Dank.«

James sagte: »Es mußte eben getan werden. Aber eigentlich gebührt den Jungen der größte Dank. Wenn Borric nach Krondor zurückgekehrt wäre und nicht sein Leben riskiert hätte, um wieder zu uns zu stoßen, oder wenn Erland nicht so schnell einige Intrigen durchschaut hätte … wer weiß, welcher Schaden entstanden wäre.«

Arutha legte James die Hand auf die Schulter. »Kannst du dich noch erinnern, wie wir immer darüber gescherzt haben, daß du eines Tages der Herzog von Krondor werden würdest?«

James lächelte: »Ja, und stell dir vor, ich möchte den Posten immer noch.«

Gardan, dessen runzliges Gesicht Unglauben zeigte, sagte: »Nach dem, was du durchgemacht hast, willst du immer noch die rechte Hand der Mächtigen sein?«

James sah die glücklichen Mienen im Saal und sagte: »Es gibt keinen Ort auf der Welt, an dem ich lieber wäre.«

Arutha sagte: »Gut. Weil ich dir nämlich etwas mitteilen muß. Gardan zieht sich endlich doch noch von seinem Amt zurück.«

James riß die Augen auf. »Dann …«

»Nein«, sagte Arutha. »Ich werde das Herzogtum von Krondor Graf Geoffrey von Rabenholz anbieten, der zur Zeit Lyam als Berater in Rillanon zur Seite steht.«

James kniff die Augen zusammen. »Was sagst du da, Arutha?«

Der Prinz lächelte schief, und James merkte, wie sich ihm der Magen umdrehte. »Wenn die Hochzeitsfeierlichkeiten vorüber sind, James, wirst du mit deiner Gemahlin nach Rillanon aufbrechen. Dort wirst du Geoffreys Platz einnehmen und der Stellvertreter von Herzog Guy von Rillanon werden.« Er grinste, und das war etwas, was James noch nicht oft bei ihm gesehen hatte.

»Und wer weiß, wenn Borric eines Tages König ist, wird er dich vielleicht zum Herzog von Rillanon machen.«

James winkte seine Frau zu sich her, schlang ihr den Arm um die Hüfte und bemerkte trocken zu Arutha: »Amos Trask hat doch recht, was dich betrifft. Du kannst einem den ganzen Spaß am Leben nehmen.«